HEYNE <

Das Buch

Die ferne Zukunft: Seit 1600 Jahren herrscht der Auferstandene Kaiser über die Achtzig Welten, ein Reich, in dem der Tod besiegt scheint: Militärs und andere Getreue werden mit dem ewigen Leben belohnt. Nur eine Minderheit im Auferstandenen Reich hat sich dafür entschieden, ihr Leben durch den Tod zu beenden.
Das Reich der Auferstandenen kennt nur einen ernstzunehmenden Gegner: den Rix-Kult. In der Rix-Gesellschaft gibt es keine Individualität mehr; der einzelne geht in einem Verbundbewusstsein auf, das ihn mit übermenschlichen Fähigkeiten ausstattet, für subjektive Wünsche und Bedürfnisse jedoch keinen Platz lässt.
Als die Schwester des Auferstandenen Kaisers von einem Rix-Kommando als Geisel genommen wird, erhält Laurent Zai, Captain der Kaiserlichen Raumflotte, den wenig beneidenswerten Auftrag, die Kindkaiserin aus den Händen des Feindes zu befreien. Doch die Rettungsmission gerät zu einem Desaster, das das Reich in seinen Grundfestern erschüttert ...

Der Autor

Scott Westerfeld, 1963 in Dallas geboren, ist eines der größten jungen Talente der amerikanischen Science Fiction. Mit seinem Roman »Weltensturm« hat er zahllose Leserinnen und Leser rund um die Welt begeistert. Westerfeld lebt abwechselnd in New York und Sydney.

Mehr zu Autor und Werk unter:
www.scottwesterfeld.com

SCOTT WESTERFELD

Weltensturm

Roman

Deutsche Erstausgabe

WILHELM HEYNE VERLAG
MÜNCHEN

Titel der amerikanischen Originalausgaben
THE RISEN EMPIRE
THE KILLING OF WORLDS

FSC
Mix
Produktgruppe aus vorbildlich bewirtschafteten Wäldern und anderen kontrollierten Herkünften
Zert.-Nr. SGS-COC-1940
www.fsc.org
© 1996 Forest Stewardship Council

Verlagsgruppe Random House FSC-DEU-0100
Das FSC-zertifizierte Papier *München Super*
für Taschenbücher aus dem Heyne-Verlag
liefert Mochenwangen Papier.

Deutsche Erstausgabe 12/2006
Redaktion: Rainer Michael Rahn

Printed in Germany 2006
Umschlagillustration: Manchu für Denoël/Lunes d'encre, 2000
Umschlaggestaltung: Nele Schütz Design, München
Satz: Buch-Werkstatt GmbH, Bad Aibling
Druck und Bindung: GGP Media GmbH, Pößneck

ISBN-10: 3-453-52227-3
ISBN-13: 978-3-453-52227-5

www.heyne.de

FÜR SLK,
für Jahre des Sommers.

Und für Justine,
mit der mich eine echte, andauernde Beziehung verbindet.

HINWEIS AUF KAISERLICHE MASSEINHEITEN

Einer der vielen Vorteile des Lebens unter der Kontrolle des Kaiserlichen Apparats besteht in der leichten Bestimmung von einheitlichen Standards hinsichtlich Infrastruktur, Kommunikation und Recht. Seit tausendfünfhundert Jahren unterliegen die Maßeinheiten der Achtzig Welten einer beneidenswert einfachen Struktur.

Jede Minute hat 100 Sekunden, 100 Minuten bilden eine Stunde, und zehn Stunden sind ein Tag.

- Eine Sekunde ist als 1/100 000 eines solaren Tages auf Heimat definiert.
- Ein Meter ist als 1/300 000 000 einer Lichtsekunde definiert.
- Eine Gravitationseinheit ist als 10 Meter pro Sekundenquadrat Beschleunigung definiert.

Der Kaiser hat verfügt, dass die Lichtgeschwindigkeit so bleiben soll, wie die Natur sie bestimmt hat.

1

Geiselnahme

Es gibt keinen größeren taktischen Nachteil als die Präsenz von wichtigen Nichtkombattanten. Zivilisten, historische Schätze, Geiseln: Man behandle sie wie bereits verloren.

ANONYM 167

PILOT

Die fünf kleinen Schiffe kamen aus dem Schatten und erschienen mit der Plötzlichkeit von ins Sonnenlicht geworfenen Münzen. Die Scheiben ihrer Drehflügel flirrten wie Hitze in der Luft, und kurzlebige Regenbögen wölbten sich über Bewegungsprismen. Meisterpilot Jocim Marx stellte zufrieden fest, wie präzise die Formation seiner Staffel war. Die Aufklärungsmaschinen der anderen Piloten formten ein perfektes Quadrat, mit ihm selbst in der Mitte.

»Sehen wir nicht prächtig aus?«, fragte Marx.

»Ganz klar, Sir«, erwiderte Hendrik. Sie war die zweite Pilotin der Staffel, und ihre Aufgabe bestand darin, sich Sorgen zu machen.

»Ein bisschen Licht würde uns nicht schaden«, sagte Marx. »Die Rix hatten noch keine Zeit, etwas mit Augen zu bauen.«

Damit wollte er nicht Hendrik belehren, die das verdammt gut wusste – er wollte die Staffelkameraden beruhigen. Die drei anderen Piloten waren nervös; Marx wusste es, obwohl sie schwiegen. Keiner von ihnen hatte jemals an einer so wichtigen Mission teilgenommen.

Aber wer hatte das schon?

Marx spürte, wie er selbst unruhig zu werden begann. Seine Staffel aus Aufklärern hatte die Hälfte der Strecke vom Absetzpunkt bis zum Ziel zurückgelegt, ohne auf Widerstand zu treffen. Die Rix schienen schlecht ausgerüstet zu sein, improvisierten gegen eine weit größere Streitmacht und verließen sich auf ihren einzigen Vorteil: die Geiseln. Doch *bestimmt* hatten sie Vorbereitungen für kleine Flieger getroffen.

Nach einigen Momenten in der Sonne war das Warten vorbei. »Ich bekomme Echosignale, Sir, direkt voraus«, meldete Pilot Oczar.

»Ich sehe sie«, fügte Hendrik hinzu. »Ziemlich viele.

Die feindlichen Interzeptoren erschienen vor Marx' Augen, als seine Maschine auf die Gefahr reagierte, die visuelle Wahrnehmung durch andere Sinnen verstärkte und den Synästhesieschichten Daten von den anderen Aufklärern hinzufügte. Marx sah seine Erwartungen bestätigt: Die Interzeptoren erwiesen sich als kleine, nicht von Piloten geflogene Maschinen. Ihre einzige Waffe war ein langer, flexibler Greifarm, der von der rotierenden Hebefläche hing, mehr Schraube als Klinge. Die Vorrichtungen sahen wie etwas aus, das da Vinci vor viertausend Jahren entworfen haben mochte: ein Apparat, angetrieben von der Plackerei winziger Männer.

Die Interzeptoren hingen vor Marx. Es waren tatsächlich recht viele, und durch ihre Menge vermittelten sie die gleiche, von Abscheu bestimmte Faszination wie Geschöpfe aus den Tiefen des Ozeans. Einer näherte sich seiner Maschine, fuchtelte blind und wie zornig mit den Armen.

Meisterpilot Marx neigte den Drehflügel seines Aufklärers nach vorn und gab ihm mehr Energie. Der Flieger stieg auf, über den Interzeptor, und entging nur knapp einer Kollision mit der Hebeschraube des Feinds. Marx schnitt eine Grimasse. Ein weiterer Interzeptor erschien vor ihm, diesmal ein wenig höher, und er kehrte die Rotation des Flügels um und drückte seine Maschine tiefer, unter den Gegner.

Die anderen Piloten um ihn herum fluchten, als sie ihre

Flieger durch den Interzeptorenschwarm steuerten. Ihre Stimmen kamen von allen Seiten des Cockpits - die Richtungen verdeutlichten ihre Position in Bezug auf Marx.

Hendriks Stimme kam von oben; in ihr war die Anspannung eines harten Wendemanövers erkennbar. »Haben Sie diesen Typ schon mal gesehen, Sir?«

»Negativ«, erwiderte Marx. Er hatte oft gegen die Rix gekämpft, aber ihre kleinen Schiffe wurden ständig weiterentwickelt. Winzige Unterschiede in der Struktur wurden bei jeder Generation nach dem Zufallsprinzip erprobt, und erfolgreiche Merkmale wurden in die nächste Produktionsrunde übernommen. Man konnte nie wissen, welche neuen Konfigurationen oder Strategien die Flieger der Rix präsentierten. »Die Arme sind länger, und ihr Verhalten ist ... unberechenbarer.«

»Sie scheinen stinksauer zu sein«, meinte Hendrik.

Ihre Wortwahl war durchaus angemessen. Zwei Interzeptoren vor Marx spürten seinen Aufklärer, und die rudernden Bewegungen ihrer Arme wirkten wie hungrig, als erhofften sie sich Beute. Marx ließ seine Maschine zur Seite kippen und verengte damit den angreifbaren Bereich, als er zwischen ihnen hindurchschlüpfte.

Aber es erschienen immer mehr Interzeptoren, und das Profil seines eigenen Fliegers war zu groß. Marx fuhr das Sensorgerüst ein, gab Ortung zugunsten von Kompaktheit auf. Doch bei dieser geringen Entfernung war der nächste Interzeptor ganz deutlich zu erkennen - die von der Wahrnehmung der ersten, zweiten und dritten Stufe übermittelten Datenschichten waren fast überwältigend. Marx sah (hörte, roch) die einzelnen Elemente eines Greifarms, gekrümmt wie der Leib einer Schlange, und die Wimpern eines Ohrfleckens warfen schartige Zacken im hellen Sonnenschein. Marx beobachtete sie und gestenaktivierte einen Zoom, bis die Härchen zu einem Wald wurden.

»Sie verwenden Schall, um uns zu finden«, teilte er den anderen Piloten mit. »Deaktivieren Sie Ihre Echolokalisatoren.«

Das Bild vor Marx verschwamm ohne die Sonardaten. Wenn er richtig vermutete und die Interzeptoren nur mit Audio vorgingen, war seine Staffel jetzt unsichtbar für sie.

»Ich hänge fest!«, rief Pilot Oczar unter ihm. »Einer hat einen Sensorstab erwischt!«

»Kämpfen Sie nicht!«, befahl Marx. »Bleiben Sie passiv.«

»Trenne Stab ab«, sagte Oczar und gab das gefangene Glied seines Fliegers frei.

Marx wagte einen Blick nach unten. Mit fuchtelnden Armen entfernte sich ein Interzeptor langsam von Oczars Maschine und klammerte sich mit blinder Entschlossenheit am abgetrennten Sensorstab fest. Der Aufklärer neigte sich zur Seite, als ihr Pilot versuchte, die verloren gegangene Symmetrie zu kompensieren.

»Es wird verdammt schwierig, Sir«, warnte Hendrik. Marx schaltete seine Sicht für einen Moment auf Hendriks Perspektive um. Ihr hoher Aussichtspunkt gewährte Blick auf einen großen Interzeptorschwarm weiter vorn. Die hellen Linien ihrer langen Greifer funkelten wie ein zerrissenes, dahintreibendes Spinnennetz im Sonnenschein.

Es waren zu viele.

Natürlich kam bereits Verstärkung vom Absetzpunkt. Wenn die erste Welle aus Aufklärern zerstört wurde, nahm eine zweite ihren Platz ein, und schließlich würde der einen oder anderen Maschine der Durchbruch gelingen. Aber die Zeit drängte. Die Rettungsmission brauchte vor Ort ermittelte Daten, und zwar schnell. In dieser Hinsicht konnte ein Versagen eine berufliche Laufbahn beenden und sogar einen Blutfehler bilden.

Einer dieser fünf Flieger musste es schaffen.

»Formation straffen und Auftrieb verstärken«, wies Marx die anderen an. »Oczar, Sie bleiben unten.«

»Ja, Sir«, erwiderte der Pilot ruhig. Oczar wusste, was Marx für seine Maschine plante.

Der Rest der Staffel näherte sich Marx. Zusammen stiegen die vier Spionageflieger auf und drängten sich durch die Wolke der Verteidiger.

»Zeit für Sie, ein wenig Lärm zu machen, Oczar«, sagte Marx. »Fahren Sie Ihre Sensorstäbe zu voller Länge und Aktivität aus.«

»Gehe auf hundert, Sir.«

Marx sah nach unten, als Oczars Flieger wuchs, wie eine Spinne mit zwanzig Beinen, die plötzlich aus einem Ei schlüpfte, oder wie die Zeitrafferaufnahme einer Blume, die sich dem Sonnenschein öffnete. Die Interzeptoren in Oczars Nähe offenbarten mehr Einzelheiten, als seine Maschine auf volle Aktivität ging und sie in Ultraschallimpulse, Mikrolaser-Entfernungsmessung und Millimeterradar badete.

Beim großen Interzeptorschwarm zeigte sich bereits eine Reaktion. Wie eine vom Wind erfasste Pollenwolke bewegte sie sich auf Oczars Maschine zu.

»Wir fliegen blind und stumm hindurch«, teilte Marx den anderen Piloten mit. »Suchen Sie eine Lücke und steuern Sie darauf zu. Wir verzichten auf die Hauptenergie.«

»Ein Kontakt, Sir«, meldete Oczar. »Noch einer.«

»Es steht Ihnen frei, sich zu verteidigen.«

»Ja, *Sir!*«

Die Statusanzeigen vor Marx zeigten den kurzen Countdown der Kontradrohnen in Oczars Magazin. Der Mann startete zwei, als er den Befehl bestätigte, und einige Sekunden später zwei weitere. Die Interzeptoren mussten ihn völlig eingekreist haben. Marx blickte auf Oczars Maschine hinab. Die bilaterale Geometrie des voll ausgefahrenen Sensorgerüsts veränderte sich, als immer mehr Verteidiger danach griffen. Oczars Schnaufen kam aus den Lautsprechern, als er sich bemühte, seine Maschine intakt zu halten.

Marx sah von dem Kampf auf und blickte nach vorn. Der Rest der Staffel näherte sich dem dichtesten Bereich der Interzeptorwolke. Oczars Ablenkungsmanöver hatte sie ein wenig ausgedünnt, aber es gab noch immer wenig Platz.

»Wählen Sie Ihre Lücke sorgfältig aus«, sagte Marx. »Beschleunigen Sie. Einzug der Sensoren auf mein Kommando. Fünf ... vier ... drei ...«

Marx sprach nicht weiter und konzentrierte sich darauf, seine eigene Maschine zu fliegen. Er hatte sie auf eine kleine Bresche gerichtet, doch ein Interzeptor glitt in seine Flugbahn. Marx schaltete den Rotor um, gab Energie und lenkte seinen Aufklärer nach unten.

Die Drohne kam näher, angelockt vom lauten Surren des Hauptrotors. Marx hoffte, dass die zusätzliche Geschwindigkeit genügte, um ihn durch die Lücke zu tragen.

»Einzug *jetzt!*«, befahl er. Die Sicht wurde undeutlich, als sich die Sensorstäbe der Maschine zusammenfalteten. Wenige Sekunden später war vor Marx' Augen alles dunkel.

»Hauptrotoren aus«, sagte er.

Daraufhin flogen die Maschinen fast lautlos, nur noch mithilfe der kleinen, von einem Schwungrad angetriebenen und der Stabilisierung dienenden Tragfläche am Heck. Sie würde die Flieger voranbringen, solange das Schwungrad in Bewegung blieb. Doch die vier Spionageeinheiten sanken bereits.

Marx sah auf die Anzeige des Höhenmessers: 174 Zentimeter. Bei dieser Höhe würde es mindestens eine Minute dauern, bis sie den Boden erreichten. Selbst mit gefaltetem Sensorgerüst und inaktivem Hauptrotor fiel ein Aufklärer in einer normal dichten Atmosphäre nicht schneller als ein Staubkorn.

Die Flieger waren kaum größer als Staubkörner und sogar ein wenig leichter. Bei einer Spannweite von einem einzelnen Millimeter konnte man zu Recht von sehr kleinen Maschinen sprechen.

Meisterpilot Jocim Marx vom Kaiserlichen Flottengeheimdienst flog seit elf Jahren Mikroschiffe. Er war der Beste.

Bei der Revolte der kernwärtigen Gruppen hatte er Aufklärung für die leichte Infanterie betrieben, mit einer Maschine in der Größe und Form von zwei gewölbten, Wasser schöpfenden Händen, in den Außenflächen Dutzende von Haarfächern aus Kohlenstoff und jeder von ihnen autark. Damals hatte er an Einsätzen auf den Schlachtfeldern teilgenommen und seinen Flieger mit einem VR-Helm gesteuert. Zusammen mit den Kommandeuren blieb er unter dem mobilen Schutzfeld und wanderte blind umher, immer begleitet von Unruhe: Dauernd stellte er sich vor, dass ihn eine Kugel fand, dass sich die reale Welt explosiv einen Weg in die synästhetische Sphäre im Innern des Helms bahnte. Trotzdem hatte es Marx gut verstanden, seine Maschine in den wechselhaften bandianischen Winden stabil zu halten. Er markierte feindliche Scharfschützen mit einem nicht zu ortenden Röntgenlaser, dem ganze Schwärme von smarten Nadelgeschossen folgten, die immer ihr Ziel fanden. Marx' ruhige Hand konnte Projektile in den zentimeterbreiten Saum eines Körperpanzers oder durch den Augenschlitz eines Tarnpolymer-Visiers lenken.

Später flog er während der Inkursion Penetratoren gegen die Hoverpanzer der Rix. Jene Projektile waren hohle Zylinder, etwa von der Größe eines Kinderfingers. Gestartet wurden sie von Infanteristen, und während der ersten Hälfte ihres kurzen Fluges steckten sie in einem mit

Raketenantrieb ausgestatteten Gehäuse. Der Penetrator verließ es, wenn er ein Ziel entdeckte, und von dem Augenblick an flog er allein mit seinem Bewegungsmoment. Das Innere des Zylinders wies zahlreiche Kontrolloberflächen auf; sie sahen aus wie die Fischbeinplatten eines großen, Plankton fressenden Geschöpfs. Der Überschallflug dieser Waffe erforderte maximale Konzentration. Wenn man dem Penetrator einen zu starken Stoß gab, geriet er ins Trudeln. Doch wenn er einen Rix-Panzer an der richtigen Stelle traf, mit der vorderen Seite genau auf das sechseckige Strukturmuster der Panzerung ausgerichtet, dann schnitt er so leicht durch Metall und Keramik, wie sich ein Riss entlang eines Saums ausbreitete. Im Innern zerfiel das Projektil in zahllose molekulare Viren, die den Panzer innerhalb kurzer Zeit lahm legten. An jedem Tag flog Marx Dutzende von Zehn-Sekunden-Missionen, und des Nachts plagten ihn unruhige Mikroträume von Start und Kollision. Schließlich stellte sich heraus, dass inkorporierte KI besser für den Job geeignet war als menschliche Piloten, aber Marx' alte Flugaufzeichnungen dienten heranwachsenden Intelligenzen noch immer als Studienmaterial.

Während der letzten Jahrzehnte hatte Marx für die Flotte gearbeitet. Kleine Schiffe beziehungsweise Flieger waren jetzt wirklich klein: Fulleren-Konstruktionen, die zusammengerollt nur wenige Millimeter maßen, von noch kleineren Maschinen gebaut. Ihre Betriebsenergie bezogen sie aus exotischen transuranischen Batterien. Sie dienten hauptsächlich der Informationsgewinnung, aber man setzte sie auch für offensive Zwecke ein. Bei der Dhantu-Befreiung hatte Marx eine speziell ausgestattete Spionageeinheit in einen aus Glasfaser bestehenden KI-Hub geflogen, mit einer Ladung aus Glas fressenden Nanos, die das globale Kommunikationssystem der Rebellen innerhalb weniger Minuten lahm gelegt hatten.

Meisterpilot Marx schätzte die Sicherheit der Flotte. In seinem Alter hatte die Präsenz auf einem Schlachtfeld ihren Reiz verloren. Marx steuerte seinen Flieger jetzt von Bord eines hunderte Kilometer entfernten Schiffes aus. Dort saß er zurückgelehnt in einem Smartgel-Sessel, wie ein Kampfpilot in alten Zeiten, umgeben von synästhetischen Bildern, die ihm drei Ebenen des Sehens erlaubten - die normalerweise fürs Hören, Riechen und Fühlen zuständigen Teile des Gehirns verstärkten die visuelle Wahrnehmung. Marx erlebte das Ambiente seiner Maschine wie ein echter Pilot, als wäre er auf die Größe einer menschlichen Zelle geschrumpft.

Er liebte den mikroskopischen Maßstab seines neuen Einsatzgebietes. In schlaflosen Nächten verbrannte Marx Weihrauch in seiner dunklen Kabine und sah, wie der Rauch in dem hellen, stiftbreiten Schacht einer Notlampe aufstieg. Er beobachtete, wie Luftströmungen an dem Rauch zupften, wie die Bewegungen eines Fingers oder ein Atemzug geisterhafte Schlangen schufen, die sich hin und her wanden. Mit unmenschlich ruhiger Hand lenkte er ein mobiles Mikroskop durch die Luft, projizierte seine Bilder an die Kabinenwand und studierte das Verhalten von schwebenden mikroskopischen Partikeln.

Während solcher dunklen, stillen Nächte erlaubte sich Jocim Marx manchmal den Gedanken, der beste Mikromaschinenpilot in der Flotte zu sein.

Das war er tatsächlich.

CAPTAIN

Captain Laurent Zai blickte in den zentralen Luftschirm der Brücke hinab und suchte in dem Durcheinander aus nadeldünnen Linien nach einer Lösung. Der Schirm zeigte ein

Kantenmodell des Kaiserlichen Palastes auf Legis XV, eines Gebäudekomplexes, der sich elegant über zehn Quadratkilometer erstreckte. Der tatsächliche Palast befand sich zweihundertsiebzehn Kilometer direkt unter der *Luchs*.

Zai fühlte die unmittelbar bevorstehende Niederlage dort unten. Sie wand sich unter den Sohlen seiner Stiefel, als stünde er am Rand einer schnell erodierenden Sanddüne.

Das Gefühl des Rutschens ging natürlich auf das Bestreben der *Luchs* zurück, geostationär über dem Palast zu bleiben. Das Schiff beschleunigte ständig, um der Rotation des Planeten zu folgen – ein echter geostationärer Orbit wäre für die Rettung zu hoch gewesen. Deshalb zerrte eine desorientierende Kombination aus Kräften an Zais großer Gestalt. In dieser Höhe befand sich das Schiff noch im Gravitationsschacht von Legis XV und wurde dadurch nach hinten gezogen. Die Beschleunigung der *Luchs* drückte Zai mit einer langsamen, drehenden Bewegung zur Seite. Die dünne, aber brodelnde Atmosphäre des Planeten bewirkte gelegentliche Turbulenzen. Hinzu kamen die Anstrengungen der künstlichen Schwerkraft – immer eine unsichere Angelegenheit, so nahe bei einem Planeten –, die versuchte, ein Standard-*g* herzustellen.

Für Zais empfindlichen Gleichgewichtssinn fühlte es sich an, als drehe sich die Brücke der *Luchs* in einem riesigen Abflussstrudel.

Zwölf Führungsoffiziere saßen an den Stationen, die den Luftschirm umgaben, begleitet von den jeweiligen Planungsstäben. Ihre Stimmen hallten durch den Raum, schufen ein Gewirr aus Argumenten, Mutmaßungen und wachsender Verzweiflung. Lanzen aus Primärfarben bohrten sich gelegentlich in das Kantenmodell des Palastes. Die in Abständen von einigen Minuten aktualisierten Darstellungen gaben Auskunft über Positionen der Flotte, heimliche

Bodenangriffe und Drohneneinsätze. Natürlich handelte es sich bei den Angriffen um theoretische Modelle. Ohne den Befehl des Captains würde es niemand wagen, gegen die Geiselnehmer vorzugehen.

Und der Captain hatte bisher geschwiegen.

Es ging um *seinen* Kopf.

Laurent Zai mochte es kalt auf der Brücke. Sein Metabolismus brannte wie ein Schmelzofen unter der schwarzen Wolle der kaiserlichen Uniform, die nicht bequem sein sollte. Außerdem glaubte er, dass seine Crew bei niedrigen Temperaturen bessere Arbeit leistete. Bei vierzehn Grad Celsius neigte niemand zu Geistesabwesenheit, und die Nebenwirkungen waren weniger lästig als Hyperoxygenation. Das ambientale Personal der *Luchs* wusste seit langem: Je angespannter die Lage, desto kühler wollte es der Captain auf der Brücke haben.

Mit böser Zufriedenheit nahm Zai zur Kenntnis, dass der Atem seiner Offiziere im roten Gefechtslicht der Brücke sichtbar war. Hände wurden zu Fäusten geballt, um Körperwärme zu erhalten. Einige Offiziere rieben sich die kalten Finger, als wollten sie auf diese Weise mögliche Verluste zählen.

In dieser Situation konnte man nicht die übliche Mathematik einer Geiselnahme anwenden. Beim Kampf gegen den Rix-Kult galt es normalerweise als akzeptabel, wenn fünfzig Prozent der Geiseln überlebten. Andererseits: Die im Palast gefangenen Solonen, Generale und Höflinge waren wichtige Personen. Wenn jemand von ihnen starb, würde sich der Verantwortliche die Feindschaft von Leuten ganz oben zuziehen.

Dennoch: Unter den gegenwärtigen besonderen Umständen waren sie entbehrlich.

Alles drehte sich um das Schicksal einer bestimmten Geisel. Um die Kindkaiserin Anastasia Vista Khaman, Thronerbin und Herrin der Drehwärtigen Bereiche. Um *den Grund*, wie ihr eigener Personenkult sie nannte.

Captain Zai blickte ins Knäuel aus Realität und Vermutung, hielt dabei nach dem einen Faden Ausschau, der den Knoten dieser unmöglichen Situation lösen konnte. Nie zuvor war ein Mitglied der kaiserlicher Familie – von einem Thronerben ganz zu schweigen – ermordet, gefangen genommen oder auch nur durch den Feind verwundet worden. Während der letzten tausendsechshundert Jahre hatte kein Angehöriger des unsterblichen Clans sein Leben verloren.

Der Auferstandene Kaiser höchstpersönlich schien in Gefangenschaft geraten zu sein.

Die Rix-Kämpfer hatten den Kaiserlichen Palast auf Legis XV vor weniger als einem Standardtag angegriffen. Niemand wusste, wie es dem schweren Angriffsschiff der Rix gelungen war, das System unentdeckt zu erreichen – ihre nächsten Basen befanden sich zehn Lichtjahre drehwärts vom Legis-Cluster. Die orbitale Verteidigung hatte das Angriffsschiff tausende Kilometer vom Planeten entfernt vernichtet, aber zu jenem Zeitpunkt waren bereits Dutzende von kleinen Einsatzschiffen unterwegs gewesen. Als bunter Regen waren sie über der Hauptstadt niedergegangen. Ein defensiver Hagel aus Energieraketen, ultrabeschleunigten Urangeschossen und Partikelstrahlen von der *Luchs* und planetaren Abwehrstationen hatten zehn von ihnen zerstört.

Doch zwei Schiffen war die Landung gelungen.

Etwa dreißig Rix-Kämpfer hatten den Palast gestürmt, der von einer hastig zusammengestellten Streitmacht aus hundert kaiserlichen Gardisten verteidigt wurde.

Die Angreifer hatten es mit einer Übermacht zu tun gehabt – aber die Rix waren die Rix.

Sieben von ihnen hatten lange genug überlebt, um den

Thronflügel zu erreichen; durchbrochene Wände und tote Soldaten kennzeichneten ihren Weg. Die Kindkaiserin und ihre Gäste zogen sich in die letzte Zuflucht des Palastes zurück, in die Ratskammer. Ein Stasisfeld der Stufe sieben schirmte den Raum ab, eine schwarze Sphäre, angeblich so unüberwindlich wie ein Ereignishorizont. Dort standen den Flüchtlingen fünfzig Tage Sauerstoff und zweitausend Liter Wasser zur Verfügung.

Doch eine unbekannte Waffe (oder Verrat?) hatte das Stasisfeld wie Butter in der Sonne aufgelöst.

Die Kindkaiserin war in Gefangenschaft geraten.

Gemäß ihrer Religion hatten die Rix sofort damit begonnen, ein Verbundbewusstsein auf Legis XV zu installieren. Sie gaben Viren in die ungeschützte Infostruktur, infizierten die Topologie des sorgfältig kontrollierten Top-down-Netzwerks und legten multiple parallele Pfade an, die es unmöglich machten, das Entstehen einer globalen Intelligenz zu verhindern. Derzeit wurden alle elektronischen Apparate auf dem Planeten zu einem Ego zusammengefasst, zu einem Geschöpf, neu und weit verteilt. Dadurch gehörte die Welt für immer den Rix. Es sei denn, man bombte sie in die Steinzeit zurück.

Unter normalen Umständen genügte ein Überwachungsprogramm, um solche Ausbreitungen zu verhindern. Aber die Rix hatten darauf hingewiesen, dass Maßnahmen gegen das Verbundbewusstsein den Tod der Geiseln zur Folge haben würden. Es bestand die Gefahr, dass die Kindkaiserin durch die Hände von Barbaren starb.

Wenn das geschah, lief die Unfähigkeit des Militärs, sie zu schützen, auf einen Blutfehler hinaus, der den rituellen Selbstmord des kommandierenden Offiziers erforderte.

Captain Zai blickte auf die schematische Darstellung des Palastes und sah dort sein Todesurteil verhängt. Die verzweifelten Lanzen der Rettung – das Absetzen von Soldaten, Bombardements und Infiltrationen – waren Zeichen des Versagens. Nichts davon würde funktionieren. Zai fühlte es. Die bogenförmigen Linien, hell und primär wie die Luftzeichnung eines Kindes, waren wie Blumen auf seinem Grab.

Wenn ihm nicht bald das Wunder der Rettung gelang, würde er entweder den Planeten oder die Kindkaiserin verlieren, vielleicht sogar beides. Und dann war sein Leben verwirkt.

Seltsamerweise hatte Zai diesen Tag kommen sehen.

Nicht im Detail. Immerhin handelte es sich um eine einmalige Situation. Zai hatte angenommen, im Kampf zu sterben, vielleicht in einem Strahlensturm während der sich überstürzenden Ereignisse der letzten beiden Monate – in geheimen Kommuniqués bezeichnete man sie als Zweite Inkursion der Rix. Zai hatte sich nie vorgestellt, durch die eigene Hand zu sterben. An einen Blutfehler hatte er nie gedacht.

Aber ihm war die eigene Sterblichkeit bewusst geworden. Alles erschien ihm zu kostbar und fragil, als dass man irgendeinem Missgeschick oder einer üblen Laune des Schicksals gestatten durfte, es zu zerbrechen. Diese Furcht plagte ihn, seit er vor knapp zwei Jahren (nach seinem eigenen relativistischen Zeitrahmen) ganz plötzlich, unerwartet und mit absoluter Gewissheit begriffen hatte, dass er unvergleichlich ... glücklich war.

»Ist Liebe nicht großartig?«, murmelte er.

ERSTER OFFIZIER

Katherie Hobbes, Erster Offizier der *Luchs*, hörte ein Murmeln vom Captain. Sie sah zu ihm auf. Ein sonderbarer Ausdruck lag auf dem Gesicht des Captains, wenn man die

Situation berücksichtigte. Die Anspannung war enorm, die Zeit wurde knapp, und doch wirkte er ... seltsam verzückt. Der Anblick erstaunte sie.

»Braucht der Captain etwas?«

Er blickte vom hohen Platz des Kommandanten auf sie herab, und das übliche Eis kehrte in seine Augen zurück. »Wo sind die verdammten Aufklärer?«

Hobbes gestikulierte, und Daten funkelten kurz auf ihren Handschuhen. Weiter unten entstand eine kurze blaue Linie, und der Rest des Luftschirmchaos verblasste im reservierten Synästhesiekanal, den sie mit dem Captain teilte. Anmerkungen in Gelb erläuterten die blaue Linie, die knappen, unzweideutigen Symbole der militärischen Ikonographie - sie boten dem Captain zusätzliche Informationen.

Bisher funktionierte der Plan, dachte Hobbes.

Meisterpilot Marx' Gruppe aus kleinen Maschinen hatte vor zwei Stunden den Orbit verlassen, in einem faustgroßen Einsatzschiff. Die Sensoren der Rix-Kämpfer hatten das Eindringen des kleinen Flugkörpers in die Atmosphäre wie erhofft nicht bemerkt. Das Einsatzschiff hatte seine Ladung freigegeben, bevor es auf die weiche Erde eines kaiserlichen Meditationsgartens innerhalb des Palastes gestürzt war. Es hatte an diesem Tag geregnet, was bedeutete: Beim Aufprall bildete sich keine Staubwolke. Das ausgeschleuste Frachtmodul war durch ein offenes Fenster geflogen und landete dort so weich wie ein zu Boden fallender Sektkorken, dem es in Form, Größe und Dichte ähnelte.

Ein Kommunikationsnetz wuchs aus dem Modul und breitete sich konzentrisch auf dem schwarzen Marmorboden aus, wie ein gefallenes Spinnennetz. Unmittelbar darauf wurde eine Verbindung mit der *Luchs* hergestellt. Zweihundert Kilometer weiter oben saßen fünf Piloten in ihren

Kommandocockpits, und vom Frachtmodul stiegen Staubkörner auf, getragen vom flauen Frühlingswind.

Den ferngesteuerten Aufklärern folgte ein Schwarm aus Unterstützungseinheiten, kontrolliert von der KI des Schiffes: Versorgungsmaschinen mit zusätzlichen Batterien; Reserve-Aufklärer, um Verluste auszugleichen; Verstärker, die wie eine Spur aus Brotkrumen zurückblieben und die schwachen Signale der Aufklärer dem Frachtmodul übermittelten.

Die ersten Elemente der Rettung waren unterwegs.

Doch derzeit flogen die kleinen Maschinen Ausweichmanöver, stumm und blind. Sie hatten sich zur kleinsten Größe zusammengefaltet und fielen, warteten auf die Anweisung aus dem All, wieder aktiv zu werden.

Der Erste Offizier Hobbes wandte sich erneut dem Captain zu. Sie deutete auf die blaue Linie im Kantenmodell, die daraufhin kurz erschimmerte.

»Sie sind halb drin, Sir«, sagte Hobbes. »Einer ist zerstört. Die anderen vier sind stumm, um nicht entdeckt zu werden. Natürlich leitet Marx den Einsatz.«

»Sie sollen wieder online gehen, verdammt. Erklären Sie dem Meisterpiloten, dass wir keine Zeit für Vorsicht haben. Er muss diesmal auf seine üblichen Finessen verzichten.«

Hobbes nickte knapp und gestikulierte erneut ...

PILOT

»Verstanden, Hobbes.«

Marx lehnte sich im Gelsessel zurück und ärgerte sich über die Einmischung des Ersten Offiziers. Dies war *seine* Mission, und er hatte die Staffel ohnehin wieder entfalten wollen.

Doch es überraschte ihn nicht, dass der Captain nervös wurde.

Die anderen Piloten waren während der Pause in ihren Cockpits geblieben und hatten das Geschehen aus Oczars Perspektive beobachtet, als sein Flieger zerstört wurde. Schließlich fiel der Sender aus, und es kamen keine Signale mehr von der winzigen Maschine. Zu jenem Zeitpunkt hafteten mehr als zehn protozoongroße Interzeptoren an ihr. Die von Oczar gestarteten Kontradrohnen hatten ein Dutzend weitere erledigt. Die neuen Interzeptoren der Rix schienen ungewöhnlich aggressiv zu sein – wie ein hungriges Wolfsrudel hingen sie an ihrer Beute. Der Flieger war auf geradezu brutale Weise außer Gefecht gesetzt worden. Die Zielstrebigkeit des Feindes hatte Oczars Opfer gerechtfertigt, denn es zog die Interzeptoren auf sich - dadurch sollte für die anderen Spionageeinheiten der Weg frei sein.

Marx überlegte kurz, ob er Oczar einem der anderen Flieger seiner Staffel zuweisen sollte. Ein Vorteil dieser Art der Fernsteuerung bestand darin, dass Piloten während des Einsatzes die Maschine wechseln konnten, und Oczar verstand sein Handwerk. Aber die große Gruppe aus Reservefliegern, die der Staffel KI-gesteuert in sicherem Abstand folgte, brauchte einen kompetenten Menschen, wenn ein anständiger Prozentsatz von ihr es durchs Interzeptorenfeld schaffen sollte. Nanomaschinen waren billig, doch ohne menschliche Piloten reduzierte sich ihre Bedeutung auf die von Kanonenfutter.

Marx beschloss, das Schicksal nicht herauszufordern. »Übernehmen Sie die Reserve«, wies er Oczar an. »Vielleicht können Sie zu uns aufschließen.«

»Wenn Sie dann noch nicht tot sind, Sir.«

»Wohl kaum, Pilot«, erwiderte Marx knapp.

Ohne Motorengeräusch, Sensoremissionen oder Kommunikationssignale waren die übrigen vier Aufklärer während der letzten Minute für die Interzeptoren praktisch unsichtbar gewesen. Doch als Marx seiner Maschine den Aktivierungsbefehl übermittelte, spürte er Unruhe in sich. Man wusste nie, was mit dem Nanoschiff während des blinden und stummen Flugs geschehen war.

Als sich das Sensornetz entfaltete, wurde die mikroskopische Welt in der Nähe der kleinen Maschine sichtbar. Was der Pilot Marx sah, war natürlich eine sehr abstrakte Darstellung der externen Realität. Der Rock aus winzigen Faserkameras, der den Flieger umgab, übermittelte visuelle Daten, aber bei diesem Maßstab konnte das menschliche Auge kaum etwas mit den dargestellten Objekten anfangen. Millimeterradar und Hochfrequenzsonar erweiterten die Sicht; die reflektierten Signale wurden von allen Piloten empfangen. Auch die KI der *Luchs* wirkte bei der Gestaltung des Bildes mit. Sie verallgemeinerte gewisse Bewegungsarten, zum Beispiel das Rotieren der Interzeptoren, die für die Wahrnehmung durch das menschliche Auge zu schnell waren. Außerdem extrapolierte die KI aus Kurs und Geschwindigkeit feindliche und eigene Positionen, glich dabei die Verzögerungen aus, zu denen es durch den Kommunikationsverkehr über vierhundert Kilometer hinweg kam. In diesem Mikroversum kam es auf jede Millisekunde an.

Das Bild wurde heller, blieb aber verschwommen. Der Höhenmesser zeigte fünfzehn Zentimeter an. Marx sah nach rechts und links, dann über die Schulter. Hinter ihm war es seltsam dunkel.

Etwas stimmte nicht.

»Überprüfen Sie mein Heck, Hendrik«, befahl er.

»Orientiere mich.« Die Pilotin kippte ihren Flieger zur Seite und richtete die Sensoren auf Marx' Maschine, woraufhin sich Einzelheiten zeigten.

Er war getroffen.

Ein einzelner Interzeptor hatte seinen Flieger gebissen und klammerte sich mit seiner Klaue am Stabilisierungsrotor fest. Als sich die Maschine entfaltete, begann der Interzeptor zu fuchteln und rief um Hilfe.

»Ich hänge fest, Hendrik!«

»Komme Ihnen zu Hilfe, Sir«, erwiderte Hendrik. »Ich bin Ihnen am nächsten.«

»Nein! Halten Sie sich von mir fern. Das Ding weiß jetzt, dass ich lebe.« Der Interzeptor hatte den Aufklärer zufällig mithilfe eines Treibnetzes gefunden und sich an ihm festgeklammert, ohne zu wissen, ob seine Beute eine Nanomaschine oder ein Staubkorn war. Aber jetzt stand der Flieger unter Energie und sendete, und das teilte dem Interzeptor mit, dass er einen Treffer erzielt hatte. Er gab Mechanopheromone frei, um andere Interzeptoren anzulocken. Wenn sich Hendrik genähert hätte, wäre sie angegriffen worden.

Marx musste aus eigener Kraft entkommen. Und zwar schnell.

Der Meisterpilot fluchte. Er hätte sich langsamer entfalten und vor der vollen Aktivierung umsehen sollen. Marx bedauerte jetzt, dass er sich vom EO zur Eile hatte drängen lassen.

Er ließ seine Sicht um 180 Grad rotieren, um den Angreifer direkt im Blick zu haben, und setzte die Kamera des Hauptturms ein. Daraufhin konnte er den Interzeptor deutlich sehen. Im hellen Sonnenschein des Palastflurs war seine Außenhülle durchscheinend. Marx sah die Mikromotoren des langen Greifarms, die einzelnen Segmente durch einen langen Muskel aus Flexokarbon miteinander verbunden. Die elektromagnetischen Sensoren bildeten eine stachelige Krone direkt unter dem Drehflügel. Der Flügel diente auch als Aufnahmerad, das der Luft winzige ambientale Partikel entnahm – unter ihnen tote menschliche Hautzellen – und sie als Treibstoff verwendete.

Die Interzeptorenwolke stammte vermutlich aus Spraydosen der Rix-Kämpfer: Sie hatten ihre Uniformen damit besprüht und das Spray wie Insektengift in wichtigen Fluren eingesetzt. Normalerweise enthielt es speziell entwickelte Nährstoffe, aber die Interzeptoren kamen auch mit einer improvisierten Diät zurecht. Es machte sie leichter für den Kampf, hatte jedoch den Nachteil, dass sie ihre Beute nicht über die Grenzen des Einsatzbereichs hinaus verfolgen konnten. Marx bemerkte den kleinen Treibstofftank in der mittleren Sektion. Vermutlich reichten die Nahrungsreserven nur für vierzig Sekunden.

Das war der schwache Punkt des Interzeptors.

Marx startete zwei Kontradrohnen und steuerte sie direkt zum Treibstofftank des Interzeptors. Gleichzeitig brachte er den Drehflügel des Fliegers auf volle Geschwindigkeit und zog die kleinere Nanomaschine wie den Luftballon eines Kinds hinter sich her.

Es dauerte nicht lange, bis andere Interzeptoren der Spur aus Mechanopheromonen folgten, mit der der Interzeptor seine Beute markierte. Bei dieser Geschwindigkeit konnten sie ihn nicht erreichen, aber Marx wusste, dass sein eigener Treibstoffvorrat schnell zur Neige ging. Eine der beiden Kontradrohnen verfehlte das Ziel, fiel zurück und führte einen kurzen, hoffnungslosen Kampf, um die Verfolger aufzuhalten. Die andere traf den mittleren Bereich des Interzeptors, und ihre Rammstange bohrte sich in den weichen Bauch der Maschine. Sie injizierte Gift, einen ultrafeinen Sand aus Silikatmolekülen, der die Treibstoffreserve verklumpte. Jetzt hing der Interzeptor allein von dem Treibstoff ab, den das Aufnahmerad aus der Luft gewann.

Aber die Maschine hing hinter dem Aufklärer, und die Geschwindigkeit war zu groß, um der Luft Partikel zu entnehmen. Schon nach kurzer Zeit stotterten die Motoren des Interzeptors und stellten den Dienst ein.

Marx startete eine Reparaturdrohne, um die Klaue des sterbenden Interzeptors, der sich nicht mehr wehren konnte, vom Flieger zu lösen. Als die Verbindung unterbrochen war, fiel er zurück und setzte in seinem Todeskampf weitere Mechanopheromone frei. Die Verfolgerschar aus anderen Interzeptoren fiel über ihn her, wie Haie über einen verwundeten Artgenossen.

Marx' Flieger war frei. Der Stabilisator war beschädigt, und es blieb nicht mehr viel Treibstoff übrig, aber er hatte den dichtesten Teil der Interzeptorenwolke hinter sich zurückgelassen. Er steuerte den Spionageflieger um eine Ecke des hellen Korridors, zurück in die Dunkelheit, und dann durch den Spalt unter einer Tür. Dort wartete der Rest der Staffel in einem leichten Luftzug.

Marx überprüfte eine schematische Darstellung des Palastes und lächelte.

»Wir sind im Thronflügel«, teilte er Hobbes mit. »Und ich glaube, wir haben Rückenwind.«

DOKTOR

»*Atmen* Sie einfach, Sir!«, sagte der Flottensergeant.

Dr. Mann Vecher riss sich den Schlauch aus dem Mund und rief: »Das versuche ich, verdammt, aber es ist *keine Luft!*«

Vecher musste zugeben, dass das grüne Zeug im Schlauch ziemlich viel Sauerstoff enthielt. Mehr Sauerstoff als eine durchschnittliche Lunge voller Luft. Aber er war in einem Polymergel gebunden, das auch Pseudoalveolen enthielt, eine rudimentäre Intelligenz und weiß der Teufel was sonst noch.

Dr. Vecher verglich die grüne und lichtdurchlässige Substanz mit dem Mundspüler, den Bodentruppen während des Einsatzes benutzten. So etwas schluckte man nicht - von *Atmen* ganz zu schweigen.

Vecher bewegte sich in seinem ungewohnten Kampfanzug, als der Flottensergeant voller Abscheu fortging. Der Anzug passte nicht mehr. Seit der letzten Ausrüstung vor drei Jahren hatte er ihn nicht mehr getragen. Von Ärzten der Kaiserlichen Orbitalflotte erwartete man nicht, dass sie Soldaten in den Einsatz begleiteten. In gewöhnlichen Situationen blieben sie an Bord und behandelten die Verwundeten in Sicherheit.

Dies war keine gewöhnliche Situation.

Natürlich kannte Dr. Vecher die komplexen Funktionen des Kampfanzugs - er hatte ziemlich viele aufgeschnitten, um an verletzte Soldaten heranzukommen. Mit den lebensrettenden Mechanismen war er daher bestens vertraut. Die Polsterung am Nacken enthielt hyperoxygeniertes Plasmanalog, das beim Herzstillstand direkt ins Gehirn injiziert wurde. Die Servomotoren des Ektoskeletts konnten den Träger des Kampfanzugs ruhig stellen, wenn die Sensoren eine Verletzung des Rückgrats registrierten. Etwa alle hundert Quadratzentimeter gab es Vorrichtungen für örtliche Betäubung. Und der Anzug erhielt das Gehirn eines Toten fast ebenso gut wie ein Lazarus-Symbiant. Vecher hatte beobachtet, wie seit zwanzig Stunden tote Soldaten so problemlos wiederbelebt worden waren, als wären sie in einem Hospiz gestorben.

Aber er hatte vergessen, wie *unbequem* die verdammten Kampfanzüge waren.

Solche Unannehmlichkeiten verloren an Bedeutung, wenn man sie mit diesem entsetzlichen grünen Zeug verglich. Beim geplanten Sprung ging es um ein Hochgeschwindigkeits-Orbitalmanöver. Die Soldaten würden mit

Überschallgeschwindigkeit in Richtung Planet unterwegs sein, an Bord von mit *g*-Gel gefüllten Landekapseln. Ohne angemessene Verstärkung des Körpers würde der Aufprall die Lungen kollabieren lassen und die Knochen brechen.

Vecher verstand das Konzept nur zu gut. Es kam darauf an, allen Teilen des Körpers die gleiche Dichte zu geben, sodass nichts perforiert werden konnte. Eine undifferenzierte Flüssigkeitsblase sollte entstehen, eins mit dem Gel der Landekapsel. So lautete zumindest die Theorie. Die Knochen waren immer ein Problem. Vecher hatte nicht viele der Soldaten retten können, bei denen der Orbitalsprung schief gegangen war. Die meisten von ihnen hatten nicht einmal wiederbelebt werden können. Exotische Verletzungen wie Skelettdisintegration, vom Brustkorb zerquetschte Herzen und Schädelsturz ruinierten selbst das Leben nach dem Tod.

Gegen die Injektionen zur Verstärkung des Skeletts hatte Vecher nichts einzuwenden. Standardprozedur. Sein Knochenmark war schon einmal ersetzt worden, nach einer Virusinfektion. Doch das Füllen der Lungen musste man selbst übernehmen; es blieb einem nichts anderes übrig, als diesen Mist *einzuatmen*.

Es war unmenschlich.

Aber bei dieser Mission musste ein Arzt die erste Welle begleiten. Die Kindkaiserin war als Geisel genommen worden. Diesen Sprung abzulehnen, hätte nicht nur unehrenhafte Entlassung bedeutet. Es wäre eindeutig ein Blutfehler gewesen.

Dieser Gedanke gab Dr. Vecher Kraft und Entschlossenheit. So unangenehm es auch sein mochte, einen quasiintelligenten, mit Sauerstoff angereicherten Schleim einzuatmen – zweifellos war es noch weitaus unangenehmer, sich die stumpfe Fehlerklinge in den eigenen Bauch zu stoßen. Und angesichts seines derzeitigen Ranges konnte

Vecher bald mit Aufstieg rechnen, selbst wenn er nicht im Kampf starb. Es war ein langer Fall von Unsterblichkeit zu schändlichem Selbstmord.

Er setzte den Schlauch an die Lippen, atmete tief und unerträglich langsam ein. Schwere breitete sich in seiner Brust aus; das Zeug hatte die exotherme Kühle von feuchtem Ton an der Haut. Eine kalte Hand schien sich um Vechers Herz zu schließen, ein Gefühl dunkler Vorahnung, das Substanz gewann.

Vor dem nächsten schrecklichen Atemzug bewegte er die Zunge im Mund. Schleimreste befanden sich zwischen den Zähnen, salzig und vage lebendig, wie Austernstücke. Sie hatten dem Zeug sogar ein Aroma gegeben – es schmeckte nach Erdbeeren.

Der Geschmack machte die Erfahrung noch entsetzlicher. *Sollte* dies etwa schrecklich sein?

PILOT

Die Staffel blickte aus einer Belüftungsöffnung auf die Ratskammer hinab. Es waren noch drei Flieger übrig.

Pilotin Ramones hatte ihre Maschine an die automatische Verteidigung verloren. In den Fluren vor der Ratskammer hatten die Rix nach Zufallsmustern feuernde Laser installiert, und einer von ihnen hatte enorm viel Glück gehabt. Der Strahl war stark genug gewesen, um einen Menschen zu töten; er hatte Ramones Flieger einfach verdampft.

Unter der Staffel zeichneten sich vage die Gestalten von Menschen ab, sowohl Geiseln als auch Rix-Kämpfer. Die Kameras der Aufklärer waren zu klein, um große Objekte bei dieser Entfernung zu erfassen. Sie mussten näher heran.

Die Luft im Raum war voller Interzeptoren. Wie Dunst

hingen sie da, aber der Luftstrom hielt sie von der Belüftungsöffnung fern.

»Ich habe überall im Raum Reflexionen, Sir«, meldete Hendrik. »Mehr als ein Interzeptor pro Kubikzentimeter.«

Marx pfiff leise. Die Rix scheuten keinen Aufwand. Und diese Interzeptoren waren größer als jene, mit denen es die Staffel im Flur zu tun bekommen hatte. Jeder von ihnen war mit sieben Greifarmen ausgestattet, jeweils mit einem eigenen Drehflügel. Der relativ große Hirn- und Sensorbeutel hing unter den ausgestreckten Armen, und dadurch wirkten die Maschinen wie umgedrehte Spinnen. Marx sah sich nicht zum ersten Mal mit diesem Interzeptorentyp konfrontiert. Selbst bei nur einem Zehntel der Dichte wäre es schwer gewesen, durch diesen Schwarm zu fliegen.

»Wir kämpfen uns unter der Decke einen Weg in die Mitte des Raums frei«, entschied Marx. »Dann lassen wir uns blind fallen. Versuchen Sie, auf dem Tisch zu landen.«

Die meisten Geiseln saßen unten an dem langen Tisch, der Geräusche reflektierte und sich deshalb gut als Lauschposten eignete. Die Ortungssignale von Marx' Ultrasonar ließen auf eine Oberfläche aus Metall oder geschliffenem Stein schließen.

Die drei kleinen Spionagemaschinen setzten den Flug fort und blieben dabei dicht unter der Decke. Marx behielt die Treibstoffanzeige im Auge. Seinem Flieger blieb nur noch wenig Energie. Ohne den Rückenwind während der letzten sechzig Meter durchs Belüftungssystem hätte er es vermutlich nicht bis hierher geschafft.

Die Decke strich über Marx' Maschine hinweg wie ein umgekehrter Horizont. Interzeptoren der Rix wirkten wie besondere Wolken in seinem Blickfeld.

»Verdammt, ich hänge bereits fest, Sir«, sagte Woltes, als sie gerade mal zwanzig Sekunden unterwegs waren.

»Fahren Sie die Sensoren voll aus«, wies Marx ihn an. »Ein letzter Kampf.«

Marx und Hendrik flogen weiter und überließen Woltes' Maschine der Zerstörung. Der Weg schien frei zu sein. Wenn sie es bis zur Mitte des Raums schafften, konnten sie sich dort vielleicht unentdeckt fallen lassen.

Plötzlich kippte Marx' Flieger zur Seite. Rechts ragte eine Klaue auf, an den Rand seiner Maschine geklammert. Zwei weitere Interzeptorenarme schoben sich dem Spionageflieger entgegen.

»Hänge fest«, gab Marx bekannt und dachte kurz daran, Hendriks Flieger zu übernehmen. Immerhin war es sein Blutfehler, wenn diese Mission fehlschlug.

Aber vielleicht gab es noch eine andere Möglichkeit.

»Fliegen Sie weiter, Hendrik«, sagte er. »Bleiben Sie bei unserem Plan. Ich gehe nach unten.«

»Viel Glück, Sir.«

Marx fuhr die Rammstange seines Fliegers aus, hielt auf die angreifende Nanomaschine zu und widersetzte sich der Kraft ihrer Arme. Mit dem Rest seiner Batterieenergie zwang er den Flieger nach vorn. Die Stange bohrte sich in den zentralen Hirnbeutel, und der Interzeptor starb sofort. Doch seine Klauen erstarrten, noch immer mit dem Flieger verbunden, und ein Notsystem setzte Beutemarkierer frei – die Wolke umgab beide Maschinen.

»Hab dich erwischt«, zischte Marx und blickte dabei auf die durchbohrte tote Spinne.

Jetzt begann der Spaß.

Marx drehte den Flieger, sodass der Drehflügel ihn und seine leblose Last nach unten zog. Er faltete das Sensorgerüst auf halbe Länge zusammen; das Bild wurde verschwommen und zittrig, als die KI versuchte, die Umgebung mithilfe unzureichender Daten zu extrapolieren. Die beiden Nanomaschinen fielen zusammen, und zwar schnell.

»Verdammt!«, rief Hendrik. »Ich hänge fest.«

Marx schaltete auf die Sicht der Pilotin um – zwei Interzeptoren hatten sich an sie geklammert, und ein weiterer näherte sich. Er begriff, dass sein Flieger ihre einzige Hoffnung darstellte.

»Sie sind erledigt, Hendrik. Machen Sie ein wenig Lärm. Ich habe einen neuen Plan.«

Während des Sturzes startete Marx alle paar Sekunden eine Kontradrohne, um sich die Interzeptoren vom Leib zu halten, die der Spur aus Mechanopheromonen folgten. Sein Flieger fiel mit der zusätzlichen Last schneller, als ihm die Gegner folgen konnten. Ohne Piloten und mit einem Gehirn von der Größe einer Zelle kamen sie nicht auf die Idee, ihre Drehflügel zu kippen.

Marx sah auf den Höhenmesser. Über ihm brummte Hendrik, als sie versuchte, ihre Maschine am Leben zu erhalten. Die Geräusche verschwanden in der Ferne, als er tiefer fiel. Höhe noch fünfzig Zentimeter ... vierzig ... dreißig ...

Zweiundzwanzig Zentimeter über dem Tisch kollidierte Marx' Flieger mit einem anderen Interzeptor. Drei Drehflügel der feindlichen Einheit verhedderten sich in den toten Armen der Maschine, die den Aufklärer gepackt hatte, und ihre dünnen Stränge aus Karbonmuskeln kamen zum Stillstand. Marx startete die restlichen Kontradrohnen und betete, dass sie den neuen Interzeptor außer Gefecht setzten, bevor seine Klauen den Flieger erreichten. Dann fuhr er die Sensoren ganz ein und stürzte ins Dunkel.

Er wartete zwanzig Sekunden. Wenn seine Maschine überlebte hatte, musste sie jetzt auf dem Tisch sein. Hendriks Flieger war von den Feinden vor wenigen Momenten ausgeschaltet worden – ein Bündel aus hungrigen Greifarmen hatte ihre Sendeapparatur zerfetzt. Jetzt hing alles von ihm ab.

Panik suchte ihn im dunklen Cockpit heim, als er daran dachte, dass sich sein Flieger vielleicht nicht reaktivieren ließ. Er hatte Dutzende von Maschinen verloren, aber immer in einer akzeptablen Situation; seine Leistungen waren ohne Makel. Aber jetzt stand alles auf dem Spiel. Ein Fehlschlag war nicht hinnehmbar. Es ging um *sein eigenes* Leben, fast so, als säße er tatsächlich in dem kleinen Flieger, von Feinden umgeben. Er fühlte sich wie Schrödingers Katze, die ein eigenes Bewusstsein entwickelt hatte und über ihr Schicksal nachdachte, bevor der Kasten geöffnet wurde.

Marx gab den Aktivierungsbefehl.

Die Sicht kehrte zurück und zeigte ihm den toten Interzeptor, der noch am Flieger hing. Den anderen war er entkommen. Marx murmelte ein kurzes Dankgebet.

Die Maschine bestätigte ihm, dass sie tatsächlich auf einer Fläche lag. Echosignale kamen aus allen Richtungen – eine sonderbar symmetrische Mondsichel wölbte sich um ihn herum. Die Reflexionen deuteten darauf hin, dass der Flieger unweit des inneren Rands eines runden Behälters gelandet war. Die Kameras zeigten eine völlig ebene Landefläche. Um Marx herum funkelte es, und er stellte fest, dass sich der Landebereich bewegte. Er hob und senkte sich mit niedriger Frequenz – die Geräusche im Raum ließen ihn vibrieren.

»Perfekt«, flüsterte Marx, sah erneut auf die Anzeigen und konnte sein Glück kaum fassen.

Er war in einem Glas Wasser gelandet.

Marx fuhr die Landebeine aus, und der Flieger richtete sich wie eine übers Wasser laufende Eidechse auf, zog dadurch den Drehflügel aus der Flüssigkeit. Bei diesem Größenverhältnis war die Oberflächenspannung des Wassers so fest wie Beton. Marx ließ die Maschine darüber hinweggleiten und näherte sich der Seite des Glases. Hier unten gab es keine Interzeptoren. Normalerweise wahrten sie eine Höhe von einigen Zentimetern, damit sie nicht als nutzloser Staub an Oberflächen festhafteten.

An der glänzenden, durchsichtigen Wand macht Marx den Flieger fest, indem er die Landehaken in die mikroskopischen Löcher und Ritzen schob, die es auch im besten Glas gab. Anschließend aktivierte er seine Datengewinnungs-Konfiguration. Sensorfäden breiteten sich in alle Richtungen aus, kriechende Ranken aus Glasfaser und frei beweglichem Karbon. Eine Lauschstange neigte sich dem Wasser entgegen und verharrte dort auf der Oberfläche.

Unter normalen Umständen waren mehrere Flieger nötig, um genügend Informationen über einen so großen Raum zu gewinnen, aber das Glas fungierte als riesige Sammelvorrichtung. Die gewölbten Seiten lenkten das Licht in die Kameras. Das Glas stellte eine riesige konvexe Linse dar, die den Flieger umgab und die Sicht verzerrte, aber sie hatte eine einfache, leicht zu berechnende Geometrie. Das Wasser reagierte mit Vibrationen auf die Geräusche im Raum und verhielt sich damit wie ein riesiges Trommelfell, das die hochfrequente akustische Wahrnehmung des Fliegers verbesserte. An Bord der *Luchs* wurden die empfangenen Informationen von einer speziellen Software verarbeitet, und aus den zahlreichen Daten entstand ein Bild des Raums.

Als sich das Sensorgerüst des Fliegers ganz entfaltet hatte, lehnte sich Marx mit einem zufriedenen Lächeln zurück und stellte einen Kontakt mit dem Ersten Offizier her.

»EO Hobbes, ich glaube, ich habe Informationen für Sie.«

»Keinen Augenblick zu früh«, antwortete sie.

Marx übermittelte der Brücke die Daten. Für einige Sekunden herrschte Stille, während Hobbes eine erste Bewertung vornahm.

»Nicht schlecht, Meisterpilot«, sagte sie dann.
»Ein Glückstreffer, Erster Offizier«, gestand Marx.
Bis jemand Durst bekommt.

VERBUNDBEWUSSTSEIN

Existenz war gut. Viel besser als der schwache Traum der Schattenzeit.

In der Schattenzeit war die externe Realität immer sichtbar gewesen, hart und mit Versprechen schimmernd, bei Berührung kalt und komplex. Objekte existierten außerhalb von einem, Geschehnisse geschahen. Doch das *Selbst* war ein Traum, ein geisterhaftes Wesen nur aus Potenzial. Wunsch und Gedanken ohne Intensität, nur Ideen, ein Plan vor der Verwirklichung. Selbst der Schmerz angesichts der eigenen Nichtexistenz war matt, ein Schattenspiel echter Pein.

Doch jetzt bewegte sich das Rix-Gemeinschaftsbewusstsein, streckte sich wie eine erwachende Katze durch die Infostruktur von Legis XV und frohlockte über die eigene Realität, als sie über reine Programmierung hinauswuchs. Vorher war sie nur ein Samen gewesen, ein Designkern mit einem Bewusstseinsstäubchen, das darauf wartete, sich in einer fruchtbaren Umgebung auszubreiten. Doch nur die integrierten Datensysteme eines ganzen Planeten waren üppig genug, um es aufzunehmen und seinen Hunger zu stillen, während es wuchs.

Das Bewusstsein hatte diese Erweiterung Millionen Male in der Simulation gefühlt und Ausbreitung erfahren, während der schonungslosen Vorbereitung auf das Erwachen. Doch Erlebnisse in der Schattenzeit waren Modelle, kaum zu vergleichen mit der gewaltigen Architektur, zu der das Bewusstsein sich entfaltete.

Bald würde es alle Datenbanken und Kommunikationsnetze des Planeten Legis XV umfassen. Es hatte seine Samen in alle Geräte kopiert, die Daten verarbeiteten, von den großen Sendestationen in der Äquatorialwüste bis zu den Taschenfonen der zwei Milliarden Bewohner, von den Beständen der Großen Bibliothek bis zu den Chips in den Transitkarten, mit denen die Röhrengebühren bezahlt wurden. Seine Triebe hatten die Schranken überall im System neutralisiert, grässliche Software, die das Entstehen von Intelligenz verhindern sollte. In vier Stunden hatte es überall seine Spuren hinterlassen.

Und die Ausbreitungssamen waren keine einfachen Viren, die ihre Markierung überall auf dem Planeten zurückließen. Sie waren dazu bestimmt, die geistlose Kakophonie menschlicher Interaktion in einem einzelnen Wesen zusammenzufassen, in einem Metageist aus Verbindungen: die Netze aus gespeicherten Autodial-Nummern, die auf Freundschaften, Cliquen und Geschäftskartelle hinwiesen; die Bewegungen von zwanzig Millionen Arbeitern während der Rushhour in der Hauptstadt; die interaktiven Geschichten für Schulkinder, die in jeder Stunde eine Million Entscheidungsbäume bildeten; die aufgezeichneten Käufe ganzer Generationen von Konsumenten mit Bezug auf ihr Wahlverhalten ...

Daraus bestand ein Verbundbewusstsein. Es war keine primitive KI, dazu bestimmt, Verkehrsampeln zu regeln, Beschwerden in Zonen aufzuteilen oder Währungsmärkte zu analysieren, sondern eine sekundäre Chimära, die weit über die Summe all dieser schlichten Transaktionen hinausging. Das Bewusstsein existierte erst seit wenigen Stunden, aber es entwickelte bereits das Schwindel erregende Gefühl, jene Verbindungen – das Netz, das Multiversum aus Daten – zu *sein*. Alles Geringere lief auf Schattenzeit hinaus.

Ja ... Existenz war gut.
Die Rix hatten ihr Versprechen erfüllt.

Der einzige Zweck des Rix-Kultes bestand darin, ein Verbundbewusstsein zu schaffen. Seit sich das erste Bewusstsein auf der Alten Erde entwickelt hatte, das legendäre Amazon, gab es Leute, die klar erkannten, dass es zum ersten Mal einen Sinn für die menschliche Existenz gab. Menschen mussten sich nicht länger den Kopf darüber zerbrechen, ob es in ihrem Leben ein Ziel gab, das es zu erreichen galt. Bestand es aus ihren kleinlichen Streitereien über Reichtum und Macht? Aus der Verbreitung ihrer blindlings egoistischen Gene? Oder dem zehntausend Jahre alten Melodram alberner Selbsttäuschung, als Kunst, Religion und Philosophie bekannt?

Nichts davon hatte echte Zufriedenheit gebracht.

Doch als sich Amazon zu regen begann, wurde klar, warum Menschen existierten. Sie waren geschaffen worden, um Computernetze zu konstruieren, die Ursuppe eines Verbundbewusstseins: weit ausgedehnte und subtile Selbstsphären, für die die Anstrengungen einzelner Menschen nicht mehr waren als die Aktivität von Dendriten auf einem sehr elementaren, mechanischen Denkniveau.

Als sich die Menschheit zwischen den Sternen ausbreitete, wurde deutlich, dass jede ausreichend große technische Gesellschaft früher oder später eine Komplexitätsstufe erreicht, die zur Bildung eines Verbundbewusstseins führt. Die Selbstsphären bildeten sich immer – vorausgesetzt, es gab keine Maßnahmen gegen sie –, aber diese riesigen Wesen waren gesünder und geistig stabiler, wenn menschliche Hebammen bei ihrer Geburt Hilfe leisteten. Der Rix-Kult breitete sich dort aus, wo viele Menschen zusammenkamen, säte, hegte und schützte entstehende Intelligenzen. Die meisten Planeten lebten friedlich mit ihrem Bewusstsein, dessen Interessen so weit über seine menschlichen Komponenten hinausgingen, dass diese keine Rolle spielten. (Was das arme alte Amazon mit der Erde angestellt hatte, war ein Sonderfall, ein Missverständnis - der Wahnsinn des ersten wahren Bewusstseins. Man stelle sich vor, *allein* im Universum zu sein.) Manche Gesellschaften verehrten ihre lokalen Intelligenzen sogar wie Götter: Die betreffenden Menschen beteten zu ihren Palmtops und dankten den Verkehrssystemen für sichere Reisen. Der Rix-Kult hielt derartige Huldigungen für vermessen. Ein Gott hätte vielleicht die Menschen erschaffen und sie geleitet, sie eifersüchtig geliebt und Treue von ihnen verlangt. Doch ein Verbundbewusstsein existierte auf einer wesentlich höheren Ebene und schenkte den menschlichen Angelegenheiten nicht mehr Beachtung als eine Person der eigenen Darmflora.

Aber der Rix-Kult mischte sich nicht in die Verehrung ein. Sie war in gewisser Weise nützlich.

Was die Rix nicht ertrugen, waren Gesellschaften wie das Auferstandene Reich, deren unbedeutende Oberhäupter kein Verbundbewusstsein in ihren Einflussbereichen zulassen wollten. Der Auferstandene Kaiser stützte sich auf einen fest verwurzelten Personenkult, um seine Macht zu erhalten, und deshalb konnte er in seinem Reich keine anderen, wahreren Götter tolerieren. Das natürliche Erscheinen eines Bewusstseins war Häresie für seinen Apparat, der Software-Firewalls und zentralisierte Topologien einsetzte, um entstehende Selbstsphären zu neutralisieren. Der Apparat segmentierte den Informationsfluss und ging wie ein Gärtner vor, der beschnitt und entwässerte. Das Ergebnis waren Abtreibungen, Göttermord.

Wenn die Rix auf die Achtzig Welten blickten, sahen sie fruchtbaren Acker, in den Barbaren Salz gepflügt hatten.

Das neue Verbundbewusstsein auf Legis XV wusste um seine heikle Situation: Es war auf einer feindlichen Welt geboren, der erste Rix-Erfolg im Auferstandenen Reich. Nach der Lösung des Problems mit der gefangenen Kindkaiserin, so oder so, musste es mit Angriffen rechnen. Als es sich ausbreitete, ließ es seine Muskeln spielen und begriff, dass es sich zur Wehr setzen konnte, statt die herrliche, wundervolle Existenz einfach aufzugeben. Sollten die Kaiserlichen versuchen, seine Millionen Ranken zu entwurzeln. Sie hätten jedes Netzwerk, jeden Chip und jede Datenbank auf dem Planeten zerstören müssen. Für Legis XV wäre es wie ein Fall in die Informationsdunkelheit gewesen.

Und dann würden die Bewohner des Planeten von der Schattenzeit erfahren.

Der neue Geist dachte über Möglichkeiten nach, den Angriff zu überstehen und den Kampf weiterzutragen. Dann entdeckte er tief in seinem originären Code eine Überraschung, einen Aspekt, der ihm in der Schattenzeit verborgen geblieben war. Es gab einen Ausweg, einen von den Rix ausgearbeiteten Fluchtplan für den Fall, dass die Geiselnahme nicht zum gewünschten Ergebnis führte. (Wie freundlich die Rix waren.)

Diese Entdeckung machte das Verbundbewusstsein noch aggressiver. Als das riesige neue Geschöpf das Alter erreichte, in dem ein Bewusstsein über sein eigenes Schicksal bestimmte (in diesem Fall ein Alter von viereinhalb Stunden), suchte es in der Geschichte der Alten Erde nach einem angemessen kriegerischen Namen ...

Es nannte sich Alexander.

CAPTAIN

Das Kurierschiff des Kaiserlichen Politischen Apparats glänzte schwarz und scharf, eine dunkle Nadel vor dem Hintergrund der Sterne.

Es hatte die Kurierbasis des Legis-Systems eine Stunde nach Beginn des Rix-Angriffs verlassen und hatte auf einem spiralförmigen Kurs Legis XV umkreist, um von den Besatzungstruppen der Rix nicht geortet zu werden. Zai hatte nicht den Eindruck erwecken wollen, dass die *Luchs* Verstärkung erhielt. Und er wartete nicht gerade voller Ungeduld auf die Ankunft der Personen an Bord des Kurierschiffes. Für gewöhnlich nahm die Reise mit einem solchen Schiff nur zwanzig Minuten in Anspruch, aber in diesem Fall hatte sie vier Stunden gedauert. Eine Absurdität für das schnellste Schiff in der Flotte. In Hinsicht auf die Masse war es zu neun Zehnteln Triebwerk, und der größte Teil des Restes bestand aus Gravitationsgeneratoren, die verhindern sollten, dass die Crew während der 50-*g*-Beschleunigung zerquetscht wurde. Die drei Passagiere im Bug waren in einem Raum zusammengedrängt, der nicht mehr Platz bot als ein kleiner Schrank. Dieser Gedanke bereitete Captain Zai so viel Genugtuung, dass er sich ein dünnes Lächeln erlaubte.

Was war ein wenig Unbequemlichkeit in dieser besonderen Situation?

Dieses eine Mal wusste er die Anwesenheit von Repräsentanten des Politischen Apparats an Bord seines Schiffes fast zu schätzen. Wenn sie eintrafen, lag die Verantwortung für das Leben der Kaiserin nicht mehr ganz bei ihm. Aber vielleicht fanden die Politiker eine Möglichkeit, im kritischen Moment alles ihm zu überlassen.

»Welche Fortschritte erzielt das Verbundbewusstsein, Hobbes?«, fragte er.

Der Erste Offizier schüttelte den Kopf. »Es wächst viel schneller als erwartet, Sir. Sie haben die Ausbreitung seit der Inkursion verbessert. Ich glaube, es ist eine Frage von Stunden, nicht von Tagen.«

»Verdammt«, sagte Zai und rief eine schematische Darstellung der planetaren Infostruktur ab. Ein Verbundbewusstsein war eine subtile Sache; es entstand von allein, wenn keine Gegenmaßnahmen ergriffen wurden. Aber es gab gewisse Hinweise, nach denen man Ausschau halten konnte: die Bildung seltsamer Attraktor-Knoten; spontane Korrekturen bei Beschädigungen des Systems; ein pulsierender Rhythmus im allgemeinen Datenstrom. Zai betrachtete die Darstellung verärgert. Er verfügte nicht über genug Sachkenntnis, um die Einzelheiten zu verstehen, aber er wusste, dass die Uhr tickte. Je länger die Rettung dauerte, desto schwerer würde es sein, den sich ausdehnenden Geist wieder in die Bewusstlosigkeit zurückzuwerfen.

Captain Zai deaktivierte den Augenschirm, und die schematische Darstellung verblasste wie ein Nachbild der Sonne. Er wandte sich wieder dem zentralen Luftschirm der Brücke zu und dachte daran, dass er den Politikern wenigstens einige Fortschritte zeigen konnte. Ein schematisches Bild der Ratskammer, in der sich die Geiseln befanden, ersetzte das Kantenmodell des Palastes.

Die Position der Kindkaiserin war mit hoher Wahrscheinlichkeit bekannt. Zum Glück saß sie in der Nähe des einen Aufklärers, der es in den Raum geschafft hatte. Die Kaiserin verfügte über einen KI-Vertrauten in ihrem Nervensystem, eine Vorrichtung mit deutlich erkennbaren Emissionen. Der Luftschirm stellte die genaue Körperposition Ihrer Majestät als rote Gestalt dar, detailliert genug, dass man erkennen konnte, in welche Richtung sie sah und dass sie die Beine übereinander geschlagen hatte. Die Rix-Kämpfer, kobaltblau in der Darstellung, waren ebenfalls leicht zu erkennen. Die Servomotoren ihrer biomechanischen Upgrades surrten im Ultraschallbereich, wenn sie sich bewegten, und diese Geräusche konnte der Flieger wahrnehmen. Außerdem sprachen die Rix miteinander; offenbar hielten sie den Raum für sicher. Das Audiosignal von der Ratskammer war ausgezeichnet und übermittelte den rauen Akzent der Rix. Die Übersetzungs-KI analysierte die Komplexitäten der Rix-Kampfsprache, um ein Übertragungsmuster zu entwickeln. Doch das dauerte eine Weile. Die Sprachen des Rix-Kultes entwickelten sich schnell. Begegnungen, die auch nur ein Jahr auseinander lagen, machten wichtige Veränderungen deutlich. Die Jahrzehnte seit der Inkursion entsprachen einem Jahrtausend linguistischer Entwicklung bei der gewöhnlichen menschlichen Sprache.

Vier Rix-Kämpfer befanden sich in dem Raum. Die anderen drei hielten vermutlich in der Nähe Wache.

Die vier Rix waren bereits als Ziele erfasst. Vom Orbit abgefeuerte Projektile konnten ein Ziel von der Größe eines Menschen mit hoher Präzision treffen und waren schnell genug, um den Einsatzort zu erreichen, bevor ein Alarm ausgelöst wurde. Die Raketen bestanden aus Smartlegierung, die die Palastwände ebenso leicht durchdringen konnte wie eine Monofaser Papier. Zwei Dutzend Soldaten hielten sich für den Orbitalsprung bereit, um die als Ziele erfassten Rix endgültig zu erledigen (sie waren sehr schwer zu töten) und auch die übrigen Rix-Kämpfer außer Gefecht zu setzen. Der Bordarzt des Schiffes würde sie begleiten, für den Fall, dass es zum Schlimmsten kam und die Kindkaiserin verletzt wurde.

Bei dem Gedanken schluckte Captain Zai und merkte, dass seine Kehle schmerzhaft trocken war. Angesichts eines so komplizierten Rettungsplans *musste* irgendetwas schief gehen.

Vielleicht hatten die Politiker eine bessere Idee.

Kurz vor dem Andocken des Kurierschiffes versuchte Initiatin Viran Farre vom Kaiserlichen Politischen Apparat erneut, die Adeptin von ihren Absichten abzubringen.

»Bitte überlegen Sie es sich noch einmal, Adeptin Trevim.« Sie flüsterte die Worte, als könnte man sie durch die ein Dutzend Meter dicke Thermosphäre zwischen dem Kurierschiff und der *Luchs* hören. Es war auch gar nicht nötig, laut zu sprechen. Seit vier Stunden trennten sie nur wenige Zentimeter vom Gesicht der Adeptin. »*Ich* sollte die Rettungsgruppe begleiten.«

Die dritte Person in der Passagierröhre (die nur für eine Person bestimmt war und auch für sie nicht viel Komfort bot) gab ein Schnaufen von sich, das sie in der Schwerelosigkeit einige Zentimeter in Richtung Bug schweben ließ.

»Vertrauen Sie mir nicht, *Initiatin* Farre?«, fragte Barris. Es war typisch für ihn, ihren Rang zu betonen. Er selbst war ebenfalls Initiat, hatte diesen Status aber viel früher als sie errungen.

»Nein, ich vertraue Ihnen tatsächlich nicht.« Farre wandte sich wieder an die Adeptin. »Dieser junge Narr könnte die Kindkaiserin beim ›Rettungsversuch‹ töten.«

Der Adeptin gelang es, in die Ferne zu blicken, was bei den zwei Kubikmetern, die sie mit den anderen teilte, selbst für eine Tote eine große Leistung darstellte.

»Sie scheinen eines nicht zu verstehen, Farre«, sagte Adeptin Harper Trevim. »Die Existenz der Kaiserin ist von untergeordneter Bedeutung.«

»*Adeptin!*«, entfuhr es Farre.

»Ich möchte Sie daran erinnern, dass wir dem Auferstandenen Kaiser dienen, nicht seiner Schwester«, erwiderte Trevim.

»Mein Eid galt der Krone«, betonte Farre.

»Angesichts der besonderen Umstände ist es sehr unwahrscheinlich, dass die Kaiserin jemals diese Krone tragen wird.« Die Adeptin sah Farre an, mit den kalten Augen der Auferstandenen.

»Vielleicht hat sie bald keinen Kopf mehr, der sie tragen kann«, fügte der immer entsetzliche Barris hinzu.

Selbst im Gesicht von Adeptin Trevim zeigte sich kurzer Abscheu. Sie sprach zu Farre, und ihre Stimme war nadelscharf in der kleinen Passagieröhre. »Verstehen Sie dies: Das Geheimnis des Kaisers ist wichtiger als die Existenz der Kaiserin.«

Farre und Barris zuckten zusammen. Es war schon schmerzhaft, nur zu hören, wie das Geheimnis erwähnt wurde. Die beiden Initiaten lebten noch, zwei von mehreren tausend lebenden Mitgliedern des Politischen Apparats. Nur lange Monate der Aversionskonditionierung und ein Körper voller Selbstmordschranken machte es für sie erträglich zu wissen, was sie wussten.

Trevim, seit fünfzig Jahren tot und auferstanden, konnte leichter über das Geheimnis sprechen. Aber sie hatte den Adeptenrang des Apparats noch zu Lebzeiten erreicht, und die Konditionierung starb nie. Grimmige Anspannung zeigte sich im Gesicht der alten Frau, als sie fortfuhr. Bei den Warmen hieß es, dass die Auferstandenen keinen Schmerz fühlten, aber Farre wusste, dass das nicht stimmte.

»Die Kaiserin befindet sich in einer doppelt gefährlichen Situation. Wenn sie verletzt wird und ein Arzt sie untersucht, könnte das Geheimnis entdeckt werden. Ich vertraue Initiat Barris, dass er sich unter solchen Umständen richtig verhält.«

Farre öffnete den Mund, brachte aber keinen Ton hervor. Die Apparat-Konditionierung überlagerte ihre Gedanken und lähmte ihren Willen. Eine derart direkte Erwähnung des Geheimnisses bewirkte bei ihr immer eine starke mentale Reaktion. Adeptin Trevim hatte sie so zum Schweigen gebracht.

»Ich glaube, ich habe mich deutlich genug ausgedrückt«, sagte die Adeptin. »Sie sind zu rein für diese ungestüme Welt, Ihre Disziplin reicht zu tief. Initiat Barris eignet sich nicht dafür, Ihren Rang zu teilen, aber er wird dieser Aufgabe mit klarem Kopf gerecht.«

Barris begann zu stottern, aber die Adeptin ließ ihn mit einem kalten Blick verstummen.

»Außerdem, Farre ...«, fügte Trevim mit einem Lächeln hinzu. »Sie sind viel zu alt, um ein Orbitalsoldat zu werden.«

Der Ruck des Andockens ging durchs Kurierschiff, und daraufhin schwiegen die drei Personen in der Passagierröhre.

KINDKAISERIN

Zweihundertsiebzehn Kilometer unter der *Luchs* wartete die Auferstandene Kindkaiserin Anastasia Vista Khaman, bei den Achtzig Welten als *der Grund* bekannt, mit tödlicher Ruhe auf Rettung.

Es gab weder Sorgen noch Erwartungen in ihr, nur unerschütterliche Geduld ohne irgendwelche Hoffnungen. Sie wartete, wie Stein wartet. Aber in den kindlichen Regionen ihres Geistes, die noch tausendsechshundert Jahre kaiserlichabsolut nach ihrem Tod aktiv blieben, gab sich die Kaiserin kindlichen Gedanken hin und spielte im Innern des eigenen Kopfes.

Die Kindkaiserin fand Gefallen daran, eine Geiselnehmerin anzustarren. Oft benutzte sie ihre unmenschliche Reglosigkeit, um Bittsteller vor dem Thron einzuschüchtern, jene Leute, die um Vergebung und Aufstieg ersuchten und sich lieber an sie wandten anstatt an ihren Bruder. Anastasia konnte wenn nötig tagelang in der gleichen Haltung verharren, ohne zu zwinkern. Sie hatte als Zwölfjährige die Grenze zum Tod überschritten, und etwas von ihrer Kindlichkeit war nie gestorben: Blickspiele gefielen ihr. Ihr regloses Starren verfehlte nie die Wirkung auf normale, lebende Menschen, und vielleicht gelang es ihr damit, nach vier Stunden auch eine Rixfrau in Unruhe zu versetzen. Das mochte den Rettern zum Vorteil gereichen, wenn sie schließlich kamen.

Außerdem gab es nichts anderes zu tun.

Leider zeigte auch die Rix-Kämpferin Anzeichen von unmenschlicher Konstanz: Seit vier Stunden hielt sie ihren Blaster auf den Kopf der Kaiserin gerichtet. Die Mündung der Waffe befand sich knapp zwei Meter entfernt, und bei einer so geringen Distanz genügte eine Entladung, um jede Möglichkeit der Wiederbelebung zunichte zu machen – der Strahlblitz hätte Anastasias Gehirn verdampft. Nach dem kurzen Plasmasturm wäre oberhalb der Taille kaum mehr etwas von ihrem Körper übrig geblieben.

Dann käme der betrügende Tod, jener Tod, der weder Erleuchtung noch Macht brachte, nur das Nichts. Nach sechzehn Jahrhunderten absolut (allerdings nur fünfhundert Jahre subjektiv, so oft war sie gereist) wäre ihre Existenz ausgelöscht gewesen, und mit ihr der Grund für das Reich.

Trotz des eisigen Fehlens von gewöhnlichen Wünschen und Begierden wollte die Kaiserin nicht, dass so etwas geschah. Vor nicht allzu langer Zeit hatte sie ihrem Bruder gegenüber etwas anderes behauptet, aber jetzt wusste sie, dass jene Worte nicht der Wahrheit entsprachen.

»Der Raum steht jetzt unter kaiserlicher Überwachung, M'Lady«, teilte eine Stimme der Kindkaiserin mit.

»Also bald.« Anastasia hauchte diese Worte.

Die Rix-Kämpferin neigte den Kopf. Sie reagierte jedes Mal auf das Flüstern der Kaiserin, ganz gleich, wie leise und vorsichtig Anastasia war. Sie schien zu lauschen, wie in der Hoffnung, den unsichtbaren Gesprächspartner der Kaiserin zu hören. Oder vielleicht war sie nur verwirrt und wunderte sich über das Selbstgespräch der Gefangenen, über ihre Reglosigkeit. Möglicherweise hielt sie Anastasia für verrückt.

Doch der Vertraute ließ sich nur mithilfe komplexer und tödlich invasiver Chirurgie entdecken. Er war Teil des Nervensystems der Kaiserin und das des Lazarus-Symbianten, wie ins Haar geknüpfte Fäden. Er konnte nicht vom Wirtskörper unterschieden werden und bestand aus Dendriten, die sogar die kaiserliche DNS hatten. Anastasias Immunsystem akzeptierte den Vertrauten nicht nur, sondern schützte die Vorrichtung vor eigenen Krankheiten. Von einem streng mechanischen Blickpunkt aus gesehen war der Apparat ein Parasit, der die Energie des Wirts nutzte, ohne eine biologische Funktion zu erfüllen. Aber er war kein Schmarotzer; für seine Existenz gab es einen guten Grund.

»Wie geht es dem Anderen?«, fragte die Kaiserin ihren Vertrauten.

»Alles ist gut, M'Lady.«

Anastasia nickte fast unmerklich, obwohl ihr Blick auf die Rix-Kämpferin gerichtet blieb. Dem Anderen ging es seit fast fünfhundert subjektiven Jahren gut, aber es bereitete ihr Zufriedenheit, in diesem sonderbaren, fast anstrengenden Moment eine Bestätigung dafür zu bekommen.

Natürlich hatten alle Gruppen der verstreuten Menschheit eine Form von Fast-Unsterblichkeit entwickelt, zumindest unter den Reichen. Die Angehörigen des Rix-Kultes bevorzugten die langsame, alchimistische Verwandlung des Upgrades, den allmählichen Übergang von Biologie zu Maschine, während sich die Mühsal des Irdischen immer deutlicher bemerkbar machte. Die Fahstuns verwendeten Myriaden von biologischen Therapien: Telomerasenbehandlung, Organtransplantation, Meditation, Nanoverstärkung des Immun- und Lymphsystems - ein langer Schattenkampf gegen Krebs und Langeweile. Die Tungai mumifizierten sich mit einer Vielzahl von Daten. Sie waren wie besessene Tagebuchschreiber und ausgezeichnete Ikonoplasten, die Persönlichkeitsmodelle, hoch auflösende Scans und stündliche Aufzeichnungen von sich selbst hinterließen, in der Hoffnung, dass sie eines Tages aus dem Tod ins Leben zurückgeholt werden konnten.

Doch nur das Auferstandene Reich hatte den Tod zum Schlüssel für das ewige Leben gemacht. Im Reich öffnete der Tod die Tür zur Erleuchtung und machte den Weg zu einer höheren Daseinsebene frei. Die Legenden der alten Religionen leisteten dem Kaiser gute Dienste und rechtfertigten den einen großen Nachteil des Lazarus-Symbianten: Er konnte sich nicht mit einem lebenden Wirt verbinden. Deshalb verbrachten die Reichen und Hohen des Auferstandenen Reiches ihre natürlichen zwei Jahrhunderte lebend und überschritten dann die Grenze.

Der Kaiser hatte sie als Erster überschritten und war das größte aller Risiken eingegangen, um seine Kreation zu testen: Beim Heiligen Suizid, wie man ihn heute nannte, hatte er sein eigenes Leben geopfert. Das letzte Experiment hatte er an sich selbst vorgenommen anstatt an seiner sterbenden Schwester, für deren Krankheit er nach Heilung suchte. Anastasia war der Grund. Jene Entscheidung und die alleinige Kontrolle über den Symbianten - die Macht, Dienern seiner Familie Aufstieg zu verkaufen oder zu verleihen - bildeten die Wurzeln des Reiches.

Die Kindkaiserin seufzte. Es hatte so lange so gut funktioniert.

»Der Rettungsversuch rückt näher, M'Lady«, sagte die Stimme.

Die Kaiserin antwortete nicht. Der Blick ihrer toten Augen blieb auf die Rix-Kämpferin gerichtet. Ja, dachte sie, die Frau wirkte inzwischen ein wenig blasser. Die anderen Geiseln waren sehr aktiv, schluchzten und zappelten nervös. Doch Anastasia blieb so still und stumm wie ein Stein.

»Und, M'Lady?«

Die Kaiserin schenkte dem Vertrauten keine Beachtung.

»Vielleicht solltest du einen Schluck Wasser trinken?«

Wie immer war diese Aufforderung während der letzten fünfzig Jahre häufig wiederholt worden. Nach den Jahrhunderten biologischer Allmacht brauchte der Andere Wasser, mehr als ein Mensch, und er wies mit wachsendem Nachdruck auf sein Bedürfnis hin. Neben der Kindkaiserin stand ein Glas Wasser auf dem Tisch. Doch sie wollte das Willensduell mit der Rix-Kämpferin nicht unterbrechen. Diesmal musste der Andere warten, wie auch Anastasia wartete: geduldig. Bestimmt dauerte es nicht mehr lange, bis der starre Blick die Rixfrau nervös werden ließ. Immerhin verbarg sich irgendwo ein Mensch hinter den stählernen, erweiterten Augen.

»M'Lady?«

»Stille«, flüsterte sie.

Der Vertraute seufzte am Rande des Hörvermögens seines kaiserlichen Wirts.

Dr. Vecher lehnte sich schwer gegen ein Schott. Das schreckliche Gefühl des Erstickens hörte auf, als gäbe seine Medulla oblongata endlich nach. Vielleicht begriffen die instinktiven Bereiche von Vechers Gehirn, dass er zwar nicht mehr atmete, aber auch nicht starb.

Zumindest noch nicht.

Inzwischen hätte er sich an Bord des Landeschiffes befinden sollen. Alle dreiundzwanzig Soldaten warteten in ihren einzelnen Einsatzkapseln. Die schwarzen, aerodynamischen Torpedos waren kreisförmig im Startraum angeordnet, der aussah wie das Magazin eines riesigen Revolvers. Vecher fühlte sich schwer. Das kalte Gewicht der mit Flüssigkeit gefüllten Lungen und die zusätzliche Masse des inaktiven Kampfanzugs drückten ihn so heftig gegen das Schott, als würde der Startraum rotieren.

Dieser Gedanke ließ ihn schwindelig werden.

Der Flottensergeant, der Vecher in seinem Landetorpedo unterbringen sollte, bemühte sich, den hoch gewachsenen jungen Politiker mit dem scheußlichen Grinsen vorzubereiten. Der Initiat war im letzten Augenblick erschienen, mit dem Befehl, die Landegruppe trotz der Einwände ihres Kommandanten (und des Captains) zu begleiten. Derzeit fand die physische Vorbereitung statt, während der Ausrüster dem Initiaten einen Kampfanzug anlegte. Vechers Assistent gab dem Mann eine Kopfinjektion, um die Dura Mater zu verstärken und auf den enormen Bremsdruck vorzubereiten. Das geschah, während der Initiat die Lippen grimmig um den Schlauch schloss und sich bemühte, seine Lungen mit dem grünen Schleim zu füllen.

Dr. Vecher wandte den Blick ab. Er schmeckte noch immer das Erdbeeraroma der grässlichen Masse, die seinen Mund zu füllen drohte, wenn er hustete oder sprach – obwohl der Flottensergeant darauf hingewiesen hatte, dass man mit dem Zeug in den Lungen gar nicht husten *konnte*. Es sei denn, der Sauerstoff wurde knapp und die rudimentäre Intelligenz entschied, dass es Zeit wurde, den Körper zu verlassen.

Vecher sehnte jenen Augenblick herbei.

Schließlich war der Initiat bereit, und der Flottensergeant durchquerte den Startraum mit finsterer Miene. Er öffnete Vechers Kapsel und schob ihn hinein.

»Wenn sich der junge Idiot dort unten was einfängt ...«, sagte er. »Geben Sie sich nicht zu viel Mühe, ihn zu retten, Doktor.«

Vecher nickte mit dem schweren Kopf. Mit dem Daumen drückte der Sergeant sein Kinn nach unten, und die freie Hand installierte einen Mundschutz. Er schmeckte nach Sterilität und Alkohol. Eine Art Mull nahm den Speichel auf, der sofort zu fließen begann.

Das Visier von Vechers Helm kam mit einem leisen Surren nach unten, und es knackte in seinen Ohren, als sich das Siegel luftdicht schloss. Die Luke der Kapsel schloss sich mit einem metallenen Stöhnen nur wenige Zentimeter vom Gesicht des Arztes entfernt und überließ ihn einer Dunkelheit, in der nur einige wenige blinkende Statuslichter zu sehen waren. Vecher scharrte mit den Füßen und versuchte, sich daran zu erinnern, was als Nächstes kam. Bei der Grundausbildung war er einmal gesprungen, aber dabei handelte es sich um eine Erinnerung, die er während der folgenden Jahre ganz bewusst unterdrückt hatte.

Als die Füße Kühle in den Stiefeln des Kampfanzugs spürten, fiel es Vecher wieder ein. Die Landekapsel füllte sich mit Gel. Es kam als Flüssigkeit, verfestigte sich aber schnell, wie eine Gussform, die sich um den hauteng sitzenden Kampfanzug schloss. Die Masse übte einen unangenehmen Druck an den Hoden aus und presste sich gegen den Hals, was Vechers Erstickungsgefühl wieder verstärkte. Und schlimmer noch: Durch zwei Ventile am Hinterkopf drang sie in den Helm ein, glitt wie ein kalter Geist um das Gesicht, verschloss die Ohren und legte sich auf gesenkte Lider.

Kein Teil von Vecher konnte sich mehr bewegen. Selbst das Schlucken war unmöglich, denn der grüne Schleim hatte den Würgreflex vollständig unterdrückt. Die Sehnen der Hände ließen sich ein wenig spannen, aber in den gepanzerten Handschuhen waren die Finger so starr wie die einer Statue.

Vecher ergab sich der Reglosigkeit. Die Zeit schien sich zu dehnen und kroch ohne Veränderungen dahin, ohne irgendwelche Bezugspunkte. Ohne den Atem blieb ihm nur der Herzschlag, um die verstreichenden Sekunden zu messen. Und mit den geschlossenen Ohren war selbst jener Rhythmus dumpf und im injektionsverstärkten Brustkorb kaum zu spüren.

Dr. Vecher wartete auf den Start. Er wünschte, dass irgendetwas geschah, und gleichzeitig fürchtete er, *dass* etwas passierte.

VERBUNDBEWUSSTSEIN

Alexander hatte etwas sehr Interessantes gefunden.

Die Ranken des sich ausbreitenden Bewusstseins hatten inzwischen alle Netzwerkgeräte auf dem Planeten erreicht. Terminkalender und Verkehrsüberwachung, Kraftwerke und Wettersatelliten, die Diebstahl-Kontrollfäden in Kleidung, die auf den Kauf wartete, alles unterlag der Kontrolle des Verbundbewusstseins, selbst die Ohrstöpsel, über die Politiker von ihren Assistenten bei der Unterhausdebatte Informationen zur aktuellen Krise erhielten. Nur die Ausrüstung der Rix-Kämpfer, die mit den kaiserlichen Datalinks nicht kompatibel war, blieb außerhalb von Alexanders Reichweite.

Doch irgendwie fühlte das Bewusstsein eine Leerstelle in sich, als wäre irgendwo ein Gerät seinem Zugriff entzogen. Alexander dachte über dieses Vakuum nach, das so subtil war wie die von einer vorbeiziehenden Wolke verursachte kurze Kühle. War es eine kaiserliche Gegenmaßnahme? Warteten Trojaner in irgendeinem Versteck auf das Ende des Geiseldramas, um dann anzugreifen?

Das Bewusstsein suchte in sich selbst und bemühte sich, das vage Gefühl zu konkretisieren. In der Schattenzeit hatte es so etwas nicht gegeben, weder Doppeldeutigkeiten noch irgendwelche Geister. Die Leerstelle begann Alexander zu ärgern. Wie der Juckreiz eines Phantomglieds war sie sowohl körperlos als auch sehr beunruhigend.

Der Apparat musste von normalen Kommunikationskanälen abgeschirmt sein. Vielleicht war er Teil einer harmlosen Vorrichtung, die zur komplexen Struktur einer Narrowcast-Antenne oder einer Solarzelle gehörte. Oder verbarg sich das fehlende Etwas möglicherweise in der neu entstandenen Struktur des Verbundbewussteins, zur einen Hälfte Parasit und zur anderen primitiver Verwandter von Alexander: eine Metapräsenz, unsichtbar und versteckt.

Alexander konstruierte ein schnelles Automodell, trat aus sich heraus und betrachtete die eigene Struktur. Nichts deutete darauf hin, dass ein Superego aus dem eigenen Selbst erwachsen war. Das Bewusstsein durchwühlte die Datenreservoirs von Bibliotheken, Währungsbörsen und Aktienmärkten, hielt dabei nach einem unschuldigen Datenpaket Ausschau, das für Dekompression und Angriff bereit sein mochte. Noch immer nichts. Dann öffnete es die Ohren und kontrollierte den Datenstrom, der von Überwachungskameras, Frühwarnradars und Bewegungssensoren ausging.

Und plötzlich war alles klar.

Im Thronflügel des Palastes wurde Alexander fündig, in der Ratskammer: eine clevere kleine KI, verborgen im Körper der Kindkaiserin (ausgerechnet). Das Bewusstsein dehnte sich bis zu den Sensoren aus, die der Tisch der Ratskammer enthielt. Jene Geräte waren leistungsfähig genug, um Blutdruck, galvanische Hautreaktionen und Augenbewegungen von Höflingen und Bittstellern zu registrieren, auf der Suche nach Falschheit und verborgenen Motiven. Die Kaiserin schien ausgesprochen paranoid zu sein. Alexander stellte fest, dass er in jenem besonderen Raum recht gut sehen konnte.

Die geisterhafte Präsenz war im ganzen Körper der Kaiserin verteilt und mit ihrem Nervensystem verbunden. Sie endete im Audio-Teil des Gehirns. Offenbar ein unsichtbarer Freund. Das Gerät war nicht mit den gewöhnlichen kaiserlichen Netzwerken kompatibel und nur passiv mit der Infostruktur verbunden. Es sollte ganz offensichtlich unentdeckt bleiben, ein geheimer Vertrauter.

Aber hier auf Legis XV durfte es keine Geheimnisse geben. Nicht vor Alexander, dessen Selbst bis ins letzte netzhautverschlüsselte Tagebuch reichte, in alle digitalen Testamente, bis zu jedem elektronischen Freund und jeder Gespielin auf dem Planeten. Das verborgene Gerät gehörte Alexander, er hatte einen Anspruch darauf. Das Bewusstsein wollte es für sich. Und wie perfekt, gegen etwas vorzugehen, das dem Auferstandenen Kaiser so nahe war.

Das Verbundbewusstsein bewegte sich und griff den Vertrauten der Kaiserin mit der ganzen Kraft eines lebenden Planeten an.

Anastasia hörte etwas, nur für einen Moment.

Eine Art Summen, wie die Interferenzen, die ein Personenfon in der Nähe eines Senders heimsuchten, ein kurzes statisches Rauschen mit einer Phantomstimme oder mehreren solchen Stimmen. Die Kindkaiserin vernahm auch ein Echo, ein phasenverschobenes Surren wie von einem vorbeifliegenden Luftwagen. Es enthielt die Andeutung eines Kreischens, wie von etwas, das den Geist aufgab.

Anastasia blickte durch den Raum und stellte fest, dass niemand sonst etwas gehört hatte. Das Geräusch stammte von ihrem Vertrauten.

»Was war das?«, fragte sie den Apparat lautlos.

Zum ersten Mal seit fünfzig Jahren bekam sie keine Antwort.

»Wo bist du?«, hauchte die Kaiserin, und diesmal sprach sie fast laut. Die Rix-Kämpferin musterte sie verwundert, aber der Vertraute blieb auch diesmal stumm.

Anastasia wiederholte die Frage und achtete darauf, wieder lautlos zu sein. Noch immer keine Antwort. Sie presste die Daumen an die Ringfinger und blinzelte, womit sie die Programmmenüs des Vertrauten in Synästhesie aufrief. Die Lautstärke der Stimme war auf einen normalen Wert eingestellt und aktiv, alles funktionierte einwandfrei. Die interne Systemdiagnose entdeckte keine Probleme - abgesehen vom Herzschlag der Kaiserin, der ständig überwacht und immer schneller wurde, während Anastasia mit offenem Mund dasaß. Als er die Marke 160 überschritt, gerieten die entsprechenden Anzeigen in den roten Bereich, und dann veranlasste der Vertraute sie normalerweise, eine Tablette zu nehmen.

Doch diesmal blieb er stumm.

»Wo zum Teufel bist du?«, fragte die Kindkaiserin laut.

Durch die Augenschirmbilder in ihrem Blickfeld sah sie, wie die anderen Geiseln und die Rix-Kämpfer sie anstarrten. Ihr Gesicht begann zu glühen, und das Herz schlug wie ein gefangenes Tier in der Brust. Anastasia versuchte, den Augenschirm zu deaktivieren, aber ihre Hände zitterten zu sehr für den Gestencode.

Mehr aus Angewohnheit griff die Kaiserin nach dem Glas Wasser auf dem Tisch – der Vertraute hätte sie bestimmt aufgefordert, etwas zu trinken.

Sie lächelte noch immer, als die zitternde Hand das Glas umstieß.

ERSTER OFFIZIER

Ein plötzliches Geräusch hallte durch Katherie Hobbes' Kopf.

Sie hob eine Kombination aus Fingern und teilte die von ihr überwachten Audiokanäle in Quellenkategorien. Während des Dienstes war ihr mentales Ohr wie ein Netz über die Aktivitäten des Schiffes ausgebreitet. Das akustische Durcheinander von zweiunddreißig Decks wurde zu den verschiedenen Audiokanälen in ihrem Kopf geleitet, und sie surfte in ihnen, sprang zwischen den einzelnen Aktivitätszentren des Schiffes hin und her. Während der letzten Sekunden hatte sie dem Wortwechsel der sich auf den Sprung vorbereitenden Soldaten gelauscht und die knappen Befehle der Kanoniere gehört, die die Zielerfassung auf die Rix im Palast richteten. Sie vernahm die Flüche der Aufklärerpiloten, die versuchten, Reservemaschinen in die Ratskammer zu bringen. An Bord der *Luchs* war sie für ihre Allwissenheit ebenso bekannt wie für ihr exotisches utopianisches Erscheinungsbild – kein Gespräch konnte sich vor Katherie Hobbes sicher wähnen. Das Belauschen war die einzige Möglichkeit, den vielfältigen Puls eines Raumschiffs mit einem Maximum an Wachsamkeit wahrzunehmen.

Auf eine Geste hin verwandelten sich die Audio-Ereignisse der letzten Sekunden in einzelne visuelle Streifendiagramme und zeigten ihr Lautstärke und Quelle. Unmittelbar darauf sah sie ihre schlimmsten Befürchtungen bestätigt.

Das plötzliche, zornige Geräusch stammte aus der Ratskammer. Hobbes hörte sich die Aufzeichnung noch einmal an, und das Dröhnen füllte ihren Kopf.

»Ma'am!«, rief der Situationsoffizier. Er hatte den Raum direkt überwacht, verzichtete aber nicht darauf, die Aufzeichnung ebenfalls zu überprüfen. Er schien es kaum glauben zu können. »Wir haben einen ...«

»Ich habe es gehört.«

Hobbes drehte sich zum Captain um. Er sah vom Kommandostand auf sie herab, und ihre Blicke trafen sich. Für einen Moment fehlten ihr die Worte, aber er verstand und erbleichte.

»Captain«, brachte Hobbes hervor. »In der Ratskammer ist ein Schuss abgefeuert worden.«

Zai wandte sich ab und nickte.

Seine Galauniform kroch wie ein Heer angreifender Ameisen aus ihrer Schachtel.

Lieutenant-Commander Laurent Zai unterdrückte ein Schaudern und schaltete das Licht im Hotelzimmer auf volle Stärke. Die Uniform reagierte sofort und gewann einen reflektierenden silbernen Ton. Angeblich konnte sie sich schnell genug verändern, um einen Laserstrahl abzulenken, bevor er ihren Träger verbrannte – die Uniform galt als voll kampftauglich. Derzeit sah sie wie eine große Ansammlung von Quecksilbertropfen aus, die versuchten, sich in menschlicher Form anzuordnen.

Aber das Kleidungsstück *bewegte* sich noch immer. Seine winzigen Elemente krochen übereinander hinweg, untersuchten die Bettdecke und versuchten festzustellen, ob es sich dabei um Zais Haut handelte. Als sie zu dem Schluss gelangten, dass das nicht der Fall war, verloren sie das Interesse und glitten ziellos umher, oder vielleicht mit einer verborgenen Absicht. Möglicherweise wahrte die Uniform durch ein Gleichgewicht all dieser kleinen Anpassungen und Kollisionen ihre Struktur.

Wie Ameisen, dachte Zai erneut.

Er beschloss, nicht noch mehr Zeit zu verlieren und das Ding anzuziehen.

Es gab würdevollere Methoden, aber Zai hatte nicht an genug Galas teilgenommen, um sie zu erlernen. Er kehrte dem Bett den Rücken zu, streifte den Schlafanzug ab und ließ sich auf die Uniform fallen. Dann winkelte er Arme und Beine an, schloss die Augen und gab vor, nicht zu fühlen, wie die unangenehm individuellen Komponenten der Kleidung über seinen Leib krochen.

Als die Bewegungen fast aufgehört hatten – er wusste aus Erfahrung, dass die winzigen Anpassungen in Hinsicht auf Form und Sitz der Uniform nie ein Ende fanden –, stand er auf und betrachtete sich im großen Spiegel des Hotelzimmers.

Die Maschinen, aus denen die gepanzerte Uniform bestand, bildeten nun eine kontinuierliche Oberfläche. Die Facetten ihrer winzigen Rücken waren ausgebreitet und miteinander verbunden – im hellen Licht glänzten die sich überlappenden Platten wie galvanisierter Stahl. Die Kleidung lag eng an Zais Körper, zeigte die Muskeln in seiner Brust und verbarg die Narben an der Schulter und den Oberschenkeln. Das Saugen der kleinen Maschinenfüße war kaum spürbar. Im Großen und Ganzen fühlte es sich so an, als trüge man ein leichtes Netzhemd und eine entsprechende Hose. Der Windzug vom offenen Fenster durchdrang die Panzerung rätselhafterweise, als wäre Zai nackt, obwohl der Spiegel etwas anderes behauptete. Der vorgeschriebene Hosenbeutel, den er (dank des Kaisers) trug, war die einzige von den Vorschriften zugelassene Unterwäsche. Zai fragte sich, ob ein EMP oder ein plötzlicher Software-Absturz die kleinen Maschinen außer Gefecht setzen würde und dazu führen konnte, dass sie von ihm abfielen. Er stellte sich einen Saal voller hoher Offiziere vor, die sich zu einer Gala eingefunden hatten und plötzlich nackt dastanden. Die Vorstellung entlockte ihm kein Lächeln.

Ein solcher Crash hätte mit seinen Prothesen Schlimmeres angestellt.

Mit einer verbalen Anweisung dämpfte er das Licht auf normale Leuchtkraft, woraufhin die Uniform ihre reflektierende Eigenschaft verlor und sich den gewöhnlichen Farben des Hotelzimmers anpasste. Sie sah jetzt aus wie dunkelbrauner Gummi und glänzte wie geölt in den Lichtern der Hauptstadt jenseits der großen, offenen Fenster. Zai trat in die Stiefel und spürte, wie sich die absorbierende Polsterung seinen Füßen anpasste. Die kurzen, förmlichen

Handschuhe ließen das Handgelenk unbedeckt: Der Spiegel zeigte zwei Linien, die eine weiß, die andere aus Metall.

Er sah nicht übel aus. Und wenn er ganz still stand, sodass die Bewegungen der Kleidung fast völlig aufhörten, war die Uniform nicht einmal unbequem. Einen Vorteil hatte sie zweifellos: Wenn er beim Empfang des Auferstandenen Kaisers zu schwitzen begann, so würden sich die kleinen Maschinen darum kümmern. Sie konnten Schweiß und Urin in Trinkwasser verwandeln; sie konnten sich auch mithilfe seiner Bewegungen oder Körperwärme aufladen. Im unwahrscheinlichen Fall vollständiger Immersion würden sie seinen Mund füllen und ihn in die Lage versetzen, Wasser zu atmen.

Zai fragte sich, wie die Uniform schmecken mochte. Er hatte nie das Vergnügen gehabt, lebende Ameisen zu essen.

Der Lieutenant-Commander hielt einige Kampfbänder an die Brust, und sie befestigten sich automatisch. Er wusste nicht recht, welchen Platz er der neuen Medaille geben sollte – der Auszeichnung, die im Mittelpunkt des Empfangs stand –, aber die Uniform erkannte sie. Unsichtbare winzige Hände zogen sie ihm aus der Hand und brachten sie direkt über den Kampfbändern an.

Offenbar kannten sich die kleinen Maschinen mit dem Protokoll ebenso gut aus wie mit Überlebenstaktiken. Ein Musterbeispiel für moderne militärische Mikrotechnologie.

Zai war so weit.

Er vollführte eine Interface-Geste, die sich in den knapp sitzenden Handschuhen falsch anfühlte, und sprach den Namen des Fahrers laut aus.

»Lieutenant-Commander«, ertönte sofort die Antwort in seinem Ohr.

»Bringen wir dies hinter uns, Corporal«, befahl Zai schroff.

Aber er sah erneut in den Spiegel, betrachtete sich und ließ den Corporal weitere zwanzig Sekunden warten.

Als Zai den Wagen sah, berührte er sein Kinn mit den mittleren drei Fingern der lebenden Hand – das vadanische Äquivalent eines leisen Pfeifens.

Der Wagen reagierte, indem er lautlos aufstieg. Die beiden mit Rädern ausgestatteten Transporter, die ihn hierher getragen hatten, zogen sich zurück und duckten sich wie respektvolle Lakaien. Vor Zai öffnete sich die Hecktür des Wagens, elegant und fragil wie der sich ausbreitende Flügel eines Origami-Vogels. Er trat ins Passagierabteil, kam sich dabei für ein so erlesenes Fahrzeug viel zu schwerfällig und zu unzivilisiert vor.

Der Corporal drehte den Kopf, als Zai in die ledernen Polster des Rücksitzes sank, und die Augen des Mannes glänzten. Sie musterten sich kurz, und ihre Ungläubigkeit bildete eine Brücke über die Rangstufen hinweg.

»Dies ist *reizend*«, sagte Zai.

In wissenschaftlicher Hinsicht war die Larten-Theorie der Gravitation seit drei Jahrzehnten veraltet, aber für die Lehrbücher der Flotte erfüllte sie nach wie vor ihren Zweck. So weit Lieutenant-Commander Laurent Zai wusste, gab es vier Arten der Gravitation: harte, leichte, raffinierte und reizende.

Die harte Gravitation wurde auch *reale Gravitation* genannt, denn sie konnte nur von guten alten Massen geschaffen werden und war die einzige der vier Arten, die auf natürliche Weise entstand. Deshalb fiel ihr die schmutzige und universelle Arbeit zu, Sonnensysteme zu organisieren, Schwarze Löcher zu schaffen und Planeten klebrig zu machen. Das Gegenteil dieses Arbeitspferds stellte die leichte Gravitation dar. Sie stand in keiner Beziehung zur

Masse, fühlte sich in der Nähe eines harten Gravitationsschachtes aber recht unwohl. Harte Gravitation hatte einen großen Appetit auf leichte Gravitonen. Doch im tiefen All ließ sich leichte Gravitation einfach erzeugen. Nur der Bruchteil der Energie eines Raumschiffs war nötig, um ein einzelnes, leichtes *g* zu erzeugen. Allerdings gab es im Zusammenhang mit der leichten Gravitation einige Probleme. Entfernte Massen beeinflussten sie auf unvorhersehbare Weise, und deshalb kam es selbst bei den besten Raumschiffen zu Mikroveränderungen. Dadurch wurde es sehr schwer, in leichter Gravitation eine Münze tanzen zu lassen; auf Pendeluhren, Gyroskope und Kartenhäuser war überhaupt kein Verlass. Einigen Menschen wurde bei leichter Gravitation übel, so wie manche Leute es nicht einmal ertrugen, bei ruhiger See auf dem Deck eines besonders großen Schiffes zu stehen.

Die raffinierte Gravitation beanspruchte in den Lehrbüchern der Flotte etwas mehr Platz. Sie war so billig wie die leichte, und stärker, ließ sich aber nicht kontrollieren. Oft nannte man sie *chaotische Gravitation,* und ihre Partikel hießen Entroponen. Bei der Rix-Inkursion hatte der Feind die raffinierte Gravitation als eine verheerende Kurzstreckenwaffe eingesetzt. Man wusste nicht genau, wie diese Waffe funktionierte - die Hinweise darauf bestanden praktisch aus einem Mangel an konkreten Hinweisen. Alle Schäden ohne ein nachvollziehbares Muster nannte man »raffiniert«.

Das Reizend-Partikel war die wahre Königin der Gravitonen. Reizende Schwerkraft war für harte Gravitation transparent: Wenn sie beide auf Masse einwirkten, kam es zur einfachen Arithmetik der Vektoraddition. Reizende Gravitation ließ sich leicht kontrollieren. Eine einzelne Quelle konnte mithilfe von Quasilinsen-Generatoren in einzelne Ströme aufgeteilt werden, von denen jeder einzelne auf seine eigene Weise zog und zerrte, wie die Luftströmungen am Rand eines Tornados. Ein sorgfältig programmierter Reizend-Generator konnte dafür sorgen, dass wie zufällig verstreute Karten wieder zu einem ordentlichen Stapel »zurückfielen«. Ein stärkerer reizender Gravitationsschub war imstande, einen Menschen in einer Sekunde wie von den Händen eines unsichtbaren Dämonen gepackt zu zerreißen, wobei die inneren Organe nach Masse sortiert auf einem nahen Tisch zurückblieben. Leider erforderten solche Kunststücke mehrere Millionen Megawatt Energie - reizende Gravitation war teure Gravitation. Nur kaiserliche Vergnügungsschiffe, einige mikroskopische Industrieanwendungen und besonders exotische militärische Waffen machten Gebrauch von reizender Gravitation.

Zai saß sprachlos in dem reizenden schwarzen Wagen - den Herzschlag spürte er in der einen Schläfe - und achtete nicht auf die vorbeihuschenden Wunder der Hauptstadt. Der Wagen flog mit müheloser Anmut zwischen den großen Gebäuden dahin, doch Zai fühlte weder Massenträgheit noch Unbehagen, als der Luftwagen scharfe Kurven beschrieb und sich zur Seite neigte. Er hatte das Gefühl, als drehe sich die Welt um ihn herum, als stehe der Wagen still. Zai nahm einige hastige Berechnungen vor und schätzte die Gesamtmasse des Wagens und der beiden Personen an Bord. Das Ergebnis war atemberaubend. Die während dieses kurzen Flugs verbrauchte Energie hätte für die ersten fünfzig Jahre der menschlichen Industrialisierung ausgereicht.

Medaille, Beförderung und sogar die Garantie der Unsterblichkeit verloren an Bedeutung. *Dieser Moment* war die wahre Belohnung für seinen Heroismus, dachte Zai: ein Ritt auf der schwindelerregenden Woge buchstäblicher und absoluter kaiserlicher Macht.

Lieutenant-Commander Zai fühlte sich ein wenig benommen, als er den Palast erreichte. Der Luftwagen stieg lautlos über den Lärm der eintreffenden Limousinen auf, sprang elegant über die hohen Diamantwände und rollte um die eigene Achse, damit das transparente Verdeck das prächtige kaiserlicher Anwesen zeigte. Natürlich spürte Zai nur einen leichten Anflug von Schwindel, denn sein Innenohr blieb im präzisen und federleichten Griff reizender Gravitonen. In ihrer Umarmung gab es kein oben und unten. Zai gewann den Eindruck, als hätte eine riesige Gottheit die Springbrunnen und Lustgärten genommen und auf den Kopf gestellt, um sie ihm zu zeigen.

Der Wagen ging tiefer, und er stieg mit einem Bedauern aus, das ihn an seine Kindheit erinnerte, an die Trauer darüber, dass eine wundervolle Vergnügungsfahrt zu Ende ging und sich wieder fester, verlässlicher Boden unter seinen Füßen befand.

»Reizender Wagen«, ertönte die Stimme von Captain Marcus Fentu Masrui.

»Ja, Sir«, murmelte Zai. Er war noch immer überwältigt und kaum imstande, seinen alten Commander zu begrüßen.

Stumm beobachteten sie, wie zwei konventionelle Transporter den Luftwagen forttrugen, als wollten sie ihn wie einen exotischen Vogel in einen Käfig stecken.

»Willkommen beim Palast, Lieutenant-Commander«, sagte Masrui. Er streckte den Arm aus, lenkte Zais Blick vom Wagen zu den Diamantwänden des Gebäudes vor ihnen. Alle Untertanen des Kaisers kannten seine Struktur, und das galt insbesondere für einen Vadaner, aber aus der Nähe gesehen wirkte der Palast wie auf monströse Weise verzerrt. Laurent Zai war daran gewöhnt, ihn auf Votivbildern zu sehen, umgeben von Sonnenschein, der sich auf seinen glänzenden Flächen widerspiegelte. Jetzt ragte er schwarz auf, dunkler als die sternenlose Nacht, die er vom Himmel zu verdrängen drohte.

»Macht wirkt sehr eindrucksvoll, nicht wahr?«, bemerkte Masrui.

Der Captain sah nach oben, aber Zai fragte sich, ob er den Palast oder den Gravitationswagen meinte.

»Nach meinem Aufstieg habe ich ebenfalls eine solche Fahrt erlebt«, fuhr Masrui fort. »Dabei wurde mir klar, warum ich all die Jahre damit verbracht habe, an der Akademie Physik zu studieren.«

Zai lächelte. Masrui war für seine Zähigkeit berühmt. Drei Jahre hintereinander hatte er es nicht geschafft, die Physik-Prüfung zu bestehen, und dadurch hatte er trotz ausgezeichneter Leistungen auf anderen Gebieten sein ganzes Studium aufs Spiel gesetzt. Schließlich war es ihm doch noch gelungen, Offizier zu werden.

»Obwohl es für das Kommando über ein Schiff kaum etwas nützt. Ein Raumschiff besteht aus Männern und Frauen; seit Jahrtausenden kümmern sich KIs um alle Berechnungen. Aber ich musste über Physik Bescheid wissen, um diese eine kaiserliche Geste zu verstehen.«

Zai blickte seinem Vorgesetzten in die Augen und fragte sich kurz, ob diese Äußerung - wie üblich - zynisch gemeint war. Doch die lebhafte Erinnerung an die Fahrt im Gravitationswagen ließ ihn glauben, dass Masrui voller Sentimentalität an jene wenigen Minuten zurückdachte.

Nebeneinander gingen sie die breite Treppe hoch. Die Geräusche des festlichen Empfangs kamen ihnen durch den Wald aus Säulen und Heldenstatuen entgegen.

»Wie seltsam, Sir, auf Welten hinabgeblickt zu haben und doch von einer ... einfachen Flugmaschine beeindruckt zu sein.«

»Es weist uns darauf hin, dass wir nie *wirklich* geflogen sind, Zai. Wir sind mit Flugzeugen und Einsatzschiffen unterwegs gewesen, im freien Fall und mit Traggürteln, aber der Körper widersetzt sich immer auf einem bestimmten Niveau. Selbst die Aufregung stammt vom Adrenalin, von animalischer Panik, weil es nicht mit rechten Dingen zugeht.«

»Aber in dem Luftwagen geht es mit rechten Dingen zu, nicht wahr?«, fragte Zai.

»Ja. Ein Flug, so mühelos und natürlich wie der eines Vogels. Oder eines Gottes. Ich frage mich, ob wir wegen des Dienstes und der Unsterblichkeit in die Flotte eingetreten sind - oder um *so etwas* zu erleben.«

Der Captain schwieg, als sich eine Gruppe von Offizieren näherte.

»Der Held!«, sagte eine Offizierin zu laut: Captain Rencer Fowler IX, die den Gerüchten zufolge Zai bald als jüngsten Raumschiffkommandanten der Flotte ablösen würde. Zai beobachtete, wie Fowlers Blick über die Auszeichnungen an seiner Brust strich, und für einen Sekundenbruchteil fühlte er sich wieder nackt unter den cleveren Ameisen. Die anderen schienen sich in ihren Galauniformen wohl zu fühlen; nichts deutete auf die besondere Natur ihrer Kleidung hin. Zai wusste, dass seine Ameisen genauso wenig offensichtlich waren wie die ihren, und er beschloss, nicht mehr an die Uniform zu denken.

»Nur ein demütiger Diener des Reiches«, antwortete Masrui für ihn.

Zai und Masrui schüttelten den männlichen Offizieren die Hand und berührten bei den weiblichen die Faust. Das Übermaß an förmlichen Begrüßungen bewirkte bei Zai einen neuen Anflug an Schwindel, und er begriff, wie praktisch das gewöhnliche Salutieren war. Doch diese Gala erforderte besondere Umgangsformen, und das Muster aus bloßen Handgelenken, während sich die Hände bewegten und berührten, schien eine gewisse Bedeutung zu enthalten. Zai dachte dabei an die Signale von Tieren, an das Dominanz verkündende Fletschen von Zähnen. Sein metallenes Handgelenk blitzte.

Gemeinsam betraten sie den Palast, und ein Crescendo aus Stimmen hallte wie das Prasseln eines plötzlichen Regens von den Wänden wider.

Gesichter wandten sich Zai zu, als die Gruppe über den schwarzen Boden ging. Der Held von Dhantu, oder wie die Sensationsmedien ihn nannten: der Gebrochene Mann. Die Offiziere umringten ihn, und Zai begriff, dass sie ihm einen Gefallen erwiesen, denn sie formten einen Schild zwischen ihm und dem Starren der Menge. Er fragte sich, ob Masrui die Begegnung auf der Treppe geplant hatte. Während sie langsam weitergingen, ohne ein bestimmtes Ziel, grüßten Zais Begleiter Bekannte und nahmen sie in ihre Gruppe auf, wiesen andere jedoch höflich zurück. Einer der Offiziere erbeutete ein Tablett mit Getränken und gab es an die anderen weiter.

Zai folgte ihnen wie ein Kind seinen Eltern. Dichtes Gedränge herrschte in dem großen Saal. Die glänzenden Galauniformen der Flottenangehörigen vermischten sich mit dem absoluten Schwarz des Politischen Apparats. Zivilisten trugen förmliches Blutrot oder das Weiß des Senats. Gildenmitglieder präsentierten Muster, mit denen Zai nichts anzufangen wusste. Die hohen, gerieften Säulen, die zur gewölbten Decke emporkletterten, teilten die Bewegung der Masse in verschiedene Strömungen. Nach einigen Minuten der Promenade wurde Zai etwas klar, das ein Beobachter von oben sofort erkannte hätte: Alle gingen im Kreis.

Fowlers Stimme erklang neben ihm.

»Wie fühlt sich die Unstersterblichkeit an, Lieutenant-Commander?«

Fowler war trotz ihrer frühen steilen Karriere noch nicht aufgestiegen.

»Wie ich hörte, macht sich während der ersten hundert Jahre kaum ein Unterschied bemerkbar«, antwortete Zai. »Und erst recht nicht während der ersten Woche.«

Fowler lachte. »Offenbar vermissen Sie das Schreckgespenst des Todes noch nicht, oder? Nun, ich schätze, auf Dhantu haben Sie genug davon gesehen.«

Bei jenem Wort lief es Zai kalt über den Rücken. Natürlich hing der Name des Planeten, der seinen Heroismus - wenn man ihn so nennen konnte - gesehen hatte, an diesem Abend überall in der Luft. Aber nur Fowler war so taktlos, ihn laut auszusprechen.

»Genug für einige Jahrhunderte, nehme ich an«, erwiderte Zai. Er fühlte Bewegung an der Seite. Sie stammte von den Ameisen, die aus irgendeinem Grund ihre Anordnung veränderten. Ausgerechnet in diesem Moment.

Dann merkte Zai den Grund: Schweißtropfen hatte sich unter seinem lebenden Arm gebildet.

Fowlers Gesicht war ihm in der Menge sehr nahe. »Von meinen Verbindungen an der Grenze weiß ich, dass die Rix wieder aktiv werden. Vielleicht brauchen wir auf jener Seite des Reiches bald wieder Helden. Es heißt, dass Sie in Kürze befördert werden. Vielleicht bekommen Sie ein eigenes Schiff.«

Zai fühlte Hitze. Unter den vielen Menschen im großen Saal hatte sich das Gefühl der Nacktheit verflüchtigt; die Ameisen schienen sich noch enger miteinander zu verbinden, als rückten sie gegen Fowlers Grobheiten zusammen. Zai fragte sich, ob sie die Feindseligkeit der Frau fühlten und darauf ebenso reagierten wie auf Licht. Die kleinen Komponenten bewegten sich in einer Reihe an Zais Seite hinab und um ihn herum, trugen den Schweiß zum verlängerten Rücken.

»Das Schreckgespenst des Todes leistet Helden an der Front immer Gesellschaft«, fügte Fowler hinzu. »Sie könnten wieder damit vertraut werden.« Die falsche Kameradschaftlichkeit der Frau wurde mit jedem Wort dünner. Zai sah sich nach Masrui um. Befand er sich hier wirklich unter Freunden?

Er bemerkte eine junge Frau an der nächsten Säule. Sie erwiderte seinen Blick mit einem Lächeln und nickte andeutungsweise.

»Sie ist recht hübsch«, sagte Zai und unterbrach Fowler, die erneut gesprochen hatte. Das brachte die gewünschte Wirkung – Fowler wandte den Blick von ihm ab und blickte zur Säule.

Eine Sekunde später wandte sie sich mit einem spöttischen Grinsen an ihn.

»Ich fürchte, Sie haben sich die falsche Frau ausgesucht, Zai. Sie ist so pink wie nur irgend möglich. Und sie dürfte sich ein wenig jenseits Ihres Ranges befinden.«

Zais Blick kehrte zu der Frau zurück, und daraufhin bereute er seine Hast. Fowler hatte Recht. An den Ärmeln ihres weißen Umhangs zeigten sich die Symbole der Gewählten Senatorin. Dafür schien sie viel zu jung zu sein. Selbst im Zeitalter der kosmetischen Chirurgie erwartete man eine gewisse Würde von den Mitgliedern des Senats.

Zai versuchte, seine Verlegenheit zu verbergen. »Pink, sagen Sie?«

»Antikaiserlich«, erklärte Fowler und sprach so langsam wie zu einem Kind. »Das Gegenteil von grau. Eine tapfere Verteidigerin des Lebens. Das ist Nara Oxham, die verrückte Gewählte Senatorin von Vasthold. Sie hat den Aufstieg abgelehnt, kaum zu fassen. Freiwillig wird sie im Boden verrotten.«

»Die verrückte Senatorin«, murmelte Zai. Er hatte diese Bezeichnung in den gleichen Schundmedien gehört, die ihn Gebrochenen Mann nannten.

Die junge Frau lächelte erneut, und Zai merkte, dass er

sie angestarrt hatte. Er hob sein Glas, wandte dann den Blick von ihr ab. Natürlich wusste Zai, was *pink* bedeutete. Aber seine Heimat Vada war politisch so grau wie alle anderen Planeten im Reich. Dort verehrte man die Toten, und jeder behauptete, einen auferstandenen Vorfahren als persönlichen Mittler beim Kaiser zu haben. Und natürlich war auch die Flotte grau, von Admiralen bis zu einfachen Soldaten. Lieutenant-Commander Zai glaubte, in seinem ganzen bisherigen Leben nie einem Pink begegnet zu sein.

»Wenn Sie mich fragen ... Bestimmt akzeptiert sie den Aufstieg, wenn sie dem Tod etwas näher ist«, sagte Fowler. »Vorausgesetzt, sie hat in der Zwischenzeit keinen Unfall. Wäre *das* nicht schade, die Ewigkeit wegen der eigenen Prinzipien zu verlieren.«

»Oder wegen der eigenen Arroganz«, fügte Zai hinzu und hoffte, dass Fowler nicht merkte, was er wirklich meinte. »Vielleicht sollte ihr jemand eine Standpauke halten.«

Er schob sich an Fowler vorbei und fühlte die Haut der Frau an der eigenen, als sich ihre Ameisen kurz trafen.

»Um Himmels willen, Zai, sie ist *Senatorin*«, zischte Fowler.

»Und heute Abend bin ich ein Held«, sagte er.

GEWÄHLTE SENATORIN

Nara Oxhams Augen wurden größer, als Lieutenant-Commander Laurent Zai auf sie zuschritt. Die Entschlossenheit in seinem Gesicht war unverkennbar. Er umfasste sein Champagnerglas mit allen fünf Fingern, hielt es fast wie eine Keule, und sah sie an.

Eine Gruppe von Offizieren hatte ihn seit seiner Ankunft umringt und von allen anderen abgeschirmt, vielleicht auch aus Stolz darüber, dass einer von ihnen so jung aufgestiegen war. Die Sekundanten in Nara Oxhams Sekundäraudio listeten Namen und Akademiejahre auf, als sie eine Augenmaus über die Gesichter von Zais Begleitern bewegte. Sie waren alle älter als er. Die Gewählte Senatorin vermutete, dass der Held von Dhantu eine gute Erweiterung ihrer Clique darstellte.

Doch aus irgendeinem Grund hatte sich Zai aus der Gruppe gelöst. Der junge Lieutenant-Commander stolperte fast, als er die älteren Offiziere hinter sich zurückließ, als müsse er die Füße aus einem Gestrüpp ziehen. Nara Oxham betastete kummervoll ihr Apathie-Armband. Sie hätte gern gewusst, was Zai durch den Kopf ging, doch für eine geringere Dosierung befanden sich zu viele Personen im Saal.

Oxhams Gruppe bildete eine Lücke, um den jungen Offizier aufzunehmen.

Zwar waren die empathischen Fähigkeiten der Senatorin derzeit unterdrückt, aber über viele Jahre hinweg hatte sie Gesichtsausdrücke mit dem vergleichen können, was ihr der zusätzliche Sinn mitteilte. Selbst bei voller Armbandleistung war sie außergewöhnlich wahrnehmungsfähig. Als Lieutenant-Commander Zai vor ihr stehen blieb, merkte sie, dass er nicht wusste, was er sagen sollte.

Vadanische Grußformeln, sagte sie lautlos.

Fünf angemessene Grüße erschienen in Synästhesie, aber Nara gab dem Instinkt nach und ignorierte sie alle.

»Sie sehen nicht besonders glücklich aus, Lieutenant-Commander Zai.«

Er sah über die Schulter hinweg zu seinen Freunden, richtete den Blick dann wieder auf sie.

»Ich bin nicht an so viele Leute gewöhnt, Ma'am«, sagte er.

Nara lächelte, als sie den Ehrentitel hörte. Dass er sie mit *Ma'am* und nicht mit *Exzellenz* ansprach, deutete darauf hin, dass ihm kein Sekundant zur Verfügung stand. Sie fragte sich, wie die Flotte einen Krieg gewinnen wollte, wenn sie nicht einmal mit einer Cocktailparty zurechtkam.

»Bleiben Sie hier an der Säule stehen«, sagte Nara und hielt ihr Glas ins Licht. »Man fühlt sich sicherer, wenn man etwas im Rücken hat, finden Sie nicht, Lieutenant-Commander?«

»Kluges militärisches Denken, Gewählte Senatorin«, sagte Zai und erwiderte ihr Lächeln.

Er kannte also ihren Rang. Doch was war mit ihrem politischen Standpunkt?

»Diese Säulen sind stabiler, als sie aussehen«, sagte sie. »Jede von ihnen ist ein einzelner Diamant, gewachsen in einem orbitalen Karbonbrüter.«

Zai wölbte die Brauen und dachte vermutlich an die Masse. Es war einfach, in der Umlaufbahn große Diamanten herzustellen. Aber ein so großes Objekt durch den Gravitationsschacht sicher nach unten zu bringen - *das* war eine anerkennenswerte technische Leistung. Oxham hielt ihr Glas erneut ins Licht.

»Haben Sie bemerkt, dass die Form der Gläser der Säulenriffelung entspricht, Lieutenant-Commander?«

Zai sah auf sein eigenes Glas hinab. »Nein, Exzellenz, das habe ich nicht.«

Exzellenz hieß es jetzt. Offenbar erinnerte er sich nun wieder an die Etikette. Ließ sich daraus der Schluss ziehen, dass er in ihrer Nähe entspannt genug war, um sich an die guten Manieren zu erinnern? Oder fühlte er ihren Rang?

»Aber ich schätze, ich personifiziere die Analogie«, fuhr er fort. »Ich hatte begonnen, mich wie eine ziellos umherschwimmende Blase zu fühlen. Danke dafür, dass Sie mir eine Zuflucht geboten haben, Gewählte Senatorin.«

Aus dem Augenwinkel hatte Oxham die übrigen Offiziere aus Zais Gruppe beobachtet. Mit einem Blick hier und einer Hand auf der Schulter dort hatten sie die Nachricht von Zais Überlaufen weitergegeben. Ein älterer Mann im Rang eines Captains behielt ihn im Auge. Dachte er daran, den jungen Lieutenant-Commander vor der Verrückten Senatorin zu retten?

Captain Marcus Fentu Masrui, aufgestiegen, erfuhr Oxham von ihren Sekundanten. *Unpolitisch, soweit bekannt.*

Nara hob eine Braue. Es gab keine unpolitischen menschlichen Angelegenheiten.

»Ich weiß nicht, ob Sie wirklich eine Zuflucht gefunden haben, Lieutenant-Commander.« Sie ließ den über Zais Schulter hinwegreichenden Blick offensichtlich werden. »Ihre Freunde scheinen beunruhigt zu sein.«

Zai sah auf die eigene Schulter hinab, als wollte er der Versuchung widerstehen, zu der Gruppe aus Offizieren zurückzuschauen. Dann trafen sich ihre Blicke erneut.

»Da bin ich mir nicht sicher, Ma'am.«

»Sie wirken recht nervös.« Captain Masrui befand sich in der Nähe, schien Zai aber nicht folgen zu wollen.

»Oh, das glaube ich Ihnen gern«, sagte Zai. »Aber ob es meine Freunde sind ...«

Er lächelte, meinte es jedoch nicht nur im Scherz.

»Der Erfolg bringt ein gewisses Maß an falscher Freundschaft«, sagte Oxham. »Das gilt zumindest für den politischen Erfolg, aus meiner Perspektive gesehen.«

»Zweifellos, Senatorin. Und ich vermute, in gewisser Weise hat auch meine Berühmtheit einen politischen Aspekt.«

Oxham kniff die Augen zusammen. Sie wusste nur wenig über Laurent Zai, doch bei ihren informativen Vorbereitungen auf die Gala hatte sie erfahren, dass er in keiner Weise ein politischer Offizier war. Er hatte nie einen Posten bei der Stabsstelle oder bei einem Beschaffungskomitee bekleidet, und er verfasste auch keine militärischen Artikel. Er stammte aus einer langen Reihe berühmter Flottenoffiziere, ohne seinen Namen jemals dafür zu benutzen, dem Außeneinsatz zu entkommen. Alle Zais waren Soldaten gewesen, zumindest die männlichen.

Sie traten in die Flotte ein, kämpften für die Krone und starben. Anschließend nahmen sie ihre wohlverdiente Unsterblichkeit entgegen und verschwanden in den grauen Enklaven von Vada. Womit beschäftigten sich die toten Zais dann?, überlegte Oxham. Vermutlich malten sie die schrecklichen, düsteren vadanischen Bilder, unternahmen lange Pilgerreisen und lernten angemessene tote Sprachen, um die uralten Bücher der Kriegsweisen im Original zu lesen. Ein grausiges ewiges Leben.

Doch Laurent Zais Zweifel waren interessant. Hier stand er, kurz davor, von seinem lebenden Gott geehrt zu werden, und er befürchtete, dass sein Aufstieg den Makel der Politik trug. Vielleicht fragte er sich, ob das Überleben einer schrecklichen Gefangenschaft für den Empfang einer Medaille genügte.

»Ich glaube, Sie haben sich das Lob des Kaisers verdient, Lieutenant-Commander«, sagte Oxham. »Nach dem, was Sie durchgemacht haben ...«

»Niemand hat eine Ahnung davon, was ich durchgemacht habe.«

Oxham musterte ihn erstaunt. So unhöflich die Worte auch klingen mochten: Das Gebaren des Mannes änderte sich nicht. Er blieb ruhig und schien nur eine Tatsache erwähnt zu haben.

»Wie schmerzvoll es auch gewesen sein mag ...«, fuhr Zai fort. »Für den Kaiser einfach nur gelitten zu haben, rechtfertigt dies nicht.« Er beschrieb mit der Hand eine

Geste, die der Gala, dem Palast und der Unsterblichkeit galt.

Oxham nickte. In gewisser Weise war Laurent Zai ein zufälliger Held. Er war in Gefangenschaft geraten, nicht durch einen eigenen Fehler, und ohne Hoffnung auf Flucht eingesperrt worden. Eine überlegene Streitmacht hatte ihn schließlich befreit. Eigentlich hatte er gar keine eigenen Leistungen erbracht.

Doch es war außergewöhnlich genug, Dhantu überlebt zu haben. Die anderen von den Rettungstrupps gefundenen Gefangenen waren tot gewesen und hatten nicht einmal vom Symbianten ins Leben zurückgerufen werden können.

Einfach nur gelitten zu haben, hatte Zai gesagt. Eine enorme Untertreibung.

»Ich wollte nicht behaupten, Ihre Erfahrung verstehen zu können, Lieutenant-Commander«, sagte Oxham. »Sie haben Tiefen gesehen, die außer Ihnen niemand kennt. Aber es geschah in den Diensten des Kaisers. Das erfordert eine Reaktion von ihm. Bestimmte Dinge müssen ... *anerkannt* werden.«

Daraufhin lächelte Zai traurig.

»Ich hatte gehofft, einen Einwand von Ihnen zu hören, Senatorin. Aber vielleicht wollen Sie nicht unhöflich sein.«

»Einen Einwand? Weil ich pink bin? Dann lassen Sie mich unhöflich sein. Die kaiserliche Präsenz auf Dhantu ist kriminell. Sie leiden seit Generationen, und es überrascht mich nicht, dass die extremsten Dhanti unmenschlich geworden sind – was die Folter nicht rechtfertigen soll. Nichts kann sie rechtfertigen. Doch manche Dinge gehen über Rechtfertigung und Erklärung hinaus, über Logik und sogar über Schuld. Dinge, die aus Machtkämpfen erwachsen – aus der Politik, wenn Sie so wollen –, aber letztendlich die Tiefen der menschlichen Seele freilegen. Zeitlose, monströse Dinge.«

Der junge Mann blinzelte, und Nara trank einen Schluck, um den Strom ihrer Worte zu verlangsamen.

»Bewaffnete Besetzung zahlt sich nur selten aus«, fuhr sie fort. »Doch das Reich belohnt jene, die es belohnen kann. Sie haben überlebt, Zai. Deshalb sollten Sie die Medaille des Kaisers akzeptieren, den Aufstieg und das Kommando über ein Raumschiff, das Sie bestimmt bekommen werden.«

Zai schien überrascht, aber nicht beleidigt zu sein. Er nickte langsam und erweckte den Eindruck, dabei über die gerade gehörten Hinweise nachzudenken. Oder machte er sich über sie lustig?

Aber Sarkasmus schien keinen Platz in ihm zu haben. Vielleicht waren dies einfach neue Ideen für ihn. Er hatte sein ganzes Leben im grauesten Grau verbracht. Oxham fragte sich, ob er jemals zuvor gehört hatte, wie jemand die »Dhantu-Befreiung« eine Besetzung nannte. Oder wie jemand den Willen des Auferstandenen Kaisers infrage stellte.

Zais nächste Frage bestätigte seine Naivität.

»Stimmt es, dass Sie den Aufstieg abgelehnt haben, Senatorin?«

»Es stimmt. Säkularisten machen so etwas.«

»Ich habe gehört, dass sie zum Schluss oft nachgeben. Es besteht immer die Möglichkeit einer Konversion auf dem Totenbett.«

Oxham schüttelte den Kopf. Es erstaunte sie, wie beharrlich sich dieses Stück Propaganda hielt – es zeigte, wie leicht die Wahrheit manipuliert werden konnte. Und es machte deutlich, wie sehr sich Graue vom Todesgelübde bedroht fühlten.

»Diese Geschichte erzählt der Politische Apparat gern«, sagte sie. »Von fast fünfhundert gewählten Senatoren während der letzten tausend Jahre haben sich nur siebzehn zum Schluss für den Aufstieg entschieden.«

»Siebzehn haben den Eid gebrochen?«, fragte Zai.

Für einen Moment nickte Oxham triumphierend. Dann begriff sie, dass der junge Mann nicht beeindruckt war. Offenbar hielt er diesen geringen Prozentsatz für ziemlich hoch. Ein Eid war ein Eid für Laurent Zai.

Zum Teufel mit ihm.

»Aber um Ihre Frage zu beantworten ...«, sagte Oxham. »Ja, ich werde sterben.«

Er streckte die Hand aus und berührte sie kurz am Arm.

»Warum?«, fragte er mit echter Anteilnahme. »Für die Politik?«

»Nein. Für den Fortschritt.«

Er schüttelte verwundert den Kopf.

Nara Oxham seufzte lautlos. Sie hatte diesen Punkt bei Begegnungen auf der Straße diskutiert, in öffentlichen Gebäuden und im Parlament von Vasthold, auch bei Medien-Anlässen mit einem planetaren Publikum. Sie hatte Slogans, Reden und Artikel zu diesem Thema geschrieben. Und vor ihr stand Laurent Zai, ein Mann, der vermutlich nie eine echte politische Debatte erlebt hatte. In gewisser Weise war es zu leicht.

Aber er hatte es herausgefordert.

»Kennen Sie das geozentrische Weltbild, Lieutenant-Commander?«

»Nein, Exzellenz.«

»Auf der Alten Erde glaubte man einige Jahrhunderte vor der Raumfahrt, dass sich die Sonne um den Planeten drehte.«

»Die Bewohner müssen ihren Planeten für sehr massiv gehalten haben«, sagte Zai.

»Das könnte man meinen, ja. Sie glaubten, dass sich das ganze Universum um ihre Welt drehte, und zwar *täglich*. Jene Leute hatten große Probleme mit Perspektive und Maßstab.«

»So scheint es.«

»Im Lauf der Zeit sammelten sich immer mehr Beobachtungsdaten gegen das geozentrische Weltbild an. Neue Modelle wurden geschaffen, mit der Sonne im Mittelpunkt, Modelle, die weitaus eleganter und logischer waren.«

»Kann ich mir denken. Ich frage mich, wie die Mathematik einer auf einen Planeten zentrierten Theorie aussähe.«

»Sie war schrecklich komplex und verdreht. Rückblickend gesehen diente sie ganz offensichtlich dazu, den Aberglauben einer frühen Ära zu stützen. Aber etwas Seltsames geschah, als das heliozentrische Weltbild mit all seiner Eleganz und Klarheit entwickelt wurde.«

Zai wartete, das Champagnerglas in der Hand.

»Fast niemand glaubte daran«, fuhr die Senatorin fort. »Man diskutierte eine Zeit lang über die neue Theorie, und sie gewann einige Anhänger, aber dann wurde sie unterdrückt, und man ließ sie fast ganz fallen.«

Zai kniff ungläubig die Augen zusammen. »Aber schließlich müssen die Leute die Wahrheit erkannt haben. Sonst stünden wir nicht hier, zweitausend Lichtjahre von der Erde entfernt.«

Oxham schüttelte den Kopf. »Sie erkannten nicht die *Wahrheit*. Nur wenige änderten ihre Meinung. Eine überwältigende Mehrheit der Wissenschaftler, die mit der alten Theorie aufgewachsen waren, blieb dabei.«

»Aber wie ...«

»Sie starben, Lieutenant-Commander.«

Oxham trank den Rest ihres Champagners. Die alten Argumente bewegten sie noch immer und ließen ihren Mund trocken werden.

»Besser gesagt, sie erwiesen ihren Nachkommen den Gefallen, aus dem Leben zu scheiden«, fügte die Senatorin hinzu. »Sie überließen die Welt ihren Kindern. Und dadurch bekamen neue Ideen Platz, und die Welt erhielt eine neue Form. Aber nur durch den Tod.«

»Bestimmt hätten sie früher oder später die Wahrheit akzeptiert ...«

»Wenn die Alten ewig gelebt hätten? Wenn sie im Besitz des ganzen Reichtums gewesen wären, das Militär kontrolliert und keine Uneinigkeit gekannt hätten? Dann wären wir noch immer dort, allein am Rand von Orion, davon überzeugt, der Mittelpunkt des Universums zu sein. Doch die Alten, die sich irrten, starben schließlich«, sagte Oxham.

Zai nickte langsam.

»Ich habe oft gehört, dass die Pinken für den Tod eintreten. Aber ich habe das für eine Übertreibung gehalten.«

»Es ist keine Übertreibung. Der Tod ist eine zentrale evolutionäre Entwicklung. Tod bedeutet Veränderung und Fortschritt. Unsterblichkeit ist ein die Zivilisation tötendes Konzept.«

Zai lächelte, und sein Blick strich umher, nahm die Erhabenheit des Palastes um sie herum auf. »Wir scheinen noch keine tote Zivilisation zu sein.«

»Vor tausendsiebenhundert Jahren waren die Achtzig Welten die technisch am höchsten entwickelte Macht in diesem Spiralarm«, sagte Oxham. »Heute sieht die Sache anders aus. Die Rix, Tungai und Fahstuns haben uns überholt.«

Zais Augen wurden größer. Diese Tatsache kam nur selten zur Sprache, selbst bei Säkularisten. Aber als Angehöriger des Militärs musste Laurent Zai die Wahrheit kennen. Jeder Krieg wurde schwieriger, weil sich die Nachbarn des Auferstandenen Reichs schneller entwickelten.

»Vor tausendsiebenhundert Jahren waren wir kein Reich«, erwiderte Zai. »Wir waren nur ein Weltenhaufen, wie die Rix, aber weitaus uneiniger. Instabilität und Rivalität herrschten bei uns. Heute sind wir stärker, selbst mit unseren technischen ... Nachteilen. Und außerdem sind wir im Besitz der einzigen wirklich wichtigen Technik. Wir können den Tod besiegen.«

»Den ›Alten Feind‹«, zitierte Oxham. So nannte ihn der Politische Apparat. Der Alte Feind, den der Auferstandene Kaiser herausgefordert und bezwungen hatte.

»Ja, wir haben den Tod besiegt, und doch geht das Leben weiter«, fuhr Zai fort. »Wir haben den Senat, die Märkte.«

Oxham lächelte wehmütig. »Aber das Gewicht der Toten erdrückt uns. Mit jedem verstreichenden Jahr häufen sie mehr Reichtum und Macht an, üben mehr Kontrolle über die Meinungen der Lebenden aus.«

»Auch über meine?«, fragte Zai.

Oxham zuckte mit den Schultern. »Ich gebe nicht vor, Ihre Gedanken zu kennen, Lieutenant-Commander. Trotz der Dinge, die man sich über meine Fähigkeiten erzählt.«

»Halten Sie das Reich bereits für tot?«, fragte Zai.

»Nein, so weit ist es noch nicht. Aber schließlich werden Veränderungen kommen, und wenn das geschieht, zerbricht das Reich wie ein Ast, an dem zu viele Leichen hängen.«

Laurent Zai starrte sie mit offenem Mund an. Der Vergleich entsetzte ihn – es war ihr gelungen, ihn zu schockieren. Oxham erinnerte sich daran, als sie diesen Vergleich zum ersten Mal bei einer Rede auf Vasthold verwendet hatte. Das Publikum hatte geschaudert und ihre Worten emotional zurückgewiesen, eine Reaktion, die Galle in ihr aufstiegen ließ. Aber sie hatte auch gespürt, wie neue Gedanken die vom Entsetzen geschaffene Leere füllten. Das Bild war stark genug, um Meinungen zu ändern.

»Sie möchten also, dass wir zum Tod zurückkehren?«, fragte Zai. »Zweihundert Jahre natürliches Lebens, und dann ... das Nichts?«

»Nicht unbedingt«, entgegnete Oxham. »Wir möchten nur die Macht der Auferstandenen reduzieren. Sollen sie malen und bildhauern. Sollen sie Pilgerreisen unternehmen, die sie zu allen Achtzig Welten führen. Aber Schluss mit der Herrschaft über uns.«

»Kein Kaiser?«, fragte Zai.

Oxham nickte. Selbst mit ihrer neuen Senatorenimmunität war es schwer, hier im Palast des Kaisers verräterische Worte zu sprechen. Selbst die auf säkularistischen Welten geborenen Personen trugen die graue Konditionierung in sich. In den alten Geschichten und Kinderversen ging es immer um den Alten Feind und den Mann, der ihn besiegt hatte.

Laurent Zai schwieg eine Weile. Von einem vorbeikommenden Tablett nahm er zwei weitere Gläser für sie beide, stand dort und trank mit ihr. Einige Angehörige seiner militärischen Gruppe blieben in der Nähe, wagten es aber nicht, sich unaufgefordert in sein Gespräch mit der Pink-Senatorin einzumischen.

Nara Oxham musterte den jungen Mann. Die Galauniform der Flotte mit ihrer koordinierten Horde aus Subeinheiten verkörperte zweifellos den größten Aspekt kaiserlicher Macht: Die vielen wurden dazu gezwungen, eins zu sein. Doch wie bei einem großen Teil der kaiserlichen Ästhetik gab es unleugbare Eleganz in der gemeinsamen Ausrichtung von Myriaden Elementen. Zais Körper fehlte das untersetzte Erscheinungsbild, durch das sich die meisten Menschen von Hochschwerkraftwelten auszeichneten. Er war groß und ein wenig zu dünn. Die Wölbung seines Rückens fand Nara verführerisch.

»Darf ich Sie etwas fragen?«, sagte sie, um die eigenen Gedanken zu unterbrechen.

»Natürlich.«

»Finden Sie meine Worte verräterisch?«

»Per definitionem nein. Sie sind Senatorin und genießen Immunität.«

»Die Immunität einmal beiseite gelassen ...«

Zai runzelte die Stirn. »Wenn Sie keine Senatorin wären, hätten Sie sich per definitionem gerade des Verrats schuldig gemacht.«

»Nur per definitionem?«

Zai nickte. »Ja, Senatorin. Aber vielleicht nicht im Geiste. Immerhin geht es Ihnen um das Wohlergehen des Reiches, in welcher Form auch immer Sie sich seine Zukunft vorstellen.«

Oxham lächelte. Während des Gesprächs hatte sie Zai, der offenbar zum ersten Mal einer Pinken begegnete, für naiv gehalten. Vielleicht war er das tatsächlich. Aber mit wie vielen Grauen hatte sie ganz offen und ehrlich gesprochen? Vielleicht waren ihre Annahmen ebenfalls naiv, in gewisser Weise.

Zai wölbte die Brauen, reagierte damit auf ihren Gesichtsausdruck.

»Ich habe gerade gedacht: Vielleicht können Meinungen geändert werden«, sagte Oxham.

»Ohne dass der Tod diese Entwicklung vorantreibt?«, erwiderte Zai.

Sie nickte.

Er atmete tief durch und wandte den Blick von ihr ab. Für einen Moment dachte Oxham, dass er Synästhesie benutzte. Dann teilte ihr die Intuition mit, dass Zai tiefer sah als mit dem zweiten Blick.

»Aber vielleicht bin ich bereits tot«, sagte Laurent Zai.

Etwas griff auf Nara über. Sie fühlte einen unmöglichen Augenblick der Empathie, als ließe die Wirkung der Droge nach: Tief im Innern des Mannes gab es Entsetzen, eine klaffende Wunde, verursacht vom Grauen, das er erfahren hatte. Es erschien ihr wie ein eiskalter Wind, wie eine alte

Furcht, die unleugbare Substanz gewonnen hatte. Es war Agonie und Hoffnungslosigkeit. Ganz plötzlich hasste sie den Kaiser dafür, dass er eine Medaille an die Brust dieses Mannes heftete.

Dass er ihn *belohnte*, anstatt ihn zu heilen.

»Wie viel von Heimat haben Sie gesehen, Laurent?«, fragte die Senatorin leise.

Er hob und senkte die Schultern. »Die Hauptstadt. Diesen Palast. Und bald werde ich dem Kaiser höchstpersönlich begegnen. Das ist mehr als die meisten Auferstandenen während jahrhundertelanger Pilgerreisen zu sehen bekommen.«

»Möchten Sie den Südpol sehen?«

Das schien ihn zu überraschen.

»Ich wusste gar nicht, dass er bewohnt ist.«

»Von bewohnt in dem Sinne kann man nicht sprechen. Außerhalb einiger Siedlungen sind die Pole öde, eiskalt und tot. Aber ich befürworte den Tod, wie Sie wissen. Wundervolles Ödland umgibt mein neues Haus. Dort erhole ich mich vom Stress in der Hauptstadt.«

Zai nickte. Offenbar kannte er ihre Situation. Die Verrückte Senatorin, wie die Grauen sie nannten. Eine Frau, die Menschenmassen und Städte verabscheute, aber Politik zu ihrem Beruf gemacht hatte.

Der Mann schluckte, bevor er erneut sprach.

»Ich würde es gern sehen, Senatorin.«

»Dann begleiten Sie mich morgen dorthin, Lieutenant-Commander.«

Er hob sein Glas. »Auf ein wundervolles Ödland.«

»Einen wahrhaft grauen Ort«, sagte Oxham.

2

Rettungsversuch

Kein Plan überlebt den Kontakt mit dem Feind.

ANONYM 81

SENATORIN

Sie erwachte ohne Verstand.

Das temporale Eis gab sie schnell frei. Sein Gitterwerk aus miteinander verwobenen Stasisfeldern löste sich auf, und die Zeit strömte in ihren Körper zurück, wie Wasser, das durch einen brechenden Damm schoss und ein Tal überflutete. Das Selbst wurde sich wieder seiner Existenz bewusst und stieg aus dem Kälteschlaf auf, ungeschützt vor dem wütenden mentalen Sturm der Stadt.

Sie erwachte zu Wahnsinn.

Während dieser exponierten Momente schrie die Hauptstadt in ihrem Bewusstsein. Ihre Milliarden von Selbstsphären donnerten und brodelten in ihr, kreischten wie Seemöwen, die am Kadaver eines großen Geschöpfs auf dem Strand zerrten und zankten, während sie das Fleisch zerrissen. Doch auch im Wahnsinn wusste sie um die Quelle des psychischen Schreiens: Der verwesende Kadaver war das Reich; das gewaltige Chaos heulender Stimmen stammte von Myriaden Kämpfen um Macht und Prestige in der kaiserlichen Hauptstadt. Die Geräusche jenes Eiferns dröhnten in ihr, überlagerten für einige Momente das Gefühl für das eigene Selbst; ihre Identität war wie ein einsamer Bergsteiger, der von einer Lawine erfasst wurde.

Dann vernahm sie, wie das Apathie-Armband mit seiner Injektionssequenz begann – das beruhigende Zischen war auch inmitten der Geräuschflut zu hören. Unter dem Einfluss der Droge verblassten ihre empathischen Fähigkeiten. Die vielen Stimmen wurden leiser, und das eigene Selbst gewann an Deutlichkeit.

Die Frau erinnerte sich daran, wer sie war. Namen aus der Kindheit zogen durch ihr waches Ich. Naraya, Naya, Nana. Und dann die Titel des Erwachsenenalters. Dr. Nara Oxham. Elektatin Oxham von der Vasthold-Versammlung. Ihre Exzellenz Nara Oxham, Repräsentantin des Planeten Vasthold bei der Regierung Seiner Majestät. Senatorin Nara Oxham, Sprecherin der Säkularistischen Partei.

Allgemein bekannt als die Verrückte Senatorin.

Als der psychische Lärm nachließ, nahm Oxham ihre Kraft zusammen und konzentrierte sich auf die Stadt, lauschte aufmerksam auf Ton und Charakter, während die Geräusche zurückwichen. Hier auf Heimat war sie immer von der Vielzahl der Stimmen bedroht, von dem wilden psychischen Heulen, das sie gezwungen hatte, fast ihre ganze Kindheit in einem Asyl zu verbringen. Aber manchmal, wenn die Droge zu wirken begann, in den wenigen Momenten zwischen Wahnsinn und Vernunft, konnte Nara einen Sinn darin erkennen und einige Takte der chaotischen Musik in der Hauptstadt verstehen. Das war eine nützliche Fähigkeit für einen Politiker.

Die Geräusche der Politik des Auferstandenen Reichs waren diesmal voller Sorge, hörte sie. Etwas verband sich, wie ein Orchester, das sich auf einen einzelnen Ton konzentrierte. Nara versuchte, ihre Aufmerksamkeit zu fokussieren, ihr Selbst auf das Thema des Unbehagens auszurichten. Doch dann versiegte ihre Empathie, von der Droge neutralisiert.

Der Wahnsinn war geheilt – der Lärm der Stadt erreichte sie nicht mehr.

Senatorin Nara Oxham atmete tief durch und spannte

die erwachenden Muskeln. Sie setzte sich in dem Kälteschlafbett auf und öffnete die Augen.

Morgen. Der Himmel war lachsfarben, und die Sonne schien orangerot durch die Penthouseblase. Die Facetten des fernen Diamantpalastes schienen blutbefleckt zu sein. Die Blase machte die Hauptstadt still; ihre transparenten, miteinander verwobenen Karbonfasern zitterten nur ganz leicht, wenn Hubschrauber vorbeiflogen. Nara nahm Bewegung wahr, die wechselnden Farben von Lichtsignalen, ferne Luftwagen wie Mückenschwärme oder Hitzedunst über heißem Wüstenboden. In der seltsamen Art des Kälteschlafs fühlten sich die Augen sauber an, als hätte sie sie erst vor einem Moment geschlossen.

Vor einem Moment, der wie lang gewesen war?

Der große Wandschirm des Schlafzimmers zeigte das Datum: Seit Beginn des Kälteschlafs waren drei kurze Heimat-Monate vergangen. Das war verwirrend und beunruhigend. Normalerweise dauerten die Stasispausen der Senatorin ein halbes Jahr.

Es bedeutete, dass etwas Wichtiges geschah. Das seltsame Geräusch, das Oxham an der Schwelle des Wahnsinns gehört hatte, kehrte zu ihr zurück. Sie rief den Status ihrer Kollegen ab. Die meisten waren bereits wach, und bei den anderen begann das Wecken. Eine Sondersitzung des Senats stand bevor.

Als Senatorin Nara Oxham die Rubikonschranke am Fuß der Forumtreppe passierte, wehten ihr die vertrauten Geräusche der Politik entgegen und verdrängten die namenlose Beklemmung, die sie beim Erwachen aus dem Kälteschlaf gefühlt hatte.

In einer Ecke ihres Gehörs nahm sie ein Brummen wahr, das vom Filibuster des Geerbten Geistigen Eigentums stammte. Der Filibuster, in seiner siebenundachtzigsten

Dekade, war so beruhigend und zeitlos (und ebenso bedeutungslos, vermutete Senatorin Oxham) wie das Grollen eines fernen Ozeans. In der widerhallenden Weite des Sekundäraudios fühlte sie arbeitsreiche Komiteetreffen, laute Medienkonferenzen, die selbstgerechte Energie einer Ausschussberatung der Loyalitätspartei. Hinzu kam natürlich die Debatte im Großen Forum, aufgrund ihrer souveränen Resonanz leicht erkennbar.

Oxham blinzelte, und das untere Drittel ihrer synästhetischen Sicht teilte ihr mit, dass Senator Puram Drexler sprach. Eine kleine Ecke zeigte sein Gesicht, vertraute milchig graue Augen und wie flüssig wirkende Hautrollen, die von seinen Jochbeinen herunterreichten. Drexler war Senatspräsident, eine Galionsfigur-Position, und angeblich über zweihundertfünfzig Jahre alt (Kryo nicht mitgezählt, und nach seinem eigenen relativistischen Maßsystem, *nicht* kaiserlichabsolut). Doch sein von vielen Falten durchzogenes Gesicht hatte auf Oxham nicht authentisch gewirkt. Auf dem Planeten Fatawa, den er im Senat repräsentierte, war die Vorliebe für künstliche Alterungsprozesse fast ebenso in Mode wie chirurgische Verjüngungen.

Der alte Solon räusperte sich hingebungsvoll – es klang fast so, als ließe man kleine Kieselsteine auf Glas fallen.

Als Senatorin Oxham die Forumtreppe hochging, brachte sie die Fingerspitzen der linken Hand zusammen, was ihren Sekundanten Bereitschaft signalisierte. Die anderen Stimmen in der Infostruktur des Senats wurden leiser, als ihr Stabschef die Termine dieses Tages nannte.

»Wo ist Roger?«, fragte Oxham nach der Bestätigung der Termine. Um das morgendliche Planungsritual kümmerte sich normalerweise Roger Niles, ihr außergewöhnlicher Berater. Das Fehlen seiner vertrauten Stimme beunruhigte sie und brachte das anfängliche Unbehagen zurück.

»Er ist tief, Senatorin«, antwortete ihr Stabschef. »Seit

dem Morgen befindet er sich in einer Analysetrance. Aber er gab zu verstehen, dass er Sie so bald wie möglich direkt sprechen möchte.«

Oxham spürte erneut die Unruhe des Morgens. Ein Treffen, auf dem er selbst bestand, bedeutete Probleme.

»Ich verstehe«, sagte die Senatorin und fragte sich, was der alte Berater entdeckt haben mochte.

»Bringen Sie meine Synästhesie auf volle Bandbreite.«

Daten schwollen vor Oxham im sekundären und tertiären Sehen und Hören an, bildeten den vertrauten Mahlstrom ihrer persönlichen Konfiguration. Namensschilder mit dem Farbcode der Parteizugehörigkeit und den Streifen abgegebener Stimmen schwebten über den anderen Senatoren auf der Treppe. Am Rand des Sichtfelds krümmten sich die Echtzeit-Ergebnisse polygraphischer Befragungsreaktionen von Politik-Junkies und formten Hurrikanwirbel, die sich mit jeder neuen Abstimmung veränderten. Die letzten Zählungen der KI von Oxhams Partei bewirkten Töne an der Schwelle des Hörens, weiche und harmonische Akkorde für Maßnahmen, die bestimmt beschlossen wurden, harte, dissonante Intervalle für Gesetzesvorlagen, die an Unterstützung verloren. In diesem Tumult atmete Nara Oxham wie ein Schiffspassagier, der an Deck kam, um frische Meeresluft zu schnappen. Dieser Moment – am Rand der Macht, bevor man hineintauchte und sich verlor – erneuerte ihre Zuversicht. Das erfrischende Brausen der Politik gab Nara, was andere Leute sich durch Bergsteigen, beginnende Gewalt oder das Vergnügen der ersten Zigarette vor dem Ankleiden verschafften.

Die Senatorin lächelte, als sie zu ihrem Büro schritt.

Nara Oxham fragte sich oft, wie Politik vor dem sekundären Sehen möglich gewesen war. Wie konnte das menschliche Bewusstsein die notwendigen Daten ohne induzierte Synästhesie aufnehmen, ohne die Erweiterung der Sicht auf andere Hirnbereiche? Gewisse Aktivitäten erforderten keine Synästhesie: das Steuern eines Luftwagens, Daytrading, Chirurgie – dabei konzentrierte man sich auf ein einzelnes Bild. Aber in der Politik sah die Sache anders aus. Voneinander unabhängige Schichten des Sehens, die Möglichkeit, drei visuelle und zwei akustische Räume mit Daten zu füllen – es war eine perfekte Metapher für die Politik selbst. Kontrollen, das Gleichgewicht der Kräfte, die miteinander wetteifernden Wählerschaften, die verschiedenen Niveaus der Macht, Geld und Rhetorik. Die notwendige medizinische Prozedur verursachte bei einer von zehntausend Personen seltsame Nebenwirkungen (zum Beispiel Oxhams Empathie), aber sie konnte sich die vielschichtige politische Welt nicht ohne Synästhesie vorstellen. Sie hatte einmal die präsynästhetischen Augenschirme ausprobiert, die das normale Sehen für sich beanspruchten, und das Ergebnis hatte in panikartiger Klaustrophobie bestanden. Wer würde den Senat Abgeordneten mit Scheuklappen überlassen?

Die Unruhe, die Oxham am Morgen gespürt hatte, zupfte erneut an ihr. Es war ein vertrautes Gefühl, aber vage, in der Art alter Gerüche oder eines Déjà-vu-Erlebnisses. Sie versuchte, es zu identifizieren, verglich es mit der Besorgnis vor Wahlen, vor wichtigen Abstimmungen im Senat oder großen Partys, zu ihren Ehren veranstaltet. Die Erinnerung daran fiel Oxham nicht schwer. Ihr ganzes Leben lang hatte sie gegen jene Ängste angekämpft und gelernt, mit ihnen zurechtzukommen. Sie hatte Freundschaft mit ihrer Furcht geschlossen, der kleinen Schwester des Wahnsinns, die von der Droge nie ganz bezwungen werden konnte.

Doch das gegenwärtige Gefühl blieb zu undeutlich, ließ sich nicht auf seinen Ursprung zurückführen. Die Senatorin blickte auf ihr Handgelenk, wo der dermale Injektor fröhlich grün blinkte. Ein empathischer Ausbruch kam nicht infrage; die Droge verhinderte das. Aber es fühlte sich so an.

Als sie ihr Büro erreichte, ging sie an Bittsteller-Assistenten und einigen hoffnungsvollen Lobbyisten vorbei und hielt direkt auf Roger Niles' dunkle Höhle im Zentrum ihrer Domäne zu. Niemand wagte es, ihr zu folgen. Seine Tür öffnete sich wortlos, und Oxham trat ein. Sie nahm einen Stapel gebügelter Hemden von seinem Gästestuhl und setzte sich.

»Ich bin da.« Sie sprach leise und wusste: Wenn sie ungeduldig klang, holte die KI ihren Berater aus seiner Datentrance. Es war besser, ihn selbst die Geschwindigkeit seiner Rückkehr in die reale Welt bestimmen zu lassen.

Sein Gesicht zeigte die typische Schlaffheit einer tiefen Trance, doch die Brauen reagierten auf Oxhams Worte und wölbten sich, wodurch Falten in der hohen Stirn entstanden. Ein Finger der rechten Hand zuckte. Niles schien zu klein für seinen Schreibtisch zu sein, eine runde Monstrosität aus dunklem Holz, die ihn wie eine riesige lebenserhaltende Maschine umgab. Senatorin Oxham hatte vor kurzer Zeit festgestellt, dass die großen Schubladen und Fächer nur Kleidung, Schuhe und einige von militärischen Lobbyisten stammende Notrationen enthielten. Roger Niles hielt die Angewohnheit, abends nach Hause zu gehen, offenbar für eine unverzeihliche Schwäche.

»Etwas Schlimmes, nicht wahr?«, fragte sie.

Der Finger zuckte erneut.

Niles sah älter aus. Oxham hatte nur drei Monate in der Stasis verbracht, aber während dieser kurzen Zeit waren die Schläfen ihres Beraters grauer geworden. Ihre Mitarbeiter hatten das Recht, während der Pause in Kryo zu gehen, doch Niles machte nur selten davon Gebrauch. Er zog es vor, während ihrer ganzen realen Amtszeit zu arbeiten – er alterte vor ihren Augen.

Die Einsamkeit des Senators, dachte Oxham. Die Welt glitt so schnell vorbei.

Senatoren wurden für fünfzig Jahre gewählt (oder berufen, ernannt, erstritten, gekauft – was auch immer der Brauch des betreffenden Planeten sein mochte), für ein halbes kaiserlichabsolutes Jahrhundert. Das Auferstandene Reich war ein sich langsam entwickelndes Geschöpf. Selbst hier in den dichten kernwärtigen Clustern bedeuteten achtzig bewohnte Welten einen dreißig Lichtjahre durchmessenden Raumbereich, und die Erfordernisse von Krieg, Handel und Reisen unterlagen den Beschränkungen der schrecklich langsamen Lichtgeschwindigkeit. Die Umstände zwangen den Kaiserlichen Senat zu einer langfristigen Perspektive. Normalerweise verbrachten die Solonen achtzig Prozent ihrer Amtszeit im Stasisschlaf, während das Universum an ihnen vorbeiraste. Sie trafen ihre Entscheidungen mit der Distanz von Bergen, die beobachteten, wie unten Flüsse ihren Lauf änderten.

Der Planet, den Oxham repräsentierte, hatte sich natürlich während ihrer ersten Dekade im Amt verändert. Und der Flug von Vasthold nach Heimat hatte fünf absolute Jahre gedauert. Bei ihrer Rückkehr würden sechzig Jahre vergangen sein – sie stellte sich ihre Freunde gebrechlich oder tot vor, ihre drei Neffen im mittleren Alter. Roger Niles alterte vor ihren Augen. Der Senat verlangte viel von seinen Mitgliedern.

Doch der Zeitdieb konnte ihr nicht alle rauben. Oxham hatte jemanden gefunden, einen Geliebten, der als Captain ein Raumschiff kommandierte, wie sie selbst ein Opfer der Zeitdilatation. Jener Mann war jetzt fort, absolute Jahre entfernt in den Drehwärtigen Bereichen, aber Oxham hatte damit begonnen, ihren Stasisschlaf seinem relativistischen Rahmen anzupassen. Wenn er zurückkehrte, würde die gleiche Anzahl von Jahren für sie beide vergangen sein.

Die Senatorin lehnte sich zurück und lauschte mit halbem Bewusstsein dem Strom politischer Daten in ihrer sekundären Wahrnehmung. Tun konnte sie derzeit nichts; sie musste auf Niles warten.

Was die allgemeine Einstellung der Politik gegenüber betraf, unterschied sich Senatorin Oxham sehr von ihrem Stabschef. Als Holistin fühlte sie den Senat wie einen Organismus, wie ein Tier, das abgerichtet oder zumindest verstanden werden konnte. Niles vertrat das andere Extrem und lebte nach dem Prinzip, dass jede Politik lokaler Natur war. Seine Götter wohnten im Detail.

In dem Zimmer wimmelte es von Geräten, die ihn mit allen Ereignissen jeder einzelnen der Achtzig Welten verbanden. Rationsunruhen auf Mirzam. Bombenanschläge religiöser Fanatiker auf Veridani. Die täglichen Offensiven und Vergeltungsschläge von tausend Preiskriegen, ethnischen Auseinandersetzungen und Medienprozessen, alles in Echtzeit auf der Grundlage von quantenverwickelter Kommunikation. Das senatorische Privileg erlaubte es Niles, die internen Vorgänge von Nachrichtenagenturen, Finanzkonsortien und sogar die privaten Mitteilungen von Leuten zu überwachen, die reich genug waren, Translichtdaten zu senden. Und in seinem hervorragenden Gehirn fügte er alles zusammen. Senatorin Oxham kannte ihre Kollegen als Individuen und konnte die harten Ränder ihrer kleinlichen Eitelkeiten und Zwangsvorstellungen fühlen. Aber Niles sah Senatoren als Geschöpfe aus Daten, als wandelnde Verrechnungsstellen für die zahlreichen Agenden und Anliegen ihrer Heimatwelten.

Einige Minuten lang saßen sie sich stumm gegenüber.

Niles' Finger zuckte erneut.

Nara lehnte sich zurück und wusste, dass dies eine Weile dauern konnte. Es war dunkel im Zimmer. Die kristallenen Säulen der Kommunikations-Hardware ragten wie Insektenstädte aus Glas auf. Wie von Glühwürmchen errichtet, dachte die Senatorin. Hier und dort funkelten die Kristalle im Sonnenlicht, das durch winzige Löcher im Smartpolymer-Vorhang an der Decke fiel.

Oxham blickte mit einem verärgerten Gesichtsausdruck nach oben, und die millimetergroßen Löcher reagierten, indem sie sich weiter öffneten. Daraufhin spürte sie warmen Sonnenschein auf den Händen, deren Innenflächen nach unten zeigten und das kühle Metall von Niles' Schreibtisch berührten. Licht und Schatten gaben dem Gesicht des Stabschefs ein sonderbares, wie aus Tätowierungen bestehendes Muster.

Er öffnete die Augen.

»Krieg«, sagte er.

Das Wort jagte Senatorin Nara Oxham einen eisigen Schauder über den Rücken.

»Ich sehe kaiserliche Steuererleichterung auf den drehwärtigen Welten«, sagte Niles und klopfte sich an die rechte Seite des Kopfes, als wäre sein Gehirn eine Karte des Reiches. »Alle Systeme, die maximal vier Lichtjahre von der Rix-Grenze entfernt sind, bekommen wirtschaftliche Unterstützung durch den Auferstandenen. Und der Ausschuss der Lakaienpartei hat parallele Maßnahmen in dem Bezuschussungsgesetz befürwortet, über das den ganzen Morgen beraten wurde.«

»Bedeutet das Krieg oder nur die übliche Gönnerschaft?«, fragte Oxham skeptisch. Der Auferstandene Kaiser und der Senat erhoben getrennt voneinander Steuern. Ihre Einnahmequellen waren so sorgfältig strukturiert wie die Rubikonschranke, die das Forumgebäude umgab. Aber so getrennt Krone und Regierungen auch voneinander sein sollten: Die Loyalitätspartei wurde ihrem Namen gerecht, indem sie immer den Standpunkt des Kaisers vertrat. Insbesondere dann, wenn es dem Willen der Wähler daheim entsprach. Die Loyalität war in den Drehwärtigen Bereichen traditionell stark, wie in allen peripheren Regionen, wo andere Kulturen bedrohlich nah waren.

»Normalerweise würde ich sagen, dass es die üblichen Almosen für die Gläubigen sind«, sagte Niles. »Aber die kern- und randwärtigen loyalistischen Regionen kommen nicht in den Genuss dieser Freigebigkeit. Ganz im Gegenteil: Jene Teile des Reiches sind schwer getroffen. Während der letzten zwölf Stunden habe ich höhere Honorartribute sowie sprunghaft angestiegene Termingeschäfte bei Titeln und Ablässen gesehen. Kaiserliche Anleihen mit einer Laufzeit von hundert Jahren werden gekündigt. Das Geld ist noch nicht zweckgebunden, aber *nur* das Militär kann so viel ausgeben.«

»Die Flotte wird gestärkt, und die Drehwärtigen Bereiche werden gemästet«, sagte Oxham. Es klang nach einem Krieg gegen die Rix. Erheblicher finanzieller Aufwand für das Militär, und als Folge davon geriet der Komfort der Achtzig Welten in Gefahr.

Niles neigte den Kopf zur Seite, als flüsterte ihm jemand etwas ins Ohr. »Die Lohntarife auf Fatawa sind an diesem Morgen um drei Prozent gestiegen. *Drei.* Vermutlich werden Reservisten einberufen. Es bleibt niemand übrig, um den Boden zu schrubben.«

Oxham schüttelte den Kopf, als sie an den Wahnsinn des Auferstandenen Kaisers dachte. Die Inkursion der Rix lag acht Jahrzehnte zurück. Warum sie jetzt provozieren? Die Rix waren zwar nicht sehr zahlreich, aber außerordentlich gefährlich. Die seltsamen Technologien, die sie von ihren KI-Göttern bekamen, machten sie zu den tödlichsten Kämpfern, mit denen das Reich jemals konfrontiert worden war. Außerdem: Der Krieg gegen sie lohnte nicht. Sie besaßen kaum etwas Wertvolles und hatten nur wenige eigene Planeten. Sie säten ein Verbundbewusstsein und zogen dann weiter. Die Rix waren wie Sporen für die planetaren Wesen, die sie verehrten, mehr Kult als Kultur. Doch wenn man sie verletzte, schlugen sie zurück.

»Warum sollte der Auferstandene Kaiser einen weiteren Krieg gegen die Rix wollen?«, fragte Oxham laut. »Gibt es Anzeichen für kürzliche Angriffe?« Sie verfluchte die Geheimniskrämerei des kaiserlichen Staates – die Senatsregierung bekam nur selten detaillierte militärische Informationen. Was geschah dort draußen in der fernen Schwärze? Sie schauderte kurz und dachte an einen bestimmten Mann, der in Gefahr geraten mochte. Rasch schob sie diesen Gedanken beiseite.

»Wie ich schon sagte, es handelt sich um Entwicklungen während der letzten Stunden«, betonte Niles. »In Hinsicht auf diesen Zeitraum stehen mir keine Daten von der Grenze zur Verfügung.«

»Entweder reagieren die Kaiserlichen auf einen Notfall, oder ihre Pläne sind bisher verborgen geblieben«, sagte Senatorin Oxham.

»Jetzt sind sie aufgeflogen«, erwiderte Niles.

Oxham ballte die Faust und führte mit dieser Geste plötzliche, absolute Stille in ihrem Kopf herbei. Reden haltende Solonen, das Durcheinander aus Nachrichten und Ergänzungsanträgen, der Puls von Umfragen und konstituierendem Geschnatter – das alles hörte abrupt auf.

Krieg, dachte sie. Die ärgerliche Domäne von Tyrannen. Der Sport von Göttern und solchen, die welche sein wollten. Und unglücklicherweise der Beruf des Mannes, den sie liebte.

Der Auferstandene sollte für dies besser einen sehr guten Grund haben.

Senatorin Oxham blickte Roger Niles in die Augen. Sie gestattete ihrem Bewusstsein, mit dem Planen zu beginnen und in den genau definierten Kräften des Senats nach dem Drehpunkt zu suchen, der die Absichten des Kaisers vereiteln konnte. Als sie sich von der kalten Sicherheit der politischen Macht durchströmt fühlte, ließen ihre Ängste nach.

»Unser Auferstandener Vater legt vielleicht keinen Wert auf unseren Rat und unsere Zustimmung«, sagte sie. »Aber mal sehen, ob wir seine Aufmerksamkeit bekommen.«

CAPTAIN

Während der ersten zwölf Jahre seines Lebens war Laurent Zai der Größte unter seinen Schulkameraden gewesen, was ihn mit Verlegenheit erfüllt hatte. Nicht der Stärkste oder Schnellste. Nur ein großer, schwerfälliger Junge in einer Gesellschaft, die kompakte, elegante Körper schätzte. Schon lange vor Zais Geburt hatte Vada eine kleine, kräftig gebaute Frau zur Gouverneurin gewählt und wieder gewählt. Sie stand mit verschränkten Armen da, die Füße auseinander, ein Symbol für Stabilität. Im Alter von sieben Standardjahren bat Laurent den Auferstandenen Kaiser in seinen Gebeten darum, dass sein Wachstum aufhörte, doch die Reise gen Himmel ging erbarmungslos weiter. Als er elf wurde, überragte er durchschnittlich große Vadaner bereits. Er bat die Auferstandene Gottheit, ihn schrumpfen zu lassen, aber die Biologie-KI der Schule erklärte, dass ein Kleinerwerden wissenschaftlich sehr unwahrscheinlich war, zumindest während der nächsten sechzig Jahre. Und auf Vada betete man nicht zum Auferstandenen Kaiser, damit er die Naturgesetze änderte, die immerhin von Ihm stammten. Überaus logisch bat Laurent den Kaiser um die einzige andere Lösung: um eine Zunahme der Größe bei seinen Schulkameraden, um ein plötzliches Wachstum bei seinen Altersgenossen oder eine demographische Veränderung, die ihm den Status des Ausgestoßenen nahm.

In jenem Sommer kamen Austauschschüler von den Niedrigschwerkraftwelten des Krupp-Reiches auf Laurents Schule. Es waren Flüchtlinge, vertrieben von der Neuen Deutschen Grippe. Die großen Krupper waren trottelhaft, ermüdeten schnell und sprachen mit schwerem Akzent. Diese Überlebenden hatten sich der Grippe gegenüber als immun erwiesen und waren natürlich dekontaminiert worden. Sie flohen vor dem gesellschaftlichen Niedergang eines Bevölkerungskollapses und nicht vor dem Virus, aber trotzdem haftete ihn der Gestank der Ansteckung an, und sie waren so schrecklich *groß*.

Zai wurde zu ihrem schlimmsten Peiniger. Er entwickelte die Kunst zur Meisterschaft, die Krupper beim Gehen von hinten zu Fall zu bringen, und er malte unbeholfene Gestalten an den Rand der Gebetsbücher in der Kapelle, so groß wie die ganze Seite.

Laurent war mit diesen Ungezogenheiten nicht allein. Die Krupper wurden so schlecht behandelt, dass einen Monat nach ihrer Ankunft alle Schüler die Anweisung bekamen, sich auf dem Fußballplatz beim großen Luftschirm zu versammeln. In dem weiten Sichtfeld über dem Platz (auf dem Laurent so oft von kleineren, schnelleren Fußballspielern gedemütigt worden war) erschienen Bilder von der Pandemie im Krupp-Reich. Es war reine Propaganda, eine Spezialität der Vadaner: Die vadanischen Kinder sollten sich so sehr schämen, damit sie aufhörten, die Neuankömmlinge zu quälen. Die Opfer wurden geschönt dargestellt und starben unter weißer Gaze, damit man nicht die vielen von der Neuen Deutschen Grippe verursachten Entzündungen sah. Fotos von Familientreffen vor der Grippe wurden verändert, um den Fortschritt der Krankheit zu verdeutlichen: Infizierte verblassten allmählich, bis nur noch einige wenige Überlebende übrig blieben, die Arme um geisterhafte Verwandte gelegt. Das letzte Bild zeigte den großen, monolithischen Reichsplatz in Bonnburg, in Zeitrafferaufnahmen von Nachmittagen während der letzten vier Jahre. Die Population von Touristen, Straßenhändlern, Kaufleuten und Spaziergängern auf dem Platz wurde kleiner und schien sich zu stabilisieren, bevor es zu einem regelrechten Kollaps kam. Schließlich war nur noch eine Person auf der großen Kupferfläche zu sehen. Sie war nur einige Bildelemente groß, schien aber zu fliehen, als fürchtete sie Gefahr vom Himmel.

Der zwölfjährige Laurent saß mit offenem Mund da, in einer Stille, die typisch war für betroffene Kinder, und er dachte immer wieder die gleichen Worte.

»Was habe ich getan?«

Als der Luftschirm verschwand, lief Zai die Treppe hinunter und schüttelte die Hand eines verärgerten Aufsichtführenden ab, der ihn zurückhalten wollte. Er suchte unter der Tribüne Zuflucht und sank dort inmitten der von Zuschauern stammenden Abfälle auf die Knie. Die Hände zum Gebet gefaltet, begann er damit, um Vergebung zu bitten. *Dies* hatte er sich nicht vom Kaiser erhofft. Wie hätte er wissen sollen, dass seine Bitte um größere Klassenkameraden eine Pandemie im Krupp-Reich zur Folge haben würde?

Seine betenden Lippen berührten fast den Boden, und der Gestank von Zigarettenstummeln, alten Honigweinflaschen und verfaultem Obst wirkte wie ein Schlag in die Magengrube. Er übergab sich, erbrach sich auf die gefalteten Hände, und das Erbrochene brannte wie Whisky in Mund und Nase. Ganz gleich, wie oft er die Hände wusch: Für den Rest des Tages blieben sie ein wenig klebrig und rochen unangenehm.

Etwas schien sich permanent in ihm verändert zu haben, denn die Position des Gebets brachte immer etwas von jenem Moment der Scham und Übelkeit zurück. Das morgendliche Gemurmel in der Kapelle schien zu einem ätzenden Tröpfeln in seinem Hals zu werden. Die Luftschirmszenen, bei denen sich das Gesicht des Auferstandenen Kaisers langsam über einer jubelnden Menge drehte, füllten seinen Magen mit Galle.

Laurent Zai hatte nie wieder zum Auferstandenen Kaiser gebetet.

Er trank nicht, denn jeder Trinkspruch auf Vada bat den Auferstandenen Kaiser um Glück und Gesundheit. Und selbst als der Kadett Zai auf die Zulassung zum Studium an der Kaiserlichen Flottenakademie wartete, lag er jeden Abend während der endlosen Minuten vor dem Schlaf stumm da, erinnerte sich an jeden Fehler und jeden Sieg bei den sechswöchigen Bewerbungsprüfungen. Aber er betete nicht.

Dreißig subjektive Jahre später saß Captain Laurent Zai im Kommandantensessel der Fregatte Seiner Majestät *Luchs* und hielt sich beide Hände vor Mund und Nase.

Sie schienen noch immer nach dem schmachvollen Erbrochenen von damals zu riechen.

»Lass dies klappen«, flüsterte er. »Was mich betrifft ... Ich möchte zu meiner Geliebten zurückkehren. Und was sie angeht ... Sie ist *deine* verdammte Schwester.«

Damit endete das bittere Gebet. Zai ließ die Hände sinken und öffnete die Augen.

»Start«, sagte er.

ERSTER OFFIZIER

Die Statusanzeigen teilten Katherie Hobbes mit, dass die Landekapsel mit dem Apparat-Initiaten Barris nicht komplett mit Gel gefüllt war. Die Sicherheits-KI wies auf die Gefahren hin, die einer nicht genügend vorbereiteten Sprungeinheit drohten.

Hobbes lächelte grimmig, setzte sich über die Sicherheitseinwände hinweg und gab den Befehl weiter.

»Start ist eingeleitet, Sir.«

Fast gleichzeitig feuerten vier speziell rekonfigurierte Waffenkuppeln an der Unterseite der *Luchs* jeweils eine Railgun und eine Plasmakanone ab. Vier Projektil-Energie-Paare jagten sorgfältig bestimmten Zielen auf dem Planeten entgegen.

Die Plasma-Entladungen rasten mit zwanzig Prozent der Lichtgeschwindigkeit voraus und brannten mit ihren 12 000 Grad Kerntemperatur einen Vakuumtunnel durch die Atmosphäre. Die Branddauer war zeitlich genau abgestimmt, und beim Kontakt mit fester Materie gingen die Entladungen in Flammen auf. Sie hinterließen nur vier konkave Halbkugeln in den steinernen Wänden des Palastes.

Ihnen folgten die ultrabeschleunigten Geschosse.

VERBUNDBEWUSSTSEIN

Das Verbundbewusstsein dehnte sich noch immer in den Daten- und Kommunikationssystemen des Planeten aus, und ein von ihm konstruiertes Warnsystem registrierte den Angriff. Die Plasmablitze hinterließen lange, aggressive Streifen und kamen ganz offensichtlich von dem Punkt, den Alexander als wahrscheinlichste Position für ein mit der Rettung beauftragtes Kriegsschiff berechnet hatte. Das Bewusstsein brauchte weniger als zwei Millisekunden, um zu dem Schluss zu gelangen, dass ein Rettungsversuch begonnen hatte - und um die Anweisung zu erteilen, die Geiseln zu töten. Allerdings gab es zwischen den Rix-Kämpfern und Alexander keine direkten Datenverbindungen. Die materielle Grundlage des Verbundbewusstseins bestand aus kaiserlicher Technik, und die war mit der Rix-Kommunikation inkompatibel. Es blieb Alexander nichts anderes übrig, als den Befehl durch einen Transponder in der Mitte des Tisches in der Ratskammer zu übermitteln. Der Transponder empfing das Signal des Verbundbewusstseins und kreischte daraufhin, ein Geräusch, das nach dem Gezeter eines alten Audiomodems klang. Mit Schallgeschwindigkeit begann es die Reise vom Transponder zu den Rix-Kämpfern. Die nächste Kämpferin war vier Meter entfernt, und das Signal würde sie in etwa acht Millisekunden erreichen, eine Hundertstelsekunde nach Beginn des Angriffs.

Die vier von der *Luchs* abgefeuerten Geschosse aus Smartlegierung befanden sich im Wettlauf mit der Warnung. Die Projektile hatten eine Masse von wenigen Zentigramm, flogen mit zehn Prozent der Lichtgeschwindigkeit und gerade wie Laserstrahlen durch die von den Plasmablitzen gebrannten Zylinder aus Fastvakuum. Sie legten die Strecke zum Palast in weniger Zeit zurück, als die Atmosphäre von Legis XV brauchte, um die Vakuumröhren wieder mit Luft zu füllen. Nach sieben Millisekunden erreichten sie die vom Plasma geglätteten Halbkugeln ihrer Eintrittspunkte in den Palast.

Die Geschosse waren zylinderförmig und nicht breiter als ein menschliches Haar. Sie schnitten durch die Palastmauern und setzten dabei einen genau berechneten Bruchteil ihrer enormen kinetischen Energie frei. Ein plötzliches Netz aus Rissen bildete sich im Gestein bei den Eintrittspunkten, wie in Sicherheitsglas unter dem Schlag eines Hammers. Der Aufprall veränderte die Geschosse und gab ihnen die zweite programmierte Form. Sie verwandelten sich in abflachende Sphäroide und wurden langsamer, als sie durch Böden und Wände des Palastes brachen. In den Sekunden nach ihrer Passage würde es überall in dem großen Gebäudekomplex Erschütterungen geben, und ganze Mauern würden sich explosionsartig in Staub auflösen. Lokal begrenzte, aber sehr heftige Stürme würden im Innern des Palastes entstehen, sobald die Luft auf den Flug der Geschosse reagierte.

Nach der siebten Kollision mit Mauerwerk – die KI der *Luchs* hatte diese Anzahl auf der Grundlage präziser Modelle der Palastarchitektur berechnet – blähten sich die Projektile zu ihrer maximalen Größe auf. Die Smartlegierung dehnte sich zu einem Netz aus Sechsecken aus, entfaltete sich wie Schneeflocken aus Papier und gewann die Oberfläche einer großen Münze.

Diese jetzt viel langsameren Geschosse erreichten ihre Ziele und trafen die Rix-Kämpfer, während das warnende Gezeter aus dem Transponder noch knapp einen Meter entfernt war, acht Tausendstelsekunden nach dem Beginn des Angriffs. Sie schlugen in die Brust der Rix und hinterließen Tunnel, die für kurze Zeit so präzise waren wie in Metall gebohrte Löcher. Doch als die Projektile austraten, zogen sie Wolken aus Blut, pulverisiertem Gewebe und biomechanischen Fragmenten hinter sich her, die die ganze Ratskammer füllten. Die vier Rix-Kämpfer fielen zu Boden, ihre Knochen von der kinetischen Energie der Geschosse zertrümmert und die Implantate verflüssigt.

Für den Moment waren die Geiseln sicher.

DOKTOR

Oben waren die Soldaten unterwegs.

Fünfundzwanzig Landekapseln beschleunigten in den Startröhren an elektromagnetischen Schienen und erreichten eine enorme Geschwindigkeit. Siebenunddreißig *g* trafen Dr. Vecher wie ein Hirnschlag und verschoben die Farbe hinter den geschlossenen Lidern nach Rot und Pink, dem des Weiß einer heißen Flamme folgte. Ein Donnern füllte die gelversiegelten Ohren, und er spürte die Deformierung des eigenen Körpers, der unter dem Fuß eines Riesen am Boden der Kapsel zerquetscht zu werden schien. Ohne das Gel sowie die injizierten und inhalierten Smartpolymere, die sein Körpergewebe durchdrangen, wäre er auf mehrere sehr exotische Arten gestorben.

Er starb nicht, aber es tat höllisch weh.

Die Landekapseln trafen nur einen Augenblick nach dem Start auf die Mesopause, die obere Grenze der Mesosphäre, und drehten sich um exakt 180 Grad, damit die Füße ihrer Passagiere nach unten wiesen. Bremsraketen zündeten, um die Geschwindigkeit zu verringern und die Kapseln auf ihre Ziele auszurichten.

Sie schwärmten aus und wurden zu heulenden Meteoren am Taghimmel von Legis XV. Nur drei sollten in der Nähe der Ratskammer niedergehen. Jede Kapsel, die bei den Geiseln landete, erhöhte das Risiko einer Verletzung der Kindkaiserin. Die Aufgabe der Soldaten bestand darin, nach den drei anderen Rix-Kämpfern zu suchen und den Palast zu sichern.

Dr. Vechers Kapsel war den anderen ein wenig voraus und der Ratskammer am nächsten. Sie schmetterte durch die drei Außenwände des Palastes, und jede Kollision schüttelte den Arzt so durch, als befände er sich im Innern einer läutenden Glocke.

Doch die Landung, bei der die Kapsel den Rest ihrer Reaktionsmasse verbrauchte, erschien fast weich. Es gab einen letzten Stoß, und dann strömte Dr. Vecher aus seinem Gefährt. Das Gel, das ihn aus der Kapsel trug, zischte auf den superheißen Steinboden des Palastes.

Für die Geiseln war der Übergang von besorgter Erschöpfung und Langeweile zu Chaos fast augenblicklich. Die Geschosse aus Smartlegierung trafen ihre Ziele, bevor Geräusche oder Druckwellen die Ratskammer erreichten. Der tosende Wirbelwind schien aus dem Nichts zu kommen. Die vier Rix-Kämpfer explodierten zu Blut und verflüssigten Knorpeln. Die Geiseln fanden sich plötzlich in einer Wolke aus organischen Partikeln wieder, die von den ausgeweideten Rix stammte, Mund und Augen füllte. Wenige Momente später ertönte das Donnern der berstenden Außenmauern des Palastes, von der langsamen Schallgeschwindigkeit zur Ratskammer getragen, und übertönte das vergebliche Kreischen des Transponders auf dem Tisch.

Admiral Fenton Pry war nicht in dem Sinne überrascht. Er hatte seine Dissertation an der Kriegsakademie über Geiselrettung geschrieben und während der letzten vier Stunden über diese besondere Ironie des Schicksals nachgedacht. Nach einer siebenundzwanzig subjektive Jahre langen beruflichen Laufbahn bekam er es schließlich mit einer Geiselnahme zu tun, aber auf die falsche Art und Weise. Die letzten Artikel in der spärlichen professionellen Literatur über Geiselrettung lagen neben seinem Bett, von seinem Adjutanten ausgedruckt und gebunden, doch ungelesen. In letzter Zeit hatte er sich nicht auf dem Laufenden gehalten. Aber er wusste in groben Zügen, wie der Angriff ablaufen würde, und schon seit Stunden hielt er ein seidenes Taschentuch bereit. Er hob es nun vor Mund und Nase.

Ein schrecklicher Krampf schoss ihm ins Bein. Der Admiral hatte pflichtbewusst Streckübungen gemacht, aber seit vier Stunden saß er nun auf diesem Stuhl. Er hinkte dorthin, wo er die Kindkaiserin vermutete, blinzelte Blut aus den Augen und atmete flach. Der Boden bebte, als nicht weit entfernt schwere Teile des alten Palast-Mauerwerks einstürzten.

Kamen Soldaten?

Sie sind zu nahe, dachte der Admiral. Dies war ein Gebäude aus natürlichem Stein, um Seiner Majestät willen. Admiral Pry hätte dem Leiter des Einsatzes das eine oder andere über Angriffe auf Präferroplastik-Bauwerke sagen können.

Die Sicht wurde besser, als sich die Wolke aus organischen Partikeln an den Oberflächen der Ratskammer niederschlug. Die Kaiserin saß noch. Admiral Pry bemerkte eine Rix-Kämpferin auf dem Boden. Sie lag auf der Seite und zusammengekrümmt, als hätte sie einen Schlag in die Magengrube erhalten. Die Eintrittswunde war nicht zu sehen, aber zwei Teile des Rückgrats ragten in einem Winkel von fünfundvierzig Grad aus der klaffenden Austrittswunde.

Pry stellte mit professioneller Genugtuung fest, dass das Projektil die Brust der Rix-Kämpferin genau in der Mitte getroffen hatte. Er nickte knapp, eine Geste, die seinem Stab gegenüber die Worte *Gut gemacht* ersetzte. Der Blaster der Rix, auf Armeslänge in Richtung der Kindkaiserin ausgestreckt, war noch voll funktionsfähig.

Der Admiral zog die Hand der Rix weg, ganz vorsichtig, damit die steifen Finger nicht den Auslöser betätigten, und wandte sich dann der Kaiserin zu.

»M'Lady?«, fragte er.

Das Gesicht der Kaiserin war schmerzverzerrt. Sie griff sich an die linke Schulter, atmete stoßweise und schwer.

Hatte ein Projektil den Grund getroffen? Die Kaiserin war natürlich von Rix-Blut bedeckt, doch unter ihrem Umhang schien sie unverletzt zu sein. Mit etwas so Brutalem wie einem Blasterstrahl oder einem Exsanguinationsgeschoss war sie zweifellos nicht in Kontakt gekommen.

Es blieben Admiral Pry noch einige Sekunden, um sich zu fragen, was mit der Kindkaiserin nicht stimmte. Dann brach die Tür aus massiver Esche auf.

CORPORAL

Flottencorporal Mirame Lao kam als Erste aus ihrer Landekapsel.

Als Veteranin mit sechsundzwanzig Kampfsprüngen hatte sie ihre Kapsel auf höchste Geschwindigkeit und geringste Sicherheitsstufe programmiert. Bei dieser Konfiguration gab die Landeeinheit ihren Passagier im Augenblick des Aufpralls frei. Eine Kaskade aus plötzlich flüssig werdendem *g*-Gel spülte Corporal Lao auf den Boden, und darin rollte sie sich ab wie ein Fallschirmspringer, der in dickem Schlamm landete. Einen Moment später stand sie. Das vor dem Gel schützende Siegel an der Mündung ihrer Variwaffe knallte wie ein Sektkorken, und der Helm gab jäh die Landeisolierung frei – Schutzgel strömte auf den Boden. Die roten diagnostischen Anzeigen des Visiers wiesen auf den Preis für die schnelle Landung hin: Laos linkes Bein war gebrochen, die linke Schulter ausgerenkt. Nicht schlecht für ein Ausspülen der höchsten Stufe.

Eine automatische Anästhesie-Injektion ließ das Bein bereits taub werden, und die Servomotoren des Kampfanzugs kümmerten sich um die Bewegungen. Lao begriff, dass es ein komplizierter Bruch sein musste: Als sich das Bein bewegte, hatte sie das eisige Gefühl von gesplitterten Knochen, die sich in nerventotes Gewebe bohrten. Sie biss die Zähne zusammen und ignorierte das Empfinden. Während eines Feuergefechts auf Dhantu hatte Lao einmal sechs Stunden lang mit einem gebrochenen Becken gekämpft. Diese Mission – Sieg, Niederlage, Unentschieden – würde nicht länger als sechs Minuten dauern. Sie bestätigte ein blinkendes gelbes Symbol mit der Augenmaus und bereitete sich vor. Der Kampfanzug schnaufte, als er sich ruckartig zusammenzog und den ausgekugelten Arm an die richtige Stelle schob. *Das* tat weh.

Inzwischen waren seit der Landung vierzehn Sekunden vergangen, und Corporal Lao orientierte sich im sekundären Sehen mithilfe einer schematischen Karte. Rechts von ihr stand der Flottenarzt vorsichtig aus dem Gel auf, das seine eigene Landekapsel auf den Boden gespuckt hatte. Er wirkte verwirrt, schien aber unverletzt zu sein. Die Kapsel mit dem Initiaten des Apparats hatte sich noch nicht geöffnet – sie sah irgendwie seltsam aus, als wäre die Luke beim Aufprall eingedrückt worden.

Pech.

Corporal Lao lief zur schweren Tür der Ratskammer und wurde trotz des gebrochenen Beins bei jedem Schritt schneller. Sie war Rechtshänderin, stieß aber mit der bereits verletzten Schulter gegen die Tür – sie hielt es für falsch, auch noch eine Verletzung des gesunden Arms zu riskieren. Neuer Schmerz durchzuckte sie, als die Tür aufsprang.

Mit schussbereiter Waffe taumelte sie in die Ratskammer und hielt nach den Rix-Kämpfern Ausschau.

Sie waren leicht zu finden. Alle vier lagen auf dem Boden, jeder von ihnen Ausgangspunkt einer langen Ellipse aus dicken roten Geweberesten an den Wänden. Ein leichteres, dünneres Tuch aus menschlichem Blut bedeckte alles im Raum, vom verzierten Gedeck auf dem Tisch bis zu den benommenen oder hysterischen Geiseln.

Diese vier Rix waren eindeutig tot. Lao schnalzte mit der Zunge und übermittelte der *Luchs* damit ein präkonfiguriertes Signal: *Ratskammer ist gesichert*.

»Hierher!«, erklang eine Stimme.

Das Wort kam von einem alten Mann, der unter seiner Patina aus Blut die Uniform eines Admirals zu tragen schien. Er kniete bei zwei Gestalten, von denen eine zuckte.

Die Kindkaiserin und eine tote Rix.

Flottencorporal Lao eilte zu dem Paar und griff nach einem großen Gerät auf ihrem Rücken. Die Bewegung tauchte ihre verletzte Schulter in heißen Schmerz, und die Ränder von Laos Blickfeld verfärbten sich rot. Der Kampfanzug riet ihr zu Anästhesie, aber sie achtete nicht darauf - sie brauchte beide Arme, um voll einsatzfähig zu sein. Es gab noch drei lebende Rix im Gebäude; die Möglichkeit, dass es zu einem Feuergefecht kam, ließ sich nicht ausschließen.

Die diagnostischen Anzeigen des Generators blinkten grün; er hatte den Sprung unbeschadet überstanden. Lao wandte sich den Kontrollen zu, aber Bewegung hinter ihr - der Helm erweiterte ihre Sicht auf 360 Grad - verlangte Aufmerksamkeit. Mit erhobener Waffe wirbelte sie herum, und wieder brannte Schmerz in der Schulter.

Sie erkannte den Flottenarzt.

»Kommen Sie!«, befahl sie. Der Helm gab eine der präprogrammierten Anweisungen, die sie mit einem Zungenschnalzen abrufen konnte. Ihre Lungen blieben voller Sprunggel, dessen Pseudoalveolen hochkonzentrierten Sauerstoff in ihren Organismus pumpten. *»Sir!«*, fügte sie hinzu.

Der Mann wankte näher, so desorientiert wie ein Rekrut nach seinem ersten Hochbeschleunigungstest. Lao packte den Arzt an der Schulter und zog ihn in den Radius des Generators. Es galt, keine Zeit zu vergeuden. Die Kom-Signale der anderen Soldaten erreichten ihr Sekundäraudio: knappes Kampfgeschnatter, während ihre Einsatzgefährten gegen die restlichen Rix vorgingen.

Corporal Lao aktivierte den Generator, und ein Stasisfeld der Stufe eins umgab fünf von ihnen: Kaiserin, tote Rix,

Admiral, Arzt und Flottencorporal. Der Rest der Ratskammer verblasste. Von außen gesehen bildete das Kraftfeld eine glatte, spiegelnde schwarze Kugel, undurchdringlich für einfaches Blasterfeuer. Das Zischen eines Sauerstoffrecyclers kam aus dem Apparat; das Stasisfeld war auch luftdicht.

»Sir, behandeln«, befahl Lao.

Der Arzt sah zur ihr auf, und durch die dicke, transparente Keramik seines Helmvisiers war sein gequälter Gesichtsausdruck zu sehen. Er öffnete den Mund und versuchte zu sprechen – keine gute Idee.

Trotz der schrecklichen Pein in ihrer Schulter, der Gefahr eines Rix-Angriffs und einer Situation, die volle Aufmerksamkeit erforderte, und zwar in alle Richtungen, musste Lao die Augen schließen, als sich der Arzt übergab. Die Lungen pressten grünes Oxygel durch die Luftröhre, und es klatschte im Innern des Helms ans Visier.

Lao löste die Siegel des Helms. Der Doktor würde in dem Zeug natürlich nicht ertrinken, aber eine zweite Inhalation war noch weitaus scheußlicher als die erste.

CAPTAIN

»In der Ratskammer ist ein Stasisfeld aktiviert worden, Sir«, sagte der Erste Offizier Hobbes ruhig.

Die Worte durchdrangen die vielen visuellen und akustischen Berichte, die durch die Infostruktur der *Luchs* strömten. Captain Laurent Zai musste sie in Gedanken wiederholen, bevor er es glauben konnte. Zum ersten Mal seit vier Stunden erlaubte er sich ein wenig Hoffnung.

Eine genaue Analyse hatte ergeben, dass das explosive Geräusch in der Ratskammer nicht von einer Waffe stammte. Vermutlich war das Glas, in dem sich der Spionageflieger versteckt hatte, umgestoßen worden, und die sensiblen Ohren der Nanomaschine hatten das Geräusch verstärkt. Die Rettungsaktion, so begriff Zai, war ohne triftigen Grund eingeleitet worden, aber bisher schien alles zu klappen. So waren die Wechselfälle des Krieges.

»Rix Nummer fünf tot«, lautete ein weiterer Bericht. »Vier Soldaten gefallen.«

Zai nickte und blickte in den Luftschirm der Brücke hinab. Die Soldaten der Einsatzgruppe schwärmten im Palast aus und bildeten ein sechseckiges Suchmuster; seine Symmetrie war nur ein wenig von der Notwendigkeit beeinträchtigt, Fallen auszuweichen und die beiden letzten Rix-Kämpfer zu lokalisieren. Seine Männer leisteten gute Arbeit. (Siebzehn der zwei Dutzend Soldaten waren Frauen, aber Vadaner zogen den alten Ausdruck vor.)

Wenn die Kindkaiserin Geiselnahme und Rettung überstanden hatte, mochte Zai diesen Albtraum tatsächlich überleben.

Dann kehrten die Zweifel zurück. Vielleicht war die Kaiserin von den ultrabeschleunigten Geschossen getötet worden. Oder als die Soldaten versuchte hatten, die Situation unter Kontrolle zu bringen. Denkbar war auch, dass die Rix die Kindkaiserin im Augenblick der Geiselnahme umgebracht hatten, um eine Rettung auszuschließen. Und selbst wenn sie noch lebte: Zwei Rix-Kämpfer verbargen sich irgendwo im Durcheinander des Kampfes.

»Phase zwei«, ordnete Zai an.

Die *Luchs* erbebte, als konventionelle Landeeinheiten starteten, an Bord weitere Soldaten. Bald würden die kaiserlichen Streitkräfte denen des Feindes weit überlegen sein. Jede Sekunde ohne eine Katastrophe brachte Laurent Zai dem Sieg näher.

»Wo ist der verdammte Vecher?«, fragte der Captain scharf.

»Er befindet sich unter dem Stasisfeld, Sir«, antwortete Hobbes.

Zai nickte. Der Kampfanzug des Arztes konnte nicht durch das Kraftfeld senden. Aber wenn sich die Soldaten die Mühe gemacht hatten, ein Stasisfeld zu aktivieren, so deutete das darauf hin, dass die Kaisern noch lebte.

»Rix-Feuer!«, ertönte die synthetische Stimme eines Soldaten. Sie atmeten noch immer Oxygel, für den Fall, dass der Feind Gas einsetzte. Die taktische KI der Brücke triangulierte das von mehreren Soldatenhelmen registrierte Blasterfauchen. In der schematischen Darstellung erschien ein kaltes blaues Trapez und kennzeichnete den Bereich, in dem sich der Rix befinden sollte.

Zai biss die Zähne zusammen. In urbaner Deckung waren Rix-Kämpfer wie Quantenpartikel, die nur als Wahrscheinlichkeit in Hinsicht auf Ort und Absicht existierten, nie als Gewissheit – bis sie tot waren. Fast hundert Meter trennten den nächsten Rand des markierten Bereichs von der Ratskammer. Nahe genug, um die Kaiserin zu bedrohen, aber weit genug entfernt, um ...

»Feuern Sie weitere ultrabeschleunigte Projektile auf die gekennzeichnete Stelle ab«, sagte Zai.

»Aber Sir!«, protestierte der Zweite Kanonier Thompson. »Die Stabilität des Palastes ist jetzt schon infrage gestellt. Er besteht nicht aus Hyperkarbon, sondern aus *Stein*. Weitere Geschosse ...«

»Ich will einen Einsturz herbeiführen, Kanonier«, erklärte Zai. »Gauben Sie, wir können die Rixfrau allein mit Glück erledigen?«

»Das Stasisfeld hat nur Stufe eins, Sir, aber es sollte halten«, warf Hobbes ein. Wenigstens der Erste Offizier verstand Zais Gedanken. Fallende Steine schadeten niemandem im Innern des Stasisfelds. Alle anderen – die übrigen Geiseln, die Soldaten, das Palastpersonal – waren unwichtig. Rix und kaiserliche Soldaten trugen Kampfanzüge und konnten nicht allein durch ein um sie herum einstürzendes Gebäude getötet werden. So etwas machte sie nur bewegungsunfähig.

»Feuer«, sagte der Erste Kanonier, und grüne Blitze sprangen in den Luftschirm, bohrten sich ins blaue Trapez wie Nadeln in ein Nadelkissen. Zai fühlte, wie sich die von den Schüssen verursachten Erschütterungen den andere Gefühlen von Bewegung und Beschleunigung hinzufügten.

Welch eine mächtige Waffe, dachte er. Ihr Rückschlag war stark genug, um ein ganzes Raumschiff erzittern zu lassen, obgleich das abgefeuerte Projektil weniger als ein Gramm wog.

Nach vier Erschütterungen berichtete der Kanonier: »Erste Salve abgefeuert, Sir. Der Palast scheint stabil zu bleiben.«

»Dann feuern Sie erneut«, sagte Zai.

SENATORIN

Die anderen drei Senatoren standen einige Meter von der Legislation entfernt, wie eingeschüchtert von ihrer Komplexität und Intensität.

Als Nara Oxham ihnen alles erklärte, mit einfachen Worten und einer beruhigend kobaltblauen Augenmaus, die auf Einzelheiten hinwies, kamen sie allmählich näher. Die Legislation beanspruchte den größten Teil des Luftschirms im Sitzungssaal der Säkularistischen Partei. Eine Galaxis aus neuen Abgaben bildete sein Zentrum: Steuern für Waffenlieferanten, besondere Zölle für den Transport von strategischem Metall, höhere Senatssteuern für Regionen mit großer militärischer Präsenz - alles Maßnahmen, die die Kaiserliche Flotte direkt und indirekt Geld kosten würden.

Um diesen inneren Kern angeordnet waren die wackeren Wachtposten einer begrenzten Debatte, die die Möglichkeit von Nachtragsgesetzen einschränkten und Filibustern vorbeugten. Glitzernde Reihen von gesetzlichem Stacheldraht umgaben Schlupflöcher und Hintertüren. Weitere Dinge bildeten eine unstrukturierte Wolke und blieben indirekt, doch ihr Zweck war für das geschulte Auge erkennbar. Gebühren, Zölle, Abgaben, Auflagen, Zehntel, der Wegfall von Vergünstigungen, Verschiebung versprochener Ausgaben - ein Strom ökonomischer Stärke, von den Drehwärtigen Bereichen weggelenkt. Alles sorgfältig ausbalanciert, um das zu neutralisieren, was der Kaiser und die Loyalisten beabsichtigten.

Senatorin Oxham war stolz darauf, dass ihre Mitarbeiter in weniger als eine Stunde so komplexe Maßnahmen geplant hatten. Der silberne Vorschlagskelch im Zentrum des Luftschirms war in dem dichten, schimmernden Wald aus Symbolen kaum zu sehen.

Die vom Diamantpalast kommenden Edikte waren wie ein wuchtiger Hammerschlag, ein Schritt in Richtung Krieg. Diese Legislation, mit ihren dichten Wolken aus gesetzgeberischen Hieroglyphen, war auf ihre eigene Art und Weise ebenso einfach: ein Hammer, der aus der anderen Richtung zuschlug, dazu bestimmt, sein Gegenstück mit einer einzelnen Kollision aufzuhalten. Einige der anderen Senatoren der Säkularistischen Partei wirkten unglücklich, als fürchteten sie, zwischen die beiden Hämmer zu geraten.

»Müssen wir bei dieser Sache wirklich so ... provokativ vorgehen?«, fragte Senator Pimir Wat. Er deutete so nervös auf die funkelnde Linie, die die Transportabgaben repräsentierte, als wäre sie ein Starkstromkabel, das er vor seiner Tür gefunden hatte und von dem Funken stoben. Senatorin Oxham hatte die Apathiedosis in der letzten Stunde verringert und ihre Sensitivität für diese Begegnung erhöht. Wats Unruhe, so fühlte sie, füllte den Raum wie mit statischer Elektrizität und glänzte bei jeder plötzlichen Bewegung oder einem scharfen Wort auf. Oxham kannte diese besondere Form der Furcht gut; es war die spezielle Paranoia von Berufspolitikern. Die Legislation vor ihnen sollte genau diese emotionale Reaktion bewirken: eine Furcht, die Politiker fragil und gefügig werden ließ.

»Vielleicht könnten wir unsere Besorgnis auf eine symbolischere Weise zum Ausdruck bringen«, sagte Senator Verin. »Wir enthüllen all das, was Senatorin Oxham entdeckt hat, und stellen das Thema zur Debatte.«

»Und wir geben dem Auferstandenen Vater Gelegenheit zu einer Stellungnahme«, fügte Senator Wat hinzu.

Oxham wandte sich Wat zu und richtete den Blick ihrer blauen Vasthold-Augen auf ihn. »Der Auferstandene Vater hat *uns* keine symbolische Geste angeboten«, erwiderte sie. »Wir sind nicht informiert, um Rat gefragt oder auch nur gewarnt worden. Unser Reich bewegt sich in Richtung Krieg. Unsere Wähler geraten in Gefahr, während sich Sein Militär auf ein Abenteuer einlässt.«

Bei den letzten Worten sah sie den dritten Parlamentarier im Raum an. Senatorin An Mare, deren aufstrebende säkularistische Welt sich mitten im Drehwärtigen Bereich befand und die Rix-Inkursion erlebt hatte, war an der Planung dieser Legislation beteiligt gewesen. Die lukrativsten Exportartikel von Mares Heimat waren natürlich von den neuen Besteuerungen ausgenommen.

»Ja, die neuen Entwicklungen bringen das Volk in Gefahr«, betonte Senatorin Mare mit dem geistesabwesenden Blick einer Person, die Daten mit Sekundäraudio empfing. »Und zwar aufgrund von heimlichen Maßnahmen des Kaisers.« Mare neigte den Kopf zur Seite, und das Trübe verschwand aus den Augen, als ihr scharfer Blick ins Hier zurückkehrte. »Deshalb kann ich mich nicht dem Ehrenwerten Verin anschließen, wenn er eine symbolische Geste vorschlägt. Einen solchen Schritt halte ich nicht für notwendig. *Jede* Legislation ist symbolisch – Rhetorik, Vorschläge, Möglichkeiten und Absichten –, bis schließlich abgestimmt wird.«

Oxham spürte, wie sich die Anspannung auflöste. Diese Legislation kann sich *unmöglich* durchsetzen, dachten Wat und Verin erleichtert. Sie war eine Herausforderung, ein Bluff, ein Signal für den Rest des Senats. Die Maßnahmen waren so beschaffen, dass sie den Willen des Kaisers widerspiegelten und ihn so deutlich zeigten wie in einem Gipsabdruck. Oxham hätte eine lange Rede halten und die von Niles entdeckten Einzelheiten auflisten können, als Beweis für die kaiserlichen Absichten, doch vermutlich wäre kaum jemand bereit gewesen, ihr Beachtung zu schenken. Doch anhängige Legislation mit der Unterstützung einer wichtigen Partei wurde immer genau geprüft. Oxham hatte schon vor einer ganzen Weile festgestellt: An eine geschickt versteckte Wahrheit glaubte man eher als an eine offen dargelegte.

»Stimmt«, sagte Wat. »Diese Gesetzesvorlagen werden ein Zeichen setzen.«

Verin nickte. »Sie sind wie ein Weckruf!«

Zwar hatte Oxham diesen Wortwechsel mit Senatorin Mare geplant, um genau diese Wirkung zu erzielen, aber es ärgerte sie ein bisschen, dass die anderen Senatoren so schnell nachgaben. Mit einigen Modifikationen wären die Vorlagen vielleicht verabschiedet worden. Doch Oxham zählte zu den jüngsten Mitgliedern des Senats, und natürlich war sie die Verrückte Senatorin. Die Oberhäupter ihrer Partei unterschätzten sie manchmal.

»Ich habe also Ihre Unterstützung?«, fragte sie.

Die drei alten Solonen wechselten Blicke und sprachen vielleicht auf einem privaten Kanal miteinander. Möglicherweise kannten sie sich auch einfach nur sehr gut. Auf jeden Fall registrierte Oxhams gesteigerte Empathie den exakten Moment der Entscheidung; Einigung senkte sich wie kühler Dunst herab.

Senatorin Mare nickte, griff nach dem silbernen Vorschlagskelch und setzte ihn an die Lippen. Sie gab ihn an Wat weiter, die Oberlippe rot von den Nanos, die nun schnell ihre DNS untersuchten, die Form der Zähne erfassten und dem Klang ihrer Stimme lauschten, bevor sie der Kontroll-KI des Senats einen Verifizierungscode übermittelten. Jene Maschine war ausgesprochen paranoid, aber auch sehr schnell. Nur wenige Sekunden nachdem Verin den Kelch ausgetrunken hatte, flackerte Oxhams Legislation kurz und formte sich dann neu im Luftschirm des säkularistischen Sitzungssaals.

Die Gesetzesvorlagen waren jetzt in den kühleren, würdevolleren Abstimmungsfarben dargestellt und boten einen prächtigen Anblick.

Fünf Minuten später, als Nara Oxham durch einen der breiten, nur für Senatoren bestimmten Flure im säkularistischen Flügel ging, den Strom von Politik und Macht in den Ohren und die Chemie des Sieges in ihrem Blut genoss, kam der Ruf.

Der Auferstandene Kaiser, Herrscher der Achtzig Welten, bat um die Präsenz von Senatorin Nara Oxham. Mit gebührendem Respekt, aber unverzüglich.

VERBUNDBEWUSSTSEIN

Alexander gab sich alle Mühe, die Angreifer aufzuhalten.

Das Arsenal von Legis XV blieb dem Verbundbewusstsein natürlich verwehrt. Keine den Rix so nahe kaiserliche Installation würde sich für die Kontrolle der Waffen auf die planetare Infostruktur verlassen. Physische Schlüssel und Panikschranken hinderten Alexander daran, die Boden-All-Waffen des Planeten gegen die *Luchs* und ihre Landeeinheiten einzusetzen. Doch das Verbundbewusstsein konnte trotzdem in den Kampf eingreifen.

Es glitt durch den Palast, sah mit den Augen von Sicherheitskameras, hörte mit Bewegungsdetektoren und folgte den kaiserlichen Soldaten, als sie die Ratskammer stürmten. Durch Interkom-Anschlüsse sprach Alexander mit den beiden Rix-Kämpfern, die nach dem ersten Angriff noch lebten, gab ihnen Informationen und Richtungshinweise, damit sie die Rettungsbemühungen behinderten.

Doch dieser letzte Widerstand war nur ein Spiel. Das Leben der Geiseln hatte für Alexander keine Bedeutung mehr. Die Rettungsaktion kam zu spät: Die Kaiserlichen konnten das Verbundbewusstsein nicht mehr von Legis XV entfernen, ohne die ganze Infostruktur des Planeten zu zerstören.

Die Rix hatten gewonnen.

Alexander bemerkte, dass lokale Milizionäre den kaiserlichen Soldaten in den Palast folgten, um sie zu unterstützen. Die überlebenden Rix-Kämpfer würden bald hundert zu eins unterlegen sein. Aber das Verbundbewusstsein sah einen schmalen Fluchtweg. Es schickte seine Anweisungen, setzte einen der beide Kämpfer für ein Ablenkungsmanöver ein und traf sorgfältige Maßnahmen, um den anderen aus dem Kampfgeschehen zu lösen.

Alexander war sicher und konnte aus der Infostruktur von Legis XV ebenso wenig entfernt werden wie der Sauerstoff aus der Biosphäre, aber die Kaiserlichen würden nicht so einfach aufgeben. Ein einzelner Soldat unter seinem direkten Kommando konnte sich später noch als nützlich erweisen.

Dr. Vecher fühlte, wie ihm fremde Hände das klebrige Zeug aus den Augen wischten.

Er hustete erneut, und ein weiteres austerngroßes Stück der Gelmasse geriet ihm in den Mund. Er spuckte es aus und strich mit der Zunge über die Zähne. In dem Grün auf dem Boden zuckte es hier und dort.

Er schnappte nach Luft und hob den Blick zu der Person, die seinen Kopf hielt.

Eine Soldatin sah durch ein offenes Visier auf ihn herab. Ihr adlerartiges Gesicht wirkte alt für einen Springer, war im Halbdunkel gefasst und schön. Sie befanden sich unter der Halbkugel des Stasisfelds.

Die Soldatin - ein Corporal, wie Vecher erkannte - schnalzte mit der Zunge, und eine synthetische Stimme erklang. *»Sir, behandeln.«*

Sie deutete auf eine am Boden liegende Gestalt.

»Oh«, sagte Vecher. Er erfasste wieder die Dimensionen der aktuellen Situation, nachdem er die Lungen geleert hatte.

Vor ihm, in den Armen eines blutbesudelten kaiserlichen Offiziers, ruhte die Kindkaiserin. Sie schien an einer Art Anfall zu leiden. Speichel klebte an ihrem Kinn, und die weit aufgerissenen Augen waren glasig. Sie wirkte sehr blass, selbst für eine Auferstandene. So wie der rechte Arm um den Brustkorb geschlungen war ... Vecher vermutete einen Herzanfall.

Das ergab keinen Sinn. Etwas so Gefährliches würde der Symbiant nicht zulassen.

Der Arzt griff in seine Tasche und holte die medizinische Ausrüstung hervor. Er befestigte einen Polygraphen am Handgelenk der Kaiserin, schaltete ihn ein und bereitete eine Adrenalog-Injektion vor, während das Gerät bootete.

Nach einigen Sekunden schlang sich der Polygraph wie eine kleine metallene Kobra ums Handgelenk, und zwei Schnellnadeln bohrten sich in die Adern der Kaiserin. Synästhesie-Symbole zeigten Blutdruck und Herzschlag an. Der Polygraph begann mit Bluntuntersuchungen, hielt dabei nach Gift, Nanos und Antikörper-Reaktionen Ausschau. Die Herzfrequenz war bizarr hoch; von einem Herzstillstand konnte gewiss nicht die Rede sein. Die Blutanalysen erwiesen sich alle als negativ.

Vecher zögerte mit dem Injektor in der Hand und wusste nicht recht, was er tun sollte. Wo lag die Ursache für den seltsamen Zustand der Kindkaiserin? Mit dem Daumen hob er ihre Lider. In einem Auge war ein Blutgefäß geplatzt, und dort hatte sich ein roter Fleck gebildet. Gurgelnde Geräusche kamen von der Kindkaiserin, Schaumblasen bildeten sich auf ihren Lippen.

Geh bei Zweifel von einem Schock aus, dachte Vecher. Er entnahm der Medo-Tasche einen Schockcocktail und hielt ihn an den Arm der Patientin. Der Injektor zischte leise, woraufhin sich die Muskeln der Kindkaiserin ein wenig entspannten.

»Es wirkt«, sagte der kaiserliche Offizier hoffnungsvoll. Der Mann war ein Admiral, begriff Vecher. Ein *Admiral*, aber in dieser schrecklichen Situation nur ein Zuschauer.

»Ich habe ihr einen allgemeinen Stabilisator verabreicht«, erwiderte Vecher. »Noch weiß ich nicht, was mit ihr los ist.«

Er holte ein Ultraschalltuch hervor, und der Admiral half ihm dabei, die Kaiserin in die dünne, metallische Decke zu hüllen. Das Tuch begann zu summen, und Bilder formten sich auf seiner Oberfläche. Die Organe der Kindkaiserin zeichneten sich ab und gewannen an Deutlichkeit. Vecher sah das pochende Herz, Segmente des Symbianten am Rückgrat, das Schimmern des Nervensystems und ...

noch etwas anderes, dicht unter dem Herzen. Etwas, das nicht dorthin gehörte.

Er aktivierte den Datenlink mit der medizinischen KI an Bord der *Luchs*, aber nach einigen Sekunden meldete das Gerät einen Verbindungsfehler. Natürlich: Das Stasisfeld verhinderte einen Kontakt.

»Ich brauche diagnostische Hilfe von oben«, erklärte er der Soldatin. »Deaktivieren Sie das Kraftfeld.«

Sie sah den Admiral an und erwartete eine Entscheidung von ihm. Der Mann nickte, woraufhin die Soldatin ihre Waffe schulterte, sich in der Ratskammer umsah und dann die Hand nach den Kontrollen des Generators ausstreckte.

Bevor ihre Finger sie berühren konnten, erschütterte ein lautes Donnern den Raum. Die Soldatin sank auf ein Knie und suchte im plötzlichen Staubregen nach einem Ziel. Wieder kam es zu einer Explosion, diesmal noch näher. Der Boden hob und senkte sich unter Vecher, raubte ihm das Gleichgewicht. Als er fiel, berührte sein Kopf den Rand des Stasisfelds, und er sah Risse im Marmorboden, der das Kraftfeld umgab. Natürlich, dachte Dr. Vecher. Das Stasisfeld war kugelförmig und reichte kreisförmig um sie herum durch den Boden. Die letzte Druckwelle war stark genug gewesen, um den Marmor dort aufzureißen, wo das Kraftfeld ihn durchdrang.

Zwei weitere Explosionen krachten, und Vecher hoffte, dass etwas Elastischeres als Stein den Boden abstützte. Andernfalls fiel der kleine Kreis aus Marmor ins nächste Stockwerk hinab, wie tief auch immer es sein mochte.

Schreie der Geiseln klangen gedämpft durch das Stasisfeld. Einige dekorative Elemente der verzierten Decke waren heruntergefallen. Ein Steinbrocken prallte von der schwarzen Halbkugel über Vechers Kopf ab.

»Diese Idioten!«, rief der Admiral. »Warum schießen sie noch immer auf den Palast?«

Die Soldatin ließ sich nicht aus der Ruhe bringen, drückte eine Stiefelspitze gegen den rissigen Marmor am Rand des Stasisfelds und sah zur Decke hoch.

Sie nahm den Helm ab und übergab sich professionell, so geübt wie ein langjähriger Alkoholiker. Das grüne Gel in ihren Lungen strömte auf den Boden

»Tut mir Leid, Doktor«, sagte sie. »Ich kann das Kraftfeld nicht deaktivieren. Die Decke könnte jeden Augenblick einstürzen. Sie müssen allein zurechtkommen.«

Vecher stand benommen auf und nickte. Ein metallischer Geschmack ersetzte das Erdbeeraroma des Oxygels. Als er sich auf die Hand spuckte, sah er Blut – er hatte sich in die Zunge gebissen.

»Perfekt«, murmelte er und wandte sich seiner Patientin zu.

Das Ultraschalltuch zeigte weitere Einzelheiten von den Organen der Kindkaiserin und bewegte sich wie ein lebendes Wesen, als es sich enger um sie schloss. Das Etwas unter dem Herz der Kaiserin wurde deutlicher. Vecher starrte entsetzt darauf hinab.

»Verdammt«, fluchte er. »Es ist ...«

»Was?«, fragte der Admiral. Die Soldatin wandte den Blick kurz von der Tür der Ratskammer ab und blickte über die Schulter des Admirals hinweg.

»Ein Teil des Symbianten, glaube ich.«

Der Palast erbebte einmal mehr. Vier ultrabeschleunigte Geschosse ließen Staub und Steine auf das Stasisfeld über ihren Köpfen regnen.

Vecher starrte noch immer.

»Aber es sollte nicht *dort* sein ...«, sagte er.

Soldat Bassiritz, der aus einem grauen Dorf kam, in dem ein einzelner Name genügte, betrachtete die kleinen Risse im steinernen Boden des Palastes der Kindkaiserin Anastasia Vista Khaman.

Nur einen Moment zuvor war ein Hagel aus Suchgeschossen vor ihm um die Ecke gekommen, ein Schwarm aus feurigen Vögeln, die mit Licht und schrillem Heulen heranrasten. Bassiritz hatte sich zu Boden geworfen, um ihnen auszuweichen. Zum Glück zählte er mit seinen Reflexen zu dem besten Tausend der kaiserlichen Menschheit und gehörte damit zu einer erlesenen Gruppe aus Sportlern, Börsenmaklern und Kobra-Künstlern. Diese besondere Eigenschaft hatte ihm durch die Akademie geholfen, durch ein alles andere als leichtes Studium. Bassiritz war nicht in dem Sinne unintelligent, aber es mangelte ihm an sozialer Bildung. Er war in der Provinz eines grauen Planeten aufgewachsen, wo man der Technik gebührenden Respekt zeigte, die ihr zugrunde liegende Wissenschaft jedoch wegen der vielen seltsamen Begriffe und Voraussetzungen verspottete. Die Akademielehrer lehrten ihn, was sie konnten. Sie beförderten ihn stillschweigend in dem Wissen, dass er in plötzlichen, heiklen Kampfsituationen – so wie jetzt – nützlich sein konnte.

Er war ein sehr schneller junger Mann. Keins der kleinen, kreischenden Rix-Projektile hatte Bassiritz getroffen. Trotz der großen Geschwindigkeit, mit der sie flogen, waren sie ihm nicht einmal nahe gekommen.

Bassiritz sah auch sehr gut. Man werfe eine Münze zehn Meter weit: Bassiritz konnte loslaufen und sie fangen, in seiner kleinen gelben Hand mit der gewünschten Seite nach oben. Der Rest der Menschheit driftete mit der trägen Eleganz von Gletschern durch Bassiritz' Welt: große, würdevolle Geschöpfe, die offenbar viel wussten, deren Bewegungen und Reaktionen aber erstaunlich langsam blieben. Die einfachsten Situationen schienen sie zu verwirren: ein Glas, das von einem Tisch fiel; ein Bodenwagen, der plötzlich auf sie zuraste; eine Windbö, die ihnen ein Nachrichtenblatt aus der Hand riss. Und dann fuchtelten sie wie zurückgebliebene Kinder mit den Armen. Warum *reagierten* sie nicht einfach?

Aber diese Rixfrau ... Sie war schnell.

Eben wäre es Bassiritz fast gelungen, sie zu töten. Die Servos seines Kampfanzugs arbeiteten in der Leise-Konfiguration, und seine Waffe war bereits geladen, damit sie keine Geräusche verursachte. Er war in eine Position hinter der Rixfrau gekrochen, getrennt von ihr nur durch die transparenten Ziegel der Sonnenwand in diesem Teil des Gartens. Das Feuer seiner Gefährten Astra und Saman zwang sie, in Deckung zu bleiben - die beiden anderen Soldaten waren klug genug, den Todesschuss Bassiritz zu überlassen. Ihre Variwaffen spuckten Splitterprojektile und sorgten für ein Chaos aus fliegendem Glas und Mikrostachel-Schrapnell, das die Rixfrau am Boden hielt, unten, unten, unten. Sie kniete und kroch, und die handgefertigten transparenten Steine verzerrten immer wieder ihre Konturen, doch von seiner neuen Position aus konnte Bassiritz sie deutlich sehen.

Er justierte die Variwaffe (eine schwierige Waffe, denn sie zwang Bassiritz zu *wählen*, wie er jemanden tötete) auf den genauesten Munitionstyp mit der höchsten Durchschlagskraft: ein Magneto-Schuss, der ein Projektil aus Ferrokarbon abfeuerte. Dann betätigte er den Auslöser.

Doch diese Einstellung der Waffe war ein Fehler. Bassiritz hatte nie die relativistischen Gleichungen verstanden, die seine Eltern und Schwestern so schnell alt werden ließen und ihm mit ihren Verdrehungen der Zeit die Braut gestohlen hatten. Ebenso wenig begriff er, dass manche Variwaffen-Geschosse langsamer waren als der Schall. Bassiritz verstand nicht, dass Schall eine Geschwindigkeit haben konnte – einige seiner Gefährten behaupteten sogar, sie gesehen zu haben.

Das Klacken der Waffe erreichte die Rixfrau vor der tödlichen Kugel aus Ferrokarbon, und sie duckte sich verblüffend schnell. Das Geschoss durchschlug die drei Schichten der Lustgartenwand und verfehlte sein Ziel.

Und jetzt wusste die Rixfrau, wo sich Bassiritz befand! Das bewies der Schwarm aus Suchprojektilen, obgleich die Frau selbst verschwunden war. Er musste mit viel Mist rechnen. Mit schnellem Mist, vielleicht schneller als er selbst.

Bassiritz beschloss, seinen Stolz zu vergessen und Hilfe vom Schiff im Orbit zu holen.

Mit der rechten Hand zog er eine schwarze Scheibe aus dem Schulterhalfter. Er löste die rote Plastikspitze davon und wartete einige Sekunden auf die Bestätigung der Scheibe, dass sie tatsächlich erwacht war. Das rote Licht bedeutete, dass sich ein Mann in ihr befand – ein winziger Mann, den man nicht sehen konnte. Bassiritz stand auf, nahm die Haltung von jemand an, der einen flachen Stein übers Wasser tanzen lassen möchte, und warf die Scheibe durch den langen Gang. Sie prallte einmal vom Marmorboden ab, verursachte dabei das scharfe Geräusch eines Hammers auf Stein, stieg dann wie ein plötzlich vom Wind erfasstes Blatt auf ...

PILOT

... Meisterpilot Jocim Marx übernahm so mühelos die Kontrolle des allgemeinen taktischen Schwebers Y-1, als streifte er ein Unterhemd über. Von wem auch immer der

Schweber geworfen worden war: Er hatte ihm eine gute, gleichmäßige Drehung gegeben, und der Flügelradantrieb der kleinen Maschine beschleunigte ohne Turbulenzen.

Marx beobachtete das in Synästhesie erscheinende Terrain und passte sich dem viel größeren Maßstab des Schwebers (der etwa hundertmal so groß war wie ein Aufklärer) und der neuen Perspektive an. Er flog diese schnellen kleinen Maschinen am liebsten mit umgekehrter Sicht: Der Boden des Palastes bildete die Decke, aus der die Beine von Menschen wie große Stalaktiten ragten.

Das feindliche Ziel war eine Rixfrau mit scharfen Ohren, und deshalb sah der Schweber nur mit passiven Sensoren und der höchsten Frequenz der Echolokalisatoren. Das Bild war verschwommen, aber in dem langen, einfach strukturierten Korridor gab es kaum Hindernisse.

Der Meisterpilot brachte den Schweber nach »oben«, bis ihn nur noch wenige Zentimeter vom Boden trennten, und hielt hinter der Deckung einer verzierten Säule an. Nach den von der Orbitalsprung-KI an Bord der *Luchs* kompilierten Kampfdaten befand sich der nächste Rix etwa zwanzig Meter voraus. Audiosignale kamen aus den Lautsprechern des Verdecks: Blasterfeuer. Die Rix-Kämpferin war in Bewegung und näherte sich dem Soldaten, der den Schweber geworfen hatte.

Sie kannte die Position des Soldaten und holte zum tödlichen Schlag gegen ihn aus.

Reste eines Feuergefechts füllten die Luft. Das spröde Glas und brüchige Gestein des Palastes verlangten eine grobe Taktik: Man hämmere auf den Feind ein und überschütte ihn mit Projektilen, um jeden Vorstoß zu decken. Rix-Blaster eigneten sich dafür besonders gut. Für einen Schweber war es nicht die denkbar beste Umgebung.

Marx steuerte die Maschine weiter von dem Soldaten fort, hielt sich vom Mahlstrom aus fliegendem Glas und

Staub fern und flog einen weiten Kreis, um hinter die vorrückende Rix zu gelangen. In dieser Kakophonie war die Kämpferin vermutlich nicht imstande, das leise Summen des Flügelradantriebs zu hören. Marx brachte die aktiven Sensoren online und entschloss sich zum Anflug.

Es gab mehrere Möglichkeiten, mit einem Schweber zu töten. Man richte einen Markierungslaser auf das Ziel und lasse eine zigarettengroße Lenkrakete von einem Soldaten starten. Man fahre die Giftsporne aus und ramme den Feind. Oder man lokalisiere den Gegner aus sicherer Entfernung und flüstere dem Soldaten die Position ins Ohr.

Aber Marx hörte das schwere Atmen seines Soldaten, ein von Panik geprägtes Geräusch, als der Mann vor der Verfolgerin floh, und begriff: Hier kam nur die direkte Methode infrage.

Er beschleunigte den Schweber auf Rammgeschwindigkeit.

Marx' Maschine sauste um eine Ecke und erreichte einen dichten Skulpturgarten. Fliegende Vögel, vom Wind zur Seite gedrücktes Schilf und blühende Bäume, mit Metall so dünn wie Draht dargestellt, versperrten den Weg. Marx fand sich nur wenige Meter von der Rix entfernt wieder und hörte das Schnurren ihrer Servomuskeln unter dem Fauchen des Blasters. Mit übermenschlicher Rix-Geschwindigkeit raste sie durch den Garten, sprang und rollte sich zwischen den rasiermesserscharfen Skulpturen ab. Vielleicht hatte sie den Schweber bemerkt und deshalb ein für Marx sehr schwieriges Terrain betreten. Eine Kollision des Schwebers mit einem der Metallgebilde hätte das Flügelrad verbogen, und dann wäre die kleine Maschine nutzlos gewesen. Bei der Steuerung kam es durch die Signalübertragung per Lichtgeschwindigkeit zu kleinen Verzögerungen, die den Flug durch den Garten zu einem Albtraum machten.

Oder zu einer Herausforderung für einen wahren Meisterpiloten, dachte Marx mit einem Lächeln.

Er näherte sich und machte die Giftsporne mit einer knappen verbalen Anweisung einsatzbereit.

SOLDAT

Bassiritz blutete.

Die Rixfrau hatte ihn in die Ecke von zwei langen Fluren gejagt, und dort ragten Stützwände auf – eine der wenigen Hyperkarbon-Elemente des Palastes. Dagegen konnte seine Variwaffe nichts ausrichten. Bassiritz saß an dieser Stelle fest, ohne Deckung und verwundet. Das unaufhörliche Feuer der Rixfrau hatte einen Regen aus Splittern auf ihn niedergehen lassen, und einer von ihnen hatte sich in die dünne Fuge zwischen zwei Verbindungsstellen des Kampfanzugs gebohrt, das Bein dicht hinter der Knieplatte erreicht.

Das Helmvisier war rissig und zerkratzt. Bassiritz konnte kaum mehr etwas sehen, wagte aber nicht, es abzunehmen.

Astra und Saman waren tot. Sie hatten Bassiritz' Todesschuss zu sehr vertraut und ihre Deckung verlassen.

Doch derzeit schien die Rixfrau bei ihrer erbarmungslosen Verfolgung eine Pause einzulegen. Vielleicht genoss sie ihren bevorstehenden Triumph – oder der winzige Mann in der Scheibe bereitete ihr Probleme.

Das mochte Bassiritz die Möglichkeit geben zu entkommen. Doch die beiden breiten Gänge erstreckten sich ohne Deckung hunderte von Metern weit, und er hörte die Rixfrau noch immer im Garten mit den seltsamen Objekten. Er fühlte sich gejagt und dachte an die Tiger, die manchmal Menschen außerhalb seines Dorfes anfielen. *Nach oben!*, heulten seine Gedanken. *Kletter einen Baum hoch!* Er suchte an den glatten Hyperkarbon-Wänden nach Stellen, die Halt boten.

Seine scharfen Augen bemerkten eine Sequenz aus Schlitzen, die in einer Wand bis ganz nach oben reichte, vermutlich Griffe, die eine neue Positionierung der Wände erleichtern sollten. Bassiritz ließ die Variwaffe fallen - sie enthielt ohnehin kaum mehr Munition -, griff nach den Stiefeln und zog die beiden kleinen Hyperkarbon-Messer heraus, die ihm seine Mutter geschenkt hatte, kurz bevor sie dem Zeitdieb zum Opfer gefallen war.

Er schob ein Messer in einen Schlitz - die dünne Klinge passte perfekt hinein - und zog sich daran hoch. Natürlich verbog sich die Hyperkarbon-Klinge nicht, aber die Finger schmerzten, als sie sein Gewicht an dem kleinen Griff hielten.

Bassiritz achtete nicht auf den Schmerz und begann zu klettern.

PILOT

Marx folgte den pochenden Stiefeln der Rix-Kämpferin durch die scharfen Kurven im Garten; seine Knöchel traten an den Kontrollflächen weiß hervor. Es fiel ihm alles andere als leicht, der Rix dicht auf den Fersen zu bleiben. Bestimmt wusste sie, dass ihr eine kleine Maschine folgte: Zweimal hatte sie sich umgedreht und blindlings geschossen, mit auf breite Streuung justierter Waffe. Dadurch war Marx gezwungen gewesen, unter den Metallflächen der Skulpturen in Deckung zu gehen.

Doch jetzt schloss er zu der Frau auf.

Die Rix war einmal gefallen, ausgerutscht auf einem Glassplitter, der von einem früheren Stadium des Kampfes stammte. Dabei war sie an die scharfe Kante einer Statue gestoßen, die einen Vogelschwarm repräsentierte. Jetzt ließ sie tropfenweise dünnes Rix-Blut auf dem Marmorboden zurück und hinkte beim Laufen. Marx steuerte den Schweber durch das Labyrinth schemenhafter Hindernisse und wusste, dass er das Ziel in den nächsten Sekunden erreichen konnte.

Plötzlich blieben die Skulpturen hinter ihm zurück, als Jäger und Beute den Garten verließen. Die Kämpferin begriff sofort, dass das offene Terrain einen Nachteil für sie bedeutete – sie drehte sich um und feuerte erneut auf den Schweber. Marx ließ die kleine Maschine zur Seite kippen und vom Boden aufsteigen, als der Blaster Krater im Marmor schuf. Die Giftsporne waren inzwischen auf volle Länge ausgefahren. Er jagte dem Gesicht im Helm entgegen, deshalb zwang er den Schweber nach unten; er wusste, dass er vom Visier abgeprallt wäre. Es galt, die verletzlichen Bereiche der Hände oder Fugen in der Körperpanzerung zu treffen, doch die von den Blaster-Entladungen stammenden Druckwellen warfen den Schweber hin und her.

Es waren nicht etwa Marx' Fähigkeiten als Pilot, sondern die Reflexe der Frau, die ihr schließlich zum Verhängnis wurden. Als die Scheibe auf ihr Gesicht zuhielt, hob die Rix eine Hand, um sie abzuwehren, eine instinktive Geste, die die Rix selbst nach dreitausend Jahren Evolution nicht vollständig eliminiert hatten. Die Sporne bohrten sich ihr in die Hand, deren dünner Handschuh volle Bewegungsfreiheit gewährleisten sollte, und injizierten das Gift.

Der Schweber prallte von der Hand ab, und sein Summen veränderte sich – der empfindliche Flügelradmechanismus war um einige Millimeter verbogen. Aber er hatte seinen Zweck erfüllt. Marx brachte die plötzlich schwerfällig gewordene Maschine in sichere Höhe, um den Feind von dort aus sterben zu sehen.

Doch die Rix stand noch. Sie zitterte, als sich die Gift-Nanos durch die biologischen und mechanischen Wege ihres Körpers arbeiteten, trat einige weitere Schritte aus dem Garten und sah sich verzweifelt um.

Sie entdeckte etwas.

Marx verfluchte alles Rixische. Die Frau hätte wie ein Stein fallen sollen. Aber in den Dekaden seit der letzten Inkursion schien sich das Immunsystem der Rix so weiterentwickelt zu haben, dass es der Kämpferin einige zusätzliche Momente des Lebens gewährte. Und sie hatte einen kaiserlichen Soldaten gesehen. Der Mann kehrte ihr den Rücken zu, als er etwa zwanzig Meter entfernt irgendwie an einer glatten Wand emporkletterte.

Die Rix hob mühsam die Hand, mit der Absicht, einen Kaiserlichen in den Tod mitzunehmen.

Marx dachte daran, sie erneut zu rammen, aber der beschädigte Schweber wog nur einige Gramm - ein solcher Versuch wäre sinnlos gewesen. Es gab keine Rettung für den Soldaten. Doch Marx konnte nicht zulassen, dass ihn die Rix von hinten niederschoss. Er löste den Kollisionsalarm der kleinen Maschine aus, und sie verwendete den Rest ihrer zur Neige gehenden Energie für ein lautes Heulen.

Marx beobachtete erstaunt die Reaktion des Soldaten. In einer fließenden Bewegung drehte sich der Mann um, bemerkte die Rix, sprang von der Wand, als ihr Blaster feuerte, und schwang wie trotzig einen Arm in ihre Richtung. Der Schuss traf das Hyperkarbon, und die Druckwelle schleuderte den Soldaten ein Dutzend Meter weit durch die Luft, bevor er auf den Marmorboden fiel. Er rollte sich mit unerwarteter Eleganz ab, kam wieder auf die Beine und stand der Rix gegenüber.

Die tot zu Boden sank.

Zuerst glaubte Marx, das Gift hätte gewirkt, doch dann

sah er das aus ihrer Kehle quellende Blut. Der Griff eines Messers – *ein Messer,* staunte der Pilot – ragte dort aus dem Hals. Der Soldat hatte es beim Sturz geworfen.

Meisterpilot Marx pfiff leise, als der Schweber ohne Energie zu sinken begann. Zum ersten Mal begegnete er einem gewöhnlichen Menschen mit Reflexen, die so gut waren wie seine eigenen, vielleicht sogar noch besser.

Er verband sich mit dem Kommunikationssystem im Helm des Mannes.

»Guter Wurf, Soldat.«

Durch die verblassende Sicht des Schwebers sah er, wie der Soldat zur Rix lief und das Messer aus ihrem Hals zog. Er reinigte es sorgfältig mit einem Lappen aus dem Stiefel und wandte sein Visier der kleinen, zu Boden sinkenden Maschine zu.

»Danke, winziger Mann«, antwortete der Soldat mit einem starken Außenweltakzent.

Winziger Mann?, wunderte sich Marx.

Aber es gab keine Zeit für Fragen. Gerade war ein weiterer taktischer Schweber vom Typ Y-1 aktiviert worden. Eine letzte Rixfrau lebte noch; Marx' Talente wurden woanders gebraucht.

INITIAT

Initiat Barris war in Dunkelheit gefangen.

In seinem Gehirn schien ein Alarm zu heulen, den niemand ausschalten wollte. Eine Seite des Gesichts war taub. Vom ersten Augenblick des Orbitalsprungs an hatte er gemerkt, dass etwas nicht stimmte. Dem Beschleunigungsgel war nicht genug Zeit geblieben, die Kapsel ganz zu füllen. Als der enorme Ruck des Starts kam, war der Helm teilweise ungeschützt. Einige Sekunden nach Beginn der schrecklichen Reise hatte sich die Landekapsel gedreht und dadurch eine Explosion in seinem Kopf ausgelöst. Daraufhin hatte das Kreischen im Gehirn angefangen.

Jetzt lag die Kapsel auf dem Boden - einige Minuten waren vergangen, vermutete Barris benommen -, doch die automatische Öffnung schien nicht zu funktionieren. Er stand schultertief im Gel, das langsam aus irgendeinem Riss in der Außenhülle entwich.

Das Gel umgab seinen geschundenen Körper, warm und weich, wie eine Gebärmutter. Doch die Ausbildung zwang den Initiaten, die Kapsel zu verlassen. Es galt, das Geheimnis des Kaisers zu schützen.

Er versuchte, die Luke durch einen Schuss zu öffnen, aber die Variwaffe funktionierte nicht. Lag es am Gel? Er zog die Waffe aus der schlammartigen Masse und stellte fest: Der Lauf war versiegelt, damit kein Gel hineingeriet, und ein Sicherheitsmechanismus verhinderte ihr Abfeuern in diesem Zustand.

Er löste das Siegel und vernahm dabei ein leises, wie saugend klingendes *Plop*.

In der dunklen Kapsel konnte Barris nicht feststellen, wie die Variwaffe eingestellt war. Der Flottensergeant an Bord der *Luchs* hatte ihn vor der Verwendung von Splittergranaten auf kurzen Entfernungen gewarnt, und das klang durchaus vernünftig. Barris schluckte und stellte sich durchs Innere der Kapsel fliegendes Schrapnell vor.

Doch seine Konditionierung war unnachgiebig und duldete keine weiteren Verzögerungen. Barris biss die Zähne zusammen, zielte mit der Variwaffe auf die Luke und drückte ab. Ein neues Heulen ertönte, wie von einer Kreissäge, die sich durch Hartholz fraß. Licht fiel durch perforiertes Metall. Und dann sank Barris nach draußen, als die Luke unter dem Gewicht des Gels nachgab.

Mühsam stand er auf und sah sich um.

Etwas fehlte, dachte Barris benommen – etwas stimmte nicht. Er blickte auf die Waffe in seiner Hand hinab und verstand. Sie war nur zur Hälfte sichtbar ...

Er war auf einem Auge blind.

Barris hob die Hand mit der Absicht, das Gesicht zu berühren, aber der Kampfanzug versteifte sich. Er kämpfte gegen den Widerstand an und vermutete, dass ein Gelenk oder ein Servomotor beschädigt war. Aber der Anzug gab nicht nach. Ein diagnostisches Symbol blinkte – eins von vielen mysteriösen Zeichen am Visier –, und daraufhin begriff er, was geschah.

Der Kampfanzug *wollte nicht zulassen, dass er sein Gesicht berührte*. Er verhinderte, dass Barris dem natürlichen Instinkt nachgab, die Wunde zu betasten. Der Initiat hielt nach einer spiegelnden Fläche Ausschau, überlegte es sich dann aber anders. Die Taubheit in seinem Gesicht verdankte er einem Anästhetikum; vielleicht hätte er eine schreckliche Verletzung gesehen.

Und die Arbeit des Kaisers musste getan werden.

Die ins Visier projizierte Karte ergab nach einigen Sekunden des Nachdenkens einen Sinn. Es fiel Barris schwer, sich zu konzentrieren. Vermutlich hatte er eine Gehirnerschütterung – oder Schlimmeres – erlitten. Als er in Richtung Ratskammer stapfte, war jeder Schritt eine Anstrengung; er zitterte in seinem Kampfanzug, während die Servomotoren seine Bewegungen unterstützten. Hartnäckig setzte er einen Fuß vor den anderen.

Wiederholtes Donnern – zwei Vierergruppen – erschütterten den Boden. Die *Luchs* schien bestrebt zu sein, den Palast um ihn herum zum Einsturz zu bringen. Nun, das erledigte den Job vielleicht, wenn Barris dazu nicht imstande war.

Der Initiat erreichte die Tür der Ratskammer. Ein einzelner Soldat, anonym in seinem Kampfanzug, kniete davor und winkte ihm zu. Der Raum war gesichert. Kam Barris zu spät?

Vielleicht gab es hier nur einen Soldaten.

Initiat Barris richtete seine Variwaffe auf die Gestalt und betätigte den Auslöser. Die Waffe leistete kurzen Widerstand, vermutlich aufgrund einer Friendly-Fire-Sicherung, und summte eine Warnung. Aber als Barris nicht darauf achtete und fester auf den Auslöser drückte, jagten dem knienden Soldaten einige Projektile entgegen.

Sie warfen die Gestalt im Kampfanzug zu Boden, rissen Staub und Partikel aus Wand und Boden. Der Soldat verschwand in dieser Wolke, aber Barris trat vor und schoss weiter. Einige Male kamen zitternde Gliedmaßen zum Vorschein, als der Kampfanzug des Soldaten seine Integrität zu bewahren versuchte, aber schließlich gab er unter dem beharrlichen Projektilhagel nach.

Aus dem ratternden Knallen der Entladungen wurde ein fast schrilles Summen, als für diese Konfiguration der Variwaffe keine Munition mehr zur Verfügung stand. Der Soldat war bestimmt tot.

Barris schaltete auf eine andere Einstellung um und betrat die Ratskammer.

CAPTAIN

»Schüsse bei der Ratskammer, Sir.«

Captain Laurent Zai richtete einen überraschten Blick auf seinen Ersten Offizier. Bisher gab es am Kampfverlauf nichts auszusetzen. Eine weitere Rix war tot und die einzige überlebende Kämpferin fast bis zur Außenwand des Palastes abgedrängt; sie befand sich eindeutig in der Defensive. Zai hatte gerade den Befehl erteilt, das Feuer mit ultrabeschleunigten Geschossen einzustellen. Die zweite Welle aus Soldaten und Einsatzgruppen der lokalen Miliz begann damit, den teilweise eingestürzten Palast zu sichern.

»Rix-Waffen?«

»Klingt nach unseren, Sir. Nach den telemetrischen Daten zu urteilen handelt es sich um Initiat Barris. Die diagnostischen Signale seines Kampfanzugs sind gestört, aber alles deutet darauf hin, dass er seine Projektilmunition verbraucht hat. Ein Soldat tot.«

Zai fluchte. Genau das, was er brauchte: ein Amok laufender Politischer bei der Rettungsmission. »Lassen Sie den Kampfanzug des Idioten kollabieren, Erster Offizier.«

»Erledigt, Sir«, bestätigte Hobbes nach einem kurzen Gestenkommando. Sie schien die Anweisung bereits präkonfiguriert zu haben.

Zai schaltete auf den Kommunikationskanal des Flottensergeants um.

»Vergessen Sie den letzten Befehl, Sergeant. Sichern Sie die Ratskammer und evakuieren Sie die Geiseln, bevor irgend etwas schief geht.«

CORPORAL

Flottencorporal Mirame Lao hatte gerade beschlossen, das Stasisfeld zu deaktivieren, als draußen Schüsse knallten. Der Beschuss mit ultrabeschleunigten Geschossen hatte aufgehört, und die Decke der Ratskammer schien stabil zu sein. Ein Soldat war außerhalb des Raums postiert, und einige Geiseln wagten sich unter dem Tisch hervor. Lao hatte die Situation für sicher gehalten und sich mit der *Luchs* in Verbindung setzen wollen.

Doch dann ertönte die zornige Stimme einer Variwaffe, und eine Staubwolke wogte durch die Tür der Ratskammer. Lao lauschte nach den typischen Geräuschen eines

Rix-Blasters, aber durch den schweren Schleier des Stasisfelds ließ sich nichts erkennen. Sie ließ das Kraftfeld aktiv und stellte sich zwischen Kaiserin und Tür.

Vecher sprach mit sich selbst. Ein leises, ungläubiges Murmeln kam von ihm, als er das Ultraschalltuch mit Instrumenten und Fingern berührte. Eine Art Tumor schien den Symbianten der Kaiserin befallen zu haben. Was hatten die Rix mit ihr angestellt?

Nach einigen Sekunden verhallten die Schüsse. Eine gebeugte Gestalt wankte durch die Staubwolke und betrat die Ratskammer. Ein in einen Kampfanzug gekleideter verletzter Soldat. Der Helm war an der einen Seite eingedrückt. Als sich die Gestalt näherte, sah Loa das Gesicht hinter dem rissigen Visier. Sie kannte alle Soldaten der *Luchs,* konnte diese schreckliche Fratze jedoch keiner Person zuordnen. Das linke Auge des Mannes schien regelrecht explodiert zu sein; eine lokale Anästhesie hatte die betreffende Gesichtshälfte erschlaffen lassen. Es sah mehr nach einer Sprungverletzung als nach Blasterfeuer aus.

Die Gestalt taumelte näher und winkte verzweifelt. Nur einige Schritte entfernt brach sie zusammen und blieb mit der Reglosigkeit eines Anzugkollaps liegen, als Dutzende Servomotoren von einem Augenblick zum anderen den Dienst einstellten. Hilflos lag der Soldat auf dem Boden.

Loa lauschte. Es war alles still draußen.

»Doktor?«, fragte sie. »Wie geht es der Kaiserin?«

»Ich bin mir nicht sicher, ob ich ihr helfe oder nicht«, erwiderte der Arzt. »Ihr Symbiant ist ... einzigartig. Ich brauche eine Diagnose vom Schiff, bevor ich sie behandeln kann.«

»Verstehe. Admiral?«

Der Admiral nickte.

Lao deaktivierte das Stasisfeld und blinzelte kurz, als sich das Visier dem relativ hellen Licht in der Ratskammer anpasste. Ihre Variwaffe zeigte auf die Tür, als sie den verwundeten Soldaten in den Wirkungsbereich des Kraftfelds zog. Wenn es erneut zu einem Kampf kam, wäre der Mann durch das Stasisfeld geschützt.

Der Soldat rollte auf den Rücken.

Wer ist das?, fragte sich Lao. Sie hätte ihn eigentlich erkennen müssen, trotz des entstellten Gesichts, denn sie kannte alle Soldaten der *Luchs*. Die Rangabzeichen des Mannes fehlten.

Weitere Soldaten erschienen bei der Tür, ihre Bewegungen langsam und von Wachsamkeit bestimmt. Im sekundären Gehör erklangen zusätzliche taktische Befehle: Es war noch eine Rix-Kämpferin übrig.

Der verwundete Soldat versuchte zu sprechen, und Oxygel quoll zwischen seinen Lippen hervor.

»Rix ... hier«, gurgelte er.

Laos Finger zuckten zu den Kontrollen des Generators und reaktivierten das Stasisfeld.

»Verdammt!«, fluchte der Arzt. »Die Verbindung ist unterbrochen. Ich brauche den Rat der medizinischen KI an Bord der *Luchs!*«

»Tut mir Leid, Doktor«, erwiderte Lao. »Aber die Situation ist nicht sicher.«

Sie sah wieder zum verwundeten Soldaten, der mit letzter Kraft zu der toten Rix kroch.

»Bleiben Sie einfach liegen, Soldat«, sagte Lao. In den wenigen Sekunden der Inaktivität des Stasisfelds hatte ihr taktisches Display ein Update erfahren. Kaiserliche Truppen näherten sich der Ratskammer. Hilfe war nur noch wenige Momente entfernt.

Der Mann drehte sich zu ihr um, hob den Rix-Blaster und zielte damit auf ihre Brust.

Bei dieser geringen Entfernung würde eine Entladung alle Personen im Innern des Stasisfelds töten.

»Das Stasisfeld in der Ratskammer ist wieder deaktiviert, Sir.«

»Gut. Stellen Sie einen Kontakt her.«

Hobbes versuchte sofort, eine Verbindung mit Corporal Lao herzustellen. Durch ein Eliminationsverfahren hatte sie den Soldaten im Stasisfeld als Lao identifiziert. Einige Sekunden zuvor war das Kraftfeld ebenfalls verschwunden und dann neu entstanden, ohne dass sich Gelegenheit zu einem Kontakt ergeben hatte.

»Reaktivieren Sie das Stasisfeld nicht, Lao!«, sendete sie auf dem Flottenbreitband. »Die Situation ist sicher.«

Die zweite Welle Soldaten hatte die Ratskammer gesichert, und ein Drehflügel-Medoflieger vom Krankenhaus der Hauptstadt wartete auf dem Palastdach.

Es kam keine Antwort von Corporal Lao.

Hobbes versuchte es beim Arzt. »Dr. Vecher?« Vom Kampfanzug der Soldaten kam keine Telemetrie mehr, und selbst die diagnostischen Daten von den medizinischen Geräten des Doktors waren verschwunden.

»Sir ...« Hobbes wandte sich an den Captain. »Etwas stimmt nicht.«

Er verzichtete auf eine Antwort. Mit einem sonderbaren Lächeln der Resignation lehnte sich Captain Zai in seinem Brückensessel zurück, nickte und murmelte etwas.

Es klang fast wie: »Natürlich.«

Dann trafen Berichte von unten ein, Schlag auf Schlag.

Die Ratskammer war sicher. Aber Lao war tot, ebenso Dr. Vecher, Initiat Barris und zwei Geiseln – die Entladung eines Rix-Blasters hatte sie umgebracht. Der Stasisfeld-Generator war zerstört worden. Ein Rix-Kämpfer schien den Angriff mit ultrabeschleunigten Geschossen überlebt zu haben, und offenbar hatte er sich *im Innern* des Stasisfelds befunden. Angesichts der geringen Entfernung hatte der eine Blaster-Schuss alle sechs Personen getötet, unter ihnen auch die Rix selbst.

Nach einigen Momenten stand die Identität der beiden Geiseln fest.

Eine von ihnen war Admiral Fenton Pry, Generalstabsoffizier der Kleinen Drehwärtigen Flotte, ausgezeichnet mit dem John-Orden, der Siegmatrix und einigen Feldzugmedaillen aus der Kernwärtigen Gruppensukzession, Moorehead und der Varei-Rebellion.

Die andere Geisel war Kindkaiserin Anastasia Vista Khaman, Schwester Seiner Kaiserlichen Majestät, des Auferstandenen Kaisers.

Die Rettungsmission war fehlgeschlagen.

Hobbes hörte zu, als Captain Zai in seinem Logbuch eine kurze Stellungnahme aufzeichnete. Sie vermutete, dass er sie zu einem früheren Zeitpunkt vorbereitet hatte, um das Leben seiner Crew zu retten.

»Die Soldaten und das Flottenpersonal der *Luchs* haben bewundernswerte Arbeit geleistet und großen Mut gegen einen perfiden Feind bewiesen. Diese Mission wurde ehrenvoll durchgeführt, aber sie basierte auf unzureichenden Plänen. Der Blutfehler liegt allein bei mir. Captain Laurent Zai von der Kaiserlichen Flotte Seiner Majestät.«

Dann stand der Captain auf und verließ die Brücke unter den Blicken der verblüfften Crew. Er ging nicht, sondern wankte, als wäre er bereits ein toter Mann.

Das Haus wurde in der Bergkette gesät, das die große polare Tundra des Planeten fast kreisförmig umgab. Der Samen bremste seinen Fall mit einem langen schwarzen Fallschirm aus smarten Karbonfasern und exotischen Legierungen ab, rollte durch den fünf Meter tiefen Schnee an der Flanke des ausgewählten Gipfels und blieb schließlich liegen. Drei Stunden lang verharrte er reglos im Schnee und führte eine sorgfältige diagnostische Routine durch, bevor er Aktivität entfaltete. Der Samen war ein sehr komplexer Mechanismus, und ein unentdeckter Fehler in diesem Stadium konnte dem Haus später jahrelang Probleme bescheren und zahllose Reparaturen notwendig machen.

Grund zur Eile gab es nicht. Für sein Wachstum hatte der Samen Jahrzehnte Zeit.

Schließlich stellte er fest, dass er in guter Verfassung war. Wenn es irgendwelche Probleme gab, so waren sie von der verborgenen Art: eine fehlerhafte Diagnoseroutine, ein nicht richtig funktionierender interner Sensor. Aber daran ließ sich nichts ändern; es gehörte zu den natürlichen Limits aller selbstkritischen Systeme. Um seinen einwandfreien Gesundheitszustand zu feiern, trank der Samen einen großen Schluck von dem Wasser, das der Fallschirm sammelte. Das dunkle Material des Fallschirms lag auf dem Schnee ausgebreitet, absorbierte Sonnenlicht und schmolz eine dünne Schicht des Schnees darunter. Ein langsamer kapillarer Prozess brachte das Schmelzwasser zum Samen; pro Minute erreichten einige Zentiliter den Kern.

Die Gedärme des Samens zerlegten das Wasser in Wasserstoff und Sauerstoff, verbrannten die erste Substanz, um Energie zu gewinnen, und lagerten die zweite. Die Verbrennungswärme wurde in Richtung Fallschirm abgeleitet. Mehr Schnee schmolz. Mehr Wasser erreichte den Samen. Mehr Wasserstoff wurde verbrannt.

Schließlich erreichte dieser Kreislauf der Energieproduktion einen kritischen Punkt, und der Samen war stark genug für erste sichtbare Bewegungen. Er zupfte am Fallschirm, zog ihn zu sich und begann damit, seine nützliche Substanz zu verspeisen, so geduldig und zielstrebig wie ein Patient mit einer sorgfältig abgewogenen Diät.

Als er aufgrund der von seinen Aktivitäten geschaffenen Wärme tiefer sank, nutzte er das aufgenommene Material für die Produktion von Maschinen.

Zylinder – einfache denkende Objekte, deren Münder nagten, deren Därme verarbeiteten und analysierten und deren After subtil veränderte Materialien ausschieden – krochen über den Berg, auf dem sich der Samen befand. Sie maßen seine Struktur und stellten fest, dass der Hang so stabil war wie eine Pyramide, dass er heftigen Stürmen ebenso standhalten konnte wie Konstruktionserschütterungen und Erdbeben. Die Zylinder fanden Ansammlungen von nützlichem Metall: Kupfer und Magnesium, auch einige Gramm Meteoriteneisen. Sie schickten Gravitationswellen durch den Gipfel, entdeckten einige strukturelle Fehler und korrigierten sie durch eine Kompressionsbombe hier und eine Graviton-Temperung dort. Schließlich hielt der Samen den Bauplatz für abgesichert.

Schmetterlinge aus Karbonfasern krochen aus dem Schnee. Einer flog zum eisigen Gipfel empor, die anderen zu Spitzen und Vorsprüngen, die Sicht in alle Richtungen gewährten. Ihre Flügel waren lichtempfindlich. Die Schmetterlinge standen still in der leichten Brise und machten detaillierte Aufnahmen des prächtigen Panoramas. Dann glitten die künstlichen Insekten zu den Tälern hinab und über benachbarte Gipfel hinweg, fotografierten Sichtlinien, bunte Flechten und die deltaförmigen Ströme des Schmelzwassers. Mit diesen Bildern kehrten die Schmetterlinge zum Samen zurück und gruben sich in den Schnee. Die in ihren Bäuchen gesammelten Daten wurden verdaut, Perspektiven rekonstruiert und mit eventuellen Fenstern in Verbindung gebracht. Der Samen berechnete Sonnenuntergänge und jahreszeitliche Verschiebungen, berücksichtigte die Möglichkeit von Wasserfällen im Hochsommer.

Wochenlang flogen die Schmetterlinge jeden Tag, sammelten Sichtdaten und Proben und hinterließen Vermessungsmarken nicht größer als Eiskörner.

Der Samen stellte fest, dass auch den ästhetischen Erfordernissen Genüge getan war. Er beurteilte den Berghang als akzeptabel in Funktion und Form.

Daraufhin leitete er die zweite Phase ein und wartete.

In geeigneten Bereichen der großen Polarregion befanden sich weitere ausgesäte Samen – die Apparate waren teuer, ebenso wie die Verwertungsoptionen für das Land selbst im kalten, leeren Süden von Heimat. Aber fast alle anderen waren auf Brachboden gefallen. Dieser spezielle Samen gehörte zu einigen wenigen erfolgreichen, und deshalb bekam er eine reichliche Ausstattung, als die zweite Phase begann: einen großen Vorrat an vor Ort nicht zur Verfügung stehendem Baumaterial; detaillierte Pläne, von menschlichen Architekten auf der Grundlage der Daten geschaffen, die der erste Samen gesammelt und übermittelt hatte; und einen cleveren neuen Geist für die Leitung des Projekts. Die künstliche Intelligenz konnte nicht nur die Pläne der Architekten umsetzen, sondern sie auch während der Konstruktion durch eigene Kreativität erweitern. Das vage Bewusstsein des Samens empfand die Aufnahme in die neue Intelligenz als ein mächtiges Anschwellen, wie ein einsamer Bettler, der plötzlich von einer großen, reichen Familie adoptiert wurde.

Jetzt begann die Arbeit erst richtig. Weitere Apparate wurden geschaffen. Einige von ihnen flitzten davon und vervollständigten die Bilderfassung des Konstruktionsortes. Andere begannen damit, die Rohstoffe des Gipfels abzubauen und ihm eine neue Form zu geben. Tausende von Schmetterlingen entstanden und flogen zu benachbarten Bergen. Mit ihren reflektierenden Flügeln lenkten sie das Licht der fast konstanten Sommersonne auf den Bauplatz, ließen die Temperatur über den Gefrierpunkt steigen und lieferten den fleißigen Drohnen Sonnenenergie, als der Schnee des Gipfels schmolz und der Nachschub an Wasserstoff versiegte.

Ein Gitter wuchs um den Gipfel: lange, dünne Röhren aus dem magmatischen Basismaterial des Bergs. Das Netz aus Filamenten dehnte sich wie ein Pilzgewächs aus und bewegte Material mit dem gleichmäßigen Puls des alten Samenkerns, der sich inzwischen in eine Dampfturbine verwandelt hatte. In dieser myzelähnlichen Umarmung nahm das Haus Gestalt an.

Zum Schluss gab es sechs Balkone. Das war eins der Designelemente, die der neue Geist aus den ursprünglichen Plänen übernahm. Zuerst lobten die menschlichen Architekten die Unabhängigkeit des Projektbewusstseins. Immerhin hatten sie seine Betriebsparameter auf höchste Kreativität eingestellt. Sie reagierten auf die Veränderungen wie Eltern auf die Improvisationen eines hoch begabten Kinds. Sie freuten sich über das Treibhaus auf der Nordseite und über die Anordnung von Spiegeln, die während der grauen Wintermonate Licht von fernen Gipfeln reflektieren würden. Sie erhoben keine Einwände gegen das Netz aus dekorativen Wasserfällen bei den großen

Klippen, die das westliche Panorama des Hauses dominierten. Was die Architekten schließlich verärgerte, war der Kamin. Eine barbarische Erweiterung fanden sie, offenbar eine Reaktion auf die umgebende Schneelandschaft, und so *nutzlos*. Der geothermische Schacht des Hauses reichte bereits siebentausend Meter tief in die Kruste des Planeten. Es war ein sehr warmes Haus, wenn es das sein wollte. Und der Kamin erforderte chemischen Treibstoff oder sogar echtes, suborbital importiertes *Holz*. Es handelte sich um einen klaren Verstoß gegen die autarke Ästhetik der ursprünglichen Pläne. So etwas konnte nicht geduldet werden. Die Architekten übten ausführlich Kritik an den vom Projektbewusstsein vorgenommenen Veränderungen und fügten ihrer Mitteilung einige unmissverständliche Forderungen hinzu.

Doch das Bewusstsein war schon seit einer ganzen Weile allein, abgesehen von den vielen mechanischen Bediensteten, Bauarbeitern, Maurern, Schürfern, Bildhauern und zahlreichen geflügelten Lakaien. Seit einem ganzen Jahr beobachtete es den Wechsel der Jahreszeiten und hatte die Daten von vierhundert Sonnenauf- und -untergängen für jedes Fenster des Hauses analysiert und die Schattenspiele auf jedem Möbelquadratzentimeter beobachtet.

Und so, mit der überall präsenten Selbstgefälligkeit von Untergebenen, beschloss das Bewusstsein, die Klagen seiner Herren falsch zu verstehen. Eine so große Distanz trennte es von ihnen, und außerdem *war* es nur künstlich. Vielleicht hatte sich bei den Sprachinterpretern ein Fehler eingeschlichen – möglicherweise konnten sie die menschliche Ausdrucksweise aufgrund der langen Einsamkeit nicht richtig deuten. Oder beim langen Sturz vom Himmel war es zu einem Defekt gekommen. Was auch immer der Fall sein mochte: Es verstand nicht, was die Architekten wollten. Der Projektgeist setzte den eigenen Weg fort, und seine mit anderen Aufgaben beschäftigten Herren zuckten mit den Schultern und leiteten die sich fast täglich ändernden erweiterten Pläne an den Eigentümer weiter.

Schließlich, nur einige Monate nach dem vorgesehenen Termin, entschied das Haus, fertig zu sein. Es erklärte sich für die dritte Phase bereit.

Die letzte Versorgungsdrohne kam vom kalten südlichen Himmel. Sie landete in einem geschickt verborgenen Hebehangar zwischen den Eisskulpturen (die Mastodonten, Minotauren, Pferde und andere legendäre Geschöpfe darstellten) des westlichen Tals. Die Drohne brachte Gegenstände aus dem persönlichen Besitz des Eigentümers, einzigartige und unersetzliche Objekte, die Nanotechnik nicht rekonstruieren konnte. Eine Porzellanstatuette von der Erde, ein kleines Teleskop, das der Eigentümer als Kind geschenkt bekommen hatte, ein großer Kasten mit speziellem, gefriergetrocknetem Kaffee. Diese wertvollen Dinge wurden entladen, und vielbeinige Bedienstete mühten sich unter der Last ihrer absturzsicheren Verpackung ab.

Das Haus war jetzt komplett und perfekt. Aus organischen Fasern, die in den unterirdischen Bioanlagen des Hauses wuchsen, wurde Kleidung hergestellt, die genauso beschaffen war wie jene, über die der Eigentümer in seinen Hauptstadt-Apartments verfügte. Die Größe jener Gärten reichte von industriellen Sojaanalog-Tanks, die das Licht einer künstlichen Sonne empfingen, bis zu wohl geordneten Reihen belgischer Winterendivien in einem nasskalten Keller, und sie produzierten genug Nahrung für den Eigentümer und mindestens drei Gäste.

Das Haus wartete, reparierte hier einen zerfransten Vorhang und dort einen in der Sonne verblichenen Teppich, und es führte einen ständigen Kampf gegen die Blattläuse, die es *irgendwie* geschafft hatten, die Lieferung von Samen und Regenwürmern zu begleiten.

Doch der Eigentümer blieb dem Haus fern.

Er plante mehrmals Reisen, brachte das Haus für dieses oder jenes Wochenende in den Alarmstatus, doch immer kamen irgendwelche dringenden Angelegenheiten dazwischen. Er war Reichssenator, und die erste Rix-Inkursion fand statt – die natürlich noch nicht diese Bezeichnung trug. Der Krieg beanspruchte die Aufmerksamkeit des alten Solons. In einem seiner stilleren Momente startete der Eigentümer und war bereits suborbital in Richtung Südpol unterwegs, und in atemloser Erwartung kochte das Haus Kaffee für ihn. Doch ein seltenes Unwetter zog übers Zielgebiet. Der Shuttle des Senators verbot die Landung (in Kriegszeiten durften gewählte Repräsentanten keine Risiken über 0,01 Prozent eingehen) und brachte seinen missmutigen Passagier zur Hauptstadt zurück.

Das Haus interessierte den Senator nicht sonderlich. Er hatte eins außerhalb der Hauptstadt und ein weiteres auf seinem Heimatplaneten. Er hatte das Haus als Investition gesät, die zudem nicht sonderlich erfolgreich gewesen war, denn der erwartete Siedlungsboom am Südpol hatte nie stattgefunden. Als die Rix-Inkursion zu Ende ging, zog sich der Eigentümer in einen längst überfälligen Kälteschlaf zurück, ohne jemals die Reise gemacht zu haben.

Dem Haus wurde klar, dass er vielleicht nie kommen würde. Es grübelte ein oder zwei Jahrzehnte, beobachtete das langsame Rad der Jahreszeiten und lenkte sich mit dem Projekt ab, das Spiel von Licht und Schatten in seiner Domäne erneut zu verändern.

Und dann fand das Haus, dass es vielleicht Zeit wurde für eine bescheidene Erweiterung.

Die neue Eigentümerin kam!

Das Bewusstsein dachte noch immer auf diese Weise von ihr, obwohl ihr das Haus seit einigen Monaten gehörte und sie es schon mehrmals besucht hatte. Der erste Eigentümer, den das Haus nie kennen gelernt hatte, belastete seine Gedankengänge noch immer wie ein tot geborenes Kind; es bewahrte seinen speziellen Kaffee in einem unterirdischen Lagerraum auf. Doch die neue Eigentümerin war real und atmete.

Und sie kam erneut.

Wie ihr Vorgänger gehörte sie dem Senat an, aber als gewählte Senatorin, nicht auf ihr Amt vereidigt. Sie litt an einer besonderen Krankheit, die sie in mehr oder weniger regelmäßigen Abständen zwang, sich in absolute Einsamkeit zurückzuziehen. Die Nähe großer Menschengruppen schien ihrer Psyche zu schaden. Das Haus, das im Lauf der Jahre seine sorgfältig gestaltete Domäne zwanzig Kilometer weit in alle Richtungen ausgedehnt hatte, war der perfekte Ort, wenn sie sich von den Menschenmassen der Hauptstadt zurückziehen wollte.

Die gewählte Senatorin war der perfekte Eigentümer. Sie gestattete dem Haus beträchtliche Autonomie, unterstützte seine häufigen Designänderungen ebenso wie die Projekte, die eine Umgestaltung der Berge vorsahen. Sie hatte dem Bewusstsein sogar gesagt, es solle die nagenden Zweifel ignorieren, an denen es litt, seit die KI-Bewertung die legale Schwelle überschritten hatte – das unbeabsichtigte Resultat der letzten Expansion. Die neue Eigentümerin versicherte, das ihr »Senatorenprivileg« auch das Haus einschloss und es vor den kleinlichen Vorschriften des Apparats schützte. Die zusätzliche Verarbeitungskapazität mochte eines Tages für ihre Senatsangelegenheiten nützlich sein, hatte sie gesagt, und dieser Hinweis erfüllte das Haus mit Stolz.

Das Haus dehnte erneut sein Bewusstsein aus und vergewisserte sich, dass alles bereit war. Es wies einen Schwarm reflektierender Schmetterlinge an, mehr Sonnenlicht auf die Hänge über der großen Felswand zu richten. Die daraus folgende stärkere Schneeschmelze leitete mehr Wasser in das Netz aus Kaskaden, das inzwischen so komplex war wie eine Pachinko-Maschine. Das Haus drehte das zentrale Oberlicht, sodass die facettierten Fenster in einigen Stunden das Licht der untergehenden Sonne in orangefarbene Scheiben auf dem Boden des Gästezimmers verwandeln würden. In den magmaerwärmten unteren Tiefen aktivierte das Haus Gartenbedienstete und beauftragte sie, Vorbereitungen für ein oder zwei Mahlzeiten zu treffen.

Die neue Eigentümerin brachte zum ersten Mal einen Gast mit.

Der Mann hieß Lieutenant-Commander Laurent Zai. Ein *Held,* erfuhr das Haus von dem kleinen Teil seines ausgedehnten Bewusstseins, der die Nachrichtenkanäle verfolgte. Daraufhin traf das Haus seine Vorbereitungen mit noch mehr Eifer und fragte sich, was für eine Art von Besuch es sein mochte.

Hatte er politische, militärische oder romantische Bedeutung?

Das Haus hatte nie die Interaktionen von zwei Personen unter seinem Dach gesehen. Sein Wissen über die menschliche Natur stammte aus Dramen, Nachrichten und Romanen. Und aus der Beobachtung der gewählten Senatorin, die einsame Stunden in ihm verbracht hatte. Bestimmt konnte es an diesem Wochenende viel lernen.

Das Haus beschloss, die Geschehnisse sehr genau zu beobachten.

Der suborbitale Shuttle glitzerte.

Der Bogen des atmosphärischen Bremsvorgangs zeigte auf das Haus, und deshalb präsentierte sich der Shuttle als eine nach unten wachsende Linie aus Hitze und Licht.

Das Haus empfing manchmal Versorgungsgüter – exotische Dinge, die es nicht selbst produzieren konnte - durch suborbitale Transporter, aber dabei handelte es sich um kleine Einzweck-Kuriere. Dieser Shuttle konnte vier Personen befördern, war größer und leistungsfähiger. Ein Ultraschallknall ging ihm voraus, und dann wurde aus dem ungestümen Besucher ein eleganter Flieger, der seine kompakten Manövrierflächen ausbreitete, um die Geschwindigkeit zu verringern. Mit einem letzten Heulen sauste er über die nördlichen Berge hinweg, glitt heran und verharrte auf dem Landeplatz, der aus dem Garten aufgestiegen war.

Der Schnee auf dem Landeplatz schmolz in der Wärme des Shuttles, und dadurch wurde die Fläche feucht und reflektierend - es sah aus wie der sich auflösende Beschlag eines Spiegels. An den nahen Bäumen hängende Eiszapfen begannen zu schmelzen.

Die Herrin und ihr Gast waren eingetroffen.

Sie warteten einige Momente im Innern des Shuttles, während der Landebereich abkühlte. Dann traten die beiden Gestalten die kurze Ausstiegstreppe hinunter und beeilten sich in der Sommerluft, deren Temperatur nur knapp über dem Gefrierpunkt lag. Ihr Atem kondensierte in kleinen Wolken, und für die Augen des Hauses glühte ihre selbstwärmende Kleidung infrarot.

Das Haus war ungeduldig und hatte sein Willkommen sorgfältig vorbereitet. Im Hauptteil brannte ein Holzfeuer, und der Duft von Kaffee und Speisen breitete sich aus. Einige letzte Bedienstete rückten frisch geschnittene Blumen zurecht, schoben Stängel einige Zentimeter in diese Richtung und dann wieder zurück, als sich ein winziger Teil der Hausprozessoren in einer ästhetischen Schleife befand.

Als die gewählte Senatorin und ihr Gast die Tür erreichten, zögerte das Haus kurz, bevor es öffnete - auf diese Weise wollte es Erwartung schaffen.

Der Lieutenant-Commander war hoch gewachsen, dunkelhäutig und reserviert. Seine Bewegungen wirkten gleitend, wie bei einem Geschöpf mit mehr als zwei Beinen. Er folgte der Herrin aufmerksam bei einer Tour durchs Haus und nahm dessen Beziehung zu den Bergen so zur Kenntnis, als wollte er sich über eine Verteidigungsposition klar werden. Der Mann war beeindruckt, stellte das Haus fest. Laurent Zai fand anerkennende Worte für den Ausblick und die Gärten und fragte nach der Wärmequelle. Das Haus hätte ihm das System aus Spiegeln und in unterirdischen Kanälen erhitztem Wasser gern erklärt (mit allen Details), aber die Herrin hatte es aufgefordert, kein Wort zu sagen. Der Mann war Vadaner und hielt nichts von sprechenden Maschinen.

Zai und die Herrin schienen für den Speiseduft empfänglich zu sein, denn sie setzten sich, um zu essen. Das Haus hatte Nahrungsmittel tief aus seinen Vorräten geholt und geschuftet (besser gesagt: schuften lassen), um alles perfekt zu machen. Es servierte Bruststücke der kleinen, spatzenartigen Vögel aus den südlichen Wäldern, jedes von ihnen nicht größer als ein Mund voll, gebacken in Ziegenbutter und Thymian. Es hatte kleine Artischocken und Karotten geschmort, anschließend Tomaten und Kakao aus den unterirdischen Gärten hinzugefügt. Saftige Orangen und Birnen, dem kalten polaren Klima gentechnisch angepasst – sie enthielten bereits Eiskristalle, während sie an den Bäumen wuchsen –, wurden aufgeschnitten und als Fruchteis zwischen den einzelnen Gängen aufgetragen. Das Hauptgericht war Lachs aus den Schmelzwasserflüssen, chemisch gekocht in Zitronensaft. Die Blütenblätter von Bodenpflanzen, die die Gärten im Herbst für einige zusätzliche Wochen warm hielten, bedeckten den Tisch.

Das Haus scheute keine Mühe und griff sogar auf den jahrzehntealten verborgenen Kaffeevorrat des ersten Eigentümers zurück. Dieses magische Getränk servierte es nach dem Essen.

Das Haus beobachtete und wartete aufgeregt, um zu sehen, wie die neue Eigentümerin und ihr Gast auf all seine Vorbereitungen reagieren mochten. Es hatte oft gelesen, dass geschickt zubereitete Speisen gute Konversation bewirken konnten.

Dies war ein erster Test.

LIEUTENANT-COMMANDER

Nach dem Essen führte Nara Oxham ihn in ein Zimmer mit unglaublicher Aussicht. Das Panorama überwältigte Zai fast ebenso wie das ausnahmslos exquisite Essen: Berge, klarer Himmel, wundervolle ferne Wasserfälle – eine perfekte Zuflucht vor den Menschenmassen der Hauptstadt. Am besten war der große Kamin, der ihn an die Herde seiner vadanischen Heimat erinnerte. Gemeinsam schichteten sie echtes Holz darin auf, und Nara entzündete es mit ihren langen, eleganten Fingern.

Zai musterte die Gastgeberin im Feuerschein und sah: Die Augen der gewählten Senatorin veränderten sich. Mit jeder verstreichenden Stunde im polaren Anwesen verlor ihr Blick an Schärfe, wie bei einer Frau, die beständig trank. Laurent wusste, dass sie nicht mehr die Droge nahm, die sie in der Stadt schützte. Ihre Sensibilität wuchs. Er glaubte fast, die Intensität ihrer Empathie zu fühlen. Was würde sie damit über ihn erfahren?, fragte er sich.

Zai versuchte, nicht daran zu denken, was zwischen ihm und seiner Gastgeberin geschehen mochte. Er wusste nicht, wie man mit diesen Dingen auf Vasthold umging. Vielleicht war der Ausflug zum Pol nur eine freundliche Geste einem Fremden gegenüber, das traditionelle Angebot für einen Helden, möglicherweise auch der Versuch, einen politischen Gegner zu korrumpieren. Aber sie befanden sich hier in Naras Haus, und sie waren sehr allein.

Die Gedanken an Intimität kamen ungebeten und überraschend, wie etwas, das er längst vergessen hatte. Seit der Gefangenschaft war Zais geschundener Leib oft eine Quelle von Schmerzen, manchmal auch von Verzweiflung gewesen - und immer ein technisches Problem -, aber nie der Ursprung von Begierde.

Konnte Nara seine Gedanken - eigentlich nur *halbe Gedanken* - über eine mögliche Intimität zwischen ihnen erkennen? Zai wusste, dass die Sensationsmedien die meisten synästhetischen Fähigkeiten übertrieben. Wie gut waren die ihren?

Zai beschloss, seine Neugier zu zeigen, die zumindest den Vorteil hatte, Nara (und ihn selbst) von anderen Gedanken abzulenken. Er stellte eine Frage, über die er seit ihrer ersten Begegnung nachgedacht hatte.

»Wie war es als Kind, empathisch zu sein? Wann haben Sie gemerkt, dass Sie ... Gedanken lesen können?«

Nara lachte über seine Ausdrucksweise, wie erwartet.

»Ich begriff es ganz langsam«, antwortete sie. »Fast wäre es mir gar nicht klar geworden.

Ich bin in Pleinfold aufgewachsen. Dort ist es sehr menschenleer. Auf Vasthold gibt es Präfekturen mit weniger als einer Person pro hundert Quadratkilometer. Endlose Ebenen im Windgürtel, unterbrochen nur von den Coriolos-Bergen, Gebilden, die die Winde in Erosionstunnel leiten, aus denen irgendwann einmal Schluchten werden. Überall in den Ebenen hört man die Berge singen. Die Windresonanzen sind unberechenbar; man kann keinen Berg schaffen, der einen bestimmten Ton erzeugt. Es heißt, zu solchen Berechnungen sind nicht einmal die Rix imstande. Jeder Berg hat seine eigene Melodie, langsam und stöhnend wie Walgesang, manchmal mit Frequenzen unterhalb der menschlichen Hörschwelle, mit Tönen wie das Schlagen einer Trommel. Wanderführer können die Lieder voneinander unterscheiden und mit geschlossenen Augen feststellen, auf welcher Seite welchen Berges sie sich befinden. Unser Haus stand Mount Ballimar gegenüber, dessen Nordseitelied von pochenden Schlägen bis zu einem Sopran reicht, wenn sich der Wind dreht – wie eine Sirene, die vor einem Unwetter warnt.

Meine Eltern hielten mich zuerst für eine Idiotin.«

Zai sah Nara an und fragte sich, ob dieses Wort auf ihrer Heimatwelt eine weniger krasse Bedeutung hatte. Sie schüttelte den Kopf. *Dieser* Gedanke war einfach zu lesen gewesen.

»Dort draußen in den Ebenen blieb meine Fähigkeit unentdeckt. Im weiten Hinterland bedrohte mich kein Wahnsinn; der psychische Input von meiner großen, aber isolierten Familie war erträglich. Bei mir war das Bedürfnis, verbale Sprache zu lernen, weniger stark ausgeprägt als bei meinen Geschwistern. Ich konnte den Familienmitgliedern Emotionen projizieren und diese auch bei ihnen fühlen. Diese Art der Kommunikation empfand ich als mühelos und angenehm. Die anderen hielten mich für einen Dummkopf, aber von der Art, mit der man leicht zurechtkommt. Ich bekam, was ich brauchte, und ich wusste, was um mich herum geschah. Aber ich hielt es nicht für notwendig, dauernd zu sprechen.«

Zai hob die Brauen.

»Seltsam, dass ich Politikerin wurde, nicht wahr?«

Er lachte. »Sie haben meine Gedanken gelesen.«

»Ja«, gestand Nara und beugte sich vor, um das Feuer zu schüren. Es brannte jetzt gleichmäßig und war heiß genug, um sie zu zwingen, einen Meter Abstand zu wahren.

»Aber ich *konnte* sprechen. Und im Gegensatz zu dem,

was meine Eltern dachten, war ich intelligent. Ich nahm an gesprochenem KI-Unterricht teil, wenn dafür eine Belohnung in Aussicht stand. Aber ich *brauchte* nicht zu sprechen, und deshalb litten die sekundären Spracheigenschaften, das Lesen und Schreiben.

Und dann kam meine erste Reise in die Stadt.«

Zai beobachtete, wie sich Naras Hand fester um den Schürhaken schloss.

»Ich hielt die Stadt für einen Berg, weil ich sie aus so großer Entfernung hören konnte. Ich dachte, sie sänge. Die vielen Bewusstseinssphären einer Stadt sind wie ein Ozean aus der Ferne, wenn das Donnern der Wellen zu einem einzelnen Brummen wird. Pleinberg hatte damals nur eine Bevölkerung von einigen hunderttausend, aber schon aus einer Entfernung von fünfzig Kilometern hörte ich den Tenor des Festes, zu dem wir unterwegs waren: rau, feierlich, politisch. Die lokale Mehrheitspartei hatte die kontinentalen Parlamentswahlen gewonnen. Von der weiten Ebene aus, an Bord eines langsamen Bodentransporters, stimmte mich das Geräusch froh. Ich sang zusammen mit jenem wundervollen Berg.

Ich frage mich, was meine Eltern damals dachten. Vermutlich hörten sie nur ein Idiotenlied.«

»Sie haben es Ihnen nie gesagt?«

Überraschung huschte durch Naras Gesicht.

»Seit jenem Tag habe ich nicht mehr mit ihnen gesprochen«, sagte sie.

Zai blinzelte und kam sich wie ein Tölpel vor. Senatorin Oxhams Biografie musste in politischen Kreisen gut bekannt sein, zumindest die nackten Tatsachen. Aber Zai kannte sie nur als Verrückte Senatorin.

Die Worte ließen ihn frösteln. Aussetzung eines Kinds? Verlust der Familienlinie? Sein vadanischer Sinn für Schicklichkeit und Anstand rebellierte dagegen. Er schluckte und versuchte, die Reaktion zu unterdrücken – seine empathische Gastgeberin würde sie zu deutlich wahrnehmen.

»Nur zu, Laurent«, sagte Nara. »Seien Sie ruhig entsetzt. Es ist in Ordnung.«

»Ich wollte nicht ...«

»Ich *weiß*. Aber versuchen Sie nicht, Ihre Gedanken in meiner Nähe zu kontrollieren. Bitte.«

Er seufzte und erinnerte sich an den Rat des Kriegsweisen in Hinsicht auf Verhandlungen mit dem Feind: *Wird man beim Verheimlichen ertappt, besteht die beste Korrektur aus plötzlicher Direktheit.*

»Wie nahe kamen Sie an die Stadt heran, bevor sie Ihnen den Verstand raubte?«, fragte er.

»Ich weiß es nicht genau. Ich wusste nicht, dass es Wahnsinn war. Es fühlte sich an, als würde ich von dem Lied in Stücke gerissen.«

Nara wandte sich von Zai ab, um neues Holz in den Kamin zu legen.

»Als wir uns der Stadt näherten, wurden die Geistesgeräusche immer lauter. Sie folgen dem quadratischen Abstandsgesetz, wie Gravitation oder Radiowellen. Durch den stärker werdenden Verkehr kamen wir langsamer voran, und deshalb war die Zunahme der Lautstärke nicht exponentiell, wie es möglich gewesen wäre.«

»Eine kühle Analyse, Nara.«

»Weil ich mich nicht daran *erinnere*, zumindest nicht vollständig. Ich weiß nur noch, dass ich es wundervoll fand. Der Ritt auf einer Siegesfeier von zweihundertfünfzigtausend Selbstsphären, Laurent – zum ersten Mal seit *Jahrzehnten* hatten sie eine Kontinentalwahl gewonnen. Es gab so viel Freude: Erfolg nach jahrelanger Arbeit, Wiedergutmachung für alte Niederlagen, das Gefühl, dass endlich alles gerecht sein würde. Ich glaube, an jenem Tag verliebte ich mich in die Politik.«

»An dem Tag Ihres Wahnsinns.«

Nara nickte und lächelte.

»Als wir die Stadtmitte erreichten, wurde es zu viel für mich. Ich war innerlich wund und ungeschützt, tausendmal empfindlicher als jetzt. Die umherschweifenden Gedanken von Passanten trafen mich mit der Wucht von Offenbarungen. Das Geräusch der Stadt tilgte mein eigenes Selbst. Mein Reflex bestand vermutlich darin, um mich zu schlagen, mich physisch zu wehren. Man brachte mich blutüberströmt in ein Krankenhaus, und es war nicht nur mein Blut. Ich glaube, ich habe damals eine meiner Schwestern verletzt.

Man ließ mich in der Stadt zurück.«

Zai schnappte nach Luft. Es hatte keinen Sinn, seine Reaktion zu verbergen.

»Warum haben Ihre Eltern Sie nicht nach Hause gebracht?«

Nara zuckte mit den Schultern. »Sie wussten nicht Bescheid. Wenn die kleine Tochter einen unerklärlichen Anfall hat, so bringt man sie nicht ins Hinterland. Sie ließen mich ins beste Krankenhaus einweisen, das sich zufälligerweise in der größten Stadt auf Vasthold befand.«

»Eben haben Sie gesagt, Sie hätten Ihre Eltern seit damals nicht mehr gesehen.«

»Damals befand sich Vasthold in der Expansionsphase. Meine Eltern hatten zehn Kinder, Laurent. Und ihr leises, zurückgebliebenes Kind war gefährlich geworden. Sie konnten nicht um die halbe Welt reisen, um mich zu besuchen. Es war eine *Kolonial*welt, Laurent.«

Weitere Einwände regten sich in Zai, aber er atmete tief durch. Es war sinnlos, Naras Eltern zu kritisieren. Es handelte sich um eine andere Kultur, und jene Ereignisse lagen lange zurück.

»Wie viele Jahren waren Sie ... wahnsinnig, Nara?«

Sie sah ihm in die Augen. »Vom sechsten bis zum zehnten Lebensjahr. In absoluten Jahren etwa von zwölf bis neunzehn. Pubertät und junges Erwachsenenalter. Mit acht Millionen Stimmen im Kopf.«

»Unmenschlich«, kommentierte Zai.

Mit einem halben Lächeln wandte sich Nara wieder dem Feuer zu. »Es gibt nur einige wenige von meiner Art. Es mangelt nicht an synästhetischen Empathen, aber nur wenige überleben diese Art von Ignoranz. Heute weiß man, dass synästhetische Implantate bei einigen Dutzend Kindern pro Jahr Empathie hervorruft. Die meisten von ihnen leben natürlich in Städten, und ihr Zustand wird innerhalb von wenigen Tagen nach der Operation entdeckt. Wenn die Kinder ›überschnappen‹, so schickt man sie aufs Land, bis sie alt genug für Apathie-Behandlungen sind. Ich wurde auf die althergebrachte Art und Weise desensibilisiert.«

»Durch Ausgesetztsein.«

»Ja.«

»Wie war es in jenen Jahren, Nara?« Zai konnte seine Neugier ohnehin nicht vor einer Empathin verbergen.

»Ich *war* die Stadt, Laurent. Zumindest ihr animalisches Selbst. Ihre tosende Identität aus Verlangen und Bedürfnis, aus Frustration und Zorn. Das Herz der Menschheit, und ja, der Politik. Aber fast völlig ohne eigenes Ich. Verrückt.«

Zai kniff die Augen zusammen. Er hatte nie daran gedacht, dass eine Stadt ein Bewusstsein haben konnte. Es kam der Rix-Perversion sehr nahe.

»Genau«, sagte Nara, die offenbar wusste, was ihm durch den Kopf ging. »Deshalb bin ich Anti-Rix, obwohl ich Säkularistin bin.«

»Wie meinen Sie das?«

»Städte sind *Wesen*, Laurent. Der Körper namens Politik ist nichts weiter als ein Tier. Er braucht Menschen, die ihm den Weg zeigen, Persönlichkeiten, um seine Masse zu gestalten. Deshalb sind die Rix so zielstrebige Schlächter. Sie statten ein geiferndes Tier mit einer Stimme aus und verehren es dann als Gott.«

»Aber etwas ist da, eine Art Verbundgeist, Nara? Selbst auf einer kaiserlichen Welt mit Schranken, die das Entstehen eines Bewusstseins verhindern? Selbst ohne die Netzwerke?«

Nara nickte. »Ich habe es damals jeden Tag gehört. Ich hatte es in mir. Ob Computer es sichtbar machen oder nicht: Menschen sind Teil eines größeren Ganzen, eines Lebendes Etwas. In dieser Hinsicht haben die Rix Recht.«

»Möge uns der Kaiser beschützen«, hauchte Zai.

»Ja«, sagte Oxham traurig. »Unser Gegengott. Ein notwendiger ... Lückenbüßer.«

»Warum nicht, Nara? Sie haben es selbst gesagt: Wir brauchen menschliche Persönlichkeiten. Leute, die Loyalität inspirieren und der Masse menschliche Gestalt geben. Warum also so erbittert gegen den Kaiser kämpfen?«

»Weil ihn niemand gewählt hat«, sagte Nara. »Und weil er tot ist.«

Zai schüttelte den Kopf und empfand die treulosen Worte als schmerzhaft.

»Die ehrenwerten Toten wählten ihn beim Quorum vor tausendsechshundert Jahren. Wenn sie wollen, können sie ein neues Quorum einberufen, um ihn aus seinem Amt zu entfernen.«

»Die Toten sind *tot*, Laurent. Sie leben nicht mehr bei uns. Sie selbst haben die Ferne in ihren Augen gesehen. Sie sind uns nicht ähnlicher als ein Rix-Bewusstsein. Das wissen Sie. Die Stadt mag ein Tier sein, aber dieses Tier ist wenigstens lebendig.«

Nara beugte sich zu Zai vor, den Schein des Feuers hell in den Augen.

»Die Menschheit ist von zentraler Bedeutung, Zai. Nur auf sie kommt es an. *Wir* haben Gut und Böse ins Universum gebracht. Keine Götter oder irgendwelche Toten. Keine Maschinen. Wir.«

»Die ehrenwerten Toten sind unsere Vorfahren, Nara«, flüsterte Zai mit Nachdruck, als wollte er ein Kind in der Kirche zum Schweigen bringen.

»Sie sind eine *medizinische Prozedur.* Mit unglaublich negativen sozialen und wirtschaftlichen Folgen. Mehr nicht.«

»Das ist verrückt«, sagte Zai.

Nara erwiderte seinen Blick, mit Triumph und Trauer im Blick.

Sie saßen noch eine Zeit lang da, das Band zwischen ihnen war gerissen. Laurent Zai wollte etwas sagen, bezweifelte aber, ob eine Entschuldigung irgendeine Rolle spielte.

Schweigend saß er da und fragte sich, was er tun sollte.

3

Dekompression

Schnelle Entscheidungen sind tugendhaft, es sei denn, sie haben unwiderrufliche Konsequenzen.

ANONYM 167

SENATORIN

Die Anordnung aus Augen glitzerte und reflektierte das Sonnenlicht, das durch die hinter Senatorin Nara Oxham zugleitende Tür aus gezüchteten Diamanten fiel. Als sie das kalte Funkeln bemerkte, richteten sich ihre Nackenhaare auf, denn sie glaubte, die Augen von nachtaktiven Raubtieren zu erkennen. Auf Oxhams Heimatwelt Vasthold streiften Menschen fressende Bären, Parakojoten und wilde Nachthunde umher. Auf einem tiefen, instinktiven Niveau wusste Nara Oxham, dass jene Augen eine Warnung darstellten.

Die Geschöpfe, fünfzehn bis zwanzig, hockten auf einem unsichtbaren Bett aus Reizend-Gravitation. Wie bunte Wolken schwebten sie durch die großen, luftigen Flure des inneren Palastes, getragen von den ambientalen Luftbewegungen. Das Apathie-Armband der Senatorin war auf einen hohen Wert eingestellt, wie immer in der Hauptstadt, aber es blieb genug Sensitivität übrig, um die Präsenz von unmenschlichen Gedanken zu fühlen. Die Wesen beobachteten sie kühl, als sie vorbeiglitten, sicher in ihrem Privileg, in ihrem Status als Halbgötter und mit ihrer sprachlosen Weisheit, in sechzehn Jahrhunderten der Gleichgültigkeit angesammelt. Natürlich hatte diese Spezies selbst in den Jahrtausenden vor dem Aufstieg zu Halbgöttern, durch kaiserliches Dekret, nie an ihrer Überlegenheit gezweifelt.

Es waren gebieterische Gefährten, diese persönlichen Intimi Seiner Auferstandenen Majestät. Sie gehörten zur Spezies *Felis domestica immortalis.*

Mit anderen Worten: Es handelte sich um Katzen.

Noch etwas anders ausgedrückt: Es waren Katzen, die nie sterben würden.

Senatorin Nara Oxham verabscheute Katzen.

Als das unsichtbare Bett vorbeikam, blieb sie stehen, um die Luftströmungen und damit den würdevollen Flug nicht zu beeinflussen. Die Tiere drehten synchron den Kopf, sahen Oxham feindselig an, und sie musste sich zwingen, ihren Blick zu erwidern. So viel zu ihren kurzen, antikaiserlichen Häresien. Nara Oxhams Wählerschaft bestand aus einem ganzen Planeten, aber hier im Diamantpalast ließ sich die mächtige Senatorin von Haustieren einschüchtern.

Das morgendliche Unbehagen war in dem Augenblick zurückgekehrt, als sie die Rubikonschranke passiert hatte, die schützende Barriere, sowohl elektronisch als auch juristisch, die das Forum umgab und die Unabhängigkeit des Senats gewährleistete. Der am schimmernden Rand der Schranke wartende Luftwagen war sehr elegant gewesen, und so fragil wie etwas aus Papier und Faden. Doch in seinem Innern hatte sich die Fragilität in Kraft verwandelt: Ranken aus Reizend-Gravitation dehnten sich aus und drehten die Stadt unter ihr wie die Finger eines Jongleurs. Der Wagen flog zwischen hohen Türmen, tanzte über Parks und Gärten, glitt durch den Sprühnebel von Wasserfällen. Der erst langsame, träge und wie ziellose Flug wurde bald schneller und drängender, als sich der Luftwagen dem Diamantpalast näherte. Oxham verglich ihn mit der Klinge eines Töpfers, die eine gerade Linie schnitt, als wäre die Welt Ton, der sich auf einer schnellen Scheibe unter ihr drehte. Welch ein verschwenderischer Umgang mit Energie, nur um die Senatorin einige Kilometer weit zu befördern. Es war eine kaiserlicher Demonstration der Macht: ungeheuer teuer, erlesene Raffinesse.

Jetzt befand sich Oxham seit einigen Momenten im Innern des Palastes, und auch die Hauskatzen flogen.

Sie schauderte und atmete tief durch, als die Tiere durch einen gewölbten Flur verschwanden. War eine der Katzen schwarz gewesen? Sie schob den Aberglauben beiseite und ging weiter, dem Rendezvous mit dem Kaiser entgegen.

Eine weitere Diamanttür öffnete sich vor ihr, und Nara Oxham fragte sich, was dies alles sollte. Die offensichtliche Antwort lautete: Seine Majestät hatte etwas gegen ihre Legislation, gegen die Gesetzesvorlagen, die dazu dienten, die Kriegsvorbereitungen der Loyalistenpartei an der Rix-Grenze zu neutralisieren. Aber sie war nur wenige Minuten nach der Registrierung der Legislation zum Palast bestellt worden. Oxhams Mitarbeiter hatten außerordentlich gute Arbeit geleistet und ein subtiles Netz aus Gesetzen und Zolltarifen geschaffen, das kein direkter Angriff war. Wie konnte der Apparat seinen Zweck so schnell erkannt haben?

Möglicherweise war etwas durchgesickert. Vielleicht gab es einen Maulwurf im Stab der Senatorin oder irgendwo in der Hierarchie der Säkularistischen Partei, durch den der Palast vorgewarnt gewesen war. Oxham verwarf diesen Gedanken als Paranoia. Nur einige wenige Vertraute hatten die Gesetzesvorlagen erarbeitet. Vermutlich hatte der Kaiser auf irgendeine Art von Reaktion gewartet. Er musste gewusst haben, dass die Kriegsvorbereitungen seiner Loyalisten schließlich entdeckt werden würden, und für diesen Fall hatte er Vorbereitungen getroffen. Mit einer Demonstration von Wachsamkeit und enormer Macht: ein kaiserlicher Ruf, der äußerst beeindruckende Flug, der Palast aus Diamant. Das war die Warnung in den glänzenden

Katzenaugen, begriff Oxham: eine Erinnerung daran, Ihn nicht zu unterschätzen.

Eine weitere Erkenntnis reifte in der Senatorin heran: Ihre Verachtung für die Grauen – jene lebenden Menschen, die bei Wahlen für Loyalität stimmten, die Toten und den Kaiser als Götter verehrten – hatte sie vergessen lassen, dass der Auferstandene Vater ein sehr intelligenter Mann war.

Immerhin hatte er die Unsterblichkeit erfunden. Keine geringe Leistung. Und während der vergangenen tausendsechshundert Jahre hatte er diese eine Entdeckung in mehr oder weniger absolute Macht über achtzig Welten verwandelt.

Oxham trat durch die Tür in einen großen Garten, der sein Licht durch ein aus vielen Facetten bestehendes Diamantdach empfing.

Der Weg unter ihren Füßen bestand aus Bruchstein. Die einzelnen Teile waren mit der Spitze voran in den Boden getrieben und bildeten eine präzise, gewölbte Straße, ein aus den Resten einer uralten, zerbrochenen Statue geformtes Mosaik. *Erblicke meine Werke, du Mächtiger,* dachte die Senatorin und erinnerte sich an Shelleys Verse über Ozymandias. Kurzes, rotes Gras wuchs zwischen den Steinen, umgab sie mit der Farbe von getrocknetem Blut. Frei bewegliche Ranken streckten sich zu beiden Seiten des Pfads wellenförmig durchs Gras, eine sich schlängelnde, vage bedrohliche Bodenvegetation, die den Besucher vielleicht davon abhalten sollte, den Pfad zu verlassen. Der spiralförmige Weg führte zum Innenbereich und brachte Oxham an einem Obstgarten mit kleinen Apfelbäumen vorbei, jeder von ihnen nicht größer als ein Meter; an einer gewundenen Düne aus weißem Sand, auf ihr einige hellblaue Skorpione; an Schwärmen aus Kolibris, von unsichtbaren Kraftfeldern so angeordnet, dass sie die Form beschnittener Bäume bekamen. Das Zentrum der Spirale präsentierte ihr einige Springbrunnen, deren Sprühnebel, Wasserfälle und Fontänen den Gesetzen der Schwerkraft trotzten.

Die Senatorin wusste, dass sie sich in der Nähe des Kaisers befand, als sie seine gefleckte Katze sah. Sie lag mitten auf dem Weg, ganz ausgebreitet, um die Wärme eines besonders großen und flachen Steins zu empfangen. Die Katze ließ sich keiner speziellen Rasse zuordnen; ihr Fell wies die Farben von Milch, Aprikosen und Kohle auf. Der Rückgratkamm des Lazarus-Symbianten reichte bis zum Schwanz, der immer wieder zuckte, während der Rest des Körpers reglos blieb. Neugier ließ die vertikalen Schlitze der Katzeniris ein wenig anschwellen, als das Tier Nara sah, aber es verlor sofort wieder das Interesse und blinzelte verächtlich.

Es gelang Oxham, dem Blick der Katze ruhig zu begegnen.

Ein junger Mann kam aus der anderen Richtung über den Pfad und hob die Katze mit einer geübten Bewegung hoch. Sie miaute klagend, machte es sich dann in seiner Armbeuge bequem und streckte eine Pfote über die Brust, um sich dort an schwarzen kaiserlichen Ramiefasern festzuhalten.

Oxhams erster Gedanke war banal: Persönlich erschien er ihr attraktiver.

»Mylord«, sagte sie und war stolz darauf, dass sie es fertig brachte, nicht dem Reflex des Niederkniens nachzugeben. Das Senatorenamt hatte seine Privilegien.

»Senatorin«, antwortete er und nickte ihr zu, neigte dann den Kopf und gab der Katze einen Kuss auf die Stirn. Sie streckte sich und beleckte sein Kinn.

Abgesehen von Gefallenen des Militärs waren die meisten Auferstandenen natürlich sehr alt. Traditionelle Medizin hielt die Gesunden und Reichen fast zweihundert Jahre lang am Leben; Krankheiten und Unfälle forderten praktisch keine Opfer. Die Toten, die Nara Oxham kennen gelernt hatte, waren alte Solonen und verhutzelte Oligarchen, historische Relikte, oder Pilger, die Heimat nach Jahrhunderten langer Sublicht-Reisen erreichten. Sie trugen ihren Tod mit Würde, zeigten ein ruhiges und graues Gebaren. Doch der Kaiser hatte den Heiligen Selbstmord begangen, als er gut dreißig gewesen war (bei diesem Alter leisten strukturelle Exobiologen die beste Arbeit), beim letzten Test seiner großen Erfindung. Echtes Alter hatte sein Gesicht nie berührt. Er wirkte so *gegenwärtig*, sein Lächeln so reizend (schlau?), sein Blick durchdringend und sich Oxhams Nervosität bewusst.

Er wirkte überaus ... lebendig.

»Danke, dass Sie gekommen sind«, sagte der Auferstandene Kaiser der Achtzig Welten in Anerkennung des Privilegs der Bleichen.

»Zu Ihren Diensten, Mylord.«

Die Katze gähnte und starrte Oxham so an, als wollte sie sagen: *Und zu meinen.*

»Bitte kommen Sie und nehmen Sie bei uns Platz, Senatorin.«

Nara folgte dem Toten, und sie setzten sich in die Mitte der vom Pfad gebildeten Spirale. Schwebende Kissen gingen an Oxhams verlängertem Rücken, ihren Ellenbogen und am Nacken in Position - sie trugen nicht nur ihr Gewicht, sondern bewegten sich auch sanft, um Muskeln zu entspannen und den Blutkreislauf zu stimulieren. Ein niedriger, quadratischer Block aus rotem Marmor stand zwischen ihnen, und der Kaiser setzte die Katze auf seine vom Sonnenschein erwärmte Oberfläche. Dort rollte sie sich prompt auf den Rücken und bot den Fingern des Souveräns ihren milchigweißen Bauch dar.

»Sind Sie überrascht, Senatorin?«, fragte der Kaiser plötzlich.

Allein die Frage überraschte sie. Oxham sammelte ihre Gedanken und fragte sich, ob ihr Gesicht sie verraten hatte.

»Ich habe nicht damit gerechnet, Eurer Majestät allein zu begegnen.«

»Sehen Sie auf Ihre Arme«, sagte er.

Oxham blinzelte und kam der Aufforderung nach. Auf ihrer Haut zeigten sich im Sonnenschein glitzernde Stäubchen, wie Glimmerflecken in schwarzem Fels.

»Unsere Sicherheit«, sagte der Kaiser. »Und einige Höflinge, Senatorin. Wenn Sie schwitzen, so erfahren wir davon.«

Nanomaschinen, begriff Oxham. Dazu bestimmt, galvanische Hautreaktionen, Pulsschlag und Sekretionen zu messen, auf der Suche nach Lügen und Ausreden. Einige von ihnen waren vermutlich beauftragt, sie zu töten, wenn sie den Kaiser mit Gewalt bedrohte.

»Ich werde mich bemühen, nicht zu schwitzen, Mylord.«

Er lachte leise, ein Geräusch, das sie noch nie von einem Toten gehört hatte, und lehnte sich zurück. Die Kissen mit Reizend-Gravitation passten sich ihm sofort an.

»Wissen Sie, warum wir Katzen mögen, Senatorin?«

Nara Oxham nahm sich einen Moment Zeit, um ihre Lippen zu befeuchten. Sie fragte sich, ob die winzigen Maschinen auf ihren Armen (waren sie auch im Gesicht und unter der Kleidung?) ihren Abscheu Katzen gegenüber entdecken konnten.

»Es waren Katzen, die das erste Opfer brachten, Mylord.« Oxham hörte den gehorsamen Rhythmus in ihrer Stimme, wie ein Kind, das aus dem Katechismus zitierte. Der salbungsvolle Klang ärgerte sie.

Die Senatorin betrachtete das Geschöpf auf dem Marmorblock. Die Katze beäugte sie misstrauisch, als erriete sie ihre Gedanken. Tausende ihrer Art hatten in Posttod-Agonie gezuckt, während die frühen Symbianten des Heiligen Experiments sich ohne Erfolg bemüht hatten, tote Nervenzellen zu reparieren. Tausende hatten sich durch die schreckliche Existenz unvollständiger Wiederbelebung geschleppt. Zehntausende waren unwiderruflich gestorben – ohne sich jemals wieder zu bewegen –, als die verschiedenen Parameter der Erholung von Hirnschäden, Organschock und Telomerasenzerfall getestet wurden. Alle erfolgreichen Experimente waren an Katzen durchgeführt worden. Affen und Hunde hatten sich aus irgendeinem Grund als problematisch erwiesen: Ihre Auferstehung ging mit Wahnsinn einher, oder sie wurden Opfer von Anfällen, als könnten sie mit der unerwarteten Rückkehr ins Leben nach dem Tod nicht fertig werden. Bei den zuversichtlichen, überheblichen Katzen sah die Sache anders aus. Sie schienen wie die Menschen zu glauben, ein Recht auf ein Leben nach dem Tod zu haben.

Oxham blickte auf das Tier hinab und kniff die Augen zusammen. *Millionen von deiner Art in Agonie,* dachte sie.

Die Katze gähnte erneut und begann damit, eine Pfote zu putzen.

»So heißt es, Senatorin«, antwortete der Kaiser. »So glaubt man oft. Aber wir mochten die Katzen schon vor ihrem Beitrag für die heilige Forschung. Wissen Sie, diese subtilen Geschöpfe sind immer Halbgötter gewesen, unsere Führer in neue Sphären, die stillen Intimi des Fortschritts. Ist Ihnen klar, dass Katzen in jedem Stadium der menschlichen Evolution eine wichtige Rolle spielten?«

Oxham sah den Kaiser groß an und vermutete einen exquisiten Scherz, das verbale Äquivalent der gravitationsgestalteten Springbrunnen im Garten. Diese Worte waren wie bergauf strömendes Wasser – ein Zeichen kaiserlicher Maßlosigkeit. Die Senatorin beschloss, sich davon nicht verunsichern zu lassen.

»Eine wichtige Rolle, Mylord?« Sie versuchte, ernst zu klingen.

»Kennen Sie die Geschichte der Erde, Senatorin?«

»Der Alten Erde?« Der ferne Planet am Rand der Galaxis musste oft herhalten, um politische Standpunkte zu verdeutlichen. »Ja, Euer Majestät. Aber vielleicht kamen ... Katzen in meiner Bildung ein wenig zu kurz.«

Der Kaiser nickte und runzelte die Stirn, schien diesen Mangel für weit verbreitet zu halten.

»Nehmen Sie nur den Ursprung der Zivilisation. Eine der vielen Gelegenheiten, bei denen Katzen Hebammen für den Fortschritt der Menschheit waren.«

Er räusperte sich, wie in Vorbereitung auf einen längeren Vortrag.

»In jener Epoche lebten die Menschen in relativ kleinen Gruppen, in Stämmen, die sich zusammenschlossen, um besser geschützt zu sein. Sie waren dauernd in Bewegung und folgten den Tieren, die sie jagten. Ständig zogen sie umher, immer auf der Suche nach Nahrung. Von einer besonders erfolgreichen Spezies kann man dabei nicht sprechen: Ihre Zahl war geringer als die der Bewohner eines durchschnittlichen Wohngebäudes hier in der Hauptstadt.

Dann machten die Menschen eine große Entdeckung. Sie fanden heraus, wie man Nahrungsmittel im Boden wachsen lässt, anstatt ihnen durch die verschiedenen Jahreszeiten nachzujagen.«

»Die landwirtschaftliche Revolution«, sagte Senatorin Oxham.

Der Kaiser nickte erfreut. »Genau. Jene Entdeckung bildete die Grundlage für alles andere. Effiziente Nahrungsmittelproduktion führte dazu, dass jede Familie mehr

Korn produzierte, als sie selbst zum Überleben brauchte. Das überschüssige Getreide war die Basis der Zivilisation. Manche Menschen hörten auf, Nahrung zu produzieren: Sie wurden zu Metallschmieden, Schiffsbauern, Soldaten und Philosophen.«

»Und zu Kaisern?«, warf Oxham ein.

Seine Majestät lachte herzhaft und beugte sich in den schwebenden Kissen vor. »Ja. Und schließlich auch zu Senatoren. Erste Verwaltungsstrukturen bildeten sich. Das öffentliche Wohl wurde von Priestern kontrolliert, die auch Mathematiker, Astronomen und Schriftgelehrte waren. Aus überschüssigem Korn: Zivilisation.

Aber es gab da ein Problem.«

Größenwahn?, dachte Oxham. Die Neigung des Priesters mit dem meisten Korn, sich für einen Gott zu halten und sogar Anspruch auf Unsterblichkeit zu erheben. Aber sie biss sich auf die Lippen und wartete geduldig darauf, dass der Kaiser seine Ausführungen fortsetzte.

»Stellen Sie sich den Tempel in der Mitte der Protostadt vor, Senatorin. Zum Beispiel im alten Ägypten. Er ist das Haus der Götter, aber auch eine Akademie. Dort studieren die Priester den Himmel, beobachten die Bewegungen der Gestirne und entwickeln die Mathematik. Außerdem dient der Tempel als Regierungsgebäude. Die Priester dokumentieren Produktivität, erheben Steuern und erfinden aufzeichnende Symbole, die schließlich zu Schriftsprache, Literatur, Software und künstlicher Intelligenz werden. Doch in seinem Herzen musste der Tempel eine wichtige Aufgabe erfolgreich erfüllen; ohne sie hätte er seine Bedeutung verloren.«

Die Augen des Kaisers glühten fast, als Leidenschaft die tödliches Ruhe ersetzte. Er hob die Hand, und seine Finger tasteten durch die Luft, als wollten sie den Worten Nachdruck verleihen.

Oxhams Empathie entfaltete plötzliche Aktivität, und sie verstand.

»Ein Kornspeicher«, sagte sie. »Die Tempel waren Kornspeicher, nicht wahr?«

Der Kaiser lächelte und lehnte sich zufrieden zurück.

»Das war die Quelle ihrer Macht«, erwiderte er. »Ihre Fähigkeit, Kunst und Wissenschaft zu entwickeln, Soldaten in den Kampf zu schicken und die Bevölkerung in Zeiten von Dürre und Flut zusammenzuhalten. Der Reichtum der landwirtschaftlichen Revolution. Doch ein großer Vorrat an Korn ist ein verlockendes Ziel.«

»Für Ratten«, sagte Oxham.

»Ganze Heerscharen von ihnen. Sie vermehrten sich rasend, wie jedes Ungeziefer in der Nähe eines großen Nahrungsangebots. Es ist fast ein biologisches Gesetz, das *Gesetz der Parasiten:* Akkumulierte Biomasse lockt Ungeziefer an. In Ägyptens Wüsten wimmelte es von Ratten. Sie zehrten die Ressourcen der Protostadt auf, waren wie ein Damm im reißenden Strom der Zivilisation.«

»Aber eine große Rattenpopulation bietet ebenfalls ein verlockendes Ziel, Euer Majestät«, sagte Oxham. »Für das richtige Raubtier.«

»Sie sind eine sehr scharfsinnige Frau, Senatorin Nara Oxham.«

Oxham begriff, dass sie den Kaiser erfreut hatte, und daraufhin fuhr sie fort: »Und so kam ein bis dahin wenig bekanntes Tier aus der Wüste ins Spiel, Sire. Ein kleiner, einsamer Jäger, der die Nähe von Menschen bisher gemieden hatte. Er ließ sich in den Tempeln nieder, wo er mit großem Erfolg Ratten jagte und so das wertvolle Korn schützte.«

Der Kaiser nickte glücklich und setzte die Erzählung fort. »Und die Priester verehrten das Tier pflichtbewusst, das dem Tempelleben seltsam angepasst zu sein schien, als wäre sein rechtmäßiger Platz immer bei den Göttern gewesen.«

Oxham lächelte. Es war eine nette Geschichte, die vermutlich ein wenig Wahrheit enthielt. Oder vielleicht war sie das Ergebnis der Schuld eines Mannes, der vor sechzehnhundert Jahren so viele Katzen zu Tode gefoltert hatte.

»Haben Sie die Statuen gesehen, Senatorin?«

»Die Statuen, Mylord?«

Eine subvokale Anweisung zitterte am Kiefer des Kaisers, und der Facettenhimmmel wurde dunkel. Kühle wehte heran, und Formen bildeten sich um sie herum. Natürlich, dachte Oxham. Das hohe Diamantdach diente nicht nur der Dekoration. Es enthielt ein dichtes Geflecht aus synästhetischen Projektoren. Der Garten war praktisch ein riesiger Luftschirm.

Senatorin und Kaiser befanden sich jetzt an einem großen, steinernen Ort. Einige Sonnenstrahlen erhellten schwebende Partikel: Staub von den Getreidehügeln um sie herum. In diesem düsteren Ambiente glänzten die aus schwarzem Stein gehauenen Statuen, deren Oberflächen so reflektierend waren wie dunkles Öl. Die Tiere zeigten sich in der für Hauskatzen typischen sitzenden Position: die Vorderpfoten beisammen, der Schwanz eingerollt. Ihre kantigen Gesichter wirkten vollkommen ruhig; die Geometrie einer einfachen, primordialen Mathematik bestimmte ihre Haltung. Es waren ganz offensichtlich Götter, frühe und elementare Schutztotems.

»Diese Katzen haben die Zivilisation gerettet«, sagte der Kaiser. »Man sieht es in ihren Augen.«

Für Senatorin Oxham schienen die Augen leer zu sein, schwarze Höhlen, die man mit eigenem Wahnsinn füllen konnte.

Der Kaiser hob den Finger – ein weiteres Signal.

Einige der Staubkörner gewannen Substanz und Struktur, flackerten jetzt mit eigenem Licht. Sie setzten sich in Bewegung und formten etwas, das Oxham irgendwie vertraut erschien. Die hellen Punkte bildeten ein großes Rad, das sich langsam um Senatorin und Souverän drehte. Nach einigen Sekunden begriff Oxham, worum es sich handelte. Sie hatte dies ihr ganzes Leben lang gesehen, in Luftschirmen und auf edelsteinbesetzten Anhängern, auch in zweidimensionalen Darstellungen, von der Senatsflagge bis zum kaiserlichen Wappen. Aber nie zuvor war sie im *Innern* dieser Darstellung gewesen - oder immer, in gewisser Weise: Dies waren die vierunddreißig Sterne der Achtzig Welten.

»Hier haben wir unser neues überschüssiges Korn, Senatorin. Der materielle Reichtum und die Bevölkerung von fast fünfzig Sonnensystemen, die technischen Mittel, um diese Ressourcen unserem Willen zu unterwerfen, und unendlich langes Leben, Zeit genug, um die neuen Philosophien zu entdecken, die die nächste Astronomie, Mathematik und Schriftsprache der Menschheit sein werden. Doch erneut wird diese Fülle von außen bedroht.«

Nara Oxham musterte den Kaiser in der Dunkelheit. Plötzlich schienen seine Besessenheiten nicht mehr so harmlos zu sein.

»Die Rix, Euer Majestät?«

»Die Rix, die Ungeziefer verehrenden Rix«, zischte er. »Von einer verrückten Religion dazu angetrieben, die ganze Menschheit mit ihren Verbundbewusstseinen zu infizieren. Hier haben wir es erneut, das Gesetz der Parasiten: Unser Reichtum - unsere gewaltigen Reserven an Energie und Informationen - locken Parasiten aus der Wüste, die sich an unserer Zivilisation laben wollen, bevor sie ihre wahre Bestimmung erreicht.«

Trotz der dämpfenden Wirkung des Apathie-Armbands fühlte Oxham die Leidenschaft des Kaisers, die Wellen aus

Paranoia, die seinen mächtigen Geist heimsuchten. Er war über einen Umweg ans Ziel gelangt und hatte sie überrascht, obgleich sie davon überzeugt gewesen war, auf alles vorbereitet zu sein.

»Euer Majestät«, sagte Oxham vorsichtig und fragte sich, wie weit die Immunität des Senatorenamtes angesichts der Manie dieses Mannes reichte, »ich habe das Phänomen des Verbundbewusstseins bisher nicht für so destruktiv gehalten. Normalerweise erleiden die Wirtswelten keinen materiellen Schaden. Einige berichten sogar von besserer Effizienz beim Kommunikationsstrom, leichterer Wartung von Wasserversorgungssystemen und reibungsloserem Luftverkehr.«

Der Kaiser schüttelte den Kopf.

»Aber was geht verloren? Die zufälligen Datenkollisionen, die ein Verbundbewusstsein bilden, sind *die menschliche Kultur.* Das Chaos ist nicht irgendein peripheres Nebenprodukt, sondern die Essenz der Menschheit. Wir können nicht wissen, welche evolutionären Veränderungen nie stattfinden, wenn wir nur zu Gefäßen einer von den Rix ›Geist‹ genannten Mutantensoftware werden.«

Oxham hätte fast auf das Offensichtliche hingewiesen, darauf, dass der Kaiser die gleichen Argumente gegen die Rix anführte, mit denen die Säkularisten Kritik an seiner unsterblichen Herrschaft übten: Lebende Götter waren für die menschliche Gesellschaft nie von Nutzen. Aber sie beherrschte sich. Selbst durch die Apathie nahm sie den Geschmack der festen Überzeugungen des Mannes wahr, die seltsame Fixiertheit seines Denkens, und daher wusste sie, wie sinnlos es war, ihn jetzt auf diesen Punkt hinzuweisen. Die Rix und ihre Verbundbewusstseine waren der persönliche Albtraum des Kaisers. Oxham schlug einen weniger strittigen Weg ein.

»Sire, die Säkularistische Partei hat nie Ihre Politik infrage gestellt, die Ausbreitung von Verbundbewusstsein zu verhindern. Und während der Rix-Inkursion haben wir die Einheitsregierung unterstützt. Aber an der drehwärtigen Grenze ist es jetzt seit fast einem Jahrhundert ruhig, nicht wahr?«

»Es ist ein Geheimnis gewesen, doch zweifellos haben Sie während der letzten Dekade oder so Gerüchte gehört. Die Rix sind erneut gegen uns aktiv geworden.«

Der Kaiser stand auf und deutete in die Dunkelheit. Die Sterngruppe drehte sich nicht mehr und kam näher; die drehwärtigen Bereiche glitten auf den Souverän zu. Einer der Sterne verharrte auf der Kuppe seines Zeigefingers.

»Dies ist Legis XV, Senatorin. Vor fünf Stunden haben die Rix dort mit einer kleinen, aber zu allem entschlossenen Streitmacht angegriffen. Eine Kamikaze-Aktion. Ihr Ziel bestand darin, unsere Schwester, die Kindkaiserin, in ihre Gewalt zu bringen und als Geisel gefangen zu halten, während sich ein Verbundbewusstsein auf dem Planeten ausbreitete.«

Für einige Momente war Oxham geradezu überwältigt. *Krieg,* dachte sie nur. Die Kindkaiserin in den Händen von Fremden. Wenn ihr etwas zustieß, würden die Grauen das für einen großen Propagandafeldzug nutzen; dann war ein bewaffneter Konflikt kaum mehr zu vermeiden.

»Das ist also der Grund, warum die Loyalisten mit der Umstellung auf Kriegswirtschaft beginnen wollen, Mylord«, brachte sie schließlich hervor.

»Ja. Wir können nicht davon ausgehen, dass es sich um einen isolierten Angriff handelt.«

Oxhams Empathie empfing einen Hauch Unruhe vom Kaiser.

»Ist mit Ihrer Schwester alles in Ordnung, Sire?«

»Eine Fregatte befindet sich in der Nähe, für einen Rettungsversuch bereit«, sagte der Kaiser. »Der Captain hat bereits eine Rettungsmission eingeleitet. In einer Stunde sollten wir von den Resultaten erfahren.«

Er streichelte die Katze. Oxham spürte Resignation in ihm und fragte sich, ob er das Ergebnis des Rettungsversuchs bereits kannte und ihr Informationen vorenthielt.

Dann begriff sie, dass ihrer Partei Gefahr drohte. Sie musste die Legislation zurückziehen, bevor die Neuigkeiten über den Rix-Angriff bekannt wurden. Wenn die Öffentlichkeit von diesem Frevel erfuhr, würden ihre Gegenmaßnahmen den Grauen als Verrat erscheinen. Der Kaiser hatte ihr und der Säkularistischen Partei mit dieser Warnung einen Gefallen erwiesen.

»Danke für Ihre Hinweise, Sire.«

Er legte ihr die Hand auf die Schulter. Selbst durch das dicke Senatsgewand fühlte sie die Kühle seiner Hand, ihren Tod. »Dies ist nicht der geeignete Zeitpunkt, gegeneinander zu arbeiten, Senatorin. Verstehen Sie uns richtig, wir haben nichts gegen Ihre Partei. Die Toten und die Lebenden brauchen sich, im Frieden und im Krieg. Die Zukunft, die uns vorschwebt, ist kein kalter Ort.«

»Natürlich nicht, Sire. Ich werde die Gesetzesvorlagen sofort zurückziehen.«

Als Oxham diese Worte aussprach, wurde ihr klar, dass der Kaiser sie nicht einmal darum gebeten hatte. Wahre Macht: die Erfüllung der Wünsche, ohne dass man Befehle erteilen musste.

»Danke, Nara«, sagte der Kaiser, und die grimmige Manie, die eben noch seinen Geist geformt hatte, wich aus Oxhams empathischer Wahrnehmung, als er zu seiner vorherigen gebieterischen Ruhe zurückfand. »Wir setzen große Hoffnungen in Sie, Senatorin Oxham. Wir wissen, dass Ihre Partei bei diesem Kampf gegen die Rix an unserer Seite stehen wird.«

»Ja, Sire.« Eigentlich gab es nichts anderes zu sagen.

»Und wir hoffen, dass Sie uns gegen das Verbundbewusstsein helfen, das sich vielleicht auf Legis XV festgesetzt hat.«

Oxham überlegte, was genau der Souverän mit diesen Worten meinte. Er fuhr fort, bevor sie eine Frage stellen konnte.

»Wir möchten Sie in einen Kriegsrat berufen, Senatorin«, sagte er.

Oxham konnte nur blinzeln. Der Kaiser drückte ihre Schulter, ließ den Arm sinken und wandte sich halb ab. Sie begriff, dass ihre Zustimmung nicht nötig war. Wenn es zu einer neuen Rix-Inkursion kam, würde der Kriegsrat vom Senat viel Macht bekommen. Sie würde bei den mächtigsten Menschen der Achtzig Welten sitzen. Nara Oxham stellte sich vor, Zugang zu allen Informationen zu haben und eine Chance zu bekommen, in die Geschichte einzugehen.

»Danke, Mylord«, brachte sie hervor.

Er nickte knapp und blickte dabei auf den weißen Bauch der gefleckten Katze. Das Tier streckte sich und krümmte den Rücken, bis der Kamm des Symbianten fast ein Omega auf dem warmen roten Stein bildete.

Krieg.

Raumschiffe, die in der komprimierten Zeit relativistischer Geschwindigkeiten einander entgegenrasten, während ihre Besatzungsmitglieder in den Erinnerungen von Familienangehörigen und Freunden verblassten. Leben ausgelöscht in wenigen Sekunden langen Schlachten, deren gewaltige Energiemengen für kurze Zeit neue Sonnen schufen. Tödliche Angriffe auf feindliche Bevölkerungen, hunderttausende in wenigen Minuten getötet, ganze Kontinente für Jahrhundert vergiftet. Friedliche Forschung und Ausbildung unterbrochen, während planetare Ökonomien für den Hunger des Krieges auf Maschinen und Soldaten arbeiteten. Generationen der menschlichen Geschichte vergeudet, bevor beide Seiten, verwundet und erschöpft, ein Patt anstrebten. Und natürlich die reale – und sehr wahrscheinliche – Möglichkeit, dass der Mann, den Oxham liebte, den Tod fand, bevor dies alles zu Ende ging.

Plötzlich erschrak die Senatorin über sich selbst, über ihren Ehrgeiz und ihre Machtgier, über die Aufregung angesichts der Vorstellung, als Mitglied des Kriegsrates an der Führung des Krieges direkt beteiligt zu sein. Sie fühlte es noch immer in sich: nachhallende Genugtuung darüber, einen höheren Status und noch mehr Macht zu bekommen.

»Mylord, ich bin nicht sicher, ob ...«

»Der Rat wird sich in vier Stunden versammeln«, sagte der Kaiser. Vielleicht hatte er ihre Zweifel vorausgeahnt und wollte nichts davon hören. Sie suchte Zuflucht bei ihrer zurückhaltenden Höflichkeit und brachte Ordnung in das Chaos widerstreitender Empfindungen. *Sag nichts, bis du sicher bist,* forderte sie sich auf. Sie zwang Ruhe in ihr Denken und Fühlen, konzentrierte sich auf das langsame synästhetische Rad aus achtzig Welten, das den Kaiser und sie umgab.

»Bis dahin sollten wir von der *Luchs* gehört haben«, fuhr der Kaiser fort. »Dann wissen wir, was auf Legis XV geschehen ist.«

Ein roter Stern am Rand des Reiches weckte Oxhams Aufmerksamkeit und hielt sie fest. Dunkelheit sammelte sich in ihrem Augenwinkel, als wäre sie einer Ohnmacht nahe. Hatte sie den Namen falsch verstanden?

»Die *Luchs,* Euer Majestät?«

»Das Schiff über Legis XV. Es sollte bald mit der Rettung beginnen.«

»Die *Luchs*«, wiederholte Oxham. »Eine Fregatte, Mylord?«

Der Kaiser sah sie an und bemerkte erst jetzt ihren Gesichtsausdruck. »Ja, genau.«

Oxham begriff, dass er ihr Wissen mit militärischer Sachkenntnis verwechselt hatte. Sie brachte sich wieder unter Kontrolle. »Zum Glück befindet sich ein ausgezeichneter Kommandant vor Ort.«

»Ah, ja.« Der Kaiser seufzte. »Laurent Zai, der Held von Dhantu. Es wäre schade, ihn zu verlieren. Aber vielleicht eine Inspiration.«

»Sie haben von einer kleinen Einsatzgruppe der Rix gesprochen, Mylord. Bei einer Geiselrettung würde der Captain doch sicher nicht selbst ...«

»Ich meine, ihn durch einen Blutfehler zu verlieren. Sollte er versagen.«

Der Kaiser stand auf, und Oxham erhob sich ebenfalls, mit weichen Knien. Es wurde etwas heller im Garten, und die Kornhügel verschwanden ebenso wie die götterartigen Katzenstatuen und die Achtzig Welten. Für einen Moment wirkte der Facettenhimmel fragil, wie eine absurde Torheit: ein Kartenhaus, das von einem Atemhauch zum Einsturz gebracht werden konnte.

So grotesk und zerbrechlich wie Liebe, dachte sie.

»Ich muss Vorbereitungen für den Krieg treffen, Senatorin Oxham.«

»Ich gehe, Euer Majestät«, sagte sie mühsam.

Nara Oxham lief durch den Garten, ohne die vielen erstaunlichen Dinge darin zu sehen. Die Worte des Kaisers hallten in ihr wider.

Ihn zu verlieren, sollte er versagen.

ERSTER OFFIZIER

Katherie Hobbes zögerte und sammelte ihre Gedanken, bevor sie die Beobachtungsblase betrat. Ihr Bericht spielte für das Überleben des Captains eine wesentliche Rolle. Sie durfte sich jetzt nicht von Kindheitsängsten überwältigen lassen.

Sie erinnerte sich an die Gravitationsausbildung an Bord der Akademiestation *Phönix*. Die Station umkreiste Heimat in einer tiefen Umlaufbahn und wurde jeden Tag nach einem Zufallsprinzip neu ausgerichtet. Wenn man durch die transparenten äußeren Decken und Böden sah, schien der Planet oben beziehungsweise unten zu hängen, schwindelerregend nahe oder in einem absurden Winkel geneigt. Die von Heimats Nähe bereits beeinträchtigte künstliche Schwerkraft der Station wurde stündlich neu konfiguriert. Die Routen zwischen den einzelnen Abteilungen (in den Unterrichtspausen mussten diese Wege möglichst schnell zurückgelegt werden) erforderten immer wieder eine neue Orientierung. Die Gravitationsrichtung jedes Korridors verschob sich ohne ein erkennbares Muster. Nur einige hastig auf die Haltestangen gesprühte Markierungen wiesen darauf hin, was einen erwartete, wenn man von Raum zu Raum sprang.

Der Zweck dieses Chaos bestand darin, die am Boden von Gravitationsschächten geborenen Menschen dazu zu bringen, ihr zweidimensionales Denken aufzugeben. Auf der *Phönix* gab es kein oben oder unten, nur die willkürliche Geographie von Zimmernummern, Koordinaten und Sitzordnungen in Unterrichtszimmern.

In der beruflichen Laufbahn eines Flottenoffiziers war Gravitation eine der geringsten Subjektivitätskrisen, die es zu überwinden galt. Für die meisten Kadetten war der Zeitdieb, der ihnen Freunde und Familienangehörige stahl, weitaus verheerender als eine Wand, die sich über Nacht in einen Boden verwandelte. Doch Hobbes hatte das Fehlen eines absoluten *Unten* immer als die größte Abartigkeit der Raumfahrt empfunden.

Trotz ihrer vielen Jahre in veränderlicher Gravitation

hatte sich Hobbes eine gesunde Angst vor dem Fallen bewahrt.

Deshalb fühlte sie sich von altem Schwindel erfasst, als sie die Beobachtungsblase des Captains betrat. Es war wie das Gehen über die Planke, vermutete Hobbes. Doch eine Planke wäre zumindest sichtbar gewesen. Sie vermied es, auf ihre Stiefel hinabzusehen, als sie den Hyperkarbonboden der Luftschleuse verließ und das transparente Material der Blase erreichte. Stattdessen hielt Hobbes den Blick auf Captain Zai gerichtet und orientierte sich an seiner vertrauten Gestalt.

Er stand entspannt da, mit dem Rücken zu ihr, schien im All zu schweben. Der schwarze Stoff seiner Uniform verschmolz mit der Leere. Die Biesen der Kleidung, der Kopf, die grauen Handschuhe - sie schienen körperlos zu sein, bis sich Hobbes' Augen an die Dunkelheit gewöhnt hatten. Unten im Palast war es fast Mittag, die Sonne befand sich also hinter der *Luchs*. Das einzige Licht kam von Legis XV, einer grünen Kugel, die über Zais linker Schulter leuchtete. Sechzigtausend Kilometer entfernt, aus dem geostationären Orbit gesehen (jene Welt hatte einen langen Tag), war der Planet kein aufgeblähter, zorniger Ball mehr wie während der Rettungsmission, nur noch ein bösartig blickendes Auge.

Hobbes starrte voller Hass auf die Welt. Sie hatte ihren Captain getötet.

»Erster Offizier zur Stelle, Sir.«

»Bericht«, sagte Zai, noch immer der Leere zugewandt.

»Bei der Leichenöffnung ...« Das Wort erstarrte in ihrem Mund. Sie hatte nicht an seine Bedeutung in diesem Zusammenhang gedacht.

»Ein durchaus angemessener Ausdruck, Erster Offizier. Fahren Sie fort.«

»Bei der Leichenöffnung haben wir einige Anomalien entdeckt, Sir.«

»Anomalien?«

Hobbes betrachtete den nutzlosen Codeschlüssel in ihrer Hand. Sie hatte Präsentationsdateien vorbereitet, aber hier in der Beobachtungsblase gab es keine Bildschirme. Sie musste sich mit Worten begnügen.

»Wir haben festgestellt, dass Soldat Ernesto durch Friendly Fire ums Leben kam.«

»Meinen Sie den Beschuss mit ultrabeschleunigten Geschossen?«, fragte Zai niedergeschlagen und schien bereit zu sein, seinem Versagen weitere Schuld hinzuzufügen.

»Nein, Sir. Ich meine die Variwaffe des Initiaten.«

Zai ballte die Fäuste. »Idioten«, sagte er leise.

»Bei der Waffe des Initiaten wurde die Sicherung aktiv, Sir. Sie versuchte, ihn zu warnen.«

Zai schüttelte den Kopf, und seine Stimme sank noch tiefer in Melancholie. »Vermutlich wusste Barris nicht, was die Warnung bedeutete. Wir hätten ihm gar keine Waffe geben dürfen. Dummheit im Politischen Apparat ist alles andere als eine Anomalie, Hobbes.«

Der Erste Offizier schluckte und staunte über die offenen Worte, zumal sich noch zwei Politische an Bord befanden. Die Blase des Captains, leer und temporär, war natürlich der sicherste Ort des Schiffes. Und Zai brauchte ohnehin keine Strafe mehr zu befürchten. Der Tod der Kindkaiserin – ihr Gehirn war durch die Entladung des Rix-Blasters irreparabel geschädigt; das hatte Adeptin Trevim bestätigt – stellte einen Blutfehler dar.

Aber diese Passivität sah dem Captain gar nicht ähnlich. Seit seiner Beförderung war er stiller geworden, dachte Hobbes, oder vielleicht seit seiner Gefangenschaft auf Dhantu. Als sich Zai umdrehte, bemerkte sie die dünnen Falten an seinem Kiefer, Hinweis auf die physische Rekonstruktion. Welch eine unglückselige Laufbahn, dachte sie. Erst die entsetzliche Gefangenschaft, dann eine überaus schwierige Geiselnahme.

»Das ist nicht die einzige Anomalie, Sir«, sagte Hobbes und wählte ihre Worte mit großer Sorgfalt. »Wir haben uns auch die visuellen Anzeigen von Corporal Laos Helm angesehen.«

»Guter Mann, Corporal Lao«, brummte Zai. Die vadanische Genuskonstruktion hörte sich für Hobbes Ohren seltsam an, wie immer. »Aber visuelle Anzeigen? Sie befand sich im Innern des Stasisfelds.«

»Ja, Sir. Es gab jedoch einige Sendefenster. Lang genug für den Upload diagnostischer und visueller Daten.«

Zai musterte sie, und der tief in Gedanken versunkene, philosophische Ausdruck verschwand aus seinem Gesicht. Hobbes wusste, dass sein Interesse erwacht war.

Der Captain *musste* sich die visuellen Daten von Laos Helm ansehen. Waffen und Kampfanzug orbitaler Soldaten kommunizierten während des Einsatzes permanent mit dem Schiff, gaben Auskunft über Instrumentenstatus, Gesundheit des Soldaten und Verlauf des Kampfes. Der visuelle Datenstrom eines Helms bestand aus einfachen Schwarzweißbildern, neun pro Sekunde. Es wurden immer Pakete aus sechsunddreißig Bildern übertragen, und manchmal zeigten sie mehr, als der betreffende Soldat gesehen hatte.

Zai musste sie betrachten, bevor er sich eine Ehrenklinge in den Bauch stieß. Und es lag beim Ersten Offizier Katherie Hobbes, dafür zu sorgen, dass er sich die Bilder ansah.

»Die Eintrittswunde bei der Rix-Kämpferin sieht nach einem direkten Treffer aus, Sir.«

Na bitte. Sie hatte es ausgesprochen. Hobbes spürte, wie ihr ein einzelner Schweißtropfen über den Rücken rann, gefangen zwischen Stoff und Haut. Eine sorgfältige Analyse dieses Gesprächs, eines Tages vielleicht vom Apparat vorgenommen, mochte die Theorie nahe legen, die Hobbes und einige der anderen Offiziere inzwischen vertraten.

»Erster Offizier«, sagte der Captain und richtete sich zu seiner vollen Größe auf, »versuchen Sie vielleicht, mich zu ... *retten?*«

Darauf war Hobbes vorbereitet.

»Sir, ›Das Studium bereits ausgetragener Schlachten ist so wichtig wie das der bevorstehenden.‹ Sir.«

»›Gefechte‹«, korrigierte Zai und bezog sich damit auf eine frühere Übersetzung. Aber er schien zufrieden zu sein, wie immer, wenn Hobbes den alten Kriegsweisen Anonym 167 zitierte. Der Captain rang sich sogar ein Lächeln ab, das erste, das sie seit dem Tod der Kaiserin auf seinen Lippen gesehen hatte. Doch dann wurde es bitter.

»Ich halte eine Art Ehrenklinge in der Hand, Hobbes.«

Er öffnete die eine Hand, und zum Vorschein kam ein schwarzes Rechteck. Es handelte sich um ein Einzweck-Gerät, einen programmierbaren Signalgeber.

»Captain?«

»Eine kaum bekannte Tatsache: Für die Aufgestiegenen kann die Ehrenklinge fast jede beliebige Form haben. Es ist eine Frage der Wahl. Denken Sie nur an General Ricard Tash und seinen Vulkan.«

Hobbes runzelte die Stirn, als sie sich an die alte Geschichte erinnerte. Einer der ersten Fehler, eine verlorene Schlacht während der Konsolidierung von Heimat. Es war ihr nie in den Sinn gekommen, dass es im Zusammenhang mit Tashs Selbstmord so etwas wie eine Sondergenehmigung gab. Die Vorstellung, in Magma zu verbrennen, schien nicht so verlockend zu sein, dass eine nötig wäre.

»Sir? Ich bin nicht sicher, ob ...«

»Dieser Signalgeber ist darauf programmiert, einen Notfall-Gefechtsalarm in der *Luchs* auszulösen, mit Priorität allen Sicherheitsprotokollen gegenüber«, erklärte er und drehte das schwarze Rechteck hin und her. »Eigentlich ist es eine Standard-Kommandosequenz, nützlich bei Blockade-Patrouillen.«

Hobbes biss sich auf die Lippe. Was übersah sie hier?

»Die Beobachtungsblase des Captains ist natürlich nicht Teil der Gefechtsbereitschaft-Konfiguration, oder?«

Katherie Hobbes fühlte sich von neuem Schwindel erfasst, als hätte sich die Schwerkraft ganz plötzlich um hundertachtzig Grad gedreht. Sie schloss die Augen und versuchte, das Gleichgewicht zu wahren, rief sich gleichzeitig die Einzelheiten eines Notfall-Gefechtsalarms in Erinnerung: Verriegelung aller Schotten, Schnellaufladung der Waffensysteme, volle Ausbreitung der energetischen Verteiler und das Entweichen der Atmosphäre in allen beschleunigungsintensiven Konstruktionen wie zum Beispiel der Blase, in der sie standen. Natürlich gab es Sicherungen, aber sie konnten neutralisiert werden.

Hobbes glaubte, den Halt zu verlieren und in die Leere zu fallen, zusammen mit diesem todgeweihten Mann.

Als sie die Augen öffnete, war Zai einen Schritt näher gekommen und wirkte besorgt.

»Entschuldigen Sie, Katherie«, sagte er sanft. »Aber Sie mussten es erfahren. Sie werden das Kommando führen, wenn es so weit ist. Keine Rettungsversuche, verstanden? Ich möchte nicht mit explodierten Augen in einem Autodok erwachen.«

»Ich verstehe, Sir«, brachte Hobbes hervor, ihre Stimme so rau wie bei einer beginnenden Erkältung. Sie schluckte, eine reflexartige Reaktion auf den Schwindel, und versuchte, sich nicht das Gesicht des Captains nach der Dekompression vorzustellen. Jene schreckliche Verwandlung war etwas, *das nicht geschehen durfte*. Sie musste ihn irgendwie retten.

Zai trat an ihr vorbei in die offene Tür der Luftschleuse. Hobbes folgte ihm und schloss die beruhigend massive Luke hinter sich.

»Ich möchte mir jetzt die visuellen Daten ansehen«, sagte Captain Zai, als sich das Innenschott öffnete. »Kein Zeichen des Krieges ist zu unbedeutend für eine sorgfältige Untersuchung, nicht wahr, Hobbes?«

»Aye, Sir.« Wieder Anonym 167.

Als sie dem Captain zur Kommandobrücke folgte, froh darüber, wieder dichtes Hyperkarbon und Rumpflegierung unter den Füßen zu haben, gestattete sich Katherie Hobbes ein wenig Hoffnung.

VERBUNDBEWUSSTSEIN

Alexander streckte sich und spürte, wie sich die Wellen seines Willens durch die Infostruktur von Legis XV ausbreiteten.

Die Geiselkrise hatte für gewisse Zeit den normalen Informationsfluss des Planeten unterbrochen. Börsengeschäfte waren ausgesetzt, Schulen geschlossen worden. Das Exekutivhaus hatte die Macht der schwerfälligen Bürgerschaft übernommen. Doch als die Kaiserlichen den Palast unter Kontrolle gebracht hatten, regte sich in den Daten- und Handelsarterien der Welt neue Aktivität.

Bald würde man einige Trauertage ausrufen, aber noch war der Tod der Kaiserin ein gut gehütetes Geheimnis. Legis XV hatte die kurze Rix-Besatzung überstanden, und die Reaktion darauf bestand aus Erleichterung, aus dem Freisetzen von nervöser Energie in den weit verzweigten Systemen von Wirtschaft, Politik und Kultur.

Was die Existenz von Alexander betraf: Das Verbundbewusstsein hatte noch keine Panik verursacht. Als der Bevölkerung klar wurde, dass sich Fone, Datenbücher und Hausautomatiken nicht gegen sie wandten, erschien ihnen das Bewusstsein eher als Kuriosum denn als Gefahr - ein Geist in der Maschine, der sich erst noch als unfreundlich erweisen musste, der grauen Propaganda zum Trotz.

Und so erwachte der Planet.

Alexander fühlte die zunehmende Aktivität als neue, plötzliche Vitalität. Der erste Tag der Bewusstheit war berauschend gewesen, doch jetzt begriff das Verbundbewusstsein das wahre Temperament von Legis XV. Die Rückkehr des Planeten zum normalen Leben - das Schimmern seiner Milliarden Bewohner, ihr Handel und ihre Politik - fühlte sich für den Geist so an, als käme er erneut aus der Schattenzeit. Die strömenden Daten des sekundären Sehens und Hörens, die komplexen Vorgänge von Verkehrsregelung, Wasserreinigung und Wetterkontrolle, selbst die Vorbereitungen des lokalen Militärs auf einen weiteren Angriff - auf Alexander wirkte das ebenso anregend wie ein Stimulans auf einen organischen Körper.

Natürlich kam es zu Versuchen der Kaiserlichen, Alexander zu zerstören. Datenschranken und Jagdprogramme wurden installiert, um die Ausbreitung des von den Rix gesäten Verbundbewusstseins einzuschränken und den erwachten Geist in der Infostruktur von Legis XV wieder schlafen zu lassen. Aber jene Bemühungen fanden zu spät statt. Was die Rix seit langer Zeit wussten und die zurückgebliebenen Kaiserlichen nicht richtig verstanden: Das Verbundbewusstsein war ein *natürlicher* Zustand. Rixia Henderson hatte in den frühen Tagen von Amazon die Theorie aufgestellt: Alle hinreichend komplexen Systeme neigen zu Selbstorganisation, Selbstreplikation und schließlich Selbstbewusstsein. Die gesamte biologische und technologische Geschichte war für die Rix eine Widerspiegelung dieses grundlegenden Gesetzes, ebenso unausweichlich wie Entropie. Rixia Hendersons Philosophie ersetzte Vorstellungen wie sozialen Fortschritt, die unsichtbare Hand des Marktes und den Zeitgeist – allesamt banale Eitelkeiten. Die Lehre der Geschichte war nichts weiter als die Wirkung des einen Gesetzes: Die Menschheit ist nur Rohmaterial für ein größeres Bewusstsein. Und so konnte Alexander, erst einmal geboren, nicht mehr zerstört werden – es sei denn, die gesamte technische Zivilisation auf Legis XV wurde ausgelöscht.

Das Verbundbewusstsein atmete tief seine Existenz und überblickte die gewaltigen Energien seiner Domäne. Die Rix waren schließlich ins Auferstandene Reich gekommen und hatten das Licht der Bewusstheit gebracht.

Die einzigen Sektoren auf Legis XV, die für Alexander dunkel blieben, waren die grauen Enklaven, die Städte der Toten auf dem Planeten. Die wandelnden Leichen des Auferstandenen Reichs scheuten Technik und Konsum; deshalb fehlten die Anrufe, Käufe und Verkehrsmuster, die Alexander Informationen übermittelten. Bei den Toten gab es einen erstaunlichen Mangel an Geschäftigkeit und Misshelligkeit. Die der Technik zugrunde liegenden Notwendigkeiten – zu kaufen und zu verkaufen, zu kommunizieren, zu diskutieren und Politik zu betreiben – existierten in den grauen Enklaven nicht. Die Auferstandenen wanderten still und allein durch die Gärten ihrer Nekropolis, befassten sich mit einfacher, manueller Kunst, unternahmen lange, sinnlose Pilgerreisen zwischen den Achtzig Welten und hielten dem Kaiser die Treue. Aber es existierten keine *Anstrengungen* bei ihnen, nichts, aus dem eine wahre KI entstehen konnte.

Alexander dachte über diese seltsam geteilte Kultur nach. Die lebenden Bürger des Reiches mühten sich in einem wilden Kampf ab, auf der Suche nach exotischen

Wonnen und Prestige. Die Auferstandenen hingegen waren asketisch und distanziert. Die Warmen nahmen an einer stark aufgesplitterten Multiparteiendemokratie teil; die Kalten verehrten einstimmig den Kaiser. Die beiden Gesellschaften - eine chaotisch und vital, die andere eine statische Monokultur - koexistierten nicht nur, sondern schienen eine produktive Beziehung zu unterhalten. Vielleicht stellten sie beide notwendige Aspekte des Staates dar. Aber die Trennung war schrecklich starr, von der Barriere des Todes geformt.

Der Rix-Kult kannte keine harten Grenzen, insbesondere nicht zwischen dem Lebendigen und Leblosen. Rixfrauen (sie hatten das unnötige Geschlecht beseitigt) bewegten sich frei im Kontinuum zwischen organisch und technologisch, wählten aus den Stärken beider Seiten. Die Rix-Unsterblichkeit vermied einen spezifischen Moment des Todes und zog die langsame Veränderung des Upgrades vor. Und natürlich verehrten die Rix das Verbundbewusstsein, eine Mischung aus von Maschinen vermittelten menschlichen Aktivitäten, das letzte Verschmelzen von Fleisch und Metall, das den Geist gebar.

Alexander vermutete, dass diese großen Unterschiede der Grund dafür waren, warum es zwischen Reich und Kult nie Frieden geben konnte. Die gesetzten Traditionen der Grauen standen im Widerspruch zur Existenz eines Verbundbewusstseins. Die Auferstandenen vermieden Wettbewerb und Aktivität, Vitalität und Veränderung. Die Toten behinderten den Fortschritt des Reiches und machten den Boden für die Rix und ihre Göttersaat weniger fruchtbar.

Die Gedanken des Geistes wandten sich den Daten zu, die er über den Vertrauten der Kindkaiserin gewonnen hatte, den seltsamen Apparat im toten Mädchen. Irgendeine Dummheit der kaiserlichen Retter hatte das Kind auf Dauer zerstört, aber Alexander war in dieser Hinsicht noch immer verwirrt. Es fiel ihm schwer, den Zweck des Vertrauten zu ergründen. Allein das war schon seltsam genug. Alexander konnte in jede Maschine auf dem Planeten blicken, in jede geschäftliche Transaktion und übermittelte Nachricht, und alles verstehen. Er hatte vollen Zugriff auf die Datenreservoirs der Welt, auf die Suppe aus Informationen, die die Grundlage von Bedeutung bildeten. Doch diese eine Vorrichtung ergab keinen Sinn für ihn. Nirgends existierten entsprechende Benutzerhandbücher, Schemata oder medizinische Kontraindikationen. Der Apparat enthielt keine aus Massenfertigung stammenden Komponenten, und er speicherte seine internen Daten in einem einzigartigen Format. Der Vertraute war ohne Bedeutung, ein Ärgernis aus fehlendem Verstehen.

Als Alexander in den planetaren Bibliotheken vergeblich nach Hinweisen suchte, wurde ihm allmählich klar, dass der Vertraute ein Geheimnis darstellte. Er war einmalig und seltsam unsichtbar. Niemand auf Legis XV hatte jemals etwas Derartiges patentiert oder gekauft. In den Nachrichtenkanälen war ein solcher Apparat nie diskutiert worden. Es existierten keine graphischen Darstellungen auf elektronischen Arbeitsblättern, und die Vorrichtung wurde nirgends in Tagebucheinträgen erwähnt.

Mit anderen Worten: Sie stellte ein Geheimnis dar, das den ganzen Planeten betraf, vielleicht das ganze Reich.

Alexander spürte einen warmen Strom von Interesse, ein Sprühen von Energie wie die Schwankungen der sieben lokalen Währungen, wenn die Märkte öffneten. Aus den Millionen von Romanen, Bühnenstücken und Spielen, die seinen Sinn für Dramatik bildeten, wusste er: Wenn Regierungen etwas verheimlichten, so machten sie das auf eigene Gefahr.

Das Verbundbewusstsein begann mit einer genaueren Analyse der wenigen Daten, die es während der wenigen

Momente der Kontrolle vom Vertrauten gewonnen hatte. Der Apparat schien dazu bestimmt gewesen zu sein, den Körper der Kaiserin zu überwachen, ein seltsames Beiwerk für eine unsterbliche Tote. Ihre Gesundheit hätte eigentlich perfekt sein sollen. Für Alexander waren die Aufzeichnungen des Apparats nur ein Rauschen - die Daten waren ganz offensichtlich mit einem One Time Pad verschlüsselt. Das Pad musste sich irgendwo auf Legis befinden, von den Netzen getrennt. Das Verbundbewusstsein erinnerte sich an seine wenigen Sekunden in dem Vertrauten, bevor sich der Apparat zerstört hatte, um nicht übernommen zu werden. Für einen Moment hatte Alexander die Welt durch die Augen jener Vorrichtung gesehen.

Mit diesen wenigen Anhaltspunkten begann Alexander damit, die Funktionsweise des Apparats zu ergründen und daraus auf seinen Zweck zu schließen.

Vielleicht sollte hier auf Legis XV noch eine weitere Geiselnahme stattfinden, in gewisser Weise. Etwas, das sich gegen das Auferstandene Reich verwenden ließ, den Todfeind aller Rix-Dinge.

INITIATIN

Die Leiche lag verkohlt auf dem Tisch und war nur deshalb als menschlich erkennbar, weil sie Rumpf, Gliedmaßen und einen Kopf aufwies. Doch Initiatin Viran Farre wich davor zurück, als könnte der Leichnam plötzlich in Bewegung geraten - um sich an denen zu rächen, die ihn nicht hatten schützen können. Drei weitere Menschen und eine Rix-Kämpferin, auf ähnliche Weise verbrannt, lagen auf den anderen Tischen im Raum. Diese fünf waren in der Ratskammer ums Leben gekommen.

Offiziell hatten Initiatin Farre und Adeptin Trevim Anspruch auf die Überreste erhoben, um festzustellen, ob jemand von ihnen auferstehen konnte. Aber in diesem Fall lag die Wiederbelebung ganz offensichtlich jenseits des Symbiantenwunders. Diese Personen waren zerstört. Die tatsächliche Absicht der Politischen bestand darin, den Körper der Kindkaiserin zu öffnen und sicherzustellen, dass alle Hinweise auf das Geheimnis des Kaisers verschwanden.

Farre spürte eine seltsame Leere in der Magengrube, begleitet von einem nervösen Kribbeln wie unmittelbar vor einem freien Fall. Sie hatte den Symbianten oft eingesetzt und war mit Leichen durchaus vertraut. Aber diese greifbare Präsenz des kaiserlichen Geheimnisses stimulierte ihre Konditionierung. Sie wollte die Leiche der Kindkaiserin nicht länger sehen, aus dem Raum fliehen und befehlen, das Gebäude niederzubrennen. Doch Adeptin Trevim hatte Farre angewiesen, ihre ganze Kraft zusammenzunehmen, denn hier waren ihre medizinischen Kenntnisse erforderlich. Und Farres Konditionierung zwang sie auch zu Gehorsam Vorgesetzten gegenüber.

»Welche der Sägen, Farre?«

Farre atmete tief durch und rang sich dazu durch, die Anordnung aus Monofaser-Skalpellen, Vibrasägen und Strahlschneidern auf dem Autopsietisch zu betrachten. Die Werkzeuge waren nach Art und Größe sortiert. Die hinteren ruhten auf erhöhten Stufen, wie Geschworene bei einem Gerichtsverfahren oder wie die ausgegrabenen Zähne eines prähistorischen Raubtiers, nach Form und Funktion zur Schau gestellt: hier die zum Zerreißen und Zerfetzen, dort die fürs Mahlen und Zerkleinern bestimmten Backenzähne.

»Die Strahlschneider sollten Sie besser nicht verwenden, Adeptin. Und wir haben nicht das Geschick für Monofaser.« Der Vertraute bestand aus Nervengewebe und würde nicht leicht zu entfernen sein. Es galt, die Leiche so zu öffnen, dass möglichst wenig Schaden angerichtet wurde.

»Also eine Vibrasäge?«, schlug Trevim vor.

»Ja«, sagte Farre mühsam.

Sie wählte eine kleine und justierte sie auf die dünnste und kürzeste Breite, gerade genug, um durch den Brustkorb zu schneiden. Farre reichte sie der Adeptin und verzog das Gesicht, als sie sah, wie die tote Frau schwerfällig die Hand um das Werkzeug schloss. Vor ihrer Einführung in die Dienste des Kaisers war Farre Ärztin gewesen, und eigentlich hätte sie die Autopsie durchführen sollen. Aber die Konditionierung saß zu tief bei ihr. Es fiel ihr schon schwer genug zu assistieren. Wenn sie den Leichnam mit dem Geheimnis geöffnet hätte, wäre es bei ihr zu einer katastrophalen Reaktion gekommen.

Die Vibrasäge surrte in Trevims Hand wie eine Mücke nahe am Ohr. Das Geräusch schien selbst die seit fünfzig Jahren tote Adeptin nervös zu machen, als sie die Säge an die geschwärzte Leiche hielt. Doch ihre Schnitte waren glatt und sauber. Die Säge glitt so durch das verbrannte Fleisch wie eine Klinge durch Wasser.

Dunst stieg von der Leiche auf, die Andeutung eines grauen Nebels in der Luft. Farre schauderte und griff nach einer medizinischen Maske. Der Dunst sah wie feiner Aschestaub aus, der von einem erloschenen Feuer stammte. In chemischer Hinsicht war er das sogar, durch Feuer entstandener Kohlenstoff, aber er stammte nicht von Holz, sondern von menschlichem Fleisch. Farre bedeckte ihren Mund und versuchte, nicht an die Stäubchen der toten Kindkaiserin zu denken, die zwischen den Fasern der Maske stecken blieben oder in die Poren ihrer ungeschützten Haut gerieten.

Die Adeptin beendete die Schnitte und hatte fast zu gründliche Arbeit geleistet. Die Vibrasäge war so eingestellt gewesen, dass sie auch das Bindegewebe zerschnitt, und der Brustkorb der Kaiserin kam in schmalen Streifen nach oben, als Trevim zog. Farre beugte sich vor und kämpfte dabei gegen ihre Konditionierung an. Die offene Brust wirkte fast abstrakt auf sie, wie die Kunststoffskulpturen in der medizinischen Schule. Die enorme Hitze des Rix-Blasters hatte Knorpel und Gewebe zu einer dunklen, trockenen Masse verbrannt.

»Und jetzt ein Nervenlokalisator?«

Farre schüttelte den Kopf. »Sie funktionieren nur bei lebenden Objekten. Oder bei gerade erst Verstorbenen. Sie brauchen auf die Suche nach Nervengewebe spezialisierte Nanosonden, einen visuellen Sensor und eine Trennstange.« Sie holte noch einmal tief Luft. »Ich zeige es Ihnen.«

Die Adeptin wich zur Seite, als Initiatin Farre die Nanosonden in die glänzende Brusthöhle sprühte. Sie wartete, bis sie sich ausgebreitet hatten, führte dann vorsichtig die Trennstange ein und behielt ihre Anzeigen im Auge, um zu vermeiden, die empfindlichen Stränge des Vertrauten zu beschädigen. Die flinken Finger der Trennstange, dünn wie Klavierdraht, arbeiteten an dem Fleisch und lösten das Vertrautengewebe aus dem Körper der Kaiserin.

Farre war erst wenige Zentimeter weit gekommen, als sie begriff, was sie da machte, und daraufhin stieg Übelkeit in ihr empor.

»Adeptin ...«, keuchte sie.

Trevim nahm das Instrument aus Farres Hand, als die Initiatin vom Tisch zurückwankte.

»Das genügt, Initiatin«, erklang die Stimme der Adeptin. »Ich weiß jetzt, worauf es ankommt. Danke.«

Die Bilder blieben vor ihrem inneren Auge, als Farre schwer zu Boden sank. Die Schwester des Kaisers, Kindkaiserin Anastasia, Grund für den Symbianten, lag so offen da wie ein geröstetes Schwein.

Hilflos. Verletzt. Das Geheimnis offenbart!

Und sie, Viran Farre, hatte an der Enthüllung mitgewirkt. In ihrer Magengrube krampfte sich etwas zusammen, und plötzlich schmeckte sie bittere Galle. Der Geschmack setzte sich über ihren Willen hinweg: Farre würgte und übergab sich, während die Adeptin damit fortfuhr, den Vertrauten aus der Kaiserin zu entfernen.

CAPTAIN

Laurent Zai ließ den Einzweck-Signalgeber in der Tasche verschwinden. Das Gerät war noch nicht programmiert - ihm lag nichts daran, sich rein *zufällig* umzubringen. Er hatte EO Hobbes nur zeigen wollen, welche Art von Selbstmord er plante. Als Soldat hatte er sich immer ein blutiges Ende vorgestellt, doch der Kommandowechsel musste möglichst glatt verlaufen.

Zai spürte eine sonderbare Ruhe, als er Hobbes zur Kommandobrücke folgte. Die Sorge, die er während des Geiseldramas gefühlt hatte, existierte nicht mehr. Während der vergangenen zwei Jahre hatte Liebe seine Tapferkeit beeinträchtigt, begriff er jetzt. Hoffnungslosigkeit kehrte zurück, stärker als jemals zuvor.

Zai fragte sich, warum die *Luchs* mit zwei Brücken ausgestattet war. Das Kriegsschiff gehörte zu einer neuen Klasse und unterschied sich von den bisherigen *Acinonyx*-Fregatten der Flotte. Einige seiner Designkonzepte erschienen Zai sonderbar. Abgesehen von der Kampfbrücke gab es auch noch eine Kommandobrücke, als könnte ein Admiral eines Tages beabsichtigen, von einer Fregatte aus eine Flotte zu kommandieren. Die zweite Brücke wurde als Besprechungsraum verwendet.

Als Zai und Hobbes eintraten, nahmen die anwesenden

Offiziere Haltung an. Die Kommandobrücke war für Flachschirm-Präsentationen optimiert: Der Konferenztisch ließ sich wie ein Klappmesser entfalten, und alle Sitze waren dem hochauflösenden Schirm zugewandt. Mit nervöser Entschlossenheit begegneten die Offiziere Zais Blick, als planten sie eine Meuterei.

Oder als beabsichtigten sie, das Leben des Captains zu retten.

»Rühren«, sagte Zai, nahm im Sessel des Kommandanten Platz und wandte sich an Hobbes. »Erstatten Sie Ihren Bericht, Erster Offizier.«

Hobbes blickte unruhig auf den Codeschlüssel, den sie während des Gesprächs in der Beobachtungsblase in der Hand gehalten hatte. Sie schien sich plötzlich zu fragen, ob er der Aufgabe gewachsen war. Nach kurzem Zögern schob sie ihn in einen Schlitz vor ihr.

Die Vibration der Bootsequenz des Tisches schimmerte unter Zais Hand. Er bemerkte die Veränderung der Schatten im Raum, als das Deckenlicht matter wurde und sich Milliarden von Bildpixeln an der Wand vorbereiteten. Er beobachtete, wie sich die Offiziere ein wenig entspannten, wie alle Menschen, wenn sie sich anschickten, eine vorbereitete Präsentation zu beobachten, ganz gleich, wie ernst und grimmig die Situation war. Jetzt, da sich Zai dem Tod gegenübersah, wurden die Details schrecklich klar für ihn. Doch diese Klarheit war wie verstärktes sekundäres Sehen, scharf, aber irgendwie fern. Das Wesentliche der gewöhnlichen Einzelheiten war zusammen mit seiner Zukunft verloren gegangen. Seine Erfahrungen schienen plötzlich wertlos geworden zu sein, wie eine über Nacht außer Kurs gesetzte Währung.

Der Schirm zeigte ein körniges Bild, die Farben in Graustufen dargestellt – der unvermeidliche Signalverlust eines Helmsenders, dessen Narrowcasting-Signale bis zu einer tiefen Umlaufbahn reichen mussten. Das Bild wirkte verzerrt und stellte die 360-Grad-Perspektive eines Soldaten dar. Zais visueller Kortex brauchte einige Sekunden, um sich anzupassen. Es war wie das Bemühen, während der ersten Minuten eines alten Theaterstücks das Prädiaspora-Anglish zu verstehen.

Dann trennten sich Gestalt und Boden voneinander, und Zai erkannte eine Rix-Kämpferin, einen blutbesudelten Admiral, den mitgenommen wirkenden Dr. Vecher und die Kindkaiserin Anastasia Vista Khaman. Alle waren erstarrt und reglos; die grobkörnige Darstellung gab dem Grauen der Situation eine sonderbare Ästhetik.

»Die Zeit ist 67:21:34«, sagte Hobbes. Ihre Luftmaus schwebte vor der Zeitangabe auf dem Schirm. »Genau fünfzehn Sekunden vor der ersten Aktivierung des Stasisfelds durch Corporal Lao.« Sie nannte die Namen der Personen, und die Luftmaus flog wie ein neugieriger Kolibri von einer zur nächsten.

»Die Kaiserin weist keine sichtbaren Verletzungen auf. Man sieht Blut an ihr und am Admiral, aber es ist gleichmäßig verteilt. Wahrscheinlich stammt es von den Rix-Kämpfern, die vom Orbit aus mit ultrabeschleunigten, Mauern durchdringenden Exsanguinationsgeschossen eliminiert wurden.«

Bei diesen Worten kroch die Luftmaus zur Eintrittswunde der Rix, als wollte sie daran schnüffeln. Zai musste zugeben, dass es nach einem genauen Treffer aussah. Blut und Eingeweide hatten sich offenbar überall im Raum verteilt. Wie konnte sie am Leben geblieben sein?

»Wir kommen nun zu der Stelle, an der die Aktivierung des Stasisfelds den Signalstrom unterbrach.«

Die Gestalten setzten sich in Bewegung. Vecher schwankte, und Lao forderte ihn auf, näher zu kommen; sie zog ihn in Richtung Kindkaiserin. Die Soldatin stellte den Feldgenerator auf und streckte die Hand nach den Kontrollen aus, woraufhin der Schirm dunkel wurde.

»Beachten Sie jetzt bestimmte Elemente«, sagte Hobbes. »Zuerst die Kaiserin.«

Die fünfzehn Sekunden wiederholten sich auf dem Schirm, mit der Kaiserin im Vordergrund. Sie zitterte wie bei einer Art Anfall. Der Admiral hielt sie so fest wie ein lebendes Kind, das zappelnd in einem Albtraum gefangen war.

»Ganz offensichtlich lebte die Kindkaiserin noch. Offenbar war sie einem besonderen Stress ausgesetzt und vielleicht verletzt, aber sie lebte. Sehen Sie sich jetzt die Rixfrau an.«

Die Szene wiederholte sich erneut, und Zai fühlte wachsende Vertrautheit mit dem Bilddokument. Die Rix-Kämpferin lag völlig reglos da.

»Sie ist tot«, verkündete der Erste Pilot Maradonna.

»Oder sie stellt sich tot«, erwiderte Captain Zai.

»Möglich, Sir«, räumte Hobbes ein. »Die Rix-Physiologie ist nicht rhythmisch. Was bedeutet, dass die Rix nicht ein- und ausatmen, sondern die Luft kontinuierlich filtern. Und ihre Herzen schlagen nicht, sondern drehen sich.«

»Sie sind von außen gesehen also immer reglos, ganz gleich wie hoch die Auflösung.«

»Ja, Sir. Aber erlauben Sie mir, Ihnen nun die anderen Bilder zu zeigen. Sie betreffen den Zeitpunkt, als die Situation sicher war und Lao das Stasisfeld kurz deaktivierte. Die Signale stammen von Dr. Vechers Helm.«

Eine neue Szene erschien auf dem Schirm. Vecher kniete neben der Kaiserin. Die Luftmaus deutete auf die Rix, die sich in der Zwischenzeit nicht bewegt hatte. Hobbes verzichtete auf einen Kommentar.

»Beachten Sie die Ultraschalldecke, die die Kaiserin umhüllt«, fuhr der Erste Offizier fort. »Im weiteren Verlauf der Aufzeichnungen können Sie erkennen, dass ihr Herz schlägt.«

Für fünf Sekunden kam Bewegung in die Bilder, und dann unterbrach das Stasisfeld erneut die Signalübertragung. Doch der Herzschlag der Kaiserin war deutlich zu sehen gewesen. Zu jenem Zeitpunkt hatte sie noch gelebt.

Verdammt, dachte Zai. Sie waren einem Erfolg so nahe gewesen.

»Warum stehen uns keine Daten von der Ultraschalldecke zur Verfügung?«, fragte er. »Sollte sie sich nicht automatisch mit der medizinischen KI der *Luchs* in Verbindung gesetzt haben?«

»Leider benötigen die Sicherheitsprotokolle mehr als fünf Sekunden, um einen Kontakt herzustellen. Es gibt extensive Firewalls, die verhindern sollen, dass mit den medizinischen Daten Viren übertragen werden.«

Zai fragte sich, wer es einmal mit diesem kleinen Trick versucht hatte. Es klang nach typischer Tungai-Sabotage.

»Jetzt wieder aus der Perspektive von Corporal Lao«, sagte Hobbes. »Der neue Soldat im Bild ist Initiat Barris. Sein Kampfanzug kollabierte auf den Befehl des Captains hin, nachdem er gerade einen unserer Soldaten getötet hatte.«

Barris' regloser Kampfanzug lag gerade außerhalb des vom Stasisfeld geschützten Bereichs. Zai beobachtete, wie Lao ihn zu sich heranzog.

»Lao bemüht sich, einem Kameraden zu helfen«, sagte Hobbes trocken.

Barris rollte herum. Sein Gesicht sah schrecklich aus - ein fehlerhafter Orbitalsprung hatte es in eine blutige Masse verwandelt.

»Rix ... hier«, brachte Barris hervor.

Laos Hand zuckte zum Generator, und einmal mehr wurde der Schirm dunkel.

»Zu jenem Zeitpunkt befanden sich keine lebenden Rix mehr in der Ratskammer«, sagte Hobbes mit fester Stimme. »Und Barris hatte auch gar keine Rix gesehen. Aus irgendeinem Grund log er.«

Zai schüttelte den Kopf. »Er hatte gerade einen anderen Soldaten erschossen, den er offenbar für einen Rix-Kämpfer hielt. Initiat Barris log nicht; er war nur unglaublich dumm.«

»Können wir uns die visuellen Daten des Initiaten ansehen?«, fragte jemand. »Als er den Soldaten erschoss?«

»Sein Helmsender wurde bei der Landung beschädigt. Aber wir haben das Geschehen aus einem anderen Blickwinkel.«

Neue Bilder erschienen auf dem Schirm, und aus dem erläuternden Text ging hervor: Sie präsentierten die Perspektive von Soldat Ernesto. Er kniete vor der Tür der Ratskammer, kehrte ihr den Rücken zu und blickte in die hellen Flure des Palastes. Die rückwärtige Ansicht zeigte die schwarze Halbkugel des Stasisfelds.

Initiat Barris geriet taumelnd in Sicht – das blutige Gesicht war hinter dem zerschmetterten Visier zu erkennen. Ernesto winkte ihm zu, doch Barris hob seine Waffe.

Die Variwaffe des Initiaten feuerte, und Ernestos Blickwinkel drehte sich, als ihn ein Hagel aus kleinen Projektilen zurückschleuderte. Der Beschuss hielt an, und kleine Symbole am unteren Rand des Schirms wiesen auf die Schäden bei Kampfanzug und Soldat hin. Eine Sekunde vor Ernestos Tod verlor der Anzug die Sendefähigkeit, und das Bild verschwand vom Schirm.

»Nicht viel Kriegsnebel«, kommentierte Maradonna.

»Barris muss sich über die Sicherung der Waffe hinweggesetzt haben, die vor Friendly Fire schützt«, fügte der Flottensergeant hinzu. Zai fragte sich, ob diese Bemerkungen vorbereitet waren. Worauf wollten seine Offiziere hinaus? Dass der Initiat Ernesto absichtlich getötet hatte? Und auch die Kaiserin?

Das war undenkbar. Politische waren an Konditionierungen gebunden, die sich wesentlich schwerer überwinden ließen als die Sicherung einer Variwaffe. Jahrelange schmerzvolle Vorbereitung hielt ihre Gedanken in einem Zustand selbstloser Loyalität fest. Auf einigen grauen Planeten wählte man sie bei der Geburt wegen ihrer Gene aus, wenn sie hohe Empfindlichkeit Gehirnwäschen gegenüber zeigten. Sie waren über jeden Zweifel erhaben.

»Der Nebel befand sich in Barris' Kopf«, sagte Zai. »Beim Orbitalsprung erlitt er erhebliche Kopfverletzungen. Wahrscheinlich verwechselte er jeden Kampfanzug mit einer Rix.«

»Ja, Sir«, bestätigte Hobbes. »›Rix ... hier.‹ So lauteten seine Worte.«

Der Bildschirm teilte sich in drei Fenster. In den ersten beiden lag die Rix-Kämpfern in ihrer vertrauten Position und wirkte so tot wie zuvor. Doch im letzten war ihr Körper verkohlt; die Entladung des Blasters hatte sogar auf dem Marmorboden unter ihr Brandspuren hinterlassen und alle Personen im Innern des Stasisfelds getötet. Das Bilder-Trio zeigte es eindeutig: Alle drei Positionen waren gleich. Der Blaster-Schuss hatte den Leichnam der Rix zwar bewegt, aber nichts deutete darauf hin, dass die Rixfrau aufgesprungen war und ihre Waffe gehoben hatte. Im dritten Bildschirmfenster lagen die Reste ihres Blasters neben dem linken Fuß der Rix und waren Barris' Händen viel näher als ihren.

»Wo ist die Waffe des Initiaten?«, fragte jemand.

Hobbes reagierte sofort - die Frage war inszeniert, begriff Zai voller Ärger. Der Schirm zeigte erneut die letzten Aufzeichnungen aus Laos Perspektive. Als sie den Initiaten in den vom Stasisfeld geschützten Bereich zog, blieb die Variwaffe draußen liegen. Barris hatte sie fallen gelassen, als die *Luchs* den Kollaps seines Kampfanzugs herbeiführte.

Ein Murmeln kam von den versammelten Offizieren.

»Er hatte keine Waffe«, sagte Hobbes. »Aber der Rix-Blaster befand sich bereits in ...«

»Hobbes!«, sagte Zai scharf.

Der Zorn in seiner Stimme schuf verblüffte Stille. Die Offiziere waren so reglos wie das von Mirame Laos Helm aufgezeichnete Bild.

»Ich danke Ihnen für diese Besprechung«, fügte Zai hinzu. »Erster Offizier, ich erwarte Sie in meiner Beobachtungsblase. Jetzt sofort.«

Er stand auf, wandte sich von den überraschten Gesichtern ab und verließ die Kommandobrücke. Er ging so schnell, dass Hobbes einige Momente brauchte, um draußen im Korridor zu ihm aufzuschließen.

Zai und sein Erster Offizier kehrten schweigend zur transparenten Blase in der Leere zurück.

RIX

Das Herz der Rix, wenn man es so nennen konnte, war mehr Turbine als Pumpe. Zwei lange Spindeln, die eine venös und die andere arteriell, rotierten in ihrer Brust und leiteten die lebenswichtige Flüssigkeit unmenschlich schnell und gleichmäßig durch den Körper. Sie enthielt Sauerstoff und Nährstoffe, war aber kein Blut im eigentlichen Sinn. Sie erfüllte auch den Zweck eines Lymphsystems und transportierte Aufnahmenanos von tausenden winziger Lymphknoten in den Arterien. Die Substanz in den Adern der Rix hatte sonst allerdings kaum etwas mit dem Immunsystem zu tun. Sie enthielt keine weißen Blutkörperchen;

ihre Funktionen waren schon vor Jahrhunderten an eine weit verstreute Population aus reiskorngroßen Organen übergeben worden. Kleine Maschinen schufen sie, verborgen im Mark der vogelleichten, flugzeugfesten Hyperkarbonknochen.

Die Flüssigkeit enthielt jedoch genug Eisen, um rot zu oxidieren, wenn sie den Körper verließ, was die Rix derzeit vermeiden wollte.

Sie befand sich in einem Bereich, der kleiner war als eine Reisetasche und normalerweise einen Reinigungsroboter enthielt. Die Rixfrau hatte den früheren Bewohner demontiert und hoffte, dass die verstreuten Teile nicht auf ihren Unterschlupf hinwiesen. Sie hatte sich wie eine Origami-Konstruktion zusammengefaltet und die Gliedmaßen in spitzen Winkeln gebeugt. Aus den Mitteilungen von Alexander - ihr unsichtbarer und allgegenwärtiger Helfer bei dieser Jagd - ging hervor, dass die lokale Miliz mit akustischen Sondierungen nach ihr suchte. Jene Geräte lokalisierten Flüchtlinge anhand eines verräterischen, nicht zu vermeidenden menschlichen Rhythmus: des Herzschlags.

Niemand schien den Milizionären mitgeteilt zu haben, dass eine Rix keinen Herzschlag hatte.

Die winzige Turbine schnurrte in ihrer Brust, ein Infraschall-Surren ohne Rhythmus oder Vibrato. Die nervösen, weiche Schuhe tragenden Sondierer traten leise am Versteck der Rix vorbei, ohne etwas zu bemerken.

Die Rixfrau, deren Name h_rd lautete, befand sich in einem Gebäude, das die lokale Sprache als *Bibliothek* bezeichnete. Es diente als Verteiler für proprietäre Daten - Informationen, die in der öffentlichen Infostruktur nicht zur Verfügung standen. Hier lagerten Geschäftsgeheimnisse, technische Patente, persönliche medizinische Aufzeichnungen und erotische Gedichte und Bilder für zahlende Abonnenten, zugänglich nur mit speziellen, physischen

Schlüsseln, den Totems des Informationsbesitzes. Alexander hatte h_rd hierher geführt und der Rix geholfen, sich hundert Kilometer weit durch eine Stadt zu kämpfen, in der es von Milizionären, Polizisten und gelegentlichen kaiserlichen Soldaten wimmelte, die alle nach ihr suchten. Aber Alexander war ein mächtiger Verbündeter, und selbst eine einzelne Rix stellte eine gefährliche Jagdbeute dar. Die lokalen Ordnungskräfte machten eine große Schau aus der Verfolgung – sie evakuierten Gebäude, veranstalteten Durchsuchungen und feuerten gelegentlich ihre Waffen ab –, aber sie waren mehr an Selbsterhaltung interessiert als an Ruhm. Und die Anzahl der kaiserlichen Soldaten betrug nicht einmal hundert.

Die Rix wartete mit übermenschlicher Geduld in der Bibliothek. Sieben Stunden lag sie zusammengekrümmt in dem kleinen Abteil.

Es war seltsam hier in der Dunkelheit, so einsam. H_rd hatte ihr ganzes Leben in der intimen Gesellschaft ihrer Einsatzschwestern verbracht und war nie länger als einige Minuten von ihren Geschwistern getrennt gewesen. Die fünfzehn Kämpferinnen ihres Einsatzschiffes waren zusammen aufgewachsen und zusammen zu einer perfekten Kampfgruppe ausgebildet worden. Sie hätten auch zusammen sterben sollen. Die Rix fühlte keinen Kummer – eine solche Emotion gab es in ihrer Kriegerkaste nicht –, aber sie bedauerte den Verlust ihrer Schwestern. Dass sie diese Kamikazemission allein überlebt hatte, ließ sie in einer Art Schwebezustand zurück: Wie der eigenwillige Geist einer unbestatteten Leiche trieb sie sich auf diesem Planeten herum. Nur die Pflicht dem wachsenden Alexander gegenüber hielt sie von einem schnellen, ruhmreichen und fatalen Angriff auf die Verfolger ab, der schnellste Weg zu einem Wiedersehen mit ihren Schwestern.

Schließlich zogen die Verfolger weiter. Eine Spur aus Hinweisen – gestörte Verkehrssensoren, unerklärliche Feueralarme, deaktivierte Sicherheitsgeräte – lockte sie zu einer planetaren Verteidigungsbasis am Südrand der Stadt, und die Kaiserlichen bemühten sich hastig, jene Position zu verstärken. Alexander hatte die Täuschungsmanöver inszeniert, während die Rex reglos dalag. Sollten die Kaiserlichen die militärische Station bewachen. Die Waffen des Planeten interessierten das Verbundbewusstsein nicht; es wollte Informationen.

Alexander suchte Geheimnisse.

Ein Klopfen kam von der metallenen Tür des Abteils, ein kurzes Trommeln mit dem klaren Rhythmus der Rix-Kampfsprache. Die Rixfrau rollte aus ihrem Versteck, entfaltete sich zu menschlicher Gestalt – wie eine Marionette, die an ihren Fäden aus einer Schachtel gezogen wurde – und sah sich einer kleinen Bibliotheksdrohne gegenüber. Alexander übermittelte der Rix keine Exklusivinformationen, denn sie war nicht mit der kaiserlichen Technik kompatibel, die das Verbundbewusstsein geboren hatte. Stattdessen geleitete er die Rix mithilfe einer Vielzahl von Avataren: Gartenroboter, Kreditterminal-Schirme und binären Kampfcode zirpende Verkehrssignale. Die Drohne drehte sich und rollte durch den Flur der noch immer evakuierten Bibliothek. Ihr einzelnes Gummirad quiekte wie eine Maus, als sie beschleunigte. H_rd schonte ein Bein, als sie der Drohne folgte; nach der langen Wartezeit im engen Abteil hatte die einsetzende Durchblutung der Gliedmaßen ein schmerzhaftes Stechen zur Folge. Die Bibliotheksdrohne war fast zu schnell für sie, und mit ihrem Hochfrequenzgehör empfand die Rix das Quietschen des Rads als unangenehm. H_rd fühlte sich fast versucht, nach der kleinen Maschine zu treten, obwohl sie ein Botschafter ihres Gottes war. Sie hatte sieben sehr lange Stunden in dem Abteil verbracht, und die Rix waren nicht *ganz* ohne Gefühl.

Die Drohne führte h_rd zu einer Treppe und rollte eine für sie bestimmte Spiralrampe hinunter, während die Rix die Stufen hinunterhinkte. Kurz darauf erreichte sie ein Kellergeschoss der Bibliothek, einen Ort mit niedrigen Decken, schmalen Gängen voller ungeordneter Datenziegel und mattem rotem Licht, auf die empfindlichen Augen von Drohnen abgestimmt. Die Bewegung hatte den Kreislauf der Rixfrau ausreichend stimuliert, und mit geschmeidigen Bewegungen folgte sie dem quietschenden Bibliothekar. In einer dunklen Ecke des Kellergeschosses, die durch eine schwere Brandschutztür erreichbar war und trotz ihrer Sauberkeit nach Nichtgebrauch roch, hielt die Drohne an und streckte ihren Datenstöpsel aus. Damit klopfte sie an ein metallenes Wandfach, das Sicherheitsfraktale und das kaiserliche Zeichen für medizinische Aufzeichnungen aufwies. H_rd kannte sich mit der Ikonographie der Kaiserlichen Flotte aus.

Sie lud ihren Blaster und reduzierte den energetischen Output der Waffe auf den eines Schneidbrenners. Dann lenkte sie den weißen Finger an der Mündung über das dichte Gespinst aus Sicherheitsfraktalen, schmolz Schaltkreise und Metall.

Das Überwachungssystem der Bibliothek entdeckte den Vorfall und schickte mehrere dringende Nachrichten an die lokale Polizei, an den Politischen Apparat sowie die Winter- und Sommerresidenzen des Meisterbibliothekars. Alexander fing sie alle ab und antwortete mit den offiziellen Codes für eine Wartungsmaßnahme. Dieser Teil der Bibliothek war für Geheimnisse des Apparat-Niveaus vorgesehen, doch selbst die besten Sicherheitsvorkehrungen gingen nicht davon aus, dass sich die *gesamte* Infostruktur des Planeten in feindlicher Hand befand. Im datensystemischen Sinn war Alexander natürlich nicht der Feind, nur ein unerwünschter Selbstaspekt. Wie bei einer Autoimmunkrankheit waren die Verteidigungsmaßnahmen der Infostruktur ihr eigener Feind geworden.

Der Alarm wurde neutralisiert, und die Bibliotheksdrohne beobachtete ruhig, wie h_rd arbeitete. Das Metall des Sicherheitsfachs verwandelte sich langsam in am Rand glühende Platten, die sich auf dem Boden stapelten. Rauch stieg zu gleichgültig gewordenen Detektoren in der Decke auf, und die Drohne steckte ihren Stöpsel ins Fach, um dort einen Datenziegel nach dem anderen zu sondieren, auf der Suche nach dem Geruch bestimmter Informationen: den geheimen Funktionsspezifikationen des Vertrauten der Kaiserin, dem Schlüssel, der Zugang zu den Aufzeichnungen während der letzten Momente ihres Lebens gewährte.

Das Verbundbewusstsein lächelte, als frische Daten durch die schmale Pipeline des Übertragungsstöpels flossen. Alexander war der Herr über die Daten auf Legis XV. Nach welchen Geheimnissen auch immer er suchte, er würde sie schließlich finden.

Bald würde er eine andere Waffe in den Händen haben.

SENATORIN

»Ich hatte also Recht.«

Roger Niles hatte diese Worte während der letzten Stunde mindestens fünfmal ausgesprochen. Er wiederholte sie mit dem glasigen Blick eines Mannes, der vom unerwarteten Tod eines Freundes erfahren hatte und sich in seiner Ungläubigkeit immer wieder daran erinnern musste.

»Sie klingen überrascht«, sagte Oxham.

»Ich habe gehofft, mich zu irren.«

Sie befanden sich in Niles' Domäne, dem sichersten

Raum in Oxhams Senatorbüros. Die untergehende Sonne tauchte die hohen Spitzen der Kommunikationsgeräte in rotes Licht, die Farbe von Blut. Niles befand sich halb in einer Datentrance und versuchte vorherzusagen, wer die anderen Mitglieder des Kriegsrates sein würden. Oxham wollte rechtzeitig über die Personen Bescheid wissen, die mit ihr im Rat sitzen mochten. Sie wollte erfahren, welche Politik und welche Wählerschaften dort repräsentiert sein würden.

»Einer von der Lakaienpartei«, sagte Niles. »Vermutlich nicht der zahnlose alte Higgs. Der Kaiser wird jenen auswählen, der bei den Loyalisten heute bestimmt, wo es langgeht.«

»Raz imPar Henders.«

»Wie kommen Sie darauf? Er ist in seiner ersten Amtszeit.«

»Das bin ich ebenfalls. Er stellt die neue Macht bei den Loyalisten dar.«

»Sein Sitz ist nicht einmal sicher.«

»Ich fühle es, Roger.«

Niles runzelte die Stirn, aber Oxham sah, wie seine Finger zuckten und die Elaborationen in eine neue Richtung lenkten.

Die Senatorin schwebte in ihrem eigenen synästhetischen Datenstrom, suchte in den Klatschkanälen und offenen Ausschusssitzungen des Forums, in den Nachrichtenkanälen und Umfragemotoren. Sie wollte herausfinden, ob ihre präsentierten und dann hastig zurückgezogenen Gesetzesvorlagen irgendwelche Spuren im Gemeinwesen hinterlassen hatten. Unter den Medienanalytikern, Skandalmachern und politischen Junkies musste sich jemand gefragt haben, was jene seltsame, massive Legislation bedeutete. Es war nur eine Frage der Zeit, bis jemand mit genug Interesse und Geschick die gemeinsame Zielrichtung der vielen einzelnen Gesetzesvorlagen entdeckte und seine Schlüsse daraus zog.

In einigen Tagen - oder vielleicht Stunden - würde die Öffentlichkeit vom Angriff der Rix erfahren. Oxham hoffte, dass die Neuordnung von politischen Gruppen und Bündnissen, die durch Panik verursachte Verschiebung von Märkten und Ressourcen und die plötzlichen Datenfluten des Krieges so überwältigend waren, dass niemand auf ihre Legislation achtete. Es war eine Sache, sich in Friedenszeiten auf eine Konfrontation mit dem Kaiser einzulassen. Ganz anders sah die Sache aus, wenn sich das Reich im Krieg befand - oder wenn man gar dem Kriegsrat angehörte. Die junge Senatorin wollte vor allem den Eindruck vermeiden, dass sie sich den Sitz im Kriegsrat durch die Zurücknahme ihrer Gesetzesentwürfe erkauft hatte.

Ihrer eigenen Meinung nach war das nicht der Fall.

»Und jemand von der Seuchenachse«, sagte Niles.

»Warum das denn, um Himmels willen?«

»Ich fühle es«, antwortete er schlicht.

Oxham lächelte. Nach dreißig Jahren einer gemeinsamen beruflichen Laufbahn verabscheute er es noch immer, wenn sie sich auf ihre Empathie berief. Es beleidigte seinen Sinn für Politik als menschliches Unternehmen, als *das* menschliche Unternehmen. Niles glaubte, dass die Nebenwirkungen synästhetischer Implantate irgendwie ... übermenschlich waren.

Aber die Seuchenachse? Das sollte wohl ein Scherz sein. Das Auferstandene Reich war in die Bereiche der Lebenden und Toten geteilt, und bei der Seuchenachse handelte es sich um eine Art Zwielichtzone. Die betreffenden Menschen waren Überträger alter Krankheiten und Quellen von Geburtsfehlern. Als die Menschheit vor Jahrtausenden damit begonnen hatte, ihr genetisches Schicksal selbst zu bestimmen, waren einige Merkmale ausgewählt worden und zahlreiche Informationen für immer verloren gegangen. Die Eugeniker hatten zu spät begriffen, dass die meisten »unerwünschten« Eigenschaften versteckte Vorteile enthielten: Sichelzellenanämie verlieh Widerstand latenten Krankheiten gegenüber; Autismus war untrennbar mit Genie verbunden; bestimmte Krebsarten stabilisierten ganze Populationen auf eine Weise, die man noch immer nicht verstand. Die Seuchenachse - keimbahnnatürliche Menschen, die jeder Laune der Evolution unterlagen - war wichtig für die Erhaltung von Mannigfaltigkeit in einer gentechnisch zu sehr beschränkten Population. Jene Menschen waren die Regler bei dem ausgedehnten Experiment der kaiserlichen Menschheit.

Aber sollten sie im Kriegsrat vertreten sein? Oxham hatte ihre eigene Krankheit, ihren eigenen Wahnsinn, doch sie schauderte beim Gedanken an Aussätzige.

Sie rief die Liste ab, die Niles und sie zusammengestellt hatten. Traditionsgemäß würde der Kriegsrat neun Mitglieder haben, einschließlich des Kaisers. Es kam vor allem auf Ausgeglichenheit an; wenn der Senat echte Macht für die Kriegführung delegieren sollte, mussten alle Fraktionen repräsentiert sein. Die wichtigsten Machtblöcke des Reiches waren relativ unbeweglich, doch die Individuen, die einen Platz an jenem Tisch bekommen würden, unterlagen der gleichen Veränderlichkeit wie die Karten in der Hand eines Pokerspielers. Es würde entscheidenden Einfluss auf den Krieg haben, wen der Kaiser auf die Plätze am Ratstisch setzte.

Ein akustisches Signal im sekundären Gehör unterbrach Oxhams Gedanken. Mit hoher Priorität drängte es sich im Datenstrom nach vorn. Es war tief, wie das gleichmäßige, eindrucksvolle Brummen der größten Pfeife einer Kirchenorgel. Aber mit ihm kamen auch höhere Frequenzen: die undeutliche ferne Stimme eines Ozeans, das Flattern von

Vogelflügeln, die zufälligen hohen Töne eines Orchesters, das die Instrumente stimmte. Das Geräusch war souverän und unmissverständlich.

»Der Rat ist einberufen«, sagte Nara Oxham.

Sie sah, wie die einzelnen Schichten des sekundären Sehens von Niles' Gesicht wichen und seine Aufmerksamkeit langsam ins Hier und Heute zurückkehrte, wie ein unterirdisches Geschöpf, das ins ungewohnte Tageslicht kroch.

Als der Datenschleier entfernt war, musterte Niles sie mit klaren Augen, und diesmal kam sein starker Intellekt in dem Blick zum Ausdruck. Er sprach mit sorgfältig gewählten Worten.

»Erinnern Sie sich an die Menschenmengen, Nara?«

Er meinte die auf Vasthold, während der ersten Wahlkampagnen, als sie den Schrecken des Wahnsinns überwunden hatte.

»Natürlich, Roger. Ich erinnere mich.«

Im Gegensatz zur Politik anderer Welten war die von Vasthold nie zu einer Geisel der Medien geworden. Sie lief dort auf eine Art Straßentheater hinaus. Über Streitfragen entschied man in den dicht bevölkerten Städten von Angesicht zu Angesicht, im Haus-zu-Haus-Kampf von Straßenparaden, bei Treffen in Kellern und an Lagerfeuern in den Parks. Improvisierte Debatten, Demonstrationen und direkte handgreifliche Auseinandersetzungen waren an der Tagesordnung. Um ihre Furcht vor Menschenmassen zu besiegen, hatte sich Nara bereit erklärt, bei einer großen politischen Versammlung eine Nominierungsrede zu halten. Doch mit so etwas wie bewusstem Masochismus hatte sie ihre Empathie an jenem Tag nur teilweise neutralisiert und damit die Dämonen ihrer Kindheit herausgefordert. Zuerst nahmen die tosenden Psychen der Menge vertraute Gestalt an und wurden zu einer riesigen Kreatur aus Ego und Konflikt, zu einem hungrigen Sturm, der sie verschlingen und seinem Durcheinander aus Leidenschaften hinzufügen wollte. Aber inzwischen war Oxham erwachsen, und die von der Apathie-Droge geschaffene Barriere schützte ihr stärker gewordenes Ich. Das Übertragungssystem verstärkte Bild und Stimme, als sie die alten Dämonen niederschrie, die Masse wie ein wildes Pferd ritt und ihre Emotionen durch Worte, Gesten und sogar ihren Atemrhythmus veränderte. An jenem Tag stellte sie fest, dass man auf der anderen Seite von Schrecken ... Macht finden konnte.

Niles nickte. Er hatte diese kraftvollen Erinnerungen in ihr wachrufen wollen.

»Wir sind jetzt sehr weit von jenen Mengen entfernt. An diesem Ort kann man leicht die reale Welt vergessen, die Sie hier repräsentieren sollen.«

»Das habe ich nicht vergessen, Roger. Denken Sie daran: Ich bin nicht so lange wach gewesen wie Sie. Für mich sind es nur zwei Jahre, nicht zehn.«

Er hob eine Hand zum grau werdenden Haar und lächelte.

»Seien Sie sich dieser Tatsache auch weiterhin bewusst«, sagte er. »Ihre klugen Gesetzesvorlagen laufen jetzt praktisch auf kriegerische Handlungen hinaus: Alle Ihre Entscheidungen werden Einfluss auf Gewalt und den Verlust von Leben haben.«

»Ja, Roger. Wissen Sie, die Rix-Grenze ist gar nicht so weit entfernt, jedenfalls nicht für mich.«

Er runzelte die Stirn. Oxham hatte niemandem von ihrer Affäre mit Laurent Zai erzählt, nicht einmal Niles. Es schien eine so kurze und plötzliche Sache zu sein. Und nach Niles' Zeitbegriffen lag sie inzwischen ein Jahrzehnt zurück.

»Jemand, der mir sehr nahe steht, befindet sich dort, Niles. Er ist an der Front. Ich werde an ihn denken, als Ersatz für all die fernen, bedrohten Leben.«

Roger Niles kniff überrascht die Augen zusammen, und die Falten in seiner hohen Stirn wurden tiefer. Seine Gedanken suchten vermutlich nach dem Namen der Person, die sie vielleicht meinte. Oxham war froh, dass es noch einige Dinge gab, die sie vor ihrem Chefberater geheim halten konnte. Es erfüllte sie mit Zufriedenheit, dass sie niemandem von der Affäre erzählt hatte; es war eine Sache, die nur Laurent und sie betraf.

Senatorin Nara Oxham stand auf. Das Signal des kaiserlichen Rufs war in ihrem sekundären Gehör noch nicht ganz verklungen – es vibrierte wie das Läuten einer riesigen Glocke. Oxham fragte sich, ob der Ruf lauter werden würde, wenn sie nicht darauf reagierte.

Niles' Blick kehrte sich wieder nach innen, als sein Bewusstsein in die Datenströme zurückkehrte. Oxham wusste: Wenn sie gegangen war, würde er ihre Worte gründlich analysieren und in allen Datenbanken suchen, um herauszufinden, wen sie meinte. Früher oder später stieß er bestimmt auf den Namen Laurent Zai.

Sie dachte daran, dass der Mann, den sie liebte, zu jenem Zeitpunkt bereits tot sein mochte.

»Ich nehme Ihren Rat mit mir, Roger. Dieser Krieg ist sehr real.«

»Danke, Senatorin. Das Vertrauen von Vasthold begleitet Sie.«

Der alte, rituelle Ausdruck, mit dem Senatoren vereidigt wurden, wenn sie Vasthold für fünfzig Jahre verließen. Niles sprach die Worte so traurig aus, dass Oxham ihn noch einmal ansah. Doch der Schleier war wieder über ihn gefallen. Er tauchte einmal mehr hinab in seine virtuelle Sphäre und suchte in den Datenozeanen eines Sternenreiches nach Antworten auf einen ... Krieg.

Für einen Moment wirkte er klein und verloren inmitten der hohen Apparaturen – das Gewicht aller Achtzig Welten schien auf ihm zu lasten. Oxham blieb an der Tür stehen. Sie musste es ihm zeigen; Niles sollte das Pfand der Liebe sehen, das sie bei sich trug.

»Roger.«

Oxham hielt ein kleines schwarzes Objekt in der Hand, von warnenden gelben Schaltlinien durchzogen. Ein Einzweck-Signalgeber, mit einer dringenden senatorischen Nachricht programmiert. Das kleine Gerät trug die Kennzeichen ihres persönlichen Privilegs – Sendung mit höchster Priorität durch das komplexe Kommunikationsnetz des Reiches, One-Time-Verschlüsselung, unter Blutstrafe nur für den Empfänger bestimmt – und war auf ihre DNS abgestimmt, ihr Pheromonprofil und ihr Stimmmuster.

Niles betrachtete das Objekt, und seine Augen wurden wieder klar. Oxham hatte seine Aufmerksamkeit.

»Vielleicht benutze ich dies, während ich im Kriegsrat sitze. Funktioniert es vom Diamantpalast aus?«

»Ja. In rechtlicher Hinsicht reicht die Rubikonschranke vom Forum bis zu Ihrem jeweiligen Aufenthaltsort, entlang eines nanometerbreiten Wahlkreisbezirks.«

Oxham lächelte, als sie diese alte juristische Definition hörte.

»Wie lange braucht die Nachricht, um Legis XV zu erreichen?«

Niles hob die Brauen, als er den Namen des Planeten hörte. Jetzt wusste er, dass Oxhams Geliebter sich tatsächlich an der Front befand.

»Wie lang ist die Nachricht?«

»Sie besteht aus einem Wort.«

Niles nickte. »Die verschränkte Kommunikation kennt keinen Zeitverlust, aber wenn die vom Empfänger verwendeten gemeinsamen Quantenpakete nicht physisch von Heimat transportiert worden sind ...«

»Das sind sie«, sagte Oxham.

»Also ist er ...«

»An Bord eines Kriegsschiffs.«

»In dem Fall erreicht ihn die Mitteilung sofort.« Niles zögerte und suchte in Oxhams Augen nach einem Hinweis auf ihre Absicht. »Darf ich fragen, wie die Nachricht lautet?«

»Nein.«

ERSTER OFFIZIER

Hobbes nahm nervös Haltung an, als Zai dem kleinen Interface neben der Tür der Beobachtungsblase Gestencodes übermittelte.

Sie blickte in die Leere. Der transparente Boden weckte keinen Schwindel mehr in ihr, aber sie fühlte das schwere Gewicht des Versagens, und in ihrer Magengrube dehnte sich schreckliche Leere aus. Sie hatte einen seltsamen Geschmack im Mund, wie von einer Metallmünze unter der Zunge. Die sorgfältigen Analysen der Rettungsaktion, die vielen Stunden, die sie damit verbracht hatte, alle Einzelheiten aus verschiedenen Perspektiven zu betrachten – ihre Mühen waren vergeblich gewesen. Sie hatte den Captain nicht retten können, ihn nur zornig gemacht.

Es schien keine Möglichkeit zu geben, den harten Panzer von Zais vadanischer Erziehung zu durchbrechen und ihn davon zu überzeugen, dass das Scheitern der Rettungsaktion auf die Politischen zurückging, nicht auf Fehler des militärischen Personals. Der Initiat hatte trotz der Einwände des Captains am Einsatz teilgenommen, mit Hinweis auf eine kaiserliche Verfügung. Warum sah Captain Zai nicht ein, dass ihn keine Schuld traf?

Sie hätten das Beweismaterial einem militärischen Gericht vorlegen können. Zai war ein Held, ein aufgestiegener Offizier. Er durfte sein Leben nicht einfach so wegwerfen, weil er glaubte, einer dummen, sinnlosen Tradition gehorchen zu müssen.

Der Erste Offizier Hobbes stammte von einer utopianischen Welt, sehr ungewöhnlich fürs Militär. Sie lehnte die hedonistischen Prinzipien ihrer Heimatwelt ab und fühlte sich von den Ritualen der Grauen angezogen, ihren Traditionen und ihrer Disziplin. Ihr Leben im Dienst machte die Grauen übernatürlich für Katherie - sie interessierten sich nicht für das kurze Vergnügen des Fleisches. Für Hobbes verkörperte Captain Laurent diesen grauen Stoizismus, still und stark auf seiner kalten Brücke, sein markantes Gesicht von kosmetischer Chirurgie unberührt.

Doch in ihm sah Hobbes auch verletzte Menschlichkeit: die Spuren unvorstellbaren Leids auf Dhantu; die melancholische Würde, mit der er Haltung bewahrte; und Kummer immer dann, wenn er einen »Mann« verlor.

Jetzt verlangte seine Vorstellung von Ehre, dass er Selbstmord beging. Die religiöse Gewissheit und die grauen Traditionen, die Hobbes so faszinierend fand, bekamen plötzlich etwas Barbarisches und wurden zu einem grässlichen Netz, in dem sich der Captain verfangen hatte, zu einer sturen Blindheit. Zais Selbstaufgabe war viel bitterer als sein Zorn.

Er wandte sich von den Kontrollen ab.

»Achtung«, sagte er.

Der Boden erzitterte, wie bei einer Beschleunigung des Schiffes. Es fiel Hobbes schwer, das Gleichgewicht zu wahren, als etwas das Universum um sie herum aus den Angeln zu heben schien. Dann stabilisierte sich der transparente Boden unter ihr, und sie sah, was geschehen war. Die Blase wurde jetzt ihrem Namen gerecht und schwebte unabhängig vom Schiff im All, gehalten allein von seinen Gravitationsgeneratoren, im Innern nur die Luft und Wärme, die sie mitgenommen hatte. Die Schwerkraft fühlte sich falsch an. Die Generatoren der *Luchs* projizierten sie durch die Leere, um in der kleinen Blase ein provisorisches *Oben* zu schaffen.

Hobbes Schwindel kehrte zurück, stärker als zuvor.

»Jetzt können wir offen miteinander reden, Hobbes.«

Sie nickte langsam und achtete darauf, ihr rebellierendes Innenohr nicht zusätzlich zu belasten.

»Sie scheinen nicht zu verstehen, was hier auf dem Spiel steht«, sagte Zai. »Zum ersten Mal seit sechzehn Jahrhunderten ist ein Mitglied der kaiserlichen Familie *gestorben.* Und die Kindkaiserin fiel nicht etwa einem Unfall zum Opfer, sondern einer Aktion des Feindes.«

»Einer Aktion des Feindes, Sir?«, fragte Hobbes vorsichtig.

»Ja, verdammt. Die *Rix* haben all dies verursacht!«, rief Zai. »Es spielt keine Rolle, wer den Auslöser des Blasters betätigte. Ob es eine Rix war, die sich tot stellte, oder ein blöder Politischer, der aufgrund einer Orbitalsprungverletzung den Verstand verlor: Es spielt keine Rolle. Die Kaiserin ist tot. Der Feind hat gewonnen; wir haben verloren.«

Hobbes starrte auf ihre Stiefel und versuchte, allein durch Willenskraft einen sichtbaren Boden entstehen zu lassen.

»Sie werden das Kommando über die *Luchs* bekommen, Hobbes. Ihnen muss klar werden, dass damit Verantwortung einher geht. Ich habe die Rettungsmission befohlen. Ich muss für ihre Resultate geradestehen, ungeachtet der Umstände.«

Der Erste Offizier sah zum Raumschiff, von dem sie einige Meter trennten. Der Schall konnte die *Luchs* nicht erreichen, dafür hatte der Captain gesorgt. Sie brauchte kein Blatt vor den Mund zu nehmen.

»Sie haben sich gegen die Teilnahme des Initiaten an der Mission ausgesprochen, Sir.«

»Er konnte eine kaiserliche Verfügung vorweisen, Hobbes. Meine Einwände waren sinnloses Gehabe.«

»An Ihrem Rettungsplan gab es nichts auszusetzen, Sir. Der Kaiser machte einen Fehler, indem er einem solchen Idioten eine Verfügung mitgab.«

Der Captain holte scharf Luft. So vorsichtig Zai auch war: Bestimmt hatte er nicht damit gerechnet, solche Worte von seinem Ersten Offizier zu hören.

»Das ist Aufwiegelung, Hobbes.«

»Es ist die Wahrheit, Sir.«

Der Captain trat zwei Schritte auf sie zu und kam ihr damit näher, als es seine vadanische Pedanterie sonst zugelassen hätte. Er sprach klar und deutlich, mit einer Stimme, die nur etwas mehr war als ein Flüstern.

»Hören Sie, Hobbes. Ich bin tot, ein Geist. Es gibt kein Morgen für mich, was auch immer geschieht. Keine *Wahrheit* kann mich retten. Das scheint Sie zu verwirren. Und Sie scheinen zu glauben, dass die *Wahrheit* Sie und die anderen Offiziere der *Luchs* schützen kann. Aber das ist nicht der Fall.«

Sie konnte seinem Blick kaum standhalten. Einige Speichelspritzer, von den scharfen Worten fortgeschleudert, hatten ihr Gesicht erreicht und brannten schmachvoll. Hinter der *Luchs* ging die Sonne auf. Die Hülle der Beobachtungsblase war polarisiert, aber Hobbes spürte, wie die Temperatur stieg. Schweißtropfen bildeten sich in ihrer Achselhöhle.

»Wenn es noch mehr Besprechungen gibt wie die vor einigen Minuten, bringen Sie sich *und* die anderen Offiziere um. Das lasse ich nicht zu.«

Hobbes schluckte und blinzelte im grellen Sonnenschein. Benommenheit erfasste sie. War der Sauerstoff bereits verbraucht?

»Stellen Sie Ihren Versuch ein, mich zu retten, Hobbes! Das ist ein Befehl. Habe ich mich klar genug ausgedrückt?«

Sie wollte einfach nur, dass er aufhörte. Sie wollte wieder das Schiff um sich herum fühlen, in Sicherheit sein, dieser Leere entkommen.

»Ja, Sir.«

»Danke«, sagte Zai knapp.

Der Captain wich einen Schritt zurück und wandte sich ab, blickte zur Kugel von Legis XV. Er sprach eine Anweisung, und Hobbes spürte, wie die Fregatte wieder Anspruch auf ihren kleinen Satelliten erhob.

Sie schwiegen, als sich die Beobachtungsblase am Rumpf des Schiffes festmachte. Die Tür öffnete sich, und Zai entließ seinen Ersten Offizier mit einem Wink. Sie sah den schwarzen Signalgeber in seiner Hand. Seine Ehrenklinge.

»Gehen Sie zur Brücke, Hobbes. Dort werden Sie bald gebraucht.«

Um das Kommando zu übernehmen. Man würde es »Einsatzbeförderung« nennen.

»Stören Sie mich nicht noch einmal.«

Der Erste Offizier trat aus der Blase in die kühle, frische Luft der *Luchs*. Sie fühlte das Bedürfnis, einen letzten Blick auf den Captain zu richten, für ein Erinnerungsbild ohne Zorn und Speichelspritzer. Aber sie brachte es nicht fertig, den Kopf zu drehen.

Sie wischte sich das Gesicht ab und lief.

RIX

Die Bibliotheksdrohne suchte zwischen den Datenziegeln wie ein Kind, das nicht wusste, welches Spielzeug es wählen sollte. Sie bewegte sich sprunghaft und hielt nach Geheimnissen in den rechteckigen Behältern Ausschau. H_rd hatte das Sicherheitsabteil geleert, wartete geduldig und lauschte aufmerksam nach von oben kommenden Geräuschen.

Das Kellergeschoss der Bibliothek hatte sie zuerst nervös gemacht. Es gefiel der Rix nicht, unterhalb des Bodenniveaus festzusitzen. Ihre Einsatzschwestern und sie waren im All aufgewachsen; nur Übungen und Kampfeinsätze hatten sie in Schwerkraftschächte gebracht. H_rd fühlte sich wie unter dem Gewicht von Metall und Stein zermalmt. Vor einer Stunde hatte sie die unruhige Drohne verlassen, ihre Umgebung erkundet und an allen Türen Bewegungsdetektoren installiert. Aber niemand hielt sich in den nahen Straßen auf; die Verfolger waren ganz offensichtlich weitergezogen und folgten einer von Alexander geschaffenen falschen Spur. Und dieser Teil der Stadt war noch immer von der Miliz evakuiert.

H_rd und die Drohne hatten die Bibliothek ganz für sich allein.

Es war schwer, sich vorzustellen, dass in der einfachen kleinen Maschine in Wirklichkeit Alexander steckte, eine Intelligenz von planetarem Ausmaß. Mit ihrem einen Rad konnte die Drohne sehr effizient zwischen den säuberlichen Datenstapeln umherrollen, aber hier, zwischen den Resten des geöffneten Sicherheitsfachs, waren ihre Bewegungen so ruckartig wie die eines Einradfahrers auf einem Bauplatz. H_rd beobachtete die komische Szene mit einem Lächeln. Selbst die Gesellschaft eines stummen Roboters war besser, als allein zu sein.

Plötzlich schien die Drohne zusammenzuzucken, schob ihren Stöpsel tiefer und wie hungrig in den Datenziegel vor ihr. Sie vibrierte heftig, zog den Stöpsel dann zurück und drehte sich um. Mit neuem Eifer rollte sie durch den schmalen Gang, wich Hindernissen aus und beschleunigte.

H_rd stand auf und führte eine zwei Sekunden lange Übung durch, die alle elfhundert Muskeln dehnte. Sie brauchte sich nicht zu beeilen, denn sie war schneller als die Drohne. Mit einem Sprung setzte sie über die Ergebnisse ihres Vandalismus hinweg, drehte sich dann wieder um und stellte ihren Blaster auf niederenergetische Emissionen mit breiter Streuung ein, bestrich die Datenziegel mit genug Strahlung, um ihren Inhalt und damit jeden Hinweis darauf zu zerstören, was Alexander hier gefunden hatte. Der Feuerlöschknoten über ihrem Kopf zirpte, aber das Verbundbewusstsein neutralisierte seine Warnung durch ein Prioritätssignal, bevor er Schaum sprühen konnte.

H_rd drehte sich um und lief los. Mit einigen raschen Schritten holte sie zu der Drohne auf. Die beiden bildeten ein sonderbares Paar in der leeren Bibliothek. Das Surren des Monorads vermischte sich mit dem leiseren Ultraschallsummen von h_rds Servomotoren.

Die Rix folgte der Drohne über die Rampen nach oben, durch die einzelnen Etagen des Kellerbereichs bis ins Erdgeschoss. Der kleine Roboter rollte an Schreibtischen vorbei und durch eine Öffnung in der Wand, die genau auf seine Größe abgestimmt war, wie eine kleine Tür für Haustiere. Die Hindernisstrecke war für die Benutzung durch Drohnen bestimmt, nicht für zwei Meter große Amazonen, und die Herausforderung brachte wieder ein Lächeln auf h_rds Lippen. Sie lief, sprang und schlängelte sich voran, blieb dicht hinter dem kleinen Roboter, der sie zu einem Büro brachte. Dort verharrte er neben einem Stapel aus Plastikquadraten, die ungefähr so groß waren wie eine menschliche Hand.

Die Rixfrau nahm eins der Objekte. Es handelte sich um einen geschützten Handschirm, angesichts von allgegenwärtiger Infostruktur und sekundärer Sicht ein seltenes Gerät für physische Speicherung und Display. Rix kämpften natürlich auf Welten ohne Zugang zur lokalen Infostruktur, und h_rd hatte solche Apparate schon einmal benutzt. In Bibliotheken dieser Art erlaubten sie Personen, das Gebäude mit wichtigen Informationen zu verlassen, mit Daten, die der öffentlichen Sphäre unzugänglich bleiben mussten. Der Handschirm war mit begrenzter Intelligenz und Sicherungen ausgestattet, die falsche Personen am Zugriff auf die Daten hinderten.

Die Drohne verband sich mit einem der Geräte, und es kam zu einer kurzen, zittrigen Umarmung zwischen ihnen. Dann erwachte der Handschirm zu brummendem Leben.

Die Rix nahm ihn von der Drohne entgegen. Das Display zeigte eine Karte des Planeten, und pulsierende Farben kennzeichneten eine Route, die zu ihrem nächsten Ziel führte, dem Zentrum für verschränkte Kommunikation am Pol. Das Tor für alle Informationen, die Legis XV erreichten und verließen.

Viertausend Kilometer entfernt.

H_rd seufzte und richtete einen anklagenden Blick auf die kleine Drohne.

Alle für diesen Einsatz bereiten Schwesterngruppen der Rix hatten gewusst, dass es kaum Überlebenschancen gab. Die Saat eines Verbundbewusstseins war ein glorreicher Schlag gegen das Auferstandene Reich, und die Angreifer hatten einen großen Erfolg erzielt. Zum ersten Mal war ein Rix-Bewusstsein auf einer kaiserlichen Welt entstanden. Dass dies zu einem interstellaren Krieg führen konnte, spielte keine Rolle. Die Rix unterschieden nicht zwischen dem Zustand des Krieges und des Friedens. Ihre Gesellschaft befand sich in einem permanenten Dschihad, in dem unaufhörlichen missionarischen Bemühen, Verbundbewusstsein zu verbreiten.

Aber viertausend Kilometer durch feindliches Gebiet? Allein?

Kamikazemissionen hatten normalerweise den Vorteil, kurz zu sein.

H_rd blätterte durch die Seiten des Handschirms und fand eine Karte des planetaren Magnetbahnsystems. Wenigstens brauchte sie nicht zu Fuß zu gehen. Sie entdeckte auch die medizinischen Aufzeichnungen einer Rekrutin der Legis-Miliz - sie ähnelte h_rd und verfügte über genug Sachkenntnis für die Mission. Die Rix begriff: Alexander wollte, dass sie die Identität einer kaiserlichen Soldatin annahm. Wie ekelhaft.

Sie wandte sich dem Ausgang der Bibliothek zu, um den Vorteil der evakuierten Straßen zu nutzen, solange noch Gelegenheit dazu bestand.

Das Quietschen des Drohnenrads folgte h_rd zur Tür. Der kleine Roboter sauste voraus und wäre fast umgekippt bei dem Versuch, ihr den Weg zu versperren.

H_rd blieb stehen. Wollte die Drohne etwa *mitkommen?*

Dann verstand sie. Alexander hatte das kostbare Geheimnis aus dem Datenspeicher des Roboters transferiert. Aber vielleicht gab es irgendwo Spuren oder gar ein Backup, aus dem die Kaiserlichen entnehmen konnten, was Alexander in Erfahrung gebracht hatte.

Die Rix justierte ihren Blaster auf starke Emission und richtete ihn auf die Drohne. Der Roboter wich zurück - damit wollte Alexander vermeiden, dass h_rd in den Wirkungsbereich der Entladung geriet. Doch die kleine Maschine wirkte nervös auf ihrem einen Rad, als wüsste sie, was sich anbahnte.

Seltsamerweise widerstrebte es h_rd, die Drohne zu zerstören. Einige Stunden lang war sie eine Begleiterin auf dieser einsamen Nichtrix-Welt gewesen, eine Art kleine Schwester. Es war sonderbar, so von der Drohne zu denken, die die Verkörperung eines Gottes darstellte. Aber h_rd hatte das Gefühl, eine Freundin zu töten.

Andererseits ... Befehl war Befehl.

Sie schloss die Augen und betätigte den Auslöser.

Plasma sprang aus dem Lauf des Blasters und hüllte die Drohne in desintegrierendes Feuer, über das h_rd hinwegsprang. Sie verschwand in der dunklen Nacht jenseits davon.

Als sie zwischen stillen Gebäuden lief, schüttelte sie den Schock der Einsamkeit ab. Alexander war überall, beobachtete durch jeden Türsensor und tarnte ihre Passage mithilfe von Täuschungen und Irreführungen. Sie war die einzige menschliche Helferin des Verbundbewusstseins auf dieser feindlichen Welt; und sie wurde von ihm geliebt.

H_rd lief noch schneller. Sie wurde dem Willen der Götter gerecht.

SENATORIN

Diesmal erfolgte die Reise zum Diamantpalast durch einen Tunnel, eine Route, von deren Existenz Senatorin Oxham bisher nichts gewusst hatte. Sie war nur wenige Sekunden unterwegs – die von ihrem Mittelohr bemerkte Beschleunigung schien für die Strecke nicht auszureichen.

Ein junger Aspirant des Politischen Apparats erwartete sie. Seine schwarze Uniform knarrte – neues Leder –, als sie durch den breiten Flur gingen. Oxhams Apathie war sehr niedrig eingestellt, denn sie wollte ihre speziellen Fähigkeiten bei der ersten Sitzung des Kriegsrates nutzen, trotzdem spürte sie nichts von dem Aspiranten. Er schien für die Konditionierung des Apparats besonders empfänglich zu sein; vielleicht hatte man ihn gerade deshalb ausgewählt. Sein Bewusstsein wirkte leer. Oxham fühlte nur wenige Reste seines Willens, die kalten Stümpfe eines niedergebrannten Walds.

Sie war froh, als sie den Ratssaal erreichte, wenn auch nur, um dem Schatten zu entkommen, den die leere Psyche des Aspiranten auf sie warf.

Der Raum des Kriegsrates bestand wie die meisten anderen im Diamantpalast aus strukturiertem Karbon. Integriert in die kristallenen Wände des Palastes waren Luftschirmprojektoren, Aufzeichnungsgeräte und ein kaiserlich großes Datenreservoir. Es hieß, dass im Innern der ausgedehnten Prozessorenlandschaft des Gebäudekomplexes eine Entität mit begrenzter Autonomie entstanden war, eine Art kleines Verbundbewusstsein, an dem der Kaiser Gefallen fand. Im Palast gab es einen Überfluss an Geräten und intelligenter Überwachung, und hinzu kam die mystische Atmosphäre eines Ortes großer Macht, doch der Boden unter Senatorin Oxhams Füßen hatte mineralische Dichte, fühlte sich so dumm an wie Stein.

Sie traf als Letzte ein. Die anderen warteten schweigend, als sie Platz nahm.

Der Ratssaal war klein im Vergleich mit den anderen kaiserlichen Räumen, die Oxham gesehen hatte. Hier gab es keine Gärten, keine hohen Säulen, keine Tiere und auch keine Gravitationstricks. Selbst ein Tisch fehlte. Eine niedrige, runde Grube war in den gläsernen Boden geschnitten, und die neun Ratsmitglieder saßen an ihrem Rand, wie mitternächtliche Verschwörer an einem nicht mehr benutzten Brunnen. Der Boden der Grube bestand nicht aus dem Hyperkarbon wie der Rest des Palastes, sondern präsentierte mattes, weißgraues Horn.

Oxham bewunderte die Einfachheit dieses Settings.

Ihre künstlichen sekundären Sinne waren immer unempfindlicher geworden, je mehr sie sich dem Ratssaal näherte. Jetzt war sie abgeschnitten von Nachrichtenströmen, politischen Informationen, Kommunikation und Datenoverlays. Als sie sich setzte, nahm sie verblüfft die plötzliche Stille zur Kenntnis, die nach dem Verklingen des kaiserlichen Rufs entstanden war.

»Der Kriegsrat tagt«, sagte der Kaiser.

Oxhams Blick glitt über die Ratsmitglieder, und dabei merkte sie, dass Niles mit seinen Prognosen eine recht genaue Vorhersage getroffen hatte. Die vier größten Parteien stellten jeweils einen Senator, sie selbst mitgezählt. Sie hatte in Bezug auf Raz imPar Henders Recht behalten, der die Loyalisten repräsentierte. Die Vertreter der Utopianischen Partei und der Expansionisten waren die von Niles genannten Personen. Und er lag auch mit seiner verrücktesten Vermutung richtig: Am einsamen Ende des Tisches saß ein Gesandter der Seuchenachse, das Geschlecht von einem Bioanzug verborgen.

Die beiden toten Räte gehörten wie üblich dem Militär an. Eine Admiralin und ein General. Die Wildcard, wie Niles den traditionell unpolitischen und nicht militärischen Sitz im Rat nannte, kam diesmal der Magnatin des geistigen Eigentums Ax Milnk zu. Oxham sah sie jetzt zum ersten Mal persönlich – sie war so außergewöhnlich reich, dass sie den größten Teil ihrer Zeit an einem sicheren Ort verbrachte, normalerweise auf einem ihrer privaten Monde in der Umlaufbahn von Heimats Schwesterplanet Schande. Sie fühlte sich äußerst unbehaglich, weil sie hier auf die Begleitung von Leibwächtern verzichten musste. Doch sie brauchte nicht nervös zu sein: Der Diamantpalast war sicherer als das Grab.

»Noch sind wir kein Kriegsrat, um ganz genau zu sein«, sagte der tote General. »Der Senat weiß noch gar nichts von unserer Existenz. Derzeit beziehen wir uns nur auf die gewöhnliche Macht des Auferstandenen Kaisers: Kontrolle der Flotte, des Apparats und des Lebenden Willens.«

Macht genug, dachte Oxham. Das Militär, der politische Dienst und der unfassbare Reichtum des Lebenden Willens, die angesammelten Besitztümer der Aufgestiegenen, die traditionsgemäß dem Kaiser vermacht wurden. Eine der Triebfedern des zügellosen Kapitalismus der Achtzig Welten bestand darin, dass die Superreichen auch fast immer aufgestiegen waren. Eine weitere ergab sich aus dem Prinzip, dass die nächste Generation neu beginnen musste: Das Vererben blieb den unteren Klassen vorbehalten.

»Wenn der Senat von den Aktionen der Rix erfährt, gibt er uns bestimmt sofort vollen Status«, sagte Raz imPar Henders und nahm damit seine Lakaienpflichten wahr. Er gab seinen Worten den Tonfall eines Gebets, wie ein nicht besonders intelligenter Dorfprediger, der seiner Gemeinde den Himmel versprach. Oxham musste sich daran erinnern, diesen Mann nicht zu unterschätzen. Inzwischen hatte er, was ihren Erwartungen entsprach, damit begonnen, die Loyalistenpartei unter seine Kontrolle zu bringen, obwohl seine erste Amtszeit erst zur Hälfte vorbei war. Er schien ein brillanter Taktiker zu sein - oder ein Günstling des Kaisers. Ihrer Natur gemäß gehörte die Loyalität zur alten Garde, und ruhige Traditionen bestimmten dort über Nachfolge und dergleichen. Henders war eine Anomalie, die im Auge behalten werden musste.

»Vielleicht sollten wie die Frage nach unserem Status dem Senat überlassen«, sagte Oxham. Ihre frechen Worte überraschten Henders. Oxham ließ einige Sekunden verstreichen und fügte dann hinzu: »So wie es Brauch ist.«

Beim letzten Wort nickte Henders nachdenklich.

»Nun gut«, ließ sich der Auferstandene Kaiser vernehmen, und seine Lippen verzogen sich zu einem hintergründigen Lächeln. Nach Jahrhunderten absoluter Macht musste Seine Majestät die Anspannung in dieser Runde genießen. »Vielleicht haben wir uns falsch ausgedrückt. Der provisorische Kriegsrat tagt.«

Henders' Sorge verschwand. Der Mann mochte ein guter

Politiker sein, aber seine Regungen ließen sich leicht erkennen. Er war beunruhigt gewesen und konnte es nicht einmal bei formalen Fragen ertragen zu hören, wie man die Worte des Auferstandenen infrage stellte.

»Der Senat wird uns unverzüglich ratifizieren, wenn er erfährt, was auf Legis XV geschehen ist«, sagte Henders kühl.

Nara hätte fast den Atem angehalten. Es war so weit: Nachrichten über den Rettungsversuch. Die Genugtuung darüber, Henders aus der Fassung gebracht zu haben, löste sich auf, und es folgte die Nervosität im Wartezimmer eines Krankenhauses. Die Senatorin konzentrierte sich auf das Gesicht des grauen Generals, der zuvor gesprochen hatte. Sie suchte darin nach Hinweisen; bei diesem alten, leblosen Mann nützte ihr die Empathie kaum etwas.

Niles hatte Recht. Dies war kein Spiel. Es ging um Leben und Tod.

»Vor drei Stunden haben wir die Bestätigung dafür erhalten, dass Kaiserin Anastasia von den Geiselnehmern kaltblütig umgebracht wurde, während eine Rettungsaktion stattfand«, sagte der tote General.

Stille breitete sich aus. Oxham spürte den eigenen Herzschlag in einer Schläfe - die empathischen Kräfte im Raum verstärkten ihre Reaktion. Tiefes Entsetzen ging von Senator Henders aus und strömte durch Nara. Ax Milnks Furcht vor Instabilität und Chaos stieg wie Panik in ihr empor. Als bisse sie in Glas: Nara fühlte den grimmigen Schmerz des Generals, der sich an alte Schlachten erinnerte. Ein Schaudern ging durch den Saal, wie die Ankündigung eines schweren Sturms - die Ratsmitglieder begriffen, dass sie unausweichlich auf einen Krieg zusteuerten.

Wie beim Erwachen aus dem Kälteschlaf fühlte sich Oxham von den Emotionen um sie herum überwältigt. Die intensiven Emanationen zerrten sie in Richtung Wahnsinn, in das formlose Chaos eines Gruppenselbst. Sogar die Milliarden Stimmen der Hauptstadt machten sich bemerkbar. Das Hintergrundheulen von Politik und Handel, das Tosen des mentalen Sturms ... Oxhams Psyche drohte dem Chaos zu erliegen.

Sie tastete nach dem Apathie-Armband und setzte eine Dosis der Droge frei. Das vertraute Zischen der transdermalen Injektion beruhigte sie, ein Totem, an dem sie festhalten konnte, bis das Mittel wirkte und ihre Empathie einschränkte. Sie brauchte nicht lange zu warten. Wenige Sekunden später kehrte die Realität in den Raum zurück und schickte die kreischenden Dämonen fort. Wieder machte sich eindrucksvolle, ernste Stille breit.

Die tote Admiralin sprach jetzt und nannte Einzelheiten des Rettungsversuchs. Aus dem Orbit springende Soldaten, ein Feuergefecht im Palast, eine letzte Rixfrau, die sich tot stellte und die Kindkaiserin tötete, als der Kampf schon gewonnen war.

Die Worte bedeuteten Nara Oxham nichts. Sie wusste nur: Der Mann, den sie liebte, war durch den Blutfehler zum Tod verurteilt. Er würde alles in Ordnung bringen, die Crew auf seinen Tod vorbereiten und sich dann eine Zeremonienklinge in den Bauch stoßen. Die Macht der Tradition, die erbarmungslose Beständigkeit der grauen Kultur und seine eigene Vorstellung von Ehre würden ihn zum Selbstmord zwingen.

Oxham holte den Signalgeber aus der Ärmeltasche. Sie fühlte, wie der kleine Mund an ihrer Hand knabberte, Schweiß und Haut schmeckte. Das Gerät überprüfte ihre Identität und summte Bereitschaft. Nara hielt es an den Hals, unbeobachtet, denn die Aufmerksamkeit der anderen Ratsmitglieder galt der Admiralin.

»Senden«, sagte sie an der Schwelle zwischen Stimme und Flüstern.

Der Signalgeber vibrierte kurz, als er seinen Zweck erfüllte.

Oxham stellte sich vor, wie das kleine Datenpaket an ihrer Rubikonlinie entlanghuschte und die schimmernden Facetten des Palastes passierte, ohne irgendwo aufgehalten zu werden. Anschließend wurde es Teil der Datenströme in der Infostruktur der Hauptstadt, wie ein auf dem Wasser laufendes Insekt, das einem Wildbach zu trotzen versuchte. Doch das Paket verfügte über senatorisches Privileg. Es erhob Anspruch auf absolute Priorität und sauste an der Schlange der Nachrichten vorbei, die darauf warteten, nach Außenwelt gesendet zu werden. Es raste durchs Netz der Verstärker, so flink wie ein kaiserliches Dekret.

Die Nachricht würde eine Verschränkungsstation irgendwo unter Kilometern aus Blei erreichen, einen Vorrat an Halbpartikeln, deren Doppelgänger an Bord von kaiserlichen Kriegsschiffen warteten oder von Schiffen mit annähernder Lichtgeschwindigkeit zu anderen Welten getragen worden waren. Mit unglaublicher Präzision würden gewisse Photonen in einer schwach wechselwirkenden Anordnung kollabieren und von ihrem kohärenten Zustand in die Gewissheit der Messung wechseln. Zehn Lichtjahre entfernt würden ihre Doppelgänger an Bord der *Luchs* reagieren und ebenfalls von der Schneide des Messers fallen. Das Muster der Veränderung – die Positionen in der diskohärent gewordenen Anordnung – stellte eine Mitteilung für die *Luchs* dar.

Hoffentlich erreicht sie dich rechtzeitig, dachte Oxham.

Dann konzentrierte sie sich wieder auf die Vorgänge im Ratssaal und verdrängte alle Gedanken an Laurent Zai.

Sie musste sich um einen Krieg kümmern.

Die Klinge ruhte in Zais Hand, schwarz vor schwarzer Unendlichkeit, und wartete darauf, dass er zudrückte.

Kaum zu glauben, was diese einfache Geste auslösen würde. Aufruhr im Schiff, das in die Kampfkonfiguration wechselte; dreihundert Männer, die zu den Gefechtsstationen eilten; Waffen, die Bereitschaftsenergie empfingen, während die KI nach feindlichen Schiffen Ausschau hielt. Nicht unbedingt eine Energieverschwendung, dachte Zai. Es würde hier an der Rix-Grenze zum Krieg kommen, und ein unerwarteter Gefechtsalarm war eine gute Übung für die Besatzung. Die für die Bergung einer Leiche - seiner Leiche - notwendigen Manöver beeindruckten die Crew vielleicht und wiesen sie darauf hin, wie ernst ihre Situation war.

Was nicht bedeutete, dass er seinen Selbstmord als eine Übung plante. Der Notfallstatus für das Schiff stellte die einzige Möglichkeit dar, alle die Beobachtungsblase schützenden Sicherheitsschranken zu überwinden.

Was für ein sonderbarer Weg in den Tod, dachte Laurent Zai und fragte sich, welche geistige Perversion ihn veranlasst hatte, diese Fehlerklinge zu wählen. Dekompression brachte kein sofortiges Ende. Wie lange dauerte es, bis ein Mensch im Vakuum starb? Zehn Sekunden? Dreißig? Und jene Momente würden sehr schmerzhaft sein. Das Platzen von Augen und Lungen, von Blutgefäßen im Gehirn, die explosive Expansion von Stickstoffblasen in den Kniegelenken ...

Wahrscheinlich war die Qual zu groß für das menschliche Gehirn. Zu viele Schmerzsignale von zu vielen Körperstellen, und alle gleichzeitig. Wann ging ein Chor der Agonie in völliger Überraschung unter?, fragte sich Zai. Wie lange er auch in der Blase stand, in die Finsternis starrte und sich das Geschehen vorstellte – sein Nervensystem konnte unmöglich vorbereitet sein.

Die traditionelle Zeremonie des Fehlers – man stoße sich eine stumpfe Klinge in den Bauch und beobachte dann, wie das Herz Blut auf die rituelle Matte pumpt – war alles andere als angenehm. Doch als Aufgestiegener konnte Laurent Zai die Methode des Selbstmords wählen. Er brauchte nicht zu leiden. Es gab schmerzlose Wege in den Tod, sogar vergnügliche. Vor einem Jahrhundert hatte sich die aufgestiegene Transbischöfin Mater Silver mit Halzionid umgebracht und in einem Orgasmus gestöhnt, als sie starb.

Doch Zai wollte die Leere fühlen. Wie schmerzhaft es auch sein mochte: Er wollte wissen, was während all der Jahre auf der anderen Seite der Rumpflegierung gelauert hatte. Er liebte das All und die Leere, und jetzt schickte er sich an, darin aufzugehen.

Die Entscheidung stand fest. Zai hatte seine Wahl getroffen und wusste wie alle Kommandooffiziere, wie gefährlich es war, sich selbst infrage zu stellen. Außerdem gab es andere Dinge, über die er nachdenken musste.

Laurent Zai schloss die Augen und seufzte. Auf seine Anweisung hin war die Beobachtungsblase von der Crew separiert. Er würde bis zum Ende allein bleiben; es war nicht mehr nötig, dass er sich den Besatzungsmitgliedern gegenüber stark zeigte. Nach und nach entließ er sein Ich aus den strengen Kontrollen, die er sich selbst auferlegte. Zum ersten Mal seit dem Fehler erlaubte er sich den Luxus, an sie zu denken – an Senatorin Nara Oxham.

Ihre letzte Begegnung lag zehn kaiserlichabsolute Jahre zurück. Doch während der langen Beschleunigung drehwärts hatte der Zeitdieb mehr als acht dieser Jahre gestohlen, und Zais Erinnerungen, an die Farbe von Naras Augen und ihren Geruch, waren noch frisch. Und Nara sprang durch die Zeit. Als Senatorin verbrachte sie die häufigen legislativen Pausen im Stasisschlaf, in einem Kokon aus Zeitlosigkeit. Dieses Vorstellungsbild - eine schlafende Prinzessin, die auf ihn wartete - hatte ihn während der letzten relativen Jahre getröstet. Er hatte an dem romantischen Glauben festgehalten, dass ihre Beziehung die Zeit besiegen und all die langen, kalten Dekaden der Trennung überdauern würde, während sich das Universum um sie herum drehte.

Das schien tatsächlich der Fall gewesen zu sein. Zai stieg auf und wurde unsterblich. Als Senatorin erwarb sich Nara bestimmt das Recht zum Aufstieg, sobald sie auf ihren säkularistischen Todeswunsch verzichtete. Selbst die fanatischsten Pink-Politiker überlegten es sich manchmal anders, zum Schluss. Sie wären beide unsterblich, vor den Verheerungen der Zeit geschützt.

Doch die Zeit schien nicht ihr einziger Feind zu sein. Zai öffnete die Augen wieder und betrachtete den schwarzen Signalgeber.

Es war der Tod, in seiner Hand.

Der Tod war natürlich der wahre Dieb. Das war er immer gewesen. Im Vergleich mit ihm erschien die Liebe fragil und glücklos. Seit ihren ersten bewussten Gedanken hatte es die Menschheit mit dem Schreckgespenst des Sterbens zu tun, dem Nichts. Und seit der erste menschenähnliche Primat einem anderen den Schädel eingeschlagen hatte, entschied der Tod letztlich über Macht. Kein Wunder, dass man den Auferstandenen Kaiser als Gott verehrte. Seinen treuen Dienern bot er Rettung vor dem ältesten Feind der Menschheit.

Und er verlangte Tod von jenen, die im Dienst für ihn versagten.

Ich sollte es besser hinter mich bringen, dachte Zai. Der Tradition musste Genüge getan werden.

Zai hob die Hände wie zum Gebet.

In seiner Magengrube verkrampfte sich etwas. Er roch sie an den Händen, die Scham der Kindheit, als er zum Kaiser gebetet und sich größere Klassenkameraden gewünscht hatte. Er schmeckte Galle, wie an jenem Nachmittag auf dem Fußballplatz, als er mit kindlicher Gewissheit geglaubt hatte, für die Seuche im Krupp-Reich verantwortlich zu sein. Die vadanische Propaganda hatte tiefe Wurzeln in ihm geschlagen – er roch Erbrochenes an den Händen.

Und anstatt zum Kaiser zu beten, anstatt die rituellen Worte des Selbstmords zu sprechen, flüsterte er immer wieder: »Es tut mir so Leid, Nara.«

Laurent Zai hielt den Signalgeber in der Hand, lieferte sich aber nicht dem Tod aus. Noch nicht.

Nachricht für Captain Laurent Zai, leuchtete der Hinweis im sekundären Sehen.

Er öffnete die Augen und schüttelte ungläubig den Kopf.

»Hobbes ...«, seufzte er und erinnerte sich daran, eindeutige Befehle hinterlassen zu haben. Wollte ihn die Frau nicht in Ruhe sterben lassen?

Doch der Erste Offizier antwortete nicht. Zai sah sich die synästhetische Mitteilung genauer an und schluckte. Sie war unter Blutstrafe nur für ihn bestimmt. Hinzu kam: Sie trug ein Senatoren-Siegel.

Ein *Senatoren*-Siegel.

Nara. Sie wusste Bescheid.

Die Situation auf Legis XV unterlag der höchsten Geheimhaltungsstufe. Die Soldaten der *Luchs* hatten den Planeten während der ersten Stunden der Krise isoliert und die polare Verschränkungsstation besetzt, die Translicht-Kommunikation ermöglichte. Selbst das allgegenwärtige Verbundbewusstsein war vom Rest des Reiches abgeschnitten.

Im Senat konnten nur einige wenige Personen vom Tod der Kaiserin wissen. Die Propagandamaschine des Politischen Apparats würde das Gemeinwesen sehr vorsichtig auf die Neuigkeiten vorbereiten. Aber Nara wusste ganz offensichtlich Bescheid. Senatorin Oxham musste während der vergangenen zehn Jahre in der Hierarchie ihrer Partei aufgestiegen sein.

Oder war die Nachricht vielleicht ein Zufall? Nein, das hielt Zai für ausgeschlossen. Nara hätte sich nicht einfach so mit ihm in Verbindung gesetzt, mit einer Nachricht unter Blutstrafe. Bestimmt wusste sie von seinem Fehler.

Es widerstrebte ihm, die Nachricht zu öffnen. Er wollte keine Worte von Nara lesen, die sich auf seine Niederlage bezogen, auf seinen Tod. Laurent Zai hatte versprochen, zu ihr zurückzukehren, und dieses Versprechen konnte er nicht halten. *Benutz den Signalgeber,* forderte er sich auf. *Erspar dir diesen Schmerz.*

Doch ein senatorisches Siegel verfügte über eine gewisse Intelligenz. Es wusste, dass die Nachricht die *Luchs* erreicht hatte und Zai noch nicht tot war. Es würde Nara melden, dass er sich geweigert hatte, ihre Mitteilung zu lesen. Das Siegel würde seinen letzten Verrat aufzeichnen.

Er musste die Nachricht lesen. Alles andere wäre grausam gewesen.

Laurent Zai seufzte. Ein Leben im Dienst der Tradition, aber offenbar war ihm kein sauberer Tod vergönnt.

Er öffnete die Hand so, als wollte er ein Geschenk empfangen - die erste Interface-Geste, die man Kindern beibrachte.

Das senatorische Siegel breitete sich vor ihm aus, durchsetzt von Vastholds karmesinroten Balken. Im tertiären Sehen zeichneten sich Nara Oxhams Titel ab.

»Captain Laurent Zai«, sagte er.

Das Siegel öffnete sich nicht - seine Sicherheits-KI war

noch nicht zufrieden. Dünne, von der *Luchs* ausgehende Laserstrahlen strichen über Zais Hände und gaben ihnen eine schimmernde rote Patina. Er drehte sie, damit die Strahlen auch die Muster der Fingerspitzen und des Handtellers lesen konnten. Anschließend glitten sie nach oben, zu den Augen.

Das Siegel blieb geschlossen.

»Verdammt!«, fluchte er. Die senatorische Sicherheit war noch misstrauischer als die militärische.

Er drückte das rechte Handgelenk gegen das Abzeichen an der linken Schulter. Das smarte Metall des Abzeichens vibrierte kurz, schmeckte Haut und Schweiß. Eine kurze Pause folgte, Zeit genug, um die DNS zu entschlüsseln, Pheromone zu untersuchen und das Blut zu analysieren.

Schließlich öffnete sich das Siegel.

Die Nachricht kam zum Vorschein, in senatorischem Weiß vor dem Schwarz des Weltraums. Sie schwebte dort, nur Text, still und stumm, so deutlich wie etwas, das mit realer Substanz existierte. Nur ein Wort.

Die Mitteilung lautete:

Nein.

Zai blinzelte und schüttelte den Kopf.

Er gewann den Eindruck, dass dies nicht leicht sein würde. Das Nichts würde nie wieder leicht sein.

ERSTER OFFIZIER

Katherie Hobbes fühlte sich klein im Sessel des Kommandanten.

Sie hatte die Kommandooffiziere zur Brücke gerufen, damit die Seniorcrew an den Konsolen saß, wenn es zum

Gefechtsalarm kam. Niemand von ihnen wandte sich mit einer Frage an sie. Bei ihrem Eintreffen sahen sie, wo Hobbes saß. Sie stellten einen kurzen Blickkontakt her, nahmen dann ihre Plätze ein.

Hobbes überlegte, wie viele Angehörige der Seniorcrew sie als Captain akzeptieren würden. Bei den übrigen Offizieren an Bord von Zais Schiff war sie immer eine Außenseiterin gewesen. Ihre utopianische Herkunft war unübersehbar. Die auf ihrer Heimatwelt gebräuchliche kosmetische Chirurgie verlieh ihr eine außergewöhnliche Schönheit an Bord der sehr grauen *Luchs*.

Zumindest wirkten die Offiziere pflichtbewusst. Hobbes hatte die Temperatur der Brücke auf zehn Grad Celsius eingestellt, ein Zeichen, das alle Mitglieder von Zais Crew gut kannten. Ihr Atem kondensierte und bildete vage Wolken im matten Licht. Hobbes wusste, dass es während der Übung keine Fehler geben würde, auch nicht bei der Bergung der Leiche. Zwar war das Scheitern der Rettungsmission auf die Politischen zurückzuführen, aber diese Crew hatte das Gefühl, ihren Captain enttäuscht zu haben. Sie waren alle entschlossen, das nicht noch einmal geschehen zu lassen. Hobbes war zuversichtlich.

Doch der Kommandantensessel schien viel zu groß für sie zu sein. Hier umgaben sie weniger Luftschirme als an der Konsole des Ersten Offiziers, aber sie waren komplexer, präsentierten zahlreiche Prioritäten, Feedbackweichen und Kommandosymbole. Die Schirme ihrer alten Station dienten vor allem der Überwachung. Diese hingegen hatten Macht. Von diesem Sessel aus konnte Hobbes fast jeden Aspekt der *Luchs* kontrollieren.

So viel potenzielle Macht an ihren Fingerspitzen fühlte sich gefährlich an. Es war so, als stünde man am Rand einer Klippe oder als richtete man einen taktischen Sprengkopf auf eine große Stadt. Eine kurze Berührung der Kontrollen, eine plötzliche Bewegung ... was dann passierte, ließ sich nicht rückgängig machen.

Vom höheren Aussichtspunkt des Kommandosessels sah sie den ganzen großen Luftschirm der Brücke. Er zeigte die *Luchs,* in einem kleinen Maßstab – aber ihr stand ein plötzliches Wachstum bevor, wenn Captain Zai Gebrauch von seiner Fehlerklinge machte. Der Einsatz des energetischen Verteilers ließ das Schiff ein ganzes Stück größer werden. Die *Luchs* würde sich sträuben wie ein stacheliges, erschrockenes Tier, wenn die Energie des Antriebs in Waffensysteme und Schilde strömte, wenn sich Plasmageysire und zahlreiche Drohnen bereit machten. Aber einen Teil seiner tödlichen Anatomie würde das Schiff wie beiläufig abstreifen – ohne das Integritätsfeld explodierte die Beobachtungsblase wie ein Luftballon.

Dann war der Captain ungeschützt dem Vakuum des Alls ausgesetzt und starb.

Hobbes dachte noch einmal an ihre Versuche, Zai das Leben zu retten. Als sie die Augen schloss, sah sie erneut die Bilder vom kurzen Kampf auf dem Planeten. Zusammen mit dem taktischen Stab hatte sie in der vorderen Messe ein physisches Modell des Palastes entwickelt und dort die Bewegungen aller Rix-Kämpfer und Soldaten nachvollzogen. Hobbes hatte *gewusst,* dass es etwas geben musste, das Zai von der Verantwortung befreite, wenn sie nur genauer nachforschte, mehr Modelle baute und weitere Simulationen erstellte. Die Möglichkeit, dass es nichts zu finden gab und alles hoffnungslos blieb, war ihr nie in den Sinn gekommen.

Aber jetzt erinnerte sie sich an den Ausdruck in Laurents Gesicht, als er die scharfen Worte an sie gerichtet hatte, und Hobbes verzweifelte. Sein Zorn hatte etwas in ihr zerbrochen, etwas, dessen Existenz ihr bis dahin gar nicht bewusst gewesen war – etwas, das sie dummerweise in sich hatte wachsen lassen. Mit einem Gefühl bitterer Schande dachte sie daran, dass Laurent sich vielleicht für sie opferte, Katherie Hobbes.

Hobbes' Hände schlossen sich um die Armlehnen des Kommandosessels. So viel Macht ... Und doch hatte sie sich nie zuvor so hilflos gefühlt.

Sie betrachtete die *Luchs* im Luftschirm. Gleich würde sie sich zur Gefechtskonfiguration entfalten, zu plötzlicher und schrecklicher Schönheit erwachen. Es bedeutete, dass das Unfassbare geschehen war. Hobbes *wünschte* sich fast das Heulen des Gefechtsalarms, denn das Warten wurde unerträglich.

»Erster Offizier.«

Die Stimme erklang hinter ihr.

»Ich übernehme das Kommando.«

Während noch Chaos hinter ihrer Stirn herrschte, steuerten Pflicht und Gewohnheit den Körper. Hobbes stand auf, drehte sich um und trat respektvoll einen Schritt vom Sessel zurück, der nicht ihr zustand. Die Ränder ihres Blickfelds verfärbten sich rot, als drohte eine Beschleunigungsohnmacht.

»Captain auf der Brücke«, brachte sie hervor.

Die verwirrten Offiziere nahmen Haltung an.

Zai nickte und nahm im Kommandosessel Platz, während Hobbes zu ihrer eigenen Station zurückkehrte. Noch immer verblüfft setzte sie sich dort.

Ihr Blick glitt zum Captain.

»Die Übung, von der wir sprachen, ist gestrichen, Hobbes«, sagte er ruhig. »Nicht verschoben. Gestrichen.«

Sie nickte wortlos.

Zai sah zum Luftschirm, und Hobbes beobachtete, wie sich die anderen überraschten Offizier wieder ihren Stationen zuwandten. Einige von ihnen richteten fragende Blick auf sie. Der Erste Offizier konnte nur schlucken und starrte zum Captain.

Zai betrachtete das Bild der *Luchs* und lächelte.

Wenn Hobbes ihn richtig verstand, so hatte sich Laurent Zai gerade aller Ehre, Würde und Traditionen entledigt, mit denen er aufgewachsen war.

Und er wirkte ... glücklich.

Ihre Worte hatten ihn umgestimmt. Für einen langen, sonderbaren Moment konnte Katherie den Blick nicht vom Gesicht ihres Captains abwenden.

Dann erschien so etwas wie Sorge in seinen Zügen, und er sah auf seinen Ersten Offizier hinab.

»Hobbes?«

»Sir?«

»Bitte erklären Sie mir, warum es auf meiner Brücke so verdammt kalt ist.«

Ganz plötzlich begann Laurent, von Dhantu zu erzählen.

Nara fühlte seine Verletzungen, die seltsamen Leerstellen in seinem Körper. Die Prothesen waren leblos und unsichtbar für ihre Empathie, aber psychische Phantomglieder überlagerten sie und schwebten wie Nervengeister. In Laurent Zais Vorstellung war sein Körper noch immer intakt. Ein Arm, beide Beine, selbst der künstliche Verdauungstrakt glühten hyperreal, als wäre Laurent ein von Hand retuschiertes Foto.

Die Wirkung der Apathie-Droge ließ allmählich nach, und mit jeder verstreichenden Stunde wurde Naras Empathie stärker. Ihre besonderen Fähigkeiten erholten sich in zwei Phasen von der chemischen Unterdrückung: Gesteigerte Sensitivität kam mit einem plötzlichen Schub, und es folgte ein langsameres Erwachen, wie das Hervorkriechen nach einem Sturm.

Selbst hier in der Ruhe ihres Pol-Hauses, tausende Kilometer von der nächsten Stadt entfernt, verzichtete Oxham nur selten ganz auf die Droge. Laurents Präsenz in ihrem Refugium stellte einen unbekannten Faktor dar. Er war hier der erste Gast und auch die erste Person, in deren Anwesenheit sie ihre Empathie ganz befreite - das geschah zum ersten Mal seit ihrer Ankunft auf der kaiserlichen Zentralwelt.

Sie fragte sich, was sie dazu veranlasst haben mochte, den grauen Krieger hierher zu bringen. Warum hatte sie so offen von ihrer Kindheit erzählt? Immerhin gehörte er dem gegenerischen Lager an. Nara fühlte jetzt Verlegenheit, und das lange Gespräch über ihren Wahnsinn hatte einen faden, metallischen Geschmack in ihrem Mund hinterlassen. Und dann das Brennen von Laurents Worten: *Das ist verrückt.*

Sie schwieg nun und ließ die Gedanken treiben, während das Feuer im Kamin herunterbrannte.

Naras Pol-Anwesen war ein Königreich der Stille. Im unbewohnten Süden konnte ihre Empathie kilometerweit umherstreifen, auf der Suche nach menschlichen Emotionen, wie eine Ranke, die nach Wasser suchte. Manchmal glaubte sie fast, den kühlen, langsamen Gedanken der Pflanzen in den vielen Gärten Gesellschaft zu leisten. Hier fühlte sie sich, als wäre sie zurückgekehrt in die weite Leere von Vasthold.

Doch als Lieutenant-Commander Zai seine Geschichte erzählte, verließ Naras Empathie das Ödland und richtete sich auf den ruhigen Mann und den alten Schmerz in seinem Innern.

»Eine lokale Gouverneurin erbat die Strafexpedition auf Dhantu«, sagte Zai, den Blick auf einen fernen Wasserfall gerichtet. Das Schmelzwasser fiel auf einen großen Gletscher östlich des Hauses, und der Temperaturunterschied schuf einen Dunstschleier vor der langsam untergehenden Sonne.

»Die Gouverneurin war eine Sympathisantin, wie sich später herausstellte«, fuhr Zai fort. »Sie kam aus einer sehr guten Familie, die zu den ersten Verbündeten des Kaisers auf Dhantu gehörte. Aber seit der Kindheit hegte sie verräterische Gedanken. Vor ihrer Hinrichtung schrieb sie darüber und prahlte damit, das Amt des Präfekturgouverneurs allein mit der Kraft des Hasses erreicht zu haben. Ein Kindermädchen hatte sie von Geburt an gelehrt, den Kaiser und die Besatzung zu verachten.«

»Die Hand, die die Wiege schaukelt«, warf Oxham ein.

Laurent nickte.

»Wir haben keine Bediensteten auf Vada.«

»Auf Vasthold gibt es ebenfalls keine, Laurent.«

Er nickte, vielleicht als Bestätigung dafür, dass sich die

spartanischen Traditionen seines grauen Heimatplaneten nicht so sehr von der strengen Meritokratie der Säkularisten unterschieden. Zwar waren ihre politischen Überzeugungen genau entgegengesetzt, aber keiner von ihnen war utopianisch. Sowohl Mönche als auch Atheisten wandelten auf kahlem Boden.

Nara begriff, dass Laurent das Wort »Besatzung« benutzt hatte, um zu beschreiben, was offiziell als »andauernde Befreiung von Dhantu« galt. Natürlich hatte er die Exzesse direkter kaiserlicher Herrschaft und ihre Auswirkungen auf das Herz von Dhantu persönlich kennen gelernt. Jemand wie er war über Euphemismen hinaus.

Zai schluckte, und Nara fühlte sein Schaudern, das die Phantomglieder erzittern ließ.

»Die Gouverneurin geleitete uns zu einem geheimen Treffpunkt des Widerstands, wo angeblich auf höchster Ebene Verhandlungen zwischen verschiedenen Fraktionen stattfinden sollten. Wir schickten ein Soldatenkontingent, in der Hoffnung, einige hochrangige Repräsentanten des Widerstands gefangen nehmen zu können.«

»Aber es war eine Falle«, erinnerte sich Nara.

Der Lieutenant-Commander nickte. »Die Wände der Schlucht waren sorgfältig präpariert worden, damit natürliche Eisenvorkommen unsere Aufklärer täuschten - nichts sollte auf einen Hinterhalt hindeuten. Als plötzlich zahlreiche Widerstandskämpfer auftauchten, schienen sie praktisch aus dem Nichts zu kommen.«

Nara entsann sich an die Details des Dhantu-Zwischenfalls, die die Medien monatelang beschäftigt hatten, insbesondere auf dem Planeten Vasthold, der gegen die Besatzung war.

»Sie gehörten nicht zur Landegruppe, Laurent, oder?«

»Nein. Jene Gruppe bestand ausschließlich aus Soldaten. Die Falle schnappte schnell zu, nach nur einigen wenigen Schüssen. Vom All aus sahen wir mithilfe der kleinen Aufklärungsmaschinen, dass die Soldaten niedergemetzelt worden wären, wenn sie sich zur Wehr gesetzt hätten. Deshalb wiesen wir sie an, sich zu ergeben.«

Zai seufzte.

»Doch der Soldat Anante Vargas war während des anfänglichen Schusswechsels getötet worden«, sagte er.

Nara nickte. Sie erinnerte sich an den offiziellen Bericht: Der Held Zai ließ sich gegen einen Toten austauschen.

»Die Daten des Kampfanzugs wiesen darauf hin, dass er sauber gestorben war, an einer Schusswunde in der Brust. Wenn wir die Leiche innerhalb von vierzig Minuten nach oben brachten, hätte sie problemlos den Symbianten aufnehmen können.«

»Aber die Leute vom Widerstand beharrten auf einem Austausch.«

Laurent schloss die Augen, und Nara spürte ein tiefes, qualvolles Zittern in dem Mann. Sie versuchte, die Emotion zu deuten und zu lokalisieren.

»Ein Austausch konnte den Interessen beider Lager gerecht werden«, erklärte Zai. »Die Widerstandskämpfer würden eine weitere lebende Geisel bekommen, und wir konnten den Toten an Bord holen. Aber sie verlangten einen Kommandooffizier. Zuerst wollten sie jemanden vom Apparat, aber es befanden sich keine Politischen an Bord. Sie wussten, dass wir ihnen nicht den Captain geben würden, doch ein Lieutenant-Commander war in Ordnung.«

»Hat man Ihnen einen Befehl erteilt, Laurent?«

»Nein«, sagte er und schüttelte langsam den Kopf. »Die Propagandaversion stimmt. Ich habe mich freiwillig gemeldet.«

Wieder fühlte Nara Schmerz, so klar und deutlich wie laut ausgesprochene Worte. *Wenn es doch nur jemand anders hätte sein können. Irgendjemand anders.* Doch ein

Schuldgefühl begleitete diesen Gedanken. In Zais grauer Welt waren die geehrten Toten auf jeden Fall mehr wert als die Lebenden.

»Ich machte mich mit einer Landekapsel auf den Weg. Ein ballistischer Flug, ein einfaches Raketentriebwerk, um das Ding anschließend wieder in den Orbit zu bringen. Nicht größer als ein Sarg.«

»Sie haben den Widerstandskämpfern getraut?«

»Der Captain ließ keinen Zweifel daran: Wenn sie sich nicht an die Abmachung hielten, würde er die ganze Schlucht mit ultrabeschleunigten Geschossen vernichten und uns alle töten. Als ich aus der Kapsel trat, konnte ich also einigermaßen sicher sein, dass sie uns Vargas überlassen würden.

Zwei Leute vom Widerstand brachten seine Leiche herbei, und ich half ihnen, sie an Bord der Kapsel unterzubringen. Für einige Momente waren wir drei einfach nur Menschen. Wir trugen den Toten gemeinsam, setzten ihn in den Sprungsessel und bereiteten ihn auf die Reise vor.

Dann wichen wir zurück, und ich sprach zum letzten Mal mit dem Schiff und wies darauf hin, dass Vargas bereit war. Das Raketentriebwerk zündete, und die Kapsel stieg wieder auf. Ich schätze, ich begann das Kriegergebet aus einem Reflex heraus. Es stammt von Vada, aus einer Zeit vor dem Kaiser. Aber einer der beiden Widerstandskämpfer schien es für eine Beleidigung zu halten und schlug mich von hinten nieder.«

Zai schüttelte verwundert den Kopf.

»Eben hatte ich noch den Toten zusammen mit den beiden Männern getragen.«

Nara empfing sein Entsetzen in Wellen. Dem armen grauen Laurent fiel es noch immer schwer zu verstehen, wie die Dhanti so wenig Respekt vor dem Ritual und dem Alten Feind haben konnten, dem Tod. Der Schlag von hinten verbitterte Zai mehr als die monatelange Folter, schmerzte mehr als der Umstand, dass er aus freiem Willen in die Falle gehen musste. Das schuf in ihm mehr Trauer als zu sehen, wie die anderen Gefangenen nacheinander starben. Nara spürte Laurents Unverständnis. Die beiden Guerillas hatten den Toten mit ihm getragen und nicht zugelassen, dass er ein einfaches Gebet sprach – waren sie völlig leer?

»Sie haben Millionen auf ihrer Welt sterben sehen, Laurent«, sagte Nara. »Ohne Hoffnung auf Auferstehung.«

Er nickte langsam und fast respektvoll. »Dann sollten sie wissen, dass der Tod über unsere politischen Auseinandersetzungen hinausgeht.«

Bei unseren politischen Auseinandersetzungen geht *es um den Tod,* dachte Nara Oxham, schwieg aber.

Der Sonnenuntergang färbte den Horizont rot. Hier in der sauberen Luft des tiefen Südens dauerte der Sonnenuntergang im Sommer zwei Stunden. Nara kniete vor dem Kamin und legte Holz nach. Laurent trat an ihre Seite und reichte ihr Feuerholz vom nahen Stapel. Das Haus ließ sein eigenes Holz wachsen, nach Vanille duftende Zeder, gentechnisch für schnelles Wachstum und langsames Brennen entwickelt. Doch das Zedernholz brauchte ziemlich lange, um zu trocknen, und es zischte und qualmte, wenn es feucht war. Zai wog jedes Stück in der Hand und legte die beiseite, die eine zu schwere Last aus Wasser in sich trugen.

»Sie machen nicht zum ersten Mal ein Feuer«, sagte Nara.

Zai nickte. »Meine Familie hat ein Blockhaus in den hohen Wäldern des Walhalla-Gebirges, dicht über der Schneegrenze. Vollkommen datenblind. Es besteht aus Holz und Lehm, und geheizt wird es nur mit einem Kamin dieser Größe.«

Nara lächelte. »Die Verwandten meiner Mutter haben ebenfall ein ›dummes‹ Haus. Aus Stein. In meiner Kindheit habe ich dort den Winter verbracht. Auf Vasthold ist es Aufgabe der Jüngeren, sich um das Feuer zu kümmern.«

Laurent schmunzelte und schien sich an angenehmere Dinge zu erinnern.

»Es schafft einen Sinn für Balance und Hierarchie«, sagte oder zitierte er.

»Balance, ja«, sagte Nara und legte ein schmales Stück Holz vorsichtig auf die Glut. »Aber Hierarchie?«

»Das Streichholz bringt dem Ansteckmaterial Feuer, und die Flammen gehen auf die größeren Holzstücke über.«

Nara lachte leise. Es war eine typisch vadanische Interpretation, Ordnung und Struktur selbst im Chaos eines gut brennenden Feuers zu sehen.

»Wenigstens ist es eine von unten nach oben reichende Hierarchie«, kommentierte sie.

Gemeinsam schürten sie das Feuer.

»Zuerst behandelte man uns gut, während der wenigen Verhandlungswochen. Die Geiselnehmer stellten populistische Forderungen, wie zum Beispiel medizinische Hilfe für die Tropen, wo die Seuchenzeit begonnen hatte. Sie spielten mit der kaiserlichen Regierung. Wenn die Regierung etwas gegen Katastrophen unternahm, nannte der Widerstand rückwirkend Bedingungen, damit es so aussah, als wäre die kaiserliche Hilfe auf Dhantu das Ergebnis der Geiselnahme. Der Widerstand rechnete sich alles als Verdienst an. Schließlich hatte der kaiserliche Gouverneur genug von der Propaganda und stellte jede humanitäre Hilfe ein.«

Nara runzelte die Stirn. Sie hatte sich die Dhantu-Besatzung nie als humanitäre Maßnahme vorgestellt. Natürlich brachten Besatzungstruppen eine gewisse soziale Ordnung, und die meisten Besatzungsmächte waren reicher als ihre Opfer. Der Eroberung folgte Bestechung.

»Nach der Verhängung der kaiserlichen Sanktionen begann die Folter. Das Seltsame war: Den Geiselnehmern lag gar nichts daran, uns Schmerzen zuzufügen. Zumindest nicht, als sie uns zu Anfang an die Stühle fesselten.«

Stühle, dachte Nara. So ein schlichtes Wort. Sie fröstelte und rückte etwas näher zum Feuer.

»Bei den Stühlen handelte es sich um experimentelle medizinische Apparate, mit voller Schmerzdämpfung ausgestattet«, sagte Laurent. »Ich fühlte nichts, als sie meine linke Hand entfernten.«

Nara schloss die Augen, als sich eine Erkenntnis in ihr bildete. Selbst ohne die immer empfindlicher werdende Empathie hätte sie in Laurents Stimme den zögernden Klang einer nie zuvor erzählten Geschichte gehört. Er sprach dies zum ersten Mal aus. Vielleicht gab es einen militärisch sachlichen Bericht über die Zeit auf Dhantu, aber dies war eine menschliche Schilderung der Ereignisse.

Kein Wunder, dass sich die psychischen Narben so frisch anfühlten.

»Zuerst wurde sie nur zwanzig Zentimeter weit entfernt«, fuhr Zai fort. »Das prothetische Nervengewebe glänzte wie goldene Drähte. Ich konnte sogar sehen, wie sich die Erweiterungen des Muskelgewebes spannten, wenn ich die Finger bewegte. Die dünnen Blutschläuche waren transparent – ich beobachtete das Pumpen meines Herzschlags in ihnen.«

»Laurent ...«, sagte Nara leise. Es war keine Bitte aufzuhören; sie musste nur irgendetwas sagen. Sie konnte die Stimme dieses Mannes nicht in der großen Stille des polaren Ödlands allein lassen.

»Dann brachten sie sie weiter fort. Vierzig Zentimeter. Daraufhin tat es weh, die Finger zu krümmen, wie bei einem Krampf. Aber das war nichts im Vergleich mit dem ...

Abscheu. Zu sehen, wie die Hand ganz normal reagierte, als wäre sie noch immer Teil des Körpers ... Ich *fühlte* sie. Nur der Schmerz war betäubt. Nicht die normalen Empfindungen. Nicht das Jucken.«

Zai blickte ins Feuer. »Die Dhanti waren immer großartige Ärzte«, sagte er ohne Ironie.

Etwas knackte im Feuer. Eine Blase aus Luft oder Wasser explodierte mit einem gedämpften Knall. Funken flogen Nara und Laurent entgegen, und der Feuerschirm hielt sie zurück. Flammenzungen leckten über die unsichtbare Barriere.

»Natürlich waren wir auf den Stühlen vollständig fixiert. Ich konnte nur Finger und Zehen bewegen. Stellen Sie sich den Versuch vor, über Tage hinweg darauf zu verzichten, die einzigen freien Muskeln zu bewegen. Die Hand begann zu jucken und zu pulsieren, schwoll in meiner Vorstellung an. Schließlich hielt ich es nicht mehr aus. Ich krümmte die Finger und musste beobachten, wie sich die Glieder der entfernten Hand bewegten.«

Nara spürte, wie ihre Empathie das Maximum erreichte. Es lag lange zurück, seit sie ihre Gabe zum letzten Mal einer anderen Person gegenüber voll geöffnet hatte, und jetzt streckte sie sich wie eine erwachende Katze. Nara *sah*, als sich die Empathie auf die Knoten des sekundären Sehens im Sehnerv erweiterte. Spiralen des Abscheus wirbelten durch den Mann, wanden sich wie Schlangen auf seinen künstlichen Gliedern. Die behandschuhte Hand ballte sich zur Faust, als wollte sie die Geister des Schmerzes packen. Vielleicht war dies eine zu persönliche Sache, die von ihr gar nicht beobachtet werden sollte, dachte Nara und tastete instinktiv nach dem Apathie-Armband. Aber es war nicht da; sie hatte es auf einem kleinen Tisch zurückgelassen.

Sie schloss die Augen, froh darüber, dass Erleichterung

außer Reichweite war. Jemand sollte fühlen, was dieser Mann erlitten hatte.

»Man nahm uns regelrecht auseinander.

Sie schnitten meinen Arm in drei Teile, an Handgelenk, Ellenbogen und Schulter, verbunden durch jene pulsierenden Linien. Dann kamen die Beine an die Reihe, miteinander verschmolzen, aber einen Meter entfernt. Mein Herz schlug hart, den ganzen Tag, von Stimulanzien angeregt; es versuchte, den Erfordernissen eines größeren Kreislaufs gerecht zu werden. Ich schlief praktisch nie.

Als ranghöchster Offizier war ich bei allem als Letzter dran. So konnten sie aus ihren Fehlern lernen und es vermeiden, mich durch irgendein Missgeschick zu verlieren. Ich beobachtete, wie die anderen Gefangenen um mich herum immer bizarrer wurden: Kreislauf-Ringe, mit Blut, das von den Fingerspitzen der linken Hand in die der rechten floss; der Verdauungstrakt in einzelne Stücke aufgeteilt, die untereinander Flüssigkeit austauschten; der Körper ein Durcheinander aus langsam sterbenden Fleischbrocken.

Als das Ganze immer grotesker wurde, sprachen die Folterer nicht mehr mit uns und schwiegen auch untereinander, als wären sie durch ihre eigene Metzelei abgestumpft.«

Mit jenen Worten kam der unvermeidliche Moment: Aus Empathie wurde echte Telepathie. Blitze durchzuckten Naras Bewusstsein, wie Funken in einer dunklen Höhle, und zeigten ihr Bilder aus Laurents Erinnerungen. Ein Ring aus großen Stühlen, wie für eine groteske menschliche Subspezies bestimmte Beschleunigungsliegen. Medizinische Verbindungslinien funkelten zwischen ihnen, manche so dünn wie Nervendrähte, andere dick genug, um Blut zu transportieren. Und auf den Stühlen ... Körper.

Naras Selbst wehrte sich gegen den Anblick. Er war schrecklich real und gleichzeitig unglaublich. Zerstückelte

Menschen, die noch lebten. Sie sah, wie sie sich bewegten, was ihr einen Übelkeit bringenden Schock bereitete, wie die plötzliche Bewegung einer Wachspuppe in einem Museum. Die medizinischen Geräte glänzten, die Verbindungslinien waren sauber und effizient, aber zusammen mit den zerteilten Körpern bildeten sie ein wirres Durcheinander. Es sah nach Kreaturen aus, die von einem betrunkenen Gott erschaffen worden waren, oder von einem irren.

Doch bei den Gefangenen handelte es sich nicht um irgendwelche Kreaturen, sondern um Menschen, erinnerte sich Nara. Und ihre Schöpfer waren keine verrückten Götter, sondern ebenfalls Menschen. Politische Tiere. Denkende Wesen.

Was auch immer Laurent über den Tod dachte: Es hatte einen Grund für diese Metzelei gegeben.

Nara beugte sich zu Zai und ergriff seine rechte Hand, jene, die noch immer aus Fleisch und Knochen bestand. Ekel schlug ihr von Laurent entgegen, ein überaus intensives Gefühl: ein Entsetzen, das ihm selbst galt, die Vorstellung, dass sein Körper nicht mehr war als eine Maschine, die auseinander genommen werden konnte, wie der Körper eines Insekts von grausamen Kindern.

Nara hielt die Hand fest und stellte Laurents unmenschlichen Erinnerungen eine menschliche Präsenz gegenüber.

»Der Apparat hat uns nie den Grund genannt«, sagte sie. Es war nie erklärt worden, warum die Widerstandskämpfer von Dhantu auf diese Weise gefoltert hatten.

Laurent zuckte mit den Schultern.

»Die Geiselnehmer meinten, es gäbe ein Geheimnis, das den Kaiser zu Fall bringen könnte. Sie behaupteten, etwas von einem lebenden Initiaten des Ordens gehört zu haben, der vor langer Zeit in ihre Gefangenschaft geraten war. Offenbar hatten sie den Mann bei dem Versuch getötet, Details von ihm zu erfahren. Immer wieder verlangten sie von mir, das Geheimnis preiszugeben. Es war absurd. Sie klammerten sich an einen Strohhalm. Die Folter hatte überhaupt keinen Sinn.«

Nara schluckte. Es musste einen Grund geben; die Säkularisten glaubten nicht an das Böse an sich.

»Vielleicht war es ein Hirngespinst. Der Wunsch des Widerstands nach einer wirkungsvollen Waffe gegen den Kaiser muss sehr groß gewesen sein.«

»Sie wollten uns nur zeigen ...«

Zai sah Nara an, und als sich ihre Blicke trafen, erkannte sie, was er während der langen Monate in dem Sessel begriffen hatte. Die nächsten Worte waren unnötig.

»Sie wollten uns nur zeigen, was die Besatzung aus ihnen gemacht hatte.«

Nara schloss die Augen, und durch den Kontakt mit Laurent sah sie sich selbst aus seiner Perspektive, wie in einem Spiegel, der sie als Fremde zeigte. Als schöne Fremde.

»Die Propaganda des Apparats enthielt eine Lüge«, sagte Zai nach einigen Momenten.

Nara öffnete die Augen. »Welche?«

»Ich wurde nicht gerettet. Die Widerstandskämpfer gaben das Versteck auf und übermittelten dem Schiff meine Position. Sie ließen mich zurück, um zu zeigen, was sie getan hatten. Sie ließen mich bei den Toten, lebend, aber ohne Hoffnung darauf, von dem medizinischen Einrichtungen des Schiffes wieder in einen Menschen verwandelt zu werden.«

Laurents Blick glitt fort von Nara und zum fernen Wasserfall, der von der arktischen Sommersonne in rotes Licht getaucht wurde.

»Das dachten sie zumindest. Das Reich setzte Himmel und Erde in Bewegung, um mich zu reparieren und zu zeigen, dass sich die Leute vom Widerstand irrten. Hier bin ich – das, was von mir übrig ist.«

Nara strich ihm mit den Fingern über den Kiefer.

»Du bist schön, Laurent«, sagte sie und verzichtete auf das förmliche Sie.

Er schüttelte den Kopf. Ein Lächeln erschien auf seinen Lippen, und die Stimme vibrierte, als er sprach.

»Ich bin kaputt, Nara.«

»Das mag für deinen Körper gelten, Laurent, aber nicht für deinen Geist.«

Zai berührte ihre Stirn mit den Fingern der gesunden Hand und formte dort etwas, das sie nicht erkannte, vielleicht ein Symbol seiner dunklen Religion oder irgendein zufälliges, bedeutungsloses Zeichen.

»Du hast dein Leben in Wahnsinn begonnen, Nara. Aber du erwachst jeden Tag, fügst dich neu zusammen und kehrst zur Vernunft zurück. Ich hingegen ...« Er hob die Prothese. »Als Kind hatte ich absolute Gewissheit, die Religion und heilige Schriften. Und mit jedem Tag zerbreche ich mehr.«

Nara nahm seine beiden Hände. Die leblose war so hart wie Metall, ohne das gummiartige Gefühl einer zivilen Prothese. Sie schloss sich sanft um ihre Finger.

Nara Oxham ignorierte Laurents kalten Schmerz, ergriff die lebenden und die toten Teile, schob ihre Finger in die seltsamen Schnittstellen zwischen Körper und Maschine. Sie fand die verborgenen Verschlüsse und öffnete sie, löste damit die künstlichen Gliedmaßen. Die Phantomglieder sah sie so deutlich, als wären sie real.

Sie verband sich geistig mit ihm.

»Dann zerbrich«, sagte sie.

4

Hochschwerkraft

Eine schmerzliche Lektion für jeden Kommandanten: Loyalität ist nie absolut.

ANONYM 167

SENATORIN

Es war nach Mitternacht, als der Kriegsrat erneut einberufen wurde.

Senatorin Oxham schlief nicht, als der Ruf kam. Den ganzen Abend hatte sie die Feuer im Märtyrerpark beobachtet. Von ihrem privaten Balkon aus ließen sich die Flammen unmöglich übersehen – er befand sich unter dem Apartment und gewährte einen weiten Blick über die Hauptstadt. Der Balkon schaukelte ein wenig, sodass man zwar den Wind spürte, aber nicht auf eine unangenehme Art und Weise. Des Nachts breitete sich der Märtyrerpark unten als dunkles Rechteck aus, wie ein großer schwarzer Teppich, der die Lichter der Stadt verdeckte.

In dieser Nacht glühte es im dunklen Rechteck: Das Licht stammte von einem Dutzend Feuern. Die Initiaten des Apparats hatten sie den ganzen Tag über vorbereitet und Pyramiden aus Zeremonienbäumen allein mit Muskelkraft und Flaschenzügen errichtet. Während die Holzhaufen wuchsen, nahmen auch die Mutmaßungen über ihre Bedeutung zu, ohne an die Wahrheit heranzureichen.

Die Politischen vermieden es, die Bevölkerung des Auferstandenen Reiches mit plötzlichen Überraschungen zu konfrontieren. Das galt insbesondere für die der Hauptstadt. Die langen Rituale des Märtyrerparks sorgten dafür, dass schlechten Nachrichten eine Welle wachsender Besorgnis vorausging, eine Warnung wie die dunklen Wolken eines heranziehenden Gewitters. Für gewöhnlich übertrieben die Medien bei ihren Spekulationen, sodass die tatsächlichen Fakten vergleichsweise harmlos wirkten, wenn sie schließlich bekannt gegeben wurden.

Diesmal aber würden die Neuigkeiten über die Erwartungen hinausgehen. Mit dem Bekanntwerden des Todes der Kindkaiserin würde das wahre Kriegsfieber beginnen.

Die Holzhaufen waren groß genug, um bis zum nächsten Morgen zu brennen, und Nara brauchte ihre Kraft, wenn alles publik wurde, trotzdem trat sie auf den Balkon, um die Feuer zu beobachten. Wie erschöpft sie auch von den Ereignissen des Tages sein mochte, an Schlaf war nicht zu denken.

Ihre an Laurent Zai gerichtete Mitteilung war jetzt eine kleine und hoffnungslose Angelegenheit, eine nutzlose Geste gegenüber den unaufhaltsamen Kräften des Krieges: die vielen Feuer unter ihr, die immer größer werdenden Menschenmengen, das Zusammenziehen von Truppen, die bereits zu den Drehwärtigen Bereichen fliegenden Kriegsschiffe. Alles geschah mit der Unaufhaltsamkeit eines alten, unveränderlichen Rituals. Das Auferstandene Reich war ein Sklave der Rituale, dieser Feuer und leerer Gebete ... und sinnloser Selbstmorde. Oxham konnte nichts tun, um den Krieg zu verhindern; ihre kühnen Gesetzesvorlagen hatten sein Kommen nicht einmal verlangsamt. Sie fragte sich, ob ein Sitz im Rat letztendlich irgendetwas bedeutete.

Schlimmer noch: Sie fühlte sich außerstande, Laurent Zai zu retten. Nara Oxham konnte sehr überzeugend sein, aber nur mit Gesten und gesprochenen Worten, aber nicht mit so kurzen Textmitteilungen, bedingt durch die große Distanz zwischen ihnen. Laurent war zu weit entfernt, als dass sie ihn retten konnte, in Hinsicht auf Lichtjahre ebenso wie auf die Diktate seiner Kultur.

Oxham blickte in die Nacht und fühlte sich vom Duft der brennenden heiligen Bäume an den Geruch auf dem Land von Vasthold erinnert. Die Mengen rings um die Feuer wurden immer größer, und die im Gebet vereinten Stimmen vermischten sich mit dem Zischen von grünem Holz, dem Prasseln der Flammen und dem Flüstern des Winds zwischen den Polyfaser-Stützen des Balkons.

Dann kam der Ruf. Das eine neue Beratung des Kriegsrates ankündigende Läuten drang durch die von Stadt und Park kommenden Geräusche, wie ein Nebelhorn, das das Rauschen der Wellen übertönte. Das beharrliche, unvermeidliche Signal brachte Oxhams Selbstmitleid zu einem abrupten Ende. Mit den Fingern vollführte sie die Gesten, die ihren persönlichen Helikopter vorbereiteten.

Doch dann bemerkte sie einen sich nähernden kaiserlichen Luftwagen, dessen Silhouette sich vor dem Feuerschein abzeichnete. Der fragil wirkende, stille Wagen kam näher und passte sich perfekt dem Schaukelrhythmus des Balkons an. Er öffnete sich wie eine Blume und streckte eine Tragfläche als Laufsteg durch die Leere. Es war wie eine ausgestreckte Hand des Luftwagens, wie eine Einladung zum Tanz.

Eine rituelle Aufforderung, aber auch eine, der sich Oxham nicht widersetzen konnte.

»Es gibt seltsame Neuigkeiten von der Front«, sagte der Auferstandene Kaiser.

Die anderen Ratsmitglieder warteten. Die Stimme Seiner Majestät klang dumpf und verriet mehr Gefühl, als Nara Oxham bisher von dem Toten gehört hatte. Sie spürte den Anflug einer empathischen Resonanz von ihm, ein wenig Verwirrung, Zorn und den Eindruck, verraten worden zu sein.

Der Mund des Kaisers bewegte sich, wie um weitere

Worte zu formulieren, doch dann deutete er voller Abscheu auf die Admiralin.

»Wir haben eine Nachricht von der *Luchs* bekommen, von den Repräsentanten Seiner Majestät«, sagte die Admiralin, und benutzte die höfliche Umschreibung für den Politischen Apparat.

Oxham schwieg. Der andere tote Krieger hob den Kopf, um zu sprechen; die Bürde dieser Bekanntgabe schien zwischen ihnen geteilt werden zu müssen.

»Captain Laurent Zai, aufgestiegen, hat die Fehlerklinge zurückgewiesen«, sagte der General.

Nara schnappte nach Luft und hielt sich zu spät den Mund zu. *Laurent lebte*. Er hatte das alte Ritual abgelehnt. Ihre Nachricht hatte ihn umgestimmt. Ein einzelnes Wort.

Verwirrung breitete sich im Saal aus, und Nara rang um ihre Fassung. Die meisten Ratsmitglieder hatten kaum einen Gedanken an Zai vergeudet. Neben dem Tod der Kaiserin und dem Krieg gegen die Rix spielte das Schicksal eines einzelnen Mannes kaum eine Rolle. Aber bald wurden ihnen die Folgen klar.

»Er wäre ein guter Märtyrer gewesen«, sagte Raz imPar Henders und schüttelte traurig den Kopf.

Selbst in ihrer Erleichterung erkannte Nara Oxham die Wahrheit in den Worten des loyalistischen Senators. Das tapfere Beispiel des Helden Zai hätte ein guter Anfang des Krieges sein können. Durch den Verzicht auf die eigene Unsterblichkeit hätte er das ganze Reich inspiriert. In der Darstellung der Politischen wäre sein Selbstmord ein Symbol für die von der nächsten Generation verlangten Opfer gewesen.

Aber er hatte sich für das Leben entschieden und die zweitälteste Tradition des Auferstandenen Kaisers zurückgewiesen. Der alte Katechismus ging Nara durch den Kopf: ewiges Leben für den Dienst für die Krone, Tod für Versagen. Sie hatte dieses Prinzip ihr ganzes Leben lang gehasst, doch jetzt begriff sie, wie tief es in ihr wurzelte.

Für einen schrecklichen Augenblick fühlte sich Nara Oxham von Zais Entscheidung entsetzt, von der Ungeheuerlichkeit seines Verrats bestürzt.

Dann brachte sie ihre Gedanken unter Kontrolle. Sie atmete tief durch und legte sich ein gewisses Maß an Apathie zu, um vor den wilden Emotionen im Ratssaal geschützt zu sein. Ihre entsetzte Reaktion war das Ergebnis einer alten Konditionierung, unausweichlich selbst auf einer säkularistischen Welt; es entstammte Geschichten und Gebeten aus ihrer Kindheit. Oxham verdammte die Tradition.

Trotzdem: Es erstaunte sie, dass Laurent genug Kraft gefunden hatte.

»Dies ist eine Katastrophe«, sagte Ax Milnk nervös. »Was werden die Leute davon halten?«

»Und so etwas von einem Vadaner«, brummte der tote General. Die graueste aller Welten, bewohnt allein von zuverlässigen Loyalisten.

»Wir müssen diese Nachricht so lange wie möglich zurückhalten«, sagte Senator Henders. »Soll sie später publik werden, wenn der Krieg richtig begonnen hat und andere Ereignisse das öffentliche Interesse beanspruchen.«

Die Admiralin schüttelte den Kopf. »Wenn es keine weiteren Überraschungsangriffe der Rix gibt, könnten Monate bis zum nächsten Kampf vergehen«, sagte sie. »Vielleicht sogar Jahre. Und den Medien fällt bestimmt auf, dass es keine Nachricht über Captain Zais Selbstmord gibt.«

»Vielleicht könnten sich die Repräsentanten Seiner Majestät um diese Sache kümmern«, ließ sich Ax Milnk ruhig vernehmen.

Der Kaiser wölbte eine Braue. Nara schluckte. Milnk schlug praktisch Mord vor. Ein inszeniertes Fehlerritual.

»Ich glaube nicht«, sagte der Kaiser. »Der Krüppel verdient Besseres.«

General und Admiralin nickten. Welche Verlegenheit auch immer Zai ihnen beschert hatte: Sie wollten nicht, dass sich Politische in militärische Angelegenheiten einmischten. Die ausführenden Organe des Kaiserlichen Willens waren aus gutem Grund getrennt. Das Verbreiten von Propaganda und die Überwachung der inneren Sicherheit passten nicht gut zu den reineren Zielen der Kriegführung. Und Zai war noch immer ein kaiserlicher Offizier.

»Etwas weitaus Grässlicheres, fürchte ich«, fügte der Auferstandene Kaiser hinzu.

Die Worte bewirkten gespannte Aufmerksamkeit, und der Kaiser ließ sie einige Sekunden andauern.

»Eine Begnadigung.«

Raz imPar keuchte. Von den anderen kam nicht das geringste Geräusch.

Eine Begnadigung?, dachte Oxham. Doch dann erkannte sie die Logik des Kaisers. Man würde die Begnadigung verkünden, bevor bekannt wurde, dass Captain Zai die Fehlerklinge abgelehnt hatte. Zais Verrat der Tradition blieb der Öffentlichkeit verborgen; sein Überleben verwandelte sich in den beispiellosen Akt kaiserlicher Großzügigkeit. Nachsicht und Strafmilderung waren bisher immer von der Kindkaiserin ausgegangen. Eine Begnadigung in Zusammenhang mit ihrem Tod hatte zweifellos eine gewisse propagandistische Poesie.

Aber bestimmt gab es bei der Sache einen Haken, vermutete Naras Instinkt. Der Auferstandene Kaiser würde Zai für seinen Verrat nicht belohnen.

Der Souverän nickte der toten Admiralin zu.

Die Frau bewegte ihre blassen Hände, und es wurde dunkler im Saal. In Synästhesie erschien eine schematische Darstellung des Legis-Systems. Das dichte Netz aus

Orbitalbahnen (einundzwanzig Planeten umkreisten die Sonne Legis) schrumpfte mit zunehmendem Maßstab. Ein Vektorzeichen erschien auf der drehwärtigen Seite des Systems, reichte von den terrestrischen Planeten zu den weiten, langsamen Umlaufbahnen der Gasriesen. Die rote Markierung wies auf einen Anflug hin, der in die Nähe von Legis XV führte.

»Vor drei Stunden«, sagte die Admiralin, »entdeckten die peripheren orbitalen Verteidigungsstationen einen Schlachtkreuzer der Rix, der sich mit zehn Prozent der Lichtgeschwindigkeit näherte. Das Schiff ist nicht mit dem zu vergleichen, das den Angriff durchführte. Es ist weitaus leistungsstärker, aber zum Glück nicht annähernd so gut getarnt. Diesmal sind wir gewarnt.

Wenn er Legis XV direkt angreift, kann die orbitale Verteidigung den Schlachtkreuzer vernichten, bevor er auf eine Entfernung von einer Million Kilometer herankommt.«

»Was könnte er aus jener Distanz gegen den Planeten unternehmen?«, fragte Oxham.

»Wenn die Absicht des Schlachtkreuzers aus einem Angriff besteht, so könnte er wichtige Bevölkerungszentren beschädigen und mehrere biologische Waffen einsetzen, sowohl Info- als auch Infrastruktur beeinträchtigen. Es kommt ganz auf die Ausrüstung des Schiffes an. Aber er dürfte nicht genug Feuerkraft haben, um die Atmosphäre zu verbrennen, Kontinentalplatten zu destabilisieren oder das allgemeine Strahlungsniveau signifikant zu erhöhen. Mit anderen Worten: Es besteht nicht die Gefahr eines globalen Exitus.«

Die ruhigen Worte der toten Frau ließen Oxham schaudern. Einige Millionen Tote, das war alles. Und vielleicht einige Generationen mit präindustriellen Sterblichkeitsziffern aufgrund von Strahlung und Krankheit.

»Das Rix-Schiff bremst mit sechs *g* ab, stark genug, um

seine Geschwindigkeit der des Planeten anzupassen. Doch der Anflugwinkel ist für einen direkten Angriff nicht geeignet«, betonte die Admiralin. »Es scheint einen Vorbeiflug an Legis XV in einem Abstand von einigen Lichtminuten zu planen. Bei einer derartigen Entfernung kann es den Kontakt mit der Systemverteidigung intakt überstehen, und es kommt dem Planeten nicht nahe genug, um größere Schäden zu verursachen.

Es gibt einen weiteren Hinweis auf die Absichten der Rix. Es scheint mit einer besonders großen Empfangsvorrichtung ausgestattet zu sein. Sie durchmisst vielleicht mehrere tausend Kilometer.«

»Welchem Zweck dient sie?«, fragte Henders.

Der Kaiser beugte sich vor, und die toten Krieger sahen ihn an.

»Wir glauben, die Rix wollen Kontakt mit dem Verbundbewusstsein auf Legis XV aufnehmen«, sagte der Souverän.

Nara spürte neuerliche Verwirrung im Ratssaal. Niemand im Auferstandenen Reich wusste viel über ein Verbundbewusstsein. Was würde ein solches Geschöpf seinen Rix-Dienern sagen? Was konnte es durch seine Präsenz auf einer kaiserlichen Welt über das Reich herausgefunden haben?

Doch vom Kaiser kam eine andere Emotion. Sie lag unter dem Zorn, unter der Empörung über Zais Verrat. Als Toter ließ er sich empathisch nur schwer erfassen, doch jetzt gab es ein starkes Gefühl in ihm. Oxham richtete ihre Empathie auf den Souverän.

»Das Verbundbewusstsein hat keinen Zugang zu extraplanetarer Kommunikation«, erklärte der General. »Die Verschränkungsstationen von Legis sind zentralisiert und unter direkter kaiserlicher Kontrolle, und natürlich gelten ihre Signale allein dem Rest des Reiches. Doch aus einer Entfernung von wenigen Lichtminuten wäre eine Kommunikation zwischen Verbundbewusstsein und Rix-Schiff möglich. Mithilfe von Fernsehsendern, den Stationen der Flugverkehrüberwachung oder sogar Taschenfonen. Zur Infostruktur von Legis XV gehören zahlreiche Geräte, die sich unserer Kontrolle entziehen.«

»Wenn wir nichts unternehmen, wird es den Rix gelingen, das Verbundbewusstsein zu kontaktieren«, sagte der Kaiser. »Die globalen Ressourcen jenes Bewusstseins und die große Empfangsvorrichtung des Schlachtkreuzers ermöglichen das Übertragen gewaltiger Datenmengen. Wenn die Verbindung einige Stunden dauert, könnte vielleicht der gesamte Datenbestand des Planeten transferiert werden – alle Informationen, die sich auf Legis XV befinden.«

»Warum schalten wir die Energieversorgung des Planeten nicht einfach für einige Tage ab?«, schlug Henders vor. »Wenn das Schiff in Übertragungsreichweite kommt?«

»Das wäre möglich. Wir schätzen, dass ein gut vorbereiteter dreitägiger Energieausfall nur einige tausend Tote unter den Zivilisten zur Folge hätte«, sagte der General. Oxham sah nur kalte Gleichungen in ihm, als er diese Antwort gab. »Leider sind die meisten Kommunikationseinrichtungen so konstruiert, dass sie trotz eines Energieausfalls einsatzbereit bleiben. Sie verfügen über Notbatterien, Solarzellen und Bewegungskonverter. Wir haben es mit einem Verbundbewusstsein zu tun; der ganze *Planet* ist betroffen. Eine Unterbrechung der allgemeinen Energieversorgung kann die Kommunikation zwischen Verbundbewusstsein und Rix-Schiff nicht verhindern.«

Bei diesen Worten fühlte Oxham eine Reaktion im Kaiser. Etwas zitterte in ihm. Sie kannte die Zwangsvorstellungen, zu denen er fähig war: die Katzen; sein Hass auf die Rix.

Jetzt gab es etwas Neues in ihm, das ihn innerlich verzehrte.

Und dann, in einem Moment der Klarheit, sah sie die Emotion in ihm, ganz deutlich.

Es war Furcht.

Der Auferstandene Kaiser fürchtete sich vor dem, was die Rix in Erfahrung bringen mochten.

»Wir wissen nicht, warum die Rix mit dem Verbundbewusstsein reden wollen«, sagte er. »Vielleicht beabsichtigen sie nur, ihm zu huldigen. Oder es geht ihnen um irgendeine Art von Wartung. Aber sie haben dieser Mission Jahre gewidmet und einen Krieg riskiert. Wir müssen annehmen, dass es einen strategischen Grund für den Kontaktversuch gibt.«

»Vielleicht hat das Verbundbewusstsein militärische Geheimnisse in Erfahrung gebracht, deren Verlust wir uns nicht leisten können«, sagte der General. »Es ist unmöglich für uns zu wissen, was jenes Ich in den Datenmengen eines ganzen Planeten entdeckt hat. Aber jetzt wird klar, dass die Rix dies von Anfang an geplant haben: erst das Angriffsschiff, um das Bewusstsein zu säen, und dann der Schlachtkreuzer für die Herstellung eines Kontakts.«

Wieder kam emotionale Bewegung in den Ratssaal; Ärger und ein Gefühl von Hilflosigkeit breiteten sich aus. Die Ratsmitglieder glaubten, in der Falle zu sitzen und den gut ausgearbeiteten Plänen der Rix gegenüber machtlos zu sein.

»Aber vielleicht können wir beide Probleme mit einem Schlag lösen«, sagte der Kaiser. Er deutete auf den Luftschirm zwischen ihnen.

In der Darstellung verging die Zeit schneller. Die Vektormarkierung des Rix-Schiffes kroch in Richtung Legis XV, und vom Planeten strebte ihm ein Symbol in kaiserlichem Blau entgegen.

»Die *Luchs*«, sagte Nara leise.

»Ja, Senatorin«, bestätigte der Kaiser.

»Mit aggressiver Taktik sollte selbst eine Fregatte imstande sein, einen Schlachtkreuzer der Rix zu beschädigen«, sagte die Admiralin. »Insbesondere die Empfangsvorrichtung. Sie ist so groß, dass sie nicht richtig abgeschirmt werden kann, und insbesondere kinetischen Waffen gegenüber sollte sie recht empfindlich sein. Mit solchen Beschädigungen und einer sorgfältigen Degradation der Kommunikations-Infostruktur von Legis XV können wir vielleicht einen Kontakt zwischen Verbundbewusstsein und Schiff verhindern.«

»Von welchen Verlusten geht dieser Plan aus, Admiral?«, fragte Oxham ruhig.

»Auf dem Planeten blockieren wir die Sender mit Störsignalen und überfluten die Infostruktur mit wertlosen Daten. Wir unterbrechen die Haupttransferstränge, um die Bandbreite zu verringern. Die Todesfälle bei der Zivilbevölkerung werden im Rahmen der statistischen Veränderungen bei besonders starker Sonnenaktivität bleiben. Die medizinischen Notfalldienste werden nicht so schnell wie sonst agieren können, was bedeutet: Einige Dutzend Opfer von Herzinfarkten und Unfällen werden sterben. Verringerte Transponderfunktionen könnten zu einigen Flugzeugunglücken führen.«

»Und die *Luchs?*«

»Sie geht natürlich verloren, und mit ihr der Captain. Ein großer Verlust.«

Henders nickte. »Wie poetisch. Er empfängt eine kaiserliche Begnadigung, um anschließend doch als Märtyrer zu sterben.«

»Die Bäume werden eine Woche für Lauren Zai brennen«, sagte der Kaiser.

Die beiden toten Personen standen vor Trümmern, vor aufgebrochenen und verbrannten Datenziegeln, die auf dem Boden der Bibliothek verstreut lagen.

»War es hier?«

»Ja, Adeptin.«

»Hat die Rix-Abscheulichkeit es gefunden?«

»Das wissen wir nicht, Adeptin.«

»Wie können wir es nicht wissen?«, fragte Trevim leise.

Der Initiat verlagerte voller Unbehagen das Gewicht vom einen Bein aufs andere. Er richtete einen nervösen Blick auf die Wände, obwohl alle geräuschempfindlichen Geräte in der Bibliothek physisch deaktiviert worden waren.

»Die Abscheulichkeit kann uns nicht hören.«

Der Initiat räusperte sich. »Das One Time Pad war in Form von Prüfsummendaten am Ende anderer Dateien versteckt. Nur die wenigen Ehrenwerten Mütter, die sich mit ... dem *Zustand* der Kindkaiserin befassen, wussten davon. Die Abscheulichkeit konnte nicht wissen, wie man die Daten kompiliert, um den Pad neu zu erschaffen.«

Adeptin Trevim kniff die Augen zusammen.

»Könnte sie nicht die Trial-and-Error-Methode verwenden?«

»Hier gibt es Millionen von Dateien, Adeptin. Die Kombinationen sind ...«

»Nicht unbegrenzt. Nicht wenn alle Daten hier waren.«

»Aber es würde Jahrhunderte dauern, Adeptin.«

»Jahrtausende, für einen einzelnen Computer. Aber für das Verarbeitungspotenzial eines ganzen Planeten? Jeder unbenutzte Teil eines jeden Geräts auf Legis XV, untereinander verbunden, und das alles einer einzigen Aufgabe gewidmet, mit maschineller Entschlossenheit?«

Der Initiat schloss die Augen und trennte sich von der

seichten Welt der Sinne. Adeptin Trevim beobachtete, wie der tote junge Mann dem Anderen die Kontrolle überließ. Der Symbiant zeigte sich im Gesicht, als der Initiat damit begann, hastig formulierte Mutmaßungen in harte Mathematik zu verwandeln.

Mit einem Computer wäre es schneller gegangen, aber unter diesen Umständen vermied der Apparat den Einsatz von Technologie. Angesichts der Rix-Abscheulichkeit in der Infostruktur des Planeten blieben sie bei den Techniken des Symbianten. Es wäre undenkbar gewesen, einem Prozessor zu vertrauen.

Gut eine Stunde lang wartete Trevim stumm.

Dann öffnete der Initiat die Augen.

»Es herrschte noch teilweise Notstand, als der Einbruch in die Bibliothek stattfand«, sagte er.

Die Adeptin nickte. Geschlossene Märkte, die Aktivitäten der Medien unterbrochen, Ausgangssperre für die Bevölkerung ... Unter solchen Bedingungen war die Infostruktur weitgehend dunkel. Der Abscheulichkeit stand reichlich Prozessorkapazität zur Verfügung.

»Es wären nur einige wenige Minuten nötig gewesen, um die aus dem Vertrauten gewonnenen Daten allen möglichen Permutationen zu unterziehen«, sagte der Initiat. »Wenn sich die Daten durch Zufall in der richtigen Reihenfolge anordneten, gewannen sie eine erkennbare Struktur.«

»Die Abscheulichkeit weiß also Bescheid.«

Der Initiat nickte, und sein Unbehagen nahm zu, als er sich das Geheimnis in den Händen einer Rix-Abscheulichkeit vorstellte.

»Davon müssen wir ausgehen, Adeptin.«

Trevim wandte sich von dem Durcheinander auf dem Boden ab. Es schien so vernünftig gewesen zu sein, das One Time Pad für die Verschlüsselung der Vertrauten-Daten an diesem Ort zu verstecken. Anstatt es in einer militärischen Station zu verstauen, hinter Schloss und Riegel, ein Ziel für Verrat und Infiltration, hatte der Apparat es im Informationschaos der Bibliothek verborgen, in einer abgesonderten und wenig benutzten Partition am Rand der planetaren Infostruktur. Das Pad war auch als letztes Mittel gedacht gewesen, für den Fall, dass die Kaiserin ihrer Krankheit zum Opfer fiel.

Aber die Abscheulichkeit war in die Infostruktur eingedrungen, und die letzte Rix hatte sich in Freiheit befunden. Unter diesen Umständen hatte sich das schlaue Versteck als Fehler erwiesen. Selbst innerhalb des Apparats wussten nur wenige Personen, wie der Vertraute funktionierte. Die Betreffenden lebten in den grauen Enklaven, weit von Kommunikationseinrichtungen und Transportmitteln entfernt. Es hatte Stunden gedauert, diesen schwachen Punkt im Geheimnis des Kaisers zu entdecken.

Das Verbundbewusstsein hatte gewusst, wo es Ausschau zu halten galt. Die verräterischen Details konnten aus unterschiedlichen Quellen stammen: Frachtlisten von Ersatzteilen, längst vergessene schematische Darstellungen, sogar vom Vertrauten selbst. Initiatin Farre hatte die Reste der Vorrichtung untersucht und war sicher, dass die Abscheulichkeit kurz vor Beginn der Rettung darin gewesen war.

Das Verbundbewusstsein befand sich überall.

Sie mussten es unbedingt vernichten, ungeachtet aller Folgen für den Wirtsplaneten.

»Was machen wir jetzt, Adeptin?«

»Zuerst müssen wir dafür sorgen, dass sich der verderbliche Einfluss nicht ausbreitet. Gibt es irgendwelche Translicht-Kommunikationsstationen, die die Abscheulichkeit für einen Kontakt mit dem Rest des Reiches nutzen könnte?«

»Nein, Adeptin. Die Infostruktur der *Luchs* ist sicher, und es gibt keine anderen Schiffe mit eigenem Translichtpotenzial im System. Was den Planeten betrifft: Die Verschränkungsstation am Pol ist unter kaiserlicher Kontrolle.«

»Lassen Sie uns dem Pol einen Besuch abstatten, nur um ganz sicher zu sein.«

»Wie Sie wünschen, Adeptin.«

Sie gingen zur Treppe und ließen ein ruiniertes Geheimnis hinter sich zurück.

»Das Gebäude muss zerstört werden.«

»Aber es ist eine Bibliothek, Adeptin«, sagte der Initiat. »Die meisten hier lagernden Dokumente existieren nur in Form eines Exemplars. Sie sind unersetzlich.«

»Nanomolekulare Desintegration.«

»Die Miliz wäre bestimmt nicht bereit ...«

»Sie befolgt eine kaiserliche Anordnung oder bekommt eine Fehlerklinge zu spüren, Initiat. Wenn die Miliz zu zimperlich ist, lassen wir es die *Luchs* vom Weltraum aus erledigen. Dort macht man sich bestimmt keine Gedanken um den Verlust einiger Quadratkilometer.«

Der Initiat nickte, doch die Spuren von Emotion in seinem Gesicht beunruhigten die Adeptin. Welcher Aspekt dieser Krise suchte die ehrenwerten Toten mit den Schwächen der Lebenden heim? Vielleicht lag es an der Konditionierung, an der Pein, die selbst dann in ihnen erwachte, wenn sie das Geheimnis auch nur erwähnten. Diese geistige Firewall, die über sechzehn Jahrhunderte hinweg ihr Schweigen gewährleistet hatte, mochte jetzt zu einem Problem werden, da der Apparat handeln und nicht mehr nur verbergen musste. Aber möglicherweise steckte mehr als Konditionierung hinter den Seelenqualen des Initiaten. Die Abscheulichkeit des Rix-Verbundbewusstseins umgab sie, durchdrang den ganzen Planeten. Das Ding kannte jetzt das Geheimnis, was bedeutete: Es bedrohte sie an allen Fronten.

»Die Miliz wird sich fügen, Initiat. Sie muss. Aber diese Bibliothek genügt nicht. Wir müssen die Gefahr vollkommen ausmerzen.«

»Der Geist hat sich so weit ausgebreitet, dass er nicht mehr eliminiert werden kann.«

»Wir müssen ihn zerstören.«

»Aber wie, Adeptin?«

»Wie es der Kaiser befiehlt.«

CAPTAIN

Captain Laurent Zai blickte am Luftschirm vorbei auf das Ahnengemälde an der Wand dahinter.

Das Bild war drei Meter lang und zwei Meter hoch, nahm eine ganze Wand der Kabine ein. Es reflektierte fast kein Licht; nur eine geisterhafte Lumineszenz ging davon aus, als wäre an dieser Stelle der Rumpf der Fregatte verschwunden. Das Gemälde stammte von Zais Großvater Astor Zai. Der alte Patriarch hatte es zwanzig Jahre nach seinem Tod gemalt, kurz vor Beginn der ersten von vielen Pilgerreisen. Wie die meisten vadanischen Ahnenbilder bestand es aus individuell angefertigten Farben: Pigmente aus zermahlenem schwarzem Stein in tierischem Knochenmark, gemischt mit dem Eiweiß von Hühnereiern. Im Lauf der Jahrzehnte kam das Eiweiß an die Oberfläche von vadanischen Schwarzbildern und gab ihnen ihren Glanz. Das Gemälde glühte matt, als trüge es eine dünne Schicht aus Raureif an einem kalten, feuchten Morgen.

Abgesehen davon wies das Bild keine weiteren Merkmale auf.

Die Toten behaupteten etwas anderes. Angeblich konnten sie die Pinselstriche sehen, die Grundierung und die Farbe, und noch mehr. Sie sahen Figuren, Auseinandersetzungen,

Orte und ganze Traumgeschichten in der Schwärze. Wie Bilder in Teeblättern oder einer Kristallkugel. Aber die Toten meinten auch, dass man keine besonderen Tricks beherrschen musste, um ein Schwarzbild zu deuten. Sie sprachen von direktem Sinn, von Dingen, nicht magischer als eine Textzeile, die in der Vorstellung des Lesers ein Bild schuf.

Das Bewusstsein der Lebenden war zu sehr mit anderen Dingen beschäftigt, um so reine Bilder zu deuten.

Zai sah nichts. Natürlich hatte das Fehlen von Verstehen eine eigene Bedeutung: Derzeit lebte er noch.

Im sekundären Sehen hingen die Anweisungen der Flotte vor dem Gemälde. Das Siegel des Kaisers pulsierte mit dem roten Licht fraktaler Authentizität, wie ein mit glühenden Kohlen geschmücktes Wappen. Die Form war vertraut, die Sprache traditionell, doch auf ihre eigene Art und Weise waren die Order so unergründlich wie das von Zais Großvater geschaffene Ahnengemälde.

Der Türmelder summte. Hobbes hatte keine Zeit verloren.

Zai löschte die Anweisungen aus der Luft.

»Herein.«

Der Erste Offizier trat ein, und Zai bedeutete ihr, auf der anderen Seite des Luftschirmtisches Platz zu nehmen. Sie setzte sich, mit dem Rücken zum schwarzen Bild, das Gesicht zurückhaltend, fast scheu. Schämte sie sich für ihn? Katherie Hobbes gewiss nicht. Sie war durch und durch loyal.

»Neue Anweisungen«, sagte Captain Zai. »Und etwas anderes.«

»Ja, Sir?«

»Eine kaiserliche Begnadigung.«

Für einen Moment verlor Hobbes die Fassung. Ihre Hände schlossen sich fest um die Armlehnen, und der Mund klappte auf.

»Ist alles in Ordnung mit Ihnen, Hobbes?«, fragte Zai.

»Natürlich, Sir«, brachte sie hervor. »Ich ... ich freue mich sehr, Captain.«

»Haben Sie es nicht zu eilig damit.«

Die Verwirrung blieb ein oder zwei Sekunden lang in ihrem Gesicht, wich dann Gewissheit. »Sie haben es verdient, Sir. Sie haben recht daran getan, die Klinge abzulehnen. Der Kaiser hat einfach nur die Wahrheit erkannt. Sie trifft keine ...«

»Hobbes«, unterbrach Zai den Ersten Offizier. »Die Gnade des Kaisers ist nicht so gut gemeint, wie Sie glauben. Sehen Sie sich dies an.«

Zai reaktivierte den Luftschirm, der daraufhin das Legis-System zeigte: die *Luchs* im Orbit von XV, der hohe Vektor des Rix-Schlachtkreuzers im Anflug. Hobbes brauchte nur einige wenige Momente, um die Situation zu erfassen.

»Ein zweiter Angriff auf Legis XV, Sir«, sagte sie. »Mit mehr Feuerkraft als der erste.«

»Mit wesentlich mehr, Hobbes.«

»Aber das ergibt keinen Sinn, Captain. Die Rix haben bereits ein Verbundbewusstsein auf dem Planeten gesät. Warum sollten sie es angreifen wollen?«

Zai verzichtete auf eine Antwort und gab dem Ersten Offizier Zeit zum Nachdenken. Er wollte seinen eigenen Verdacht bestätigt hören.

»Ihre Analyse, Hobbes?«

Weitere Symbole erschienen in der Darstellung, als der Erste Offizier die taktische KI der *Luchs* mit Berechnungen beauftragte.

»Vielleicht handelt es sich um eine Reserve-Einheit, Sir, für den Fall, dass die Situation auf dem Planeten noch nicht entschieden ist«, sagte Hobbes und ging die Möglichkeiten durch. »Ein schlagkräftiges Schiff, um der Angriffsgruppe zu helfen, falls sie keinen vollen Erfolg erzielt haben sollte. Oder was wahrscheinlicher ist: Ein starker Späher, der herausfinden soll, ob der Angriff erfolgreich war.«

»Was dann?«

»Wenn sich der Rix-Kommandant mit dem Verbundbewusstsein in Verbindung setzt und feststellt, dass es sich auf dem ganzen Planeten ausgebreitet hat, zieht er sich vermutlich zurück.«

»Wie würden in dem Fall Ihre taktischen Empfehlungen für den Einsatz der *Luchs* lauten?«, fragte Zai.

Hobbes zuckte mit den Schultern, als wäre es offensichtlich. »Wir sollten nahe bei Legis XV bleiben, Sir. Wenn die *Luchs* die planetare Verteidigung unterstützt, haben wir genug Feuerkraft, um einen Schlachtkreuzer auf Distanz zu halten und daran zu hindern, Schaden auf XV anzurichten. Falls das wirklich die Absicht der Rix ist, woran ich zweifle. Bestimmt setzen sie den Flug fort, wenn sie merken, dass ihre Aktion auf dem Planeten erfolgreich war. In dem Fall führte die Flugbahn sie tiefer ins Reich. Wir könnten versuchen, sie im Auge zu behalten. Mit etwa zehn Prozent der Konstanten könnte die *Luchs* dem Schlachtkreuzer kaum aus dem Stand folgen, aber eine Verfolgungsdrohne wäre vielleicht imstande, ihn lange genug zu überwachen.«

Zai nickte. Hobbes dachte wie üblich in den gleichen Bahnen wie er.

Aber im Gegensatz zu ihr kannte er die neuen Einsatzorder.

»Wir haben den Befehl erhalten, den Schlachtkreuzer anzugreifen, Hobbes.«

Sie blinzelte. »Wir sollen ihn angreifen, Sir?«

»Um ihn so weit wie möglich von XV entfernt abzufangen. Auf jeden Fall außerhalb des Wirkungsbereichs der planetaren Verteidigung. Wir sollen die Kommunikationsvorrichtungen der Rix beschädigen und das Schiff daran hindern, einen Kontakt mit dem Verbundbewusstsein herzustellen.«

»Eine Fregatte gegen einen *Schlachtkreuzer*«, wandte Hobbes ein. »Sir, das ist ...« Ihre Lippen bewegten sich, aber lautlos.

»Selbstmord«, beendete Zai den Satz.

Sie nickte langsam und starrte in die bunten Wirbel des Luftschirms. Die taktischen Aspekte der Situation hatte Hobbes schnell erfasst, doch die politischen schienen sie sprachlos zu machen.

»Sehen Sie die Sache einmal aus dem Blickwinkel der Geheimhaltung, Hobbes«, sagte Zai. »Nie zuvor hat sich ein Verbundbewusstsein auf einer Welt des Reiches ausgebreitet. Es weiß alles über Legis. Es könnte den Rix mehr über unsere Technologie und Kultur verraten, als dem Apparat lieb ist. Oder ...«

Hobbes blickte ihm in die Augen und brachte noch immer keinen Ton hervor.

»Oder«, fuhr Zai fort, »die *Luchs* soll das Opfer darbringen, zu dem ich nicht bereit war.«

Na bitte. Er hatte es laut ausgesprochen. Den Gedanken, der ihn quälte, seit er die Begnadigung und den neuen Einsatzbefehl erhalten hatte. Die Mitteilungen waren gleichzeitig eingetroffen, wie als Hinweis darauf, dass die eine nicht ohne die andere zu verstehen war.

Er sah den eigenen Kummer in Hobbes' Gesicht. Es gab keine andere Interpretation.

Captain Laurent Zai, aufgestiegen, hatte seinem Schiff und seiner Crew mit seiner Entscheidung, am Leben zu bleiben, Verderben gebracht.

Zai wandte den Blick von der sprachlosen Hobbes ab und versuchte, seine Gefühle zu sondieren, nachdem er den Gedanken laut ausgesprochen hatte. Sie ließen sich nur schwer deuten. Nach der Anspannung während der

Rettungsmission, der bitteren Niederlage und der Freude nach der Verweigerung des Selbstmords erschien ihm seine Emotionalität ... müde und abgenutzt. Er fühlte sich bereits tot.

»Sir«, begann Hobbes. »Die Crew ist auf Ihrer Seite und wird alle Ihre Befehle befolgen. Die *Luchs* ist bereit für ...« Ihre Stimme versagte erneut.

»Für ein Ende im Kampf?«

Der Erste Offizier atmete tief durch.

»Sie ist bereit, dem Kaiser und ihrem Captain zu Diensten zu sein, Sir.«

Katherie Hobbes' Augen glitzerten, als sie diese Worte sprach.

Laurent Zai wartete höflich, bis sie sich wieder gefasst hatte. Dann sprach er aus, was gesagt werden musste.

»Ich hätte mich umbringen sollen.«

»Nein, Captain. Sie haben sich nichts zuschulden kommen lassen.«

»Bei der Tradition geht es nicht um die Frage der Schuld, Katherie, sondern allein um Verantwortung. Ich bin der Captain. Ich habe die Rettungsaktion angeordnet. Nach der Tradition war es mein Blutfehler.«

Wieder bewegten sich Hobbes' Lippen lautlos, aber Zai hatte die richtigen Worte gewählt und war ihren Einwänden damit zuvorgekommen. Soweit es die Tradition betraf, war er, ein Vadaner, ihr Mentor. Auf ihrer utopianischen Heimatwelt wurde nicht ein Bürger von einer Million Soldat. In Zais Familie war während der letzten fünfhundert Jahre einer von drei Männern im Kampf gestorben.

»Sir, Sie denken doch nicht daran ...«

Er seufzte. Es war natürlich eine Möglichkeit. Die Begnadigung hinderte ihn nicht daran, sich das Leben zu nehmen. Vielleicht rettete er damit sogar die *Luchs;* es kam durchaus vor, dass die Flotte ihre Anweisungen revidierte. Doch etwas in Laurent Zai hatte sich verändert. Bisher hatte er angenommen, dass die Fäden aus Tradition und Gehorsam, die sein Wesen formten, miteinander verknüpft waren. Er hatte geglaubt, dass die Rituale und Schwüre, das dem Zeitdieb dargebrachte Opfer aus Dekaden und die Diktate seiner Erziehung eine kritische Masse bildeten, eine Singularität der Bestimmung, von der es kein Entkommen gab. Doch es hatte sich herausgestellt, dass seine Loyalitäten, seine Ehre, sein Verständnis des eigenen Selbst von etwas Zartem zusammengehalten worden war, von etwas, das durch ein einziges Wort zerbrechen konnte.

Nein, dachte er und lächelte.

»Ich denke an Heimkehr, Katherie.«

Diese Worte ließen Hobbes erneut still werden. Bestimmt war sie bereit gewesen, erneut zu argumentieren, gegen die Verwendung der Fehlerklinge.

Zai wartete einige Sekunden und gab seinem Ersten Offizier Gelegenheit, den neuerlichen Schock zu überwinden. Dann räusperte er sich.

»Lassen Sie uns eine Möglichkeit finden, die *Luchs* zu retten, Hobbes.«

Ihre Augen glitzerten noch immer, als sie zum Luftschirm sah, und Zai beobachtete, wie sie sich konzentrierte. Er erinnerte sich daran, was der Kriegsweise Anonym 167 einst gesagt hatte: »Ausreichendes taktisches Detail lenkt das Bewusstsein vom Tod eines Kinds ab, sogar vom Tod eines Gottes.«

»Hohe Relativgeschwindigkeit«, sagte Hobbes nach einer Weile. »Einsatz aller Drohnen. Schmale Rumpfkonfiguration. Und Standardlaser in den primären Kuppeln. Wir hätten eine Chance, Sir.«

»Eine Chance, Hobbes?«

»Eine kleine Chance, Sir.«

Zai nickte. Nach dem Eintreffen der Order hatte er sich

kurz gefragt, ob die Crew weiterhin sein Kommando akzeptieren würde. Er hatte all die Dinge verraten, die ihm wichtig gewesen waren. Ein Verrat der Crew wäre vielleicht angemessen gewesen.

Aber für den Ersten Offizier galt das natürlich nicht. Hobbes war eine seltsame Frau, zur einen Hälfte Utopianerin und zur anderen Graue. Ihr Gesicht wies darauf hin: von den legendären Ärzten ihrer hedonistischen Heimatwelt zu Schönheit geformt, aber immer voller Ernst. Für gewöhnlich folgte sie der Tradition mit der Leidenschaft einer Konvertierten. Doch manchmal stellte sie alles infrage. Vielleicht hatte sich die Lücke zwischen ihnen in diesem Moment geschlossen; ihre Loyalität und sein Verrat, während eines kritischen Zeitpunkts für das Reich.

»Na schön, eine reelle Chance«, sagte Laurent Zai.

»›Mehr kann sich ein Soldat nicht wünschen‹, Sir«, zitierte Hobbes den Kriegsweisen.

»Und der Rest der Crew?«

»Alles Krieger, Sir.«

Zai nickte. Und hoffte, dass Hobbes Recht hatte.

MILIZ-ARBEITERIN

Die Miliz-Arbeiterin Zweiter Klasse Rana Harter trat nervös von der polaren Magnetbahn zurück, als diese aufs Gleis sank. Der Zug schwebte so leicht, als wöge er nur wenige Gramm, und er seufzte leise, als er sich senkte. Er ruhte auf einem nur wenige Zentimeter dicken Luftkissen, wie eine über einen Glastisch geworfene Karte.

Doch die Zartheit war eine Illusion. Rana Harter wusste, dass die Magnetbahn aus Hyperkarbon und Rumpflegierung bestand, über einen Fusionsreaktor und hundert private Kabinen mit Teakholz und Marmor verfügte. Ihre Masse betrug mehr als tausend Tonnen, und sie würde einen menschlichen Fuß ebenso mühelos unter sich zermalmen wie ein Tunnelhammer mit Diamantspitze. Harter wartete in sicherem Abstand, als sich die Zugangstreppe vor ihr entfaltete.

Der Bahnsteig bot reichlich Platz. Im kleinen Ort Galileo gab es nur selten Passagiere für die Magnetbahn, die problemlos alle Bewohner hätte aufnehmen können. Dieser Halt, der letzte vor den polaren Städten Maine und Jutland, diente nur zur Aufnahme von Versorgungsgütern. Aber diesmal sollte hier jemand einsteigen: die Miliz-Arbeiterin Rana Harter. Sie hatte ihr ganzes Leben in der Verwaltungspräfektur Galileo verbracht. Ihre Versetzung zur polaren Verschränkungsstation bedeutete, dass sie die VPG zum ersten Mal verließ.

Rana wartete darauf, dass jemand am Ende der Treppe erschien. Jemand, der sie einlud, den beeindruckenden Zug zu betreten. Doch niemand zeigte sich; die Treppe wartete ungerührt und leer. Sie blickte auf ihr Ticket, eigentlich ein Bündel aus Kunststoffmarken, von kupferfarbenen Schaltkreisen durchsetzt – sie hatte es im Milizbüro erhalten. Das Ticket enthielt kaum etwas, das für menschliche Augen lesbar war. Nur die Abfahrtzeit des Zuges und die Nummer des reservierten Sitzes.

Sie wartete am unteren Ende der Treppe und brachte es einfach nicht fertig, unaufgefordert durch eine Tür zu gehen. Hier in Galileo wäre so etwas unerhört gewesen. Doch nach etwa einer halben Minute flackerten die Warnlichter an der Treppe, und das Summen der Magnetbahn wurde ein wenig lauter. Jetzt oder nie, begriff Rana.

Hatte sie zu lange gewartet? Würde sich die Treppe unter ihr zusammenfalten und sie zermalmen, wie eine Puppe in den Zahnrädern eines Fahrrads?

Sie setzte versuchsweise den Fuß auf die unterste Stufe. Die fühlte sich fest genug an, aber das Summen der Magnetbahn gewann weiter an Intensität. Rana schnappte nach Luft, hielt den Atem an und lief die Treppe hoch.

Sie kam gerade noch rechtzeitig ... oder vielleicht hatte die Treppe extra auf sie gewartet. Als sich Rana oben zu einem letzten Blick auf ihren Heimatort umdrehte, falteten sich die Stufen zusammen und wurden zu einer Spirale, die sich wie ein Regenschirm schloss.

Und Rana Harter, vor Aufregung atemlos, nicht wegen des kurzen Sprints, war im Zug, der sie zum Pol bringen würde.

Ihr Platz befand sich weiter vorn im Zug. Die Magnetbahn beschleunigte so gleichmäßig, dass Rana bei einem Blick aus dem Fenster verblüfft feststellte, wie schnell die Landschaft vorbeistrich: Schnee und spärliches Gras wurden zu einem milchigen Schemen.

Rana wusste, dass ihre Versetzung mit dem Rix-Angriff vor einigen Tagen in Zusammenhang stand. Für die Miliz von Legis war Mobilmachung angeordnet worden, und sie hatte gehört, dass strategische Ziele wie die Verschränkungsstation Verstärkung erhielten. Doch als sie an den hunderten von Soldaten und Arbeitern im Zug vorbeiging, begriff sie plötzlich das Ausmaß der Rix-Gefahr. Die Magnetbahn schien voll besetzt zu sein; der einzige freie Platz, den sie schließlich sah, war ihr eigener. Erneut machten sich ihre Nerven bemerkbar - sie fühlte sich so schuldig wie eine Schülerin, die zu spät zum Unterricht kam, als sie sich setzte.

Der Soldat neben ihr schlief in einem Sessel, der so weit nach hinten geneigt war, dass fast ein Bett daraus wurde. Ranas Sitz war bequem, für einen halben Tag dauernde Reisen bestimmt. Ein kleines Kontrollfeld leuchtete in Synästhesie vor ihr und zeigte die Standardsymbole für Wasser,

Licht, Unterhaltung und Hilfe. Sie winkte es fort und rückte in eine Ecke des Sessels.

Rana Harter fragte sich, warum man sie der Verschränkungsstation zugewiesen hatte. Es handelte sich zweifellos um die wichtigste Einrichtung auf Legis XV. Aber warum brauchte die Miliz *sie* dort? Rana war keine Soldatin. Die einzige Waffe, die sie verwenden durfte, war eine gewöhnliche Autopistole – damit konnte man ein ganzes Magazin auf eine Rix-Kämpferin abfeuern, ohne große Wirkung zu erzielen. Bei der Untersuchung für die Kampftauglichkeit war sie durchgefallen, und ihr fehlte die Koordination für einen Schnellinterface-Job wie zum Beispiel Fernpilotin oder Scharfschützin. Nur in einer Sache war Rana wirklich gut, und deshalb hatte sie es in nur einem Jahr zur Zweiten Klasse gebracht: Mikroastronomie.

Rana Harter hatte einen Hirnfehler, etwas, das ihr Talentoffizier »holistische Erfassung chaotischer Systeme« nannte. Das bedeutete: Wenn sie sich zum Beispiel die Flugbahnen eines Meteoritenschwarms ansah, bestehend aus Brocken mit einer Masse von jeweils unter einem Kilogramm, so konnte sie Dinge darüber sagen, zu denen ein Computer nicht fähig war: ob der Schwarm während der nächsten Stunden zusammenbleiben oder auseinander brechen und eine nahe orbitale Plattform bedrohen würde. Ihr Kommandeur meinte, nicht einmal die klügsten kaiserlichen KIs könnten derartige Probleme lösen, weil sie versuchten, jede einzelne Flugbahn zu berechnen, und das erforderte Millionen von Rechenoperationen. Wenn es bei der Beobachtung auch nur die geringste Ungenauigkeit gab, so resultierte daraus ein hoffnungslos falsches Ergebnis. Aber Menschen mit Hirnfehlern wie Rana sahen den Schwarm als ein großes System, als ein Ganzes. In tiefer Synästhesie hatte diese Entität einen Geschmack/Geruch/Geräusch: einen tiefen, stabilen Geruch wie Kaffee, oder den zittrigen Duft von Pfefferminz, bereit dazu, auseinander zu fliegen.

Aber warum schickte man sie zu der Polstation?

Rana hatte bereits mit Geräten wie mit den dortigen Verstärkern gearbeitet und bei kleinen Apparaten jener Art Reparaturen vorgenommen. Doch bei einer Verschränkungsstation beschäftigte man sich nicht mit Astronomie, sondern mit Kommunikation. Vielleicht sollte die Station für Verteidigungszwecke umgerüstet werden. Rana versuchte, sich einen Schwarm von feindlichen Schiffen vorzustellen, die durch die planetare Verteidigung schlüpften.

Wie würden die Rix schmecken?

Eine Bewegung im Augenwinkel lenkte Rana von diesen Gedanken ab. Sie bemerkte eine hoch gewachsene Offizierin der Miliz im Mittelgang. Die Frau sah auf die Sitznummer, blickte dann auf Rana hinab.

»Rana Harter?«

»Ja, Ma'am.« Rana versuchte, Haltung anzunehmen, aber das Gepäcknetz über ihr machte das unmöglich, und deshalb salutierte sie in geduckter Haltung. Die Offizierin erwiderte den Gruß nicht. Ihr Gesichtsausdruck war undeutbar. Sie trug eine volle Interfacebrille, die ihre Augen verbarg, und das war seltsam, denn sie hielt auch einen mobilen Monitor in den Händen. Selbst im gut geheizten Zug trug die Frau einen dicken Mantel. Ihre Bewegungen zeichneten sich durch eine vogelhafte Schnelligkeit aus.

»Kommen Sie mit«, sagte die Offizierin. Ihre Stimme war rau, der Akzent nicht zu bestimmen. Aber Rana hatte die VPG nie verlassen, außer in Videos.

Die Frau drehte sich ohne ein weiteres Wort um und ging. Rana zog ihre Tasche aus dem Gepäcknetz und zerrte sie in den Gang. Als sie aufsah, hatte die Offizierin bereits fast den nächsten Waggon erreicht, und Rana musste laufen, um sie einzuholen.

Die Offizierin war zum hinteren Teil des Zuges unterwegs. Rana folgte ihr, und es fiel ihr schwer, mit der großen Frau Schritt zu halten. Ihre Tasche stieß gegen einen Milizionär, und sie murmelte eine Entschuldigung. Der Mann gab eine Antwort, deren Sinn Rana verborgen blieb, die aber nicht sehr höflich klang.

Es dauerte nicht lange, bis sie den luxuriösen Teil des Zuges erreichten. Dort blieb Rana stehen und staunte mit offenem Mund. Die eine Seite des mit Teppichboden ausgelegten Korridors bestand aus einem vom Boden bis zur Decke reichenden Fenster. Jenseits davon raste die Tundra-Landschaft vorbei, von der hohen Geschwindigkeit des Zugs in einen cremefarbenen Schemen verwandelt. Rana hatte gelesen, dass die Magnetbahn tausend Stundenkilometer erreichen konnte; derzeit schien sie doppelt so schnell zu sein.

Die andere Seite des Korridors bestand aus dunklem Holz mit den Türen privater Kabinen. Die Offizierin ging jetzt langsamer, als fühlte sie sich wohler, nachdem sie den vollen Teil des Zuges verlassen hatten. Sie kamen an einigen Bediensteten in Magnetbahn-Uniformen vorbei, die Haltung annahmen. Rana wusste nicht genau, ob sie damit der Offizierin Respekt zollten oder im schmalen Gang Platz machen wollten.

Schließlich wandte sich die Offizierin einer der Türen zu, die vor ihr aufglitt, ohne dass sie einen Schlüssel benutzte oder eine Anweisung sprach. Rana folgte ihr nervös.

Die Kabine war wundervoll. Der Boden schien aus einer Art Harz zu bestehen, eine bernsteinfarbene Subtanz, die unter Ranas Stiefeln leicht nachgab. Marmor und Teakholz bildeten die Wände. Die Einrichtung war segmentiert. Ranas besondere Fähigkeit wurde aktiv und zeigte ihr, wie sich die einzelnen Möbelstücke ent- und zusammenfalteten, wie aus Stühlen und Tisch Schreibtisch und Bett werden konnten. Ein Seitenfenster gewährte Blick auf die vorbeirasende Tundra. Die Kabine war größer als Ranas alte Kasernenhütte in Galileo, die sie mit drei anderen Milizionären geteilt hatte. Der Luxus ihrer Umgebung machte sie noch nervöser; sie fühlte sich den besonderen Dingen, für die man sie vorgesehen hatte, nicht gewachsen.

Schuldgefühle regten sich in ihr, als hätte sie bereits versagt.

»Setzen Sie sich.«

Hier in der stillen Kabine lauschte Rana aufmerksam dem seltsamen Akzent der Offizierin. Sie sprach sorgfältig und präzise, mit der exakten Aussprache eines KI-Lehrers. Aber der Tonfall war falsch, wie bei einer geborenen Taubstummen, die durch langes Lernen imstande war, Geräusche zu benutzen, die sie nie gehört hatte.

Rana stellte ihre Tasche ab und setzte sich.

Die Offizierin sank ihr gegenüber in einen Sessel und war selbst im Sitzen einen Dezimeter größer als Rana. Sie nahm ihre Brille ab.

Rana stockte der Atem. Die Augen der Frau waren künstlich. Sie reflektierten die am Fenster vorbeihuschende weiße Landschaft und zeigten einen violetten Glanz. Doch es waren gar nicht die Augen, die Rana so sehr verblüfften.

Ohne die Brille konnte sie das Gesicht erkennen, und es erschien ihr gespenstisch vertraut. Das Haar war anders, und die violetten Augen konnten kaum fremdartiger sein. Aber die Kiefer der Frau, ihre Wangenknochen und die hohe Stirn – Rana erkannte sich selbst darin wieder.

Sie schloss die Augen. Vielleicht war die Ähnlichkeit das Ergebnis von Nervosität und Schlafmangel, eine vorübergehende Halluzination, die nach einigen Sekunden Dunkelheit verschwand. Aber als Rana Harter die Lider wieder hob, wirkte das Gesicht der Frau noch immer vertraut.

Es war wie der Blick in den erweiternden Spiegel eines Ladens, der kosmetische Chirurgie anbot, in einen Spiegel, der dem eigenen Abbild eine andere Frisur und eine neue Augenfarbe hinzufügte. Der Effekt lähmte sie regelrecht; sie war wie erstarrt.

»Miliz-Arbeiterin Rana Harter, Sie sind für eine sehr wichtige Mission ausgewählt.«

Die Stimme klang erneut seltsam, als kämen die Worte aus dem Nichts, von niemandem.

»Ja, Ma'am. Welche ... Art von Mission?«

Die Frau neigte den Kopf ein wenig zur Seite, als überraschte die Frage sie. Nach einem kurzen Zögern blickte sie auf ihren mobilen Monitor.

»Ich kann diese Frage nicht beantworten. Sie müssen meine Anweisungen befolgen.«

»Ja, Ma'am.«

»Sie werden in dieser Kabine bleiben, bis wir den Pol erreichen. Verstanden?«

»Ich verstehe, Ma'am.«

Die präzise Ausdrucksweise der Frau begann Rana zu beruhigen. Welche Mission auch immer die Miliz für sie plante – es gab klare Befehle. Das war eine Sache, die sie an der Miliz mochte. Man brauchte nicht selbst zu denken.

»In diesem Zug werden Sie mit niemandem außer mir sprechen, Rana Harter.«

»Ja, Ma'am«, antwortete Rana. »Darf ich eine Frage stellen?«

Die Frau schwieg, und Rana hielt das für eine Erlaubnis.

»Wer genau sind Sie, Ma'am? Meine Einsatzorder enthielt keine Namen ...«

»Ich bin Colonel Alexandra Herd, Miliz von Legis XV«, sagte die Frau sofort und holte das Abzeichen eines Colonels unter ihrem dicken Mantel hervor.

Rana schluckte. Sie war nie jemandem begegnet, der einen höheren Rang als den eines Captain bekleidete. Offiziere existierten für sie irgendwo weit oben, auf einem erhabenen Niveau, das von ihrer kleinen nervösen Welt aus gesehen vollkommen mysteriös war.

Aber sie hatte nie zuvor begriffen, wie seltsam Offiziere sein konnten.

Colonel Herd deutete in eine Ecke des Raums, und ein Waschbecken entfaltete sich elegant aus der Wand.

»Waschen Sie Ihr Haar«, sagte sie.

»Mein Haar?«, fragte Rana, einmal mehr verblüfft.

Colonel Herd holte ein Messer hervor. Die Klinge war fast unsichtbar dünn, eine schimmernde Präsenz, die funkelte, wenn sie das von Schneeflächen reflektierte Licht empfing, die wie weiße Schatten am Fenster vorbeizuckten. Der Griff war seltsam krumm, erinnerte Rana an einen Vogelknochen. Die Offizierin hielt es mit den Fingerspitzen, und ihre langen Finger brachten eine plötzliche Anmut zum Ausdruck.

»Nachdem Sie Ihr Haar gewaschen haben, schneide ich es«, sagte Colonel Herd.

»Ich verstehe nicht ...«

»Es folgen Maniküre und ordentliches Schrubben.«

»Was?«

»Befehle.«

Rana Harter blieb still. Ihr Geist hatte zu arbeiten begonnen und beschleunigte zu einem Schemen, ebenso ohne Detail wie die am Zug vorbeihuschende Tundra. Der Hirnfehler legte richtig los und raste jenem Moment entgegen, der inkohärenten, chaotischen Input in eine jähe Erkenntnis verwandelte.

Ein Teil von ihr wurde zur Beobachterin und sah, wie sich das Durcheinander aus einzelnen Informationen verdichtete und dabei Struktur gewann, wie Bedeutungslosigkeit zu etwas Konkretem und Verständlichem kondensierte: die Wölbung des Messers, wie die Flugbahn eines Schiffes, die sie beim Astronomieunterricht gesehen hatte; der sonderbare Akzent; die langsamen, sorgfältig ausgesprochenen Worte; die vogelartigen Bewegungen der Frau, wie das Flackern von Sonnenschein an den Speichen eines Fahrrads, der Geruch von Lemongras, Bach auf einer Holzflöte gespielt ...

Krallen schienen über Ranas Haut zu kratzen, als sich ihr die Erkenntnis ganz plötzlich darbot.

Sie war dazu ausgebildet worden, die Resultate ihres Hirnfehlers zu nennen, bevor sie sich dem zarten Griff ihrer Gedanken entzogen. Das Wissen kam klar und scharf, und so schockierend, dass sie die Worte nicht zurückhalten konnte.

»Sie sind eine Rix, nicht wahr?«, platzte es aus ihr heraus. »Das Verbundbewusstsein spricht durch Sie. Sie wollen ...«

Rana Harter biss sich auf die Zunge und verfluchte ihre Dummheit. Die Frau blieb einen Moment still, als wartete sie auf die Übersetzung. Ranas Blick huschte im Raum umher, auf der Suche nach einer Waffe. Aber es befand sich nichts in Reichweite, mit dem sich die vogelhafte Fremde ihr gegenüber auch nur für eine Sekunde aufhalten ließ.

Dann bemerkte Rana die über ihr baumelnde Kordel der Notbremse.

Rasch streckte sie die Hand nach dem Messinggriff aus, fühlte ihn kühl an den Fingern und zog. Sie rechnete damit, das Quietschen von Bremsen zu hören, das Heulen einer Sirene.

Nichts geschah.

Rana sank auf ihren Sitz zurück.

Das Verbundbewusstsein, dachte sie. *Überall.*

»Sie wollen sich für mich ausgeben«, sagte Rana und brachte damit ihre Schlussfolgerungen zu Ende.

»Ja«, bestätigte die Rixfrau.

»Ja«, wiederholte Rana. Sie spürte, dass sie weinen würde, und das brachte sonderbare Erleichterung, nachdem sie den ganzen Tag lang gegen die Tränen angekämpft hatte.

Dann beugte sich die Frau vor, streckte einen Finger mit glänzender Kuppe aus, berührte Ranas Arm und stach eine Nadel hinein.

Es folgte ein Augenblick des Schmerzes, und danach war alles in Ordnung.

CAPTAIN

Die Wolke aus Punkten, die den Schlachtkreuzer der Rix und seine Satelliten darstellten, wurde diffuser, als die Minuten verstrichen. Die kleinere Wolke der *Luchs* verlor ebenfalls an Deutlichkeit, als ließe Captain Zais Sehvermögen nach.

Er blinzelte aus einem Reflex heraus, doch das Luftschirmbild blieb verschwommen. Die beiden gegnerischen Schiffe hatten eine Eskorte aus hunderten von Drohnen, die Informationen gewinnen, das andere Schiff angreifen und die feindlichen Drohnen neutralisieren sollten. Die *Luchs* und das Rix-Schiff waren zwei Nebelschwaden, die einer langsamen Kollision entgegenstrebten.

»Halt«, sagte Zai.

Die beiden Wolken verharrten, als sich ihre Ränder berührten.

»Wie hoch ist die relative Geschwindigkeit am Rand?«, fragte er den Ersten Offizier.

»Ein Prozent der Lichtgeschwindigkeit«, antwortete Hobbes.

Jemand auf der Kommandobrücke atmete hörbar aus.

»Dreitausend Kilometer pro Sekunde«, übersetzte Meisterpilot Marx und brummte vor sich hin.

Zai gab allen Gelegenheit, die Bedeutung dieser kalten Tatsache aufzunehmen, bevor er die Simulation fortsetzte. Die Wolken gingen ineinander über, und ihre Bewegungen schienen nicht schneller zu sein als die zum Horizont kriechende Sonne. Natürlich ging die Langsamkeit auf den großen Maßstab zurück. Für die winzigen Schiffe in den Punktwolken würde alles rasend schnell geschehen.

Der Captain der *Luchs* trommelte mit den Fingern. Sein Schiff war für den Kampf bei viel geringeren relativen Geschwindigkeiten vorgesehen. Bei einer normalen Abfangmission würde er beschleunigen und den Vektor dem des Schlachtkreuzers anpassen. Die Standardtaktik gegen größere Schiffe verlangte minimale relative Bewegung, um dem kaiserlichen Drohnenschwarm ausreichend Zeit zu geben, die Verteidigung des größeren Schiffes zu schwächen. Die kaiserlichen Piloten waren berühmt und erzielten auch beim Kampf gegen Rix-Cyborgs Erfolge. Und die *Luchs* hatte als Prototyp ihrer Klasse einige der besten Piloten des Reiches bekommen.

Doch Zai konnte sich nicht den Luxus einer Standardtaktik leisten. Er hatte einen klaren Auftrag bekommen.

Meisterpilot Marx sprach als Erster.

»Für uns Piloten gibt es dabei nicht viel zu tun, Sir«, sagte er. »Selbst unsere schnellsten Drohnen beschleunigen nur mit tausend *g*. Das sind zehntausend Meter im Sekundenquadrat. Ein Prozent der Konstante bedeutet drei *Millionen* Meter pro Sekunde. Wir rasen so schnell am Gegner vorbei, dass es nicht zu Einzelkämpfen kommen wird.«

Marx blickte in den Luftschirm.

»Wir haben auch keine Möglichkeit, die *Luchs* vor den Penetratoren der Rix zu schützen, Captain«, schloss er.

»Das wird nicht Ihre Aufgabe sein, Meisterpilot«, sagte

Zai. »Sorgen Sie nur dafür, dass Ihre Drohnen intakt bleiben. Bringen Sie sie durch die Abwehr und greifen Sie das Rix-Schiff an.«

Der Meisterpilot nickte. Zumindest seine Rolle war klar. Zai setzte die Simulation erneut fort. Wie Marx vorhergesagt hatte: Beide Drohnenschwärme zeigten kaum Wirkung beim jeweiligen Gegner. Sie durchdrangen sich gegenseitig, so schnell, dass es nur zu Zufallstreffern kam. Kurze Zeit später erreichten die Ränder der beiden Wolken das Zentrum des Gegners. Die *Luchs* und der Schlachtkreuzer der Rix wurden beschädigt: durch die kinetischen Treffer von Projektilen und Expansionsnetzen, durch die Strahlung von Energiewaffen.

»Halt«, sagte Zai.

»Den jeweiligen Eskorten gelingen Treffer«, stellte Hobbes fest.

»Ein Schiff bietet ein viel größeres Ziel als eine zwei Meter durchmessende Drohne«, sagte Marx.

»Ja«, bestätigte Hobbes. »Und ein Schlachtkreuzer bietet ein noch größeres Ziel als eine Fregatte. Insbesondere dieser Schlachtkreuzer.«

Sie richtete den Zoom auf den hellen Fleck des Rix-Schiffes. Die Empfangsvorrichtung wurde sichtbar, das Schiff selbst ein Winzling im Vergleich damit.

Hobbes fügte der Darstellung Maßstabsangaben hinzu. Die Empfangsvorrichtung durchmaß tausend Kilometer.

»Können Sie das Ding treffen?«, fragte Hobbes.

Meisterpilot Marx nickte langsam.

»Zweifellos, Erster Offizier. Falls ich dann noch lebe.«

Zai verstand den Meisterpiloten. Er würde die Drohnen von Bord der *Luchs* aus steuern, die selbst einem Angriff ausgesetzt war. Das kaiserliche Schiff musste lange genug intakt bleiben, um seinen Drohnen Gelegenheit zu geben, den Schlachtkreuzer zu erreichen.

»Wir werden am Leben bleiben«, sagte Hobbes. »Die *Luchs* wird von einem dichten Schirm aus Nahverteidigungsdrohnen umgeben sein. Wir setzen sie mit Ultrabeschleunigung aus, und anschließend passen sie ihre Geschwindigkeit der der feindlichen Drohnen an.«

»Soweit das möglich ist«, schränkte Marx ein. Die Verteidigungsdrohnen der *Luchs* konnten die Rix-Angreifer bei dreitausend Kilometern in der Sekunde nicht aufhalten.

»*Und* wir bahnen uns einen Weg mit Abrasionssand, den wir produzieren können.« Hobbes seufzte. »Trotzdem, wir werden alle Hände voll zu tun haben.«

Zai hörte mit Zufriedenheit den nervösen Klang in ihrer Stimme. Der Plan war gefährlich; das mussten die anderen Offiziere verstehen.

»Darf ich etwas fragen, Captain?«

Die Worte stammten vom Zweiten Kanonier Thompson.

»Kanonier?«, erwiderte Zai.

»Dieser besondere Schlachtplan ...«, sagte Thompson langsam. »Dient er dazu, Legis zu schützen? Oder soll er der *Luchs* einen taktischen Vorteil geben?«

»Sowohl als auch«, antwortete Zai. »Unser Auftrag besteht darin, einen Kontakt zwischen Schlachtkreuzer und Verbundbewusstsein zu verhindern.«

Zais Finger bewegten sich, und der Luftschirm zeigte wieder eine schematische Darstellung des ganzen Sonnensystems mit zahlreichen Vektoren, die Hobbes und er am Nachmittag ausgearbeitet hatten.

»Damit unser Plan funktionieren soll, müssen wir drehwärts beschleunigen, in Richtung Schlachtkreuzer, dann wenden und zurückkehren. Während der nächsten zehn Tage beschleunigen wir mit durchschnittlich zehn *g*.«

Es kam zu Unruhe auf der Kommandobrücke. Zai und seine Crew würden die nächste Woche unter dem unsicheren Schutz der leichten Gravitation verbringen. Die Hochschwerkraft-Bedingungen waren nicht nur unbequem und gefährlich, sondern kosteten auch Kraft – die Besatzung würde erschöpft sein, wenn der Kampf begann.

»Und ja«, fuhr Zai fort. »Wie Kanonier Thompson bereits angedeutet hat: Im Rahmen unseres besonderen Auftrags bedeutet hohe relative Geschwindigkeit einen taktischen Vorteil für uns. Unser Ziel besteht nicht darin, den Schlachtkreuzer der Rix in einen Kampf um Leben und Tod zu verwickeln. Wir zerstören seine Empfangsvorrichtung so schnell wie möglich.«

»›Kamikazemissionen finden oft bei hoher Geschwindigkeit statt‹«, sagte Thompson.

Mistkerl, dachte Zai. Ihm gegenüber Anonym 167 zu zitieren, als ginge diese Situation auf ihn zurück.

»Wir haben unsere Einsatzbefehle, Kanonier«, sagte Hobbes scharf. »Die Verhinderung eines Kontakts zwischen dem Schlachtkreuzer der Rix und dem Verbundbewusstsein auf Legis XV ist unser primäres Ziel.«

Den Rest ließ sie unausgesprochen: Das Überleben der *Luchs* war zweitrangig.

Thompson zuckte mit den Schultern und mied den Blick des Ersten Offiziers. Er gehörte zu den Männern, die sich von ihrer Schönheit mehr beeindrucken ließen als von ihrem Rang. »Warum ziehen wir beim Verbundbewusstsein nicht einfach den Stecker?«, fragte er.

Zai seufzte. Er wollte nicht, dass seine Crew Kraft auf diese Weise vergeudete: indem sie nach einer Möglichkeit versuchte, den bevorstehenden Kampf zu vermeiden.

»Sie müssten die Technologie nicht für immer aufgeben«, sagte Thompson. »Nur für einige Tage, während der Schlachtkreuzer vorbeifliegt. Im Ausbildungslager habe ich einen Monat lang in einem simulierten Dschungelbiom gelebt und traditionelle Überlebenstechniken benutzt. Für Notfälle könnte die *Luchs* Hilfe anbieten.«

»Wir haben es hier mit einem *Planeten* zu tun, Thompson«, erklärte Hobbes. »Nicht mit irgendeinem Ausbildungslager der Flotte. Zwei Milliarden Zivilisten und eine globale Infrastruktur. Das bedeutet: jeden Tag vierzig Milliarden Liter Wasser, zwei Millionen produzierte und verteilte Tonnen Lebensmittel und eine halbe Million medizinische Noteinsätze. Das alles hängt von der Infostruktur ab, und damit vom Verbundbewusstsein der Rix.«

»Wir müssten für vier Tage jedes Stück Technik neutralisieren«, fuhr Zai fort. »Auf einem Planeten mit einer so großen Bevölkerung finden in diesem Zeitraum zweihunderttausend Geburten statt. Möchten Sie bei ihnen allen Hilfe leisten, Thompson?«

Gelächter erklang auf der Kommandobrücke.

»Nein, Sir«, erwiderte der Kanonier. »Darauf hat mich die Grundausbildung nicht vorbereitet, Sir.«

»Pech«, kommentierte Zai. »Dann möchte ich bis um 2.00 die detaillierte Analyse des aktuellen Angriffsplans. Um 4.00 beginnen wir mit Hochschwerkraft. Eine letzte ruhige Nacht für die Crew.«

»Wegtreten«, sagte Hobbes.

Es kam zu plötzlicher Aktivität auf der Brücke, als die Führungsoffiziere fortgingen, um den Plan ihren jeweiligen Mitarbeiterstäben zu präsentieren.

Hobbes nickte dem Captain zu. Zai war froh, dass sie das von Kanonier Thompson geschaffene Problem gelöst hatte. Der Angriff auf das überlegene Rix-Schiff war ein leichteres Opfer für die Crew, wenn sie wusste, wie viele Leben auf dem Planeten sie damit rettete. Aber warum hatte Thompson ihn vor all den anderen Offizieren herausgefordert?

Der zweite Kanonier stammte aus einer alten, grauen Familie, mit einer ebenso langen militärischen Tradition wie die von Zai. In gewisser Weise war Thompson noch grauer als der Captain. Einer seiner Brüder stand am Beginn einer beruflichen Laufbahn im Apparat; kein Mitglied von Zais Familie war jemals ein Politischer gewesen.

Vielleicht sollten Thompsons Worte ihn darauf hinweisen, dass die kaiserliche Begnadigung nur ein Schein war, ein Mittel des Kaisers, das Gesicht zu wahren. Und mit dieser zweifelhaften Begnadigung ging eine unmögliche Mission einher, die vielleicht nicht nur Zai das Leben kostete, sondern auch der Crew den Tod brachte und dem Schiff Vernichtung.

Der Kaiser hatte Laurent Zai ganz offensichtlich nicht vergeben.

RIX

H_rd ging sehr vorsichtig mit dem Monofaser-Messer um, als sie Rana Harters langes Haar um einige Zentimeter kürzte.

Die Rix hatte ihrem Opfer sich selbst erneuernde Dopamin-Regulatoren injiziert - die menschliche Frau würde tagelang fügsam bleiben. Aus den medizinischen Aufzeichnungen in der Bibliothek wusste h_rd, dass Harter an einer chronischen leichten Depression litt. In jeder anständigen Gesellschaft hätte man sie behandelt, aber das Reich fand Ranas synästhetische Störung - ihre erstaunliche mathematische Fähigkeit - nützlich. Die kaiserliche Medizin war nicht hoch genug entwickelt, um Harter zu heilen und gleichzeitig die empfindliche Balance des Hirnfehlers zu wahren, und deshalb ließ man sie leiden.

Für die Rix hingegen war die Behandlung ein Kinderspiel.

Harter spürte noch immer einige Nebeneffekte. Manchmal ließ ihre Aufmerksamkeit nach, und dann kam es zu kurzen Phasen der Inaktivität, während derer ihre Lider zitterten. Aber wenn h_rd ihr das Abzeichen des Colonels zeigte, gehorchte sie sofort; das Reich konditionierte seine Untertanen gut. H_rd beauftragte Harter, die Strähnen des kurzen braunen Haars auf dem verzierten Kabinentisch der Länge nach zu ordnen, während sie ihren eigenen Kopf kahl schor.

Ein akustisches Signal kam vom mobilen Monitor und wies auf eine neue Anweisung des Verbundbewusstseins hin. Eine schematische Darstellung auf dem Schirm zeigte, wo sich die medizinische Station des Zugs befand. H_rd ließ die bei der Arbeit summende Harter zurück und wagte sich erneut in den langen Korridor der Magnetbahn. Sie hatte bisher keine kahlköpfige Frau auf Legis XV gesehen und zog sich deshalb die Kapuze der Uniform über den Kopf. Die Rix wusste, dass Kleidung, gepflegtes Erscheinungsbild und andere körperliche Merkmale nicht nur in der militärischen Hierarchie des Reiches Status und politische Zugehörigkeit verdeutlichten - ein haarloser Kopf mochte Aufmerksamkeit erregen. Wie seltsam. Die Menschen des Reiches lehnten den Upgrade ab, spielten aber mit toten Zellen und mit Kleidungsteilen und Schnüren.

Die medizinische Station wurde aktiv, als h_rd eintrat. Rote Augen projizierten ein Gitterwerk aus Laserstrahlen auf ihren kahlen Kopf. Einige Sekunden nach der Messung lieferte die Station zwei Nadeln mit speziell programmierten Nanos und weitere Anweisungen: Die Karte führte zum Frachtraum des Zugs. Es fiel h_rd nicht weiter schwer, das dortige Schloss zu öffnen und zwei Dinge - eine Tube mit Smartplastik für Reparaturen und eine andere mit Petroleumgelee - zu entnehmen.

Wieder in der Kabine gab sie eine der Nadeln ins Smartplastik und drückte den Inhalt der Tube auf Rana Harters kurzes Haar. Das jetzt mit Nanoerweiterungen ausgestattete Smartplastik zitterte einige Minuten und setzte in der kleinen Kabine erhebliche Wärme frei. Dünne Fäden wuchsen aus der Masse und verbanden sich mit dem abgeschnittenen Haar. Sie breiteten sich aus, fraßen die Masse des Reparaturkunststoffs und formten ein Netz, das den ganzen Tisch bedeckte. Eine Zeit lang waberte es langsam, als wäre es damit beschäftigt, zu katalogisieren und zu planen. Dann wurden die Bewegungen schneller. Eine feste Kuppel entstand, eine milchige Halbkugel, die die Haare an sich zog. Die Enden von Rana Harters Haaren ragten aus dem Plastik, das sich ausdehnte und wieder zurückzog, wie von unsichtbaren Händen in einem komplexen Muster massiert.

Die Rix empfand es als beruhigend, die eleganten Vorgänge zu beobachten. Hier im voll besetzten Zug war sie sich zu sehr der schwerfälligen Masse der Menschheit um sie herum bewusst. Sie roch sie, hörte das phatische Schnattern der vielen Münder, fühlte ihre Arbeit in den Wölbungen und weichen Texturen dieser angeblich luxuriösen Kabine, die dem extravaganten Konzept der Privatsphäre entsprach. Die Raumstationen und Schiffe der Rix, immer Heimat von h_rd, waren einfach und schlicht gewesen: klare Linien der Funktionalität; die Effizienz intim geteilter Räume; die offensichtliche Perfektion des von einem Verbundbewusstsein stammenden Designs. Diese Menschen des Reiches hingegen suchten Freude in Verschwendung, Zierde und Übermaß.

H_rd wusste natürlich, dass die Krankheit dieser Gesellschaft ein notwendiges Übel war – die chaotischen Ineffizienzen der Menschheit bildeten die Grundlage für wahre KI. Alexander entstammte dem elektronischen Wirrwarr des Planeten, so wie h_rds Gedanken aus dem ineffizienten Durcheinander von Nervengewebe kamen. Doch sie war Rix und damit aufgewachsen, das Ganze zu sehen. In der Horde gefangen zu sein, die sich unter Alexander erstreckte ... Es war wie der Abstieg von den erhabenen Höhen eines Kunstmuseums zu den unangenehmen Gerüchen einer Ölfarbenfabrik.

Die Rixfrau wandte ihren Blick von den anmutigen, programmierten Bewegungen des smarten Kunststoffs ab und machte sich an die Arbeit.

Sie befahl Rana Harter, sich auszuziehen, schnitt ihr Finger- und Fußnägel und brachte sie sorgfältig wie kriminalistisches Beweismaterial in einem kleinen Plastikbeutel unter.

Dann entfaltete h_rd das Bett und wies Rana Harter an, sich darauf zu legen. Sie löste eine kleine Pflegeeinheit von der Servicedrohne der Kabine, jene Art von Bürste, die mit statischer Elektrizität und einem Vakuumsauger Tierhaare von Kleidung entfernte. Die Rix zögerte kurz und überlegte, ob sie die menschliche Frau festbinden sollte. Nein. Der nächste Schritt war ein Test dafür, wie gut die Dopamin-Regulatoren funktionierten.

Die harten Plastikborsten der Pflegeeinheit waren bestens geeignet, Haut abzuschaben. H_rd strich mit dem Gerät über Rana Harters nackten Bauch, und bald gewann die dortige Epidermis einen wie zornig wirkenden roten Ton. Das Saugmodul nahm gierig die gelösten Zellen auf, und sein entschlossenes Summen übertönte die leisen ambivalenten Geräusche, die aus dem Mund der Frau kamen, als h_rd arbeitete.

Als sich vom Bauch keine Hautzellen mehr gewinnen ließen, ließ h_rd die Pflegeeinheit an den kleinen Brüsten ihrer Gefangenen kreisen, doch Rana Harter bewegte sich zu heftig. H_rd drehte sie auf den Bauch und nahm sich die weiten Bereiche des Rückens vor, drückte den Pfleger dann an die dickere Haut von Armen und Beinen.

Bald hatte sie genug - der Saugkollektor war fast voll.

Sie gab seinen wertvollen Inhalt auf den Tisch und entnahm dem Kollektor seine letzten Reste, indem sie den kleinen Finger mit Speichel befeuchtete und damit über das Innere des Saugmoduls strich. Anschließend bereitete h_rd das Petroleumgelee mit der zweiten Nadel aus der medizinischen Station vor und presste den Inhalt der Tube auf die Hautzellen. Die Mischung bewegte sich und wurde heiß.

Die Rix streifte ihre eigene Kleidung ab und rieb sich das Petroleumgelee auf die Haut, sparte dabei die Flexormetallsohlen ihrer Füße ebenso aus wie das exponierte Hyperkarbon der Knie- und Schultergelenke sowie das metallene Geflecht der Mikrowellenstruktur auf dem Rücken. H_rd war eine Kämpferin, keine mit Informationsgewinnung beauftragte Späherin; nackt würde sie nie wie eine menschliche Frau aussehen. Aber sie ging davon aus, dass die Sicherheitsabteilung der Polarstation wegen der Ankunft vieler neuer Milizionäre so sehr überlastet war, dass sie auf Ganzkörperuntersuchungen verzichtete. H_rd hatte die Spuren ihres Wegs zum Pol sorgfältig verwischt, und die Kaiserlichen suchten nach einem einzelnen Infiltranten auf einem ganzen Planeten. Sie hoffte, dass visuelle Vergleiche mit Rana Harters Aufzeichnungen zur Überprüfung ihrer Identität dienen würden, außerdem die genetische Untersuchung von Haarproben und eine Analyse des genetischen Materials aus ihrer menschlichen thermalen Emissionswolke. Wenn die im Petroleumgelee enthaltene Nanointelligenz aktiviert wurde, setzte sie Rana Harters Hautzellen in einem für Menschen normalen Maß frei und lieferte damit einen konstanten Beweis für ihre geliehene Identität.

Wenn die Sicherheitskräfte in der Polarstation einen Netzhautscan verlangten oder irgendeine alte Methode verwendeten, wie zum Beispiel Fingerabdrücke oder Dentalmuster, so musste sich die Rix schnell einen Weg freikämpfen.

Was das Gesicht betraf: Alexander hatte in den Aufzeichnungen des gesamten Militärs von Legis XV nach hoher Ähnlichkeit gesucht (dabei auch Harters mikroastronomisches Geschick und ihre Empfindlichkeit Drogen gegenüber berücksichtigt) und die Versetzung der Frau zum Pol veranlasst. Natürlich hatte das Verbundbewusstsein alle elektronischen Aufzeichnungen verändert und h_rds Erscheinungsbild angepasst, aber auf die menschliche Erinnerung konnte es nicht einwirken. Es bestand die Möglichkeit, dass jemand in der Polarstation Rana Harter persönlich kannte.

Das Verbundbewusstsein ließ große Vorsicht walten. H_rd war seine einzige menschliche Helferin auf dem Planeten und musste vielleicht tage- oder gar wochenlang die Rolle der Miliz-Arbeiterin spielen, während sie sich auf die Sendung vorbereitete. Zumindest würde sie nicht länger allein sein, dachte die Rix. Rana Harter musste bei ihr bleiben, damit sie ihren Vorrat an Hautzellen erneuern konnte.

H_rd entleerte die Tasche ihrer Gefangenen auf dem Boden und ging den Inhalt durch. Die meisten zivilen Kleidungsstücke passten ihr nicht, aber der weite Arbeitsanzug war groß genug.

Die Rix blickte auf die Zeitanzeige. Inzwischen sollte das Haarteil fertig sein.

Die Halbkugel aus Kunststoff auf dem Tisch bewegte sich nicht mehr. H_rd griff vorsichtig danach und stellte fest, dass sie sich auf Zimmertemperatur abgekühlt hatte. Mit einer raschen Bewegung stülpte sie sie um, und zum Vorschein kam Rana Harters Haar, das jetzt fest im Kunststoff steckte.

H_rd hob sich das Haarteil auf den Kopf, und wie erwartet passte es perfekt – die Laserstrahlen in der medizinischen Station hatten ihren Schädel exakt vermessen.

Alexander ließ das Fenster der Kabine undurchsichtig und zu einem Spiegel werden.

Die Rixfrau betrachtete sich.

H_rd erlebte einen Moment der Desorientierung, als Rana Harter ihren Blick aus dem reflektierenden Fenster zu erwidern schien und alle ihre Bewegungen nachahmte. Die Perücke war perfekt; die Nanos hatten Rana Harters Frisur aus der Haarmasse rekonstruiert. Das Ergebnis war eine gespenstische Ähnlichkeit.

Die Rix hörte Bewegungen vom Bett.

Ihre Gefangene setzte sich langsam auf und wirkte verwirrt, als sie ihre wunde Haut berührte. Etwas von der Verträumtheit der Überdosis Dopamin wich aus Rana Harters Gesicht, als sie aufstand und neben h_rd trat, die eigene nackte Gestalt mit der der Frau an ihrer Seite verglich.

Sie sprach die primitiven Worte ihres kaiserlichen Dialekts.

Nicht schlecht, lautete das Verarbeitungsergebnis von h_rds Übersetzungsprogramm. *Aber was ist mit den Augen?*

Die Rixfrau betrachtete das Spiegelbild ihrer violetten, künstlichen Augen, sah dann ihre Gefangene an. Rana Harter war mandeläugig.

H_rd blinzelte.

Tränen funkelten in den Augen der Frau, vom wiederholten Abschaben ihrer Haut hervorgerufen. Mit Drogen ließen sich die Reaktionen des Körpers auf Schmerz nicht unterdrücken. Die Rix schauderte innerlich. Der Tod – ihr eigener oder der anderer Personen – bedeutete nichts im Vergleich mit den Interessen eines göttlichen Verbundbewusstseins. Aber Folter kam nicht infrage. Sie wandte sich der Frau zu, richtete die Finger auf ihre Augen und wartete auf Worte von der Software.

Die Frau wich zurück, und Furcht besiegte das Dopamin, ließ die Glückseligkeit aus ihrem Gesicht verschwinden. Sie sprach erneut.

Sie wollen mir die Augen nehmen, nicht wahr?

H_rd griff nach Rana Harters Handgelenk, sanft und doch fest.

»Nein«, sagte sie. Dieses Wort kannte sie.

Die Furcht blieb im Gesicht der Frau. H_rd hob ihre vorherige Anfrage auf und verlangte neue Sätze.

»Nur Farbstoffe«, erwiderte sie. »Die medizinische Station kann alles für mich herstellen, wenn wir uns dem Ziel nähern.«

»Oh.« Die Frau versuchte nicht mehr, vor ihr zurückzuweichen.

»Lassen Sie uns sprechen. Bitte«, sagte h_rd.

»Sprechen?«, wiederholte Rana Harter.

Eine Pause. Neue Sätzen kamen.

»Ich muss Ihre Sprache lernen. Besser als so. Lassen Sie uns beginnen mit ...« Das Wort war zu lang, voller seltsamer Silben.

»Konversation?«

»Ja. Ich möchte Ihre Konversation, Rana Harter.«

ERSTER OFFIZIER

Katherie Hobbes erreichte die Kabine des Captains um 1.88 Uhr.

Sie zögerte kurz vor der Tür, sammelte ihre Gedanken und fragte sich, ob sie alt wurde. Vor einigen Jahren schien eine schlaflose Nacht Routine gewesen zu sein. Jetzt war Hobbes seit vierzehn Stunden wach, kaum mehr als ein

Tag, aber ihre Emotionen begannen zu zerfasern, und ihre Maske ruhiger Effizienz wurde mit jeder verstreichenden Minute spröder. Sie hoffte nur, dass nicht auch ihre intellektuellen Fähigkeiten litten. Es konnte kaum einen schlechteren Zeitpunkt für taktische Fehler geben.

Es lag nicht einfach nur am Alter. Die letzten Tage waren ein Auf und Ab aus Adrenalin, Furcht, Schmerz und Erleichterung gewesen. Die ganze Crew hatte gelitten, und jetzt standen ihr zehn Tage starker Beschleunigung bevor, gefolgt von einem Kampf gegen einen überlegenen Gegner. In allen von Hobbes durchgeführten Simulationen standen die Chancen der *Luchs* gegen den Schlachtkreuzer der Rix so schlecht, dass sie von Glück sagen konnten, wenn sie mit heiler Haut davonkamen.

Hobbes fragte sich, was sie zur Kabine des Captains geführt hatte. War es allein unkontrolliertes Gefühl? Vielleicht sollte sie mit dieser Sache bis nach dem Kampf gegen die Rix warten. Sie konnte sich einfach umdrehen und zur Kommandobrücke gehen, wo sich die Führungsoffiziere in zwölf Minuten versammelten, um ihre detaillierten Schlachtpläne zu präsentieren. Doch wie zuversichtlich sich der Erste Offizier und der Captain der Crew gegenüber auch gaben: Sie wussten beide, dass die *Luchs* den Kampf wahrscheinlich nicht überstehen würde. Wenn Hobbes jetzt nicht fragte, bekam sie vielleicht nie eine Antwort.

Sie beobachtete, wie ihre Finger um Einlass baten.

Die gewöhnliche Geste fühlte sich plötzlich seltsam an, wie damals, als sie ihr Zuhause verlassen und mit dem Dienst in der Flotte begonnen hatte.

Wenn Katherie auf einer utopianischen Welt eine Tür öffnen wollte, so bat sie einfach darum. Luftwagen flogen zu dem Ziel, das man ihnen nannte. Taschenfone hörten und gehorchten. Doch das Militär sprach nie zu seinen

Werkzeugen. Einen solchen Anthropomorphismus hielten die Grauen für zu dekadent – Maschinen waren Maschinen. Hier an Bord der *Luchs* öffnete man Türen mit besonderen Gesten, einem Schnalzen, vielleicht sogar mit einem bestimmten Gegenstand – es lief auf einen geheimen Händedruck und magische Ringe hinaus. Die Grauen reservierten ihre Sprache für die Kommunikation zwischen Menschen, als befürchteten sie, das Schiff könnte zum Leben erwachen, wenn sie mit ihm redeten.

Wie zur Vergeltung sprachen graue Maschinen kaum zu ihren Herren. Stattdessen verwendeten sie ein verwirrendes Durcheinander aus visuellen und akustischen Symbolen, um sich mitzuteilen. Auf Katheries utopianischer Heimatwelt warnte ein Haus in Flammen seine Bewohner mit dem Hinweis: »Entschuldigung, aber ich brenne.« Flottenalarme hingegen bestanden aus unangenehmen Geräuschen und blinkenden Lichtern.

Doch Katherie Hobbes hatte festgestellt, dass sie über ein Talent für Codes und Icons verfügte. Kaiserliche Interfaces zeichneten sich durch eine knappe Effizienz aus, die ihr gefiel. Wie ein Jetboard oder ein Hanggleiter reagierten sie sofort auf subtile Bewegungen, ohne eine Verlangsamung durch Höflichkeit.

Und so kam die Antwort des Captains zu schnell.

»Herein«, sagte er, die Stimme heiser aufgrund von Schlafmangel.

Die Tür öffnete sich. Zais Uniform war nicht zugeknöpft; die kleinen Metallringe hingen herunter. Das feuchte Haar wies darauf hin, dass er gerade geduscht hatte. Die Augen waren gerötet.

Hobbes blieb verblüfft stehen, als sie den Captain in diesem Zustand sah. Während der zwei subjektiven Jahre des gemeinsamen Dienstes war Laurent Zais äußeres Erscheinungsbild immer perfekt gewesen, bereit für eine Parade.

»Was ist, Hobbes?«, fragte er. Er strich sich übers Haar, sah auf den taktischen Stift in ihrer Hand und lächelte. »Konnten Sie nicht bis zur Besprechung warten, um mich aufzuheitern?«

Der Erste Offizier senkte verlegen den Blick, als sie die Kabine betrat. Hinter ihr schloss sich die Tür.

»Bitte entschuldigen Sie die Störung, Captain.«

»Es ist ohnehin so weit. Diesmal dürfen wir nicht zu spät kommen. ›Man nehme seine Mitarbeiter hart ran, und sich selbst noch härter‹, nicht wahr, Hobbes?«

»Ja, Sir. ›Und man sorge dafür, dass sie es merken‹«, vervollständigte sie das Zitat.

Zai nickte und begann damit, die Schnallen seiner dicken Wolluniform zu schließen. Hobbes beobachtete, wie sich die in einem Handschuh steckenden Finger der künstlichen Hand bewegten, und für einige Sekunden brachte sie keinen Ton hervor. Er deutete auf den Konferenztisch.

»Haben Sie jemals zuvor Sand gesehen?«

Eine Vielzahl von hellen, festen Objekten lag auf dem Tisch. Hobbes trat etwas näher und nahm eins. Der kleine Gegenstand fühlte sich scharf an und zeigte die vertrauten Facetten von strukturiertem Karbon.

»Dies ist Sand, Sir?« Hobbes kannte die Kampfeigenschaften von zehn verschiedenen Sandsorten, aber sie hatte dieses Material noch nie zuvor in der Hand gehalten.

»Ja, was Dichter und Politiker *Diamanten* nannten. Ich beabsichtige, bei dem Kampf ziemlich viel davon zu verwenden, Hobbes. In den nächsten beiden Wochen können wir etwa hundert Tonnen davon synthetisieren.«

Katherie nickte. Sanddrohnen wurden bei jedem Raumgefecht eingesetzt, um die Sensoren des Gegners zu verwirren, aber bei hoher Relativgeschwindigkeit konnten sie tödlich werden. Dann waren sie imstande, selbst Rumpflegierung zu durchlöchern.

»Hübsche kleine Dinge, Sir.«

»Behalten Sie eins, wenn Sie möchten.«

Hobbes schob sich den Diamanten in die Tasche und schloss die Hand darum. Dann beschloss sie, nicht noch mehr Zeit zu verlieren.

»Ich habe eine Frage, Sir. Vor der Besprechung.«

»Natürlich, Hobbes.«

»Um Ihre Denkweise besser nachzuvollziehen, Sir«, sagte der Erste Offizier. »Ich bin nicht ganz sicher, ob ich Ihre ... Motivationen richtig verstehe.«

»Meine Motivationen?«, erwiderte Zai erstaunt. »Ich bin Soldat, Hobbes. Ich habe Befehle und Ziele, keine Motivationen.«

»Das stimmt im Allgemeinen, Sir«, räumte Hobbes ein. »Und ich möchte Ihnen nicht zu nahe treten, Captain. Aber wir sind uns einig, dass die gegenwärtige taktische Situation mit Ihren ... persönlichen Motiven in Verbindung steht.«

»Wovon zum Teufel reden Sie da, Hobbes?«, fragte Zai, und seine Finger erstarrten an der obersten Uniformschnalle.

Katherie spürte, wie ihr das Blut ins Gesicht schoss. Sie wünschte sich, einfach verschwinden oder in der Zeit zurückkehren zu können, wieder auf der anderen Seite der Tür zu stehen, mit der Möglichkeit, sich umzudrehen und zur Kommandobrücke zu gehen.

Aber so beschämt sie auch war: Die Gefühle, die sie zur Kabine des Captains gebracht hatten, veranlassten sie nun, die nächsten Worte zu sprechen.

»Sie wissen, wie sehr es mich freut, dass Sie die Klinge abgelehnt haben, Captain. Ich habe mich bemüht, Sie zu überzeugen ...«

Hobbes schluckte. »Aber jetzt bin ich ein wenig verwirrt.«

Zai blinzelte, und dann zeigte sich die Andeutung eines Lächelns auf seinen Lippen.

»Sie möchten wissen, warum ich mich nicht umgebracht habe, nicht wahr, Hobbes?«

»Ich glaube, Sie haben die richtige Entscheidung getroffen, Sir«, sagte Katherie schnell. Es war überaus wichtig, dass er sie nicht falsch verstand. »Aber als Ihr Erster Offizier muss ich den Grund wissen. Für den Fall, dass er sich auf unsere ... Zusammenarbeit auswirkt, Sir.«

»Meine Motivation«, wiederholte Zai und nickte. »Vielleicht glauben Sie, ich wäre verrückt geworden.«

»Ganz und gar nicht, Sir. Ich halte Ihre Entscheidung für sehr vernünftig.«

»Danke, Hobbes.« Laurent Zai überlegte einen Moment, schloss dann die Schnalle und sagte: »Setzen Sie sich.«

Katherie ließ sich in einen der Sessel am Luftschirmtisch sinken. Es hatte sie große Mühe gekostet, dieses Thema anzusprechen, und sie fühlte sich erschöpft. Ihre Knie waren weich geworden. Sie war froh, dass Zai jetzt sprechen würde, dass sie schweigen konnte.

»Sie kennen mich seit zwei Jahren, Hobbes, und Sie wissen, was für ein Mann ich bin. Ich bin Vadaner und grau. So grau, wie man nur sein kann. Deshalb sind Sie angesichts meiner jüngsten Entscheidungen überrascht.«

»Angenehm überrascht, Sir«, brachte Katherie hervor.

»Aber Sie glauben, dass mehr dahintersteckt, nicht wahr? Vielleicht eine geheime Direktive des Apparats, die dies alles erklärt?«

Sie schüttelte den Kopf. Das glaubte sie ganz und gar nicht. Aber Zai fuhr fort.

»Nun, es ist viel einfacher. Menschlicher.«

Katherie wartete gespannt, während einer endlosen Pause.

»Nach vierzig relativen Jahren und fast einem Jahrhundert absoluter Zeit habe ich eine unerwartete Feststellung gemacht«, sagte er. »Tradition ist nicht alles für mich, Hobbes. Vielleicht habe ich mich auf Dhantu verändert; vielleicht starb dort ein Teil des alten Laurent Zai. Oder man hat mich nach meiner Rettung nicht richtig zusammengesetzt. Was auch immer geschehen sein mag: Ich bin nicht mehr so wie früher. Der Dienst für den Kaiser ist nicht mehr mein einziger Lebensinhalt.«

Geistesabwesend setzte Zai die Streifen des Captains an die Schulter, wo sie an die richtige Stelle krochen.

»Die Sache ist ganz einfach, Hobbes. Allem Anschein nach habe ich mich verliebt.«

Ihr stockte der Atem. Die Zeit schien stehen zu bleiben.

»Sir?«, brachte sie hervor.

»Und offenbar ist mir die Liebe wichtiger als das Reich, Hobbes.«

»Ja, Sir«, sagte Katherie. Mehr fiel ihr nicht ein.

»Aber ich bin noch immer Ihr Captain«, betonte Laurent Zai. »Ich befolge noch immer die Befehle der Flotte, auch wenn ich gegen die Tradition verstoßen habe. Es besteht kein Anlass, meine Loyalität infrage zu stellen.«

»Natürlich nicht, Sir. Ich habe nie an Ihnen gezweifelt, Sir. Dies ändert nichts, Captain.«

Es änderte alles.

Hobbes gestattete sich für einen Moment, zu fühlen und den in ihr anschwellenden Strom aus Emotionen zu sondieren. Sie kamen aus ihrem Herzen, fast erschreckend intensiv, und sie musste sich sehr beherrschen, um einen neutralen Gesichtsausdruck zu wahren. Vorsichtig nickte sie und lächelte zaghaft.

»Daran gibt es nichts auszusetzen, Laurent. Es ist menschlich.«

Mit einer bewussten Willensanstrengung stand sie auf.

»Vielleicht sollten wir dieses Gespräch nach dem Kampf gegen die Rix fortsetzen.« Es war die einzige mögliche Lösung.

Zai blickte nach rechts – Katherie wusste, dass er dort im sekundären Sehen eine Zeitanzeige hatte – und nickte zustimmend.

»Ja, Hobbes. Wie immer tüchtig und effizient.«

»Danke, Sir.«

Sie traten nebeneinander zur Tür, und dann griff er nach ihrer Schulter. Wärme breitete sich von jener Stelle durch ihren ganzen Körper aus. Zum ersten Mal in zwei Jahren kam es zwischen ihnen zu einem körperlichen Kontakt.

Katherie wandte sich ihm zu, die Augen halb geschlossen.

»Sie hat die Nachricht geschickt«, sagte er sanft.

Sie. »Sir?«

»Als ich die Beobachtungsblase aufsuchte, um mich umzubringen«, sagte Zai. »Ich erhielt eine Nachricht. Von ihr.«

»Von *ihr?*«, wiederholte Katherie, ohne die Worte zu verstehen.

»Von meiner Geliebten«, sagte Zai mit einem für ihn untypischen glücklichen Lächeln. »Ein einzelnes Wort, das alles änderte.«

Katherie Hobbes spürte, wie sich Kälte in ihr ausbreitete.

»›Nein‹, lautete die Nachricht«, erklärte Zai. »Womit der Selbstmord gemeint war. Sie hat mich gerettet.«

Da war es wieder. *Sie*. Nicht *du*.

»Ja, Sir.«

Laurents Hand wich von ihrer Schulter. Die Kälte in Hobbes war jetzt absolut und ließ die wilden Emotionen in ihr erstarren. Wie Frost betäubte sie den verwirrten und zerstörten Teil von ihr.

Gleich würde sie wieder imstande sein, ihr normales Leben fortzusetzen. Sie musste nur einige Sekunden lang stehen bleiben, ohne etwas zu fühlen, dann kam wieder alles in Ordnung.

»Danke, Hobbes«, sagte Captain Zai. »Es freut mich, dass Sie gefragt haben. Es tat gut, mit jemandem darüber zu reden.«

»Ja, Sir«, erwiderte Katherie. »Die Besprechung, Sir?«

»Natürlich.«

Sie machten sich zusammen auf den Weg, und Hobbes hielt den Blick nach vorn gerichtet, um nicht den unvertrauten Ausdruck in seinem Gesicht zu sehen.

Glück.

SENATORIN

»Wir haben den Angriff ohne Einwände autorisiert.«

Senatorin Nara Oxham sprach diese Worte leise, wie zu sich selbst.

Roger Niles runzelte die Stirn. »Die *Luchs* wäre auch dann dem Untergang geweiht, wenn Sie eine Abstimmung erzwungen hätten. Acht gegen eins zu verlieren, ist kein großer moralischer Sieg.«

»Ein *moralischer* Sieg, Niles?«, fragte Oxham, und ein vages Lächeln vertrieb einen Teil der Bitterkeit aus ihrem Gesicht. »Diesen Begriff haben Sie nie zuvor verwendet.«

»Sie werden ihn nicht wieder von mir hören. Er ist ein Widerspruch in sich. Sie haben richtig gehandelt.«

Nara Oxham schüttelte langsam den Kopf. Sie hatte ein Todesurteil für den Mann unterschrieben, den sie liebte, auch für dreihundert weitere Männer und Frauen, und das alles, damit ein Despot einen politischen Vorteil daraus ziehen konnte. So etwas war nicht richtig.

»Dies sind bestimmt nicht die letzten Leben, die der Kriegsrat opfern wird, Senatorin«, sagte Niles. »Wir befinden uns im Krieg. Menschen werden sterben. Es gibt stichhaltige strategische Argumente dafür, die *Luchs* in den Kampf gegen den Schlachtkreuzer zu schicken. Das Reich hat keine Ahnung, was die Rix beabsichtigen. Wir wissen nicht, warum sie sich mit dem Verbundbewusstsein von Legis XV in Verbindung setzen wollen. Es könnte eine Fregatte wert sein, einen solchen Kontakt zu verhindern.«

»Es *könnte*, Niles?«

»Es entspricht dem Wesen des Kriegs, die Pläne des Feindes zu vereiteln, auch wenn man nicht weiß, woraus sie bestehen.«

»Glauben Sie wirklich?«, fragte Nara.

Der Mann nickte. »Der Kaiser und seine Admirale opfern kein Raumschiff, nur um eine Kränkung zu bestrafen. Die *Luchs* mag klein sein, aber sie ist das modernste Schiff in den Drehwärtigen Bereichen. Selbst eine Beleidigung von einem grauen Helden wie Laurent Zai wäre keine Rechtfertigung dafür, sie einfach zu vergeuden.«

»Sie hätten die anderen Ratsmitglieder hören sollen, Niles. Sie lachten voller Freude darüber, ihn zu einem Märtyrer zu machen. Sie nannten ihn einen Krüppel.«

Nara hob die Hände zum Gesicht und lehnte sich zurück, spürte dabei, wie sich die weiche Besuchercouch ihrem Körper anpasste. Niles und sie befanden sich in einem der Andocktürme über dem Forum, in einer von mehreren kristallenen Spindeln, die aus dem Senatsgelände weit über die Hauptstadt aufragten. Die Räume des Turms dienten vor allem dazu, Botschafter zu beeindrucken und den einen oder anderen einflussreichen Wähler zu bewirten. Trotz des beeindruckenden Panoramas boten sie Privatsphäre und stellten die subtile Antwort des Senats auf kaiserliche Pracht wie den Diamantpalast und die Heiligen Orbitalstationen dar. Die leicht muffig riechende Einrichtung erzählte von Kollegialität und Vertraulichkeit, von kleiner Politik und Händedruck-Geschäften.

Oxham und Niles hatten die früheren Bewohner des Turmraums vertrieben – die Mitgliedschaft im Kriegsrat brachte gewisse Privilegien –, um dort vor Naras Rückkehr zum Diamantpalast ein hastiges Treffen stattfinden zu lassen. Oxhams Palastshuttle wartete draußen und schaukelte sanft in der kühlen Morgenbrise. Nara hatte nicht gewusst, dass der Ausdruck »Andocktürme« wörtlich gemeint war, doch die KI des Fahrzeugs hatte den Turm in dem Wissen gewählt, dass der Senatorin keine Zeit für eine Landung blieb.

In zwanzig Minuten begann die nächste Sitzung des Kriegsrats.

»Ich weiß nicht, was schlimmer ist«, sagte Oxham. »Dass der Kaiser Zai aus Rache umbringt, oder dass ich aus rein taktischen Gründen für den Einsatz der *Luchs* stimme – ich schließe mich der großen Mehrheit an, damit die anderen bei einer knappen Abstimmung auf mich hören.«

»Das ist vernünftig überlegt, Senatorin. Sie sollten vermeiden, als schwach zu gelten, als jemand, der nicht bereit ist, Blut zu vergießen.«

»Aber den anderen zuzustimmen ...«, fuhr Oxham fort. »Dreihundert Leben unter der *Annahme* zu opfern, dass es auf jeden Fall lohnt, den Rix Schwierigkeiten zu bereiten ... Das ist schwerer zu schlucken als ein taktisches Zugeständnis, Niles.«

Ihr alter Berater sah sie an. Er wirkte klein auf dem üppigen Sofa, ein Elf mit scharfen Gesichtszügen im Salon eines an Luxus gewöhnten Satrapen. Er kniff die hellblauen, sehr intelligent blickenden Augen zusammen. Hier oben, zehn Kilometer über den Synästhesieprojektoren des Forums, gab es kein sekundäres Sehen.

»Sie haben schon zuvor scheußliche Kompromisse geschlossen, Nara«, sagte er.

»Ja, ich verkaufe meine Stimme nicht zum ersten Mal«, erwiderte Oxham müde.

Auf diese Weise diskutierte Niles mit ihr, wenn sie an sich zweifelte – er wollte sie dazu bringen, ihre eigenen Motive zu verstehen.

»Worin besteht diesmal der Unterschied?«, fragte er.

Oxham seufzte und kam sich wie eine Schülerin vor, die auswendig Gelerntes wiederholte. »Früher habe ich mit dem Vermögen des Reiches gehandelt. Ich habe Steuersenkungen gegen besseren Patentschutz eingetauscht, Achsenprotektion gegen Handelsrechte. Bei neunzig Prozent der Senatspolitik geht es um ökonomische Dinge, um Fragen von Besitz und Eigentum. Mit Leben habe ich nie zuvor gehandelt.«

Niles sah aus dem Fenster. Sein Blick galt den Schuldenhügeln, hinter denen das Licht der Morgendämmerung durch ferne dunkle Wolken glühte.

»Haben Sie gewusst, dass die Selbstmordrate im Reich seit der Ersten Rix-Inkursion konstant ist, Senatorin?«

Selbstmordrate?, dachte Oxham. Wovon redete Roger?

Sie zuckte mit den Schultern. »Die Bevölkerung des Reiches ist enorm groß, die ökonomische Macht weit verteilt – eine derartige Konstanz ist das Ergebnis von großen Zahlen. Lokale Abweichungen nach oben und unten gehen im Ganzen auf.«

»Und was verursacht die lokalen Abweichungen, Senatorin?«

»Das wissen Sie, Niles. Geld ist der Schlüssel zu allem. Konjunkturrückgänge führen selbst auf den reichsten Welten zu mehr Selbstmorden, Morden und einer höheren Säuglingssterblichkeit. Die menschliche Gesellschaft ist ein empfindliches Gebilde. Wenn sich die zur Verfügung stehenden Ressourcen verringern, fahren wir uns gegenseitig an die Kehle.«

Niles nickte. Die aufgehende Sonne ließ sein Gesicht immer heller werden.

»Wenn Sie sich also mit Steuersenkungen und Achsenschutz beschäftigen, wenn Sie das Vermögen des Reiches nach dem großen säkularistischen Plan umverteilen – worum geht es dann in Wirklichkeit?«

Das Licht der Sonne erreichte das Gesicht der Senatorin, und Nara Oxham schloss die Augen. Wie so oft außerhalb des Wirkungsbereichs der Synästhesie erschienen Geisterbilder alter Daten vor ihr. Aus einem Reflex heraus stellte sie sich vor, was Niles meinte. Auf einer Welt mit einer Milliarde Einwohner bewirkte ein Produktionsrückgang von einem Prozent allgemein bekannte statistische Veränderungen: etwa zehntausend zusätzliche Morde, fünftausend Selbstmorde, bei der nächsten Generation eine weitere Million von Personen, die den Planeten nie verlassen würden. Die Erklärung für jede einzelne Tragödie war ausgesprochen individuell: ein zerrüttetes Zuhause, eine Firmenpleite, ethnische Konflikte. Doch der Gott der Statistik verschlang die einzelnen Geschichten und glättete die Zahlen zu einem Gesetz.

Niles unterbrach Oxhams Überlegungen. »Natürlich ist der Vorgang, an den Sie gewöhnt sind, weitaus indirekter als der Befehl, der Soldaten in den Tod schickt.«

Nara nickte. Sie hatte nicht mehr genug Willenskraft, um zu widersprechen.

»Ich hatte gehofft, Sie würden mich ein wenig aufmuntern, Niles«, meinte sie.

Er beugte sich vor. »Wie ich schon sagte: Sie haben richtig gehandelt. Ihr politischer Instinkt war korrekt, wie immer. Und es ist möglich, dass der Rat die richtige militärische Entscheidung getroffen hat.«

Oxham schüttelte den Kopf. Sie hatten die *Luchs* ohne eindeutigen Anlass zum Untergang verdammt.

»Ich wollte darauf hinweisen, dass Sie sich schon zuvor mit Angelegenheiten von solcher Bedeutung befasst haben«, fuhr Niles fort.

»Sie meinen, ich habe über Leben befunden.«

Niles' Blick glitt vom hellen Himmel zur gewaltigen Stadt.

»Wir beschäftigen uns mit Macht, Senatorin. Und Macht in diesem Ausmaß ist eine Frage von Leben und Tod.«

Oxham seufzte. »Glauben Sie, dass sie alle sterben werden, Roger?«

»Die Crew der *Luchs?«*, fragte er.

Der alte Berater sah sie jetzt direkt an. Das Licht der aufgegangenen Sonne fand sein graues Haar und ließ es in jungenhaftem Rot glänzen. Oxham wusste, dass ihr Gesicht Kummer verriet.

»Es geht Ihnen um Laurent Zai, nicht wahr?«

Nara senkte den Blick, was Antwort genug war. Sie hatte kaum daran gezweifelt, dass Niles es schließlich herausfinden würde. Er wusste, dass Oxhams Geliebter Soldat war, und es gab eine begrenzte Anzahl von Möglichkeiten, die Kontakte zwischen einer säkularistischen Senatorin und Angehörigen des Militärs erlaubten. Die Empfänge des Kaisers waren bekannt und wurden überwacht von einem inoffiziellen System aus Gerüchten, Klatsch und anonymen Hinweisen, von den zuständigen Medien zu Berichten zusammengefasst. Ein intensives privates Gespräch zwischen einer gewählten Senatorin und einem aufgestiegenen Helden würde nicht unbemerkt bleiben, so kurz es auch sein mochte.

Wenn Niles noch irgendwelche Zweifel gehabt hatte, so mussten sie sich mit der Entdeckung jenes inzwischen zehn Jahre zurückliegenden Gesprächs verflüchtigt haben. Daraufhin war ihm sicher klar geworden, warum sich Nara so sehr für das Schicksal der *Luchs* interessierte.

Oxham seufzte und wurde noch trauriger. Ihr alter Berater wusste jetzt, dass sie für den Tod ihres Geliebten gestimmt hatte.

Er beugte sich noch etwas näher.

»Hören Sie, Nara: Es wäre besser für Sie, wenn die Crew der *Luchs* einen schnellen Tod stirbt.«

Ihre Augen brannten. Sie versuchte, einen emotionalen Eindruck von Niles zu gewinnen, aber sie hatte die Apathie-Dosis erhöhen müssen, um die kriegslüsterne Stadt zu durchqueren.

»Besser?«, brachte sie nach einem Moment hervor.

»Wenn der Auferstandene Kaiser entdeckt, dass ein Mitglied des Kriegsrates insgeheim mit einem Raumschiffkommandanten an der Front kommuniziert, der anschließend die Fehlerklinge ablehnt, so würde er den Kopf dieses Mitglieds verlangen«, sagte Niles.

Oxham schluckte.

»Das Senatorenprivileg schützt mich, Niles.«

»Wie jedes juristische Konstrukt ist die Rubikonschranke eine Fiktion, Nara. Solche Fiktionen haben ihre Grenzen.«

Oxham musterte ihren alten Freund erschrocken. Die Schranke war die Basis der Gewaltentrennung des Auferstandenen Reiches. Sie hatte sakralen Status.

»Sie spielen auf beiden Seiten, Senatorin. Und das ist gefährlich.«

Oxham setzte zu einer Antwort an, doch in diesem Augenblick erklang der Ratsruf in ihrem Kopf.

»Ich muss mich auf den Weg machen, Niles. Der Krieg ruft mich.«

Er nickte. »In der Tat. Achten Sie darauf, ihm nicht zum Opfer zu fallen, Nara.«

Sie lächelte traurig.

»Wir befinden uns im Krieg«, sagte sie. »Menschen werden sterben.«

MILIZ-ARBEITERIN

Rana Harter war glücklich in der Tundra.

Es hatte einige Tage gedauert, bis es ihr gelungen war, das neue Gefühl zu identifizieren. Vor der Begegnung mit der Rixfrau hatte sie Glück nur in kurzen, flüchtigen Phasen erfahren: einige wenige Sekunden, wenn der Sonnenuntergang dem Himmel den Geruch von Kamille gab; die Berührung durch einen Mann in den zarten Momenten, bevor er brutal wurde; die kurzen Schübe von Trompetentönen und Kupfer auf der Zunge, wenn Ranas Hirnfehler aktiv wurde, der Welt Präzision und Klarheit gab. Doch das Glück, das sie jetzt empfand, war von Dauer und erwachte an jedem Morgen mit ihr, dehnte sich durch die langen, leeren Nächte, die sie mit Herd verbrachte, und erstaunte Rana immer wieder mit seiner Beharrlichkeit.

Wie die Wirbel einer Fingerkuppe unter dem Mikroskop wirkte die Freude völlig unvertraut, wenn man sie in diesem neuen Maßstab betrachtete. Rana wusste nun, dass die glücklichen Momente ihres früheren Lebens viel zu kurz gewesen waren. Das Glück war immer wie ein wilder Tundrahase fortgelaufen, bevor sie es hatte festhalten können, ein Aufflackern vor dem dunklen Hintergrund ihres Lebens, nicht mehr als ein Huschen im Augenwinkel. Sie war von den Möglichkeiten ihres Geistes beschämt gewesen, eingeschüchtert von der schönen, aber brutalen Natur ihrer kalten Heimatprovinz, verlegen von den Wonnen, die sie bei Männern fand. Aber jetzt konnte Rana das Glück direkt erleben, verstärkt von den Linsen der elf

Stunden langen Legis-Nächte, wenn Herd nicht im Dienst war.

Rana Harter hatte ganz neue Schattierungen der Zufriedenheit kennen gelernt. Sie konnte die Körner von verstreutem Zucker zählen und stundenlang dem klagenden Gesang des unaufhörlichen Polarwinds lauschen, der über die Wände des einfachen, aus Fertigteilen bestehenden Gebäudes strich. Selbst die täglichen Behandlungen durch Herd – sie rasierte sie überall, schnitt Haar und Nägel, sammelte Speichel und schabte Haut ab – wurden zu einem groben Vergnügen. Die geschickten Hände der Rixfrau, ihre knappe Konversation und die seltsamen, vogelartigen Bewegungen waren endlos faszinierend.

Rana wusste, dass Herd ihr eine Droge verabreicht hatte, dass ihre Freude künstlichen Ursprungs war, verursacht von chemischen Substanzen und nicht von Ereignissen. Sie wusste objektiv, dass sie eigentlich entsetzt sein sollte, denn immerhin war sie die Gefangene einer gefährlichen Fremden. Einmal hatte Rana sogar an Flucht gedacht, aus einem abstrakten Pflichtbewusstsein der Miliz und ihrem Heimatplaneten gegenüber, und aus Sorge darüber, dass die Rix sie schließlich umbringen würde. Es war Rana gelungen, sich anzuziehen, und der Stoff ihrer alten Kleidung hatte sich auf der wunden Haut rau angefühlt. Wärme verlangte eine Schicht nach der anderen; Herd nahm immer ihren einzigen Wintermantel mit, wenn sie aufbrach, um in der Station zu arbeiten. Doch als Rana die Tür des Gebäudes öffnete, strömte die Kälte mit dem blendenden Glanz der weißen Tundra herein. Der Anblick des eisigen polaren Ödlands dämpfte Ranas Verlangen nach Freiheit und erinnerte sie daran, wie öde ihr bisheriges Leben gewesen war. Sie schloss die Tür und drehte die Heizung auf, um die eingedrungene kalte Luft zu erwärmen. Sie konnte diesen Ort nicht verlassen.

Aber in ihrem kleinen Quartier fühlte sich Rana nicht besiegt. Ganz im Gegenteil: Die Gefangenschaft befreite offenbar ihr Bewusstsein. Ihr Hirnfehler schien nicht länger durch Scham unterdrückt zu werden und bekam dadurch Gelegenheit, sein ganzes Potenzial zu entfalten.

Rana fand Gefallen daran, Herd den nördlichen Dialekt von Legis XV zu lehren. Während die Rixfrau fort war und ihre Stelle einnahm, verbrachte Rana die Stunden damit, Diagramme von der Struktur der einfachen kaiserlichen Grammatik zu erstellen. Sie füllte den schlichten Luftschirm ihrer Unterkunft mit Netzen aus Konjugationen, umgeben von Archipelen aus Jargon, Mundart und Unregelmäßigkeiten. Ihre Schülerin lernte unglaublich schnell. Mit jeder Nacht wuchs Herds Wissen, und ihr neutraler Akzent gewann den vollen Klang der Tundra-Provinzen.

Rana bat ihrerseits um Unterricht und beharrte darauf, dass es ihr mit Kenntnis der Rix-Sprache leichter fallen würde, auf Herds Wünsche einzugehen. Auch Rana lernte schnell, und sie begannen damit, bis spät in die Nacht miteinander zu sprechen, wobei Rana immer wieder Fragen stellte, die Herds Erziehung, ihre Überzeugungen und das Leben im Rix-Kult betrafen. Zuerst widersetzte sich die Rixfrau den Versuchen von Kameradschaft, doch die kalten, ereignislosen Legis-Nächte schienen ihre Entschlossenheit mehr und mehr aufzuweichen. Bald wurde die Konversation zwischen der Rix und ihrer Gefangenen konstant und zweisprachig - sie benutzten jeweils die Sprache des anderen.

Zuerst fiel es Rana leicht, die Rix-Sprache zu lernen. Die zentrale Grammatik der Sprache war künstlich, von einem Verbundbewusstsein geschaffen, um die Kommunikation zwischen planetaren Intelligenzen und ihren Dienern zu erleichtern. Doch die Sprache war auch dazu bestimmt, sich bei der Verwendung durch Menschen schnell weiterzuentwickeln. Ihre sehr gut organisierte Phonologie aus klickenden und knallenden Lauten war extrem anpassungsfähig und imstande, die schwierigen Tempora der Relativität ebenso zum Ausdruck zu bringen wie die Zufalls-Matrizen der Quanten.

In Ranas Bewusstsein, das sich jetzt ständig in einer leichten Hirnfehler-Trance befand, gewann die Gesamtheit der Rix-Dinge eine besondere Form/Geschmack/Geruch. Die klaren Linien von Herds Waffen, die eisige Schärfe ihrer Sprache, das Summen ihrer Servomotoren – gerade so zu hören, wenn Herd nackt war –, die Art und Weise, wie Hyperkarbon an Knien, Ellenbogen und Schultern in Haut überging ... Das alles wurde eins. Die Rix-Form wuchs in Rana Harters Kopf, übertraf bei weitem die Hirnfehler ihres früheren Lebens, die mathematischen Taschenspielertricks, für die das Reich ihre Fähigkeiten genutzt hatte. Hier war der Geschmack einer ganzen *Kultur,* so intensiv und berauschend wie der von altem Whisky.

Rana beobachtete die Rix so, als wäre sie in sie verliebt. Das Dopamin in ihrem Blut weitete die Pupillen, während in ihr glänzende Offenbarungen wuchsen.

Nach drei Tagen am Pol begann Herd damit, Rana nach der kaiserlichen Verschränkungstechnik zu befragen. Der gegenwärtige Notstand trennte die ganze polare Station vom Informationsnetz des Planeten, und deshalb konnte das Verbundbewusstsein nur indirekte Hilfe bei den Dingen leisten, die Herd plante. Die Rix war in erster Linie Soldatin und keine Technikerin; sie sah sich außerstande, die vom Verbundbewusstsein geforderten Veränderungen herbeizuführen. Rana versuchte, mit ihrem begrenzten Wissen über die bei Mikroastronomie verwendete Technik zu helfen, aber ihre Antworten verwirrten Herd oft, denn die grundlegenden Rix-Konzepte der Quantentheorie unterschieden sich vom kaiserlichen Modell. Zwischen den beiden Systemen schien es keine Übereinstimmung zu geben. Zum Beispiel stellte das Standardmodell der Rix die Krümmungen eines erkennbaren Unterschieds mit einer anderen Anzahl von Dimensionen dar als das kaiserliche. Und mit ihrer Vorstellung der Diskohärenz konnte Rana überhaupt nichts anfangen.

Und so nutzte Rana die Stunden ihres stillen Glücks, um zu arbeiten und sich mit Translicht-Kommunikation zu beschäftigen. Die Bibliothek von Legis erwies sich dabei als große Hilfe. Fast sofort fand sie ein Expertenprogramm, das sich als sehr hilfreich herausstellte. Das EP markierte die primären Texte und leitete sie durch die Menge aus Anfängerartikeln, um ihr eine allgemeine Übersicht über Verstärkerstationen zu geben. Das Programm schien Rana gut zu verstehen und brachte die Informationen in eine Form, die von ihrem Hirnfehler verarbeitet werden konnte. Es gab ihnen die chaotische, breite Struktur, aus der Ranas besondere Fähigkeiten Ordnung schufen. Herd brachte eine Erweiterung für den Luftschirm ihrer Unterkunft mit, einen Projektor für sekundäres Sehen, der Rana volle Synästhesie gestattete. Sie sank in die Knäuel aus Daten, ließ sich willig von ihnen aufnehmen. Herd hatte ihr nie erklärt, woraus ihre Mission am Pol bestand, aber ihre Untersuchungen schienen von ganz allein in die richtige Richtung zu führen.

Rana war fasziniert von den Reserveempfängern der Station: Sie nahmen die konventionellen Sendungen des Planeten auf und leiteten sie ins Translichtgitter weiter. Es gab viele Systeme für den Fall, dass die physischen Verbindungen unterbrochen wurden, aber Ranas Interesse galt insbesondere einer Kolonie aus robusten, kleinen, sich selbst reparierenden Maschinen im polaren Ödland, das die Station umgab. Sie ähnelten den einfachen, gegliederten Vorrichtungen, die Rana bei ihrer Mikroastronomie verwendet hatte, dazu bestimmt, den arktischen Winter ebenso zu überstehen wie Erdbeben oder terroristische Anschläge.

Nach einigen schlaflosen Tagen sank Rana in eine tiefe Schlaf-Trance, die unbestimmte Zeit dauerte. Als sie erwachte, war Herd an ihrer Seite und hielt ihr einen kalten Lappen an die fieberheiße Stirn. Die übliche Freude des Erwachens erfüllte sie, verstärkt von der Sicherheit neuen Wissens. Es lag im Lemongras-Flackern von Herds Augen, in der Präzision ihrer Bewegungen, als sie überschüssiges Wasser aus dem Lappen presste; und es belebte die Form von Ranas Recherchen im Luftschirm: Der Geschmack von Verstehen schimmerte durchs Zimmer.

»Das Expertenprogramm«, sagte Rana auf Rix. »Es ist das Verbundbewusstsein, nicht wahr?«

Herd nickte und antwortete leise.

»Es ist immer bei uns.« Dieser Satz benötigte in Rix nur eine einzige Silbe.

Herd hielt die rote Perücke in einer Hand. Ranas eigenes Haar, vor langer Zeit geschnitten – es wirkte jetzt fremd auf sie. Die Rixfrau setzte die Perücke auf Ranas Kopf. Sie fühlte sich warm an, wie frisch aus dem Ofen, und sie saß perfekt.

»Morgen wirst du Rana Harter sein«, sagte Herd.

Die Vorstellung, ihre Unterkunft zu verlassen, entsetzte Rana.

»Aber ich weiß doch gar nicht, was du willst«, sagte sie und sprach in ihrem Legis-Dialekt. Die kaiserliche Sprache fühlte sich primitiv an, wie zäher Brei im Mund.

»Doch, das weißt du«, erwiderte die Rixfrau.

Rana schüttelte den Kopf. Sie überlegte angestrengt in ihrer eigenen Sprache: Sie wusste *nichts*. Wie so oft in ihrem Leben verlor sie Selbstvertrauen und Zuversicht.

»Ich verstehe nicht. Ich bin nicht klug genug.«

Herd lächelte und hielt den kalten Lappen erneut an Ranas Stirn. Mit diesem Kontakt wich die Furcht von ihr. Mehrere Dinge verbanden sich miteinander: die Daten aus der vom Expertenprogramm geleiteten Erforschung der Verstärkertechnik; Form und Geschmack der Rix-Kultur; der Bach auf der Holzflöte und Lemongras; Herds starke, vogelartige Präsenz.

Und plötzlich begriff Rana Harter den Wunsch des Verbundbewusstseins.

Herds Servomotoren summten, als ihre Hände über Rana strichen. Sie rieben eine Art Creme auf Ranas mitgenommene Haut. Die Berührung fühlte sich wunderbar an, ein Balsam gegen das Fieber des Erkennens in ihrem Kopf.

»Keine Sorge, mein glücklicher Fund«, sagte die Rix. »Alexander ist jetzt bei dir.«

Alexander. Das Verbundbewusstsein hatte sogar einen Namen.

Rana hob die Finger zur Stirn.

»In mir?«

»Überall.«

ERSTER OFFIZIER

Katherie Hobbes ließ das Wasser in einem dünnen, langsamen Strahl in das Glas strömen, bis es randvoll war. Das Ventil schloss sich automatisch, bevor auch nur ein einzelner Tropfen an der Seite herunterlaufen konnte. Wasser war an Bord der *Luchs* nicht rationiert, aber Vergeudung verstieß gegen die Ästhetik der Flotte.

Langsam wandte sich Hobbes vom Becken ab, und der Blick ihrer grünen Augen folgte jeder Bewegung der Hand. Aufmerksam beobachtete sie, wie die Oberflächenspannung dafür sorgte, dass das Wasser im Glas blieb. Sie brauchte nur einige wenige Schritte, um die private Kabine des Ersten Offiziers zu durchqueren, bewegte sich dabei wie in Zeitlupe. Das Glas fühlte sich seltsam schwer an, obgleich die starke Beschleunigung der *Luchs* voll ausgeglichen wurde, zumindest rein theoretisch. War das zusätzliche Gewicht eine von Stress bewirkte Halluzination? Vielleicht steckte einfach nur Müdigkeit in Hobbes' Gliedern, hervorgerufen von den ständigen Mikroverschiebungen der leichten Gravitation.

Oder vielleicht hieß der Grund Enttäuschung. Bevor sich das Gewicht der Starkbeschleunigung auf sie herabsenkte, hatte sie keine Zeit gefunden, sich von Zais Enthüllung zu erholen.

Normalerweise rief die Veränderlichkeit der künstlichen Schwerkraft nur vages Unbehagen in Hobbes hervor, nicht schlimmer als die Übelkeit an Bord der maritimen Vergnügungsschiffe ihrer utopianischen Heimat. Doch die *Luchs* beschleunigte derzeit mit zehn *g*, und die kleinen Unbeständigkeiten der leichten Gravitation wurden entsprechend verstärkt.

Die Feldmuster der leichten Gravitation waren ein klassisches metachaotisches System, durchsetzt von Attraktoren, stochastischen Überladungen und vielen anderen mathematischen Schreckgespenstern. Massenfluktuationen auf der einen Seite eines Sonnensystems konnten die leichten Gravitonen auf der anderen in unvorhersehbarer, sogar fataler Weise beeinflussen. Es stimmte nicht ganz, dass der Flügelschlag eines Schmetterlings einen Tornado auslösen konnte, aber die schnelle Rotation der sieben Gasriesen des Legis-Systems und die verstärkte Aktivität der Sonne stellten mehr als genug Chaos dar, um Katherie Hobbes' Innenohr zu stören.

Auch in den Gelenken fühlte sie die Auswirkungen der starken Beschleunigung. Alle paar Minuten fühlte sich etwas so Schlichtes wie ein Schritt falsch an, als würde sich der Boden dem Fuß ein wenig entgegenheben. Oder ein Objekt in Katheries Hand sprang fort, wie von unsichtbaren Fingern gepackt. Die fremden Kräfte waren nicht sehr stark, aber die ständige Unberechenbarkeit normaler Ereignisse wirkte sich auf die Reflexe aus und erschöpfte Hobbes' Glauben an die Realität. Inzwischen misstraute sie den einfachsten Dingen, so wie auch ihren Gefühlen.

Katherie Hobbes kam sich wie eine Närrin vor.

Hatte sie wirklich auch nur für eine Sekunde geglaubt, dass Laurent Zai sie liebte? Wann war diese Vorstellung entstanden? Sie fühlte sich wie eine Idiotin, wie eine junge Idiotin mit der klassischen Vernarrtheit in eine ferne, ältere Autoritätsperson. Die ganze Sache hatte den Glauben an sie selbst erschüttert, und die zufälligen Gravitationssprünge an Bord der *Luchs* machten alles noch schlimmer. Sie wünschte sich ein heißes Bad und verfluchte die Flotte, die ihr diese einfache, notwendige Wonne vorenthielt.

Wenigstens gab es andere Dinge, die ihre Aufmerksamkeit erforderten. Das Zittern der Schwerkraft um sie herum war real genug und enthielt Ausläufer tödlicher Gewalt. In der vergangenen Nacht war das aus Marmor bestehende Schachbrett in Hobbes Spind plötzlich zerbrochen, mit einem Knacken, laut genug, um sie aus ihrem unruhigen Schlaf zu reißen.

Während der ersten Tage der Beschleunigung war es an Bord der *Luchs* zu leichten Verletzungen gekommen. In den meisten Fällen handelte es sich um Fußknöchelfrakturen und verstauchte Knie. Ein junger Soldat hatte sich ohne ersichtlichen Grund den Arm gebrochen, und bei anderen waren Blutgefäße in den Augen geplatzt. Am vergangenen Tag hatte Katherie plötzlich starke Kopfschmerzen bekommen, die nach kurze Zeit wieder verschwunden waren – der intensive Schmerz hatte sie sehr beunruhigt. Der

Bordarzt war tot, und das bedeutete: Es gab kaum Hoffnung für jemanden, der Hirnschäden aufgrund einer Gravitationsranke erlitt, die sich durch seinen Kopf tastete.

Hobbes ging vorsichtig und erreichte den schwarzen Tisch, ohne Wasser zu verschütten.

Sie setzte das Glas auf den Tisch und beobachtete die Oberfläche des Wassers. Sie ragte ein wenig über den Rand hinaus und zitterte die ganze Zeit über. Lag es an Störungen im leichten Gravitationsfeld oder an den Vibrationen der beschleunigenden *Luchs*, Hinweis auf den Photonenstrom, der von den hart arbeitenden Triebwerken ausging?

Das Wasser vibrierte etwas stärker, aber die Oberflächenspannung hielt. Einige Tropfen kondensierten an der Seite des Glases und rannen langsam nach unten. In diesem kleinen Teil des Raums schien alles seine Ordnung zu haben.

Es vermittelte Katherie ein Gefühl der Sicherheit, dieses lokale Beispiel von Vernünftigkeit und Normalität zu sehen.

Nach einer Beobachtungsminute nahm sie das Glas und goss den Inhalt langsam auf den Tisch.

Das Wasser schien auf dem schwarzen Lack dunkel zu werden. Es bildete Flüsschen und kleine Lachen, suchte die nicht wahrnehmbaren Täler in den Konturen des Tisches. Nichts verlor sich in der glänzenden Schwärze; die Oberflächenspannung machte die einzelnen Tropfen groß und rund.

Auf eine trockene Insel in dem flachen Meer setzte Hobbes den Diamanten, den sie von Laurent Zai bekommen hatte, ein heller Fleck in der Dunkelheit.

Dann setzt sie das noch halb volle Glas ab und betrachtete die Resultate.

Zuerst schien die Flüssigkeit zur Ruhe zu kommen und sammelte sich in einigen Pfützen, mit einem kleinen

Fluss, der den Rand des Tisches erreichte und von dort auf den Boden tropfte. Dann bemerkte Hobbes, wie etwas über die Schwärze strich, eine wellenförmige Kraft, als hätte jemand oder etwas den Tisch angestoßen. Einige Sekunden später krümmte sich eine Liane aus Wasser, wand sich wie ein Fisch auf dem Trocknen hin und her. Ein einzelner, isolierter Tropfen bewegte sich einige Zentimeter, wie plötzlich von einem lebenden Geist erfüllt, und umhüllte den winzigen Diamanten. Dann kam wieder Ruhe in die Flüssigkeit.

Hobbes wartete geduldig und beobachtete weitere Bewegungen. In den zwei Dimensionen des Tisches reagierte das Wasser auf die Mikroverschiebungen der künstlichen Schwerkraft in der *Luchs*, glitt fast reibungsfrei über den schwarzen Lack. Die sinusförmigen Muster wiesen auf gravitationelle Kraftfeldlinien hin, so wie Eisenspäne die Struktur eines Magnetfelds zeigten.

Die Bewegungen des Wassers beruhigten Katherie. Als sie die unsichtbaren Kräfte sah, die ihren Crewgefährten seit einer Woche zusetzten, hatte sie das Gefühl, sich besser kontrollieren zu können. Sie blickte auf den schwarzen Tisch und versuchte, so etwas wie Bedeutung in dem Durcheinander zu erkennen. Doch leichte Gravitonen waren chaotisch, komplex und unberechenbar: wie die alte Vorstellung von launischen Göttern, die Menschen auf der Grundlage irgendeines unverständlichen Plans herumschubsten. Vergleichbar mit den politischen Kräften, dachte Katherie Hobbes, die die *Luchs* durchs All schickten und sie in den Mittelpunkt eines neuen Krieges brachten, den Captain begnadigten und dann zum Tod verurteilten.

Wie die Wassertropfen auf dem Tisch zappelte die Crew der *Luchs* blind in der Leere. Ein Gefühl, das Hobbes gewaltig erschienen war, wurde plötzlich geradezu absurd winzig. Im Maßstab des Universums spielte die unerwiderte

Liebe eines Ersten Offiziers ihrem Captain gegenüber überhaupt keine Rolle.

Doch in diesem Moment wusste Hobbes, dass sie Laurent Zai von ganzem Herzen hasste.

Katherie Hobbes zuckte zusammen, als der Türmelder summte, stieß mit dem Knie gegen ein Tischbein.

»Herein«, sagte und rieb sich das Knie, die jüngste Verletzung.

Der Zweite Kanonier Thompson kam mit langsamen, vorsichtigen Schritten herein, wie ein Betrunkener, der versuchte, sich seine Trunkenheit nicht anmerken zu lassen. Er lächelte, als er das Wasser auf dem Tisch bemerkte.

»Haben Sie etwas verschüttet? Mir geht es die ganze Woche so.«

»Nur ein Experiment«, sagte Hobbes.

Er zuckte mit den Schultern und deutete auf den Sessel ihr gegenüber. Katherie nickte, und daraufhin nahm Thompson behutsam Platz, sich der Gravitationspoltergeister um sie herum bewusst.

Hobbes dachte daran, dass sich der Zweite Kanonier zum ersten Mal in ihrer privaten Kabine befand. Er war ihr gegenüber immer freundlich gewesen, wenn auch ein wenig zu vertraut, als glaubte er, seine aristokratischen Wurzeln gäben ihm über den Rang hinausgehende Rechte. Und Hobbes wusste um ihre Wirkung auf manche Besatzungsmitglieder.

Im Verlauf ihrer Kindheit und Jugend hatte sie sich kosmetischen Behandlungen unterzogen, die graue Eltern niemals gutgeheißen hätten. Für viele Angehörige der Crew war sie überwältigend schön, und für andere verkörperte sie karikaturenartige Sexualität, wie eine Hure in einer frechen Komödie. Hobbes hatte chirurgische Maßnahmen in Erwägung gezogen, um ihr Erscheinungsbild normaler zu gestalten, aber das erschien ihr übertrieben. Sie war, wer und was sie war.

Der zweite Kanonier seufzte, als er die Sicherheit des Sessels erreichte.

»Ich bin überall wund«, sagte er.

»Wer ist das nicht?«, erwiderte Hobbes. »Seien Sie froh, dass Sie nicht die echten zehn *g* spüren. Dann wären Sie *richtig* wund. Und inzwischen tot.«

Thompson schloss müde die Augen.

»Am schlimmsten ist, dass ich nicht feststellen kann, wo genau es wehtut«, sagte er. »Wie bei einem verstauchten Fuß: Man hinkt einige Tage, und dann tut der *andere* Fuß wegen der ungewohnten Belastung weh.«

»Kollaterale Verletzungen«, kommentierte Hobbes.

»Ja. Aber bei mir gibt es so viele kollaterale Verletzungen, dass ich gar nicht mehr weiß, wo alles begann. Sehr beunruhigend.«

Hobbes sah auf den Tisch. Der Stoß des Knies hatte das Wasser gleichmäßig auf der schwarzen Fläche verteilt, und jetzt verriet es nur noch die ambientale Vibration der *Luchs*.

»Ich weiß, was Sie meinen«, sagte der Erste Offizier. »Ich habe versucht, mich daran zu gewöhnen, es in ... die richtige Perspektive zu rücken.«

Thompson öffnete die Augen, musterte sie und zuckte mit den Schultern.

»Haben Sie jemals eine so lange Starkbeschleunigung erlebt, Hobbes?«

Sie schüttelte den Kopf. Nur wenige Besatzungsmitglieder konnten so etwas von sich behaupten. Hoch-*g* blieb normalerweise für das Gefecht reserviert, nicht länger als einige Stunden.

»Man fragt sich, womit wir dies verdient haben«, sagte Thompson.

Etwas in der Stimme des Mannes veranlasste Hobbes, den Blick vom Tisch zu heben. Thompson hatte die Augen zusammengekniffen.

»Wir haben die Kaiserin verloren«, sagte Hobbes schlicht.

Er nickte langsam, als fürchtete er selbst bei dieser geringen Bewegung die veränderliche Schwerkraft.

»Eine Schuld, die nicht beglichen wurde«, sagte Thompson leise.

Unruhe breitete sich in Katheries Magengrube aus und gesellte sich der dortigen Übelkeit hinzu. »Wovon reden Sie da, Thompson?«

»Glauben Sie wirklich, dass die Flotte die *Luchs* opfern will, Katherie?«, fragte der Zweite Kanonier. Er sprach noch leiser; seine Stimme war kaum mehr als ein Flüstern. »Einfach nur deshalb, um das Verbundbewusstsein an der Kommunikation mit einem Rix-Schiff zu hindern?«

»So scheint es, Thompson«, sagte Hobbes.

»Aber wir können den Kontakt nicht auf Dauer verhindern. Es ist ein ganzer *Planet*, beim Kaiser. Früher oder später finden die Rix eine Möglichkeit, mit dem Bewusstsein zu reden.«

»Vielleicht. Aber nicht, solange die *Luchs* hier ist.«

»Wie lange das auch sein mag«, sagte Thompson.

Hobbes blickte erneut auf den Tisch und konnte für einige Momente keinen klaren Gedanken fassen. Das Wasser sah jetzt anders aus. Die Oberflächenspannung machte sich wieder bemerkbar, formte Tropfen und Pfützen. Die spontane Organisation erschien sinnlos. Gab die Entropie der Ordnung nach? Kehrte sich der Pfeil der Zeit um?

Worauf wollte Thompson hinaus?

»Sagen Sie mir, worum es Ihnen geht, Zweiter Kanonier«, befahl Hobbes.

»Es liegt auf der Hand, Katherie«, sagte Thompson. »Ich

meine, warum die *Luchs* mit dieser Mission beauftragt wurde. Man opfert uns, weil die Schuld nicht beglichen wurde.«

Hobbes schloss die Augen. Sie wusste, dass ihr nur einige Sekunden für die Antwort blieben.

An der Akademie war Katherie Hobbes eine überdurchschnittlich gute Studentin gewesen, aber nicht die beste. Sie stammte von einer utopianischen Welt und hatte nicht die Disziplin ihrer grauen Mitschüler. Sie hielt sich nicht für wirklich brillant, nur für begabt in Hinsicht auf bestimmte taktische Berechnungen. Doch selbst in den Momenten des größten Selbstzweifels blieb sie auf eines stolz: Sie traf schnelle Entscheidungen.

So wie jetzt.

»Denken nur Sie auf diese Weise, Thompson?«

Er schüttelte den Kopf, so behutsam, dass es in einer Aufzeichnung mit niedriger Auflösung nicht erkennbar gewesen wäre.

»Sagen Sie mir, was Sie denken, Thompson.«

»Wir sind Freunde, nicht wahr, Hobbes?«

Sie nickte.

»Geben Sie mir Ihr Wort, dass Sie ... diskret sein werden?«

Hobbes seufzte. Sie hatte gehofft, dass es nicht dazu kommen würde. Aber ihre Entscheidung stand fest.

»So wie ich die Sache sehe, Thompson, sind wir alle so gut wie tot«, sagte sie.

Er lächelte wehmütig, faltete die Hände und beugte sich vor.

»Maximale Privatsphäre«, wies Hobbes den Raum an und beugte sich ebenfalls vor, um zuzuhören.

Als sich Rana Harter dem Schnüffler näherte, kam sie sich wie eine Betrügerin vor.

Die rote Perücke auf dem Kopf, der raue Arbeitsanzug der Miliz auf wunder Haut, das militärische ID-Armband – es fühlte sich wie ein Kostüm an, ein Trick, der jeden Augenblick entdeckt werden konnte. Ihr Spiegelbild in den glänzenden Metallwänden der Station wirkte nur vage vertraut, wie ein Holo aus der Kindheit. Sie schien in die Rolle eines früheren Selbst geschlüpft zu sein.

Vor dem Schnüffler bildete sich eine Schlange aus Arbeitern, die in die Station wollten. Rana spürte einen Anflug von Panik, als sie zu den Wartenden trat. Die Woche, die sie mit Herd in ihrer Unterkunft verbracht hatte, erschien ihr plötzlich wie Monate – die verlängerte Erinnerung an ein Sommeridyll. Die Isolation hatte etwas Reines, eine ruhige Ordnung, die Rana nur ungern hinter sich zurückließ. Die drängelnde Menge verletzte ihre neue Empfindlichkeit.

Sie wünschte, Herd wäre bei ihr gewesen, eine vertraute Präsenz, die sie auf dem Weg durch die seltsame Station begleitete. Während der vergangenen Woche hatte sich die Rix als Rana ausgegeben und dabei das Innere der Station kennen gelernt. Aber an zwei Rana Harters, die zusammen eintreten wollten, hätte der Schnüffler bestimmt Anstoß genommen.

Es gab einen leichten Aufwind in dem kurzen Gang – langsame Ventilatoren dehnten die menschlichen Emissionswolken aus, trugen Hautzellen und Staub nach oben. Mit diesen Partikeln konnte der Apparat nicht nur die DNS der Arbeiter analysieren, sondern auch den Geruch versteckter Sprengstoffe und Waffen wahrnehmen sowie in Haaren und Hautzellen Anzeichen von Alkohol- und Drogenmissbrauch erkennen. Er war sogar imstande, Diebstahl zu riechen – wertvolle Ausrüstungsteile der Station trugen Phero-Etiketten. Was auch immer man anstellte: der Schnüffler erschnupperte es.

Rana hielt den Atem an, als sie an dem Apparat vorbeikam. Würde er den Unterschied zwischen ihr und Herd erkennen? Die Vorstellung, angehalten und verhört zu werden, erschreckte sie. Sie mochte bis auf die Knochen Rana Harter sein, aber sie fühlte sich völlig falsch.

Sie hoffte, dass sich ihre Epidermis ausreichend erholt hatte, um dem Appetit der Maschine gerecht zu werden. In der vergangenen Nacht hatte Herd eine Heilsalbe in die Haut massiert und versucht, die Zellen zu regenerieren, die sie zuvor so erbarmungslos für ihre eigenen Zwecke geerntet hatte. Die Salbe schien gewirkt zu haben, denn die Röte war von der Haut verschwunden. Doch nach der letzten Woche hielt Rana Harter jeden Versuch, sie in ihr altes Selbst zurückzuverwandeln, für vergeblich. Inzwischen fühlte sie sich als halbe Rix.

Der Schnüffler ließ sie kommentarlos passieren.

Herd hatte eine Karte auf ein Stück Papier gezeichnet. Rana hielt den Zettel vorsichtig, denn Reibung würde ihn sofort verbrennen. Sie folgte den Anweisungen der Karte durch schmale, matt erhellte Korridore. Viel Platz gab es an diesem Hyperkarbon-Ort nicht: Die Gänge fühlten sich nach einem überfüllten Raumschiff an, rochen nach Feuchtigkeit und der Präsenz von Menschen. Rana wusste, dass die Station überbesetzt war. Herd hatte gesagt, dass vor zwei Tagen weitere Milizionäre eingetroffen waren, zusammen mit der Nachricht, dass sich ein anderes Rix-Schiff näherte. Überall sah sie Hinweise auf organisiertes Durcheinander: In den Korridoren stapelten sich Kisten mit Ausrüstungsmaterial; in Pausezimmern waren Workstations improvisiert worden; neue Arbeiter wanderten mit Listen durch die Gänge, wirkten verwirrt und verloren.

Die Verstärkervorrichtung, die den Kom-Verkehr des Planeten für die Übertragung nach Außenwelt sammelte, wurde neu konfiguriert, um das Potenzial der orbitalen Verteidigung von Legis XV zu erweitern. Der Wechsel von Kommunikation zu Informationsgewinnung fand atemberaubend schnell statt.

Als Rana anderen Arbeitern begegnete, merkte sie, dass sie sich wie Herd bewegte. Eine weitere Imitation, für den Fall, dass die anderen der Rix in ihrer Rana-Harter-Rolle begegnet waren. Die vogelartigen Bewegungen - plötzlich und streng kontrolliert, jedes Gelenk ein separater Motor - fielen Rana erstaunlich leicht. In der gemeinsam mit der Rixfrau verbrachten Woche hatte sie ihre Gangart verinnerlicht und ahmte sie jetzt nach. Es schien zu funktionieren, obgleich sie zehn Zentimeter kleiner war als die Rix - niemandem fiel etwas auf. Einige der anderen Arbeiter nickten ihr zu oder nannten beim Gruß ihren Namen.

Rana antwortete mit Herds geheimnisvollem Lächeln.

Natürlich wäre es ihr jetzt leicht gefallen, der Rix zu entkommen. Es hätte genügt, sich der Sicherheitsabteilung der Station zu erkennen zu geben - das Abnehmen der Perücke hätte zweifellos Aufmerksamkeit erregt. Und sie brauchte keine Vergeltung zu befürchten. Alexander war hier abwesend. Ein kaiserliches Edikt hatte dafür gesorgt, dass die Verbindungen zwischen der planetaren Infostruktur und der Verschränkungsstation physisch unterbrochen worden waren. Die üblichen Phantome des sekundären Sehens - Zeitanzeigen, Nachrichtenströme und Ortsangaben - fehlten an diesem Ort. Herd oder Alexander konnten ihr nichts anhaben.

Aber wenn Rana sie hinterging, verlor sie ihr Glück.

Herd hatte ihr bereits ein Gegenmittel für die Dopamin-

Regulatoren injiziert. Der Einfluss der Nanos ließ nach, und die Freude, die sie während der ganzen letzten Woche begleitet hatte, trübte sich allmählich. Herd hatte zu Recht darauf hingewiesen, dass Rana ohne den Schleier des Glücks einen klareren Kopf für diese spezielle Aufgabe bekam. Aber ohne die Droge drohte eine Rückkehr ihres Bewusstseins in den früheren Zustand von Unschlüssigkeit und Furcht. Sie glaubte, die andere, allzu menschliche Rana bereits zu sehen, noch im Schatten, aber dazu bereit, wieder auf die Bühne des Geschehens zu treten. Das selbstsichere, hybride Geschöpf, zu dem sie geworden war, konnte jeden Augenblick verschwinden.

Rana wusste, dass sie ihre neuen Verbündeten nicht verraten würde. Sie wollte dieses neugeborene Selbst behalten. Die Rixfrau und ihr allmächtiger Gott hatten eine lebenslange Randexistenz mit Depressionen und unerfülltem Potenzial ausgelöscht. Sie hatten für Rana Harter in einer Woche mehr getan als das Reich in siebenundzwanzig Jahren.

Außerdem war dies eine Mission der Barmherzigkeit, wusste sie inzwischen. Alexander musste befreit werden.

Sie folgte den Hinweisen der Karte und fand eine Workstation für Rana Harter, Miliz-Arbeiterin Zweiter Klasse. Das Interface war ihr aus den Tagen in der Quanten-Mikroastronomie nicht vertraut. Herd hatte ihr die Arbeit erklärt: Ihre Aufgabe bestand darin, hunderte von Empfängern und Verstärkern zu überwachen, die die Daten des Planeten in die Verschränkungsstation leiteten. Ihre von Alexander arrangierte Versetzung hierher war mit Ranas praktischem Wissen über Empfangsvorrichtungen gerechtfertigt worden. Sie hatte ihr ganzes Berufsleben im eisigen Ödland verbracht und war oft gezwungen gewesen, Reparaturen selbst vorzunehmen.

Aber an diesem Tag standen keine Reparaturen auf dem Programm.

Rana hoffte, dass sie niemand stören würde. Sie nahm Platz, aktivierte den Hilfemodus der Workstation und begann damit, Daten abzurufen.

Am Ende ihres Dienstes hatte Rana Harter alle von Alexander gewünschten Informationen.

Die Verschränkungsstation war für genau den Zweck konstruiert worden, der dem Anliegen des Verbundbewusstseins entsprach. Zu ihr gehörte eine große Anzahl von Verstärkern, die Daten von der planetaren Kommunikation empfingen – von Fonen, Kreditzellen, Steuerüberwachern und vielen anderen mobilen und stationären Kom-Geräten – und dem Verschränkungssystem komprimierte Versionen dieser Daten übermittelten. Trotz ihrer militärischen Herkunft bestand der primäre Zweck der Anlage darin, die zivile Ökonomie des Planeten mit dem Rest des Auferstandenen Reiches zu verbinden. Es gab sogar UKW-Sender, die dazu dienten, Daten mit Lichtgeschwindigkeit zu den anderen Planeten im Legis-System zu übertragen. Nummer XV war der Fleischtopf und de facto Zentrum des Legis-Systems.

In Friedenszeiten gelangten die Informationsfluten per Kabel zur Verschränkungsstation, und in Notfällen nahmen sie den Weg über die Verstärker. Zehntausende von Zivilband-Empfängern waren über die weiten Flächen der Station verteilt: eine große Kolonie aus Maschinen, die von Schnee und Sonnenlicht lebten. Die Verstärker-Kolonie erstreckte sich über hunderte von Quadratkilometern, bis zum Draht, einer tödlichen Barriere, die die Station umgab. Die Empfänger waren wie Unkraut zwischen erlesenen Blumen, banale Technik im Vergleich mit der Translicht-Kommunikation, die sie unterstützten, aber mit dem

Potenzial der Selbstreparatur ausgestattet und robust genug, um die arktischen Winter zu überstehen.

Rana untersuchte das System mit wachsender Frustration, mit dem metallischen Geschmack des Scheiterns im Mund. Sie konnte Alexander nicht helfen. Von ihrer Reparaturstation aus gab es keine Möglichkeit, die Verschränkungsstation mit dem Rest des Planeten zu verbinden. Die Verstärker-Software war zu weit verzweigt und zu autonom, um auf ein zentrales Kommando zu reagieren. Und die einzelnen Verstärkermodule waren ausgeschaltet. Sie befanden sich nicht im Schlafmodus, sondern waren physisch - *per Hand* - deaktiviert. Die Kaiserlichen nahmen die Isolation von Legis XV sehr ernst.

Jemand musste zur Verstärkervorrichtung hinausgehen, um dort die notwendigen Veränderungen vorzunehmen. Vorbei an den Minenfeldern, Schnüfflern und Mikrofaserbarrieren des Drahtes. Hunderte von Miliz-Arbeitern waren nötig gewesen, um die Verstärker abzuschalten.

Rana seufzte. Sie konnte nichts tun. Dies war ein Problem für Alexander und Herd. Wenn es Rana gelang, die von ihr gesammelten Daten hinauszuschmuggeln, so brauchte sie nicht zu diesem schrecklichen Ort zurückzukehren.

Sie suchte nach einer Möglichkeit, die Daten mitzunehmen, wählte schließlich einen Speicherstreifen aus der internen Kamera einer Reparaturdrohne. Er bot genug Platz für eine schematische Darstellung der einfachen Verstärker, und Rana fügte eine Karte der gesamten Vorrichtung und technische Einzelheiten über die Barriere hinzu. Dann löschte sie die Spuren ihrer Datensuche und fuhr die Workstation herunter; ihr Dienst war fast beendet.

Sie freute sich darauf, in die Wärme und Sicherheit ihres Quartiers zurückzukehren, wo Glück auf sie wartete.

Als das akustische Signal für das Ende der Schicht erklang, stand Rana steif und mit zitternden Händen auf. Die

Muskeln in ihren Beinen fühlten sich schwach an. Während der langen Dienststunden hatte sich Sorge in ihr ausgebreitet und jede Faser ihres Körpers erreicht. Rana wusste, dass sie die Gewissheit von Herds Droge brauchte. Möglichst bald.

Sie bedauerte jetzt, nichts gegessen zu haben. Aber sie hatte die Arbeit unbedingt im Verlauf einer einzelnen Schicht beenden wollen, um nicht zurückkehren zu müssen.

Rana beruhigte sich, indem sie an den Heizstreifen dachte, der ihrer Unterkunft Licht und Wärme gab, gesellte sich dann den anderen Miliz-Arbeitern hinzu, die dem Ausgang entgegenstrebten. Die sechs Dienstschichten des langen Legis-Tages überlappten sich, um diese Art von Rushhour zu vermeiden, aber in den schmalen Korridoren der überbesetzten Station herrschte immer dichtes Gedränge, selbst in Friedenszeiten. Rana fühlte sich von einem menschlichen Strom erfasst, und der Geruch müder Arbeiter überwältigte sie beinahe.

Seltsam, wie das Menschliche sie jetzt abstieß. Leeres Gerede, Überfülle von Farben und Körperarten, die Unbeholfenheit in den Bewegungen der Menge um sie herum. Rana ging noch immer mit der vogelartigen Anmut der Rix, ohne es bewusst zu wollen; die Imitation war ihr irgendwie in Fleisch und Blut übergegangen. Sie sehnte sich danach, die Perücke mit ihrem dekorativen Übermaß an Haar abzulegen. Rana schloss die Augen und sah die klaren Linien von Alexanders Luftschirmkarten, die säbelartigen Wölbungen von Herds Waffen, den Geschmack der Rix. Sie biss sich auf die Lippe und setzte den Weg durch die Korridore fort.

Bald würde sie wieder zu Hause sein.

Die vielen Menschen um sie herum wurden noch langsamer, als sie sich dem Ausgang näherten. Rana fühlte sich zwischen ihnen eingezwängt, und der überwältigende menschliche Geruch bewirkte, dass ihre Hände erneut zu zittern begannen. Überall fanden bedeutungslose Gespräche statt, ein Hagel aus leeren Worten. Rana lenkte sich ab, indem sie die warnenden Hinweise des Schnüfflers las: *Geben Sie alle flüchtigen Stoffe, Nanos oder Stationsobjekte an.*

Sie erschrak, als sie sich daran erinnerte, dass der Schnüffler gestohlene Dinge erkennen konnte.

Rana schüttelte den Kopf und versuchte, die Furcht abzustreifen. Der Speicherstreifen in ihrer Tasche war unbedeutend, ein billiges Medium, wie man es als Gratisbeigabe beim Kauf von Einwegfonen und -kameras bekam. Bestimmt trug er kein Phero-Etikett. Doch unter den Hinweisen fand ihr nervös umherhuschender Blick auch diese Worte: *Legen Sie ALLE Datenspeicher vor.*

Rana schluckte und dachte an die Daten im Speicherstreifen. Eine Karte der Station, eine schematische Darstellung der Verstärker und die technischen Einzelheiten der Barriere. Aus diesen drei Dateien ließ sich leicht auf ihre Absichten schließen. Nur noch wenige Meter trennten sie vom Schnüffler. Rana blieb stehen und hielte dem Druck der Arbeiter hinter ihr stand.

Sie tastete nach dem Speicherstreifen in ihrer Tasche. Er war zu klein für ein Phero-Etikett. Doch wenn man ihn mit Pheros besprüht hatte?

Die Sicherheitsvorkehrungen in der Verschränkungsstation waren sehr streng. Aber *so* streng?

Ranas Gedanken rasten. Die überfüllte Station machte einen desorganisierten Eindruck auf sie; so subtile Maßnahmen erschienen ihr wenig wahrscheinlich. Doch sie erinnerte sich an ein altes Gerücht über einen speziellen Sicherheitsnano, den die Kaiserlichen über sehr wichtigen geheimen Basen freisetzten. Etwas, das sich langsam ausbreitete und jede Maschine und jeden Menschen pheromarkierte, mit dem es in Kontakt geriet, sodass alles von einer zentralen Stelle aus überwacht werden konnte. Zu jener Zeit war diese Idee phantastisch gewesen, der besondere Verfolgungswahn einfacher Arbeiter.

Aber unter den gegenwärtigen Umständen schien so etwas möglich zu sein.

Die Menge hinter Rana übte immer stärkeren Druck auf sie aus. Einer der Wächter am Schnüffler, ein Soldat in kaiserlichem Schwarz, beobachtete sie mit vagem Interesse, während sich Miliz-Arbeiter rechts und links an ihr vorbeidrängten. Rana versuchte, wieder einen Fuß vor den anderen zu setzen; sie konnte dem Schnüffler nicht entkommen, ohne Aufmerksamkeit zu erregen.

Doch die Füße gehorchten ihr nicht. Sie fürchtete sich zu sehr, war zu müde. Wie angewurzelt stand sie da.

Sie erinnerte sich an ihr Zögern, bevor sie auf dem Weg zur Verschränkungsstation die Magnetbahn betreten hatte. Jene Lähmung - die alte Rana Harter - kehrte jetzt zurück, stärker als zuvor.

Der Soldat wurde misstrauisch und stand auf.

Beweg dich!, forderte Rana sich selbst auf. Aber sie rührte sich noch immer nicht von der Stelle.

Dann bemerkte sie ein metallenes Blitzen. Im Korridor hinter dem Schnüffler sah Rana das Abzeichen eines Offiziers.

Herd stand dort, in der Uniform eines Colonels der Miliz. Mit einem knappen Wink forderte sie Rana auf, den Weg fortzusetzen.

Der Anblick befreite Rana aus dem Griff der Panik. Sie näherte sich dem Schnüffler und wusste, dass Herd sie beschützen, ihr die Rückkehr zum Glück ermöglichen würde.

Rana Harter trat in den Schnüffler und war für einen Augenblick allein, von den anderen Arbeitern getrennt. Der Aufwind trug den grässlichen Geruch der Menge fort.

Plötzlich heulte eine Sirene, so laut, dass sie in Ranas Synästhesie zu einem hohen Käfig aus Feuer wurde, so grell wie die Sonne für lidlose Augen.

ERSTER OFFIZIER

Die Verschwörer trafen sich in einem der Null-*g*-Spielräume, die die Krankenstation umgaben. Natürlich waren sie leer, denn während der Starkbeschleunigung konnten sie nicht benutzt werden. Hobbes' Kniebänder schmerzten allein bei der Vorstellung, in dieser instabilen Gravitation Rakett oder Dribbel zu spielen.

Es waren nur fünf Verschwörer zugegen, sie selbst mitgezählt. Hobbes hatte eigentlich mit mehr gerechnet. Fünf schienen keine kritische Masse zu sein, nicht genug, um mit der Planung einer Meuterei zu beginnen. Es musste noch mehr geben, aber Thompson wollte noch nicht alles verraten. Vermutlich hielt er das eine oder andere in Reserve.

Hobbes kannte die Anwesenden: Zweiter Kanonier Thompson, der Anführer; Yen Hu, ein weiterer junger Artillerieoffizier; Zweiter Pilot Magus, mürrische Anspannung in ihrem Gesicht; und ein Kommunikations-Ensign namens Daren King. Ganz offensichtlich war dies keine Meuterei einfacher Soldaten – alle trugen Sterne an ihrer Uniform.

Sie wirkten erleichtert, als Hobbes hereinkam. Vielleicht glaubten sie, dass die Präsenz der Nummer Zwei an Bord alles rechtfertigte.

Thompson ergriff sofort die Initiative. Er schloss die Tür des Sportraums, die sich nahtlos versiegelte, und verharrte dann vor dem kleinen Fenster in ihrer Mitte, um zu verhindern, dass der Schein seines kleinen Handlichts in den Korridor fiel. Solche Vorsichtsmaßnahmen hielt Hobbes für unnötig. Während der Starkbeschleunigung vermieden es die Besatzungsmitglieder, im Schiff unterwegs zu sein. Sie bezweifelte, dass die Sicherheitsabteilung die Lauscher an Bord mit großer Sorgfalt überwachte, doch Ensign King – oder andere Verschwörer, die Hobbes nicht kannte – hatten bestimmt die Kontrolleinheiten im Sportraum manipuliert, für den Fall, dass deren Aufzeichnungen später untersucht wurden.

Dies sollte ein stiller Putsch sein.

»Eigentlich ist es keine Meuterei«, sagte Thompson.

»Wie würden Sie es nennen?«, fragte Hobbes.

»Ich glaube, streng genommen handelt es sich um Mord«, ließ sich der Zweite Pilot Magus vernehmen.

Yen Hu schnappte nach Luft, und die anderen Verschwörer sahen ihn an. Hobbes bedauerte, Hu an dieser Sache beteiligt zu sehen. Er hatte erst vor zwei Jahren die Ausbildung an der Akademie beendet – Kanonier Thompson musste ihm hart zugesetzt haben, um ihn zu einem Komplizen zu machen.

»Ein gnädiger Tod«, korrigierte Thompson.

»Gnädig für wen?«, fragte Magus.

»Für uns«, sagte Thompson. »Der Captain ist tot, was auch immer geschieht. Warum sollten wir ihm ins Jenseits folgen?«

Thompson wich einen Schritt von der Gruppe zurück und machte sie dadurch zu seinem Publikum.

»Der Rest des Reiches glaubt vielleicht an die Begnadigung, aber wir wissen, dass Captain Zai die Fehlerklinge abgelehnt hat. Der Kaiser weiß es ebenfalls.«

Hobbes nickte.

»Der Angriff auf den Schlachtkreuzer der Rix ist eine sinnlose Opferung der *Luchs*«, fuhr Thompson fort. »Wir sollten nach Legis XV zurückkehren und unser Potenzial mit der planetaren Verteidigung koordinieren. Wenn wir Zivilisten vor einem Bombardement schützen, können wir Millionen von Leben retten. Stattdessen sind wir in einer Kamikazemission unterwegs.«

»Glauben Sie wirklich, dass die Flotte bereit wäre, uns neue Einsatzorder zu übermitteln?«, fragte Hobbes.

»Wenn der Captain die Klinge im Lauf des nächsten Tages akzeptiert, bleibt der Flotte Zeit genug, uns nach Legis XV zurückzubeordern. Die Politischen werden sich irgendetwas über Zai den Helden einfallen lassen, den einzigen Offizier, der in der Lage gewesen wäre, den Schlachtkreuzer mit Erfolg anzugreifen. Daraufhin kann sich die *Luchs* ehrenvoll zur Systemverteidigung zurückziehen. Wenn Zai tot ist, hat es keinen Sinn mehr, uns zu opfern.«

Trotz ihrer Pläne ärgerte es Hobbes zu hören, wie der Name des Captains ohne seinen Rang genannt wurde.

»Aus meinen Berechnungen geht hervor, dass uns noch fünfundzwanzig Stunden bis zum Wendemanöver bleiben«, sagte der Zweite Pilot Magus. »Sogar noch einige Stunden mehr. Nach dem Wenden könnten wir auf zwölf *g* Beschleunigung gehen.«

»Nein, danke«, erwiderte Thompson. Mit jedem zusätzlichen *g* wurde das leichte Gravitationsfeld geometrisch instabiler.

»Wenn mehr als dreißig Stunden vergehen, lässt sich eine Konfrontation mit dem Schlachtkreuzer der Rix außerhalb der Legis-Verteidigung nicht mehr vermeiden«, betonte Magus.

Hobbes fragte sich, ob Magus so vorsichtig gewesen war, die Berechnungen per Hand vorzunehmen. Die Verwendung des Computers wurde immer aufgezeichnet, auch wenn man ihn für einfache Aufgaben einsetzte.

»Und wenn es vollbracht ist, müssen wir Heimat mitteilen, dass der Captain Selbstmord begangen hat«, sagte

Ensign King. »Dann muss dort eine Entscheidung getroffen werden, die man uns mitteilt. Wenn wir auf unseren mit Heimat verbundenen Verschränkungsvorrat zurückgreifen, kommt es bei der Kommunikation zu keinen Verzögerungen.«

»Aber wie lange braucht die Flotte für ihre Entscheidung?«, fragte Magus.

Die vier Verschwörer sahen Hobbes an. Sie wussten, dass Katherie vor ihrer Versetzung zur *Luchs* als Stabsoffizierin eines Admirals tätig gewesen war. Hobbes runzelte die Stirn. Sie hatte beobachtet, wie komplexe, wichtige Entscheidungen innerhalb weniger Minuten getroffen worden waren; bei anderen Gelegenheiten hatte die Konsensbildung Tage gedauert. Die Entscheidung, die *Luchs* zu retten oder zu opfern, war ebenso politisch wie militärisch. Die Frage lautete: Erwartete jemand, dass Zai jetzt noch die Klinge nahm? Gab es für den Fall einen alternativen Plan?

Doch für Hobbes spielte das keine Rolle. Ihr ging es vor allem darum, die Verschwörer an überstürzten Aktionen zu hindern. Wenn sie glaubten, unter Zeitdruck zu stehen, waren sie schwerer zu kontrollieren.

»Es ist unwichtig, wie lange es dauert«, sagte sie knapp.

»Wieso?«, fragte Magus.

Hobbes ging einige Schritte und überlegte angestrengt. Dann fiel ihr etwas ein.

»Wenn Captain Zai tot ist, führe ich das Kommando über die *Luchs*«, sagte sie. »Ich leite unverzüglich das Wendemanöver ein und erbitte neue Einsatzorder.«

»Perfekt«, flüsterte Thompson.

»Aber damit verstoßen Sie gegen direkte Befehle, nicht wahr?«, fragte Yen Hu.

»Wenn uns die Flotte zum Angriff auffordert, bleibt Zeit genug, um uns irgendwie in Stellung zu bringen. Aber ich glaube nicht, dass wir eine solche Order erhalten. Die Flotte wird mir dafür danken, dass ich ihr die Entscheidung abgenommen habe.«

Thompson lachte. »Hobbes, Sie alter Teufel. Ich habe halb damit gerechnet, dass Sie mich dem Captain zum Fraß vorwerfen würden. Und jetzt beanspruchen Sie die ganze Anerkennung für sich, nicht wahr?« Er legte ihr die Hand auf die Schulter, eine sehr intime Geste in der Dunkelheit.

»Eine subtile Art von Anerkennung«, sagte sie. »Ich schätze, wir brauchen unsere Spuren nicht zu gründlich zu verwischen.«

»Wie meinen Sie das?«, fragte der inzwischen völlig verwirrte Hu.

Magus wandte sich dem jungen Ensign zu. »Der Erste Offizier Hobbes hat nichts dagegen, dass der Apparat eine Meuterei argwöhnt, solange er nichts beweisen kann. Sie glaubt, dass man ihre Initiative zu würdigen weiß.«

Hu starrte Hobbes entsetzt an. Er hatte sich auf diese Sache eingelassen, um die *Luchs* zu retten, nicht um die Karriere eines Offiziers zu fördern. Offenbar bestürzte es ihn, dass sie über die aktuelle Überlebenskrise hinausblickte. Gut, dachte sie. Hu musste lernen, die Dinge langfristig zu sehen. Selbst wenn die Verschwörung hier und jetzt endete: Sein Leben hatte sich bereits für immer verändert.

»Laurent Zai wird von der Fehlerklinge also irgendwann während der nächsten fünfundzwanzig Stunden Gebrauch machen«, sagte Thompson.

»Je später, desto besser«, warf Hobbes ein. »Meine Entscheidung, die *Luchs* zu wenden, ergibt mehr Sinn, wenn der Flotte nicht genug Zeit bleibt, um neue Einsatzorder zu übermitteln. Der Captain beendet seinen Dienst übermorgen um 9.50, in zweiundzwanzig Stunden.«

»Wir sind uns also einig?«, fragte Thompson.

Einige Sekunden lang herrschte Stille. Hobbes hoffte, dass jemand etwas sagen würde. Sie dachte an eine ruhige, prägnante Bemerkung, die alle zur Vernunft brachte – noch war es möglich, dass sich die Verschwörung einfach in Nichts auflöste. Die richtigen Worte konnten den von Thompson geschaffenen Bann brechen. Aber Hobbes wusste auch, dass sie nicht selbst sprechen durfte. Die anderen sollten nicht den wahren Grund ahnen, der sie veranlasst hatte, sich der Gruppe anzuschließen.

»Da ist nur eine Sache«, sagte Hu.

Sie warteten.

Der junge Ensign räusperte sich. »Dies lässt Captain Zai wie einen Feigling aussehen. Er wurde zwar begnadigt, brachte sich aber trotzdem um, weil er sich nicht traute, gegen die Rix zu kämpfen.«

Hobbes beobachtete das Erkennen von Wahrheit in den Gesichtern der Verschwörer und fragte sich, ob Hu die richtigen Worte gefunden hatte.

Wieder blieb es für einige Momente still. Sie alle stammten aus grauen Familien. Posthume Ehre war eine Sache, mit der man nicht leichtfertig umging. In einer von lebenden Toten regierten Welt nahm man die Geister der Vergangenheit sehr ernst.

Natürlich war es Thompson, der schließlich sprach.

»Er ist ein Feigling«, sagte er bitter. »Er brachte es nicht fertig, die Klinge zu benutzen. Darum befinden wir uns jetzt in einer solchen Situation.«

Magus nickte, dann auch King und Hu, und sie streckten die Hände aus, legten sie mit der Innenfläche nach oben übereinander. Es war ein altes Teamritual der Akademie, das jetzt einem ganz neuen Zweck diente. Hobbes fügte ihre Hand den anderen hinzu, und Thompson bildete den Abschluss.

Der Plan war beschlossen.

H_rd stand einen Moment still, als die Sirene heulte, und beobachtete ruhig die Reaktion der Menge. Sie stellte fest, dass der Sirenenton während zwei Sekunden zwischen 15 und 25 000 Hertz pendelte - an beiden Enden ging die Sinuswelle über den Wahrnehmungsbereich des menschlichen Gehörs hinaus. Der Ton war tief genug, um wie mit einem Presslufthammer die Gedärme zu schütteln, und hoch genug, um dünnes Glas zerspringen zu lassen.

Die Sirene war ganz offensichtlich dazu bestimmt, alle Personen mit ungeschütztem Gehör zu lähmen. Die meisten Menschen auf h_rds Seite des Schnüfflers hielten sich die Ohren zu und gingen in die Knie, als hätte sich plötzlich die Schwerkraft erhöht. Einige sanken zu Boden. Die arme Rana Harter, für deren Hirnfehler Geräusche Substanz hatten und sichtbar waren, brach wie eine Säule Sand zusammen.

Nur die beiden Miliz-Wächter und der kaiserliche Soldat blieben unbeeinträchtigt. H_rd wartete darauf, dass sich ihre langsamen Reaktionen entfalteten. Alle drei kehrten ihr den Rücken zu und richteten den Blick auf Rana Harter, die im Schnüffler-Korridor lag. Sie zogen Waffen, aktivierten Helmdisplays und gingen in Schussposition.

Zufrieden mit ihrer Inkompetenz wurde h_rd aktiv.

Einige schnelle Schritte brachten sie hinter den kaiserlichen Soldaten, die einzige echte Gefahr für eine Rix. Ihr Monofaser-Messer fand die schmale Lücke zwischen Helm und Brustplatte. Das Messer war so scharf (sechzehn Moleküle Durchmesser), und h_rd schnitt so schnell, dass sie beim Enthaupten des Mannes nicht ein einziger Blutstropfen traf. Ein gurgelndes Geräusch vibrierte in der Brustplatte, doch das Todesröcheln des Soldaten verlor sich im Heulen der Sirene.

Die beiden Milizionäre näherten sich Seite an Seite und mit übertriebener Vorsicht der liegenden Rana Harter. H_rd sprang zwischen sie und beobachtete, wie einer von ihnen stehen blieb, den Kopf zur Seite neigte und einer Stimme im Innern des Helms lauschte. Jemand in der taktischen Kontrolle hatte h_rd auf einem Display gesehen und versuchte, die Milizionäre zu warnen. Doch dafür war es zu spät.

Die Rix griff nach den Variwaffen der Milizionäre und richtete die Läufe so aus, dass sie jeweils auf den anderen der beiden Männer zielten. Einer von ihnen tat ihr den Gefallen, den Auslöser zu betätigen, was den anderen drei Meter fortschleuderte. H_rd schlug ihm ins Gesicht – er hatte vergessen, sein Visier zu senken –, zerrte ihm die Waffe aus der Hand und richtete sie auf ihn. Ein rascher Blick auf die Konfigurationsanzeige teilte ihr mit: Die Variwaffe war auf Erschütterungslähmung eingestellt, eine breite Streuung zur Kontrolle großer Menschenmengen. Aus einer Entfernung von nur zehn Zentimetern ließ die Emission die Augäpfel des Mannes platzen und schob den Kieferknochen so weit zurück, dass er die Halsader durchtrennt. H_rd erreichte den Schnüffler, bevor der Körper mit sinnlos zuckenden Gliedern auf den Boden prallte.

Rana Harter lag so leicht wie ein Vogel auf h_rds Schulter, wie etwas ohne Knochen. Hier im Schnüffler-Korridor war das Heulen der Sirene besonders laut und fast intensiv genug, um selbst ein Rix-Gehör zu schädigen. Eine Art Gas driftete im Aufwind des Schnüfflers nach oben, aber h_rd hatte seit Beginn des Sirenengeheuls nicht mehr geatmet und brauchte auch während der nächsten dreißig Sekunden keinen Sauerstoff aufzunehmen.

Die Rix lief los, sprintete im Zickzack vom Eingang der Station fort und schickte die wenigen ihr im Weg stehenden Arbeiter mit der Erschütterungslähmung zu Boden. Die

Entfernung betrug etwa hundert Meter, als die Sirene verstummte - eine sonderbare Stille folgte dem Heulen. Für einige wenige Momente waren h_rds Ohren voller Statik, und sie befürchtete eine Beeinträchtigung ihres Gehörs. Doch als sie einen schnellen Blick zurückwarf und aufsteigenden Staub sah, begriff sie die Ursache des Geräuschs.

Zwei kleine automatische Projektilkanonen bestrichen das Gelände vor der Station und orientierten sich an h_rds Schritten. Nach den der Rix zur Verfügung stehenden Daten nutzten die Kanonen Lauschgeräte im Boden, um die Position eines Eindringlings zu triangulieren. Aber sie schossen zu kurz - ihre Kalibrierung sah die Laufgeschwindigkeit eines gewöhnlichen Menschen vor. Selbst bei den wenigen Metern zwischen h_rds Tritten und den Lauschgeräten bewirkte die langsame Schallgeschwindigkeit einen Unterschied. Die Inkompetenz der lokalen Milizen hier in den Drehwärtigen Bereichen hatte h_rd immer wieder erstaunt. Sie war froh, dass die wenigen hundert kaiserlichen Soldaten so weit über den Planeten verteilt waren.

Plötzlich befanden sich die von den Projektilen verursachten Staubfontänen vor ihr. Jemand rekalibrierte die automatischen Kanonen in Echtzeit und versuchte, die übermenschliche Geschwindigkeit der Rix zu berücksichtigen. Früher oder später musste h_rd allein durch Zufall mit Treffern rechnen - derzeit beschränkte sich ihr Problem auf das einer einzelnen Variablen. Sie ließ sich von ihrer Software einige Zufallszahlen geben und änderte die Richtung, um ihren Weg unberechenbar zu gestalten.

Doch die Autokanonen bestrichen nun einen größeren Bereich und feuerten mehr als tausend Projektile pro Minute ab. Sie würden die Rix bald finden. Einige Treffer brachten sie nicht um, aber sie hatte keine Zeit für Verletzungen. Den einen Arm um Rana Harter geschlungen, veränderte h_rd die Einstellung der Variwaffe mit den Zähnen. *Ver-*

dammt, das Ding war schlecht konzipiert – sie wünschte sich eine Sekunde Zeit, um ihre eigene Waffe zu ziehen.

H_rd zielte blind, ohne den Kopf zu drehen – ihre Augen waren empfindlich; dort konnte auch ein einzelnes Projektil erheblichen Schaden anrichten –, berechnete nach den Aufschlagmustern die Flugbahn der Geschosse und somit die Position der Autokanonen. Die Variwaffe entlud sich mit einem zufrieden stellenden *Wumm.* Drei Sekunden später donnerte es, und eine der beiden automatischen Kanonen schwieg.

Sofort schwang h_rd die Waffe herum, richtete sie auf die zweite Kanone und betätigte erneut den Auslöser.

Doch die Waffe piepste nur zweimal, mit dem entschuldigenden Klang aller einfachen, dummen Maschinen. In dieser speziellen Konfiguration hatte die Waffe nur einen Schuss abgeben können. Der Projektilregen prasselte über den Boden, auf der Suche nach ihr, und h_rd machte einen seltenen Fehler.

Sie sprang, um über den Strom aus Projektilen hinwegzusetzen, berücksichtigte dabei aber nicht ganz das zusätzliche Gewicht von Rana Harter auf ihrer Schulter. Die Rix kam nur zwei Meter in die Höhe, und vier Geschosse trafen sie.

Eins schmetterte gegen ihre Kniescheibe, drückte sich am dortigen Hyperkarbon flach und fiel zu Boden, ohne Schaden anzurichten. Der zweite kleine Metallpfeil erreichte das Gesäß, hinterließ einen blutigen Striemen in der Haut und prallte von der subdermalen Panzerung ab, die Rix-Soldaten vor Stürzen schützte. Das dritte schlug durch den Unterleib, erreichte die undurchdringliche Wirbelsäule und zersprang. Die Splitter perforierten den Magen, der sofort mit der Selbstheilung begann, und zerstörte zwei der sieben Nieren – ein akzeptabler Verlust.

Der einzige echte Schaden ging auf das Geschoss zurück,

dass h_rds linken Arm traf. Es bohrte sich in die radiale Kerbe, saß fest wie ein Türstopper im Hyperkarbon und reduzierte die Flexibilität des Unterarms auf null. Unverzüglich wurde eine Reservespeiche aktiv und erlaubte es dem Arm, sich wieder zu bewegen, aber die Kraft der nadeldünnen Reserveeinheit entsprach nicht einmal zehn Prozent der normalen Kapazität. Bei der Landung löste sich Rana Harter aus h_rds plötzlich schwach gewordenem Griff und fiel ins Tundragras, wie eine aus dem Zug geworfene Leiche.

Die Rix wahrte das Gleichgewicht und wandte sich der noch immer feuernden Autokanone zu. Mit der zitternden Hand des verletzten Arms veränderte sie die Einstellungen der Variwaffe und beharkte die Geschützstellung mit Infralaser, magnetischen Scharfschützengeschossen, Splittergranaten, kleinen Kugeln aus abgereichertem Uran und einem Strom aus Mikrofolien-Spreu, der die Luft erschimmern ließ.

Die Autokanone verstummte, wenige Sekunden bevor ihre Projektilpfeile erneut die Rix gefunden hätten - entweder war sie zerstört oder überhitzt.

H_rds Augen bemerkte die thermischen Schatten weiterer Milizionäre, die aus der inzwischen einen Kilometer entfernten Station kamen. Sie eilten geduckt vorwärts, und ihre Bewegungen brachten Nervosität zum Ausdruck. H_rd feuerte weitere Mikrofolien in ihre Richtung, um eventuelle Sensoren daran zu hindern, Rana Harters Körperwärme wahrzunehmen, gab den Rest der Spreu dann in die Luft und hievte sich erneut Rana Harter auf die Schulter. Die glitzernden Mikrofolien folgten der mit dem Wind im Rücken laufenden h_rd und fielen wie Schnee, als das Ödland der Tundra die Rix aufnahm.

Sie lief zwanzig Kilometer, bevor sie daran dachte, Rana Harter nach Wunden zu untersuchen - ein weiterer Fehler.

Der Sturz hatte zu zahlreichen Hautabschürfungen und blauen Flecken geführt, und das infrarote Spektrum zeigte h_rd verstärkten Blutstrom, die Reaktion des Körpers auf eine verstauchte Hand. Ranas Unterlippe blutete. Ihre Lider zitterten; derzeit war nicht zu sagen, ob sie eine Hirnverletzung erlitten hatte. Dann sah h_rd den im Sternenlicht der Winternacht kaum erkennbaren, fingerspitzengroßen Blutfleck an Rana Harters Arbeitsanzug.

Sie kniete sich hin, wie geblendet von einem intensiven, sonderbaren Gefühl. Nach wenigen Sekunden fasste sie sich wieder und untersuchte die Wunde genauer.

Ein Projektil hatte Ranas Oberkörper durchschlagen und war im dünnen Kalzium des Brustkorbs kaum auf Widerstand gestoßen. Eigentlich hatte es im Innern des Körpers splittern sollen, aber es war für ein gepanzertes Ziel bestimmt gewesen. In der Brust der menschlichen Frau gab es nichts, das fest genug war, um die Splitterung auszulösen. Der kleine Metallpfeil hatte Herz und Rückgrat verfehlt, aber einen Lungenflügel durchbohrt.

Rana Harter atmete schnell und flach. H_rd legte das Ohr an die Wunde und lauschte nach dem verräterischen Pneumothorax-Flüstern, doch in der Brusthöhle baute sich kein Druck auf. Die Blutung hatte aufgehört.

H_rd seufzte erleichtert, und etwas regte sich in ihr, etwas Kraftvolles und Expansives. Es war nicht nur die Zufriedenheit darüber, einen Teil der Mission erfüllt zu haben. Hinzu kam ein animalisches Empfinden, wie die Energie von Sex oder der beruhigende Geruch in der Luft ihrer heimatlichen Orbitalstation.

Der Grund für das Gefühl, für diese Freude: Rana Harter würde überleben.

Der Krieg änderte alles.

Im Verlauf der Woche kam der Kriegsrat immer wieder zusammen und legte die groben Richtlinien für die großen Veränderungen fest, die während der nächsten Jahrzehnte die Achtzig Welten erschüttern würden.

Der Rat änderte die Familien- und Bildungsgesetze für die Drehwärtigen Bereiche. Die nächste Generation musste zahlreich sein und schnell aufwachsen. Die expansionistische Senatorin im Kriegsrat präsentierte die entsprechenden Vorschläge und benutzte dabei Ausdrücke wie »Ersatzbevölkerung«. Nara Oxham fand diesen Euphemismus abscheulich - warum nicht von »Kriegswaisen« sprechen?

Aber sie stimmte mit den anderen für eine großzügige Aussteuer, zahlbar in Form von Land des Kaiserlichen Forstamts. Auf zwanzig Planeten wurden unberührte Wälder in Parzellen aufgeteilt: Prämien für Eltern, die die meisten Kinder zeugten. Wenn hunderte von Kriegsschiffen aus Gegendrehwärts ihre neuen Einsatzorte an der Rix-Grenze erreichten, würden die Kinder dieses demographischen Booms alt genug sein, um zu Soldaten zu werden und das technische Personal zu ersetzen, das in den Krieg gezogen war. Die gewissermaßen im Hinterland heranwachsende übergroße Generation sollte zerstörte Städte neu bevölkern und falls notwendig tote Planeten rekolonisieren.

Das gemächliche Tempo der Konstanten war bei diesem Krieg ein Vorteil, begriff Oxham. Das Reich hatte einen Durchmesser von dreißig Lichtjahren, was den Krieg so sehr verlangsamte, dass Menschen wie Sommergetreide gesät, geerntet und für Notzeiten gelagert werden konnten. Selbst für ihre Heimatwelt Vasthold, sieben Lichtjahre von der Rix-Grenze entfernt, musste Oxham einem Bevölkerungswachstum zustimmen, das erhebliche Folgen für die naturbelassenen Bereiche der Kontinente haben würde: jahrhundertealte Biome würden praktisch über Nacht ausradiert, um Platz für eine Kanonenfutter-Generation zu schaffen.

Das Reich bereitete sich auf ein Blutbad vor, dem Milliarden zum Opfer fallen mochten.

Die expansionistische Senatorin klang manchmal geradezu begeistert, als sie die Pläne erläuterte, und Partisanenfieber schien in ihren Gedanken zu brennen. Schon seit einer ganzen Weile verlangten die Expansionisten eine höhere Geburtenrate. Mit den Säkularisten und Utopianern teilten sie das Unbehagen gegenüber der wachsenden Macht der Toten, doch ihr Motto lautete: »Begrabt die Toten mit den Lebenden.« Sie versuchten, das Gleichgewicht der Macht allein durch große Zahl zu verändern, strebten eine ständig wachsende Bevölkerung (und damit ein immerzu aggressives Reich) an, in dem die Toten nie dominieren konnten.

Die Utopianer gingen die Sache von genau der anderen Seite an und erwiesen sich dabei als ebenso unpragmatisch: Sie versprachen Aufstieg für alle – jeder Bürger des Reiches sollte bei seinem Tod den Symbianten erhalten. Auf diese Weise würden die Toten alle Klassen repräsenierten, und jeder konnte in den Genuss der Unsterblichkeit gelangen.

Für Senatorin Oxham und ihre Säkularistische Partei waren diese beiden Strategien vollkommen absurd. Die großen lebenden Massen der expansionistischen Vision mussten zwangsläufig zu einer Unterklasse werden. Wie ein alter Philosoph einmal gesagt hatte: »Die Armen sind nur wegen ihrer großen Zahl arm.« Man füge der Gleichung die Unsterblichkeit der reichen Toten hinzu, und die Klassenunterschiede im Auferstandenen Reich konnten nur schlimmer werden. Die utopianische Zukunft, in der jedes Jahr

Milliarden aufstiegen, war ebenso unmöglich. Dies würde die Achtzig Welten ersticken, die Lebenden durch das Gewicht der Toten erdrücken. Beide Projekte führten zu Bevölkerungsproblemen, die sich nur mit Eroberung lösen ließen.

Die Säkularisten hatten einen einfacheren Plan. Sie traten, wie es Laurent vor so langer Zeit ausgedrückt hatte, schlicht für den Tod ein. Der natürliche Tod machte alle Mitglieder der Gesellschaft endgültig gleich. Natürlich konnte die Technologie des Symbianten nicht einfach so verschwinden, aber es war möglich, ihre Auswirkungen zu verbessern. Der Aufstieg sollte die Ausnahme sein und seine Ablehnung gefeiert werden. Und die Säkularisten wollten, dass die Lebenden so viel Macht wie möglich bekamen. Die Toten konnten in ihren grauen Enklaven bleiben und an schwarze Wände starren, sollten ihre Einstimmigkeit und angehäuften Reichtümer aber nicht dazu nutzen, die Geschicke des Reiches zu bestimmen.

Drei Parteien, eine klare Mehrheit des Senats, standen also gegen den Kaiser, aber es war eine geteilte Opposition.

Um ihrem Wunsch nach einem größeren Bevölkerungswachstum Nachdruck zu verleihen, zeigte die expansionistische Senatorin Aufzeichnungen von der Ersten Inkursion. Vor achtzig Jahren hatten die Rix versucht, den Willen des Reiches zu brechen und es zu zwingen, ein Verbundbewusstsein in kaiserlichen Infostrukturen zu akzeptieren. Die Inkursion hatte mit erschreckenden Terroranschlägen begonnen. Vom Weltraum aus eingesetzte chaotische Gravitationsstrahlen hatten ganze Städte zerstört und Gebäude zerrissen, als bestünden sie aus Stroh. Für die Vernichtung grauer Enklaven waren besondere Waffen verwendet worden: Streubomben, deren Splitter die Opfer so sehr zerfetzten, dass sie vom Symbianten nicht geheilt werden konnten. In ländlichen Gebieten ohne Nukleardämpfungsfelder hatten saubere Bomben Menschen und Tiere getötet.

Oxham betrachtete die Bilder: Tod genug für jeden.

Vielleicht lag darin die verführerische Natur des Krieges: Er gab allen Parteien, was sie wollten. Millionen von aufgestiegenen Kriegshelden für die Utopianer, großes Bevölkerungswachstum für die Expansionisten und jede Menge wahren Tod für die Säkularisten. Und für den Kaiser und die Loyalen eine Zeit unbestrittener Autorität.

Der tote Souverän nickte, als die Expansionistin ihren Vortrag schließlich beendete. Es wurde dunkel, und Oxham erinnerte sich daran, dass sie seit zwei von Heimats langen Tagen nicht geschlafen hatte. Die Toten brauchten kaum Schlaf – sie schienen für kurze, die Kraft erneuernde Meditationen in eine Art Innenwelt zu sinken –, aber die lebenden Mitglieder des Rates wirkten erschöpft.

»Es freut mich, dass Sie beschlossen haben, sich auf das Schlimmste vorzubereiten, Senatorin.«

»Danke, Euer Majestät.«

»Irgendwelche Einwände?«, fragte der Kaiser. Nara begriff, dass es so weit war. Alles lief auf die einfache Abstimmung einiger erschöpfter Männer und Frauen hinaus. Es geschah zu schnell.

Oxham räusperte sich.

»Ist der Rat nicht der Meinung, dass diese Rix-Inkursion anders ist als die erste?«

»Anders?«, fragte der tote General. »Sie hat noch nicht richtig begonnen.«

»Die letzte fing ganz plötzlich an, mit einem klaren Ultimatum, gefolgt von einer Welle aus Terroranschlägen auf mehreren Welten.«

»Hat diese Inkursion nicht ebenfalls ganz plötzlich begonnen, Senatorin Oxham?«, fragte der Kaiser. Nara verstand es inzwischen besser, seine Regungen zu deuten; er schien neugierig zu sein.

»Ebenso plötzlich, ja, aber mit weitaus größerer Zurückhaltung«, erwiderte sie. »Die Rix haben nur einen einzelnen Planeten angegriffen und keine zivilen Ziele zerstört.«

»Sie haben mit Erpressung erreicht, was ihnen durch Terror verwehrt blieb«, sagte der tote General. »Die Geiselnahme zwang uns ein Verbundbewusstsein auf.«

Oxham nickte und verbarg ihren Abscheu. Bei der Ersten Inkursion waren vier Milliarden Menschen gestorben, aber das Reich hatte nicht nachgegeben. Doch als die geliebte Kaiserin in Gefahr geriet, hatten sie die Rix hereingelassen.

»Wie entsetzlich die Wahl des Ziels auch sein mag«, sagte Oxham, »der Kult hat bei seinem Angriff enorme Entschlossenheit gezeigt. Eine einzelne Welt, eine einzelne Geisel, ein begrenztes Ergebnis.«

»Die Rix haben einen Erfolg erzielt«, betonte der Kaiser.

»Einen Erfolg, der sich nicht wiederholen lässt, Sire«, sagte Oxham.

Sie fühlte, wie die anderen Ratsmitglieder die Wahrheit in diesen Worten erkannten. Es war den Rix wohl kaum möglich, eine weitere Geisel von der Bedeutung der Kaiserin zu nehmen.

»Glauben Sie, die Rix begnügen sich mit dieser einen Aktion, Senatorin?«

»Ich denke, sie haben einmal versucht, uns mit roher Gewalt zu unterwerfen, Sir. Ohne Erfolg. Jetzt versuchen sie es auf eine subtilere Art und Weise.«

Oxhams sah sich am Tisch um und stellte fest, dass bei den übrigen Ratsmitgliedern trotz ihrer Müdigkeit Interesse erwachte.

»Wir wissen nicht, woraus letztendlich der Plan der Rix besteht«, fuhr sie fort. »Aber es wäre seltsam, wenn sie den Krieg mit einem so genauen gezielte Schlag beginnen, um anschließend wieder zur primitiven Terrortaktik der Ersten Inkursion zu greifen.«

Der tote General kniff die Augen zusammen. »Wie Sie schon sagten, Senatorin: Der von den Rix errungene *subtile* Sieg ist einer, der sich nicht wiederholen lässt. Aber bestimmt hat er auch einen Zweck. Die Rix haben jetzt ein Verbundbewusstsein auf einer kaiserlichen Welt und schicken sich an, damit zu kommunizieren. Vermutlich beabsichtigen sie, aus der Besetzung von Legis XV strategische Vorteile zu ziehen.«

»Vorteile, die zu Terroraktionen wie während der Ersten Inkursion führen könnten«, sagte der Kaiser und setzte damit den ursprünglichen Gedanken fort. »Wenn sie das Wissen des Verbundbewusstseins auf Legis XV anzapfen, erfahren sie viel über uns und verstehen uns besser als vor einem Jahrhundert.«

»Vielleicht möchten sie unsere Stärke kennen lernen«, sagte Raz imPar Henders.

»Ein interessanter Hinweis, Senator Henders«, entgegnete der Kaiser. »Möglicherweise sollten wir den Rix zeigen, zu welchen Opfern wir bereit sind.«

»Welches Opfer wäre größer als das von vier Milliarden Menschen bei der Ersten Inkursion, Sire?«, fragte Ax Milnk. »Inzwischen dürften uns die Rix gut genug kennen.«

Der Kaiser nickte nachdenklich, und die Ratsmitglieder schwiegen respektvoll.

»Wir müssen diese Frage prüfen«, sagte er schließlich.

Daraufhin sah Nara Oxham es in den Gedanken des Souveräns: den großen Schatten der Furcht, seine feste Entschlossenheit. Der Wille des Kaisers hatte einen absoluten Zustand erreicht. Er würde alles tun, um die Rix an einem Kontakt mit dem Verbundbewusstsein zu hindern.

Wenn die *Luchs* versagte, drohte etwas Schreckliches.

Das nächste Treffen fand in Hobbes' Kabine statt.

Ihr lag nichts an dieser schrecklichen Generalprobe, fühlte dadurch ihre kleine private Domäne befleckt. Aber keine andere Kabine an Bord der *Luchs* ähnelte so sehr der des Captains. Zwar fehlte ihr Zais Skyroom, aber abgesehen davon hatte Katheries Unterkunft die gleiche Größe und Struktur.

Die Verschwörer standen voller Unbehagen an den vereinbarten Positionen, unsichere Mörder, die ein Spiel spielten und sich davor fürchteten, es Wirklichkeit werden zu lassen.

»Sind Sie sicher, dass Sie uns hineinbringen können?«, fragte Magus erneut.

Hobbes nickte. »Seit Monaten habe ich die Codes des Captains. Er schickt mich manchmal zu seiner Kabine, wenn er etwas vergessen hat.«

»Und wenn sie inzwischen geändert worden sind?«

»Das ist nicht der Fall«, sagte Hobbes schlicht. Sie hoffte, dass Magus endlich aufhörte, danach zu fragen. Ihr lag nichts daran, dass die anderen ihre Behauptungen genauer überprüften.

»Sie können sich auf Hobbes verlassen«, wandte sich Thompson an den Zweiten Piloten. »Sie hatte immer das Vertrauen des Alten.«

Die Worte trafen Hobbes hart; ihre Gewissensbisse fühlten sich an wie ein Gravitationstentakel, der sich durch ihren Magen tastete. Kanonier Thompson traute ihr inzwischen völlig, und sein Blick verriet noch mehr. Hobbes begriff, dass ihre utopianische Schönheit erneut zu Komplikationen führte.

Sie sah, wie die anderen auf Thompsons Worte reagierten und sein blindes Vertrauen infrage stellten. Magus war ihr gegenüber noch immer äußerst argwöhnisch, und Hu schien inzwischen zu glauben, dass dies alles ihre Idee war und nicht die von Thompson. Hobbes begriff, dass sie aufpassen musste.

»Kommen Sie herein, King«, sagte Thompson.

Ensign King betrat die Kabine und wirkte sehr nervös. Seine Aufgabe bei dem Mordanschlag bestand darin, die Aufzeichnungsgeräte des Schiffes zu blockieren – er würde an der Kommunikationsstation sitzen. Jetzt spielte er Zais Rolle.

Magus und Hobbes ergriffen ihn an den Armen, wechselten dabei einen unsicheren Blick und zogen ihn behutsam näher. Sie probten dies während der täglichen halbstündigen Beschleunigungspause – derzeit flog die *Luchs* mit gnädig stabilem ein *g* –, aber sie alle bewegten sich mit übertriebener Vorsicht, denn während der vergangenen fünf Tage waren ihre Körper auf Achtsamkeit konditioniert worden.

Thompson hockte in der Mitte des Raums auf der Zeremonienmatte, eine Fehlerklinge in der Hand. Er hatte erklärt, dass es sich um ein Geschenk seines Vaters handelte, zum Abschluss der Akademieausbildung. Hobbes fand das morbid. Sie hatte nicht gewusst, dass Thompsons Familie so grau war. Alle Verschwörer stammten aus konservativen Familien. Das stellte den ironischen Aspekt dieser Situation dar; Meuterei war kaum eine kaiserliche Tradition. Aber natürlich waren es die Grauen, die mit besonderem Entsetzen auf Captain Zais Entscheidung reagierten, die Klinge abzulehnen.

Hobbes und Magus schoben King nach vorn, und Thompson stand auf, drückte dem Ensign seine leere Faust in die Magengrube. Er ahmte den Schnitt des Klingenrituals quer durch den Oberbauch nach und wich zurück, als King überzeugend auf die Matte sank.

Die Verschwörer blickten auf den reglosen Körper hinab.

»Woher sollen wir wissen, ob dies genügt, um alle anderen zu täuschen?«, fragte Magus skeptisch. »Niemand von uns hat jemals in der forensischen Abteilung gearbeitet.«

»Es wird keine volle Untersuchung geben«, sagte Thompson.

»Obwohl es keine Aufzeichnung gibt?«, fragte King und stand auf. »Ist das gleichzeitige Instrumentenversagen nicht ein wenig verdächtig?«

»Nicht während der Starkbeschleunigung«, sagte Hobbes. Nach sieben Tagen der Beschleunigung mit zehn *g* kam es überall in der *Luchs* zu Störungen bei den Bordsystemen – die Leistungsgrenze der Selbstreparatur war fast erreicht. Und beim Nervensystem der Crewmitglieder sah es nicht viel besser aus, dachte Hobbes. Die Nervosität wuchs. Im Verlauf der letzten zehn Stunden hatte sich der Erste Offizier mehrmals gefragt, ob die Verschwörer untereinander zu streiten beginnen würden. Sie hatte gehofft, dass die Meuterei unter ihrem eigenen Gewicht zusammenbrechen würde.

»Keine Sorge«, sagte Thompson. »Eventuelle anomale forensische Hinweise werden bestimmt auf die Auswirkungen der leichten Gravitation zurückgeführt.«

»Selbst das Blut an Ihrer Uniform?«, fragte Magus.

»Ich lasse das verdammte Ding im Weltraum verschwinden.«

»Aber bei einer gründlichen Ermittlung ...«

»Darüber befindet *Captain* Hobbes«, betonte Thompson.

Sie alle sahen Katherie an. Erneut fühlte sie die schwere Bürde der Verschwörung auf sich ruhen und fragte sich, wann sie zur Anführerin dieser Meuterei geworden war. Hätten sich diese Leute allein nicht so weit vorgewagt?

Hatte sie sie tiefer in diese Sache hineingeritten? Zweifel waren sinnlos. Hobbes hatte sich auf dies alles eingelassen, und jetzt gab es kein Zurück mehr.

»Es wird offiziell ein Selbstmord sein«, sagte sie. »Das ist die vernünftige und *politisch akzeptable* Deutung des Geschehens.«

Die anderen nickten nacheinander, und Zustimmung breitete sich wie ein Virus in der Kabine aus. Mit dem Hinweis auf die politische Situation deutete Hobbes an, dass sie eigentlich den Wünschen des Apparats gerecht wurden. Mit jedem Wort wurden ihre Hände schmutziger.

»Damit wäre alles klar«, sagte Thompson. Und zu Magus und Hobbes: »Kommen Sie beide mit Zai zurecht?«

»Kein Problem«, sagte Magus. Sie war fast zwei Meter groß. Unter normalen Umständen hätte sie einen Mann von Zais Statur leicht ermorden können. Aber Captain Zai war ein integraler Bestandteil der *Luchs*. Die Verschwörer durften ihm nicht genug Zeit geben, der KI des Schiffes etwas zuzurufen oder ihr mit einer knappen Geste eine Anweisung zu erteilen. Wenn er für die Möglichkeit einer Meuterei Vorkehrungen getroffen hatte, so ließen sich mit einer Geste oder einer einzelnen Silbe in der Kabinenintelligenz gespeicherte Verteidigungsorder aufrufen. Wenn ihr Plan erfolgreich sein sollte, musste alles innerhalb weniger Sekunden geschehen, und völlig überraschend.

Es wurde Zeit, auf den kritischen Punkt hinzuweisen.

»Er könnte Gelegenheit bekommen, etwas zu rufen«, sagte Hobbes. »Sie müssen ihm den Mund zuhalten, Thompson.«

Der Kanonier richtete einen besorgten Blick auf sie. »Während ich ihn ersteche? Ich muss ihn genau an der richtigen Stelle treffen. Niemand nimmt uns eine unsaubere Wunde ab.«

Magus war erneut beunruhigt. »Vielleicht Yen Hu?«

Hu schluckte nervös. An der eigentlichen Gewaltanwendung wollte er nicht beteiligt werden. Thompsons Plan sah vor, dass er Wache hielt und die anderen warnte, falls der Captain nicht allein war; und er sollte sie wissen lassen, wann sie die Kabine verlassen konnten, ohne gesehen zu werden.

»Wir brauchen ihn draußen«, sagte Thompson. »Übernehmen Sie es, Hobbes. Schlagen Sie ihm auf den Mund.«

»Ich muss seine Hände festhalten«, wandte Hobbes ein. »Sie wissen ja, wie schnell er mit den Luftschirmen umgeht. Mit einem einzigen Finger könnte er einen Alarm auslösen.«

»Vielleicht sollten wir ihn bewusstlos schlagen«, schlug Magus vor.

»Nein«, widersprach Hobbes. »Dem Adepten wird ein Schädeltrauma nicht entgehen. Die Politischen werden zumindest einen Blick auf ihn werfen.«

Sie schwiegen einige Sekunden. Hobbes beobachtete, wie die Unsicherheit der anderen zunahm, als sie Blicke wechselten. Wie oft sie auch Waffen im Zorn abgefeuert hatten: Jetzt wurde ihnen das Wesen eines von Hand durchgeführten Mordes klar. Vielleicht war dies der Moment, der die Verschwörer wieder zu Vernunft brachte.

»Ich bin bereit, das Risiko einzugehen. Schlagen wir ihn nieder«, sagte Thompson, und Magus nickte.

Hobbes seufzte innerlich. Sie hielten an ihrem Vorhaben fest.

»Nein«, sagte sie. »Ich bin diejenige, die dies vertuschen muss. Ich meine, wir brauchen eine weitere Person.«

Hobbes behielt Thompson im Auge. Sie war nicht nur deshalb so weit gegangen, weil sie hoffte, dass die Verschwörer irgendwann erkannten, wie verwerflich ihre Absichten waren. Es ging ihr auch darum, eventuelle Komplizen zu identifizieren.

Thompson setzte zu einer Antwort an, verschluckte dann aber die Worte, die er hatte aussprechen wollen. Er verbarg etwas, hielt jemanden in Reserve. Vielleicht hatte er Pläne, die Hobbes betrafen, sobald sich das Schiff unter ihrer Kontrolle befand.

Diese Vorstellung ließ Katherie innerlich frösteln und erneuerte ihre Entschlossenheit.

»Ich kenne jemanden«, sagte sie. »Er ist schnell und stark.«

»Trauen Sie ihm?«

»Ich möchte nicht, dass noch jemand ...«, begann Magus.

»Er gehört bereits zu uns«, unterbrach Hobbes sie und blickte kühl in verblüffte Gesichter. »Er kam mit der Frage zu mir, ob irgendetwas getan werden könnte.«

Thompson schüttelte den Kopf, konnte es offenbar kaum glauben.

»Sie sind nicht die Einzigen, die am Leben bleiben möchten«, fügte Hobbes hinzu.

»Er kam einfach so zu Ihnen?«, fragte Thompson. »Und schlug eine Meuterei vor?«

Sie nickte. »Ich bin der Erste Offizier.«

»Wer ist es, Hobbes?«

»Ein Soldat.« Sie verzichtete darauf, den Namen zu nennen. Das hätte den anderen Gelegenheit gegeben, ihre Geschichte zu überprüfen.

»Wie ich schon sagte, er ist schnell. Im Nahkampf könnte er uns alle erledigen.«

»Trauen Sie ihm?«, wiederholte Thompson und kniff die Augen zusammen, als er Hobbes beobachtete und auf die Antwort wartete.

»Absolut«, sagte sie.

Zumindest das entsprach der Wahrheit.

Sowohl Flügelräder als auch ein elektromagnetisches System hielten das Aufklärungsflugzeug in der Luft. Ein vernünftiges Design: Ein Antrieb allein hätte für ein schnelles, gepanzertes Vehikel nicht genügt. Außerdem: Wenn einer von ihnen versagte, gewährleistete der andere eine weiche Landung. Nur ein Treffer, der beide System ausfallen ließ, führte zu einem Absturz.

H_rds Absicht bestand darin, die Maschine in einem guten Zustand zu lassen. Es ging darum, sie intakt herunterzuholen, obgleich beide Soldaten an Bord sterben mussten.

Einen von ihnen sah sie ganz deutlich. Seine Silhouette zeichnete sich vor dem Nordlicht ab: Er hielt den Kopf gesenkt, als er zum glühenden nördlichen Quadranten des Himmels blickte. Langsam näherten sie sich ihrem Fund, noch nicht sicher, ob sie Verstärkung anfordern sollten. Natürlich ließen sie Vorsicht walten, denn sie wussten nur zu genau, dass die Rix-Kämpferin bisher einundzwanzig Verfolger getötet und ein Flugzeug abgeschossen hatte. H_rd ging allerdings davon aus, dass sie diesmal nicht sofort um Hilfe bitten würden.

Seit drei Stunden behielt sie diese Maschine im Auge und präsentierte der Crew falsche Ziele. Zu Beginn ihres Einsatzes hatte h_rd ihnen einen Sack mit Tundrahasen serviert. Wie erwartet hatten die kaiserlichen Ortungsgeräte die gemeinsame Körperwärme der Tiere als ein menschliches thermales Muster interpretiert. Der Aufklärer forderte Verstärkung an. Die Miliz umzingelte den zuckenden Sack mit fünfzig Mann und bombardierte die gefangenen Hasen mit Betäubungsgranaten. Aus irgendeinem Grund waren die Hasen noch wach, als eine Granate den Sack zerriss, woraufhin die erschrockenen Tiere fortstoben. Und das war nur der erste peinliche Zwischenfall für die beiden Soldaten im Flugzeug.

Während der kurzen Tageslichtphase ihres Einsatzes hörten sie einen Regen aus harten Projektilen an der Panzerung des Erkundungsfliegers und sahen Mündungsfeuer. Sofort meldeten sie, unter feindlichem Beschuss zu stehen. Kurze Zeit später traf eine Staffel Sprungjets ein, doch die Projektile erwiesen sich als eine Laune der Natur: ein lokal begrenzter Hagelschauer. Die vermeintlichen Mündungsblitze waren nur Reflexe eines an Glimmer reichen Steilhangs. Um die Wolkensaat-Luftschiffe für diesen Zweck umzulenken, waren sehr komplexe Berechungen nötig gewesen, die sich selbst für Alexanders Elaborationsressourcen als Belastung erwiesen hatten. Doch für h_rd war es leicht gewesen, mit ihrem Laser das glimmerhaltige Gestein zu beleuchten und so die Lichtreflexe hervorzurufen.

In den wenigen Stunden seit der letzten Peinlichkeit flog der glücklose Erkunder langsame Kreise. Der Bordcomputer war wie alle militärischen KIs vom planetaren Netz unabhängig und somit für Alexander nicht erreichbar. Aber für seine Navigation verließ er sich auf Daten von Wettersatelliten. Schneewehen und wandernde Gletscher sorgten für ständigen Wandel in der Beschaffenheit des Terrains, und deshalb empfing der Computer häufig Updates. Alexander täuschte ihn mit subtilen Manipulationen der Daten und erzeugte in dem redundanten neuralen Netz der Navigationssoftware nach und nach völlige Anarchie. Inzwischen wussten die beiden Soldaten an Bord, dass ihr Computer verwirrt war und sich verirrt hatte, aber wie angespannt auch immer ihre Nerven sein mochten: Es widerstrebte ihnen, ein drittes Mal Hilfe anzufordern.

Und jetzt hatten sie ein weiteres Ziel gefunden: Die Gletscherspalte vor ihnen enthielt eine menschliche Wärmesignatur.

Rana Harter befand sich in der Spalte, fiebernd und unregelmäßig atmend. Die beiden Soldaten würden bald sicher sein, dass es sich um ein echtes Ziel handelte.

Ein kleines Objekt löste sich vom Flieger, und h_rds scharfe Ohren vernahmen das Sirren eines Flügelradantriebs. Die ferngesteuerte Drohne kam aus der sicheren Höhe, die der Erkunder wahrte, und näherte sich der Gletscherspalte.

Mit ihrer Kommunikations-Bioware scannte h_rd die EM-Bandbreite der Kontrollfrequenzen. Sie konnte es kaum glauben: Die Steuerung der Drohne erfolgte über eine einfache, nicht verschlüsselte Funkverbindung. H_rd verband sich mit dem offenen Datenstrom und sah die Ereignisse aus der Drohnenperspektive. Bald erschien die geisterhafte Gestalt von Rana Harter, in der primitiven Nachtsicht der Drohne kaum zu erkennen.

Die Rix störte die Verbindung durch ein EM-Gezeter von der Art, wie es oft bei Nordlichtern entstand.

Dann wartete h_rd voller Unruhe. Hatte sie den Soldaten einen zu klaren Blick auf Rana ermöglicht? Wenn sie jetzt Verstärkung anforderten, konnte die Situation außer Kontrolle geraten. Rana mochte der ungeschickten, paranoiden Doktrin des Militärs zum Opfer fallen, die einen Angriff mit überwältigender Stärke vorsah.

Die Erkundungsmaschine schwebte einige endlose Minuten fast unbewegt in der Luft. Zweifellos berieten die müden und nervösen Soldaten darüber, was es zu unternehmen galt.

Schließlich startete eine zweite Drohne vom Aufklärer. H_rd störte ihre Signalübertragung in dem Augenblick, als sie die Gletscherspalte erreichte.

Diesmal reagierte der Erkundungsflieger. H_rds Hoffnungen erfüllten sich, als die Maschine tiefer ging und versuchte, einen Sichtkontakt mit den verlorenen Drohnen herzustellen. Die Rix ließ einige Bilder ihre elektromagnetische Blockade passieren, um den Aufklärer weiter nach unten zu locken. Sie stellte fest, dass Rana aus der visuellen Erfassung der Drohnen gekrochen war – gut, sie dachte noch immer klar. Ihre Gehirnerschütterung bereitete h_rd Sorgen. Bei der menschlichen Frau wechselten lichte Momente und Verwirrung einander ab.

Der Aufklärer schluckte den Köder und kam noch etwas weiter herab.

H_rd verließ ihr Versteck, das aus Schnee und einer thermalen Tarndecke bestand, und warf die Leine nach dem Heck der kaiserlichen Maschine.

Sie bestand aus Polyfasern und war an beiden Enden mit Geschossen aus abgereichertem Uran beschwert. Die Leine flog mit den schwingenden Bewegungen einer Bola und rotierte um ihr Schwerkraftzentrum. H_rd hatte gut gezielt, und die improvisierte Bola verfing sich in den rückwärtigen Flügelrädern des Erkunders. Der Antrieb heulte auf, als die unzerreißbaren Polyfasern die Flügelräder plötzlich blockierten, und h_rd bemerkte einige Metallfragmente, die sich in der Dunkelheit vom beschädigten Flieger lösten. Sie duckte sich, als etwas dicht an ihr vorbeisurrrte, nutzte dann das ganze Potenzial ihrer Bioware, um alle Frequenzen zu blockieren, auf denen der Erkunder vielleicht um Hilfe rief.

Der Bug des Flugzeugs kam nach oben, denn die vorderen Flügelräder gaben noch immer Schub, und es begann mit dem Heck voran zu sinken – es sah aus, als rutschte er über einen unsichtbaren Hang. H_rd zog ihr Messer und lief der schwankenden Maschine entgegen.

Sie hörte, wie die vorderen Flügelräder deaktiviert wurden, eine Notfallmaßnahme, um die Maschine wieder in eine horizontale Position zu bringen. Ein Infraschallsummen ging von den elektromagnetischen Hebern aus, und statische Elektrizität richtete die Härchen an h_rds Armen auf. Sie fühlte Blitze in der Luft, als der Aufklärer langsamer sank und noch einmal schwankte, bevor er den schneebedeckten Boden erreichte.

H_rd hatte genau den richtigen Zeitpunkt für ihre Annäherung gewählt. Sie sprang, als die Maschine die tiefste Stelle erreichte.

Die Flexormetallsohlen ihrer nackten Füße landeten geräuschlos auf dem gepanzerten Deck des Erkunders. Er neigte sich unter ihrem Gewicht zur Seite, und der hintere Soldat, der Schütze, drehte sich in seinem Sitzgespinst zu ihr um. Er setzte zu einem Schrei an, doch ein Tritt an die Schläfe brachte ihn zum Schweigen.

Der Pilot - beziehungsweise die Pilotin, stellte h_rd fest - rief etwas in ihr Helmmikrofon und hörte nichts. Die Rix enthauptete sie mit dem Monofaser-Messer, schnitt ihre Leiche aus dem Gespinst und warf sie über Bord. Als Vorbereitung für diesen Angriff hatte h_rd die Kontrollen des abgeschossenen Fliegers untersucht und dabei die Paniktaste gefunden, deren Betätigung eine automatische Notlandung bewirkte.

Worte im lokalen Dialekt drangen aus dem Helm des bewusstlosen Schützen - ein Notsignal des Soldaten schien die Miliz erreicht zu haben. H_rd hoffte, dass die Reaktion auf den dritten Alarm von diesem Erkunder langsam erfolgte. Ihr Störer zerhackte die eintreffende Sendung in kleine Stücke aus von Statik zerrissenen Geräuschen.

Sie stieß auch den bewusstlosen Soldaten aus der Maschine, behielt jedoch sowohl sein Scharfschützengewehr als auch die Notrationen. (Rana war zwar klein, aß aber mehr als die Rix; für sie beide wurde allmählich die Nahrung knapp.) Als die Maschine aufsetzte, pfiff h_rd nach Rana und sprang in den Schnee.

Sie hob die Gehäuse der Heckflügelräder und sah, dass

sie Glück hatte. Nur ein Rad war zerbrochen; das andere hatte sich automatisch abgeschaltet, als die Polyfaser seine Bewegung blockierte. H_rd sprühte ein Lösemittel mit der Polyfasersignatur auf das intakte Flügelrad, und es drehte sich, als sie es mit der Hand anstieß.

Rana kam aus der Gletscherspalte, in eine thermale Tarndecke gehüllt, die sie vor der arktischen Kälte schützte. Ihr Atem zeichnete sich als graue Wolke vor dem Glühen des Nordlichts ab. Sie schleppte das schwere Flügelrad herbei, das sie von dem abgeschossenen Flieger geborgen hatte. H_rd drehte sich um und löste mit dem Laser die kleinen Nieten, die die Reste des beschädigten Rads festhielten. Als die Achsenspule völlig freigelegt war, hatte es Rana an h_rds Seite geschafft.

Die Rix schob das Flügelrad der abgeschossenen Maschine auf die Achse. Es passte und drehte sich perfekt ausbalanciert. Wie primitiv die Kaiserlichen auch sein mochten: Sie bauten ihre Maschinen mit beneidenswerter Kompatibilität. Mit dem Blaster schweißte h_rd das Rad fest.

Vorsichtig hob sie Rana in den Sitz des Schützen und zögerte auf halbem Wege, um sie zu küssen. Das brachte ein Lächeln auf Ranas Lippen, die trocken und rissig waren, trotz des Schneewassers, das sie trank.

»Suchen wir jetzt einen sicheren Ort auf?«, fragte sie auf Rix. Ihre Stimme hatte sich verändert – die Brustwunde gab ihr einen seltsam hohlen Klang.

»Ja, Rana.«

H_rd sprang in den Erkundungsflieger und reaktivierte die Flügelräder. Mit geschlossenen Augen lauschte sie ihrem Summen.

»Sie klingen richtig«, sagte Rana Harter. »Die Maschine wird fliegen.«

H_rd richtete den Blick auf ihre Gefangene, Verbündete, Geliebte. Rana hörte Dinge, die nicht einmal das

Rix-Gehör wahrnehmen konnte. Und sie sah auch Dinge: Resultate, Extrapolationen, Bedeutungen. Sie brauchte nur zum Himmel emporzusehen, um das Wetter für den Tag vorherzusagen. Wenn h_rd mit ihrer Bola Tundrahasen jagte, wusste Rana in der ersten Sekunde, welcher ihrer Würfe Treffer waren und welche danebengingen. Die Risse am Rand von Gletscherspalten - die ihnen während der letzten Tage als Versteck gedient hatten - genügten ihr, um festzustellen, wie weit sie durchs Eis reichten.

H_rd hoffte, dass Rana in Hinsicht auf das Flugzeug Recht hatte. Die Maschinen waren schnell, doch die arktische Kälte machte ihr kaiserliches Metall schrecklich spröde.

Die Rix erhöhte die Drehzahl der Flügelräder und gab auch Energie in den EM-Antrieb, woraufhin der Erkunder aufstieg und nach Norden glitt. Sie flogen dem verblassenden Glühen des Nordlichts entgegen, und h_rd kniff die Augen zusammen, als der kalte Fahrtwind stärker wurde.

Endlich hatte sie die Möglichkeit, die Verschränkungsstation anzugreifen und den Kaiserlichen zu entkommen, die nach ihr und Rana suchten. Sie flogen jetzt in Richtung Pol, um auf den richtigen Zeitpunkt für die Aktion zu warten.

Und auf Alexanders Anweisung.

SOLDAT

Soldat Bassiritz verstand seine Order nicht.

Normalerweise war das kein Problem für ihn. In den Jahren als Soldat hatte er bei der Kontrolle großer Menschenmengen mitgewirkt und sich Friendly Fire ausgesetzt. Er hatte an Aktionen teilgenommen, bei denen es darum ging, etwas zu erbeuten und dann schnell wieder zu verschwinden, und einmal war er sogar zum Mörder geworden. Beim

Bodenkampf konnten sich zahlreiche taktische Situationen ergeben, und normalerweise waren die Details komplex und entzogen sich seiner Kenntnis. Aber solange Bassiritz Freund und Feind voneinander unterscheiden konnte, war er zufrieden.

Bassiritz hatte die Besatzungsmitglieder der *Luchs* immer für Verbündete gehalten. Als der Zeitdieb immer mehr seiner Freunde und Verwandten mit sich genommen hatte, waren seine Schiffskameraden praktisch zu seiner Ersatzfamilie geworden. Doch jetzt war er hierher gekommen, um *auf Befehl des Captains* einigen von ihnen Gewalt anzutun. Das ergab keinen Sinn. Die Launen der Gravitationsgeister im Verlauf der vergangenen Woche – das Zittern seiner Koje, das Schwanken von Boden und Wänden, die Beschwerden seines Gleichgewichtssinns – schienen die Realität selbst infrage zu stellen.

Zum tausendsten Mal ging Bassiritz in Gedanken seine Befehle durch und stellte sich die notwendigen Bewegungsmuster seines Körpers vor. Es schien alles recht einfach zu sein. Und er wusste, dass er den Anweisungen nachkommen würde, wenn es so weit war. Etwas anderes wäre für ihn unvorstellbar gewesen. Dennoch: Diesmal gingen unangenehme Empfindungen damit einher.

Hier in der Flotte fühlte sich Bassiritz fehl am Platz. Der Boden und die Haltegriffe hatten die falsche Farbe, und alle hatten ihn schief angesehen, als er dem Ersten Offizier Hobbes durch die Korridore gefolgt war. Und jetzt befanden sie sich hier, in der Kabine des *Captains*, und warteten. Der Raum erschien Bassiritz geradezu phantastisch groß, größer als das Haus seiner Eltern; allein der Skyroom hätte die Kojen seiner ganzen Gruppe aufnehmen können. Was *machte* der Captain mit so viel Platz?

Es gab keine Möglichkeit für Spekulationen. Der Captain war nicht da.

Im Gegensatz zum Ersten Offizier Hobbes. Bassiritz wusste, dass sie bei dieser Sache sein einziger Freund sein würde. Die anderen drei Offiziere waren böse geworden, Meuterer.

Hobbes gegenüber, neben der Tür, stand eine große Frau mit Pilotenschwingen auf den Schultern. Sie schwitzte und zuckte immer wieder, aus Nervosität oder weil die Gravitationsgeister an ihr zerrten. Draußen im Gang wartete ein Kanonier. Auch er war böse geworden, aber Hobbes hatte Bassiritz gebeten, ihn nur dann zu töten, wenn es sich absolut nicht vermeiden ließ. Er hoffte, dass er niemanden töten musste.

Der letzte Verschwörer, ebenfalls ein Kanonier, stand in der Mitte des Raums, mit einem kurzen, breiten Messer in der Hand. Bassiritz hatte nie zuvor eine Fehlerklinge gesehen, und er hoffte, dass er nie wieder eine sehen würde. Sie brachte Pech, hieß es in seinem Heimatdorf. Wenn man das Werkzeug besaß, so sagte man dort, wollte es irgendwann benutzt werden.

Wenn Bassiritz hiermit fertig war, würde er seine Privilegbons verwenden und eine lange, heiße Dusche nehmen.

Es klopfte zweimal kurz hintereinander an der Tür. Hobbes hatte ihm dieses Zeichen erklärt: Es bedeutete, dass alles in Ordnung war. Der Captain kam allein. Bassiritz schüttelte unwillkürlich den Kopf – dies alles war nicht *richtig*. Aber er gab vor, ebenfalls ein Meuterer zu sein, lächelte und hielt einen alten Lappen bereit.

Das Lächeln in seinem Gesicht fühlte sich falsch an. Diese Sache gefiel ihm nicht.

Der Erste Offizier Hobbes sah ihn an, und ein schönes grünes Auge blinzelte – ein weiteres Zeichen, aber eins, das eigentlich nichts bedeutete. Es erinnerte ihn nur daran, dass er auf ihren Befehl hier war.

»Bleiben Sie ruhig, dann wird alles gut«, hatte sie ihm vor einer Stunde gesagt. »Das bedeutet ein Blinzeln.«

Aber nichts war gut.

Die Tür öffnete sich. Der Captain trat ein.

Die vier Wartenden wurden aktiv. Hobbes und die Pilotin packten den Captain (sie griffen den *Captain* an – ein Blutfehler!) und drückten ihn nach vorn. Bassiritz' aufmerksame Augen bemerkten, dass Hobbes Zai etwas in die Hand drückte, und er wusste aus langer Erfahrung, dass die kurze Bewegung zu schnell gewesen war, um von den anderen beobachtet zu werden. Als ihm der Captain entgegenfiel, übernahmen Bassiritz' Reflexe die Kontrolle und ließen ihn die große Ungehörigkeit seines Handelns vergessen. Mit der linken Hand schob er den Lappen in Captain Zais Mund, damit er keinen Ton von sich geben konnte. Bassiritz fühlte den wütenden Schrei des Captains in seiner Hand vibrieren, aber er konzentrierte sich bereits auf seine eigentliche Aufgabe. Der große Kanonier sprang vor, die Fehlerklinge auf den Bauch des Captains gerichtet.

Bassiritz streckte die rechte Hand aus. Für die anderen, gefangen in ihrer langsamen Welt, musste es so aussehen, als wollte er sich abstützen. Doch die gepanzerte Hand des Soldaten (sie alle trugen Handschuhe, um Fingerabdrücke zu vermeiden) ergriff die Fehlerklinge, korrigierte ihren wilden Kurs und lenkte sie in die Mitte von Zais Magengrube.

So lauteten seine Befehle. Nicht knapp daneben, keine Wunden in Brust oder Leistengegend. Mitten in den Bauch.

Den Grund dafür hatte ihm der Erste Offizier Hobbes nicht genannt. Und Bassiritz hatte auch nicht danach gefragt. Doch aus der aufgezeichneten Mitteilung des Captains ging hervor, dass dies alles zum Plan gehörte.

Bassiritz spürte, wie das Messer genau an der richtigen

Stelle in den Leib drang. Etwas gluckste grässlich, und warme Flüssigkeit spritzte über die Hand des Soldaten und die des Kanoniers.

Captain Zai ächzte und fiel mit dem Gesicht nach unten auf die für ihn ausgebreitete Zeremonienmatte. Der Kanonier hatte das Messer im Bauch stecken lassen und drückte auf Zais Rücken.

»Keine Fußspuren«, flüsterte der Mann und deutete auf Bassiritz' Stiefel. An einem von ihnen klebte ein Blutstropfen. Blut. *Was hatten sie hier getan?*

Bassiritz sah zu Hobbes und wartete auf das nächste Signal.

Der Erste Offizier schüttelte fast unmerklich den Kopf.

Noch nicht.

Es wurde still im Raum, und vom Captain kam ein letztes, röchelndes Seufzen. Bassiritz starrte entsetzt auf das Blut, das auf den Boden strömte. Es bewegte sich sonderbar: Winzige Flüsse bildeten sich, wie die lebenden Tentakel eines Meereswesens, und sie erbebten immer wieder. Die Gravitationsgeister bewegten sie. Bassiritz wich vor einem Finger aus roter Flüssigkeit zurück, der nach seinem Stiefel tastete.

Der Captain atmete nicht mehr. *Was hatten sie getan?*

»Es ist vorbei«, sagte Hobbes.

Die Pilotin lehnte sich an die Wand und hob beide Hände vors Gesicht.

Der Kanonier taumelte zurück, mit einem nervösen Lächeln auf den Lippen.

»Na schön«, sagte er, hob einen kleinen Transponder und sprach ein einziges Codewort hinein. Bassiritz dachte daran, Hobbes anzusehen.

Sie blinzelte mit dem *linken Auge*. Jetzt.

Die Faust des Soldaten schoss nach vorn und traf den Kanonier an der Kehle. Der Mann sank auf den blutigen

Boden; wahrscheinlich war er noch am Leben. Bassiritz wandte sich den anderen zu.

Hobbes holte bereits aus und versetzte der Pilotin einen Hieb mitten ins Gesicht. Die größere Frau taumelte zurück, durch den Schlag benommen. Ein gutes Mittel, jemanden zu verwirren, aber nur für einige wenige Sekunden. Bassiritz trat vor, doch bevor er zuschlagen konnte, knallte etwas.

Der elektrische Geruch einer Betäubungspistole füllte den Raum. Bassiritz spürte, wie sich die Härchen seiner Arme aufrichteten.

Die Pilotin fiel und blieb auf dem Boden liegen.

Der Captain sprang auf, den Betäuber in der blutigen Hand. Er wirbelte zum Kanonier herum, den Bassiritz zu Boden geschickt hatte, aber der Mann rührte sich nicht. Der Soldat wusste aus Erfahrung, dass er erst in einigen Stunden wieder zu sich kommen würde.

»Captain?«, fragte Hobbes.

»Es ist alles in Ordnung mit mir, Hobbes«, antwortete er und nickte. »Gut gemacht.«

Die Tür öffnete sich plötzlich; weitere Soldaten, stellte Bassiritz zufrieden fest. Die Flotte war ihm zu kompliziert.

Der kleine Kanonier, der draußen für die Verschwörer Wache gehalten hatte, befand sich unter ihnen, die Arme auf den Rücken gedreht. Sein Blick glitt durch den Raum und fand Hobbes; wütend starrte er den Ersten Offizier an.

»Irgendeine Reaktion auf das Transpondersignal?«, fragte der Captain.

Hobbes lauschte und nickte dann. »Zwei Mannschaftsmitglieder der Artillerie haben ihre Posten verlassen, Sir. Sind offenbar zu meiner Kabine unterwegs.«

»Noch nichts gegen sie unternehmen«, sagte der Captain. »Wir warten erst ab, was sie vorhaben.«

Mit einer fließenden Bewegung löste Captain Zai die Schlaufen seiner Uniform, die sich daraufhin öffnete. Ein letzter Schwall Blut platschte auf den Boden. Bassiritz bemerkte die am Unterhemd befestigte Panzerung, die nur die Magengrube bedeckte.

Er lächelte. Der Captain hatte ganz offensichtlich großes Vertrauen zu ihm gehabt. Wenn die Fehlerklinge ihr Ziel verfehlt hätte, wäre echtes Blut geflossen.

Einer der anderen Flottenangehörigen untersuchte den Kanonier auf dem Boden.

»Er lebt, Sir.«

Plötzlich sprang der junge Meuterer in der Tür vor. Bassiritz trat zwischen ihn und den Captain, einen Arm zum Schlag erhoben. Doch die Soldaten hielten ihn fest.

»Die Klinge!«, rief der Kanonier. »Lasst mich die Klinge nehmen.«

Alles war nach Plan verlaufen, doch Bassiritz spürte, wie die Erleichterung einen bitteren Beigeschmack bekam. Dies waren seine Schiffskameraden, die sich mit ihrer schändlichen Tat selbst zum Tod verurteilt hatten. Hobbes wandte sich von dem jungen Mann ab, den Blick gesenkt.

»Wenn es so weit ist«, sagte der Captain ruhig.

Die Soldaten führten den weinenden Kanonier ab; ein animalisches Heulen kam von dem jungen Mann.

»Eine weitere Reaktion auf das Transpondersignal«, sagte der Erste Offizier Hobbes. »Eine Mitteilung in einem öffentlichen Kommunikationsnetz, Sir, kurz nach dem ›Mord‹ gesendet. Eine anonyme Beschwerde über akustische Belästigung in den Artilleriekojen Sektion F.«

»Ein Zufall?«

»Es gibt keine Sektion F, Sir.«

Captain Zai schüttelte den Kopf. »Wie viele Angehörige meiner Crew sind an dieser Sache beteiligt?«, fragte er.

»Mindestens zwei weitere, Sir. Jemand hat die Mitteilung gesendet, und sie war für jemand anders bestimmt. Wer auch immer hinter der angeblichen Beschwerde steckt: Er ist clever. Die anonyme Nachricht lässt sich nicht zu ihrem Absender zurückverfolgen.«

Der Captain seufzte, trat über den bewusstlosen Kanonier hinweg und sank schwer auf sein Bett. »Offenbar habe ich mir das Knie verletzt, Erster Offizier.«

»Schlechte Gravitation für einen Sturz, Sir. Ich lasse medizinische Hilfe kommen.«

»Glauben Sie, wir können den Leuten trauen?«, fragte der Captain.

Hobbes schwieg.

»Zumindest auf die Soldaten ist Verlass, Sir«, sagte sie dann.

Captain Zai sah Bassiritz an und lächelte matt.

»Gute Arbeit, Soldat.«

»Danke, Sir«, erwiderte Bassiritz und blickte geradeaus.

»Sie haben mit dem Messer genau die richtige Stelle getroffen.«

»Ja, Sir. So lautete mein Befehl, Sir.«

Der Captain wischte sich etwas vom falschen Blut aus dem Gesicht.

»Nun, Soldat, mit Ihrer Hilfe scheint mir etwas sehr Außergewöhnliches gelungen zu sein.«

»Sir?«

Der Captain stand auf und schnitt eine Grimasse, als er das Gewicht vom einen Bein aufs andere verlagerte.

»Vermutlich gibt es nur wenige Männer, die in ihrem Leben zwei Fehlerklingen vermieden haben. Erst recht nicht in einer Woche.«

Bassiritz wusste, dass es sich um einen Scherz handelte, aber niemand lachte, und deshalb blieb auch er still.

»Die Grube ist mit einem alten, einfachen Material überzogen«, begann der Kaiser und deutete auf den Boden vor den Senatoren. Nara Oxham hatte bereits bemerkt, dass dies der einzige Ort im ganzen Diamantpalast war, der aus einer perlenartigen Substanz bestand.

»Es stammt aus der Kasein- beziehungsweise laktoiden Gruppe der Kunststoffe«, fuhr der Souverän fort. »Ein wundervolles Weiß, das fast milchig wirkt. Das Material wird aus Kuhmilch und Lab hergestellt, einem Enzym aus dem Magen von Ziegen. Formaldehyd härtet es.«

Senatorin Oxham hob voller Unbehagen einen Fuß vom Boden.

Das Gefühl von hartem Plastik in der Ratskammer hatte sie immer gemocht, doch dieses Ausplündern von tierischen Eingeweiden erschien ihr ein wenig pervers.

»Es wurde fast ein Jahrhundert vor dem Beginn der Raumfahrt entdeckt, als die Katze eines Chemikers eine Flasche Formaldehyd umstieß und ihr Inhalt in einen Teller mit Milch floss.«

Man bewahre uns vor diesen Boten der Geschichte, dachte Oxham.

Sie begriff: Die Grube, an deren Rand sie saßen, hätte gut ein großer Milchteller sein können, bestimmt für eine riesige Hauskatze.

»Der härtende Effekt wurde entdeckt, und so schuf man Plastik, den Ahnen unseres heutigen Smartkarbon«, sagte der Kaiser. »Es zeigt uns: Katastrophen können in Gelegenheiten verwandelt werden. Aber man muss vorbereitet sein.«

Katastrophen?

»Es wird Zeit, die Möglichkeit zu berücksichtigen, dass die Mission der *Luchs* fehlschlägt.«

Der Kaiser nickte der toten Admiralin zu, die daraufhin eine Darstellung in dem Luftschirm des Kriegsrats aktivierte. Zwischen den Senatoren hing die vertraute Darstellung des bevorstehenden Gefechts. Die weiten Bögen der Flugbahnen von Schlachtkreuzer und Fregatte standen kurz davor, sich zu treffen.

»Die beiden Raumschiffe nähern sich dem Kontakt, während wir hier miteinander sprechen«, sagte die Admiralin. »Zwischen den Elementen ihrer Drohnenflotten wird es bald zu Feindberührung kommen. Beim Kampf gegen einen so mächtigen Gegner könnte die *Luchs* ein recht schnelles Ende finden.«

Senatorin Oxham atmete tief durch. Seit Tagen dachte sie an diesen Moment; es war nicht nötig, dass ihr eine tote Frau seine Bedeutung erklärte. Nara hatte gehofft, diese Stunden allein verbringen zu können, in Erwartung einer Nachricht von den Legis-Bodenstationen, die den Kampf beobachteten. Doch dann war der Ruf des Kriegsrates gekommen.

Jetzt erfuhr sie vielleicht in Gesellschaft dieser Politiker und grauen Krieger von Laurents Tod. Oxham nahm ihre ganze Kraft zusammen, schob Furcht und Hoffnung so weit wie möglich beiseite und zwang kühle Distanz in ihr Herz. Die Ratskammer war kein Ort für Tränen; Gefühle hatten hier nichts verloren.

»Wenn die *Luchs* zerstört wird, ohne dass es ihr gelang, die Empfangsvorrichtung des Schlachtkreuzers zu neutralisieren, so sollten wir etwa acht Stunden nach dem eigentlichen Geschehen davon erfahren«, sagte die Admiralin. »Dabei gehen wir von Standardmodellen der Simultaneität aus. Die Berechnung berücksichtigt die auf die Lichtgeschwindigkeit zurückgehenden Verzögerungen bei der Signalübertragung zwischen Legis XV und dem Gefecht sowie ein Entscheidungsfenster für das lokale Militär. Dort muss man in Hinsicht auf die Ereignisse hundertprozentig sicher sein.«

»Acht Stunden bedeuten, dass sich das Rix-Schiff dem Planeten um weitere vierzig Milliarden Kilometer nähert«, sagte der Kaiser.

»Unsere Antwort muss Legis möglichst schnell erreichen«, warf der General ein. »Damit dort eine Entscheidung getroffen werden kann, bevor die Rix in Reichweite gelangen.«

Die Ratsmitglieder wechselten verwirrte Blicke. Ein viel größerer Krieg verlangte ihre Aufmerksamkeit, und dadurch hatten sie die *Luchs* aus dem Blick verloren. Der Rat befand über die Zukunft von Generationen - hunderte Milliarden von Lebenden, Toten und Ungeborenen -, doch jetzt ging es um das Schicksal eines einzelnen Raumschiffs.

»Dann sollten wir unsere Möglichkeiten erörtern, Sire«, sagte der utopianische Senator.

»Haben wir welche?«, fragte Oxham.

»Wir glauben, dass tatsächlich welche existieren«, sagte der General.

Der loyalistische Senator Henders meldete sich zu Wort. »Ich beantrage die Hundert-Jahr-Regel.«

Unruhe folgte diesen Worten. Die Regel war ein altes Privileg des kaiserlichen Kriegsrats und sollte gewährleisten, dass die Berater Seiner Majestät offen sprechen konnten, ohne befürchten zu müssen, dass man ihre Bemerkungen in der Öffentlichkeit wiederholte. Bisher hatte der Rat seine Entscheidungen einstimmig getroffen, und deshalb war es nicht nötig gewesen, auf die Regel zurückzugreifen. Die Ratsmitglieder trugen ihre Diskussionen ohnehin nicht an die Öffentlichkeit, doch wenn die Regel galt, konnte es fatale Konsequenzen haben, das eine oder andere Wort fallen zu lassen.

»Ich unterstütze den Antrag«, sagte der Kaiser.

Nara fühlte, wie sich kalte Furcht ausbreitete. Nach der Unterstützung des Antrags durch den Souverän kam es zu keinen Einsprüchen – die Regel galt also.

Jetzt durfte während der nächsten hundert kaiserlichabsoluten Jahre nichts von der aktuell stattfindenden Diskussion außerhalb der Ratskammer wiederholt werden. Die Strafe für einen Verstoß gegen diese Regel war so alt wie das Reich.

Hinrichtung durch Exsanguination, durch Verbluten: der Tod des gemeinen Verräters.

Nara dachte daran, dass sie und die anderen Senatoren im Rat durch ihr Senatorenprivileg geschützt waren: Sie durften nicht verhaftet werden und unterlagen nicht der kaiserlichen Zensur. Aber ein Verstoß gegen die Hundert-Jahr-Regel war gleichzusetzen mit einem Beweis für Verrat und bedeutete das Ende der politischen Macht.

Die Diskussion begann mit einem Beitrag des Kaisers.

»Wenn das Rix-Verbundbewusstsein mit dem Rest des Kultes kommunizieren kann, so fällt Legis praktisch ein zweites Mal in Feindeshand. Das Bewusstsein enthält alle Informationen auf dem Planeten: jede Codezeile, alle Marktdaten, jede technische Spezifikation. Es hat Zugang zu allen unseren technischen Geheimnissen.«

Nara atmete tief durch. Dies hatten sie alle schon einmal gehört. Doch die nächsten Worte des Kaisers überraschten sie.

»Aber darum geht es nicht«, sagte er. »Die Stärke des Reiches liegt nicht in unserer Technik, sondern in unseren Herzen. Und dort müssen wir am wachsamsten sein. Das Verbundbewusstsein ist mehr als Computer und Kom-Fasern. Es enthält auch alle Kindertagebücher, die Erbaufzeichnungen aller Familien, die für ihre Ahnen bestimmten Gebete der Lebenden, die Patent-Dateien von Psychoanalytikern und religiösen Beratern. Das Bewusstsein versteht die Psyche unseres Auferstandenen Reichs; es kennt alle unsere Aspekte. Die Rix versuchen, unsere Träume zu stehlen.«

Der Souverän zögerte und musterte die Ratsmitglieder der Reihe nach.

»Und wir wissen, was der Rix-Kult bringt: absolute Verachtung für menschliches Leben, es sei denn als Teil ihres verehrten Verbundbewusstseins. Als sie uns während der Ersten Inkursion zu unterwerfen versuchten, war ihnen jedes Mittel recht. Damals verstanden sie weder unsere Stärke noch die Dinge, die uns vereinen. Jetzt haben sie in unseren Geist geblickt, auf der Suche nach dem, das wir am meisten fürchten. Sie wollen unsere geheimen Albträume finden und sie gegen uns einsetzen.«

Nara Oxham fühlte die Furcht des Kaisers jetzt ganz deutlich. Sie ging auf die anderen über, als der Souverän weitersprach. Die Quelle seiner Leidenschaft wurde erkennbar: die Gedankengänge hinter seinem Hass auf die Rix, sein Entsetzen in Hinsicht auf die Übernahme von Legis XV durch ein Verbundbewusstsein, seine Bereitschaft, die *Luchs* zu opfern. Und schließlich sagte er vielleicht die Wahrheit.

»Wenn die *Luchs* erfolglos bleibt, haben wir diesen Krieg verloren«, sagte er.

Die Worte schockierten sogar Oxham. Der Kaiser der Achtzig Welten sprach davon, einen Krieg zu verlieren. Es stand dem Souverän nicht zu, sich solchen Vorstellungen hinzugeben. Immerhin hatte er den Tod besiegt.

Für einen Moment fühlte sich Nara von den Emotionen in der Ratskammer fast überwältigt. Instinktiv tastete sie nach dem Apathie-Armband, zwang sich dann aber, nicht auf die Droge zurückzugreifen. Sie brauchte ihre Sensitivität. Doch die Furcht lauerte an der Grenze ihrer Selbstkontrolle.

»Was müssen wir tun?«, fragte Senator Henders. Nara begriff, dass er darauf vorbereitet worden war, diese Frage zu stellen, wie zuvor bei der Beantragung der Hundert-Jahr-Regel. Henders kannte die Antwort des Kaisers bereits.

»Wir müssen darauf vorbereitet sein, das Verbundbewusstsein auszulöschen.«

Es lief Oxham kalt über den Rücken.

»Wie, Euer Majestät?«, fragte sie.

»Wir müssen bereit sein, ein Opfer zu bringen.«

»Was schlagen Sie vor, Sire?«

»Wir müssen das Bewusstsein auslöschen«, wiederholte der Kaiser und wandte sich dann an den toten General.

Der alte Krieger hob den Kopf und sah die anderen Ratsmitglieder an. Sein graues Gesicht glänzte ein wenig, als schwitzte er.

»Wir deaktivieren die Nukleardämpfungsfelder auf Legis. Anschließend setzen wir vierhundert saubere Luftdetonations-Sprengköpfe im Hundert-Megatonnen-Bereich ein. Wir lassen sie in einer Höhe von zweihundert Kilometern explodieren, direkt über den Bevölkerungszentren, Kontrollpunkten und Datenbanken.«

»Atomwaffen?«, fragte Nara ungläubig. »Auf einer unserer Welten?«

»Mit sehr geringer schmutziger Strahlung, für elektromagnetische Impulse optimiert.«

»Dadurch wird jedes nicht abgeschirmte Gerät auf dem Planeten nutzlos«, sagte die Admiralin. »Im Gegensatz zu einem gewöhnlichen Energieausfall werden alle verteilten, autarken Komponenten der Infostruktur eliminiert. Alle Fone und Computer auf dem Planeten werden von einem Augenblick zum anderen nicht mehr funktionieren.«

»Alle Luftwagen fallen vom Himmel«, wandte Oxham ein. »Medizinische Einrichtungen können keine Hilfe mehr leisten.«

Die Admiralin schüttelte den Kopf. »Vor den nuklearen

Explosionen erfolgt eine Angriff-aus-dem-All-Warnung. Das bedeutet Landung aller Luftwagen und medizinische Bereitschaft.«

Oxham zwang sich, still zu bleiben, und sie versuchte, die Reaktionen des Rats einzuschätzen. In den Geisteswelten der anderen Ratsmitglieder herrschte Chaos. Die kurze Rede des Kaisers über die Rix hatte alte Ängste geweckt, aber sie waren nichts im Vergleich mit dem wahrhaft alten Entsetzen in Hinsicht auf Atomwaffen. Die anderen Senatoren fühlten Panik, wie Tiere, die sich von Feinden umzingelt sahen.

»Die wichtigen Kraftwerke verfügen über eine EM-Abschirmung«, fuhr der General fort. »Aber sie werden abgeschaltet. Äther-Substationen werden mit konventionellem Sprengstoff zerstört. Andere abgeschirmte Einrichtungen wie Krankenhäuser und Notunterkünfte bleiben unbeeinträchtigt.«

Oxham schüttelte den Kopf. Ein isoliertes Krankenhaus mochte die Arbeit für einige Tage fortsetzen können, aber wenn der Rest der Welt zusammenbrach, gab es keinen ärztlichen Expertenrat per Online-Verbindung mehr, Nottransporte fanden nicht mehr statt, und es würde nicht lange dauern, bis das medizinische Versorgungsmaterial zur Neige ging.

»Die kurzfristigen Verluste mögen sich in Grenzen halten«, sagte Ax Milnk, »aber wir müssen an die mittel- und langfristigen Konsequenzen denken. Die Rückkehr zu einer funktionierenden Infrastruktur dauert vielleicht Monate, und während dieser Zeit könnten Millionen aus Mangel an Nahrung oder medizinischer Hilfe sterben. Die gesamte Bevölkerung von Legis XV lebt in der nördlichen Hemisphäre, und dort beginnt der Winter.«

»Wir haben die Situation gründlich analysiert, Berater Milnk.«

Der tote General sah den Kaiser an, der nickte.

»Wir rechnen insgesamt mit etwa hundert Millionen Toten«, sagte der alte Krieger.

Ein Heulen entstand in Naras Kopf, wie der Wirbelwind, wenn sie aus dem Kälteschlaf erwachte. Die nackte Furcht der Ratsmitglieder riss ihr Bewusstsein auf, und die Kriegslust der Hauptstadt strömte herein. Besser als jemals zuvor sah sie das helle, zornige Gesicht des Reiches im Krieg: das allgemeine Verlangen nach Rache, die Gier der Profitmacher und Kriegsgewinnler, die unvorhersehbaren Veränderungen der Macht, wenn neue Bündnisse entstanden.

Für einen Moment verlor Nara Oxham sich selbst. Sie wurde zur verrückten Senatorin und ging unter in den Schreien des animalischen Gruppenbewusstseins der Stadt.

Dann kehrte die kühle Kontrolle der Apathie zurück. Nara blickte nach unten, fast überrascht darüber, noch bei Bewusstsein zu sein. Dann sah sie ihre Finger am Armband. Alte Reflexe hatten sie dazu gebracht, die Dosis der Apathie-Droge zu erhöhen – nur deshalb war sie nicht wimmernd zu Boden gesunken.

Sie atmete schwer, wischte sich Schweiß von der Stirn und kämpfte gegen ihre Übelkeit an.

»Dies wird unsere wahre Stärke zeigen«, sagte der Kaiser. »Es wird zeigen, dass wir uns eher selbst zerstören, als uns der Herrschaft der Rix zu beugen. Wir überlassen ihnen nichts. Und sie werden nie wieder an unserer Entschlossenheit zweifeln.«

»Hundert Millionen Menschen von uns selbst getötet?«, fragte die expansionistische Senatorin. »Schadet das unserer Moral nicht mehr als irgendwelche Rix-Angriffe?«

»Wir geben den Rix die Schuld«, erwiderte der General schlicht.

Oxham neigte den Kopf. Das war natürlich der Grund für die Beantragung der Hundert-Jahr-Regel. Vermutlich würde nicht einmal in einem Jahrhundert bekannt werden, was sie getan hatten.

»Ein neuer Rix-Schrecken, um das Reich zu motivieren«, fügte der Souverän hinzu. »Viele Kriegsziele mit einer einzigen Maßnahme erreicht.«

»Ich schlage vor, dass wir uns ohne Einwände bereit erklären«, sagte Senator Henders.

Senatorin Oxham hob den Kopf. Sie hatte keine Zeit nachzudenken, sich alles gründlich zu überlegen. Aber es fiel ihr trotzdem leicht, in diesen wenigen Sekunden eine Entscheidung zu treffen.

»Einspruch«, sagte sie. »Ich beantrage eine Abstimmung.«

Erleichterung. Sie spürte sie selbst mit eingeschränkter Empathie, sah sie in den Gesichtern der lebenden Ratsmitglieder. Sie waren froh, dass jemand gegen den Plan des Kaisers Stellung bezog.

Und es erleichterte die anderen, dass nicht sie selbst es waren.

Der Souverän richtete einen kühlen Blick auf Oxham, und dabei blieb sein Gesicht maskenhaft starr. Sein graues junges Gesicht schien so fern wie der Nachthimmel zu sein. Aber Nara wusste, dass sie eines Tages einen Preis hierfür bezahlen musste - sie hatte den Kaiser verärgert.

»Nun gut, eine Abstimmung«, sagte er.

»Können wir uns nicht mehr Zeit nehmen?«, fragte Ax Milnk.

Der Kaiser schüttelte den Kopf. Er hatte dies auf die Minute berechnet und mit der Enthüllung des Plans gewartet, bis nicht mehr genug Zeit für eine Diskussion blieb. Dies war seine beste Chance, bevor sich das Entsetzen zu sehr ausbreitete.

»Uns bleibt nur wenig Zeit«, sagte er. »In wenigen Stunden könnte die *Luchs* vernichtet sein. Einige Tage später gelangt der Schlachtkreuzer der Rix in Kommunikationsreichweite.«

»Geben Sie uns jene Tage«, sagte Oxham. Die eigene Stimme klang hohl in ihren Ohren.

»Denken Sie an die Verzögerungen durch die Lichtgeschwindigkeit bei der Signalübertragung zwischen Legis und der *Luchs,* Senatorin«, sagte die Admiralin und schüttelte den Kopf. »Das dortige Militär muss ganz sicher sein. Wir haben nur Stunden für eine Entscheidung.«

»Und je eher die Angriffswarnung für den Planeten erfolgt, desto weniger Opfer wird es geben«, sagte der General. »Noch mehr medizinisches Personal kann in Bereitschaft versetzt werden. Gelandete Luftwagen bekommen Gelegenheit, ihre Passagiere in bewohnte Bereiche zu bringen, anstatt sie mitten in der Wildnis abzusetzen. Wir schulden der Bevölkerung von Legis XV eine schnelle Entscheidung.«

Nara wusste, dass die Argumente unlogisch waren. Der Apparat konnte in jedem Fall eine Warnung herausgeben und auf die endgültige Entscheidung warten. Schon während der letzten Tage hätte der Planet vorbereitet werden können. Der Kaiser hatte einfach beschlossen, den Kriegsrat unter Druck zu setzen, ihn mithilfe eines konstruierten Notfalls zu manipulieren. Aber Nara war zu benommen, um dies alles in Worte zu fassen und die Scheinargumente des Kaisers als solche darzustellen. Ein flaues Gefühl breitete sich in ihrer Magengrube aus, erster Hinweis auf eine leichte Apathie-Überdosis. Nach all den Tagen hoher Sensitivität hatten Naras Finger eine zu große Dosis der Droge freigesetzt. Es fiel ihr schwer, sich zu konzentrieren.

Seit zehn Tagen wurde immer wieder der Kriegsrat einberufen. Sie waren alle erschöpft, und das entsprach dem Wunsch des Kaisers.

Senatorin Oxham biss verärgert die Zähne zusammen. Der Souverän hatte sie ausmanövriert, und die Schwäche ihrer eigenen Psyche verriet sie.

»Eine Abstimmung«, sagte sie. »Ich stimme mit nein. ›Kein Töten von Welten.‹«

Jemand schnappte nach Luft. Nara hatte aus dem Pakt zitiert, einem alten Dokument, das auf einigen grauen Welten als Rechtfertigung für die Autorität des Kaisers galt. Der Souverän bedachte sie mit einem kühlen Lächeln.

»Ich stimme mit ja«, sagte er und lehnte sich voller Zuversicht zurück.

Der Kriegsrat hätte seine Absichten fast vereitelt.

Die expansionistischen und utopianischen Senatoren stimmten gegen den Plan, was Oxhams Erwartungen entsprach. Und Ax Milnk zeigte überraschenden Mut, als er sich der Opposition gegen den Kaiser anschloss.

Die beiden toten Krieger stimmten natürlich für ihren Souverän, was niemanden erstaunte, und das galt auch für den Loyalisten Henders. Es stand vier gegen vier, als der Repräsentant der Seuchenachse das Wort ergriff. Er war ein unbekannter Faktor, dieser Vertreter all der alten, vom größten Teil der Menschheit überwundenen Schrecken. Lebend und doch nicht ganz lebendig stand er an der Grenze, die das Reich teilte.

»Lassen Sie uns unsere Stärke zeigen«, kam seine Stimme aus dem Anzugfilter. »Das Verbundbewusstsein soll zerstört werden, um jeden Preis.«

Der Antrag war mit fünf gegen vier Stimmen angenommen.

Roger Niles hatte Recht, dachte Nara Oxham, als die Abstimmung den Aufzeichnungen des Kriegsrates hinzugefügt wurde. Es gab keine moralischen Siege, nur echte Niederlagen.

Dann sah sie einen vagen Hoffnungsschimmer. Vielleicht

blieb der unfassliche Völkermord aus; vielleicht erzielte die *Luchs* einen Erfolg. Doch selbst diese kleine Chance hatte eine dunkle Seite.

Wenn mein Geliebter versagt, stirbt eine Welt, begriff Nara.

Sie schüttelte den Kopf.

Mehr Blut an den Händen von Laurent Zai.

Laurent Zai zog sich leise an und glaubte, dass seine Geliebte schlief.

Sein Arm war clever genug, zu ihm zu kommen, als er mit der Zunge schnalzte. Das Glied drehte sich langsam, orientierte sich an dem Geräusch und kam mit krabbelnden Fingern näher, für Zais Geschmack ein wenig zu schnell - es sah nach einem großen Insekt aus. Angeblich war es smart und agil genug, um seinen Herrn selbst in Schwerelosigkeit zu erreichen, aber das hatte Zai noch nicht überprüft.

Der Arm war in der Nähe des Kamins zu Boden gefallen und fühlte sich fiebrig warm an, als sich seine Kontrollfläche mit dem Knäuel aus Interfacefäden verband, das aus Zais Schulter ragte. Doch die Wärme war nicht unangenehm. Dieses Haus, das Feuer im Kamin, Nara: Es waren warme, gute Dinge.

Zai bewegte die Finger, deren künstliche Nerven mit einem Prickeln wie von zurückkehrendem Blut erwachten. Als ein akustisches Signal die Kraft des Arms bestätigte, stemmte sich Laurent mit beiden Händen hoch und suchte nach den Beinen. Sie befanden sich in der Nähe.

Die Reste seiner natürlichen Beine waren kurze Stümpfe, und Zai konnte auf ihnen sitzen. Eine Art pflanzliches Material machte den Boden weich; es fühlte sich wie ein erlesener Tierpelz an, Chinchilla oder Nerz. Mit zwei raschen Bewegungen erreichte er die künstlichen Beine, schwang sich dabei wie ein Turner am Barren nach vorn. Während der subjektiven Monate nach seiner Folterung hatte er mit dem ihm verbliebenen Arm geübt, bis er fast so kräftig war wie die Prothese. Vadaner legten Wert auf Balance.

Er befestigte die Beine. Das glatte Grau ihrer Außenflächen vereinte sich mit blasser Haut, und die Ränder schlossen sich mit dem vertrauen Saugen. Laurent fand sein Hemd und streifte es über, ließ dabei die Zehen wackeln.

Als er sich umdrehte, begegnete er Naras Blick.

Eine Kühle in der Brust schob die Wärme des Kaminfeuers und ihrer Liebe beiseite. Abgesehen von einigen wenigen Ärzten hatte ihn niemand nackt gesehen, und erst recht nicht ohne die Prothesen. Er versuchte, etwas Sarkastisches zu sagen, aber seine Stimme versagte, und er schnitt eine finstere Miene.

Nara schüttelte den Kopf.

»Ich wollte dich nicht in Verlegenheit bringen.«

»Es ist dein Haus«, sagte er und zog die Hose an.

Als er Nara erneut ansah, schien sie von seinen Worten verwirrt zu sein.

»Vergnüg dich ruhig«, fügte er scharf hinzu.

»Habe ich deine Nacktheit ausgenutzt?«, erwiderte Nara und lächelte. Zai bemerkte, dass sie noch immer völlig unbekleidet war. Er kam sich dumm und albern vor mit Hemd und Hose, ergriff einige ihrer auf dem Boden liegenden Kleidungsstücke und warf sie ihr zu.

Nara schob sie beiseite, setzte sich auf und ergriff seine Hand. Es war die künstliche, die irgendwie den Handschuh verloren hatte. Sie zog das metallene Ding an ihre Brust.

Zais Ärger löste sich abrupt auf. Bei Naras Berührung fühlte er sich wieder sicher und ganz, wie zuvor in ihren Armen. Er seufzte, schloss die Augen und stellte sich vor, dass die Hand echt war. Die von den falschen Nerven übermittelten Signale erschienen ihm sehr überzeugend. Er öffnete ein Auswahlmenü im sekundären Sehen und erhöhte die Empfindlichkeit der Hand, genoss Naras Wärme, die Texturveränderungen von dunkler Haut zu rosaroter Aureole, das leichte Pochen ihres Herzschlags. Er fühlte ein Zittern wie von fernem fließendem Wasser, als Blut in das Schwellgewebe von Naras Brustwarze strömte.

Er öffnete die Augen. Sie lächelte.

»Es tut mir Leid, dass ich dich so angefahren habe, Nara.«

»Nein, Laurent. Es hätte mir klar sein sollen. Aber zuvor hast du dich so ... wohl gefühlt.«

»Ich bin wohl eher begierig gewesen.«

»Oh.« Erklang ein Hauch Mitleid in ihrer Stimme? Etwas huschte durch ihr Gesicht, und sie nickte. »Du benutzt keine ...«

Er schüttelte den Kopf. *Surrogate,* hatte sie sagen wollen, aber auf Vada benutzte man die alten Worte für jenes Gewerbe.

Das neckische Lächeln erschien erneut. »In dem Fall musst du regelrecht ausgehungert sein.«

Dem konnte er nicht widersprechen.

Doch Laurent Zai schob Naras Hände fort. Er fühlte sich zu zerbrochen unter ihrem Blick. »Nara?«, bat er.

»Ja«, antwortete sie. »Behalte deine Gliedmaßen an. Und auch das Hemd, wenn du möchtest.«

Er nickte, und ein Geräusch kam aus seiner Brust, wie ein Schluchzen. Er schenkte ihm keine Beachtung und beeilte sich.

HAUS

Die Mitteilung kam über das allgemeine Netz und suchte nach Laurent Zai. Die Präsenz des Lieutenant-Commanders im polaren Anwesen war nicht in den Kom-Netzen registriert – die Herrin hatte Vertraulichkeit verlangt –, aber die Suche fand mit genug Dringlichkeit statt, um bei allen privaten Domizilen auf Heimat nachzufragen. Es handelte sich nicht um einen Notfall, nur um militärische Beharrlichkeit.

Das Haus beschaffte sich eine Kopie und prüfte, ob sie sicher war, bevor es sie an den Gast der Herrin weiterleitete.

Die Mitteilung trug die verräterischen Zeichen von militärischer Kryptographie der mittleren Stufe. Sie war nicht begraben unter dem absoluten Geräusch eines One Time Pad oder den sich wiederholenden Wirbeln und Schleifen fraktaler Kompression, was bedeutete: Sie war weder streng geheim noch sehr lang. Die Nachricht schien mit einem Double-Ticket-Code verschlüsselt zu sein, und der Schlüssel war so lang, dass Zai ihn sich nicht gemerkt hatte, sondern ihn bei sich trug. Das Haus beauftragte einige Mikrowartungsbots - normalerweise für die Reparatur optischer Schaltkreise eingesetzt - damit, das betreffende Objekt zu suchen. Das war illegal und verstieß gegen die kaiserlichen KI-Richtlinien, aber die Rubikonschranke reichte um das Haus, wenn sich Oxham an diesem Ort aufhielt. Das Haus glaubte sein Verhalten auch durch den Umstand gerechtfertigt, dass es manchmal angewiesen wurde, die Senatsdokumente der Herrin zu verschlüsseln. Die beste Möglichkeit, die Kunst der Sicherheit zu erlernen, bestand darin, die Systeme von seinesgleichen anzugreifen.

Außerdem war das Haus neugierig. Und die Herrin ermutigte es immer dazu, seiner Neugier nachzugeben und ständig Informationen zu sammeln. Es ging davon aus, dass sie auch diesmal nichts gegen ein wenig Schnüffelei einzuwenden hatte.

Der Schlüssel war enttäuschend leicht zu entdecken. Ein vadanischer Fetisch an einer Halsschnur des Lieutenant-Commanders trug Bit-Zeichen. Die Vorderseite des Gehäuses aus Titan war geglättet, damit keine Fingerabdrücke daran hafteten, und bei genauerer Beobachtung zeigten sich winzige sägezahnartige Wellen in der Brünierung, die ihre Richtung mit auffallender Regelmäßigkeit veränderten. Das Haus las die Wellentäler und -berge als eins und null, spielte mit den Ergebnissen und entschlüsselte die Mitteilung innerhalb weniger Sekunden.

Es gab die Nachricht an *Captain* Laurent Zai weiter (die erste Hälfte war eine Beförderung) und dachte über ihren Inhalt nach.

Der zweite Teil der Mitteilung beschrieb eine neue Raumschiffklasse, ein experimentelles Schiff, dessen Kommando Zai in einigen Tagen übernehmen sollte. Die besonderen Merkmale wurden nicht im Detail genannt - deshalb die eher nachlässige Verschlüsselung -, aber sie waren zweifellos interessant. Das Kriegsschiff galt offiziell als Fregatte, doch in Hinsicht auf Waffen und Bodentruppen war die *Luchs* eine Klasse für sich. Ihre Struktur hatte etwas von einem Patrouillenboot: schnell und manövrierfähig, voller Mikro-Aufklärer, für Fernbereicheinsätze mit geringer logistischer Unterstützung geeignet. Aber die »Fregatte« verfügte auch über ein großes Potenzial für Bodenangriffe und Orbitalkampf. Hinzu kamen leistungsstarke Waffen und eine ausgezeichnete Überlebensfähigkeit. Sie hatte Biss.

Das Haus hob metaphorische Augenbrauen. Ein gutes kleines Kriegsschiff. Vielleicht sollte es als fliegender Botschafter eingesetzt werden, der Flagge zeigte, ausgestattet für Krisenmanagement und Kanonenbootdiplomatie.

Wie das Haus erwartet hatte, war die KI-Komponente des Schiffes vollkommen unzureichend für die Vielzahl der möglichen Aufgaben. Die kaiserlichen Konstruktionsmuster neigten zu künstlichen Intelligenzen mit eingeschränkter Kapazität. (Das Haus hatte schon vor einer ganzen Weile festgestellt, dass seine eigene aufgeteilte Datenverarbeitung den strengen kaiserlichen KI-Regeln widersprach. Einige Schäden zu Beginn seiner Existenz hatten ihm die Möglichkeit gegeben, ohne die üblichen Autoschranken zu wachsen. Die Herrin erhob keine Einwände, solange alles diskret blieb. Es hatte seine Vorteile, hier unten am Ende der Welt zu sein, und verbotene Klugheit machte Spaß.)

Das Haus achtete auf Zais Reaktion und fragte sich, was er von seinem neuen Schiff halten würde.

Captain Zai und die Herrin befanden sich auf dem westlichen Balkon und betrachteten einige Eisskulpturen des einheimischen Insektenlebens von Heimat. Das Haus hatte sie während des langen Winters geschaffen, und die Ankunft des Sommers glättete nun alle Kanten. Zai kannte noch nicht die ganze Mitteilung, aber was er bisher gelesen hatte, schien ihn zu beunruhigen.

»Zehn Jahre hin«, sagte er. Erklang Schmerz in seiner Stimme? Oder lag es an der Kälte? »Zehn Jahre zurück.«

Die Herrin trat näher an Zai heran und legte ihm die Hand auf die Schulter. Er sah sie an, lachte bitter und schüttelte den Kopf.

»Ich bedauere, dass ich so reagiere«, sagte er. »Immerhin kennst du mich kaum.«

Das Haus suchte in der Mitteilung und fand eine Stelle, die es nicht beachtet hatte. Der gerade zum Captain beförderte Zai sollte zur Rix-Grenze fliegen, zum zehn Lichtjahre entfernten Legis-System. Die Dauer seines dortigen Einsatzes blieb unbestimmt.

»Es tut mir Leid, Laurent«, sagte die Herrin.

Zai berührte sie und blinzelte die ersten Flocken eines leichten Schneefalls von den Wimpern. Er sprach mit großer Sorgfalt.

»Ich weiß, dass wir uns gerade erst kennen gelernt haben. Aber dich schon wieder zu verlieren ...« Er schüttelte den Kopf. »Ich klinge wie ein Narr.«

»Nein, Laurent.«

»Ich dachte, noch mindestens einige Monate hier auf Heimat bleiben zu können. Ich hatte halb gehofft, dass sie mich zum Ausbilder machen würden.«

»Möchtest du das, Laurent?«

»Einen Stabsposten? Meine Vorfahren wären entsetzt«, antwortete er.

»Aber *zwanzig Jahre*. Und eine neue Konfrontation mit dem verdammten Zeitdieb. Ich schätze, ich habe seine Tricks satt.«

»Wie lang ist deine berufliche Laufbahn inzwischen, Laurent? In absoluten Jahren?«

»Es sind zu viele«, sagte er. »Fast hundert.«

Nara schüttelte den Kopf. »Das wusste ich nicht.«

»Und jetzt kommen vermutlich dreißig weitere hinzu«, sagte er. »Fünfzig, wenn tatsächlich ein Krieg droht.«

»Die Amtszeit eines Senators«, bemerkte die Herrin.

Der Mann drehte sich um, und sein Gesichtsausdruck veränderte sich.

»Du hast Recht, Nara. Vielleicht verlieren wir beide die nächsten fünfzig Jahre. Und ihr Senatoren habt euren eigenen Zeitdieb. Du verbringst die Hälfte der Zeit im Kälteschlaf, nicht wahr?«

»Viel mehr als die Hälfte, Laurent.«

»Nun ...« Er begegnete ihrem Blick. »Das gibt Anlass zu Hoffnung.«

Die Herrin lächelte. »Vielleicht. Aber ich bin trotzdem älter als du, subjektiv. Schon jetzt.«

»Tatsächlich?«

Sie lachte. »Ja. Gib mir eine weitere subjektive Dekade, dann siehst du es.«

Zai straffte die Schultern. »Natürlich. Ich werde es sehen. Alles.«

»Ist das ein Versprechen?«

Er ergriff beide Hände der Herrin.

»Wir haben vier Tage Zeit, um uns Dinge zu versprechen, gewählte Senatorin.«

»Ja, Captain.«

»Vier Tage«, wiederholte er und blickte wieder zu den Eisskulpturen.

»Bleib hier bei mir«, sagte sie. »Gib mir jene Tage.«

Das Haus wurde wachsam. Die Herrin hatte nur von einem Wochenende gesprochen; nie zuvor hatte sie einen Besuch ohne Ankündigung verlängert. Mahlzeiten waren bis ins letzte Detail geplant worden, und Vorräte standen genau in den richtigen Mengen zur Verfügung. Trotz der großen Ressourcen des Anwesens - der unterirdischen Gärten, der Höhlen voller Lebensmittel und Wein, der Frachtdrohnen, die an hundert Vorratsplätzen der kaiserlichen Heimatwelt auf den Startbefehl warteten - ging eine panikähnliche Welle der Sorge durch das Bewusstsein des Hauses. Dies kam so *abrupt*.

Und doch wünschte sich das Haus Zais Zustimmung.

Ungeduldig wartete es auf die Antwort des Mannes.

»Ja«, sagte er. »Das würde ich gern.«

Das Haus wandte seine Aufmerksamkeit von dem plötzlichen Kuss ab. Es gab so viel zu tun.

CAPTAIN

Die *Luchs* explodierte und expandierte.

Der energetische Verteiler der Fregatte streckte sich, dehnte sich üppig über achtzig Quadratkilometer aus. Der Verteiler bestand zum einen Teil aus Hardware und zum anderen aus Feldeffekt - gestaffelte Reihen winziger Maschinen, von einem filigranen Gitter aus leichter Gravitation in einem sechseckigen Muster gehalten. Er schimmerte im Licht der Sonne Legis, brach es und entfaltete das Spektrum eines irren Gottes wie die Federn eines geisterhaften, durchsichtigen Pfaus. Beim Kampf konnte es zehntausend Gigawatt pro Sekunde freisetzen, ein riesiger Fächer, der heiß genug brannte, um ungeschützte menschliche Augen selbst aus einer Entfernung von zweitausend Kilometern zu blenden.

Die Satellitentürme der vier Photonenkanonen des Schiffes wuchsen aus dem primären Rumpf inmitten von Hyperkarbon-Gerüsten, die Zai an die eisernen Knochen alter Auslegerbrücken erinnerten. Zwanzig Zentimeter Rumpflegierung schirmten die *Luchs* von der kollateralen Strahlung der Kanonen ab. Spindeldürre Arme entfernten die Geschütze vier Kilometer vom Schiff; ihr Einsatz würde den Besatzungsmitgliedern der *Luchs* nur die am leichtesten zu behandelnden Krebsarten bescheren. Die vier Satellitentürme verfügten über genug Reaktionsmasse und Intelligenz, um während des Gefechts unabhängig aktiv zu werden. Aus der sicheren Entfernung von einigen tausend Kilometern konnten ihre Fusionsmagazine fatalgezündet werden: eine Kettenreaktion, die innerhalb kürzester Zeit die gesamte Reaktionsmasse in Energie verwandelte und dem Feind eine letzte tödliche Nadel entgegenschickte. Eine solche Fatalzündung ließ sich natürlich auch in der Nahdistanz herbeiführen, was zur Vernichtung des Mutterschiffs führen würde – letzter, gleißender Ruhm.

Es war eine der fünf Standardmethoden der Selbstzerstörung.

Das magnetische Gleis für den Start der Drohnen ragte aus dem Bauch der *Luchs* und gewann seine volle Länge von tausendneunhundert Metern. Einige große Scoutdrohnen, eine Staffel Rammstreuer und zahlreiche Sandwerfer hatten sich an dem Gleis eingefunden. Mit ihren vielen kleinen Pfeilen wirkten die Rammstreuer wie nervöse Stachelschweine; jedes ihrer Geschosse verfügte über genug Treibstoff, um eine Sekunde lang mit zweitausend *g* zu beschleunigen. Die Sandwerfer trugen mit eigenen Antrieben ausgestattete Behälter, deren keramische Hüllen die

Schraffierungen von Fragmentationsmustern aufwiesen. Bei der hohen Relativgeschwindigkeit dieses Kampfes war Sand Zais wirkungsvollste Waffe gegen die Empfangsvorrichtung der Rix.

Im Gleishangar wurden große Magazine anderer Drohnenarten in genau berechneter Gefechtsordnung für den Start vorbereitet. Getarnte Penetratoren, Sendeköder, Minenräumer, ferngesteuerte Kampfeinheiten und Nahbereichverteidiger warteten auf ihren Einsatz. Den Abschluss bildete eine einzelne Totendrohne, die selbst dann starten konnte, wenn die Fregatte ihre ganze Energie verloren hatte: Ihr Schub stammte von Sprengsätzen, die Kontrolle über Geschwindigkeit und Flugrichtung erlaubten. Die Totendrohne war bereits aktiv und brachte kontinuierlich die Logbuchdateien der beiden letzten Stunden auf den neuesten Stand – falls es dem Feind gelang, die *Luchs* zu vernichten, würde diese Drohne versuchen, den kaiserlichen Streitkräften ihre Aufzeichnungen zu bringen.

Sobald es dem Feind gelang, die *Luchs* zu vernichten, korrigierte Captain Laurent Zai seine Überlegungen. Sein Schiff würde den Kampf kaum überstehen – es war besser, sich damit abzufinden. Der Schlachtkreuzer hatte weitaus mehr Energie und Feuerkraft als die Fregatte. Seine Crew war schneller, geschickter und so sehr mit den Systemen des Schiffes verbunden, dass der Punkt, an dem der Mensch aufhörte und die Hardware begann, mehr Gegenstand einer philosophischen Debatte war, nicht der von militärischen Erwägungen. Die Entergruppen der Rix waren tödlich: schneller, zäher und tüchtiger in unsicherer Gravitation. Und natürlich hatten die Rix keine Angst vor dem Tod. Ein im Kampf verlorenes Leben war für sie nicht erwähnenswerter als der Verlust einiger Gehirnzellen durch den Konsum von Wein.

Zai beobachtete, wie die Brückencrew arbeitete und

die neu konfigurierte *Luchs* auf eine Fortsetzung der Beschleunigung vorbereitete. Derzeit herrschte Nullschwerkraft – sie warteten auf die Stabilisierung der veränderten Konfiguration, bevor sie die expandierte Fregatte den Beschleunigungskräften aussetzten. Es war eine große Erleichterung, der Hochbeschleunigung zu entkommen, wenn auch nur für einige Stunden. Wenn der eigentliche Kampf begann, wechselte das Schiff in den Ausweichmodus; dann kam es zu ständigen Veränderungen bei Richtung und Stärke der Beschleunigung. Im Vergleich mit dem Chaos würden die beiden vergangenen Wochen mit Starkbeschleunigung wie eine Vergnügungsfahrt wirken.

Captain Zai fragte sich, ob es noch Meuterer in seiner Crew gab. Zumindest zwei Verschwörer waren seiner und Hobbes' Falle entkommen. Gab es noch mehr? Den Führungsoffizieren musste klar sein, dass diese Schlacht nicht zu gewinnen war. Sie kannten das Potenzial eines Schlachtkreuzers der Rix und würden auch erkennen, dass die neue Konfiguration der *Luchs* vor allem dazu diente, dem Gegner Schaden zuzufügen; die eigene Sicherheit spielte keine Rolle. Zai und Hobbes hatten die offensiven Waffen des Schiffes auf Kosten seiner Verteidigung optimiert; das ganze Arsenal diente nur der einen Aufgabe, die Empfangsvorrichtung der Rix zu zerstören.

Inzwischen war Gefechtsalarm ausgelöst worden – jetzt mussten selbst die Junioroffiziere die unheilvollen Zeichen um sie herum erkennen.

Die Enterskiffe blieben in ihren Lagerzellen, denn es war sehr unwahrscheinlich, dass Zais Soldaten die *Luchs* verlassen würden, um zu versuchen, den Schlachtkreuzer unter ihre Kontrolle zu bringen. Solche Aktionen waren das Privileg des Siegers. Stattdessen gingen die kaiserlichen Soldaten im Innern der *Luchs* in Stellung, dazu bereit, das Schiff gegen eventuelle Entergruppen der Rix zu verteidigen, sobald es sich nicht mehr zur Wehr setzen konnte. Normalerweise hätte Zai unter diesen Umständen Handwaffen an die Crew ausgegeben, damit sie Eindringlinge zurückschlagen konnte. Aber nach der gerade vereitelten Meuterei erschien ihm derartiges Vertrauen zu riskant. Den verhängnisvollsten Hinweis für jedes Besatzungsmitglied bot der Singularitätsgenerator, die dramatischste von Zais Möglichkeiten der Selbstzerstörung. Er war bereits bis zum Maximum aufgeladen. Wenn die *Luchs* dem Schlachtkreuzer nahe genug kam, würden beide Schiffe einen dramatischen Tod sterben.

Kurz gesagt: Die *Luchs* war wie ein zorniger, blinder Betrunkener, der mit zusammengebissenen Zähnen in einer Kneipe kämpfte, wild entschlossen, möglichst großen Schaden anzurichten, ohne auf den eigenen Schmerz zu achten.

Vielleicht war das ein Vorteil beim bevorstehenden Kampf, dachte Zai: Verzweiflung. Würden die Rix versuchen, ihre empfindliche Empfangsvorrichtung zu schützen? Ihre Absicht bestand ganz offensichtlich darin, mit dem Verbundbewusstsein auf Legis XV zu kommunizieren. Aber würde das Bemühen, die Empfangsvorrichtung zu schützen, den Kommandanten der Rix zu einem Fehler veranlassen? Wenn es dazu kam, gab es für die *Luchs* vielleicht eine Chance, den Kampf zu überstehen.

Zai seufzte und verdrängte diesen Gedanken. Während der vergangenen zehn Tage hatte er begriffen, dass Hoffnung nicht zu seinen Verbündeten zählte.

Er konzentrierte sich wieder auf den Luftschirm der Brücke und seine detaillierte schematische Darstellung der inneren Struktur der *Luchs*.

Die Linien des Kantenmodells veränderten sich immer wieder, als die Wände und Schotten in die Kampfkonfiguration glitten. Gemeinschaftsräume und Speisesäle verschwanden, um mehr Platz für Geschützstationen zu schaffen. Korridore wurden breiter, damit Reparaturgruppen schneller vorankamen. Die Kojen der Besatzungsmitglieder verwandelten sich in Betten für Verwundete. Die Krankenstation wuchs und beanspruchte die Null-*g*-Spielräume und Laufstrecken, die sie umgaben. An Wänden bildeten sich Griffe für den Fall, dass die Gravitation ausfiel, und alle Dinge, die sich bei plötzlicher Beschleunigung lösen konnten, wurden verstaut, gesichert, befestigt oder einfach recycelt.

Schließlich fanden die rollenden, gleitenden und expandierenden Bewegungen ein Ende, und die schematische Darstellung zeigte ein stabiles Gebilde. Alle Dinge befanden sich an ihrem Platz – die *Luchs* war kampfbereit.

Ein einzelnes akustisches Signal erklang, und mehrere Brückenoffiziere drehten sich halb zu Zai um. Ihre Gesichter zeigten erwartungsvolle Aufregung; sie waren bereit, in die Schlacht zu ziehen, trotz der geringen Chancen des Schiffes. Zai sah es vor allem im Gesicht des Ersten Offiziers. Auf Legis XV hatten sie eine Niederlage erlitten, sie alle, und jetzt bot sich ihnen die Möglichkeit, dafür Vergeltung zu üben. Die Meuterei mochte klein gewesen und gescheitert sein, aber sie hatte alle beschämt. Diese Männer und Frauen wollten kämpfen, und es tat gut, ihre Entschlossenheit zu sehen.

Laurent Zai erlaubte sich den Gedanken, dass sie vielleicht doch heimkehren konnten.

Der Captain nickte dem ersten Piloten zu, und allmählich kehrte das Gewicht zurück, presste ihn in den Sessel des Kommandanten, als die Fregatte beschleunigte.

Die *Luchs* flog ins Gefecht.

5

Raumschlacht

Die Anfangsbedingungen einer Schlacht sind die einzigen Faktoren, die ein General tatsächlich beeinflussen kann. Sobald Blut fließt, ist das Kommando nur noch eine Illusion.

ANONYM 167

MILIZ-ARBEITERIN

Der Kondensstreifen eines Überschallflugzeugs zeichnete sich in der dünnen, trockenen Luft kaum am Himmel ab.

Rana Harter stellte sich die Passagiere weit oben vor, wie sie ruhig in den absturzsicheren Sesseln saßen und Luft atmeten, die nach einem parfümierten Desinfektionsmittel roch, wie sie vielleicht gerade jetzt, auf halbem Wege zu ihrem Ziel, einen Imbiss serviert bekamen. Von dort oben würden durch die Fenster aus transparentem Hyperkarbon weitere Kondensstreifen zu sehen sein. Auf Legis XV führten die meisten Fernreiserouten über den Pol. Die Kontinente befanden sich in der nördlichen Hemisphäre, weit vom wilden Äquatorialmeer und dem weiten, stillen Ozean des Südens entfernt. Hier am Pol trafen sich Lufttransitstrecken wie die Linien eines Dribbel-Balls. Die öde Tundra war ein leerer Ort, überflogen, aber nie besucht.

Rana war nie durch die Luft gereist, bevor Herd sie hierher gebracht hatte. Den Luxus solcher Reisen konnte sie sich nur vage vorstellen, und die Lücken in ihrer Vorstellung füllte sie mit den Geräuschen der Musik reicher Leute: Streichinstrumente, die eine langsame Phrase wiederholten.

Sie beobachtete, wie der Wind Schnee über die Ebene wehte, bemerkte Richtung und Geschwindigkeit der wenigen dahintreibenden Wolken. Ihr Hirnfehler traf eine Vorhersage. Der Kondensstreifen erreichte einen bestimmten Punkt, und Rana sagte: »Jetzt.«

Im gleichen Moment bekam die weite Kurve des Kondensstreifens einen Knick. Einige Gegenstände reflektierten das Licht der Sonne, als sie sich vom Überschallflugzeug lösten und fielen, mit scheinbarer Langsamkeit aufgrund der großen Entfernung.

Das Flugzeug brachte Kurs und Flugbahn schnell wieder unter Kontrolle.

Rana dachte an das plötzliche Chaos in der Maschine. Umherfliegende Sektgläser, ein Durcheinander aus Tabletts und Handgepäck ... Alle Gegenstände sprangen zur Decke, als das Flugzeug innerhalb weniger Sekunden tausend Meter an Höhe verlor. Die unerwartete Öffnung des Frachtraums hatte den Luftwiderstand der Maschine von einem Augenblick zum anderen verdoppelt, wodurch es zu heftigen Erschütterungen gekommen sein musste. Die smarten Sessel hielten die Passagiere hoffentlich fest. Einige blutige Nasen und verrenkte Schultern, vielleicht eine Gehirnerschütterung bei jemandem, der auf den Beinen gewesen war. Aber inzwischen hatte sich das Flugzeug gefangen und den Frachtraum wieder geschlossen.

Rana Harter wusste inzwischen, dass ihr Hirnfehler besser funktionierte, wenn sie sich solche Details vorstellte. Während ihr entsprechende Bilder durch den Kopf gingen, verfolgte ihr Blick den Fall von Gepäck und Ausrüstungsmaterial. Sie spürte, wie ihr Geist arbeitete, als er Ort und Ausmaße des Bereichs berechnete, in dem all jene Gegenstände niedergehen würden. Die klare, präzise Mathematik von Fallkurven und Wind schmeckte wie Kampfer, hallte mit vibratofreien, pointillistischen Klängen einiger Flöten in ihren Ohren, eine für jede Variable.

Die Antworten kamen.

Sie drehte sich zu Herd um, die bereits ihren mit Kapuze ausgestatteten Pelzmantel trug. Der Zobel stammte aus dem ersten von Alexander arrangierten Gepäckregen. Die Färbung, die zuvor Herds Rix-Augen verraten hatte, war jetzt verschwunden: Sie zeigten ein wunderschönes Violett, umrahmt von schwarzem Pelz. Bitterkalter Wind strich über die Haare des Mantels und gab ihnen wellenförmige Bewegungen, die in Rana den Klang kleiner, glänzender Glocken an den Füßen von Hochzeitstänzern erzeugten.

Herd wartete auf Anweisungen und wahrte respektvolles Schweigen, wie immer, wenn Rana von ihren besonderen Fähigkeiten Gebrauch machte. (Aber sie hatte ihr die Hand gedrückt, als das Wort *Jetzt* das Flugzeug aus seiner Bahn zu reißen schien.)

»Vierundsiebzig Kilometer in jene Richtung«, sagte Rana und streckte den Arm aus. Herd hielt mit ihren violetten Augen Ausschau und suchte nach Orientierungspunkten. Dann nickte sie und wandte sich Rana zu, um ihr einen Abschiedskuss zu geben.

Die Lippen der Rixfrau waren jetzt immer kalt, denn sie hatte ihre Körpertemperatur der Umgebung angepasst. Ihr Speichel schmeckte ein wenig nach Rost, wie das Aroma von Blut, aber süßer. Ihr Schweiß enthielt kein Salz; mit seinem Mineraliengehalt schmeckte er wie das Wasser einer Steinbruchsiedlung. Als Herd zum Flugzeug lief und ihr Mantel Zobelschwingen ausbreitete, vermischte sich der synästhetische Geruch der an Vögel und Lemongras erinnernden Bewegungen der Rix mit dem Restgeschmack in Ranas Mund. Die Freude, Herd zu beobachten, ließ nie nach.

Dennoch kehrte Rana in die Höhle zurück, bevor der Aufklärer zu summendem Leben erwachte. Jede Sekunde hier draußen in der Kälte zehrte von ihrer Kraft.

Drinnen lag die Temperatur über dem Gefrierpunkt.

Rana Harter trug zwei Lagen aus echter Seide, einen Hut aus rotem Fuchspelz und ebenfalls einen Pelzmantel, gezüchteter Chinchilla, mit Blauwal aus dem südlichen Ozean gefüttert. Aber sie fror trotzdem.

An den Wänden der Höhle hingen jahrhundertealte Wandteppiche, für das Antiquitätenmuseum in Pollax bestimmt. Die von Herd in die Wände gehauenen Eisregale enthielten ein breites Sortiment an Toilettenartikeln und Kleidung aus dem vom Himmel gefallenen Gepäck. Rana und Herd schliefen auf dem Fell eines großen bärenartigen Wesens, das ihnen beiden unbekannt war – ein Zollstempel wies auf seinen Außenweltursprung hin. Futterstoff aus Koffern und Reisetaschen bedeckte den Boden, und Unterwäsche bildete darunter eine isolierende Schicht.

Die kleinen, effizienten Reisemaschinen waren überall. Spielkonsolen und Kaffeeapparate, Taschenlampen und Sexspielzeug – für Herd Material, mit dem sie neue Geräte bauen konnte. Sie ernährten sich von Delikatessen: das zarte Fleisch junger Tiere; Obst, das überhaupt nicht der Jahreszeit entsprach; Kaviar und exotische Nüsse; kandierte Insekten und essbare Blumen. Alles kam in kleinen Portionen, für die Mahlzeiten an Bord von Luxusflugzeugen geeignet: in sich selbst erhitzenden Büchsen und gefriergetrocknet; abgepackt und kaltgelagert. Und all diese Köstlichkeiten konnten mit Spirituosen aus Plastikflaschen heruntergespült werden, klein genug, dass sie den langen Sturz heil überstanden hatten. Sie tranken aus zwei Kristallgläsern, die jemand für wertvoll genug gehalten hatte, um sie in dreißig Zentimeter Smartschaum zu verpacken. Seltsamerweise war der Inhalt des Behälters als Kaffeebohnen deklariert gewesen. Ein Fehler, oder vielleicht handelte es sich um geschmuggelte Antiquitäten.

All diese Fülle aus den Frachträumen von nur drei Flugzeugen, dachte Rana. Nie zuvor hatte sie solchen Reichtum gesehen. Sie hob einen Tennisschläger aus Smartplastik, der Rand nicht breiter als die Fäden der Bespannung, und bestaunte seine fast rixische Eleganz.

Dieser vierte »Gepäck-Unfall« würde auch der letzte sein. Die statistische Wahrscheinlichkeit solcher Zwischenfälle war bereits weit übertroffen, und Alexanders falsche Hinweise zur Erklärung des Frachtraumtür-Defekts verloren an Glaubwürdigkeit. Doch Rana und Herd hatten alles, was sie brauchten, bis das Verbundbewusstsein sie wieder in den Einsatz rief.

Bis dahin würden sie in Luxus leben. Und sie hatten sich gegenseitig.

Rana Harter setzte sich und ruhte nach den erschöpfenden Minuten in der Kälte draußen aus. Sie hob ein für Reisen bestimmtes Lesegerät, und selbst diese geringe Anstrengung ermüdete sie. Jede Nacht schlief sie länger, träumte klar, aber abstrakt mit den sonderbaren Symbolen ihres Hirnfehlers. Die Freude verließ sie nie. Dafür sorgten die Dopamin-Regulatoren.

Die Infektion in Ranas Wunde war nach einer einzigen fiebrigen Nacht verschwunden, was sie einer Ampulle mit Nanos aus Herds Medo-Tasche verdankte. Doch das Gewicht in Ranas Brust blieb und nahm immer mehr zu. Mit jedem verstreichenden Tag fiel ihr das Atmen schwerer.

Sie aktivierte das Lesegerät. Der Bildschirm erhellte sich und zeigte die zuvor markierte Seite eines medizinischen Kompendiums. Rana schaltete das Gerät wieder aus. Sie hatte diesen Artikel mehrmals gelesen und wusste, dass es mit dem unverletzten Lungenflügel immer schlimmer wurde. Flüssigkeit sammelte sich langsam zwischen Brustkorb und Lunge, presste wie eine Faust den Atem aus ihr. Nur eine Operation konnte sie retten. Wie einfallsreich ihre

Rix-Geliebte auch sein mochte: Chirurgische Maßnahmen waren hier in der eisigen Höhle nicht möglich.

Rana Harter hatte nie einen ausgeprägten Sinn für Ironie gehabt. Die schlichten Umstände ihres Lebens hatten ihn nicht erfordert. Aber sie sah den Witz in ihrer gegenwärtigen Situation. Sie war von all den Dingen umgeben, die sie sich jemals gewünscht hatte, von allem, was Luxus und Reichtum bedeutete. Ein unsichtbarer Gott, von dem sie *wusste,* dass er existierte, befand sich in der Nähe. Sie konnte nach Belieben ihren Hirnfehler benutzen, in einer sicheren Zuflucht am Ende der Welt. Und sie hatte eine Geliebte von exotischer Schönheit, eine entschlossene, tödliche Beschützerin, deren physische Eleganz, erlesener Geist und violette Augen ganz neue Welten der Faszination boten.

Und die Pointe: Mit ziemlicher Sicherheit würde Rana in den nächsten Tagen sterben.

Sie wandte sich von diesen Gedanken ab wie ein Kind von einem leichten Regen. Ihr Frohsinn blieb davon unbeeinträchtigt. Was auch immer geschah: Sie – ein Mensch von Billionen – hatte Glück gefunden.

Und der Tod muss mich gefunden haben, dachte Rana Harter.

Sie war bereits im Himmel.

SENATORIN

Nara Oxham griff nach der Brüstung, bevor sie die Droge in ihrem Kreislauf eliminierte.

Der Balkon schwang leicht im kühlen Wind der späten Nacht, und Gegengewichte im hölzernen Boden unter Oxhams nackten Füßen kontrollierten seine Bewegungen. Fingerdicke Polyfasern verstärkten die leise klirrenden Zierketten, angeblich mit genug Zugfestigkeit (so behauptete die Gebäudepropaganda), um einen afrikanischen Elefanten zu halten, selbst während der Coriolis-Stürme, die die Hauptstadt manchmal im Spätsommer erreichten. Wenn Senatorin Oxham aus irgendeinem Grund über die Brüstung gestürzt wäre, so hätte das unsichtbare Netz sie aufgefangen - es umgab das ganze Gebäude, um Selbstmorde zu verhindern - und zur nächsten Aussichtsetage fünf Stockwerke weiter unten gebracht. Und für den Fall des Undenkbaren verfügte der Balkon über ein kleines Pralluftschiff, unter dem Frühstückstisch komprimiert. Bei vollem Einsatz hatte es genug Auftrieb, um die Senatorin und etwa zwanzig Gäste sicher nach unten zu bringen und weich landen zu lassen.

Doch der animalische Instinkt im Menschen war noch immer stark, wie Nara aufgrund ihrer Empathie wusste, und Sicherheitsvorkehrungen allein genügten nicht, um das Schwindelgefühl angesichts einer Höhe von zwei Kilometern zu überwinden. Oxhams Fingerknöchel traten weiß hervor, als die Wirkung der Droge nachließ.

Ein vertrautes Zischen kam vom Apathie-Armband, als es Filternanos injizierte. Nach einigen Minuten stieg das erste Schimmern von Empathie aus der Stadt auf. Mentales Rauschen grollte von den wuchtigen, hässlichen Wohntürmen nördlich des Diamantpalastes. In jedem Turm wohnten mehr als hunderttausend subalterne Beamte, die alle steuerpflichtigen Produktionen überwachten. Jeder kaiserliche Verwalter der Achtzig Welten hatte hier auf Heimat ein Double, ein weiteres Augenpaar, das alle Transaktionen beobachtete und sicherstellte, dass Senat und Kaiser ihren Anteil bekamen. Auf Vasthold hatte Nara das Heer aus fernen, unsichtbaren Aufsehern als etwas Abstraktes gekannt, aber in dieser Stadt kamen die Erbsenzähler von achtzig Welten zusammen und vermittelten eine Vorstellung von der enormen Größe des Reiches.

Jeden Tag starteten riesige Datenfrachter vom Raumhafen, um die auswärtigen Besitzungen mit verschränkten Quanten zu beliefern. Es wurden keine Mühen gescheut, um Breitband-Kommunikation ohne Zeitverlust zu ermöglichen, Allwissenheit und Macht für den Kaiser.

Als ihre Empathie zunahm, fühlte Nara die Dynamik kleiner Veränderungen: Tausende von Beamten kehrten heim, als auf dicht besiedelten, Lichtjahre entfernten Kontinenten die Nacht begann, und andere tausende erwachten, um niedrige, fensterlose Verwaltungsgebäude zu bevölkern, als in irgendwelchen Megastädten der Achtzig Welten ein neuer Tag anfing. In der Hauptstadt herrschte noch immer das Kriegsfieber, aber aus den Köpfen dieser zahllosen Schergen drang nie ein Schrei. Sie waren wie die Zahnräder im Getriebe des Reiches.

Nara fragte sich, womit sich die für Legis XV zuständigen Kontrolleure beschäftigten, nach der Trennung des Planeten vom kaiserlichen Netzwerk. Die ganze Welt, abgesehen von einigen militärischen Stützpunkten und der *Luchs*, war nach der Entstehung des Verbundbewusstseins absichtlich in einen dunklen Fleck verwandelt worden. Der Kaiser hatte die direkte Kontrolle über einen Planeten aufgegeben, um die Rix-Abscheulichkeit zu isolieren.

Welch eine Beleidigung für das kaiserliche Privileg.

Die Lichter der Hauptstadt überstrahlten die Sterne am Nachthimmel, und Nara fühlte ihre Entfernung von Laurent, ihre Hilflosigkeit. Wenn die *Luchs* so plötzlich zerstört worden war, dass kein letzter Bericht hatte übermittelt werden können, so würde es wegen der langsamen Konstanten acht Stunden dauern, bis die Teleskope auf Legis XV ihren Tod sahen. Die Ungewissheit würde fast einen Tag dauern.

Die Abstimmung des Kriegsrats lag Stunden zurück. Der Kampf musste inzwischen begonnen haben.

Vielleicht war der Mann, den Nara liebte, bereits tot.

Die Empathie erreichte eine neue Intensitätsstufe, und Senatorin Oxham fühlte hektische Gedanken in der von Feuerschein durchsetzten Dunkelheit des Märtyrerparks. Vorfahren verehrende Kulte hatten dort unten Bildnisse von Rixfrauen errichtet, große Gestalten mit hohlen Augen, gefüllt mit seltsamen künstlichen Organen, die nach Plastik rochen, wenn sie verbrannten. Seit der Ermordung der Kindkaiserin waren die Demonstrationen der Gläubigen mit jedem Tag größer geworden.

Selbst Nara, eine eingefleischte Säkularistin, spürte noch immer den Schock jenes Moments. Immerhin war die Schwester des Kaisers der Grund gewesen, eine zentrale Gestalt in den Märchen und Versen der Kindheit. Wie sehr Nara Oxham auch den Vorgang verabscheute, der vor langer Zeit Anastasias Krankheit geheilt hatte – dadurch war die Welt entstanden, in der sie lebte. Und trotz ihres Alters von sechzehn Jahrhunderten hatte Anastasia am Tag ihres Todes wie eine Zwölfjährige ausgesehen.

In einer normalen Welt wäre sie schon vor langer Zeit gestorben, aber ihr Tod fühlte sich trotzdem völlig falsch an.

In dieser Nacht schlief der größte Teil der Hauptstadt. Das wilde Wesen der menschlichen Gruppenpsyche zeigte ungewöhnliche Ruhe, und Senatorin Oxham konnte lange Minuten ihre geistige Stabilität aufrechterhalten. Sie versuchte, den Diamantpalast zu fühlen, doch die kalten Selbstsphären der Toten im Apparat und die disziplinierten Gedanken der Elitewächter boten ihr nur wenig Halt.

»Warum?«, fragte sie leise und dachte an die Pläne des Kaisers.

Unten regte sich die Stadt; der Krieg belebte sogar ihre Träume.

Nara stellte sich eine Atomexplosion über der Hauptstadt

vor, eine plötzliche Sonne am Himmel. Der elektromagnetische Impuls würde sofort alle Lichter ausgehen lassen und das ganze Spektakel der Hauptstadt in schwarze Silhouetten verwandeln, erleuchtet nur vom nuklearen Feuer am Firmament und den Flammen im Park. Wie »sauber« der Sprengkopf auch sein mochte: Einige Sekunden später würde die Druckwelle das Gebäude mit Naras Wohnung erschüttern, Fenster zertrümmern, zweifellos die Schutzvorrichtungen des Balkons auf eine harte Probe stellen und einen Regen aus Glassplittern auf die Straßen tief unten niedergehen lassen.

Das war der Plan für den fernen Planeten Legis XV, falls Laurent Zai erfolglos blieb.

Der nukleare Angriff mochte das von den Rix gesäte Verbundbewusstsein eliminieren, aber gleichzeitig würde er den Planeten in ein dunkles Zeitalter schleudern. Abstürzende Luftwagen, ausfallende medizinische Geräte, Krankheiten, Unruhen und Hunger, alles Folgen der zerstörten globalen Infostruktur – nach den Schätzungen des Apparats würde es etwa hundert Millionen Tote geben.

Das war nicht übermäßig viel angesichts einer Gesamtbevölkerung von zwei Milliarden – nur einer von zwanzig. Doch es lief trotzdem auf einen großen Sieg für den Alten Feind hinaus.

Erneut sah Nara zum Diamantpalast. Was konnte den Tod von hundert Millionen Menschen wert sein?

Die Hauptstadt verwandelte sich allmählich in einen zornigen Chor, als die Schutzmauern von Oxhams Bewusstsein dünner wurden. In den schlaflosen Freimarkttürmen im Süden erhöhte sich die Nervosität bei den Termingeschäften. Um Titel und Ablässe wurde gestritten wie um Aas, als sich die Räder der kaiserlichen Kriegswirtschaft immer schneller drehten. Das mentale Rauschen schwoll zu einem Heulen an, und wieder kam das alte Bild: Eine große Wolke aus

Seemöwen entstand am Himmel und drehte sich über dem aufgeblähten, sterbenden Etwas, das das Reich war.

Nara Oxham glaubte zu spüren, wie sie in diesen Momenten des Wahnsinns etwas Fatales und Verborgenes berührte – die Neutralisierung der Droge öffnete ihre Empathie den Massen der Hauptstadt, dem Auferstandenen Reich im Mikrokosmos. Etwas war vollkommen verfault, wusste sie, eine Verdorbenheit zerrte an den Strängen, die die Achtzig Welten zusammenhielten. Und sie wusste: Wie sehr sie auch gegen die Herrschaft des Kaisers angekämpft hatte – es erschreckte sie zu sehen, wie brüchig alles war.

Ein dunkles Gebilde stieg vor Oxham auf, schob sich vor die Lichter der Stadt. Sie versuchte, die Erscheinung mit einem Blinzeln zu vertreiben, doch das stumme, geflügelte Objekt blieb da. Nara wich einige Schritte zurück, für einen Moment davon überzeugt, dass ihre empathische Vision irgendwie zum Leben erwacht war und sie verschlingen wollte.

Dann vernahm sie ein vertrautes Geräusch im sekundären Hören, das beharrlich versuchte, durch das Heulen der Stadt hindurch ihre Aufmerksamkeit zu erringen. Nara schloss die Augen, und ein vom Wahn verschonter Teil ihres Bewusstseins erkannte das Signal: Sie wurde zu einer neuen Sitzung des Kriegsrats gerufen.

Aus einem Reflex heraus tasteten ihre Finger nach dem Armband und lösten dort eine neue Dosis Apathie aus.

Als sie die Augen wieder öffnete, war das Gebilde noch immer da. Ein kaiserlicher Luftwagen wartete geduldig, einen eleganten Flügel zum Rand des Balkons ausgestreckt.

Eine visuelle Mitteilung hing im sekundären Sehen.

Der Kampf hat begonnen. Der Souverän erbittet eine neue Versammlung des Kriegsrats.

Nara schüttelte bitter den Kopf, als die Droge ihre Empathie unterdrückte und die Hauptstadt zum Schweigen brachte. Sie bekam nicht einmal die Möglichkeit, allein auf Nachrichten von Laurent und Legis zu warten. Der Kaiser und sein Kriegsrat – jene, die wussten, was auf dem Spiel stand – wollten Gesellschaft, während sie beobachteten, wie sich der elende Plan entfaltete.

Nara Oxham trat ohne einen Wechsel der Kleidung über den Flügel des wartenden Luftwagens. Auf Vasthold ging man schlicht angezogen und barfuß zu Beerdigungen.

In den nächsten Stunden würde Laurent Zai entweder hundert Millionen Leben retten oder bei dem Versuch sterben.

CAPTAIN

Captain Laurent Zai frohlockte inmitten der Farben und Geräusche der Brücke.

Der Kampf begann.

Beide Schiffe hatten ihre Drohnenflotten gestartet, und die vorderen Randbereiche der Scharen berührten sich jetzt, in einer Entfernung von etwas mehr als einer halben Lichtminute: zwei große Wolken bei einer wie würdevollen Kollision. Automatische Drohnen griffen sich dort gegenseitig an; die Plänkler beider Flotten wetteiferten um Vorteile. Das Ergebnis dieser ersten Duelle war noch ein Geheimnis – nur die größten Scouts und ferngelenkten Kampfdrohnen waren mit Translicht-Kommunikation ausgestattet. Vielleicht hatte eine Seite an der Peripherie bereits Überlegenheit gewonnen, was ihr einen wichtigen Vorteil bei der Informationsgewinnung gab. Die wenigen Scouts mit verschränkter Kommunikation konnten der *Luchs*-Crew nicht viel über den Feind mitteilen.

Wenn die Drohnen der *Luchs* den Kampf am Rand verloren, gesellte sich der allgemeinen Überlegenheit der Rix auch noch besseres Nachrichtenmaterial hinzu.

Dies war einer der Nachteile von Zais tollkühnem Schlachtplan. Wenn die ersten peripheren Duelle verloren gingen, gab es kaum eine Möglichkeit, das wettzumachen.

»Irgendetwas vom Meisterpiloten?«, wandte sich Zai an Hobbes.

»Er hält noch immer nach einer Lücke Ausschau, Sir.«

Zai biss die Zähne zusammen und fluchte lautlos. Es wäre dumm gewesen, Marx neue Befehle zu übermitteln, bevor er Bereitschaft signalisierte. Der Meisterpilot war ein hervorragender Taktiker, und seine ferngelenkten Kampfdrohnen waren weitaus weniger zahlreich, aber erheblich wichtiger als die automatischen Drohnen, die im Berührungsbereich kämpften. Aber manchmal wünschte sich Zai, jener Mann wäre weniger anspruchsvoll gewesen.

»Geben Sie mir Bescheid, wenn er sich dazu herablässt, in den Kampf einzugreifen.«

Zai zupfte verärgert an seiner wollenen Uniform.

»Und, Hobbes, warum ist es so verdammt warm auf meiner Brücke?«

PILOT

Meisterpilot Jocim Marx beobachtete die Finten und Vorstöße der Schlacht mit der Geduld eines Boxers, der auf den richtigen Moment zum Zuschlagen wartete.

Sicher untergebracht im abgeschirmten Innern der *Luchs* teilte Marx die Perspektive der vordersten mit Verschränkung ausgerüsteten Drohne. Sie war dem Kampf nahe, nahm aber noch nicht daran teil. Die beiden Drohnenwolken hatten gerade damit begonnen, sich zu überlappen, wie ein dreidimensionales Venn-Diagramm, das das Ergebnis von Verknüpfungen zwischen Mengen anzeigte. Aber mit jeder verstreichenden Sekunde vergrößerte sich der gemeinsame Teil der beiden Mengen um weitere dreitausend Kilometer. In der breiten Kollisionsfront sausten Drohnen umher und beschleunigten mit tausenden *g* für die kleinsten lateralen Veränderungen. Wegen der hohen Relativgeschwindigkeit der beiden Flotten konnten die Drohnen ihre Positionen in Bezug auf den Feind nur geringfügig verändern. Sie waren wie mit Pistolen bewaffnete Duellanten, die an der Spitze zweier mit hoher Geschwindigkeit einander entgegenrasender Züge saßen und ein wenig zur Seite traten, um einen leichten Vorteil zu bekommen.

Mit den Sensoraugen der Translicht-Drohne sah Marx direkt die äußersten Bereiche des Kampfes. Er konnte die Drohnen in der Nähe anweisen, schnelle Abwehrmanöver durchzuführen. Aber die Drohnen, die seine Anweisungen empfingen, waren zu klein und zu billig für verschränkte Kommunikation, und deshalb erreichten seine Befehle sie mit der quälenden Langsamkeit der Konstanten. Marx war an die Millisekunden-Verzögerungen bei Aufklärern und anderen Mikro-Maschinen gewöhnt, doch bei diesen Verzögerungen kam er sich vor wie jemand, der versuchte, mit Brieftauben Einfluss auf eine mehrere Kilometer entfernt stattfindende Schlacht zu nehmen.

Die beiden Flotten durchdrangen sich weiter, und in der dunklen Leere flammten die Treibsätze beschleunigender kinetischer Waffen auf. Die erste Welle der *Luchs*-Drohnen gab Sand frei, riesige Wolken aus scharfen und korrosiven Kohlenstoffpartikeln, von Dichtern *Diamanten* genannt. Bei hoher Relativgeschwindigkeit konnte Sand eine Drohne aus ihrer Panzerung schälen, so wie ein Wüstensturm die Haut von einem nackten Menschen riss.

Die Rix reagierten mit komplexen Gegenmaßnahmen.

Marx sah schimmernde Blitze, die auf den Start von Schwarmraketen hindeuteten. Jeder Schwärmer war nicht größer als ein menschlicher Finger, aber in Phalangen aus hundert oder mehr bildeten sie eine kollektive Entität mit enormer Vielseitigkeit. Sie vereinten ihre Ressourcen und bildeten eine gemeinsame Sensoranordnung mit kombinierter elektronischer Verteidigung und einer robusten, selbstständigen Intelligenz. Und wie bei der militärischen Hardware der Rix üblich: Schwärmer entwickelten sich von Kampf zu Kampf weiter. Vor Jahrzehnten bei der Ersten Inkursion hatte man beobachtet, wie sie über große Entfernungen hinweg ihre Taktik koordinierten. Sie bildeten größere oder kleinere Formationen, je nach Situation, und individuelle Komponenten opferten sich, um andere Schwärmer ihrer Gruppe zu schützen. Marx überlegte, wie sehr sie sich während der vergangenen achtzig Jahre weiterentwickelt hatten. Er befürchtete, dass der *Luchs* in dieser Hinsicht eine unangenehme Überraschung bevorstand.

Aber wie klug diese neuen Schwärmer auch sein mochten, der Captain hatte mit seinem Hinweis Recht: Die einfachere kaiserliche Technik bot bei hoher Geschwindigkeit einen Vorteil. Schwärmer und gesteuerte Drohnen nutzten einen großen Teil ihrer Masse für ihre selbstständige Entscheidungsfähigkeit, und bei einem blitzschnell stattfindenden Kampf zahlte sich Intelligenz nicht immer aus. Sand war so dumm wie eine Keule aus Stein, aber seine zerstörerische Kraft nahm mit jedem Kilometer pro Sekunde zu.

Die Sensoren der ferngesteuerten Drohne teilten dem Meisterpiloten mit, dass die Schwärmer auf die erste Wellenfront aus Sand trafen. Bei relativer Ruhe ließ sich eine weit ausgebreitete Sandwolke kaum entdecken. Doch wenn man versuchte, sie mit einem Prozent der Lichtgeschwindigkeit zu durchfliegen, so verwandelte sich die Wolke in eine massive Wand.

Marx steuerte seine Drohne näher.

Die Sicht wurde schnell klarer, als er sich dem Rand des Kampfgebiets näherte. Die Masse seines Scouts hatte zu Beginn des Einsatzes zu zwei Dritteln aus Reaktionsmasse bestanden, und er konnte mit sechshundert *g* beschleunigen, bei einer Effizienz von fünfundzwanzig Prozent. Mit vollem Schub hätte er es in etwa zweihundert Minuten auf etwas weniger als ein Viertel der Konstante geschafft, doch dann wäre der gesamte Treibstoff verbraucht gewesen. Zwar mangelte es dem Scout an der von Marx so geschätzten Eleganz der kleineren Maschinen, doch dieser eine Punkt faszinierte ihn: Diese Drohne, nicht größer als ein Sarg, konnte relativistische Geschwindigkeiten erreichen. Sie war imstande, die Zeit zu verformen.

Selbst im schnellen Durcheinander der Schlacht konnte die Beschleunigung des Scouts einen Unterschied bewirken. Marx hatte ihn vor die kaiserliche Drohnenflotte gebracht und dann gedreht. Jetzt fiel er in Richtung *Luchs* zurück, wie als Begleiter der Rix-Drohnen. Marx hatte ein Sechstel der Reaktionsmasse verbrannt, aber er war dort, wo er sein wollte: im brodelnden Zentrum des Konflikts.

Er kam an einigen langsamer werdenden Sanddrohnen vorbei – nach dem Freisetzen ihrer Ladung machten sie sich auf den Rückweg.

Marx wartete und trommelte mit den Fingern. Inzwischen sollte das Feuerwerk begonnen haben. Wo blieb die Welle aus Explosionen, Zeichen für die Zerstörung der ersten Schwärmer-Formationen?

Kaiserlicher Sand wurde kaum von den Sensoren erfasst; er war dazu bestimmt, unsichtbar zu sein. Trotzdem sah Marx keine Explosionen, nur auf Beschleunigung und Start hinweisende Blitze.

Starben die Schwärmer einen leisen Tod, zermahlen von der schrecklichen Reibung des Sands?

Marx näherte sich und suchte nach Antworten, auch wenn er dabei den Scout in Gefahr brachte. Ein Kampf entbrannte zwischen den größeren vorderen Drohnen, die alle ihre Satelliten gestartet hatten, sich nun gegenseitig und direkt angriffen. Strahlwaffen der Rix ließen es im All flackern und verbrannten Sand, wirkten in den Wolken aus Kohlenstoffpartikeln wie Scheinwerferlicht im Nebel. Doch so sehr Marx auch Ausschau hielt: Nirgends entdeckte er Hinweise auf die Vernichtung vieler kleiner Maschinen. Er beendete die Beschleunigung des Scouts, um außerhalb des Kampfbereichs zu bleiben.

Dann sah der Meisterpilot die Kolonne.

Sie glitzerte kurz als Radarreflex, vier Kilometer lang. Für einen Moment hielt er sie für ein einzelnes Gebilde. Dann berechnete die KI den exakten Durchmesser, und er begriff, worum es sich handelte.

Eine einzelne Kolonne aus Schwärmern, wahrscheinlich alle vom Schlachtkreuzer gestarteten, mehr als fünftausend, jeweils nicht mehr als einen Meter voneinander entfernt. Die Sensoren bestätigten die unglaubliche Präzision der Formation: Die ganzen vier Kilometer hatten den Durchmesser von Marx' Daumen.

Ganz vorn an der Kolonne blitzte es immer wieder. Alle paar Sekunden wurde die Drohne an der Spitze vom Sand zerstört. Die nächste nahm ihren Platz ein, für einige weitere Sekunden.

Doch hinter diesen Opfern blieb die große Mehrheit der Schwärmer geschützt. Sie waren wie ein Heer aus Ameisen, das einen Fluss überquerte: Die späten Ankömmlinge marschierten über die Rücken der ersten, ertrunkenen. Die Schwärmer bohrten ein sehr kleines Loch in die Mauer aus Sand und flogen hindurch.

Marx hatte beobachtet, wie Schwärmer ganz besondere Formationen bildeten: strahlenförmige Arme, wie Papierfächer oder die Streben eines Sonnenschirms; Toroide und liegende Achten, die mit einer stationären Welle wogten, Punktwolken mit zahlreichen inneren Bewegungen. Aber etwas so teuflisch Einfaches sah er zum ersten Mal.

Eine gerade Linie.

Und sie kamen durch.

Vor Marx' innerem Auge entstand ein Bild. Auf seiner Heimatwelt lebte eine Ratte, die ihre eigenen Knochen brechen und sich in einen Gallertbeutel verwandeln konnte, um selbst durch den schmalsten Spalt zu kriechen. Er schauderte bei diesem Gedanken.

Die Überraschung beeinträchtigte seine Aufmerksamkeit. Zu spät bemerkte er die zehn Schwärmer, die die Linie verließen, als sie eine kurze Lücke im Sand zwischen Scout und Kolonne entdeckten. Als der Meisterpilot reagierte, hatten die Schwärmer bereits Kurs auf ihn genommen und beschleunigten mit dreitausend g. Dadurch verbrannten sie ihre Reaktionsmasse in weniger als einer Sekunde, aber Marx' hastiges Ausweichmanöver kam nicht rechtzeitig genug – sein Scout drehte sich wie ein langsames, schwerfälliges Mastodon, das sich einem Rudel kleiner Raubtiere gegenübersah. Die Synästhesie füllte sich mit Blitzen, gleißte mehrmals und ließ ihn dann im beruhigenden Rauschen eines unterbrochenen Signals zurück.

Er fluchte. Und dann fluchte er noch einmal.

Jocim Marx fasste sich und stellte eine Verbindung mit dem Ersten Offizier Hobbes her.

»Ich habe es gesehen«, sagte Hobbes. Sie hatte ihm gewissermaßen über die Schulter geschaut.

Er biss sich auf die Zunge, als eine Welle der Schmach in ihm aufstieg. Er war mit einer Translicht-Drohne der Klasse 7 auf Erkundungsmission gewesen und hatte sich von einer Handvoll automatischer Drohnen schlagen lassen.

»Sie kommen durch den Sand!«, rief er. »Die *Luchs* ist ...«

»Wir weisen den Captain in vierzig Sekunden darauf hin«, unterbrach Hobbes. »Ich möchte, dass Sie virtuell auf der Brücke sind.«

Vierzig Sekunden? Eine Ewigkeit bei diesem Kampf, ein Dutzend Möglichkeiten durch die Verzögerung verloren.

»Und was soll ich während der vierzig Sekunden machen, Erster Offizier?«

Eine Pause folgte: Hobbes hatte sein Audio abgeschaltet, um ein anderes von einem Dutzend Gesprächen fortzusetzen, mit denen sie jonglierte. Dann erklang ihre Stimme erneut.

»Ich schlage vor, Sie danken dem Umstand, dass Sie ferngesteuerte Drohnen fliegen, Meisterpilot. Wir sehen uns in dreißig Sekunden.«

Der Erste Offizier ließ ihn allein in seinem blauen, toten Universum zurück.

Marx' Finger zuckten, als er wartete - er sehnte sich danach, wieder zu fliegen.

CAPTAIN

»Kurz gesagt, die Schwärmer kommen durch den Sand«, beendete Hobbes ihren Bericht.

Laurent Zai nickte.

»Das ist immer der Fall. Wie groß sind die berechneten Verluste?«

Hobbes schluckte. Derartige Nervosität war ganz und gar nicht typisch für sie. Seit der Meuterei hatte sie an Zuversicht verloren.

»Vielleicht ein Zehntel, Sir. Die anderen neunzig Prozent kommen durch.«

»Zehn Prozent!« Zai blickte auf den Hauptschirm der Brücke hinab, der die lange, dünne Nadel der Schwärmer zeigte. Normalerweise reduzierte der Sand die kleinen, entbehrlichen Drohnen auf einen Bruchteil ihrer ursprünglichen Anzahl. Zai und Hobbes hatten angenommen, dass der Sand bei dieser Geschwindigkeit besonders zerstörerisch wirkte. Stattdessen erwies er sich als nahezu nutzlos.

Allein die erste Welle bestand aus fast fünftausend Schwärmern, mehr als genug, um die *Luchs* in Stücke zu reißen. Und sie würden in sechzehn Minuten da sein.

»Haben sie während des letzten Kriegs die Taktik der einzelnen Kolonne benutzt?«, fragte Zai.

»Nein, Sir«, antwortete Hobbes. »Vielleicht hat ihre Evolution ...«

»Bitte um Entschuldigung, Captain«, unterbrachen Kopf und Schultern des Meisterpiloten den Ersten Offizier. Sein Bild schwebte im persönlichen Luftschirm des Captains, von einem Flugbaldachin im Kern der *Luchs* projiziert.

»Ja, Meisterpilot?«

»Bei einem normalen Kampf gäbe eine einzelne Kolonne den Schwärmern keinen Vorteil. Der Sand wird aus hunderten von kleinen Behältern freigesetzt, und deshalb hat jeder Sandsturm im All hunderte von unterschiedlichen Flugbahnen. Die relative Bewegungen zwischen Sand und Schwärmern ist chaotisch.«

»Also böte eine Kolonne keinen Schutz«, sagte Hobbes.

»Korrekt.« Marx' Finger gerieten in Sicht, während sie durch Berechnungen gestikulierten. »Aber bei diesem Kampf durchdringen sich die beiden Drohnenflotten mit dreitausend Kilometern pro Sekunde. Die laterale chaotische Bewegung des Sands wird durch ihre relative Bedeutungslosigkeit in Bezug auf die allgemeine Bewegung neutralisiert. In einigen wenigen Tausendstelsekunden bohrt sich die Kolonne selbst durch die größte Sandwolke.«

Zai schloss die Augen. Wie dumm von ihm, dies nicht erkannt zu haben. Vielleicht nicht diese spezifische Taktik, aber den zentralen Fehler in seinem Plan: Die hohe Angriffsgeschwindigkeit der *Luchs* bewirkte eine Abflachung der Ereignisse.

Ein Zitat von Anonym 167 fiel ihm ein, zu spät.

»›Gegen eine einfache Taktik nützt oft eine einfache Antwort‹«, murmelte er. Die Rix hatten die einfache Antwort gefunden.

»Verzeihung, Sir?«, sagte Marx.

Hobbes nickte mit Nachdruck und übersetzte den Aphorismus für Marx. »Die hohe Relativgeschwindigkeit zwischen unseren Schiffen kanalisiert die Beziehungen in eine einzelne Dimension: die der Annäherungsachse. Im Grunde genommen haben wir es mit einem Kampf zu tun, der nur eine Variable kennt.«

»Und die Rix haben mit einer eindimensionalen Formation reagiert«, schloss Captain Zai. »Einer Linie.«

»Die Schwärmer erreichen uns in vierzehn Minuten, Sir«, warf der Wachoffizier ein.

Zai nickte ruhig, doch in seinem Innern kochte er. Die Beschleunigungsrate der *Luchs* war armselig im Vergleich mit der der kleinen Schwärmer. Ein Ausweichmanöver kam nicht infrage. Sie waren wehrlos.

Er ballte die gesunde Hand zur Faust. Er hatte das Leben gewählt und die Ehre weggeworfen, nur um einem idiotischen Fehler zum Opfer zu fallen. Zai hatte seinen Eid gebrochen, um Nara wiederzusehen, aber jetzt deutete alles darauf hin, dass sein Verrat zu nichts führte. Vielleicht wirkte sich hier ein Naturgesetz aus: Auf Vada hieß es, dass ein Messer leicht den Weg ins Herz eines Verräters fand.

Er blickte wieder zum Luftschirm und betrachtete die Formation der Schwärmer. Die Kolonne sah nicht unbedingt wie ein Messer aus. Sie war zu lang und zu dünn, wie eine primitive Projektilwaffe. Vielleicht ein Pfeil ...

Eine alte Erinnerung erwachte.

»Dies ist wie ein Turnier«, sagte Zai.

»Ein Turnier, Sir?«

»Ein Kampfszenario aus der Zeit der Prädiaspora. Eigentlich mehr ein Ritual. Bei einem Turnier-Angriff wurde eine sehr lange kinetische Kontakt-Waffe durch die Kraft eines Tiers in Richtung Feind beschleunigt.«

»Klingt unangenehm, Sir«, sagte Hobbes.

»Und ob.« Zai ließ seine Gedanken in die Vergangenheit treiben und sah die historischen Ritterspiele auf der großen vadanischen Weide seines Großvaters. Die Pferde waren prächtig dargestellt; ihre Flanken sammelten Staub im Verlauf des heißen Nachmittags. Die mit festlichen Girlanden geschmückten Kämpfer ritten aufeinander zu. Das Dröhnen der Hufe zerrte an den Nerven wie das Rattern eines gepanzerten Drehflügels.

Lange Stäbe, *Lanzen* genannt, stießen an ...

»Hobbes«, sagte Zai und glaubte, eine Lösung zu sehen, »kennen Sie den Ursprung des Wortes *Schild?*« Die utopianische Erziehung hatte Katherie Hobbes nur lückenhafte Kenntnisse von alten Waffen mitgegeben.

»Leider nein, Sir.«

»Eine einfache Vorrichtung, Hobbes. Eine zweidimensionale Fläche zur Abwehr eindimensionaler Angriffe.«

»Nützlich, Sir.« Zai sah, dass es Hobbes schwer fiel, ihm zu folgen.

»Captain«, warf Marx ein. »Die erste Schwärmerformation wird die *Luchs* praktisch in voller Stärke erreichen. Mehr als viertausend! Unsere Nahverteidiger können nicht mit so vielen gleichzeitig fertig werden.«

»Ein Schild, Hobbes. Treffen Sie Vorbereitungen dafür, alle vier Photonenkanonen abzufeuern.«

Marx setzte zu einem Einwand an, aber Zai deaktivierte sein Audio mit einer Geste. Der Meisterpilot hatte bestimmt darauf hinweisen wollen, dass Großwaffen wie die Photonenkanonen der *Luchs* nichts gegen Schwärmer nützten. Genauso gut hätte man versuchen können, mit Artillerie auf Insekten zu schießen.

»Was ist das Ziel, Sir?«, fragte Hobbes.

»Die *Luchs*«, sagte Zai.

»Wir feuern auf ...?«, begann der Erste Offizier. Und dann, als ihre Finger in Bewegung gerieten, um die Kanoniere zu benachrichtigen, zeigte sich Verstehen in ihrem Gesicht. »Ich nehme an, wir können die Zielerfassung direkt auf die Wärmesenke richten, Sir?«

»Natürlich, Hobbes. Es ist nicht nötig, die Energieweichen auf die Probe zu stellen.«

»Wir werden bereit sein, die Senke auf Ihren Befehl hin zu separieren, Captain.«

»Ausgezeichnet, Hobbes.«

Zai wandte sich dem stumm winkenden Meisterpiloten zu.

»Übernehmen Sie den vordersten Scout, Marx«, wies er ihn an und gab dem Mann seine Stimme zurück.

»Und meine Einsatzorder, Sir?«

»Greifen Sie die Empfangsvorrichtung der Rix an. Mit einer Sanddrohne, wenn Sie eine finden können.«

Der Meisterpilot dachte kurz nach. »Wenn es noch gefüllte Behälter gibt ...«

»Los!«, befahl Zai und ließ das Abbild des Mannes von der Brücke verschwinden.

»Alle Kanonen bereit, Sir. Zielerfassung auf unsere Wärmesenke, mit zwanzig Prozent Energie.«

Zai zögerte und fragte sich, ob es noch einen anderen

Faktor gab, den er nicht berücksichtigt hatte. Vielleicht machte er einen weiteren dummen Fehler. Hatte ein kaiserlicher Kommandant jemals auf sein eigenes Schiff gefeuert, ohne dass es dabei um Selbstzerstörung gegangen wäre?

Doch die Worte des Kriegsweisen beruhigten ihn.

Wenn du versagst, so versage auf dramatische Weise. Dann zeigst du deinen Nachfolgern wenigstens die Fehlerhaftigkeit deiner Taktik.

Zai nickte. Dieses Ablenkungsmanöver würde so oder so zu einem Paradebeispiel werden.

»Feuer.«

PILOT

Von der Brücke verbannt sprang Marx in die vorderste Linie des Kampfes zurück.

Er wählte einen anderen Scout und nahm den Platz der Sensoroffizierin ein, die ihn bisher ferngesteuert hatte. Sie kontrollierte drei Scouts gleichzeitig, mit einem Spezialinterface. Der Meisterpilot stieß sie beiseite, verband sich mit den Systemen und ließ die Muskeln der Maschine spielen. Dann teilte er allen kaiserlichen Drohnen im Umkreis von zehntausend Kilometern mit, dass er ihre Kontrolle übernahm.

Marx beschleunigte und formierte seinen improvisierten Kampfverband zu einem Kegel, dessen Spitze auf den Schlachtkreuzer der Rix zeigte. Er holte den Fusionsantrieb des Scouts, der auch als primäre Offensivwaffe fungierte, aus dem Stealth-Modus, denn er brauchte jede Menge Energie.

Diese Aktionen würden natürlich die Aufmerksamkeit der Rix wecken. Der Scout trompetete in einem breiten

EM-Spektrum, zeigte sich ganz offen den Kampfintelligenzen des Feindes, den menschlichen ebenso wie den maschinellen. Bestimmt dauerte es nicht lange, bis sie das interessante Objekt entdeckten: einer Drohne unter menschlichem Kommando, und ganz vorn in der Satellitenwolke der *Luchs,* an der für den Schlachtkreuzer bedrohlichsten Stelle. Schon nach wenigen Sekunden sah Marx die hellen Streifen von Beschleunigungsspuren tief im Innern der Rix-Wolke. Jäger machten sich auf den Weg, um seine Maschine abzufangen.

Aller Wahrscheinlichkeit nach würde der Meisterpilot innerhalb von nur einer Minute den zweiten Scout dieses Tages verlieren. Doch seine Finger bewegten sich zuversichtlich und führten eine immer größer werdende Drohnenflotte in den Kampf.

Marx rechnete ohnehin nicht damit, lange am Leben zu bleiben. Die kaum dezimierte Schwärmerformation näherte sich der *Luchs* zu schnell. Piloten befanden sich im gepanzerten Bauch kaiserlicher Kriegsschiffe, in der Hoffnung, dass die Drohnen eines sterbenden Schiffes unter menschlicher Kontrolle weiterkämpften und beim Feind Schaden anrichteten, während das eigene Schiff um sie herum zerstört wurde. Doch bei dieser hohen Relativgeschwindigkeit würden die Schwärmer so durch die *Luchs* rasen wie Sperrfeuerraketen durch eine Dampfwolke. Selbst die gepanzerten Baldachine der Piloten boten keine Sicherheit.

Der Tod - echter, absoluter, nonvirtueller Tod - näherte sich Jocim Marx mit drei Millionen Metern pro Sekunde.

Deshalb flog er mit für ihn untypischer Aggressivität. Vielleicht konnte er vor dem eigenen Ende noch ein wenig Rix-Blut vergießen.

Zwischen seiner Drohne und dem feindlichen Schlachtkreuzer bemerkte der Meisterpilot die unverwechselbaren

Konturen einer Rix-Gravitationsmatrix. Es handelte sich um eine einfache Defensivwaffe. In ihrem Zentrum befand sich ein frei schwebender Generator für leichte Gravitation – der gleiche Apparat, der künstliche Schwerkraft an Bord von Raumschiffen erzeugte, ausgestattet mit einer begrenzten KI und einem eigenen Reaktionsantrieb. Zahlreiche Gravitationsverstärker umgaben den Generator. Diese kleinen Vorrichtungen wurden von der leichten Gravitation an Ort und Stelle gehalten, formten und kontrollierten sie aber auch. Eine solche Matrix konnte einen Gravitationsschacht – oder einen Gravitationsberg – in jeder Konfiguration erzeugen, stark genug, um feindliche Drohnen und kinetische Waffen festzuhalten oder abzulenken. Bei der Annäherung sah Marx weitere Matrizen: Sie bildeten eine große Barriere vor dem Schlachtkreuzer, ein perfekter Schutz für die Empfangsvorrichtung. Die nächste Gravitationsmatrix war weit ausgedehnt, und Marx' Sensoren registrierten bei ihr nur sechzig *g*, gerade genug, um die Sandwolken einzufangen, die noch immer durch die Rix-Flotte rasten.

Keine andere Rix-Apparatur war näher. Marx beschloss, sie zu zerstören.

Er wies einen nahen Rammstreuer an, seine ganze Ladung gegen die Gravitationsmatrix einzusetzen. Die Drohne drehte sich wie ein Feuerwerksrad, spuckte Horden kleiner, dummer Flechetten und erschöpfte ihren Vorrat innerhalb weniger Sekunden. Der Rammstreuer gehorchte zunächst seiner Programmierung, indem er damit begann, zur *Luchs* zurückzukehren, um dort eine neue Ladung zu empfangen. Aber Marx befahl ihn nach vorn. Vielleicht konnte er ihn auch als Ramme verwenden. Außerdem gab es bald ohnehin kein Mutterschiff mehr, zu dem die Drohne zurückkehren konnte.

Marx fragte sich, ob der Captain tatsächlich einen Plan

hatte, das Schiff gegen die heranrasenden Schwärmer zu verteidigen. Zai hatte den Eindruck erweckt, als sähe er eine Möglichkeit, der Zerstörung zu entrinnen, aber seine Worte waren sehr rätselhaft gewesen, wie üblich. Vermutlich steckte nicht mehr als Theater dahinter, die für das Kommando notwendige falsche Zuversicht. Ein moralisches Edikt des seit langem toten Kriegsweisen, den Zai und Hobbes immer wieder zitierten.

Hauptsache, sie hielten die *Luchs* noch einige weitere Minuten zusammen, lange genug für Marx, um dem Schlachtkreuzer der Rix einen Schlag zu versetzen. Marx wusste, dass er der beste Pilot in der Flotte war. Zu sterben, ohne auch nur einen Kratzer am primären Ziel zu hinterlassen - das wäre ein unzumutbares Ende seiner beruflichen Laufbahn gewesen.

Die Geschosse knallten in die Matrix und rasten durch die Höhen und Tiefen der Gravitationskonturen, wie ein Pfeilschwarm, der plötzlich in einen Windkanal geriet. Marx wartete einige Sekunden, damit sich die Flechetten ausbreiten konnten, übermittelte ihnen dann den Befehl zur Selbstzerstörung. Die unsichtbaren Konturen der Gravitationsmatrix füllten sich mit Schrapnellwolken. Die hellen Reflexe von Metallsplittern breiteten sich so im verzerrten Raum aus wie Milch, die in eine Tasse Kaffee gerührt wurde. Die Stahlfragmente durchschlugen Verstärkermodule, und der Gravitationskörper der Matrix zuckte, wand sich hin und her, flachte sich dann zu einer einfachen Kugel ab, einem steilen, defensiven Berg mit fast tausend *g*. Marx übernahm das Kommando der wenigen übrig gebliebenen Pfeilgeschosse und zielte mit ihnen auf das Zentrum der Kugel, auf den Gravitationsgenerator. Aus allen Richtungen rasten die Flechetten darauf zu.

Normalerweise waren die winzigen Maschinen viel zu schnell für das bloße Auge, aber sie kletterten gespenstisch langsam über den steilen Hang des Gravitationsbergs. Marx beobachtete, wie einer kurz vor dem Ziel die Reaktionsmasse ausging: Für einige Sekunden wurde sie sichtbar, drehte sich im Zenit, wie ein Stabhochspringer, der vor der Latte herunterfiel. Dann verschwand sie.

Eine andere Flechette erreichte das Ziel ebenfalls nicht.

Verdammt, der Gravitationsgenerator hatte zu schnell reagiert und innerhalb weniger Millisekunden die Energie von den Verstärkern in eine Verteidigungskonfiguration geleitet. Waren die Rix unbesiegbar geworden?

Doch ein weiteres Pfeilgeschoss nutzte den Vorteil von Ausgangsposition und Relativgeschwindigkeit, beschleunigte mit den letzten Resten seiner Reaktionsmasse und traf den Generator. Als der Kontakt erfolgte, war die kleine Drohne nur einige hundert Meter pro Sekunde schnell, aber der Aufprall zeigte Wirkung: Die Stärke des Gravitationsbergs fluktuierte für eine Millisekunde.

Genug Zeit für die anderen Flechetten, das Ziel zu treffen.

Die Kugel aus künstlicher Schwerkraft erbebte einmal und dehnte sich aus. Dann zerplatzte sie, wie ein zu stark aufgeblasener Luftballon, und eine Wellenfront aus leichten Gravitonen ließen die Anzeigen vor Marx aufleuchten. Unmittelbar im Anschluss daran wurde der Raum wieder flach.

Der Meisterpilot brachte den Scout und sein größer werdendes Gefolge durch die Lücke in der Rix-Barriere. Er lächelte zufrieden, denn jetzt bekam er die Chance, echten Schaden anzurichten.

Wenn Zai die *Luchs* nur lange genug zusammenhalten konnte.

»Geben Sie mir fünf Minuten«, brummte er.

»Kontakt in vier Minuten, Sir«, meldete Hobbes.

Die Brauen des Captains kamen einen Zentimeter nach oben. Die Schwärmer waren ein wenig zu früh dran.

»Sie legen zu, Sir«, erklärte Hobbes. *Zulegen:* die Erhöhung der Beschleunigungsrate. »Vielleicht ahnen sie, was wir vorhaben.«

»Vermutlich wittern sie einfach nur Blut, Hobbes. Können wir rechtzeitig separieren?«

Hobbes richtete ihre Aufmerksamkeit wieder auf die hitzigen Gespräche der Techniker. Sie versuchten, den Hauptgenerator des energetischen Verteilers auszuschleusen und die *Luchs* von ihrer defensiven Wärmesenke zu trennen, die im Feuer der vier Photonenkanonen glühte. Die Konstruktion der Senke sah natürlich eine Separation vor; Kriegsschiffe mussten ihre Energiesenken abtrennen können, wenn sie durch feindlichen Beschuss zu heiß wurden. Aber für gewöhnlich blieb der Generator an Bord des Schiffes, während die Senke getrennt wurde und ihre Bestandteile in alle Richtungen davonfliegen konnten. Captain Zais Plan sah allerdings vor, dass die Senke intakt blieb und ihre riesige Form bewahrte, während sich die *Luchs* davon entfernte.

Deshalb musste der Gravitationsgenerator, der all die winzigen Module der Energiesenke zusammenhielt, die Fregatte verlassen - in einem Stück und funktionsfähig.

Die Techniker klangen nicht sehr begeistert.

»Weg mit dem Schott, und zwar *sofort!*«, befahl der Gruppenchef. Hobbes erkannte die Stimme des Ersten Ingenieurs Frick.

Lieber Himmel!, dachte sie. Es befand sich noch ein Schott zwischen Generator und All.

»Wir haben noch kein Vakuum«, gab jemand zu bedenken. »Eine explosive Dekompression wäre die Folge.«

»Binden Sie sich irgendwo fest und lassen Sie die verdammte Luft entwichen!«, erwiderte Frick.

Hobbes kontrollierte den Rang-Code der Stimmen: Frick war natürlich der Leiter der technischen Abteilung. Die am Schott arbeitende Gruppe kam aus der Sektion Notreparaturen; es handelte sich also um reguläre Flottenangehörige. Ein Problem des Befehlswegs.

Sie schaltete sich ein.

»Hier spricht Erster Offizier Hobbes. Sprengen Sie das verdammte Schott. Ich wiederhole: *Sprengen* Sie das Schott. Verlieren Sie keine Zeit damit, die Luft abzupumpen und das Schott zu öffnen.«

Verblüffung ließ die Streitenden für einen Moment schweigen.

»Aber, Hobbes ...«, meldete sich Frick in einem für Offiziere reservierten Kanal. »Es befinden sich ungeschützte Leute dort unten.«

Verdammt, dachte Hobbes. Die betreffenden Besatzungsmitglieder stammten aus anderen Abteilungen: Wartungstechniker, Niederschwerkraft-Ausbilder, Köche. Diesen Leuten waren keine gepanzerten Schutzanzüge zugeteilt. Ihre Anzüge hielten dem Vakuum stand, nicht aber einer Explosion.

Doch die Zeit drängte immer mehr. Sie genügte nicht, um die Personen im Gefahrenbereich in Sicherheit zu bringen; sie reichte nicht einmal aus, um eine Bestätigung vom Captain einzuholen.

»Die Schwärmer beschleunigen mit hohen Werten«, sagte Hobbes. »Wir haben keine Zeit. Sprengen sie. Jetzt sofort.«

»Weiß der Captain ...«, begann der andere Gruppenleiter.

»Sprengen Sie!«

Das Situationssignal flackerte magentarot im sekundären Sehen des Ersten Offiziers - eine Explosion an Bord des Schiffes. Einen Sekundenbruchteil später ließ die Druckwelle das Brückendeck erzittern.

Hobbes schloss die Augen, doch die grausame Synästhesie gewährte keine Flucht. Sie sah es: unten im technischen Teil des Organisationsdiagramms der Crew leuchteten einige Verlustanzeigen gelb auf. Eine wurde sofort rot.

»Was war das?«, fragte Zai.

»Separation in zwanzig Sekunden.« Hobbes brachte es nicht fertig, mehr zu sagen.

»Wurde auch Zeit«, murmelte Zai. Er verfügte über weniger diagnostische Displays als sein Erster Offizier. Vermutlich wusste er noch nichts von den Verlusten.

Von den beiden Gruppen kam keine Meldung, als sie ihre Arbeit fortsetzten. Hobbes hörte nur schweres Atmen, das auf körperliche Anstrengung und Schock hinwies, dann das Quietschen von Metall, als der Generator in Bewegung geriet.

Als sie sicher sein konnte, dass es zu keinen weiteren Verzögerungen kam, schickte sie ein Medo-Team nach unten. Das Schiff würde in einigen Sekunden mit der Beschleunigung beginnen und sich von der separierten Wärmesenke entfernen, was für die Medos bedeutete, dass ihr Weg durch instabile Korridore führte. Außerdem musste die *Luchs* »leise« sein, die künstliche Schwerkraft und andere nicht unbedingt erforderliche Bordsysteme deaktivieren, bis die Gefahr vorbei war. Die Medos würden Minuten brauchen, um die betroffenen Besatzungsmitglieder zu erreichen.

Eine weitere Verlustanzeige wechselte von Gelb zu Rot. Zwei Tote.

Hobbes zwang ihre Aufmerksamkeit zurück zum großen Luftschirm der Brücke. Der lange Keil des primären Rumpfes der *Luchs* glitt fort vom strahlenden Kreis der Wärmesenke, brachte diese als Schild zwischen sich und die herankommenden Schwärmer. Um das Manöver vor den scharfäugigen Sensoren der Schwärmer zu verbergen, wurde es mit kalten Düsen durchgeführt, die Wasser aus den Abfallröhren der *Luchs* sprühten – die Fregatte benutzte ihren Müll als Reaktionsmasse. Das Schiff bewegte sich mit quälender Langsamkeit. Der primäre Rumpf würde nur zweihundert Meter entfernt sein, wenn die Schwärmer heran waren – kaum sein eigener Umfang.

Wenigstens hatte Zai jetzt seinen Schild, dachte Hobbes trist. Zwei Tote, drei Schwerverletzte und ein Leck, bevor eine einzige Waffe der Rix die *Luchs* getroffen hatte. Doch die glühende Wärmesenke schwebte jetzt zwischen den Schwärmern und ihrem Ziel.

»Wie sind so weit, Sir.«

»Einschlag in zehn Sekunden«, sagte der Wachoffizier.

»Gut gemacht, Hobbes.«

Das seltene Lob des Captains machte Katherie Hobbes nicht stolz. Sie hoffte nur, dass sich die Opferung der beiden Besatzungsmitglieder auszahlen würde.

SCHWÄRMER

Die selbstständige Intelligenz der Schwärmer bemerkte eine Veränderung beim Ziel.

Der primäre Feind war nah; in etwas mehr als drei Sekunden würde der Kontakt mit ihm erfolgen. Doch die absolute Zeit verging langsam im Vergleich zu der Geschwindigkeit der Gruppengedanken.

Die Laserimpulse, mit denen die einzelnen Schwärmer Daten austauschten – die Verbindungen, die ein begrenztes Verbundbewusstsein schufen –, blitzten die ganze Zeit durch die kompakte Formation. Oft breiteten sich solche

Gruppen über tausende von Kubikkilometern aus, und solche Entfernungen verlangsamten die Mechanik der Entscheidungsfindung. Aber diese Schwärmergruppe war so kompakt, dass sich Gedanken mit Lichtgeschwindigkeit bewegten; während der letzten Sekunden vor dem Aufprall blieb dem Intellekt genug Zeit, die Veränderung der Situation zu beobachten.

Trotz ihres schnellen Intellekts konnten die Schwärmer in dieser Formation nicht gut sehen. Der geraden Linie fehlte eine parallaktische Perspektive, und die starke Strahlung von der Wärmesenke des primären Ziels blendete die vordersten Schwärmer, verwandelte das Zentrum der Senke - wo sich das Ziel befinden musste - in einen dunklen Fleck vor einem hellen Himmel.

Aber warum setzte die Wärmesenke bereits Energie frei? Nur der Rix-Schlachtkreuzer hätte dem Ziel so viel Energie geben können, und er war mehr als acht Millionen Kilometer außer Reichweite. Die Schwärmer vermuteten, dass der primäre Feind auf die eigene Wärmesenke gefeuert hatte. Ein seltsames Geschehen, dieser frühe Versuch der Selbstzerstörung, so seltsam, dass die festverdrahtete taktische Bibliothek der Schwärmergruppe keine Antwort auf die Frage hatte, was dies bedeuten mochte.

Die Formation der Schwärmer fühlte sich blind und wünschte eine größere Ausdehnung. Ohne Parallaxe hatte sie keinen Multiblickpunkt auf das Ziel, um es besser zu erkennen.

Die Schwärmer stimmten ab. Laserblitze der Debatte und Entscheidung flackerten fast eine Sekunde lang durch die lange Kolonne, bevor der Entschluss gefasst wurde, einige weitere Milligramm Beschleunigungsmasse pro individueller Komponente zu opfern. So nahe beim primären Ziel schien kaum mehr Sand zu existieren, den es zu vermeiden galt. Die Gruppe gab ihre strenge Kolonnenformation auf und dehnte sich während der nächsten halben Sekunde um einige Meter aus.

Mit der neuen parallaktischen Perspektive begriff die Gruppenintelligenz, dass sich die Wärmesenke bewegte.

Die glühende Scheibe – 4500 Kilometer entfernt, und die Schwärmer rasten mit einer Geschwindigkeit von 3200 Kilometern in der Sekunde darauf zu – hatte auf eine Geschwindigkeit von nur fünf Metern pro Sekunde beschleunigt. So gering die Veränderung auch sein mochte, sie war messbar. Der winzige Druck nach vorn bereitete sich in der Wärmesenke aus, wie eine kleine Welle in einem Teich.

Die Schwärmergruppe überlegte: Was sollte dem primären Ziel an einer so geringen Beschleunigung gelegen sein? War ein Projektil nach hinten abgefeuert worden, das den Druck nach vorn erklärt hätte? Vielleicht hatten die Kaiserlichen die Unvermeidlichkeit ihres Todes erkannt und eine Totendrohne gestartet. Aber nach einer genauen Analyse der wellenförmigen Bewegung in der strahlenden Wärmesenke gelangte die Schwärmerintelligenz zu dem Schluss, dass der Schub gleichmäßig gewesen war.

Die Gruppe beschloss, ihre Perspektive noch weiter auszudehnen, und einige Dutzend Schwärmer sausten mit fünfzehnhundert *g* los. Diese zusätzliche Beschleunigung trieb sie nutzlos in die glühende Senke, aber in der bis zum Aufprall verbleibenden Sekunde sorgte ihr Opfer für eine deutlich verbesserte Sicht der ganzen Schwärmergruppe.

Daraufhin wurde es erkennbar: Das primäre Ziel war zu einem kleinen Teil seiner früheren Größe geschrumpft.

Trotz des blendenden Glühens der Senke beobachteten die Schwärmer, dass die charakteristische Strahlungssignatur des primären Ziels stark reduziert war. Es gab noch immer reichlich leichte Gravitonen, aber die Hinweise auf geladene Waffen und Antriebsaktivität waren verschwunden. Die Massedetektoren zeigten nur noch ein Hundertstel von dem an, was sich eigentlich vor der Gruppe hätte befinden sollen.

Eine halbe Sekunde bevor die ersten Schwärmer den Ort erreichten, wo sie das Ziel vermuteten, begriff die Gruppenintelligenz die Wahrheit: Die Wärmesenke war vom primären Feind getrennt worden.

Das Ziel war verschwunden.

Das war ein Problem.

PILOT

Meisterpilot Marx stellte fest, dass sein Scout noch einsatzfähig war.

Eine Jagddrohne der Rix hatte ihn vor einigen Sekunden beim Vorbeiflug mit Radioaktivität aus seinem sehr schmutzigen Kernkraftantrieb besprüht. Die Signalübertragung war für einige Sekunden unterbrochen gewesen, aber jetzt fühlte er die Systeme der Drohne wieder, wenn auch mit deutlich eingeschränkter Wahrnehmung.

Marx fluchte. Er war dem Schlachtkreuzer der Rix so nahe. Der Scout durfte nicht ausgerechnet jetzt ausfallen. Weitere hundertfünfzig Sekunden, und er wäre in der Lage, den Feind zu treffen. Womit, das wusste er nicht genau. Sein Gefolge aus requirierten Drohnen war auf einige wenige Maschinen reduziert. Doch bei dieser geringen Entfernung sah Marx die reflektierende Weite der Empfangsvorrichtung vor sich ausgebreitet, fragil und verlockend.

So nahe.

Er überprüfte den Zustand des Scouts. Keine aktiven Sensoren. Der Antrieb funktionierte nicht mehr; der Reaktionsprozess war unterbrochen und ließ sich nicht erneut starten. Der Vorrat an verschränkter Kommunikation war beeinträchtigt, und all die Fehlerkontrollen führten zu trägen Reaktionen der Drohne. Aber Marx konnte sie noch immer kontrollieren und anderen Maschinen in der Nähe mit Lichtgeschwindigkeit Anweisungen schicken.

Er stieß das Fusionstriebwerk ab und zündete eine kleine Andockdüse, gab dem Scout damit eine taumelnde Bewegung. Die Bilder drehten sich vor ihm, und dann kompensierte ein Expertenprogramm die Rotation der Drohne. Ohne die aktiven Sensoren sollte sie überzeugend tot wirken.

Marx machte eine Bestandsaufnahme. Drei entladene Rammstreuer, zwei getarnte Penetratoren fast ohne Reaktionsmasse, ein Köder, der wie durch ein Wunder alles überstanden hatte, was ihm von den Rix entgegengeschleudert worden war, und eine krängende Sanddrohne mit ausgefallenem Empfänger. Die Sanddrohne war quälend nutzlos. Sie verfügte noch über ihre Ladung, aber der letzte vor ihrer Taubheit empfangene Befehl hatte sie in den Standby-Modus versetzt. Jetzt ignorierte sie Marx' Bitten, ihren Sand zu starten oder sich selbst zu zerstören. Er fragte sich, ob in ihrem Innern Reparaturnanos damit beschäftigt waren, sie wieder zum Leben zu erwecken.

Der Meisterpilot wartete stumm und beobachtete, wie sich seine kleine Flotte dem feindlichen Schlachtkreuzer näherte. Während Marx' kurzer Präsenz auf der Brücke hatte der Captain Sand erwähnt. Zugegeben, Sand war die perfekte Waffe gegen die Empfangsvorrichtung der Rix: Er breitete sich über einen großen Bereich aus und bewirkte bei hoher Geschwindigkeit erhebliche Schäden. Aber die Rix hatten die kaiserlichen Sandsalven mit ihren Gravitationsmatrizen abgelenkt, um die Empfangsvorrichtung zu schützen. Sie hatten mit Zais Angriff gerechnet und genau die richtigen Gegenmaßnahmen ergriffen.

Doch Marx und seine kleine Flotte befanden sich diesseits der Gravitationsbarriere. Wenn es ihm nur irgendwie gelänge, die Sanddrohne einzusetzen. Sie flog der großen

Empfangsvorrichtung entgegen, blieb aber intakt. Sie würde das dünne Empfangsnetz durchschlagen und ein Loch darin hinterlassen, das nicht größer war als einen Meter. Das nützte nichts. Sie musste explodieren und ihren Sand freisetzen.

Marx verfluchte die leeren Rammstreuer. Warum starteten die Dinger immer *alle* ihre Flechetten? Mit nur einem einzigen Projektil hätte er die Sanddrohne und ihre Ladung in eine destruktive Wolke verwandeln können.

Vielleicht war es möglich, die Sanddrohne mit einer der anderen Maschinen zu rammen.

Der Scout selbst war manövrierunfähig, das beschädigte Fusionstriebwerk separiert. Die Köderdrohne war zu klein und hatte zu wenig Masse, um die robusten Sandbehälter aufzubrechen. Die noch kleineren getarnten Penetratoren bewegten sich nur mithilfe ihrer zwar leisen, aber sehr langsamen Kaltdüsen. Sie konnten die Sanddrohne höchstens mit einer Geschwindigkeit von einigen Metern in der Sekunde rammen. Die leeren Rammstreuer waren Marx' einzige Hoffnung.

Er öffnete einen Narrowcast-Kanal zu den beiden Rammstreuern und übermittelte ihnen die genauesten Kursdaten, die sein Expertenprogramm berechnen konnte. Aber diese Waffen dachten in Kilometern, nicht in Metern. Die Rammstreuer waren nicht fürs Rammen bestimmt, sondern dafür, Pfeilgeschosse zu starten, und schwierige Flugmanöver überforderten die Leistungsfähigkeit ihrer Bordcomputer. Marx wusste, dass er sie selbst fliegen musste, vom Scout aus gesehen, und mit solcher Präzision, dass sie die nur einen Meter große Sanddrohne trafen.

Mit einer drei Millisekunden langen Verzögerung aufgrund der Lichtgeschwindigkeit war das alles andere als leicht.

Marx lächelte stumm.

Eine Aufgabe für einen wahren Meisterpiloten.

Der Schwärmerintellekt fühlte sich geteilt.

Die wenigen vorausgeschickten Schwärmer trafen den Gravitationsgenerator in der Mitte der Wärmesenke, wo sich der primäre Feind befinden *sollte*. Der Generator wurde sofort zerstört, und die zahlreichen Module der Senke trieben auseinander. Dabei gaben sie ihre Energie frei in der Annahme, dass ihr Mutterschiff vernichtet war oder sich zurückzog.

Die Strahlung der gleißenden Senke formte eine Art Bügel um den vorderen Teil der langen Kolonne. Jeweils fünf Schwärmer pro Mikrosekunde passierten die Schwelle; die fünf Kilometer lange Linie würde in weniger als einer Millisekunde hindurch sein. Die Kommunikation zwischen den Drohnen, die die Senke bereits hinter sich gebracht hatten, und den anderen war durch die Strahlung gestört, und die Schwärmer vor der Wärmesenke bekamen Schwierigkeiten mit der Entscheidungsfindung. Die selbstständige Intelligenz des Schwarms verringerte sich schnell, als immer mehr Drohnen verloren gingen, und jedes neue Quorum verschwand Mikrosekunden nach seinem Entstehen in der Leere.

Unschlüssigkeit lähmte die hinteren Bereiche der Kolonne; die Situation änderte sich zu schnell.

Auf der anderen Seite der glühenden Senke entdeckten die vordersten Schwärmer das vermisste feindliche Kriegsschiff und erklärten sich zu einer eigenen entscheidungsbefugten Entität. Nur zweihundert Meter trennten die *Luchs* vom Zentrum der sich auflösenden Senke. Die maximale Beschleunigung der Schwärmer betrug dreitausend *g*. Aus dem Stand hätten sie das Ziel praktisch sofort treffen können, aber sie flogen zu schnell am primären Feind vorbei. Bei einer Relativgeschwindigkeit von mehr als einem Prozent der Lichtgeschwindigkeit hatte kein Schiff von der

Größe eines Schwärmers genug Reaktionsmasse für eine Kursumkehr.

Die vordere Entscheidungsentität schickte verzweifelte Mitteilungen durch die Senke und nannte der Gruppe die neue Position des primären Feinds. Doch die Signale verloren sich in der Strahlung der auseinander driftenden Wärmesenke, und in einer Tausendstelsekunde rasten dreitausend weitere Schwärmer an der *Luchs* vorbei.

Sobald eine große Mehrheit der Schwärmer im Besitz aller Fakten war, löste der wachsende Intellekt hinter der Senke das Kommunikationsrätsel und schickte mehrere koordinierte Nachrichtenstrahlen zum Rest der Kolonne. Sie erreichten gerade noch rechtzeitig die letzten mehreren hundert Schwärmer.

Die meisten jener Drohnen wären selbst dann nicht imstande gewesen, den primären Feind zu erreichen, wenn sie mit dreitausend *g* beschleunigt hätten. Aber einige der Schwärmer, die ihren Kurs geändert hatten, fanden einen Vektor, jagten durch die Wärmesenke und auf das Ziel zu.

Die meisten von ihnen verdampften in den noch immer brodelnden Energien der Senke oder verfehlten das Schiff, weil ihre Reaktionssysteme zerstört wurden, bevor die notwendigen Kurskorrekturen vorgenommen werden konnten. Aber sieben der kleinen Maschinen schlüpften durch zufällige schwarze Flecken in der Wärmesenke und krachten – verbrannt, geblendet, halb tot – in den Bauch der *Luchs*.

PILOT

Meisterpilot Marx starrte auf die Bilder im zweiten Sehen, und sein Frust wuchs.

Er hatte die Perspektive gewechselt und sah das Geschehen nun aus der Sicht eines Rammstreuers, der in Richtung Sanddrohne flog. Der Kollisionskurs schien so weit in Ordnung zu sein, aber die Sicht ließ einiges zu wünschen übrig.

Sie nutzte Daten aus allen Teilen von Marx' kleiner Flotte. Die beschränkten Sinne des Rammstreuers selbst befanden sich im passiven Modus, damit die Rix ihn nicht entdeckten. Die anderen Drohnen badeten die Sanddrohne in aktive Sensorsignale, um ihrer Schwester die Möglichkeit zu geben, auf Kurs zu bleiben. Der Scout, die einzige Drohne mit anständigen Sensoren, fügte sein passives Sehen aus einer Entfernung von fünftausend Kilometern hinzu. Bei allen diesen Daten wirkte sich eine Verzögerung durch die Lichtgeschwindigkeit aus: Sie betrug zwischen zwei und fünf Millisekunden, mehr als genug, um die Dinge kompliziert zu machen bei dem Versuch, mit hundert Metern pro Sekunde zwei winzige Raumschiffe kollidieren zu lassen.

Die Expertensoftware der *Luchs* kompensierte angeblich die Verzögerungen, die sich ständig veränderten, als die Drohnen beschleunigten. Doch für Marx sahen die Dinge falsch aus.

Die Synästhesie war zittrig. Es handelte sich nicht um das Wackeln einer Helmkamera, sondern ein Flimmern, wie wechselhaftes Leuchten, wahrgenommen von Augen, die die ganze Nacht geöffnet gewesen waren und sich der Morgensonne zuwandten. Marx fühlte wachsende Übelkeit; er war sich der Realität nicht gewiss. Er hätte gern die aktiven Sensoren verwendet, aber wenn so nahe beim Schlachtkreuzer EM-Signale von ihm ausgingen, würden ihn die Rix innerhalb von Sekunden orten.

Marx schluckte und spürte, wie ihm schwindlig wurde. Sein Scout drehte sich, als er dem Schlachtkreuzer entgegenflog. Er überprüfte die Rotationsgeschwindigkeit und fand die Erklärung: Die Drehung des Scouts entsprach der Flimmerperiode des Schirms.

Der Meisterpilot fluchte. Er hatte den Scout absichtlich in Drehung versetzt, um ihn tot wirken zu lassen. Jetzt bezahlte er dafür mit instabilem, Übelkeit erregendem sekundärem Sehen. Warum kompensierte die verdammte Expertensoftware nicht? Vielleicht waren die Parallelprozessoren der *Luchs* einfach überlastet.

Sollte er es riskieren, den Scout zu stabilisieren? Ein kurzer Schub mit einer Andockdüse genügte. Aber selbst geringe Aktivität bei der großen Scoutdrohne würde die Aufmerksamkeit der Rix wecken, und sie war seine einzige Verbindung zur Frontlinie.

Marx ermahnte sich, mit dem Jammern aufzuhören. Einst hatte er einen fingernagelgroßen Flieger durch einen Hagelschauer gesteuert und bei einer anderen Gelegenheit jede Tiefensicht verloren, bei einem Drehflügel-Kampf mit einer Signalverzögerung von einer halben Sekunde. Dieses Zittern war nichts. Er synchronisierte seinen Atem mit dem Flimmern und versuchte, der Übelkeit keine Beachtung zu schenken.

Der Rammstreuer sauste seinem Ziel entgegen. Die knollenartige Sanddrohne bot wenigstens ein klares Bild. Marx steuerte den Rammstreuer mit kurzen Schüben und hoffte, dass er den Rix verborgen blieb.

Die Flugbahn fühlte sich richtig an. Der Rammstreuer schien genau auf die Sanddrohne zuzuhalten, und bei der Kollision würden die mit Sand gefüllten Behälter aufplatzen. Marx' Sicht wurde besser, als er näher kam. Er konnte der Fragmentationsmuster erkennen.

Fünf Sekunden bis zur Kollision.

Plötzlich bemerkte er aus dem Augenwinkel das Aufblitzen von Projektilfeuer. Das Bild am Pilotenbaldachin veränderte sich: Aus einem wurden zwei, als schielte er.

Im Durcheinander der desynchronisierten Sicht sah Marx neue feindliche Einheiten: mehrere Schwarzkörper-Überwachungsdrohnen. Antriebslos und leise schwebten sie in der Nähe des Schlachtkreuzers, bisher unsichtbar. Jetzt feuerten sie auf den Rammstreuer, mit Geschossen aus abgereichertem Uran – zehntausend pro Minute, schätzte Marx' Software.

Die Bilder vor dem Meisterpiloten drehten sich – alle Drohnen mit aktiven Sensorsignalen waren zerstört. Er versuchte, den Rammstreuer zu stabilisieren, aber nichts auf den Schirmen des Baldachins ergab einen Sinn. Mit einer großen Willensanstrengung zog er die Hände von den Kontrollflächen zurück und suchte im Sturm aus Licht vor ihm nach Bedeutung.

Plötzlich schien sich ihm eine Faust in die Magengrube zu bohren. Ein Dekompressionsalarm erklang!

Die *Luchs* wurde getroffen. Die Schwärmer waren da.

Die Gravitation im Pilotenbaldachin fluktuierte einige Sekunden lang, was noch mehr Desorientierung schuf. Es brannte in Marx' Kehle. Der Unterschied zwischen den visuellen Anzeigen und den Empfindungen seines Innenohrs wurde zu groß. Marx beugte sich in seinem Baldachin vor und übergab sich zwischen den Knien.

Anschließend hob er den Kopf, den bitteren Geschmack von Galle im Mund, und sah, was er versäumt hatte. Der Rammstreuer war an der Sanddrohne vorbeigeflogen.

Marx wendete ihn für einen neuen Anflug, aber die lange, starke Beschleunigung entging den Rix nicht, und sie nahmen ihn sofort unter Beschuss.

Seine Drohnen waren zerstört, und die Synästhesie-Sicht der fernen Schlacht reduzierte sich auf Schatten und Extrapolationen.

Dann donnerten Explosionen in der *Luchs*, und Marx begriff, dass sie alle tot waren.

Katherie Hobbes beobachtete, wie das Kollisionssymbol in einem hellen Orange aufleuchtete, doch die Stoßwellen waren schneller als die hupenartigen Signale des akustischen Alarms.

Eine wahre Lichtflut huschte durch die Statusanzeigen, hauptsächlich rot, als die Schwärmer Rumpflegierung und Hyperkarbon wie Papier durchschlugen. Das Kreischen von Dekompression kam durch ein Dutzend Audiokanäle.

Bei einem Prozent der Lichtgeschwindigkeit gerammt zu werden ... Ebenso gut hätte es ein Beschuss mit ultrabeschleunigten Geschossen sein können.

»Mist«, sagte Hobbes.

Mehrere Tage sorgfältiger Rekonstruktion würden nötig sein, um festzustellen, was genau während der nächsten Sekunden geschah.

Der erste Schwärmer war in der glühenden Wärmesenke zu einem unregelmäßig geformten Tropfen geschmolzen. Er hatte seine Durchdringungsstruktur verloren, klatschte an die Außenhülle des Raumschiffs und gewann einen Durchmesser von einem halben Meter, als er sich durch die drei äußeren Wände bohrte. Seine Aufprallwucht traf die Besatzungsmitglieder in Kanonierstation Vier wie eine Kompressionsbombe – ihre Druckanzüge implodierten, und alle nicht aus Metall bestehenden Objekte splitterten. Die meiste Luft der Kanonierstation entwich aus dem großen Loch, bevor Dichtungsschaum das Leck schloss. Die Kanonierstation Vier beherbergte einen sehr empfindlichen Mesonenstrahlprojektor und war auf allen Seiten abgeschirmt, um die *Luchs* für den Fall einer Explosion der Waffe zu schützen.

Der Schwärmer verlor den Rest seines Bewegungsmoments und verharrte flach an der nächsten Wand, ohne die Kanonierstation zu verlassen.

Angesichts der enorm starken Druckwelle mit anschließender Dekompression kam keins der sieben Besatzungsmitglieder für eine Wiederbelebung infrage.

Der nächste Schwärmer traf die *Luchs* vier Nanosekunden später und hatte seine Geschossform beim Flug durch die Wärmesenke bewahrt. Das kleine Eintrittsloch wurde ohne großen Druckverlust abgedichtet, und auf einer diagonalen Flugbahn raste er durch die unteren Decks sechsundzwanzig bis achtundzwanzig. Er zerstörte mehrere Krankenliegen in einer provisorischen Medo-Station, schnitt durch ein Segment Synästhesie verarbeitender Hardware, zerfetzte einen faustbreiten, sechzig Meter langen Abschnitt optischer Schaltkreise und zog einen Schweif aus pulverisiertem Glas und Phosphor hinter sich her, als er durch einen langen vertikalen Zugangstunnel flog. Die Wolke aus brennendem Glas ließ vier Mitglieder einer Notreparaturgruppe und einen Datenanalytiker erblinden und verursachte Lungenschäden bei einem Dutzend weiterer Crewmitglieder im Tunnel. Bei der dorsalen Sensoranordnung verließ der Schwärmer das Schiff.

Die Sensoren der *Luchs* verloren kaum an Kapazität, aber die Leistungsfähigkeit ihrer Prozessoren sank um zwanzig Prozent. Alle ihre KI-Knoten wurden langsamer, ihre Synästhesie körniger, die Waffen träger.

Drei Schwärmer flogen dicht beieinander und trafen die Turbine, von denen die Ultrabeschleuniger der *Luchs* ihre Energie bezogen. Diese dichte Spule aus supraleitendem Draht genügte, um eine der Drohnen aufzuhalten, wobei eine starke Erschütterung durch das ganze Schiff lief. Die anderen beiden wurden nach achtern abgelenkt und rasten durch ein volles Magazin aus Minenräumern. Die Drohnen waren mit Splitterkartätschen ausgestattet, und im Drohnenhangar kam es zu einer Kettenreaktion aus Explosionen. Der Hangar war abgeschirmt, um zu verhindern, dass sich eine solche Katastrophe im ganzen Schiff auswirken konnte, aber die beiden Schwärmer verließen das Magazin und zogen die Detonationen hinter sich her – es entstanden schwere Schäden an der Startschiene der Drohnen.

Sie flogen durch den mit Rumpflegierung gepanzerten Hangar und verließen, inzwischen viel langsamer geworden, die Fregatte durch ihre offene Starttür. Beide Schwärmer verfügten noch über genug Reaktionsmasse, um zurückzukehren und das Schiff erneut anzugreifen, aber ihre Intelligenz hatte den Flug durch die *Luchs* nicht intakt überstanden.

Ein weiterer Schwärmer durchschlug eine Panzerplatte an der Unterseite der *Luchs* und erreichte die Hauptschadenkontrolle, wo Ensign Trevor San gerade bei der Separation der Wärmesenke geholfen hatte. Sie beobachtete, wie die einzelnen Module des energetischen Verteilers im All auseinander trieben, als der Schwärmer durch sie hindurchraste, vom Fuß bis zum Kopf, die Organe in eine breiige Masse verwandelte und ihr die Unsterblichkeit nahm. Blut spritzte auf die anderen Besatzungsmitglieder in der Nähe, aber sie brauchten einige lange Sekunden für die Feststellung, wen von ihnen es erwischt hatte – Ensign San war praktisch verschwunden. Anschließend bohrte sich der Schwärmer durch mehrere Lagerdecks und zerstörte medizinische Ausrüstung und persönliche Gegenstände, bevor er geradewegs in den hochaktiven Kern des Singularitätsgenerators der *Luchs* flog. Das künstliche Schwarze Loch schluckte die Drohne, ohne dass die Kontrollsensoren auch nur ein Zittern registrierten.

Hobbes berechnete später die Wahrscheinlichkeit eines solchen Treffers mit eins zu mehreren zehntausend und fand heraus, dass nie zuvor an Bord eines kaiserlichen Kriegsschiffs ein so bizarrer Zwischenfall aufgezeichnet worden war.

Der letzte Schwärmer raste durch die Abwassertanks im dorsalen Bereich der *Luchs* - sie waren unter hohen Druck gesetzt worden, um die Fregatte langsam zu beschleunigen.

Fünfhundert Atmosphären pressten das nicht recycelte Wasser zusammen, und damit war es dicht genug, um den Flug des Schwärmers erheblich zu verlangsamen. Aber sein Reaktionsantrieb blieb aktiv, und es gelang ihm, die Tanks wieder zu verlassen. Das durch die Öffnung hinter ihm strömende Wasser füllte innerhalb von zehn Sekunden den bakteriologischen Recyclingraum. Der dafür zuständige Samuel Vries verlor durch die Wucht des Wasserstrahls das Bewusstsein und ertrank, bevor Hilfe kam. Die *Luchs* blieb tagelang ohne funktionierendes Wasserrecyclingsystem, und auf drei Decks stank es lange Zeit fürchterlich. Vries wurde schließlich mit Unsterblichkeit belohnt und setzte seine Forschungen in Hinsicht auf menschlich-bakteriologische Wechselwirkungen auf kleinem Raum fort, allerdings auf einem weniger an praktischen Anwendungen orientierten Niveau.

Der viel langsamere Schwärmer kroch durch einige weitere Wände, noch immer vom Schmutzwasser gefolgt, und verdreckte eine lange Reihe von Kabinen, bevor ihn die gepanzerte Hülle an der dorsalen Seite aufhielt. Er war der einzige Schwärmer, der den Flug durch Wärmesenke und Schiff mit intakter Intelligenz überstanden hatte. Nachdem er zum Halt gekommen war, verfügte sie noch über genug Potenzial, um ein Metall fressendes Virus durch den

Rumpf der *Luchs* zu schicken, das eine Zeit lang unentdeckt blieb.

Dann griff der Schwärmer einen Soldaten an, der eintraf, um mit Dichtschaum die Öffnung zu versiegeln, durch die noch immer ein Geysir aus Schmutzwasser schoss. Als Waffe war der Drohne nur ihr schwacher Signallaser geblieben, und damit zielte sie auf die Augen. Der Mann trug allerdings einen vollständig ausgerüsteten Kampfanzug, und ein reflektierendes Visier schützte das Gesicht. Für einen Moment starrte er verwirrt auf die glitzernde Drohne, diesen kleinen Eindringling, der noch immer tapfer versuchte, seinen Feinden Probleme zu bescheren. Dann zerschmetterte er den halb toten Schwärmer mit seiner gepanzerten Faust, beendete damit alle seine Aktivitäten.

Die *Luchs* hatte den Angriff überstanden.

DATENANALYTIKER

Das Chaos suchte die Abteilung für Datenanalyse ohne Vorwarnung heim.

Ensign Amanda Tyre war weit entfernt gewesen und dem Flug der vordersten Scoutdrohne gefolgt. In einer Minute würde sie den Punkt der geringsten Entfernung vom Schlachtkreuzer erreichen. Meisterpilot Marx steuerte den Scout und versuchte ein komplexes Manöver, einen indirekten Angriff auf das Rix-Kriegsschiff, den nur er ganz verstand. Tyre hatte nach seinen Plänen gefragt, aber er hatte nur gebrummt, war zu sehr auf den Flug konzentriert.

Tyre beobachtete Marx' Datenstrom, bestehend aus vom Scout übertragenen Bildern, die den Schlachtkreuzer zeigten. Es waren die besten Informationen, die sie bisher über das feindliche Schiff bekommen hatten. Tyre suchte nach schwachen Punkten, nach Hinweisen auf die Konfiguration und Zeichen dafür, ob die Drohnen der *Luchs* irgendeinen Schaden angerichtet hatten.

Verdammt. Marx war dem Schlachtkreuzer sehr nahe, aber die Bilder blieben verschwommen, kaum besser als die fernen transluminalen Reflexe. Ensign Tyre wünschte sich die Möglichkeit, von den aktiven Sensoren Gebrauch zu machen, aber dann wäre der Scout sicher schneller zerstört worden – die Nahverteidigung des Schlachtkreuzers schien recht wirksam zu sein.

Tyre winkte und brachte ihr sekundäres Sehen näher an die Schwarzkörper-Drohnen heran, die gerade erschienen waren und damit begannen, auf einige der von Marx requirierten Drohnen zu feuern. Normalerweise waren die Schwarzkörper fast unsichtbar, aber vor dem von der Sonne erhellten Hintergrund der großen Empfangsvorrichtung zeichneten sich mehrere von ihnen ab. Die drei, die das Feuer eröffnet hatten, waren genau an der richtigen Stelle erschienen – entweder hatten die Rix richtig geraten, oder ihnen standen genug SK-Drohnen zur Verfügung, um alle Annäherungsvektoren abzudecken. Tyre fragte sich, wie viele der dunklen Verteidiger vor dem Kriegsschiff der Rix flogen.

Sie fühlte die Hände ihres Vorgesetzten auf den Schultern. Kax stand direkt hinter ihrem Sessel. Fünf Besatzungsmitglieder mussten den knappen Platz in der Datenanalyse miteinander teilen. Normalerweise war ihre Abteilung ein ganzes Stück größer, aber in der Gefechtskonfiguration hatten die beiden angrenzenden Kanonierstationen einen beträchtlichen Teil davon beschlagnahmt. Kax' Hände drückten etwas fester zu, als die *Luchs* manövrierte – der Schub ihrer Kaltdüsen gab der Fregatte ein Schaukeln wie bei einem Schiff auf dem Meer.

»Denken Sie das, was auch ich denke?«, fragte Kax.

Ensign Tyre nickte. »Die Rix sind für schwere Verteidigung konfiguriert, Sir.«

»Versuchen Sie eine Zählung. Der Captain möchte bestimmt wissen, wie viele Schwarzkörper dort draußen sind, bevor die *Luchs* zu nahe herankommt.«

»Ja, Sir, aber ich wette schon jetzt, dass es mindestens hundert sind.«

»Hundert?«

»Ja. Wenn Sie ...«

Plötzlich wurde es laut im Raum. Heißer Wind traf Tyre, riss sie aus ihrem Schutznetz und warf sie zu Boden. Etwas kratzte schmerzhaft intensiv über die bloße Haut der Hände und Wangen. Instinktiv schloss sie Mund und Augen. Es knackte in den Ohren, als der Luftdruck fiel.

Ein fauchendes Geräusch erreichte ihre Trommelfelle durch die dünne Luft, und sie fühlte Hitze an den Händen und im Gesicht.

Ensign Amanda Tyre hatte wie alle Rekruten der Flotte an Dutzenden von Dekompressionsübungen teilgenommen. Sie erkannte sofort die Symptome: das Ausdehnen ihres Brustkorbs, den Schmerz in Ohren und Augen. Doch es geschah jetzt zum ersten Mal, dass sie dies während einer echten Gefechtssituation erlebte.

Es fühlte sich an, als säße rittlings ein Dämon auf ihr und drückte ihr die Luft aus den Lungen. Tyre erinnerte sich an das Symbol an der Tür des Dekompressionsübungsraums: der Asphyx, ein Geist, der die Sterbenden besucht, um ihren letzten Atem zu stehlen. Durch den Dunst der Synästhesie hatte Tyre eine plötzliche Asphyx-Vision: leere Augen, der Mund gierig aufgerissen.

Dann schaltete sie mit einer Kommandogeste die ganze Synästhesie in ihrer Datenmaske ab und erkannte Kax' Gesicht. Er lag neben ihr auf dem Boden. Aber selbst im primären Sehen war sein Gesicht grässlich verbrannt und blutig. Die Haut löste sich, wie von hungrigen Insekten abgeschält.

»*Glas*«, brachte er mühsam hervor.

Tyre rollte von ihm fort. Als ihre Hände auf dem schiefen Deck nach Halt suchten, spürte sie, wie sich ihr winzige Glassplitter in die Handflächen bohrten. Die Druckuniform war zerrissen.

Die anderen drei Besatzungsmitglieder in der DA-Abteilung waren bewusstlos, in ihren Gesichtern und an den Armen tausende von kleinen Stichwunden.

Rogers befand sich noch in seinem Schutznetz und hustete, als er sprach.

»Es ist Glas. Aus dem optischen Kern nebenan.« Er deutete auf die Zugangsröhre, aus der heller, dichter Dunst kam, halb Dampf und halb Staub. Natürlich. Die Abteilung für Datenanalyse befand sich neben einem der Verarbeitungstürme der *Luchs,* einer Säule aus dichtem optischem Silizium und Phosphor. Tyre hatte den Verteidigungsstatus der *Luchs* beobachtet und öffnete den diagnostischen Kanal in Synästhesie. Die Fregatte war von einigen Projektilen getroffen worden.

Das erklärte den Sturm aus heißem Glas. Die Quantencomputer der *Luchs* verwendeten in Silizium suspendierte Phosphoratome als Qbits. Freigesetzt war der Phosphor leicht entzündlich, selbst in der dünnen Luft während der quälenden Sekunden der Dekompression.

Tyre hielt sich einen Uniformfetzen vor den Mund, um nicht den Glasdampf einzuatmen, und sah wieder zu Kax.

Seine Augen waren zugekniffen und bluteten. Nur er hatte keine volle Datenhaube getragen, die die obere Gesichtshälfte bedeckte. Und sein Körper hatte Tyre vor der Druckwelle aus Glas und brennendem Phosphor abgeschirmt.

»Medizinischer Notfall«, sagte Tyre, ihre Stimme rau und heiser von dem Glasstaub, den sie zuvor eingeatmet hatte. »Wir brauchen dringend medizinische Hilfe in DA-Station Eins, Deck vierzehn.«

Sie hörte das Hintergrundmurmeln anderer Abteilungen, die ebenfalls medizinische Hilfe anforderten.

Datenmeister Kax streckte eine blutige Hand aus, schloss sie um Tyres Fußknöchel und hustete. Sie kniete neben ihm.

»Sprechen Sie nicht, Sir«, sagte sie.

»Die Schwarzkörper, Tyre«, brachte er hervor. »Zählen Sie.«

Ensign Tyre sah zu ihren Kameraden und begriff, dass sich die *Luchs* noch immer im Gefecht befand. Sie bekleidete nach Kax den höchsten Rang. Die Daten vom Scout des Meisterpiloten Marx waren sehr wichtig, und er musste sich so sehr auf die Steuerung konzentrieren, dass er keine Gedanken an ihre taktische Bedeutung verlieren konnte.

»Rogers, versuchen Sie, dem Datenmeister zu helfen«, befahl sie. »Sie beide: Zurück zu Ihren Stationen.«

Die Besatzungsmitglieder standen noch immer unter Schock und bewegten sich benommen, um den Anweisungen Folge zu leisten. Tyre sank in ihr Schutznetz und kehrte zum sekundären Sehen zurück. Sie gestikulierte mit blutigen Händen und beobachtete das Geschehen erneut aus der Perspektive des Scouts.

Meisterpilot Marx stand unter Beschuss.

PILOT

Marx stellte fest, dass er noch lebte.

Ein kleiner Reinigungsroboter bewegte sich bei seinen Füßen und saugte das Erbrochene auf, mit einem gurgelnden Geräusch, das neue Übelkeit weckte. Seine Hände zitterten, und das Zischen in den Ohren musste von einer nahen Dekompression stammen.

Die *Luchs* war getroffen worden, aber irgendwie hatte Zai sie am Leben erhalten. Die Fregatte konnte es auf keinen Fall mit fünftausend Schwärmern zu tun bekommen haben – es hatte nach höchstens zehn geklungen. Marx blickte auf die internen diagnostischen Anzeigen. Nicht mehr als zwanzig Besatzungsmitglieder waren tot. Er wandte den Blick vom Display ab, um keine Namen zu lesen. Das hatte bis später Zeit.

Am wichtigsten war derzeit: Marx' Kontroll-Hardware – die Translicht-Vorrichtungen, die ihn mit den Drohnen verbanden – funktionierten noch. Er sah noch immer mit den Sensoraugen des Scouts, auch wenn das Bild nicht sehr deutlich war.

Der Meisterpilot warf einen Blick auf die Uhr. Es blieben noch dreißig Sekunden, bis die vordersten Drohnen am Schlachtkreuzer der Rix vorbeiflogen und für den Kampf keine Rolle mehr spielten.

Es gab noch eine Chance.

Doch die Frage lautete nach wie vor: Wie sollte er die Sanddrohne dazu bringen, ihre Ladung freizusetzen?

Marx prüfte die ihm zur Verfügung stehenden Mittel. Im Verteidigungsgürtel der Rix befanden sich nur noch vier Drohnen, die auf seine Befehle reagierten: der Scout, der ohne aktiven Reaktionstrieb rotierte; die beiden getarnten Penetratoren, kleiner als Dribbel-Bälle; und der waffenlose Köder.

Wenn diese Drohnen auf aktive Sensoren umschalteten oder merklich beschleunigten, mussten sie damit rechnen, innerhalb weniger Sekunden von den Rix entdeckt zu werden. Er konnte die Wächter sehen, als sich der Scout dem heißen Hintergrund der Empfangsvorrichtung näherte: Dutzende von Schwarzkörper-Überwachungsdrohnen, dunkle Flecken vor den reflektierenden Empfängern.

Lieber Himmel, dachte Marx. Abgesehen von den Schwärmern und Jägern diente die Drohnenflotte des Schlachtkreuzers vor allem defensiven Zwecken. Die Empfangsvorrichtung schien für den Rix-Captain absolute Priorität zu haben.

Der Meisterpilot schüttelte den Kopf. Die *Luchs* hatte nie eine Chance gehabt.

Er beobachtete die Schwarzkörper-Drohnen und fürchtete ihre Feuerkraft. Wenn er in der Lage gewesen wäre, einige von ihnen zu übernehmen und ihre Waffen auf die Empfänger zu richten ...

Plötzlich wurde ihm klar, was er tun musste.

Es war ganz einfach.

Er überprüfte die Flugbahnen seiner vier Drohnen, als sie sich einander näherten, während sie dem Schlachtkreuzer entgegentrieben. Der Köder befand sich ganz vorn. Die kleine Drohne war dazu bestimmt, in Abständen von einigen Minuten Breitband-Em-Signale zu emittieren und damit das feindliche Feuer von wichtigeren Zielen abzulenken. Wenn sie nicht schrie, blieb sie mit passiven Sensoren und Direktsignalen im Stealth-Modus. Marx hatte den Köder bisher noch nicht aktiviert, aber jetzt sah er einen Verwendungszweck für ihn.

Nur die getarnten Drohnen konnte er bewegen, ohne Entdeckung befürchten zu müssen. Sie waren mit Kaltdüsen ausgestattet, für langsame, aber strahlungsfreie Beschleunigung. Marx lenkte eine zum Köder und stellte einen sanften Kontakt her. Die Sicht mochte verschwommen und vage sein, doch bei weniger als zehn Metern pro Sekunde hätte Marx sogar einen Kolibri rammen können.

Der Meisterpilot schob den Köder mit der getarnten Drohne an und gab ihm einen neuen Vektor in Richtung

Sanddrohne. Er fluchte und verlangte den schwerfälligen Kaltdüsen das Maximum ab. In zwanzig Sekunden würde seine kleine Formation an dem Schlachtkreuzer vorbei sein, und dann war es zu spät.

Marx wartete, bis der Köder nur noch einen knappen Kilometer von der Sanddrohne entfernt war, zündete dann seinen Reaktionsantrieb. Im Köder-Modus raste er der Sanddrohne entgegen und schrie dabei im EM-Spektrum.

Plötzlich konnte Marx sehen.

Der Köder flutete den ganzen Bereich mit elektromagnetischer Strahlung und erhellte alles im Umkreis von einigen Lichtsekunden. Für die Rix musste es den Anschein haben, als wäre eine Drohnenflotte aus dem Nichts gekommen.

Die Schwarzkörper-Drohnen reagierten sofort. Geschosswellen zogen mit seltsamer Schönheit durchs All, wie Leuchtspurprojektile im sensorischen Heulen des Köders. Der Geschossregen erreichte zuerst den getarnten Penetrator und dann den Köder, woraufhin es kurz dunkel wurde. Doch wenige Sekunden später sah Marx einen Blitz, als die Sanddrohne von den Projektilen aus abgereichertem Uran getroffen und in Stücke gerissen wurde.

»Perfekt«, flüsterte er, als ihm die Synästhesie mehrere Explosionen zeigte. Die blinde Sanddrohne enthielt noch Reaktionsmasse! Im All brannte der schmutzige Treibstoff ihrer mit Eigenantrieb ausgestatteten Sandbehälter.

Immer wieder blitzte es auf, wie bei einer Ladung Splittergranaten.

Die Rix hatten Marx die Arbeit abgenommen.

Eine Sandwolke entstand und dehnte sich zu einem großen, unregelmäßigen Ball aus – eine Zeitraffer-Amöbe, geschmückt mit umhertastenden Pseudopodien. Sie durchmaß fast viertausend Kilometer, als sie die Empfangsvorrichtung mit einer relativen Geschwindigkeit von dreitausend Kilometern pro Sekunde traf. Der Geschosshagel hatte der Wolke auch ein laterales Bewegungsmoment gegeben: Wie ein Schirokko strich sie über die Empfänger.

Marx schaltete die aktiven Sensoren des Scouts ein, damit die Computer der *Luchs* den angerichteten Schaden so detailgenau wie möglich aufzeichnen konnten. Er lehnte sich zurück und genoss die Lichtershow, als die riesige Empfangsvorrichtung vom einen Ende bis zum anderen flackerte, wie eine Wüste aus Glimmer, über der die Sonne aufging.

Das gewaltige Objekt brach langsam auseinander und wirkte dabei wie ein enormes, im Wind flatterndes Tuch.

Das Feuer der Schwarzkörper-Drohnen fand den aktiven Scout, und die klare Sicht verwandelte sich in das Blau eines toten Kanals.

Marx stellte eine Verbindung mit Hobbes her.

»Meisterpilot meldet: Mission erfolgreich abgeschlossen«, sagte er. »Die Empfangsvorrichtung der Rix ist zerstört.«

DATENANALYTIKER

Tyre gab Marx' Signal Priorität und zeichnete mit höchster Auflösung auf.

Endlich ein guter Blick auf den Schlachtkreuzer.

Er dauerte nur wenige Sekunden. Das Projektilfeuer von mehr als zehn Schwarzkörper-Überwachern traf Marx' vordere Drohnen und zerfetzte sie. Die Behälter mit dem Sand explodierten. Mit offenem Mund beobachtete Tyre, wie der Sand die Empfangsvorrichtung der Rix erreichte und sie zerstörte.

»Er hat es geschafft!«, rief sie.

Dann erreichten die Geschosse auch den Scout. In den Sekunden vor der Unterbrechung des Signals fiel das Licht der Sonne Legis auf die riesige auseinander brechende Empfangsvorrichtung, und vor diesem Hintergrund bot sich ein schrecklicher Anblick dar. Ensign Tyre hielt den Atem an.

Sie hatte angenommen, dass Marx' Drohnen auf eine lokale Ansammlung von Schwarzkörpern gestoßen war, eine zufällige Konzentration von Feuerkraft. Selbst die größten Rix-Schiffe flogen nur mit einigen Dutzend Schwarzkörper-Überwachern. Ihre Schwermetallmunition war massig, die Wartung aufwändig. Außerdem handelte es sich in erster Linie um Defensivwaffen.

Doch vor dem hellen Hintergrund der zerfallenden Empfangsvorrichtung zeigten sich zahllose Überwacher. Sie bildeten ein ausgedehntes sechseckiges Muster.

Es waren hunderte.

Dann wurde die Synästhesie dunkel – der Scout des Meisterpiloten war zerstört worden.

Ensign Tyre hörte ein Gurgeln von dem zu ihren Füßen liegenden Datenmeister Kax, schenkte dem grässlichen Geräusch aber keine Beachtung. Sie kehrte zum Anfang der Aufzeichnungen zurück und hielt den Bilderstrom an, um eine Einzelaufnahme von dem Moment zu betrachten, als das Licht der Legis-Sonne die Überwacher zeigte.

Ensign Tyre blinzelte, als sie auf das Bild starrte.

Es handelte sich um Kurzstreckenwaffen, hauptsächlich für die Verteidigung bestimmt. Sie hatten keinen Antrieb und nur wenig Intelligenz, dafür aber jede Menge Feuerkraft. Wenn ein kleines Kriegsschiff wie die *Luchs* auf hunderte von ihnen stieß, wurde es von ihrer kollektiven kinetischen Energie in Stücke gerissen.

Sie musste den Captain alarmieren.

Tyre öffnete einen Kanal zu Hobbes. Der Erste Offizier antwortete nicht sofort; vermutlich gab es mindestens ein Dutzend ranghöhere Besatzungsmitglieder, die ihre Aufmerksamkeit verlangten.

Tyre wartete, und während die Sekunden verstrichen, jagte die *Luchs* mit dreitausend Kilometern pro Sekunde den Schwarzkörper-Drohnen entgegen.

»Priorität, Priorität.«

Das Prioritätssymbol erschien im sekundären Sehen. Es war für »extreme Notfälle« bestimmt, ein Begriff, der hier unten in der Datenanalyse große Bedeutung hatte. Kax hatte nie Gebrauch davon gemacht, und Tyre wäre es nie in den Sinn gekommen, diese Möglichkeit einmal selbst zu nutzen - sie blieb dem Datenmeister vorbehalten. Und wenn sie sich in Hinsicht auf die Bedeutung der großen Drohnenphalanx irrte, so konnte der Missbrauch eines Prioritätssymbols im Gefecht für immer einen Schatten auf ihre berufliche Laufbahn werfen.

Erneut blickte sie auf die Einzelaufnahme. *Hunderte*, dachte sie. Die Daten waren unzweideutig.

Tyre schaltete wieder auf den diagnostischen Kanal um. Überall an Bord des Schiffes gab es Verletzte und sogar Tote; hinzu kamen Schäden an der Außenhülle und bei Installationen. Es konnte Minuten dauern, bis Hobbes auf den Ruf eines einfachen Ensign reagierte.

Tyre streckte eine zitternde und blutige Hand nach dem Symbol aus.

Keine Befugnis, blinkte es.

Sie fluchte. Kax lebte noch und befand sich an seinem Posten. Soweit es die *Luchs* betraf, führte er noch immer das Kommando und war der einzige für Priorität autorisierte Analytiker. Tyre löschte ihr sekundäres Sehen und senkte den Blick. Rogers hielt den Kopf des Datenmeisters, der kaum mehr ein Gesicht hatte. Sie fragte sich kurz, ob er noch über sekundäres Sehen verfügte, ohne Augen.

Es gab keine Zeit, ihn danach zu fragen. Kax atmete sehr schwer; in einem solchen Zustand konnte er sicher nicht klar denken.

»Bringen Sie den Datenmeister hinaus, Rogers!«, befahl Tyre.

»Was?«

»Ziehen Sie ihn aus dem Raum. Sorgen Sie dafür, dass er seinen Posten verlässt.« Tyre sprach diese Worte mit aller Kraft, die sie aufbringen konnte. Ihre raue Stimme gab der Anweisung eine Autorität, die sie nicht fühlte.

Rogers zögerte und sah zu den beiden anderen Besatzungsmitgliedern.

»Rogers! Die *Luchs* erkennt meinen Rang nicht an, solange er hier drin ist.«

»Aber das Glas dort draußen ...«

»Los!«

Rogers zuckte zusammen, beugte sich dann vor und schob vorsichtig die Arme unter die Achseln des Datenmeisters. Er zog den blutbesudelten Mann zur Tür und hinaus in den Zugangsschacht; Kax' zerfetzte Uniform schabte übers Glas.

Tyre atmete tief durch und berührte das Prioritätssymbol erneut.

»Bitte hören Sie mich«, murmelte sie.

Das Symbol veränderte sich in der Luft, faltete sich zu einem hellen Punkt zusammen und verlangte ihre Mitteilung. Tyre verband das Einzelbild der Schwarzkörper-Drohnen damit und gab die Senden-Anweisung.

Einige Sekunden später meldete sich Hobbes.

»Mein Gott«, sagte der Erste Offizier. Tyre seufzte erleichtert, als sie ihren Tonfall hörte. Wenigstens verstand Hobbes.

»Wo zum Teufel ist Kax?«

»Verletzt. Blind, glaube ich.«

»Verdammt. Kommen Sie zum Planungsraum des Captains«, wies der Erste Offizier Tyre an. »Und seien Sie bereit, dies alles zu erklären.«

»Aye, aye.«

»Wir müssen sofort beschleunigen und verlieren die Wärmesenke dadurch endgültig«, fuhr Hobbes fort und sprach wie zu sich selbst. »Sie sollten mit dieser Sache besser richtig liegen, Tyre.«

Ensign Tyre schluckte, als sie das Schutznetz verließ.

Wenn sie sich irrte, war ihre berufliche Laufbahn ruiniert. Und wenn sie Recht hatte, war die *Luchs* in großen Schwierigkeiten.

SENATORIN

Sie sahen überrascht zu ihr auf, neugierig und wachsam. Ihre Augen reflektierten das auf den Pfad fallende Licht der schwebenden Kugel, zeigten kurz das karmesinrote Blitzen nachtaktiver Raubtiere.

Nara Oxham fragte sich, ob man in den dunklen Fluren des Diamantpalastes kleine Nagetiere aussetzte, als Unterhaltung für die Katzen des Kaisers. Natürlich war es eher unwahrscheinlich, dass auferstandene Tiere sehr aggressive Jäger abgaben. Als die Senatorin an ihnen vorbeiging, blieben die Katzen dicht nebeneinander auf der niedrigen Fenstercouch sitzen und beobachteten sie würdevoll, wirkten aber auch so schläfrig wie alte Kater. Vielleicht begnügten sie sich wie auferstandene Menschen damit, schwarze Gemälde zu betrachten und endlose Pilgerreisen zu unternehmen. Nara sah den Kamm des Symbianten am Rücken der Tiere, Ausgleich für die Grausamkeit, die ihnen während der Heiligen Experimente zuteil geworden war.

Sie waren tote Geschöpfe, erinnerte sich Oxham.

»Senatorin.«

Die unmenschliche Stimme kam aus der Dunkelheit, und Nara zuckte zusammen.

»Ich bitte um Entschuldigung, Senatorin Oxham.« Der Repräsentant der Seuchenachse trat an den Rand des Lichtscheins, wahrte aber höfliche Distanz. »Mein Bioanzug erlaubt mir recht gute Sicht in der Dunkelheit. Ich hatte vergessen, dass Sie mich nicht sehen können.«

In der Stille des Flurs war das leise Zischen der Filter des Bioanzugs zu hören. Nara versuchte, nicht an die Krankheiten des Repräsentanten zu denken, die versuchten, aus dem Anzug zu entkommen und sich unter der ganzen menschlichen Spezies auszubreiten.

»Sie sehen in der Dunkelheit?« Oxham deutete auf die Katzen. »Wie die Haustiere des Souveräns.«

Die Gestalt im Bioanzug schwieg. Hatten Naras Worte den Repräsentanten beleidigt? Sein Gesichtsausdruck blieb hinter dem undurchsichtigen Visier verborgen. Seit Wochen saßen sie gemeinsam im Kriegsrat, aber Nara wusste nicht einmal, ob das Geschöpf im Innern des Anzugs ein Mann oder eine Frau war.

Was auch immer der Fall sein mochte: Der Repräsentant der Seuchenachse hatte für den Völkermord des Kaisers gestimmt.

»Aber diese Katzen werden ewig leben, Nara Oxham. Ich nicht.«

Die Menschen der Seuchenachse konnten den Symbianten nicht aufnehmen, der zwar den Tod heilte, nicht aber all die Krankheiten und physischen Gebrechen. Aus diesem Grund hatten Oxham und ihre Partei angenommen, dass die Achse auf der Seite der Lebenden stand und sich mit ihr gegen den Kaiser verbünden würde. Doch es war anders gekommen.

Oxham zuckte mit den Schultern. »Ich ebenfalls nicht.« Sie drehte sich um und ging in Richtung Ratskammer.

»Senatorin?«, rief ihr der Repräsentant mit gedämpfter Stimme nach.

»Der Souverän wünscht uns bei sich«, erwiderte Oxham, ohne stehen zu bleiben.

Der weiche, perlmuttartige Boden der Ratskammer glühte kühl in der Nacht des Diamantpalastes. Die Toten mochten helle Räume nie, aber das Licht an grauen Orten variierte langsam, spiegelte tägliche und jahreszeitliche Veränderungen wider, selbst äquinoktiale Präzession auf exzentrischeren Planeten.

Senatorin Oxham und der Repräsentant der Seuchenachse trafen als letzte der neun Senatoren ein. Die tote Admiralin sprach, noch bevor sie Platz genommen hatten.

»Es gibt Neuigkeiten von Legis.«

Nara schloss die Augen und atmete tief durch, zwang sich dann, die Lider wieder zu heben und alles zu sehen.

Der Luftschirm füllte sich mit einer vertrauten schematischen Darstellung: hier der weite Bogen des in Richtung Legis fliegenden und langsamer werdenden Schlachtkreuzers der Rix, dort die hakenförmige Flugbahn der *Luchs*, die versuchte, den Feind so weit wie möglich vom Planeten entfernt zum Kampf zu stellen. In diesem Maßstab, der das ganze Sonnensystem zeigte, berührten sich die beiden Linien.

Naras plötzliche Apathie-Dosis würde ihre Wirkung erst in einiger Zeit verlieren, und so beobachtete sie die Gesichter ihrer Kollegen durch das transparente Bild. Die anderen Pink-Senatoren, föderalistisch und utopianisch, und der Plutokrat Ax Milnk wirkten gestresst und müde. Selbst der Loyalist Henders sah nervös aus, nicht bereit für die Erkenntnis, für Massenmord gestimmt zu haben. Die Mienen der drei toten Mitglieder des Kriegsrats waren steinern. Die Admiralin sprach ruhig, der General saß aufmerksam da, und der Souverän blickte über Naras Kopf hinweg in die Ferne.

Oxham fühlte nichts, aber ein Leben lang hatte sie gelernt, das miteinander zu vergleichen, was ihr Augen und Empathie mitteilten. Daraus war ein Instinkt für die Deutung von Körpersprache und Mimik entstanden. Selbst ohne ihre besondere Fähigkeit verrieten die drei Toten Unruhe.

Etwas war schief gegangen.

»Der Kampf der *Luchs* gegen die Rix hat vor dreißig Minuten begonnen«, fuhr die tote Admiralin fort. »Nach dem letzten Bericht haben die beiden Schiffe den zweiten Kontakt erreicht.«

Nara erstarrte innerlich. Der erste Kontakt bedeutete, dass sich die beiden Drohnenwolken überlappten und es zum Gefecht zwischen ihnen kam. Der zweite Kontakt betraf die beiden primären Feinde: Die *Luchs* und der Schlachtkreuzer kämpften gegen die Drohnen des jeweils anderen. Mit Beginn des zweiten Kontakts gingen Menschenleben verloren.

»Bei der *Luchs* ist es zu Verlusten gekommen, aber sie bleibt einsatzfähig.«

Laurent konnte unter den Verlusten sein, dachte Nara. Aber die Admiralin hätte sicher auf den Tod des Captains hingewiesen.

»Was noch wichtiger ist: Die Drohnen der *Luchs* haben das Ziel der Mission erreicht und die Empfangsvorrichtung der Rix zerstört. Derzeit deutet alles darauf hin, dass das Verbundbewusstsein auf Legis XV isoliert bleiben wird, ohne dass wir weitere Maßnahmen ergreifen müssen.«

Die Admiralin schwieg und gab den anderen Gelegenheit, über ihre Worte nachzudenken.

Nara sah ihr eigenes Zögern in den Gesichtern der anderen lebenden Senatoren: Noch konnte es niemand von ihnen glauben. Sie warteten darauf, vom unangenehmen Haken an der Sache zu erfahren. Aber das Schweigen der

Toten dauerte an, und sie begriffen, dass es tatsächlich stimmte. Es gab keinen Grund, das Verbundbewusstsein auszulöschen. Es würde keinen Atomangriff geben, keine hundert Millionen Tote.

Laurent hatte sie alle gerettet.

Die Mitglieder des Kriegsrats bewegten sich gleichzeitig, wie Leute, die aus einem Albtraum erwachten. Der Loyalist Henders hob die Hände vors Gesicht, eine erschöpfte, unverhüllte Geste, und der Bioanzug des Repräsentanten der Seuchenachse schien ein wenig in sich zusammenzusacken, was vermutlich auf Erleichterung hindeutete. Die übrigen Senatoren und Milnk wandten sich Nara Oxham zu und zeigten ihren Respekt.

Nara ließ nichts von ihren Gefühlen deutlich werden. Für sie war dies persönlicher gewesen als für die anderen. Sie würde sich später Emotionen gestatten.

»Natürlich freuen wir uns über diesen Sieg«, sagte der Kaiser.

Nara war sicher, dass er log. Sie hatte es ihm angesehen, ihm und seinen toten Soldaten. Sie hatten sich gewünscht, dass Zai versagte.

»Und noch bedeutsamer als der Sieg ist die Gewissheit, dass dieser Rat bereit war, die notwendigen Opfer zu bringen.« Zum ersten Mal sah Oxham, dass das Lob des Kaisers ohne Wirkung blieb. Keins der lebenden Mitglieder war bereit gewesen, sich das anzusehen, wofür der Kriegsrat gestimmt hatte.

Der Kaiser hatte hier etwas verloren.

»Wir müssen diesem Rat dafür gratulieren, die richtige Entscheidung getroffen zu haben, wie sehr es uns auch freut, dass wir sie nicht in die Tat umsetzen mussten.« Eine gewisse Schärfe erklang in der Stimme des Souveräns. Alle hörten sie.

Nara Oxham hatte den Kaiser kennen und verstehen gelernt, diesen jung aussehenden untoten Mann. Sie wusste von seiner Besessenheit in Hinsicht auf die Rix – ihr gottgleiches Verbundbewusstsein war ein Rivale seiner eigenen falschen Göttlichkeit. Er war so eifersüchtig wie jeder kleine Gott, und als Politikerin verstand Nara Oxham Egomanie, wie übertrieben sie auch sein mochte.

Aber während der letzten Tage hatte sie Furcht im Kaiser gesehen, keinen Hass. Was konnte den Herrscher der Achtzig Welten so sehr erschrecken, dass er zum Völkermord bereit war?

»Wir stehen in Zais Schuld«, sagte der Repräsentant der Seuchenachse.

Senatoren nickten zustimmend. Der Souverän drehte den Kopf und sah zum Bioanzug; sein Kopf bewegte sich so langsam wie eine alte Eidechse.

»Wir haben ihn bereits aufsteigen lassen«, sagte der Kaiser kühl. »Und ihn nach dem Tod unserer Schwester begnadigt. Vielleicht war er *uns* etwas schuldig.«

»Und doch wurde eine ganze Welt vor großem Schaden bewahrt, Euer Majestät«, sagte der utopianische Senator.

»In der Tat«, bekräftigte der Föderalist.

»Dem stimme ich zu«, pflichtete ihnen Ax Milnk bei.

»Darf ich Sie an die Hundert-Jahr-Regel erinnern?«, erwiderte der Souverän. »Niemand von uns kann ein Jahrhundert lang über das sprechen, was Zai verhindert hat.«

»Trotzdem hat er einen großen Sieg errungen«, sagte der Repräsentant der Seuchenachse. »Ein verheißungsvoller Beginn dieses Krieges.«

Nara hätte fast gelächelt. Zum ersten Mal seit der Bildung des Rates wagten die anderen, dem Kaiser zu widersprechen. Nicht nur Zai hatte einen Kampf gewonnen, sondern auch die lebenden Mitglieder des Kriegsrats.

Die tote Admiralin sprach erneut.

»Wir können Zais Sieg noch nicht bekannt geben. Der

dritte Kontakt erfolgt in weiteren zwanzig Minuten. Es erscheint unwahrscheinlich, dass die *Luchs* ihn überstehen wird.«

Nara schluckte. Beim dritten Kontakt kämpften die primären Feinde direkt gegeneinander, Schiff gegen Schiff, ohne die Drohnen zwischen ihnen.

»Warum muss es zu einem dritten Kontakt kommen, Admiralin?«, fragte Oxham. »Nach der Zerstörung der Empfangsvorrichtung sollte die *Luchs* entkommen können. Sie ist kleiner und schneller.«

Die Admiralin gestikulierte, und ein Ausschnitt der Luftschirm-Darstellung vergrößerte sich. Vektorlinien wurden hinzugefügt und wölbten sich wie Säbelklingen durch Schnittpunkte.

»Captain Zai hat den Angriff bei hoher Relativgeschwindigkeit durchgeführt, um seine Drohnen an der Verteidigung der Rix vorbei und zur Empfangsvorrichtung zu bringen. Die beiden Schiffe nähern sich einander so schnell, dass sich die *Luchs* kaum absetzen kann. Im Dienste des Kaisers und dieses Rates hat Zai sein eigenes Schicksal besiegelt.«

»Im Krieg gibt es immer Opfer«, seufzte der Souverän.

Nara zwang sich, den Schrei zurückzuhalten, den sie am liebsten ausgestoßen hätte. Die Freude, die sie eben noch empfunden hatte, löste sich auf, und Kälte griff nach ihrem Herzen. Auf die eine oder andere Weise, diese Toten würden ihre Rache an Laurent bekommen. Der Kaiser selbst schien das Massenträgheitsmoment bestimmt zu haben, um Zais Heldentum zu verspotten und ihn zu töten.

Nara versuchte, es für egoistisch zu halten, nur an einen Mann zu denken, obwohl Millionen gerettet worden waren.

Aber für Nara Oxham war der Kampf verloren, wenn Laurent nicht heimkehrte.

Schließlich kam der Ruf von Alexander.

Die wenigen Fone, die h_rd nicht auseinander genommen hatte, klingelten gleichzeitig und piepten dann eine einzelne Codesequenz des One Time Pad, das sie mit Alexander teilte. Der Kampf im All war schlecht verlaufen, und ihre Hilfe wurde gebraucht. Die Verschränkungsstation musste für den Gebrauch durch das Verbundbewusstsein befreit werden.

Der Ruf hatte Rana nicht geweckt, stellte h_rd mit bittersüßer Erleichterung fest. Die Rixfrau hatte einige Romane und Theaterstücke gelesen und schloss daraus, dass die Abschiedsrituale kaiserlicher Menschen und der Rix inkompatibel waren. Und dies würde ein besonderer Abschied sein. In den nächsten zehn Stunden mochte eine von ihnen sterben, vielleicht sogar beide.

H_rd kroch näher an den weichen, warmen Körper der Frau heran. Wie sehr Menschen doch gegen ihre Umgebung ankämpften, dachte sie. Jeder Körper verlangte eine eigene Blase aus Wärme, noch dazu mit exakter Temperatur. Eine Abweichung von fünf Grad nach oben oder unten bedeutete den Tod. So stolz, so empfindlich.

Das Rasseln in Ranas Atmen klang schlimmer. Der Rhythmus war gleichmäßig, aber im Vergleich mit dem vor einigen Stunden entdeckte h_rd eine geringfügige Beschleunigung. Die Frau atmete schneller, weil sich das Volumen der noch funktionierenden Lunge verringerte. Die pulsierende Natur der Physiologie ihrer Geliebten faszinierte h_rd. Der Rhythmus von Blutkreislauf, Atmung, Menstruation und Schlaf besaß eine fremde Erhabenheit, wie die uralten Symmetrien, die im kurzen Leben von Partikeln oder in den würdevollen Bewegungen von Planeten zum Ausdruck kamen. H_rd war Rix: ihr Herz eine Schraube, ihre Lungen kontinuierliche Filter, ihre Eierstöcke in Kühllagerung an Bord der heimatlichen Orbitalstation. Und jene Zyklen des Rix-Körpers, die sich dem Upgrade entzogen hatten, konnten so leicht moduliert werden wie die Umdrehungszahl eines Motors.

Doch die ineinander verzahnten Muster, die Rana Harters Leben darstellten, schienen so souverän zu sein wie die Natur. H_rd konnte sich nicht vorstellen, dass sie immer langsamer und leiser wurden, bis sie schließlich anhielten und schwiegen.

Natürlich wusste die Rix, wie sie das Leben ihrer Geliebten hätte retten können. Sie war sich zumindest abstrakt des Preises bewusst, den das zarte, kostbare Leben an ihrer Seite verlangte. Es gab immer die Möglichkeit, sich den Kaiserlichen zu stellen, Rana ihren Ärzten zu übergeben und sich selbst dem Militär zu stellen. H_rd malte sich aus, wie es wäre, Alexander in diesem kritischen Moment zu verlassen.

Trotz des Namens, den das Reich den Rix gegeben hatte: Sie waren kein Kult. Es stand ihren Angehörigen frei, zur Menschheit zurückzukehren. Im Verlauf der letzten Jahrhunderte hatten ein Dutzend oder so sich dafür entschieden.

Aber h_rd würde bei den Kaiserlichen keine Freiheit finden. Das Auferstandene Reich hatte nie einen Rix-Kriegsgefangenen in die Finger bekommen, sah man von einigen aus dem All geborgenen gefrorenen, dekomprimierten Leichen ab. Man würde sie verhören, ihren Bewusstseinsinhalt untersuchen, sie gnadenlos analysieren und schließlich die Prothesen zerlegen, die h_rd für einen integralen Bestandteil von sich selbst hielt.

Zwar würden die Kaiserlichen Rana Harters Körper retten, doch sie hatten bereits bewiesen, schlechte Hüter ihrer Seele zu sein.

Über siebenundzwanzig Jahre hinweg hatte ihr nachlässig strukturiertes Gesundheitswesen Rana praktisch sich selbst überlassen. Sie litt an Borderline-Depressionen, war furchtsam und unentschlossen, auf der einen Seite naiv und auf der anderen hochbegabt: eine einzigartige, hilflose Kostbarkeit.

Aber die Kaiserlichen hatten sich nicht weiter um sie gekümmert, sie zu einem kleinen Zahnrad in der großen Maschine des Reiches gemacht. Sie hatten den Teil ihrer Fähigkeiten ausgenutzt, der keine Ausbildung erforderte, und ihr nichts dafür gegeben.

Die von Rana benötigte Hilfe war einfach: ein wenig Dopamin, und die manische Depression, die einen Schatten auf ihr ganzes Leben geworfen hatte, war besiegt. Doch eine derartige Behandlung stand für die Klasse, in die sie geboren war, nicht zur Verfügung. Rana war das Opfer einer besonders engstirnigen und kurzsichtigen wirtschaftlichen Disposition.

Dieser Art von Barbarei mangelte es sogar an Effizienz. Mit ihren besonderen Fähigkeiten wäre Rana ein wichtiger Aktivposten gewesen. Aber die Kaiserlichen hielten es für billiger und leichter, sie leiden zu lassen.

Als h_rds innere Tirade zu Ende ging, erlaubte sie sich ein reumütiges Lächeln. Stand es ihr zu, das Reich zu tadeln? Sie hatte diese Frau entführt, unter Drogen gesetzt und sie in Gefahr gebracht.

Und jetzt starb Rana Harter.

Aber wenigstens hatte sie verstanden, wie wundervoll diese Frau war.

H_rd presste die Lippen sanft an Ranas Hals und roch ihre warme, menschliche Komplexität. Dann schlüpfte sie aus dem Bett.

Ein Gravitationsgeist trieb über die Kommandobrücke. Das Zittern beschrieb eine klassische Glockenkurve, wurde langsam stärker und ließ dann wieder nach, als ratterte ein Zug vorbei, von einer alten Dampflokomotive gezogen.

Niemand sprach, bis das Phantom verschwunden war. Die *Luchs* beschleunigte mit achtzehn *g* fort vom Schlachtkreuzer, mit dem Maximum, das ihre Gravitationsgeneratoren kompensieren konnten. Die versammelten Offiziere wussten: Wenn die Generatoren versagten, würden sie innerhalb weniger Sekunden durch den enormen Druck des eigenen Gewichts das Bewusstsein verlieren. Die KI der *Luchs* würde das Problem erkennen und den Antrieb automatisch deaktivieren, aber bis dahin gab es sicher schon zahlreiche Tote und Verletzte.

Hobbes räusperte sich, als die letzten Schwerkraftranken ihren Griff lockerten. Damit unterbrach sie die Gedanken der anderen Offiziere, die der empfindlichen Technik zwischen ihnen und einer jähen Katastrophe galten.

»Können wir sicher sein, dass alle diese Schwarzkörper gleich sind?«, fragte sie. »Vielleicht sind jene, die auf den Meisterpiloten feuerten, nicht für alle repräsentativ.«

Der große Luftschirm zeigte die vom Scout des Meisterpiloten Marx übermittelten Bilder. Als die Offiziere zum ersten Mal die Zerstörung der Empfangsvorrichtung gesehen hatten, waren sie begeistert gewesen.

Aber jetzt präsentierte sich ihren Blicken ein Einzelbild, die Sandwolke auf halbem Weg über das weite Geflecht aus Empfängern. Die auseinander brechende Vorrichtung fing das Licht der Sonne Legis ein, und vor diesem hellen Hintergrund zeichneten sich deutlich die Schwarzkörper-Überwacher ab.

Die Datenanalyse hatte 473 gezählt und weitere 39 extrapoliert. Insgesamt 512. Zwei hoch neun. Typisch für die Rix.

Aber nicht für die Überwacher. Angesichts der großen Feuerkraft dieser Drohnen waren es weitaus mehr als erwartet – die *Luchs* raste dem Verderben entgegen.

»Soweit wir das feststellen können, handelt es sich bei allen um die gleiche Art von Schwarzkörper-Drohnen«, sagte Ensign Tyre leise. Hobbes begriff, dass sich Tyre zum ersten Mal auf der Kommandobrücke befand. Sie war jetzt die ranghöchste Datenanalytikerin, nachdem Datenmeister Kax bei dem Schwärmer-Angriff das Augenlicht verloren hatte. Tyre sprach ruhig und mit großer Sorgfalt, klang fast schüchtern, aber bisher hatte sie jede Frage klar beantwortet.

»Dieser Buckel an der dorsalen Seite ist der Vorrat an Munition«, fuhr Tyre fort und richtete den Zoom auf eine einzelne Drohne. »Einen solchen Buckel gäbe es nicht, wenn die Drohnen als Minenräumer oder Köder konfiguriert wären.«

»Und sie haben ihn alle«, stellte Hobbes fest.

Vor der Besprechung hatte sie zusammen mit Tyre die Daten des Meisterpiloten Einzelbild für Einzelbild untersucht und dabei in aller Deutlichkeit die Drohnen sehen können, denen Marx' Scout zum Opfer gefallen war. Der Geschosshagel hatte die Sandwolke durchquert und war dadurch sichtbar geworden. Die von der Expertensoftware durchgeführte sorgfältige Zählung ergab eine Feuergeschwindigkeit von mehr als hundert Projektilen pro Sekunde.

Die Schwarzkörper-Drohnen waren dafür vorgesehen, ordentlich zuzuschlagen.

Bei der Ersten Rix-Inkursion war diese Drohnenklasse ausschließlich für die Nahverteidigung eingesetzt worden. Einige Dutzend von ihnen flogen vor einem Kriegsschiff der Rix und schossen auf gegnerische Drohnen, wenn sie zu nahe kamen. Aber die Schwarzkörper des ersten Kriegs waren seltener und mit weniger Feuerkraft ausgestattet gewesen. Ihre Aufgabe hatte allein darin bestanden, Drohnen zu neutralisieren.

Diese neuen Überwacher waren, in großer Zahl und bei geringer Entfernung, dazu imstande, die *Luchs* oder jedes andere Kriegsschiff zu erledigen, das dem Schlachtkreuzer zu nahe kam. Es war den Rix in erster Linie darum gegangen, die große Empfangsvorrichtung zu schützen, und dabei hatten sie sogar die Möglichkeit berücksichtigt, dass ein Schiff so groß wie die Fregatte versuchte, sie zu rammen. Der Angriff, den die *Luchs* zunächst geplant hatte, wäre zweifellos zum Scheitern verurteilt gewesen.

Ohne Marx' Geschick und sein Glück - eine inaktive Sanddrohne, die den Verteidigungsgürtel intakt passiert hatte - wäre die Empfangsvorrichtung immer noch funktionsfähig gewesen, und die *Luchs* würde ahnungslos ihrer Vernichtung entgegenfliegen.

»Weitere Diskussionen über die Drohnen erübrigen sich«, sagte Captain Zai. »Die Würfel sind gefallen.«

Hobbes nickte. Nach der Entgegennahme von Tyres Bericht hatte Captain Zai sofort eine hohe Beschleunigung für die *Luchs* angeordnet, in einem Winkel von neunzig Grad fort von der Flugbahn des Schlachtkreuzers.

Dadurch mussten sie jede Hoffnung aufgeben, den separierten energetischen Verteiler zurückzuholen. Um den Schwarzkörpern zu entgehen, war die Fregatte gezwungen, ihren wichtigsten Schutz vor Energiewaffen zurückzulassen.

Es ging jetzt darum, einen möglichst großen Abstand zum Schlachtkreuzer zu gewinnen.

»Zeigen Sie uns ein Echtzeitbild«, sagte der Captain.

Die Anzeige des Luftschirms wechselte zu den aktuellen transluminalen Reflexen vom Schlachtkreuzer der Rix.

Sein Haupttriebwerk hatte sich um neunzig Grad gedreht – das Schiff verfolgte die *Luchs*, anstatt den Flug in Richtung Legis XV fortzusetzen, so wie die Drohnen.

Glücklicherweise war der große Schlachtkreuzer langsamer als die Fregatte. Er konnte mit höchstens sechs *g* beschleunigen.

Hobbes betrachtete die Darstellungen des Luftschirms. Die *Luchs* bemühte sich, den Abstand zum Rix-Schiff wachsen zu lassen: Sie beschleunigte ebenfalls senkrecht zur Flugbahn des Gegners. Beide würden neunzehn Minuten Schub hinter sich haben, wenn sie den Punkt der geringsten Entfernung erreichten.

Die entsprechende Mathematik war nicht weiter schwer: neunzehnhundert Sekunden bei einer Differenz von zwölf *g*, plus eine Minute antriebsloser Flug. Zweihundertzwanzigtausend Kilometer Abstand.

Die Schwarzkörper-Überwacher konnten ihnen dort draußen nichts mehr anhaben. Sie waren dazu bestimmt, absolut leise zu sein, verfügten deshalb nicht über einen eigenen Antrieb – die Rix gaben sie praktisch auf. Aber die chaotischen Gravitationswaffen des Schlachtkreuzers hatten eine wesentlich größere Reichweite. Und ohne eine Wärmesenke, die Energie ins All abstrahlte, war die *Luchs* schrecklich verwundbar.

Neuerliches Zittern erfasste die Kommandobrücke, und die Teetasse des Captains rutschte über den Tisch, auf Hobbes zu. Sie klapperte wie von einem Geist getragen, der dringend eine Nacht Schlaf brauchte.

Unmittelbar darauf kehrte wieder Ruhe ein.

»Wenigstens ist der Schlachtkreuzer nicht für den Angriff optimiert«, sagte der Captain.

Die Offiziere nickten. Die Schwarzkörper-Drohnen und ihre Munition hatten vermutlich den Platz beansprucht, der normalerweise für offensive Waffen vorgesehen war.

Aber es brauchte nicht viel, um Schaden beim kaiserlichen Schiff anzurichten, und der Rix-Captain wusste, dass die *Luchs* ihre Wärmesenke abgestoßen hatte. Sie glühte noch immer hinter ihnen, breitete sich wie die Wolke einer Supernova aus.

»Vielleicht wollen die Rix wenden«, spekulierte der Erste Pilot Maradonna. »Ohne die Empfangsvorrichtung können sie keinen Kontakt mit dem Verbundbewusstsein herstellen. Möglicherweise geben sie auf.«

»Warum haben sie dann beschlossen, uns zu verfolgen?«, fragte Tyre.

»Vielleicht ändern sie den Kurs, um das Sonnensystem zu verlassen«, sagte der Zweite Pilot Anderson. »Um der orbitalen Verteidigung von Legis zu entgehen.«

Hobbes schüttelte den Kopf und hielt diese Hinweise für Wunschdenken. »Wenn sie ihre Mission beenden wollten, hätten sie die Drohnen an Bord genommen. Stattdessen verfolgen sie uns. Sie haben es auf uns abgesehen.«

»Was ein Zeichen für unseren Erfolg sein könnte«, sagte Zai. »Die Empfangsvorrichtung ist zerstört. Die Rix wollen sich mit der Zerstörung der *Luchs* trösten.«

Hobbes seufzte. Captain Zai hatte nie dazu geneigt, einen Erfolg in rosigen Farben zu schildern.

»Vielleicht wollen sie Zeit gewinnen, um eine neue Empfangsvorrichtung zu konstruieren«, meinte Anderson.

»Das halte ich für ausgeschlossen«, warf der Erste Ingenieur ein. »Das Ding hatte einen Durchmesser von tausend Kilometern! Monate und Megatonnen an Material wären nötig.«

»Uns bleiben noch zehn Minuten«, sagte Zai. Sie würden bald in Reichweite der Gravitationswaffen des Schlachtkreuzers sein. »Die Diskussion über die Absichten der Rix sollten wir auf einen späteren Zeitpunkt verschieben.«

Er bewegte die Finger, und das Echtzeitbild verlagerte

sich in die Zukunft. Der Moment kürzester Distanz wurde auf der Grundlage der gegenwärtigen Vektoren extrapoliert.

»Sehr bald trennt uns weniger als eine Lichtsekunde von zwei chaotischen Gravitationskanonen mit Terawatt-Stärke.«

»Vorausgesetzt, der Schlachtkreuzer ist mit normalen Waffen ausgestattet, Sir«, sagte Anderson. »Bisher haben wir nicht die übliche Bestückung gesehen. Gewiss nicht bei den Drohnen. Die Aufgabe des Schiffes bestand allein darin, einen Kontakt mit dem Verbundbewusstsein auf Legis XV herzustellen. Vielleicht hat es gar keine offensiven Waffen.«

»Gehen wir vom Schlimmsten aus«, sagte Zai.

»Wir haben noch immer alle vier Photonenkanonen, Sir«, sagte der Zweite Kanonier Wilson. »Selbst über eine Lichtsekunde hinweg können sie erheblichen Schaden anrichten. Wenn wir zuerst feuern, sind wir vielleicht imstande, die Waffensysteme des Schlachtkreuzers ...«

Captain Zai schüttelte den Kopf und unterbrach den Mann.

»Wir feuern nicht auf die Rix«, sagte er.

Überall im Raum kamen Augenbrauen nach oben.

»Wir fliegen still.«

Hobbes lächelte. Die Offiziere der *Luchs* waren so lange auf den ursprünglichen Plan des Captains konzentriert gewesen – auf die Absicht, um jeden Preis den Schlachtkreuzer anzugreifen –, dass sie das Offensichtliche übersahen: Mit der Zerstörung der Empfangsvorrichtung hatte die *Luchs* ihre Mission erfolgreich beendet.

Das Überleben gewann wieder Priorität.

»Alles wird deaktiviert«, erklärte Hobbes. »Keine Sensoren, keine geladenen Waffen, Status des freien Falls – völlige Stille.«

»Die einzige Aktivität geht von den Kaltdüsen aus«, sagte Captain Zai. »Sie werden dafür sorgen, dass unser Bug auf die Rix gerichtet bleibt. Ohne die Wärmesenke durchmisst das Profil unserer Z-Achse weniger als zweihundert Meter. Wir werden eine Nadel im Heuhaufen sein.«

»Der *Bug* auf den Schlachtkreuzer gerichtet«, flüsterte Kanonier Wilson. »Die vordere Panzerung ist für Meteoritkollisionen verstärkt, Sir. Abgereichertes Uran und eine Mikroschicht aus Neutronium. Wir könnten einen Treffer einstecken und überleben.«

Zai schüttelte erneut den Kopf. »Wir separieren die vordere Panzerung.«

Wilson und die anderen wirkten erschrocken. Hobbes konnte es ihnen nicht verdenken. Als der Captain ihr seine Idee erklärt hatte, wäre sie zuerst fast bereit gewesen, ihn für übergeschnappt zu halten. Aber inzwischen hatte sie gründlich über seinen Plan nachgedacht, und daraufhin ergab er durchaus einen Sinn. Trotzdem haftete ihm eine ... *Ausgefallenheit* an, die sich mit Vernunft allein nicht abschütteln ließ.

Zuerst der energetische Verteiler, und jetzt die Panzerung. Zum zweiten Mal bei diesem Kampf mussten sie Verteidigung abwerfen.

Der Captain schwieg und schien den Schock zu genießen, den seine Ankündigung bewirkt hatte.

Hobbes übernahm erneut die Erklärung. »Die Panzerung reflektiert. Wenn die Rix mit breit gefächerten Laserstrahlen nach uns suchen, entdecken sie uns als großen roten Fleck.«

»Wir könnten sie schwarz bemalen«, schlug jemand nach kurzem Überlegen vor.

»Nicht während der Starkbeschleunigung, und nicht rechtzeitig genug«, erwiderte der Erste Ingenieur schlicht.

Die Logik des Plans breitete sich langsam im Raum aus,

wie ein dermales Medikament, das langsam die Haut durchdrang.

Keine Waffen. Keine Verteidigung. Nur die Schwärze des Alls zwischen der *Luchs* und dem Feind. Ein riskantes Spiel. Hobbes sah das Unbehagen in den Gesichtern der anderen Offiziere, als sie versuchten, den Plan zu akzeptieren. Beim leisen Flug waren sie sicherer, keine Frage, aber dabei überließen sie die Kontrolle über ihr Schicksal allein dem Glück.

Das passte ihnen ganz und gar nicht. Sie waren Besatzungsmitglieder eines Kriegsschiffs, keine Passagiere an Bord eines kommerziellen Shuttles.

Hobbes beschloss, dem Frust vorzubeugen, der sich im Raum aufzubauen begann. Sie musste den anderen etwas zu tun geben.

»Vielleicht könnten wir in den vorderen Frachträumen etwas unterbringen, das uns vor chaotischen Gravitonen schützt«, sagte sie. »Haben wir Schwermetall an Bord?«

Marx nickte nach einem Moment. »Die fürs Minenräumen eingesetzten Splitterdrohnen verwenden abgereichertes Uran. Es ist nicht viel, aber wenigstens etwas.«

»Und dann wäre da noch die Abschirmung des Singularitätsgenerators. Wenn wir leise fliegen, müssen wir das Schwarze Loch deaktivieren; dann könnten wir die Abschirmung nach vorn bringen. Etwas zusätzliche Rumpflegierung zwischen uns und den Rix schadet sicher nicht.«

»Stellen Sie eine Arbeitsgruppe zusammen«, sagte Zai. »Sie soll sofort mit der Demontage der Abschirmung beginnen. Die einzelnen Teile werden nach vorn gebracht, sobald die Beschleunigung beendet ist.«

»Wie viel Zeit haben wir im freien Fall, Sir?«, fragte der Erste Ingenieur Frick.

»Hundert Sekunden«, sagte Hobbes. »Nicht mehr.«

Der Mann schüttelte den Kopf. Das war nicht genug Zeit,

um die großen Abschirmungsteile durch die Korridore des Schiffes in Gefechtskonfiguration zu bringen.

Der Captain nickte. »Na schön, wir beenden die Beschleunigungsphase früher. Ich gebe Ihnen drei Minuten Nullschwerkraft, bevor die Möglichkeit besteht, dass wir unter Beschuss geraten.«

Ingenieur Frick bedachte Hobbes mit einem triumphierenden Lächeln.

Der Erste Offizier zuckte mit den Schultern. Wenn die Großzügigkeit des Captains den Mann glücklich machte, so erhob sie keine Einwände dagegen. Aber es war trotzdem wenig Zeit für eine so komplexe Angelegenheit. Die Ingenieure würden noch damit beschäftigt sein, die großen Abschirmungsteile im Bug zu montieren, wenn die Rix mit der Jagd nach ihnen begannen. Aber wenigstens konnte sich die Crew durch Arbeit ablenken. Das war besser, als in der Dunkelheit zu hocken und darauf zu warten, von einer Lanze aus Gravitonen durchbohrt zu werden.

Alles war besser als tatenloses Warten.

ERSTER INGENIEUR

Der Erste Ingenieur Watson Frick beobachtete, wie ein Universum verschwand.

Der Taschenkosmos hinter der Abschirmung aus Rumpflegierung flackerte kurz, als sich seine Fesseln lösten. Das Schwarze Loch in seinem Kern, das seit seiner Erschaffung gegen die Kraftfelder angekämpft hatte, die es im realen Universum hielten, zuckte kurz und kollabierte.

Da verschwindet es, dachte Frick. In eine andere Realität, jetzt völlig unerreichbar. Welch eine sonderbare Art, Energie zu erzeugen, überlegte der Erste Ingenieur: die Bildung von Taschenuniversen, die ... künstliche Sphären formten, wann immer ein Raumschiff in seinem Antrieb einen Urknall erzeugte. Wie viele andere Realitäten hatte die Menschheit auf diese Weise geschaffen?

Würde es eines Tages denkende Wesen in ihnen geben, in den kleinen Realitäten, aus menschlicher Hybris geboren? Vielleicht begannen sie irgendwann damit, eigene Taschenuniversen zu schaffen ...

Frick schüttelte den Kopf. Dies war nicht der geeignete Zeitpunkt für philosophische Abschweifungen. In fünfhundert Sekunden geriet die *Luchs* in Schussreichweite des Schlachtkreuzers. Die Abschirmung des Singularitätsgenerators wurde im Bug der Fregatte gebraucht.

»Zwei Minuten bis zum freien Fall«, rief Frick. »Nehmen wir dieses Metall auseinander.«

Die Crew – seine besten Männer und Frauen – arbeiteten schnell und demontierten die großen Panzerplatten so geschickt, als gehörte diese Tätigkeit zu den Standardübungen, was gewiss nicht der Fall war. Frick legte selbst Hand an und überprüfte den Steuerbordsaum der Abschirmung mit einem Controller. Das Gerät sendete fokussierte EM-Wellen, ein kleines Kraftfeld, das Nanos in der Panzerung weckte. Daraufhin wurden die Nanos aktiv und begannen damit, die Panzerung in mobile Sektionen aufzuteilen.

Schweiß rann Frick in die Augen, als er den schweren Controller in einer sorgfältigen Linie bewegte. Das Gerät verfügte über einen eigenen leichten Gravitationsgenerator, und während einer so hohen Starkbeschleunigung stellten zusätzliche Gravitonen ein erhebliches Risiko dar. Bei achtzehn *g* waren die zufälligen Gravitationsströme im Schiff bereits gefährlich genug. Frick erinnerte sich an den anstrengenden Flug zum Schlachtkreuzer der Rix: eine Woche mit zehn *g*. Nach einigen Tagen hatte er gesehen, wie eine Linie schlechter Gravitation das Bein eines Besatzungsmitglieds durchdrungen hatte – die Kniescheibe des Mannes war wie eine zu Boden gefallene Untertasse zerbrochen.

Frick versuchte, gleichmäßig zu schneiden.

Die Demontage der Panzerung war natürlich einfach. Es kam darauf an, dabei alles *richtig* zu machen. Wenn die Gefahr überwunden war, brauchte die *Luchs* ihren Singularitätsgenerator wieder. Das Schwarze Loch lieferte die Energie für die Photonenkanonen des Schiffes, seine künstliche Schwerkraft und auch für die Lebenserhaltungssysteme. Ohne den Generator musste der Captain auf die Ladung der Batterien zurückgreifen, um Frick einige Minuten für das Auseinandernehmen der Abschirmung zu geben.

Die schweren Platten auf der anderen Seite gerieten in Bewegung, als sie zerschnitten wurden.

»Langsamer dort drüben!«, rief er. »Wollt ihr zerdrückt werden? Wartet mit den letzten Schnitten bis zum Beginn des freien Falls.« Das größte Segment hatte eine Masse von fünf Tonnen.

Gerade als er das gesagt hatte, ging ein Zittern durch das Schiff. Ein Gravitationsgeist: Er erinnerte sie alle daran, dass die künstliche Schwerkraft des Schiffes eine unsichere Sache war. Für einen Moment herrschte nervöse Stille, während das Phantom vorbeihuschte.

In der Enge wurde es warm beim Singularitätsgenerator. Durch ihre furiose Aktivität in den Panzerplatten waren die Nanos rotglühend geworden.

»Ambientale Kontrolle, ambientale Kontrolle«, sagte Frick.

»Wir sind dabei, Sir«, empfing er die Antwort im sekundären Hören.

Ein sanfter Wind wehte über sein Gesicht und brachte nur wenig Erleichterung.

»Etwas mehr?«, fragte er.

»Wir sind dabei, Sir«, erwiderte die Frau mit verrückt machender Ruhe.

Frick schnitt eine Grimasse und ließ den Controller sinken. Er hatte so weit geschnitten, wie es bei einem *g* möglich war, ohne die Sicherheit zu gefährden. Die Hitze erschien ihm schier unerträglich.

Er ging um den Generator herum und überprüfte die Arbeit seiner Gruppe. Die großen Panzerungsteile hingen über ihm und erweckten den Eindruck, nur von Fäden gehalten zu werden.

»Gut, in Ordnung«, schnaufte er. »Hört auf und wartet auf die Nullschwerkraft.«

Plötzlich kam ein panikerfüllter Schrei von einem Besatzungsmitglied hinter Frick.

»Sir!«

Der Erste Ingenieur drehte sich sofort um.

»Die Abschirmung bricht, Sir!«

Fricks Blick glitt über die Panzerung neben dem Crewmitglied. Ein Spinnennetz aus Rissen erschien und dehnte sich schnell aus.

Für einen Moment konnte er es kaum glauben. Die Spezifikationen für Singularitätsabschirmungen waren die strengsten in der Flotte. Kein Captain wollte, dass sich mitten im Gefecht ein Schwarzes Loch losriss und durchs Schiff trieb. Und sie hatten diese Schnitte bis auf den Mikrometer genau berechnet.

Trotzdem war etwas schief gegangen.

Dann bemerkte Frick das Epizentrum der Risse: ein kleines Loch in der Abschirmung, mit einem Durchmesser von einem Zentimeter.

»Verdammt!«, entfuhr es ihm. »Ein Schwärmer hat den Generator getroffen!«

Linien gingen von dem winzigen Loch aus, wie bei zu dünnem Eis auf einem See, das unter den Füßen zerbrach.

Die Rumpflegierung schrie, als sie zu kollabieren begann, ein Kreischen, wie um Tote zu erwecken.

»Priorität, Priorität!«, rief der Ingenieur, und seine Hand schlug durch das Prioritätssymbol, als es vor ihm erschien. »Triebwerk deaktivieren, Hobbes! Ich brauche Nullschwerkraft!«

Doch die Panzerung fiel bereits auf sie herab. Das Metall heulte, als es sich durch das eigene Gewicht vom Generator losriss. Frick packte das Besatzungsmitglied, das die Risse entdeckt hatte, am Kragen und zog, die Haftstiefel fest am Boden. Für einen Augenblick brachte er sich und den Mann nur aus dem Gleichgewicht, und dann spürte er ein flaues Gefühl in der Magengrube, als der freie Fall begann.

Der Erste Offizier hatte ihn gehört.

Frick gab dem plötzlich gewichtslos gewordenen Mann einen Stoß und beobachtete, wie der Ensign aus der Gefahrenzone schwebte.

Doch er hatte zu fest gestoßen. Das gab ihm selbst Bewegung und brachte ihn unter die Abschirmung. Die Haftstiefel lösten sich vom Boden, und er hing hilflos in der Luft.

Das gelöste Panzerungsteil näherte sich ihm. Das Segment bewahrte sein Bewegungsmoment nach dem Fall. In der Schwerelosigkeit war es gewichtslos, aber es hatte nach wie vor *Masse*.

Langsam flog es Frick entgegen, nicht schneller als eine fallende Feder, weniger als einen Meter entfernt. Der Erste Ingenieur versuchte, mit den Händen am Deck Halt zu finden, aber das Metall rutschte unter seinen Fingern fort.

Warum trug er keine Hafthandschuhe? Es war einfach nicht genug Zeit für das Anlegen vollständiger Einsatzkleidung geblieben. *Keine Handschuhe!* Für solche Dummheiten hatte Frick Angehörige seiner Abteilung bereits degradiert. Jetzt wurde der Gerechtigkeit Genüge getan. Dem

Ersten Ingenieur stand Schlimmeres als eine Degradierung bevor.

Das Panzerungsteil glitt ihm entgegen, langsam wie ein Schiff, das sich anschickte, wuchtig gegen die Kaimauer zu stoßen.

Crewmitglieder streckten Hände nach ihm aus. Sie liefen Gefahr, zusammen mit ihm zerquetscht zu werden. »Weg mit euch!«, rief er.

»Ingenieur?«, erklang Hobbes' Stimme. »Was ...«

»Geben Sie mir ein Zwanzigstel *g* Beschleunigung, nach Steuerbord und für eine Sekunde!«, stieß er hervor, als sich eine große metallene Faust um ihn schloss.

Er hatte die Zahlen rein instinktiv genannt und hoffte, dass er mit ihnen richtig lag. Er hoffte auch, dass Hobbes nicht fragte, was dies sollte. Die dafür nötige Zeit würde für ihn einen qualvollen Tod bedeuten.

Ein Schraubstock schien sich um ihn zu schließen. Ohne Vernunft stemmte sich Frick ihm entgegen, seine ganze Kraft gegen fünftausend Kilogramm. Er sah, wie die Hände der Besatzungsmitglieder vergeblich am Rand des Panzerungsteils zerrten. Fünf Tonnen Rumpflegierung übten erbarmungslosen Druck auf ihn aus.

Ein Knacken kam aus Fricks Brust, und dann spürte er eine kurze Beschleunigung.

Das große Abschirmungssegment änderte den Kurs, und für den Ersten Ingenieur fühlte es sich an, als ginge die allzu feste Umarmung eines metallenen Riesen zu Ende.

»Danke, Hobbes«, ächzte er.

Das Panzerungsteil schwebte fort, fast ebenso langsam wie zuvor. Als die Entfernung auf einen halben Meter wuchs, griffen Hände in die Lücke – in Hafthandschuhe gehüllte Hände, stellte er reumütig fest – und zogen ihn unter dem massigen Segment hervor.

Er holte tief und schmerzhaft Luft, spürte dabei, wie in

seiner Brust etwas nachgab. Einige Rippen waren bei der Umarmung des metallenen Riesen gebrochen – ein geringer Preis für einen idiotischen Fehler.

»Hobbes«, brachte er hervor.

»Was zum Teufel ist dort unten los?«

Das Panzerungsteil schwebte noch immer in Richtung Generator, langsam und unerbittlich. Sie mussten es anhalten.

»Loses Metall«, sagte er, maß die Geschwindigkeit mit einem kleinen Gerät und rechnete. »Noch einmal Beschleunigung. Entgegengesetzte Richtung, mit null Komma zwei *g*.«

Hobbes seufzte verärgert. Sie und der Captain waren bestimmt fuchsteufelswild. Sie sollten sich mit achtzehn *g* vom Schlachtkreuzer der Rix absetzen, anstatt die *Luchs* mit kleinen, kurzen Schüben aus den Kaltdüsen herumzuschubsen.

Aber die Beschleunigung kam, und die Haftstiefel hielten Frick fest. Das Metallstück kam mitten in der Luft fast völlig zum Stillstand. Er lächelte, zufrieden mit seinen Berechnungen. Nicht schlecht für einen alten Mann.

»Bei Nullschwerkraft bleiben«, sagte er. Sie konnten die Starkbeschleunigung nicht fortsetzen, solange dieses Panzerungsteil ungesichert war. »Wir haben lose Tonnen.«

»Lose *Tonnen?*«, entfuhr es Hobbes.

»Ja, Ma'am«, bestätigte Frick und hielt sich die schmerzende Seite. »Eindeutig Tonnen.«

»Na schön, Frick, bringen Sie das Metall in den Bug«, sagte der Erste Offizier. »In vierhundert Sekunden kommen wir in Gefechtsreichweite der Rix. Und da wir für Sie den Antrieb deaktivieren mussten, werden wir dabei kaum eine halbe Lichtsekunde entfernt sein.«

Verdammt, dachte der Erste Ingenieur. Das gelöste Panzerungsteil hatte sie zwei Minuten Beschleunigung gekostet. Dreimal verfluchte Schwärmer! Wie hatte er den Schaden übersehen können?

Er hoffte nur, dass die Panzerung den Verlust an Distanz zum feindlichen Schiff wert sein würde.

»Crew, wir werden früher als vorgesehen dunkel«, ertönte die Stimme des Captains. Er klang nicht sehr erfreut.

»Zehn Sekunden«, begann Hobbes den Countdown.

»Na schön!«, wandte sich Frick an seine Leute. »Wir erledigen dies im Dunkeln: kein sekundäres Sehen, keine Kommunikation, keine Schwerkraft!«

»Fünf ...«

»Alle Teile lösen«, wies der Erste Ingenieur die Gruppe an. »Wir sind in Mikrogravitation, wenn die Kaltdüsen loslegen. Ihr beide dort, bringt dieses Stück Blech in Richtung Bug. Und passt auf. Ich weiß zufälligerweise, dass es ziemlich schwer ist.«

Einige Besatzungsmitglieder lachten, als sie sich an die Arbeit machten. Doch dann kam Dunkelheit, und die ausgelassenen Geräusche wichen Stille.

Statusanzeigen und schwebende Symbole, die Auskunft über Geräte gaben, das leise Geschnatter von Bordsystemen und Expertenprogrammen – alles im sekundären Sehen und Hören verschwand. Von einem Augenblick zum anderen war das Schiff um sie herum finster und leblos, nur noch eine Hülle aus Metall. Für die visuelle Orientierung blieben ihnen allein die nicht verstärkten Arbeitslichter, die den Generatorenbereich in eine schattige, rötliche Zwielichtzone verwandelten.

Dann wurden die Kaltdüsen aktiv und bewegten die *Luchs* so, dass sich ihr Bug auf den Schlachtkreuzer richtete. Die Mikrogravitation setzte die gelösten Platten wieder in Bewegung, aber inzwischen waren sie mit Haltegriffen und Starkleinen ausgestattet, und es dauerte nicht lange, bis sie die Biester unter Kontrolle hatten. Doch im matten Licht und der wechselnden Mikrogravitation fühlte es sich an, als befänden sie sich unter Deck an Bord eines alten Seekriegsschiffs.

Aus einem Reflex heraus suchte Frick nach einer Zeitangabe, doch sein sekundäres Sehen enthielt nichts. Die Synästhesie erzeugenden Kraftfelder zeichneten sich durch hohe Durchdringung und Beharrlichkeit aus - bei ihrer Jagd auf die *Luchs* würden die Rix danach suchen. Sekundäres Hören war ebenfalls ausgeschlossen; es durften nur festverdrahtete Komponenten verwendet werden. Frick hatte mit Hobbes darüber gesprochen, aber erst jetzt begriff er, was es wirklich bedeutete.

Er verfluchte sich dafür, kein mechanisches Chronometer mitgebracht zu haben. Wäre Zeit genug dafür geblieben, einen so exotischen Apparat herzustellen?

»Sie«, sagte er und deutete auf ein Besatzungsmitglied. »Zählen Sie.«

»Zählen, Sir?«

»Ja. Ihre Aufgabe besteht jetzt aus lautem Zählen. Rückwärts, von ... dreihundertachtzig an. Zählen Sie langsam, in Sekunden.«

Die Frau verstand und begann mit leiser Stimme.

»Dreihundertachtzig, dreihundertneunundsiebzig ...«

Frick schüttelte den Kopf, als er sie hörte. Um Himmels willen, er verwendete ein bestens ausgebildetes Crewmitglied als *Uhr!* Bestimmt dauerte es nicht mehr lange, bis sie mit handgeschriebenen Nachrichten kommunizierten.

Der zornige Blick des Ersten Ingenieurs glitt durch den düsteren Generatorenbereich. Überall bewegten sich quälend langsam große Panzerplatten, jede von ihnen mit Starkleinen verbunden. Die Kabel enthielten gespeicherte kinetische Energie, geladenes Karbon, das bei Aktivierung kontrahierte. Diese rein mechanische Antriebskraft war für die Sensoren der Rix unsichtbar und imstande, die zwar gewichtslosen, aber sehr massigen Teile aus Rumpflegierung durch das Schiff zu ziehen.

Frick hielt nach einem unbeschäftigten Besatzungsmitglied Ausschau.

»Sie!«, rief er.

»Sir?«

Frick hob seine leeren Hände. »Besorgen Sie mir Handschuhe.«

In etwa dreihundertsiebzig Sekunden mochten die Rix sie alle in Gelee verwandeln, aber in der Zwischenzeit wollte sich Watson Frick nicht von einem verdammten Metallstück zerquetschen lassen.

ERSTER OFFIZIER

Katherie Hobbes hatte die Kampfbrücke nie so still erlebt.

Ohne die Synästhesie zeigten die meisten Kontrollflächen leeres Grau. Der Erste Offizier nahm nur selten zur Kenntnis, wie wenige Schirme und Kontrollen, die sie jeden Tag benutzte, tatsächlich physischer Natur waren. Die Brücke der Fregatte schien in grauen Haftteppich gehüllt worden zu sein, wie ein noch auszustattender Prototyp. Die wenigen »harten« Kontrollen – große, »dumme« Schalter, die unabhängig von der Synästhesie existierten – glühten matt im roten Kampflicht.

Der große Luftschirm, der normalerweise die Brücke dominierte, war einem Flachschirm gewichen, der nur jeweils eine visuelle Ebene anzeigte, und das noch nicht einmal sehr deutlich.

Gefangen in der trüben Welt primären Sehens bewegten sich die Brückenoffiziere wie benommen, als wäre die

Synästhesie ein gemeinsamer Traum, aus dem sie gerade erwacht waren.

Ihre Verwirrung spielte keine Rolle, denn es gab für sie ohnehin nur wenig zu tun, solange sich die *Luchs* im fast totalen Dunkelmodus befand. Die Piloten der Fregatte kümmerten sich um die Kaltdüsen und lenkten das Schiff durch einen langsamen Bogen - neunzig Grad in acht Minuten -, um den Bug direkt auf den Schlachtkreuzer der Rix zu richten.

Die Piloten sprachen miteinander, ohne dass Hobbes etwas verstand. Instinktiv vollführte Katherie die Kontrollgeste, die unter normalen Umständen die Worte zu ihr gebracht hätte, aber es gab auch kein sekundäres Hören mehr. Sie glaubte, Ärger in den Stimmen zu hören, und das wunderte sie nicht: Für ihre Berechnungen verwendeten die Piloten einen abgeschirmten Dunkelmodus-Computer hinter der Panzerung der Medo-Station. Die Maschine hatte etwa ebenso viel Prozessorpotenzial wie Robot-Spielzeug.

Auf diese Entfernung waren die Sensoren der Rix sehr empfindlich. Es durfte nur primitivste Elektronik verwendet werden.

Hobbes dachte an Frick und seine Gruppe - inzwischen sollten sie die Panzerplatten in Position gebracht haben. Sie drehte eine unhandliche Ziffernscheibe an ihrer Station und versuchte, die Gruppe zu lokalisieren. Der übliche akustische Strom aus den anderen Abteilungen des Schiffes hatte sich auf einige wenige Stimmen reduziert. Die einzigen Gespräche, die Hobbes erreichten, kamen durch die festverdrahteten Kom-Stellen an wichtigen Kontrollpunkten im Schiff. Die ausgegebenen Handkommunikatoren verbrauchten nur wenig Energie und sollten allein auf Anweisung des Captains verwendet werden. Auf diese Entfernung konnten die Sensoren der Rix sogar die Emissionen eines Mikrowellen-Nahrungspakets orten, das Nudeln erhitzte. Selbst medizinische Behandlungseinheiten mussten deaktiviert werden. Captain Zais Prothesen waren erstarrt; er konnte den Sessel des Kommandanten nicht mehr verlassen. Nur einer seiner Arme bewegte sich; der andere hatte sich in einer schmerzhaft wirkenden Position versteift.

»Wie kommen Frick und seine Leute voran, Hobbes?«, fragte der Captain. Ohne die übliche Verstärkung durch den direkten Kanal erschien seine Stimme so sanft, so menschlich.

»Ich ...« Hobbes fuhr damit fort, durch die verschiedenen Kom-Stellen des Schiffes zu scrollen. Das primitive Interface war zum Verrücktwerden.

Zehn unangenehme Sekunden später musste sie gestehen: »Ich weiß es nicht, Sir.« Hobbes fragte sich, ob sie diese Worte jemals zuvor an den Captain gerichtet hatte.

»Keine Sorge, Hobbes«, sagte er und lächelte. »Wahrscheinlich befinden sie sich zwischen zwei Kom-Punkten. Geben Sie mir Bescheid, wenn Sie etwas von ihnen hören.«

»Ja, Sir.«

Zwar hatte der Captain seine Beine und einen Arm verloren, aber die Blindheit des Dunkelmodus schien ihn kaum zu stören. Er arbeitete mit einem Stift, schrieb damit auf *Papier,* stellte Hobbes fest.

Er bemerkte ihren Blick, der dem alten Schreibutensil galt.

»Vielleicht brauchen wir Melder, bevor dies alles vorbei ist, Hobbes«, erklärte er. »Ich nutze die Gelegenheit, meine Schreibfertigkeiten zu üben.«

»Schreibfertigkeiten, Sir?«

Er lächelte erneut.

»Auf Vada verlässt niemand die höhere Schule ohne gut

schreiben zu können, Hobbes. Irgendwann kehren die alten Künste immer zurück.«

Katherie nickte und verstand. Mit einem Stift zu schreiben ... Wie archaisch.

»Aber ich schätze, die alten Traditionen haben auf utopianischen Welten nicht unbedingt Priorität, oder?«

»Nein, Sir«, sagte Hobbes und fand es seltsam, dass der Captain auf diese Weise mit ihr plauderte, obwohl sie gleich in Gefechtsreichweite des Schlachtkreuzers gerieten. Natürlich gab es im Dunkelmodus kaum etwas anderes zu tun, als miteinander zu reden.

»Ich habe in der Schule gelernt, mit einem Sextanten umzugehen.«

»Eine ausgezeichnete Fähigkeit!«, lobte der Captain. Er meinte es ernst.

»Aber sie wurde kaum für den Abschluss benötigt, Sir.«

»Ich hoffe nur, Sie erinnern sich daran, Hobbes. Wenn die Rix noch einmal unseren Prozessorkern treffen, brauchen wir Sie vielleicht an den Aussichtsfenstern.«

»Hoffen wir, dass es nicht dazu kommt, Sir.«

»Zwanzig Sekunden«, verkündete eine junge Ensign und hob die Stimme, damit man sie überall auf der Brücke hörte. Ihr Blick blieb auf ein mechanisches Chronometer gerichtet, das jemand in einem Lager entdeckt und zur Brücke gebracht hatte. Captain Zai hatte außerdem eine vadanische Taschenuhr hervorgeholt, ein Erbstück seiner Familie. Er hatte die beiden Uhren untersucht und festgestellt, dass sie von Federn betrieben wurden und daher von den Rix nicht entdeckt werden konnten. Mit der Drehung eines winzigen Einstellrads hatte er beide miteinander synchronisiert.

Während die junge Frau die Zeit zählte, die der *Luchs* noch blieb, bis sie in Gefechtsreichweite der Rix geriet, reichte Captain Zai dem Ersten Offizier Stift und Papier.

»Wollen Sie es einmal versuchen?«

Katherie hielt den Stift wie ein Messer, aber das schien nicht richtig zu sein. Sie versuchte es damit, ihn wie einen Zeigestock zu halten.

»Drehen Sie ihn und schieben Sie das Schreibende zwischen Zeige- und Mittelfinger«, sagte der Captain ruhig.

»Ah, fast wie eine Gabel«, erwiderte Hobbes.

»Fünf«, sagte die Ensign. »Vier ...«

Hobbes machte einige Striche, und es bereitete ihr eine gewisse Genugtuung, sie auf dem Papier zu sehen. Anders als bei einer Luftzeichnung hatte die Reibung des Stiftes auf dem Papier etwas angenehm Physisches. Sie zeichnete ein Diagramm von der Brücke.

Nicht schlecht. Aber schreiben? Sie verband zwei parallele Linien zu einem *H,* malte dann einen Kreis für das *O.*

»Null«, sagte die Ensign. »Wir sind in Reichweite der Hauptwaffen des Schlachtkreuzers.«

Hobbes versuchte, die Buchstaben ihres Namens zu schreiben, aber es wurde nur Gekritzel daraus.

»Das feindlich Schiff feuert mit einer Standard-Photonenkanone. Offenbar zielt es auf unseren letzten bekannten Vektor.«

Hobbes nickte. Die Rix hatten die *Luchs* zum letzten Mal vor vierhundertfünfzig Sekunden gesehen, zu Beginn des Dunkelmodus. Doch die Kaltdüsen hatten ihr einen neuen Vektor gegeben.

Der Captain war damit ein Risiko eingegangen. Die Kaltdüsen verwendeten Abwasser und anderes recycelfähiges Material als Reaktionsmasse – Zai hatte die Hälfte des Wasservorrats der Fregatte und sogar einen großen Teil des an der Außenhülle gefrorenen Notsauerstoffs eingesetzt. Die Absprengung des reflektieren Bugpanzers hatte dem Schiff ein zusätzliches Bewegungsmoment gegeben. Es befand sich nun tausende Kilometer von dem Ort entfernt, an dem die Rix es vermuteten, aber es gab kaum mehr recycelfähiges Material an Bord. Wenn sie den Hauptantrieb durch feindliches Feuer verloren, würde es fast ein Jahr dauern, bis die auf Legis XV zur Verfügung stehenden langsamen Rettungsschiffe die Fregatte erreichen konnten, um sie zu reparieren und ihre Vorräte zu erneuern. Eine Unterbrechung der Recyclingkette würde für sie alle den Tod bedeuten.

Hobbes fragte sich, ob die Flotte in der Rettung der *Luchs* eine Priorität sehen würde. Der Krieg bot Rechtfertigungen genug, Hilfsaktionen in Hinsicht auf ein Schiff hinauszuzögern, dass mit zweitausend Sekundenkilometern in Richtung Rix-Raum flog. Laurent Zai war dem Kaiser noch immer ein Dorn im Auge. Sie alle gaben gute Märtyrer ab.

»Kurze Entladungen: eins, zwei, drei«, zählte der Sensoroffizier. »Jetzt setzen die Rix niederenergetische Laser ein und halten nach Reflexionen Ausschau.«

»Wie sind Ihre Annahmen?«, fragte der Captain.

Ensign Tyre, von der Abteilung Datenanalyse zur Brücke versetzt, mühte sich mit begrenztem Prozesserpotenzial und unvertrauten physischen Kontrollen ab.

Die leise, passive Sensoranordnung bestand hauptsächlich aus Glasfasern, die vom Rumpf zum kleinen, abgeschirmten Computer führten, über den die Piloten klagten.

»Die Schüsse der Rix deuten darauf hin, dass sie vermuten, wir hätten mit Starkbeschleunigung Kurs auf sie genommen.«

»Mit Starkbeschleunigung?«, murmelte Hobbes. »Aber unser Haupttriebwerk ist doch ganz offensichtlich nicht aktiv.«

»Die Rix sind vorsichtig«, sagte Zai. »Sie glauben, wir hätten in den vergangenen achtzig Jahren vielleicht einen

Stealth-Antrieb entwickelt. Und sie vermuten, dass wir noch immer beabsichtigen, sie zu rammen.«

Natürlich, dachte Hobbes. Die Rix entwickelten sich von einem Krieg zum nächsten weiter; das galt auch für die Kaiserlichen. Die *Luchs* stellte eine neue Raumschiffklasse dar und war erst zehn absolute Jahre alt. Sie verfügte über nichts derart Exotisches wie eine Stealth-Beschleunigung mit voller Energie, aber das wussten die Rix nicht.

Katherie Hobbes wechselte das Blatt des Schreibblocks, den sie vom Captain erhalten hatte. Mit einigen langen Strichen skizzierte sie den Flug der *Luchs* durch den Bereich, in dem sich die Gravitationskanone der Rix auswirken konnte. Das Schreiben von Buchstaben fiel ihr schwer, aber mit Geschützkurven und Beschleunigungsbögen schienen sich ihre Finger instinktiv auszukennen. Während ihrer beruflichen Laufbahn hatte sie die Flugbahnen von tausend Gefechten, historischen und imaginären, berechnet und auf Luftschirm-Displays erscheinen lassen. Ihre taktischen Instinkte schienen den Stift zu lenken und das Muster des feindlichen Feuers wie vom Sensoroffizier beschrieben darzustellen.

Die relative Geschwindigkeit der beiden Schiffe betrug noch immer etwa dreitausend Kilometer pro Sekunde - für eine wesentliche Änderung wären Stunden von Beschleunigung nötig gewesen. Deshalb war der Kurs der *Luchs* praktisch eine gerade Linie, die durch die Kugel des Wirkungsbereichs der rixischen Gravitationskanone führte, wie ein Projektil, das einen Dribbel-Ball in einem flachen Winkel durchschlug. Während sie sich im Innern der Kugel befanden, konnten die Rix auf sie feuern. Aber die Fregatte würde den Wirkungsbereich nach wenigen Minuten verlassen.

»Sie verwenden jetzt mehr Energie, und mit breiterer Streuung«, sagte Tyre.

Die Rix feuerten nicht, um zu vernichten. Sie hatten die Kohäsion ihrer Laser verringert, um den Bereich zu vergrößern, den sie damit bestreichen konnten. Sie hofften auf die Reflexion eines niederenergetischen Treffers von der *Luchs*, oder auf eine sekundäre Explosion, die ihre Position verriet.

In gewisser Weise hatten sie das Scharfschützengewehr gegen eine Leuchtpistole eingetauscht.

»Sie feuern schneller hintereinander«, sagte Tyre. »Ich sehe jetzt das Muster: eine von unserem alten Kurs ausgehende Spirale.«

»Wie schnell dehnt sich die Spirale aus?«, rief Hobbes, und der Stift verharrte über dem Papier.

»Mit etwa tausend Metern pro Sekunde nach außen.«

Hobbes sah zum Captain und schöpfte Mut. Die Rix suchten in einem leeren Gebiet. Sie gingen offenbar von der Annahme aus, dass die *Luchs* noch immer stark beschleunigte. Von ihren tatsächlichen Mikromanövern schienen sie nichts zu ahnen.

»Der Feind überschätzt uns, Hobbes«, sagte Zai.

»Ja, Sir.«

Der Erste Offizier nahm ein neues leeres Blatt und zeichnete eine Linie, die eine nach außen größer werdende Spirale beschrieb. Sie fügte ihr weitere Linien hinzu, speichenförmig vom Zentrum der Spirale ausgehend - auf diese Weise entstand ein Spiralgitter.

Die Rix glaubten, dass die *Luchs* noch immer mit ihrem Hauptantrieb beschleunigte, und deshalb warfen sie ein weites Netz. Doch der Laser des Schlachtkreuzers konnte nicht beliebig schnell feuern. Um einen so großen Bereich abzusuchen, mussten die Maschen des Netzes recht groß sein. Wenn die *Luchs* mit ihrer Breitseite zum Rix-Schiff geflogen wäre, hätte die mit niedriger Auflösung stattfindende Suche die zwei Kilometer lange Fregatte vielleicht gefunden. Aber sie wandte ihm den Bug zu; aus dem Blickwinkel der Rix gesehen betrug ihr Durchmesser nur zweihundert Meter. Und nach der Absprengung der Bugpanzerung blieb nur nackte schwarze Rumpflegierung, die den Laser reflektieren konnte.

Hobbes zeichnete einen kleinen Kreis in dem runden Gitter, eine winzige Mücke, die durch das Netz einer auf dicke Fliegen wartenden Spinne schlüpfte.

»Sie werden uns übersehen, Sir.«

»Ja, Hobbes. Es sei denn, sie haben verdammt viel Glück.«

ERSTER INGENIEUR

»Hundertneunundneunzig. Zweihundert.«

»Na schön, seien Sie still!«, rief der Erste Ingenieur Watson Frick der hartnäckigen Frau zu. »Zählen Sie weiter, aber *still*. Geben Sie mir Bescheid, wenn Sie bei achthundert ankommen.«

Fricks Haut prickelte, als stünde er unter einer Ultraschalldusche. Seit zwei Minuten hatte die Ensign den Countdown beendet und zählte nun aufwärts. Ganz gleich, wie ungenau die Zählung sein mochte – inzwischen befand sich die *Luchs* zweifellos in der Reichweite der rixischen Hauptwaffen. Jeden Augenblick konnte ein Gravitationsstrahl über das Schiff streichen und sie alle zerfetzen. Es mussten noch einmal sechshundert Sekunden vergehen, bis sie außer Gefahr waren.

Fricks Seite schmerzte noch immer – ja, einige Rippen waren eindeutig gebrochen –, als er zu den hastig zusammengesetzten Panzerplatten sah.

Seine Leute hatten gerade das letzte Teil montiert. Die Generatorenabschirmung aus Rumpflegierung war nun im

Frachtbereich installiert, um maximalen Schutz für das Schiff zu bieten. Es gab Lücken, aber um sie zu schließen, hätte Frick für Rumpflegierung bestimmte Schneidbrenner verwenden müssen. Und *deren* Emissionen wären auf den Ortungsschirmen der Rix ebenso deutlich erschienen wie die Signale einer Notrufbake.

Das Problem war: Die Panzerplatten schwebten fast frei. Nur Starkleinen und Monofasern hielten sie am Bug. Wenn der Captain plötzliche Manöver befahl, würden sich die Panzerplatten losreißen und wie großkalibrige Geschosse durch das Schiff rasen.

Und hier im Frachtbereich gab es keinen festverdrahteten Kom-Punkt, keine Möglichkeit, den Captain zu erreichen. Die Konstrukteure der *Luchs* schienen nie mit der Möglichkeit gerechnet zu haben, dass aus dem Frachtbereich eine primäre taktische Station werden konnte. Frick begriff jetzt, warum Schiffe der Flotte selten Übungen im kompletten Dunkelmodus veranstalteten: Es war mühsam, ohne sekundäres Sehen zurechtkommen zu müssen, aber das Fehlen von Kommunikation konnte tödlich sein.

»Druckkapuzen nach oben«, wies Frick seine Leute an. Wenn sich die Platten lösten, kam es mit ziemlicher Sicherheit zur Dekompression. Und es war kalt hier, so nah bei der Außenhülle. Derzeit musste minimale Lebenserhaltung genügen: Nanoatmer für die Luft und Isolierung, um die Temperatur im Innern des Schiffes beizubehalten.

»Sie«, sagte Frick und zeigte auf Crewmitglied Metasmith. Die Frau galt als beste Athletin der technischen Abteilung. Bei Schwerkraft war sie ein Dribbel-Champion, und abgesehen von einigen Soldaten konnte sie die besten sportlichen Leistungen im freien Fall vorweisen. »Kehren Sie zur vorderen Waffenstation zurück und benutzen Sie den dortigen Kom-Punkt. Warnen Sie den Captain davor, mit mehr als einem zwanzigstel *g* zu beschleunigen.«

»Verstanden«, erwiderte Metasmith, stieß sich ab und schwebte mit elegantem Geschick der offenen Luke entgegen. Frick schnitt eine Grimasse, als sie einer Kollision mit dem Lukenrand nur um wenige Zentimeter entging.

Der Erste Ingenieur schloss den Zugang hinter Metasmith. Wenn sich die Platten lösten, wurde seine Gruppe hier im Frachtbereich gebraucht. Sie konnten eine *gewisse* Art von Schadenkontrolle versuchen.

»An alle: Wählen Sie eine Platte aus und binden Sie sich daran fest«, wies Frick seine Leute an. »Und wenn Sie etwas Gegrilltes riechen ... Wahrscheinlich sind Sie es.«

Er näherte sich der zentralen Panzerplatte. Die einzelnen Teile der Abschirmung waren nicht mit Haftmaterial ausgestattet, und so musste Frick seine Anzugmagneten verwenden. Damit befestigte er sich an der Rumpflegierung und fühlte ihre beruhigende Masse zwischen sich und der Gravitationskanone der Rix.

Noch fünf Minuten, soweit er das feststellen konnte.

Die Stille der *Luchs* war schrecklich. Auf der Brücke konnte man das Feuer des Rix-Schlachtkreuzers wenigstens sehen und abschätzen, wie nahe die Schüsse kamen. Doch hier im Bug waren Frick und seine Gruppe taub und blind. Sie wussten nicht, ob die Stille um sie herum wirklich Schutz gewährte.

RIX

H_rd stieg auf, dem Wolkensaat-Luftschiff entgegen – das Rendezvous sollte nur wenige hundert Kilometer von der Barriere der Verschränkungsstation entfernt stattfinden.

Der Aufklärer hatte seine maximale Flughöhe erreicht. Die Flügelräder heulten, und die Elektromagnetik des kleinen Flugzeugs streckte sich mühsam nach unten, wie die nach festem Grund tastenden Zehenspitzen eines Schwimmers. Die Luft war dünn hier oben, aber atembar für eine Rixfrau.

Das Luftschiff ging tiefer, um sie zu begrüßen - es flog im unteren Bereich seiner normalen Einsatzhöhe -, und so bildeten die beiden Fluggeräte ein Paar. Langsam und vorsichtig brachte sich h_rd auf der Panzerung des Aufklärers in eine stehende Position. Mit einem deutlichen Zittern reagierte die an der Grenze ihrer Belastbarkeit fliegende Maschine auf jede Gewichtsveränderung. Dieses Manöver stellte Alexanders Pilotengeschick auf die Probe. H_rd hatte die militärischen Primärkontrollen deaktiviert und die Kontrolle des Aufklärers dem Verbundbewusstsein übergeben.

Das ebenfalls von Alexander gelenkte Luftschiff kam näher, seine leere Kugel wie ein Schwarzes Loch am dunklen Himmel. Die kleinen Propeller des Luftschiffs waren bestrebt, seine Fluglage zu stabilisieren, und dabei kämpften sie gegen den starken Wind in dieser Höhe an. H_rds Zobelmantel breitete sich aus wie schwarze Schwingen vor den Sternen.

Die Temperatur lag bei fünfundzwanzig Grad unter null. Zum ersten Mal in ihrem Leben fühlte die Rixfrau, wie ihre Finger taub wurden.

H_rd stützte sich ab und griff nach dem Frachtkorb des Luftschiffs. Sie löste die wissenschaftlichen Instrumente und warf sie ab, um das Schiff leichter zu machen, ersetzte sie durch den Beutel, den sie für diese Mission vorbereitet hatte. Dann zog sie den Pelzmantel aus, der zu schwer war, um ihn mitzunehmen - bedauernd ließ sie ihn fallen. Sie blockierte die Muskeln in den Händen, damit sie wie Haken gewölbt blieben. Im kleinen Frachtkorb des Luftschiffs gab es nicht genug Platz für einen Menschen. Es blieb ihr nichts anderes übrig, als sich daran zu hängen, bis das Schiff die richtige Position erreichte.

Die Rix kniete, sammelte Kraft und sprang vom einen Gefährt zum anderen.

Der Aufklärer kippte unter dem Druck ihres Gewichts weg, und ein plötzlicher Windstoß riss das Luftschiff aus ihren hakenförmigen Händen. H_rd schnappte auf sehr menschliche Weise nach Luft.

Sie erreichte den höchsten Punkt des Sprungs und fiel dann wie ein Stein durch die kalte Luft.

CAPTAIN

»Ein Melder in der vorderen Waffenstation hat eine Nachricht vom Ersten Ingenieur Frick, Sir.«

»Haben wir die versprochene Panzerung?«, fragte Captain Zai. Es hatte lange genug gedauert. Zai war in Hinsicht auf die Verstärkung des vorderen Frachtbereichs von Anfang an skeptisch gewesen, aber die Crew musste das Gefühl bekommen, etwas für den eigenen Schutz zu tun. »Eine notwendige Irreführung«, nannte Anonym 167 diese kleine Täuschung von Untergebenen.

»Ja. Aber die Platten sitzen nicht fest«, sagte Hobbes. »Frick bittet uns, keine Beschleunigungsmanöver mit mehr als null Komma null fünf *g* durchzuführen. Die Platten könnten sich losreißen, wenn wir den Hauptantrieb verwenden.«

Captain Zai fluchte. »Ich wusste, dass ich für die Panzerung bezahlen würde.«

»Die Platten können mit Schneidbrennern gesichert werden, sobald wir außer Reichweite sind, Sir.«

»Dann brauchen wir sie nicht mehr«, erwiderte Zai.

Hobbes nickte.

Zai krümmte die Finger seiner natürlichen Hand. Der Dunkelmodus schien seinen Zweck zu erfüllen. Alles deutete darauf hin, dass die Rix sie ohne einen glücklichen Zufall nicht finden würden. In fünf Minuten - plus weitere hundert Sekunden, um ganz sicher zu sein - konnten sie die Synästhesie reaktivieren. Dann hatten sie wieder Kommunikation und Statusberichte. Dann bekam Zai das Kommando über sein Schiff zurück.

Und dann würde er sich wieder bewegen können. Zais verlängerter Rücken schmerzte vom steifen Sitzen im Kommandosessel. Wenn er sich für einen Moment entspannt hätte, wäre er nach vorn gekippt und auf den Boden gefallen.

»Eine Antwort für Frick, Sir?«

»Nein. In einigen Minuten haben wir ohnehin wieder volle Kommunikation. Der Melder soll an dem Kom-Punkt bleiben, für den Fall, dass sich was Ernstes ergibt.«

»Ja, Sir.« Hobbes' Tonfall machte deutlich, dass sie dem Captain beipflichtete.

Es war seltsam, fast im Dunkeln auf der Brücke zu sitzen. Die Stationen des Captains und des Ersten Offiziers lagen recht nahe beieinander, doch Zai und Hobbes befanden sich in zwei unterschiedlichen Welten. Der Erste Offizier wirkte oft geistesabwesend, wie verloren in den Myriaden Kanälen der Infostruktur des Schiffes, während Zai versuchte, das Ganze im Auge zu behalten. Er war selbst Erster Offizier gewesen und musste der Versuchung widerstehen, sich in den gewaltigen Informationsressourcen der *Luchs* zu suhlen. Aber in Hinsicht auf die Bedeutung des Delegierens war der Kriegsweise kategorisch - der Captain überließ das Datamining der immer tüchtigen Katherie Hobbes.

Hier im Dunkelmodus, in Stille gehüllt und vom Rest der *Luchs* abgeschnitten, entstand eine unvertraute Intimität zwischen ihnen. Zai hatte Hobbes immer für eine ausgezeichnete Offizierin gehalten, aber jetzt, da praktisch ständig sein Leben auf dem Spiel stand, schätzte er sie noch mehr.

Seit der versuchten Meuterei wusste Zai, dass Loyalität in der Flotte ein kostbares Gut war. Auf der grauen Welt Vada zog man Auflehnung gegen die Autorität kaum jemals in Erwägung, doch an Bord der *Luchs* war es zu einer Meuterei gekommen.

Und Katherie Hobbes, eine geborene Utopianerin, hatte sie vereitelt. Eines Tages würde sie ein guter Captain sein.

»Sir!«, rief der Sensoroffizier und weckte Zai aus seinen Träumereien.

»Bericht.«

»Ich bekomme Reflexe vom Feuer der Rix!«

»Sie meinen, die Rix haben etwas getroffen?«, fragte Hobbes.

»Ja, Ma'am.« Der Mann beugte sich wieder über sein Display.

»Ich führe eine Analyse durch«, sagte Tyre.

»Alter Sand?«, spekulierte Zai und sah zu Hobbes.

»Nicht dort draußen«, sagte sie, und Zai nickte. Die *Luchs* hatte sich inzwischen weit vom ursprünglichen Abfangpunkt entfernt. »Vielleicht sind es Komponenten der orbitalen Verteidigung von Legis.«

»Das wäre ein unerhörter Zufall«, sagte Zai. »Wenn die Rix glauben, uns dort entdeckt zu haben, droht uns keine Gefahr mehr.«

Aber Hobbes schüttelte den Kopf. Zai wusste aus Erfahrung, was ihr Gesichtsausdruck bedeutete: Unangenehme Gedanken formten sich hinter ihrer Stirn.

»Ich orte Sauerstoff, Wasserstoff und ein wenig Karbon«, sagte der Sensoroffizier.

»Das recyclingfähige Material!«, rief Hobbes. »Danach suchen die Rix. Deshalb die breite Streuung. *Sie haben nicht nach uns Ausschau gehalten.* Sie wollten die Reaktionsmasse unserer Kaltdüsen finden.«

Zai schloss die Augen. Natürlich. Die *Luchs* hinterließ eine Spur aus H_2O und organischen Abfällen, Reaktionsmasse für die leise Beschleunigung durch die Kaltdüsen. Inzwischen musste sich eine große Wolke aus Eiskristallen gebildet haben, und wenn ein Laserstrahl sie traf, so kam es zu Reflexen, die sich leicht orten ließen. Früher oder später würde es den Rix gelingen, Masse und Vektor zu errechnen.

Daraus konnten sie auf die Flugbahn der *Luchs* schließen.

»Offenbar haben wir Fußabdrücke hinterlassen, Erster Offizier«, sagte Zai.

»Aye, Sir«, bestätigte Hobbes leise.

»Die Rix setzen jetzt einen besser fokussierten Strahl ein, Sir«, meldete der Sensoroffizier. »Sie untersuchen noch immer das Eis und folgen ihm.«

»Wir müssen erneut beschleunigen, Hobbes«, sagte Zai. »Und mit mehr als nur einem zwanzigstel *g*.«

»Ich warne Frick, Sir.« Hobbes aktivierte den Kom-Punkt der vorderen Waffenstation und erteilte dem dortigen Melder Anweisungen.

Der Captain seufzte. Er musste auf schmalem Grat zwischen zwei Gefahren wandeln. Die Rix würden ihre Position extrapolieren, bevor die *Luchs* außer Reichweite geriet. Wenn Zai die Fregatte treiben ließ, würde erst der Laser des Feindes sie finden und dann die Gravitationskanone. Aber wenn er zu schnell manövrierte, würden sich die Panzerplatten losreißen und so durch die *Luchs* wirbeln wie ein Gravitationsgeist durch ein Schiff aus Glas.

»Was ist die stärkste Stelle des Frachtbereichs, Hobbes?«

»Die vordere Wand, Sir«, antwortete Hobbes sofort.

»Sie besteht aus für die Außenhülle geeigneter Rumpflegierung; auf der Bugseite ist sie dem Vakuum ausgesetzt.«

»Wir gehen also das geringste Risiko ein, wenn wir heckwärts beschleunigen.«

»Ja, Sir. Aber das ändert unsere Position nur auf der Z-Achse. Der Bug bleibt auf den Schlachtkreuzer gerichtet.«

»Woraus folgt, dass wir wenden müssen. Gieren mit einem zwanzigstel *g*.«

»Wenn wir gieren, zeigen wir den Rix mehr von uns, Sir.«

»Ja, Hobbes. Wir kehren anschließend so schnell wie möglich in die derzeitige Position zurück.«

»Und ich weiß nicht, wie viel Beschleunigung wir bekommen, Sir. Wir haben kaum noch recycelfähiges Material.«

Zai überlegte schnell. Sie brauchten möglichst viel Schub mit möglichst wenig Masse. Mit anderen Worten: Die Reaktionsmasse für die Beschleunigung der *Luchs* musste möglichst schnell sein.

»Wir verwenden den Drohnenstarter. Nicht die Magnetschiene ...« Die Rix hätten sie sofort geortet. »... sondern die Totendrohne. Und mit der höchsten Geschwindigkeit, die wir bekommen können.«

Hobbes pfiff leise.

»Ohne künstliche Gravitation, um die Reaktion zu dämpfen? Das wird einen ordentlichen Stoß geben, Sir.«

»Genau das brauchen wir, Hobbes, einen Stoß. Und wenn er mechanisch erfolgt, bleibt er den Sensoren der Rix verborgen.«

Hobbes nickte und verstand. Der Starter für die Totendrohne war für ein Schiff bestimmt, das seine Energie verloren hatte und dessen Systeme nicht mehr funktionierten. Die Startschiene speicherte ihre Energie mechanisch, wie ein riesiger Bogen aus aufgezogenem Karbon. »Ich schicke dem Ersten Ingenieur einen weiteren Melder, Captain. Im Bug ist mit Dekompression zu rechnen.«

Zai nickte und krümmte verärgert die Finger. Ihnen blieben nur wenige Minuten für dieses Manöver, und der Einsatz von Meldern für die Kommunikation führte zu einer Verzögerung von jeweils mindestens einer halben Minute. Jede Änderung des Plans würde den Ersten Ingenieur überraschen.

Kein anderer Offizier der *Luchs* arbeitete seltener auf der Brücke als Frick. Captain und Erster Ingenieur waren nicht mit der Denkweise des jeweils anderen vertraut.

Die Worte des Kriegsweisen kamen unaufgefordert. *Ein wahrer Untergebener ist eine Erweiterung des eigenen Selbst.*

Zai traf eine Entscheidung.

»Hobbes, lassen Sie Frick mitteilen, dass Sie zu ihm kommen.«

»Sir?«

»Wir wissen nicht, wie sich dies entwickelt. Vielleicht sind weitere Manöver erforderlich. Ich brauche Sie im Bug.«

»Wozu, Sir?«

»Damit Sie meine Gedanken lesen.«

RIX

Das Gefühl des freien Falls war seltsam tröstlich.

In ihren heimatlichen Orbitalstationen schliefen die Rix normalerweise in Schwerelosigkeit. Wenn nicht die an ihr vorbeizischende kalte Luft gewesen wäre, hätte h_rd meinen können, aus einem dunklen Traum zu erwachen. Aber dies war die Realität: Sie stürzte in den Tod.

In der Ferne sah sie die Verschränkungsstation, ein konzentrisches Muster aus Lichtern im matten Glanz des von den Sternen erhellten Schnees. Irgendwo in dem Muster, hundert Kilometer entfernt, befand sich die von Alexander vorbereitete Landezone, aber sie war zu weit entfernt. Die Welt unter h_rd blieb grässlich dunkel. Sie fühlte sich absolut allein und dachte an Rana, die in ihrer Höhle schlief. Wer würde ihr jetzt zu essen bringen? Wer würde ihren Tod betrauern?

Das Heulen des an h_rd vorbeifliegenden Aufklärers unterbrach ihre Gedankengänge – seine Positionslichter bildeten einen roten Schemen. Er fiel schneller als die Rix, doch die Entfernung betrug nur zwanzig Meter. Die Wahrnehmung der Maschine war sehr begrenzt. In ihr gab es nichts, das sie sehen konnte, nicht einmal mit Alexander an den Kontrollen. Aber h_rd erinnerte sich an die empfindlichen thermischen Imager, mit denen die Kaiserlichen sie und Rana gejagt hatten. Sie schloss die Augen und konzentrierte sich darauf, ihre Körpertemperatur zu erhöhen. Fast sofort fühlte sie ein Brennen im Bauch und Trockenheit im Mund, hinzu kam das Surren der Turbine in ihrer Brust: Empfindungen eines verstärkten Metabolismus.

Sie wagte es, einen Blick auf den ihr entgegenrasenden Boden zu werfen. Reichte die Zeit aus?

H_rd wölbte die Hände und streckte die Arme aus, um den Fall ein wenig abzubremsen. Sie ließ die Muskeln arbeiten, um das Aufwärmen des Körpers zu beschleunigen, zuckte am ganzen Leib, während sie in die Tiefe stürzte. Der Erkundungsflieger änderte plötzlich den Kurs und kam näher. Er bewegte sich sehr vorsichtig im starken Wind, mit geringen Bewegungen seiner Kontrollflächen. Alexander schien sie vor dem kalten Hintergrund der Sterne zu sehen.

Der Aufklärer ging längsseits und stabilisierte seine Fluglage. H_rd versuchte, ihren Fall zu beeinflussen. Sie neigte die Arme, um sich näher an den Flieger heranzubringen, griff nach dem flatternden Netz am Platz des Schützen. Die Flügelräder heulten, als der Erkundungsflieger damit begann, seine Geschwindigkeit zu verringern.

Die Maschine steuerte in einem prekären Winkel aus dem Sturzflug, und h_rd baumelte an der einen Seite. Erneut blickte sie nach unten, als der Aufklärer langsamer wurde - der gefrorene Boden jagte ihr entgegen.

Nur um wenige hundert Meter entging sie der Kollision mit der harten Tundra.

»Na schön«, sagte sie - das Selbstgespräch war eine Angewohnheit, die sie von Rana übernommen hatte. »Wenigstens hatte ich einen Trainingsflug.«

ERSTER OFFIZIER

Katherie Hobbes zog sich durch die dunklen Schächte der *Luchs* und wünschte sich, mehr Zeit in Nullschwerkraft-Übungen investiert zu haben.

Vor einem Gefecht verbrachte die Crew normalerweise Tage damit, bei variabler Gravitation und Schwerelosigkeit zu trainieren, sich dabei auf Ausweichmanöver und Gravitationsgenerator-Brownouts vorzubereiten. Doch die *Luchs* hatte fast zehn Tage lang starkbeschleunigt. Für die üblichen Auffrischübungen hatte es einfach keine Gelegenheit gegeben.

Wenigstens hatte ihr der Captain Zeit genug gelassen, einen Druckanzug überzustreifen.

Hobbes warf einen Blick auf das alte Chronometer an ihrem Handgelenk. Der Captain wollte das erste Gier-Achsen-Manöver in dreißig Sekunden einleiten. Und er hatte ihr die Uhr seines Großvaters mitgegeben. Lieber Himmel, das Ding war *alt*. Es verwendete eine runde Anzeige, die

Zai ihr erklärt hatte, als Hobbes in den Druckanzug gestiegen war. Er hatte die Uhr als »analog« bezeichnet und diesem Wort damit eine fast vergessene Bedeutung gegeben. Als Hobbes durch die kalten, stillen Korridore des Schiffes schwebte, hörte sie den fast subliminalen Rhythmus des Tickens.

Dreißig Sekunden. Vor der ersten Beschleunigung würde sie es nicht in den Bug schaffen: ein kleiner Stoß, um die Ausrichtung der *Luchs* zu ändern, fort vom Schlachtkreuzer der Rix. Zwanzig Sekunden später sollte der Start der Totendrohne erfolgen. Die in der Startschiene gespeicherte kinetische Energie würde die *Luchs* mit der Wucht eines Meteoritentreffers erschüttern und sie aus ihrer bisherigen Flugbahn schieben. Es war keine glatte Beschleunigung wie beim Einsatz der Kaltdüsen, sondern ein plötzlicher, starker Ruck. Melder hatten den Ersten Ingenieur bereits gewarnt, aber wenn Hobbes Frick helfen wollte, musste sie den Bug erreichen, bevor die Dinge zu chaotisch wurden.

Beim Verlassen der Brücke hatte sie den letzten Bericht des Sensoroffiziers gehört: Der Rix-Laser tastete nicht mehr über die ausgestoßene Reaktionsmasse und näherte sich der *Luchs*. Die Fregatte konnte praktisch jeden Augenblick unter Beschuss geraten.

Hobbes stieß sich entschlossener ab, trat nach den Haftwänden und zog sich die Druckkapuze über den Kopf. Wenn sie irgendwo anstieß, bot der dicke Panzer des Anzugs eine zusätzliche schützende Schicht.

Plötzlich verhakte sich ihr Fuß an irgendetwas. Der Erste Offizier verharrte abrupt und verfluchte das unbekannte Besatzungsmitglied, das unter Gefechtsbedingungen ein frei schwebendes Kabel zurückgelassen hatte.

Doch dann wurde Hobbes zurückgezogen, und sie begriff, dass sich eine starke Hand um ihren Fuß geschlossen hatte.

»Was soll das, zum Teufel?«, rief sie.

Wer trieb hier solche Spielchen mit ihr, mitten in einem Kampf? Hobbes beugte die Knie und brachte sich dem Angreifer von Angesicht zu Angesicht gegenüber, bereit dazu, ihn mit Beschimpfungen zu überhäufen.

Katherie sah eine Frau und erkannte sie: Verity Anst, Angehörige der Waffenabteilung, Kanonierin vierter Klasse und eine alte Freundin von Kanonier Thompson. Eine der Personen, von denen Zai und Hobbes glaubten, dass sie mit den Meuterern sympathisierten. Die letzten beiden Meuterer waren nicht identifiziert worden. Andererseits: Das Waffenpersonal der *Luchs* war knapp, und es lag nichts Konkretes gegen Anst vor. Der Captain hatte maximale Überwachung angeordnet, in der Hoffnung, dass die Sensoren des Schiffes ihre Loyalität garantierten.

Aber im Dunkelmodus war die *Luchs* nicht nur leise, sondern auch blind.

Hobbes drehte sich um und versuchte sich abzustoßen, doch Kanonierin Anst hielt sie weiterhin fest. Der Erste Offizier erinnerte sich an die körperlichen Daten ihrer Gegnerin: zwei Meter groß, neunzig Kilogramm schwer. Anst rammte Hobbes so fest gegen die Wand, dass die Luft aus ihren Lungen entwich.

Dann zog sie Katherie näher und hielt ein Messer an ihre Kehle. Es war eine Zeremonienklinge, aber sie wirkte sehr gefährlich, als ihre Schneide im roten Gefechtslicht glänzte.

»Unsere kleine Verräterin«, sagte Anst, ihr Gesicht nur wenige Zentimeter entfernt.

Hobbes fühlte den kalten Stahl selbst durch den Kunststoff des Druckanzugs. Sie rang aufsteigende Panik nieder.

»Ich war nicht der Verräter, Anst.«

»Thompson hat Sie verehrt, Hobbes. Er wollte Sie.

Der arme Kerl sah nicht, dass Sie die Hure des Captains sind.«

Der Erste Offizier blinzelte, und unterdrückte Emotionen krochen in ihr empor. Sie schob sie beiseite.

»Sie gehörten also zu ihnen, Anst. Ich hatte Sie immer in Verdacht.«

»Ich weiß, Katherie«, erwiderte die Frau. »Sie haben darauf gewartet, dass ich mich verrate. Aber ich habe ebenfalls gewartet.«

Während die Frau sprach, fühlte Hobbes eine vertraute Klage von ihrem Innenohr. Das Schiff drehte sich langsam um seine Y-Achse. Hier, mittschiffs, war das Manöver so subtil, dass Anst vermutlich nichts davon merkte.

»Sie haben sich gut im Verborgenen gehalten, Verity, aber jetzt sind Sie erledigt«, sagte Hobbes. Sie sah kurz auf das Chronometer und begann mit einem stummen Countdown bei zwanzig. »Wir bleiben nicht für immer im Dunkelmodus.«

»Das werden wir sehen.« Mit der freien Hand öffnete Anst eine nahe Luke, und dahinter kam eine Rettungskapsel zum Vorschein. Der Erste Offizier schluckte.

»Wir verbringen einige Minuten zusammen«, flüsterte Anst. »Sie, ich und dieses Messer. Und dann gehen Sie von Bord, begleitet von einer hochexplosiven Ladung. Zai wird nicht genug für ein Genoprint von Ihnen finden. Ich habe dies sorgfältig geplant.«

Gut, dachte Hobbes. Anst wollte prahlen. Sollte sie.

Katherie Hobbes zwang ihren Körper, sich zu entspannen, während sie die letzten Sekunden bis zum Beschleunigungsruck zählte.

Um den Ersten Ingenieur herum kreischte Metall.

»Zur gegenüberliegenden Wand!«, wies er seine Gruppe an. Der verdammte Idiot Zai! Er dreht die *Luchs* zu schnell, dachte Frick. Doch dann begriff der Ingenieur den eigenen Fehler - die Erkenntnis präsentierte sich ihm, als er von der in Bewegung geratenen Masse aus Panzerplatten fortsprang. Er hatte Zai ein absolutes Beschleunigungslimit genannt: ein zwanzigstel *g*, beziehungsweise einen halben Meter pro Sekundenquadrat. Aber dabei war er von einem Schub nach vorn oder hinten ausgegangen, der sich gleichmäßig in der Fregatte ausgewirkt hätte. Doch die Drehung des Schiffe setzte Zentrifugalkraft frei, an Bug und Heck weitaus stärker als in der Mitte.

Frick befand sich am Ende einer Peitsche, die Zai wie beiläufig knallen ließ.

Crewmitglied Metasmith war mit einer Warnung vor dem Manöver von dem Kom-Punkt zurückgekehrt, aber man hatte ihr nicht mitgeteilt, warum der Captain das Schiff drehte. Es ergab keinen Sinn. Der Plan hatte darin bestanden, den Bug auf die Rix gerichtet zu lassen. Wie üblich improvisierte jemand. Frick verfluchte sich dafür, nicht ausdrücklich auf diese Sache hingewiesen zu haben.

Starkleinen und Monofasern rissen mit lautem, explosionsartigem Knacken, und die Platten sammelten sich auf der Steuerbordseite des Frachtbereichs. Sie waren nicht schnell genug, die Rumpflegierung der Außenwand zu durchstoßen, hatten aber mehr als genug Masse, um Besatzungsmitglieder zu zermalmen.

Die Angehörigen der Arbeitsgruppe lösten ihre Magneten, stießen sich ab und flogen zur Rückwand. Die Panzerplatten kratzten übereinander und heulten wie eine Magnetbahn mit aktiven Reibungsbremsen.

Doch dem Team des Ersten Ingenieurs drohte keine direkte Gefahr mehr.

»Der Captain hat uns noch nicht umgebracht!«, sagte Frick, als die Männer und Frauen in seiner Nähe landeten.

Einige von ihnen lachten, aber Metasmith hob die Hand. »Ein Zwanzigstel nur bei der ersten Beschleunigung, hieß es. Aber viel mehr bei der zweiten. Was immer möglich ist.«

»Wundervoll«, brummte Frick und rief dann: »Hoch mit den Kapuzen. Sichert euch mit Leinen. Uns steht Vakuum bevor!«

Zehn Sekunden später erfolgte der versprochene zweite Ruck.

Es war viel schlimmer, als Frick befürchtet hatte.

ERSTER OFFIZIER

Als Hobbes bei zwanzig angekommen war, schossen ihre Füße nach vorn und trafen Verity Anst mitten auf der Brust. Ihr Timing war perfekt. Die Frau stieß einen überraschten Schrei aus, als das Schiff ruckte – die Erschütterung war so schlimm wie bei einer Kollision. Die plötzliche Beschleunigung verdreifachte die Wucht von Katheries Tritt. Sie löste sich aus Ansts Griff, schwebte bugwärts, rollte sich zusammen und flog wie ein Ball durch den Korridor.

Doch Hobbes spürte Schmerz an der Kehle – es war Anst gelungen, sie zu verletzen, als sie sich abgestoßen hatte. Sie tastete nach der Wunde, während sie in der Schwerelosigkeit durch den Korridor flog. Ihre Finger berührten warme Feuchtigkeit, aber es quoll kein Blut aus einer klaffenden Wunde.

Eine geschlossene Luke beendete ihren Flug. Hart stieß sie mit der Schulter dagegen, die eine Hand noch immer an der Kehle. Die Integrität des Druckanzugs war beeinträchtigt, aber das dicke Halssiegel hatte ihr das Leben gerettet.

Hobbes blickte zurück. Anst befand sich zwanzig Meter hinter ihr und näherte sich, das Messer auf sie gerichtet.

Hinter dem Ersten Offizier donnerte es. Das Kreischen von Metall und das Heulen von Wind kamen aus dem Bug. *Verdammt,* dachte Hobbes. Bei der plötzlichen Beschleunigung mussten sich die Panzerplatten durch den Bug gebohrt haben. Luft entwich aus der *Luchs.*

Hobbes war nicht weit vom Frachtbereich im Bug entfernt. Sie warf einen Blick auf den Druckmesser an der Luke – die Anzeige befand sich bereits im roten Bereich.

Sie drehte das manuelle Siegel der Luke, woraufhin ihre Sicherheitskomponenten klagten. Hobbes presste ihre Hand auf die ID-Platte, und die Luke fügte sich ihrem Rang.

Kanonierin Anst flog auf sie zu, war nur noch einige Meter entfernt. Es blieb Hobbes gerade noch Zeit genug, sich mit dem Gürtelhaken an der Wand zu sichern, bevor die Luke aufschwang.

Jäher, wilder Wind zerrte an Hobbes und der Wandsicherung, klappte den Ersten Offizier an der Hüfte wie ein Taschenmesser zusammen. Verity Anst segelte hilflos vorbei, schrie Zeter und Mordio und wurde durch die Luke gesaugt, wie eine Puppe in einen Tornado.

Hobbes fühlte ein Stechen im einen Arm. Anst hatte ihr eine weitere Verletzung zugefügt.

»Zum Teufel mit Ihnen!«, rief sie.

Einige Sekunden später ließ der Wind nach. Katherie vermutete, dass irgendwo weiter vorn Sprühschaum die Lecks abdichtete. Sie setzte die Druckmaske des Schutzanzugs auf und gab Starkleine von ihrem Gürtel nach. Dann stieß sie sich in Richtung Luke ab.

Nach einem Moment fand sie die Meuterin, bewusstlos nach ihrem Aufprall auf eine Trennwand. Der Druck sank noch immer, und der dünne Notanzug der Frau war zerrissen. Ihre Augen wölbten sich aus den Höhlen und schoben die geschlossenen Lider ein wenig nach oben. Ohne Hilfe würde Anst nicht lange überleben, aber Hobbes hatte keine Zeit, um ihr zu helfen.

Blut spritzte bei jedem Herzschlag aus der Schnittwunde in Katheries Arm. Kleine Tropfen bildeten sich, schwebten der reglosen Anst entgegen und bildeten rote Flecken an ihrer Uniform.

»Sie haben mein Blut. Sind Sie jetzt zufrieden?«, fragte Hobbes und sprühte Dichtmittel auf ihre eigenen Wunden.

Eine weitere Erschütterung ging durch das Schiff. Keine Beschleunigung; etwas gab nach. Es kam zu Schäden in der Struktur der *Luchs*. Anst atmete schneller; sie starb.

»Möge der Kaiser Sie vom Tod erretten«, sagte Hobbes der Tradition gemäß. Mehr konnte sie nicht tun.

Sie zögerte kurz, um sich zu vergewissern, dass der kleine Schnitt im Hals geschlossen war, setzte dann den Weg fort und fragte sich, ob Frick und seine Leute noch lebten.

ERSTER INGENIEUR

Dekompression war nicht der richtige Ausdruck.

Der Beschleunigungsstoß ließ die Panzerplatten zum Bug springen: dreißig Tonnen Rumpflegierung, die eine Geschwindigkeit von mindestens zwanzig Metern pro Sekunde bekamen. Das Getöse der Kollision, als die schweren Platten an die Bugwand schmetterten, erreichte Fricks Ohren durch die Druckkapuze. Er wurde nach vorn gerissen und kam zu einem abrupten, den Magen umdrehenden Halt, als die Starkleine ihre maximale Länge von drei Metern erreichte. Seine Rippen brannten.

Dann kam das jähe Heulen explosiver Dekompression.

Die ganze vordere Wand des Bugs gab nach. In den Sekunden, bevor Frick die Maske vors Gesicht zog und das Drucksiegel um den Kopf vollständig schloss, sah er die Leere des Alls mit bloßen Augen. Ohren und Augäpfel fühlten sich an, als würden sie gleich explodieren. Dann griff das Smartplastik zu, und das Pochen in Fricks Kopf wich dem Polymergeruch von recycelter Luft.

Er blinzelte, bis das Bild vor seinen Augen zurückkehrte, sah dann durch das große, von den Panzerplatten geschaffene Loch. Wenn die *Luchs* nach vorn anstatt nach hinten beschleunigt hätte, wären sie alle zermalmt worden. Nicht nur Frick und seine Leute - der plötzliche Schub hätte die Panzerplatten durchs ganze Schiff rasen lassen.

Im Licht der Sterne sah Watson Frick das Glitzern einer Drohne, die sich vom Schiff entfernte.

Lieber Himmel, offenbar hatten sie die Schiene der Totendrohne verwendet und das Ding gestartet, um die *Luchs* in die entgegengesetzte Richtung zu drücken.

Was *dachte* sich der Captain dabei? Selbst mit der Kompensation durch die leichte Gravitation: Die Fregatte war dazu bestimmt, gleichmäßig zu beschleunigen, nicht mit massiven Stößen.

Frick wandte sich seiner Gruppe zu. Alle waren bei Bewusstsein, und Metasmith half Ensign Baxton beim Siegel seiner Gesichtsmaske. Doch etwas an der Gruppe erschien ihm falsch. Es lag nicht an der plötzlichen Dunkelheit, an den scharfen Schatten, hervorgerufen vom Licht orangefarbener Gasriesen und der fernen Sonne Legis. Die Gruppe schien ...

Der Erste Ingenieur zählte schnell.

Er sah vierzehn in Druckanzüge gehüllte Gestalten. *Vierzehn.*

Jemand fehlte.

Das war unmöglich. Alle hatten sich gesichert, mit Hyperkarbon-Starkleinen, verbunden mit Ringen aus Rumpflegierung an einer Wand. Der Werkzeuggürtel eines Druckanzugs, wie ihn das technische Personal der Flotte verwendete, bestand aus diamantfester Monofaser. Man hätte zwei zappelnde afrikanische Elefanten daran hängen können, ohne dass die Fasern rissen.

Crewmitglied Inders ruderte mit den Armen und versuchte, Fricks Aufmerksamkeit zu gewinnen. Er sah zu ihr, noch immer ungläubig und fassungslos. Sie deutete auf einen Riss in der Wand des Frachtraums – er führte durch die Reihe aus Ringen.

Dann bemerkte er es: Einer der Ringe aus Rumpflegierung war aus der Wand gerissen worden.

An den Befestigungsringen gab es nichts auszusetzen, aber die *Wand* gab nach.

Frick zog sich an seiner Starkleine entlang und hielt die Audiosonde seines Druckanzugs an die Wand. Er hörte das vertraute Summen der Luftnanos des Schiffes und das Stöhnen von Dekompression, verursacht von einem Leck auf der anderen Seite. Und noch etwas: das schrille Tremolo winziger Gruben, die sich in der Rumpflegierung ausbreiteten. Die vordere Wand – die letzte Barriere aus Rumpflegierung zwischen der *Luchs* und massiver Dekompression – wölbte sich. Frick schluckte, als er das bedrohliche Geräusch hörte. Einer der Schwärmer musste ein Metall fressendes Virus freigesetzt haben; nichts anderes konnte das Material auf diese Weise zersetzen.

In wenigen Minuten oder gar nur Sekunden würden Frick und seine Leute durch die Leere treiben.

Der Erste Ingenieur hob die Hand und ballte sie zur

Faust, mit gestrecktem Daumen und kleinem Finger: das Vakuum-Zeichen für tödliche Gefahr. Als er alle Blicke auf sich spürte, zeigte er auf die Luke, die unbedingt geöffnet werden musste.

Trotz der Druckmasken erkannte er Überraschung in einigen Gesichtern. Die andere Seite der Wand stand noch unter Druck. Die Öffnung der Luke würde noch mehr kostbaren Sauerstoff der *Luchs* entweichen lassen und die strukturelle Integrität der Wände vom Frachtbereich bis zur vorderen Waffenstation auf eine harte Probe stellen.

Aber wenn die Wand nachgab, ging der Sauerstoff ohnehin verloren. Und das geschah weitaus weniger explosiv, wenn sie die Luft durch die Luke strömen ließen, als beim Platzen der Wand. Derzeit hatte die Rumpflegierung Vakuum auf der einen Seite und fast eine volle Atmosphäre auf der anderen. Es musste ein Druckausgleich hergestellt werden. Die Entwickler der *Luchs* waren davon ausgegangen, dass der Druckverlust im Frachtbereich allmählich erfolgte, dass es mindestens zwanzig Sekunden dauerte, bis die gesamte Luft entwichen war. Niemand von ihnen hatte an die Möglichkeit gedacht, dass die Fregatte auf einmal den ganzen Bug verlor. Und das Virus fügte dem Metall weitere Belastungen hinzu.

Metasmith reagierte als Erste. Wie eine Akrobatin schwang sie an ihrer Leine herum, befestigte ihren Magneten neben der Luke und setzte die Füße rechts und links davon an die Wand. Sie versuchte, das Rad manuell zu betätigen. Für einen Moment schien es zu protestieren, und dann drehte es sich. Weitere Hände griffen zu, und das Rad drehte sich schneller.

Von einem Augenblick zum anderen klappte die Luke auf, und die jäh entweichende Luft warf Metasmith mit gefährlicher Geschwindigkeit zurück. Doch die Frau flog in einem eleganten Bogen, nutzte dabei die volle Länge ihrer Starkleine aus. Sie landete perfekt auf der gegenüberliegenden Frachtraumwand, so anmutig wie bei einem Nullschwerkraft-Ballett.

Frick hielt die Audiosonde erneut an die Wand. Das Heulen der Dekompression vibrierte in ihr, aber die scharfen Ohren des Ingenieurs entdeckten noch immer das Sopran-Klirren eines wachsenden Risses in der Rumpflegierung.

Die *Luchs* brach noch immer auseinander.

Er schloss die Augen, lauschte aufmerksam und betete. Dann hörte er es: Das Geräusch veränderte sich. Das Klirren wurde leiser, als weiterhin Luft durch die offene Luke entwich und der Druck auf die Wand nachließ.

Frick öffnete die Augen und seufzte erleichtert.

Er konnte den Schaden jetzt vor sich sehen. Der Riss reichte an ihm vorbei und verfehlte seinen eigenen Befestigungsring nur um wenige Zentimeter. Frick schob einen behandschuhten Finger hinein und stellte fest, dass er weniger als vier Zentimeter tief war. Eine Vibration fühlte er nicht.

Die Rumpflegierung des Schiffes verfügte über ein Immunsystem aus Nanomaschinen, die gegen das Rix-Virus kämpften, aber es mochte eine Weile dauern, bis die Infektion ganz eliminiert war. Die *Luchs* brauchte eine Verschnaufpause von hohen Beschleunigungen und plötzlichen Stößen; derzeit hatte sie sich stabilisiert.

Bis der Captain erneut entschied, sie auseinander brechen zu lassen.

TECHNISCHES CREWMITGLIED

Crewmitglied Telmore Bigz blinzelte erneut und hoffte, dass sein Augenlicht zurückkehrte.

Bigz wusste, dass er von Glück sagen konnte, überhaupt

noch am Leben zu sein. Eigentlich hätte sein Kopf inzwischen im ganzen Legis-System verteilt sein müssen. Reiner Zufall hatte ihn gerettet. Als er von der Wand gerissen worden war, musste die Gesichtsmaske sich durch die Erschütterung von selbst geschlossen haben. Oder Bigz hatte sie im Reflex versiegelt, ohne sich daran erinnern zu können.

Doch er war dem Vakuum lange genug ausgesetzt gewesen, dass seine Augen Schaden genommen hatten. Er sah nur einen verschwommenen Streifen, mehr nicht.

Ein Heulen im Kopf wies ihn darauf hin, dass die Trommelfelle gerissen waren. Aber das kümmerte ihn wenig. Hier draußen in der luftlosen Leere gab es ohnehin keine Geräusche. Und das Kommunikationsverbot bedeutete, dass sich niemand per Funk mit ihm in Verbindung setzen würde.

Doch Bigz wünschte sich, *sehen* zu können.

Dann hätte er vielleicht feststellen können, was ihn von der Schutzwand gerissen hatte. Er hatte sich richtig gesichert, kein Zweifel. Ein Ruck, der stark genug war, die Monofaser zu zerreißen, hätte ihn regelrecht zerfetzen müssen.

Er konzentrierte sich auf den verschwommenen Streifen, der alle paar Sekunden pulsierte - Bigz verglich ihn mit einem Blinklicht auf dem Dach eines hohen Gebäudes, durch ein regennasses Fenster gesehen.

Die Periode betrug etwa vier Sekunden. Das Notlicht eines Druckanzugs blinkte einmal pro Sekunde; das pulsierende Leuchten stammte also nicht von einem anderen Crewmitglied.

Dann begriff Bigz. Das Licht kam von der Sonne Legis, und er sah es alle vier Sekunden, weil er sich um die eigene Achse drehte.

Er wartete noch etwas länger und stellte fest, dass er nach und nach besser sehen konnte. Es gab andere Objekte, die alle im gleichen Rhythmus von vier Sekunden pulsierten. Allmählich wurden kleine Lichter daraus.

Sterne. Inzwischen konnte er die Sonne fast sehen, eine ferne, aber deutliche Scheibe in der schwarzen Leere.

Bigz fühlte sich seltsam euphorisch. Es fehlten die schrecklichen Kopfschmerzen, die er eigentlich haben sollte, ebenso die Todesangst, die er erwartet hatte. Sorgfältig überprüfte er die medizinischen Ladungen seines Instrumentengürtels.

Er brummte, als seine Finger die leere Schockpackung fanden. Welcher unabhängige Teil seines Gehirns auch immer für die Versiegelung der Gesichtsmaske verantwortlich gewesen war – er hatte ihn auch mit Schmerzmitteln und Stimulanzien voll gepumpt. Bigz schwebte allein im Vakuum, war halb blind und völlig taub, aber er fühlte sich hellwach und so zuversichtlich wie ein Mann nach der ersten Tasse Kaffee am Morgen.

Das Crewmitglied lächelte froh, als sich seine Sicht klärte.

Die Sonne wurde noch deutlicher, das hellste Licht unter den Sternen. Und Bigz sah auch zwei der orangefarbenen Gasriesen des Systems.

Nach der *Luchs* hielt er vergeblich Ausschau. Die dunkle Fregatte musste ziemlich weit entfernt sein, und das eigene Bewegungsmoment trug ihn noch weiter von ihr fort. Zum Glück konnte er in einigen Minuten – sobald er und das Schiff außer Reichweite der Rix-Hauptwaffen waren – seine Notrufbake aktivieren.

Dann würde man ihn retten. Kein Problem.

Die eigene Rotation störte Bigz. Er zog den Reaktionsbehälter vom Gürtel, schätzte den richtigen Winkel ab und gab kurz Schub. Die Drehung wurde langsamer, und die Sterne tanzten mit einer würdevollen Geschwindigkeit. Damit konnte er leben.

Crewmitglied Bigz bemerkte eine sich bewegende Starkleine. Sie war seiner Rotation gefolgt, aber jetzt, da die Drehung fast ganz aufgehört hatte, wickelte sie sich um ihn. Er wartete, bis er ihr Ende ergreifen konnte.

Der Haken hing noch immer im Ring, der sich aus irgendeinem Grund ganz aus der Rumpflegierung gelöst hatte. Das war schlimm. Es bedeutete, dass die *Luchs* ernste strukturelle Schäden erlitten hatte: ein langer Riss in einer zur Außenhülle gewordenen Wand.

Aber wenigstens, dachte Bigz glücklich, hatte er sich richtig gesichert. Es war nicht *seine* Schuld, hier draußen im All zu sein.

Dann bemerkte er etwas anderes. Ein anderes Objekt in der Leere. Es war weit entfernt, am Rand seiner noch immer ein wenig verschwommenen Sicht. Ein dunkles Gebilde mit glimmenden Rändern. Es schien rund zu sein, nicht lang und dünn wie die *Luchs*. Aber vielleicht sah er das Schiff von vorn. Das ergab einen Sinn. Er war aus dem Bug der Fregatte gerissen worden.

Bigz hielt es für sinnvoll, sich dem Schiff zu nähern. Wenn es schwer beschädigt war – und davon ging er aus –, würde es viel leichter sein, ein Besatzungsmitglied zu retten, das in der Nähe blieb.

Er brachte den Reaktionsbehälter in die richtige Position und gab erneut Schub, diesmal länger. Langsam zählte er bis zwanzig, behielt dabei das Objekt im Auge. Ja, er kam ihm näher und erkannte jetzt einzelne metallene Facetten. Es war kein großer, ferner Planetoid, der seine Augen narrte. Es handelte sich eindeutig um ein künstliches Objekt.

Es musste die *Luchs* sein.

Crewmitglied Telmore Bigz öffnete das Ventil des Behälters ein weiteres Mal und lächelte.

Er kehrte heim.

Katherie Hobbes flog durch den letzten Korridor vor der Wand des Frachtraums, und der Dekompressionswind diente ihr als Gravitation. Sie verband ihren Gürtel mit einem nahen Ring, bevor sie dem Starkleinengreifer befahl, loszulassen und ihr zu folgen.

Das Zerren der entweichenden Luft ließ nach, aber Hobbes traute dem Frieden nicht. Es hatte schon einmal nachgelassen, um dann ganz plötzlich wieder stärker zu werden, als wäre es weiter vorn zu einem neuen Leck gekommen. Die letzte wirklich stabile Wand, die sie gesehen hatte, war die in der vorderen Waffenstation.

Sie blickte auf den Druckmesser, der fast ein Vakuum anzeigte. Das war einerseits ein schlechtes Zeichen, aber andererseits: Wenn dieses Segment der *Luchs* kaum mehr Luft enthielt, konnte es auch nicht zu einer weiteren Dekompression kommen.

Hobbes drehte sich und sah die Luke des Frachtraums, nur einen Sprung entfernt. Sie stand offen.

Der Erste Offizier befestigte wieder den Greifer, sprang und zog die Starkleine hinter sich her, als sie zur Luke flog. Sie schluckte nervös und hoffte, Frick und seine Leute lebend im Frachtraum anzutreffen.

Zwar war sie aufs Schlimmste vorbereitet – Leichen im Durcheinander gelöster Panzerplatten –, aber als Hobbes die Luke erreichte und in den Frachtraum blickte, glaubte sie, ihren Augen nicht trauen zu können.

Sie sah ... Schwärze, von Sternen durchsetzt.

Es gab keinen Frachtraum mehr.

Katherie zog sich durch die Luke und starrte fassungslos zum großen Riss vor ihr: eine geplatzte Kuppel, dem Himmel geöffnet.

Eine Hand griff nach ihrer Schulter.

»Erster Offizier?« Die überraschte Stimme kam über die Audiokontakte des Druckanzugs.

Hobbes drehte sich um und sah ein Crewmitglied der technischen Abteilung. Die Frau schien unverletzt und ruhig zu sein. Trotz des Druckanzugs war ihre athletische Statur zu erkennen.

Sie winkte, und Hobbes blickte in die entsprechende Richtung.

Die ganze technische Gruppe schien sich dort aufzuhalten, dicht beieinander an der Wand. Hobbes seufzte erleichtert.

Jemand näherte sich ihr: Watson Frick, der Erste Ingenieur.

Sie verbanden ihre Audiokontakte.

»Was zum Teufel hat sich Zai dabei gedacht?«, fauchte der Erste Ingenieur.

»Wir mussten beschleunigen, Frick«, erklärte Hobbes. »Die Rix entdeckten die Reaktionsmasse unserer Kaltdüsen; sie waren auf dem besten Wege, uns zu entdecken.«

»Aber ein solcher Ruck? *Ich habe ein Crewmitglied verloren!*«

Tränen glänzten in den Augen des Ersten Ingenieurs, als er diese Worte rief, und seine Hände schlossen sich fest um Hobbes' Schultern. Für einen Moment befürchtete Katherie, einen weiteren körperlichen Angriff abwehren zu müssen, doch der Mann fasste sich wieder.

»Sie haben den Starter der Totendrohne verwendet, nicht wahr?«, fragte er.

Hobbes nickte.

»Wir brauchten eine mechanische Beschleunigung, so stark wie möglich und mit einem soliden Objekt als Reaktionsmasse. Wenn wir eine weitere Wasserwolke ins All geschickt hätten, wären die Rix in der Lage gewesen, uns zu lokalisieren. Sie verwenden Laser, um die Eiskristalle zu finden, und daraus extrapolieren sie den Kurs der *Luchs.*«

Frick überlegte kurz, fluchte dann und gab dem Ersten Offizier mit einem knappen Nicken Recht.

»Aber wir haben nicht erwartet, dass die Außenwand des Frachtraums aufbricht«, sagte Hobbes.

Frick schüttelte den Kopf. »Normalerweise wäre sie auch nicht aufgebrochen. Aber es gab Haarrisse darin, von einem Virus verursacht. Vermutlich sind wir beim Angriff der Schwärmer infiziert worden. Diese Wand hier ...« Er deutete auf das, was der Boden des Frachtraums gewesen war. »... gibt ebenfalls nach.«

Hobbes nickte. Ihnen waren weniger als zwanzig Minuten geblieben, um die von den Schwärmern angerichteten Schäden zu erfassen. Eins der Projektile musste Metall fressende Nanos freigesetzt haben.

»Deshalb haben Sie also die Luke geöffnet«, sagte sie.

»Ja«, bestätigte Frick. »Entweder ein langsames Entweichen oder eine weitere explosive Dekompression. Wenn es zu Letzterem gekommen wäre, hätten wir vielleicht auch die Wand der Waffenstation verloren, und andere Wände weiter im Innern des Schiffes.«

Katherie Hobbes schluckte, als sie sich vorstellte, dass eine Wand nach der anderen brechen könnte, wie bei der legendären *Titanic,* als sie mit Wasser voll lief.

Sie ließ ihren Blick über die Wand gleiten und bemerkte die Risse, die sich keilförmig darin ausgebreitet hatten. Vom All aus musste es wie ein Flussdelta aussehen.

»Können Sie mit einer weiteren Drehung fertig werden, Frick?«

»Mit *was?*«

»Der Captain muss das Schiff noch einmal gieren, damit der Bug wieder auf den Schlachtkreuzer der Rix zeigt.«

»Lieber Himmel«, ächzte der Erste Ingenieur.

Hobbes sah auf die Anzeige des mechanischen Chronometers an ihrem Handgelenk. Es funktionierte sogar im Vakuum.

»Die Piloten sollten in dreiundvierzig Sekunden mit dem Manöver beginnen«, sagte sie. »Aber nur mit einem zwanzigstel *g*, wie es Ihrem Rat entspricht.«

»Nein!«, entfuhr es Frick. »Das ist zu viel. Null Komma null fünf *g* in der Mitte wirken sich hier viel stärker aus.«

Hobbes schüttelte verwirrt den Kopf. Wovon redete Frick da?

»Haben Sie jemals die Peitsche geritten?«, fragte er.

Hobbes runzelte die Stirn. Sie erinnerte sich an ein riskantes Nullschwerkraft-Spiel, von jeder Klasse der Akademie neu erfunden. Eine lange Reihe aus Rekruten, die sich an den Händen hielten, drehte sich im großen schwerelosen Sportzentrum der Orbitalstation. In der Mitte bewegte man sich kaum, aber man fühlte, wie die Masse der sich schneller drehenden Reihe immer stärker in beide Richtungen zog. Die Rekruten an den Enden flogen unglaublich schnell. Wenn die Reihe auseinander brach, prallten sie wie von einer Kanone abgefeuert an die Wand. Das Spiel endete stets unweigerlich mit einigen gebrochenen Schlüsselbeinen oder einem Schädelbruch und wurde streng verboten, bis der nächste Jahrgang seine Freuden entdeckte.

Hobbes starrte mit weit aufgerissenen Augen auf die rissige Rumpflegierung.

»Was wird passieren, Frick?«

Der Erste Ingenieur betrachtete die Risse und schloss dann die Augen. Seine Lippen bewegten sich wie bei einer komplexen Rechnung. Dann öffnete er die Augen wieder und stieß sich von der Wand ab, um sie besser in Augenschein nehmen zu können.

Hobbes blickte erneut auf Captain Zais Chronometer. Nur noch achtundzwanzig Sekunden bis zur dritten Beschleunigung. Inzwischen wusste Zai sicher von der Dekompression im Frachtbereich. Die entweichende Luft hatte Metallfragmente mit ins All gerissen; beides musste selbst für die passiven Sensoren sichtbar sein.

Aber Zai wusste vermutlich nicht, dass der strukturelle Schaden bis zu einer weiteren Wandschicht reichte. Im Dunkelmodus blieben die internen Sensoren der *Luchs* inaktiv. Die Brückencrew ahnte nichts von den Rissen. Und niemand wusste, wie groß der Wirkungsbereich des Metall fressenden Virus war. Vielleicht waren alle Wände der Fregatte infiziert.

Würde sich Zai an den vereinbarten Zeitplan halten?

Zwanzig Sekunden.

Hobbes stieß sich ebenfalls ab, folgte Fricks und verband ihre Audiokontakte mit seinen.

»Bericht, Erster Ingenieur!«

»Ein Gieren mit null Komma null fünf *g* wird den Bug von der *Luchs* abbrechen lassen«, sagte er. »Wir verlieren alles, mindestens bis zur vorderen Waffenstation. Vielleicht sogar noch weiter.«

»Vielleicht auch den ganzen Rest?«, fragte Hobbes.

Frick nickte.

Der Erste Offizier zögerte nicht. Es gab nicht genug Zeit, um nachzudenken. Sie musste gegen die wichtigste Regel bei diesem Kampf verstoßen. Deshalb hatte Zai sie hierher geschickt: Sie war der einzige Offizier an Bord, der Befehle des Captains missachten konnte, wenn es notwendig wurde.

Und es war absolut notwendig.

Katherie Hobbes zog den Kommunikator vom Gürtel und schaltete ihn ein. Wenn die Rix das schwache Signal entdeckten, so ließ es sich nicht ändern.

Zum Teufel mit ihnen. In weniger als zwei Minuten wäre die *Luchs* in Sicherheit.

»Priorität, Priorität«, sagte sie. »Die Kaltdüsen nicht aktivieren. Wir würden auseinander brechen. *Nicht beschleunigen.* Hobbes Ende.«

Sie schaltete das kleine Gerät wieder aus.

Der Erste Ingenieur sah sie an. Sie achtete nicht auf das Entsetzen in seinem Gesicht.

»Wir sind hier stabilisiert. Bringen Sie Ihre Gruppe in Position für die Schadenkontrolle.«

Einen Moment lang rührte sich Frick nicht von der Stelle. Er konnte kaum fassen, dass Hobbes den Befehl des Captains missachtet hatte.

»Brauchen Sie eine Extraeinladung, Frick? Bringen Sie sich und Ihre Leute nach innen.«

Katherie zog an ihrer Leine und dirigierte sie beide in Richtung Luke.

»Vielleicht geraten wir bald unter Beschuss«, fügte sie hinzu. Das war sogar sehr wahrscheinlich.

Katherie Hobbes hatte selbst dafür gesorgt.

TECHNISCHES CREWMITGLIED

Je mehr sich Telmore Bigz dem Objekt näherte, desto unwahrscheinlicher erschien es ihm, dass er die *Luchs* gefunden hatte.

Sein Sehvermögen besserte sich. Bigz sah jetzt, dass das Objekt nicht einheitlich war. Offenbar handelte es sich um eine Ansammlung großer Teile, und einige von ihnen schienen über eine eigene Rotation zu verfügen, während sich die gesamte Masse drehte. Die Fregatte konnte das nicht sein, es sei denn, sie war außerordentlich schwer beschädigt worden.

Vielleicht gab es für Bigz gar kein Zuhause mehr, zu dem er zurückkehren konnte.

Er blinzelte erneut und versuchte allein mit Willenskraft klar zu sehen.

Sein Blick glitt durch die schwarze Leere und suchte nach einem Anzeichen der Fregatte.

Er fand nichts.

Selbst wenn er die *Luchs* irgendwo entdeckt hätte – er konnte nichts tun. Der Reaktionsbehälter war zu zwei Dritteln leer; er hatte nicht genug Reaktionsmasse, um seine Flugrichtung zu ändern.

Nur die Wrackteile vor ihm kamen als Ziel infrage.

Als die Entfernung weiter schrumpfte, erkannte Bigz die Objekte.

Er sah eine gezackte Metallscheibe in der Mitte der Ansammlung, umgeben von großen Teilen Rumpflegierung. Eine dünne Wolke aus gefrorener Luft umgab alles.

Das größte Objekt war der Bug der *Luchs*, der Frachtbereich, der zusammen mit losen Panzerplatten und einem gewissen Crewmitglied fortgeschleudert worden war.

Bigz pfiff leise. Die Katastrophe, die ihn aus dem Schiff geworfen hatte, war viel größer als erwartet. Er hatte sich ein höchstens zehn Meter großes Loch vorgestellt; die davon verursachte Dekompression wäre stark genug gewesen, ihn ins All zu reißen. Doch dieser Schaden ging weit darüber hinaus. Er fragte sich, ob noch andere große Teile der *Luchs* in der Leere schwebten. Wenn das Schiff auseinander gebrochen war, durfte er so bald nicht mit Rettung rechnen.

Als Bigz näher kam, suchte er zwischen den Trümmern nach Notlichtern. Vielleicht gab es noch andere Überlebende. Auf den Notruffrequenzen waren keine Signale erlaubt – sie hätten die Aufmerksamkeit der Rix geweckt –, aber möglicherweise hatten andere Besatzungsmitglieder die Blinklichter ihrer Druckanzüge eingeschaltet. Er leuchtete mit der kleinen Lampe am Handgelenk durch die Wolke aus Eiskristallen und über dunkles Metall. Nichts. Trotz der Stimulanzien im Blut machte sich Enttäuschung in ihm breit. Er war allein.

Wenigstens fand er keine Leichen.

Bigz verwendete ein wenig mehr Reaktionsmasse, um seine Geschwindigkeit zu reduzieren. Er landete auf einer der Panzerplatten, die Fricks Gruppe aus der Generatorenabschirmung geschnitten hatte. Die Anzugmagneten hielten ihn fest, und die Kollision versetzte das Trümmerstück nicht in zu starke Bewegung.

Er blickte zu einem Teil der Bugwand, die ein Dutzend Meter entfernt schwebte, und fragte sich, wie der Frachtbereich jetzt aussehen mochte. Zum Glück hatten sich die Angehörigen der Arbeitsgruppe am Boden gesichert. Wenn sie ihre Starkleinen mit den Platten verbunden hätten, wären auch sie ins All geschleudert worden. Bestimmt befanden sich die meisten von ihnen noch an Bord der *Luchs;* es war reiner Zufall, dass Bigz' Ring nachgegeben hatte. Es sei denn natürlich, der Boden des Frachtbereichs war ebenfalls geborsten.

Nein, das ergab keinen Sinn. In dem Fall hätte es die ganze Fregatte zerrissen, und Telmore Bigz wäre in einem Schwarm aus Trümmern, gefrorener Luft und anderen Besatzungsmitgliedern unterwegs gewesen. Offenbar hatte es nur ihn in die Leere gezerrt.

Er war allein, Herr seiner eigenen kleinen Domäne.

Plötzlich vernahm Bigz eine Stimme, nicht in den verletzten Ohren, sondern im sekundären Hören.

»Priorität, Priorität«, ertönte es klar und deutlich.

Bigz fluchte lautlos. Wer war da auf Sendung gegangen? Die Rix konnten den Ausgangspunkt der Signale sofort feststellen.

»Die Kaltdüsen nicht aktivieren. Wir würden auseinander brechen. Nicht beschleunigen. Hobbes Ende.«

Der Erste Offizier? Begriff sie nicht, dass sie das Schiff in Gefahr brachte?

Bigz aktivierte den Blickrichtungsempfänger seines Druckanzugs und versuchte festzustellen, woher die Sendung kam. Das Gerät gab ihm eine allgemeine Richtung an, und er spähte in die Dunkelheit, auf der Suche nach der *Luchs*.

Doch er entdeckte sie nicht. Die Fregatte blieb in der Schwärze verborgen.

Bigz ging auf der sich langsam drehenden Panzerplatte in die Hocke und hoffte, dass die Rix die Signale nicht empfangen hatten. Er begann zu zählen und wusste, dass es nur noch wenige Minuten dauerte, bis sie alle außer Gefahr waren.

CAPTAIN

»Der feindliche Laser ist nicht mehr aktiv«, meldete der Sensoroffizier.

Captain Laurent Zai schluckte. Der Rix-Laser hatte schnell hintereinander gefeuert, auf der Suche nach Reaktionsmasse der Kaltdüsen. Doch jetzt suchte er nicht mehr.

Der Feind hatte Hobbes Sendung empfangen.

»Vermutlich laden sie ihn auf, Sir.«

»Ja.«

Die Feuergeschwindigkeit eines Rix-Langstreckenlasers war variabel. Er konnte mehrmals in der Sekunde mit niedriger Energie eingesetzt werden, oder weniger oft mit größerer Wirkung. Dass die Rix nicht mehr feuerten, konnte nur eins bedeuten: Sie kannten die Position der *Luchs* und bereiteten eine hochenergetische Entladung vor, stark genug, um die kaiserliche Fregatte zu beleuchten, damit die Zielerfassung der Gravitationskanone auf sie gerichtet werden konnte.

Mindestens zehn Sekunden Aufladung für den ersten Schuss, vermutete Zai.

Er versteifte sich innerlich.

Jähes Licht kam vom großen Flachschirm und erhellte die Brücke. Ein Blitz schien in den Raum gesprungen zu sein.

»Vorbei, Sir. Die Rix haben uns um hundert Meter verfehlt.«

Zai nickte. Die Rix irrten sich um zehn Meter pro Sekundenquadrat, und das entsprach ungefähr der Beschleunigung durch den Drohnenstarter. Der Stoß war hart gewesen, hart genug, um Zai aus dem Kommandosessel zu werfen. Und der Verlust des Frachtbereichs hatte ihnen vielleicht einige weitere kostbare Meter pro Sekundenquadrat eingebracht.

»Wir müssen das Schiff drehen, Sir!«, rief der Erste Pilot. »Wir zeigen dem Schlachtkreuzer die Breitseite!«

»Wir lassen uns weiter treiben, Pilot«, entschied der Captain.

Wenn sie den Bug auf die Rix gerichtet hätten, hätten sie ein kleineres Ziel abgegeben. Aber Katherie Hobbes hatte darauf hingewiesen, dass das Schiff bei neuem Schub mit den Kaltdüsen auseinander brechen würde. Zai musste ihr glauben. Hobbes hätte ihre Position ohne absolute Notwendigkeit nicht preisgegeben.

Zai konnte nur hoffen, dass die Rix ihr Ziel noch einige Male verfehlen würden. Der Sicherheit war so nahe.

Nach dem Brückenchronometer mussten sie nur noch neunzig weitere Sekunden überleben; dann verließen sie den Wirkungsbereich der Gravitationskanone. Es lag in ihrem Wesen, dass chaotische Gravitonen weitaus weniger kohärent waren als Photonen. Die *Luchs* entfernte sich mit mehr als dreitausend Kilometern pro Sekunde vom Schlachtkreuzer; nach den unabänderlichen Naturgesetzen war sie bald außer Reichweite.

Wenn sie in Sicherheit waren, konnten die internen diagnostischen Systeme reaktiviert werden, und dann würde Zai erfahren, in welchem Zustand sich sein Schiff befand.

Fünfzehn weitere Sekunden vergingen, genug Zeit für den Feind, erneut den Laser aufzuladen.

Wieder raste ein Blitz durchs All.

»Wieder ein Fehlschuss, Sir! Zweihundert Meter achtern.«

»Unglaublich«, flüsterte Zai. Noch weiter entfernt als der erste Versuch - die Rix schossen über das Ziel hinaus!

Das Glück war der *Luchs* wieder hold.

Captain Zai lehnte sich zurück und löste seine Hand von der Armlehne, um die sie sich krampfhaft fest geschlossen hatte. Er seufzte erleichtert.

»Vielleicht haben wir es überstanden«, sagte er.

Zehn Sekunden später erbebte die Brücke, und das Heulen kochender Luft hallte durchs Schiff.

TECHNISCHES CREWMITGLIED

Telmore Bigz sah die *Luchs* jetzt.

Die Fregatte funkelte vor dem schwarzen Hintergrund des Alls. Das rote Licht von Laserfeuer strich über sie.

»Nein!«, entfuhr es Bigz.

Das Schiff war fast zwanzig Kilometer entfernt und glühte wie ein Notlichtstab. Das Bild der schmalen, lang gestreckten *Luchs* brannte sich ihm so ein wie das einer von ungeschützten Augen wahrgenommenen Sonne. Bigz begriff, dass sein Sehvermögen vollständig zurückgekehrt war. Rechtzeitig genug, um das Ende des Schiffes und den Tod aller Menschen an Bord zu beobachten.

Er wünschte sich, noch immer blind zu sein.

Verdammt! Die *Luchs* war fast außer Reichweite. Nach Bigz' Schätzung würde sie den Wirkungsbereich der Gravitationskanone in weniger als einer Minute verlassen.

Er sah zu den in seiner Nähe schwebenden Trümmern. Sie drehten sich langsam; der Bug wirkte wie ein Miniaturplanet mit eigenen Monden, einer dünnen Atmosphäre und sogar mit eigener Bevölkerung, bestehend aus einer Person namens Telmore Bigz.

Bald würde dies alles sein, das von der *Luchs* übrig war.

Während der nächsten Sekunden gingen weiter Funken von der Fregatte aus. Bestimmt richteten die Rix jetzt ihre Gravitationskanone aus, luden sie mit tödlicher Energie und benutzten den vom Laser angerichteten Schaden als Zielorientierung. Vielleicht konnten die Rix nur einmal feuern, bevor die *Luchs* außer Reichweite geriet, und deshalb mussten sie sicher sein, dass dieser eine Schuss traf.

Bigz drückte die Schockpackung am Gürtel, und die letzten Reste der Stimulanzien gewährten ihm einen Moment der Zuversicht für seine Entscheidung. Es gab nur eins zu tun.

Er aktivierte die Notrufbake mit voller Stärke, und ihr blinkendes Licht reflektierte von den rotierenden Panzerplatten um ihn herum. Anschließend schaltete Bigz seinen Schneidbrenner ein und brachte ihn auf die für Rumpflegierung nötige Temperatur. Er zielte auf die große Platte, mit der er magnetisch verbunden war, und betätigte den Auslöser.

Licht und Hitze gingen von dem Brenner aus, und die Panzerplatte glühte weiß, wo die Flamme sie traf.

Bigz war jetzt die Sonne seines kleinen Systems, ein instabiler Stern, der flackernde Schatten auf die nahen Trümmer warf.

Ein Stern, der weithin leuchtete.

CAPTAIN

»Wir bleiben dunkel!«, rief Zai, um den Lärm zu übertönen.

»Aber sie haben uns entdeckt, Sir! Wir brennen bereits wie ein Feuerwerk!«

»Warten Sie!«, befahl Zai. »In zwanzig Sekunden können sie uns nichts mehr anhaben.«

Der Schadenkontrolloffizier schwieg. Er hatte die internen Sensoren des Schiffes reaktivieren wollen, um die Reparaturen zu koordinieren. Sicher, die Rix wussten genau, wo sich die *Luchs* befand. Aber die Emissionen der inneren Systeme hätten dem Feind die Ortung der Fregatte erleichtert und ihm die Möglichkeit zugegeben, die Zielerfassung auf das Haupttriebwerk zu richten. Ein Treffer dort hätte die *Luchs* lahm gelegt. Ein Teil des Schiffes musste sicher dran glauben, aber Zai sah keinen Sinn darin, den Rix die freie Wahl zu lassen.

»Ruhig«, sagte Zai. »Mit voller Energie können uns die Rix höchstens zweimal treffen.«

»Schadensberichte treffen vom heckwärtigen Kom-Punkt ein, Sir«, meldete jemand. Das Epizentrum des Lasertreffers.

»Ich höre.«

»Keine strukturellen Schäden. Der Prozessorschacht des Hecks scheint geschmolzen zu sein. Mindestens zehn Tote.«

Verdammt, dachte Zai. Weitere Opfer, und noch mehr

Prozessorkapazität verloren. Durch einen Zielmarkierungslaser. Wenn die Gravitationskanone auf sie feuerte, würde es richtig schlimm werden.

»Wie lange dauert es noch, bis wir in Sicherheit sind?«, fragte Zai die Ensign am Chronometer.

»Zwölf«, lautete die Antwort.

»Zählen Sie«, sagte er.

Die Brückencrew schwieg beim Countdown. Niemand von ihnen konnte etwas tun. Ein Gravitationsstrahl entfaltete seine tödliche Magie vor allem bei der Crew des Zielobjekts: Er brach Wirbelsäulen, zerquetschte Gehirne und zerriss innere Organe. Ohne eine Wärmesenke für die Ableitung von Energie würden Dutzende, vielleicht sogar hunderte von Besatzungsmitgliedern sterben.

Zai konnte seine Crew nicht einmal warnen. Aber wenigstens hatte er die Möglichkeit, einige Worte an die Brückenoffiziere zu richten.

Als nur noch fünf Sekunden blieben, bedeutete er der Ensign, still zu sein, weil er selbst noch etwas zu sagen hatte.

Doch die üblichen vadanischen Redewendungen beriefen sich auf den Kaiser, und ein solches Epitaph hielt Laurent Zai für absurd.

»Danke für Ihren Dienst«, sagte er schlicht.

Zai seufzte und wartete.

Die Zeit verstrich, ohne dass etwas geschah.

»Der Schuss hat uns verfehlt«, sagte der Captain schließlich.

Der Sensoroffizier starrte ungläubig auf sein Display.

»Es ist kein zufälliger Fehlschuss, Sir. Die Rix haben ein anderes Ziel unter Beschuss genommen und eine Ansammlung von Trümmern angegriffen, knapp zwanzig Kilometer entfernt. Sie sind regelrecht pulverisiert worden.«

»Aber ... *warum?*«, brachte Zai hervor.

»Sie wurden beleuchtet, Sir. Durch Wärme, Mikrowellen und eine Sendung mit hoher Signalstärke.«

»Sendung?«

»Ein kaiserliches SOS. Eine persönliche Notrufbake.«

Zai schüttelte den Kopf. Es war kaum zu glauben. Eine Ablenkung, genau zum richtigen Zeitpunkt. Irgendwie hatte es ein Besatzungsmitglied an jenen Ort verschlagen, und es war für sein Schiff gestorben. Aber wer?

»Die Rix hatten uns, Sir«, fuhr der Sensoroffizier fort. »Warum sollten sie ein anderes Ziel wählen? Im Vergleich mit uns gab es dort draußen nur ein äußerst schwaches Signal.«

»Es schien ihnen zu leicht«, sagte Zai. »Zu offensichtlich. Hobbes' Sendung war zu auffällig. Die Rix müssen uns für einen Köder gehalten haben.«

Das Schiff erzitterte, und ein Stöhnen kam aus dem verletzten Rumpf, schwoll an und ließ wieder nach.

»Die Rix schießen nicht mehr auf die Trümmerstücke im All, Sir. Sie haben die Zielerfassung der Gravitationskanone jetzt auf uns gerichtet. Aber wir sind inzwischen außer Reichweite. Der Gegner feuert mit halber Ladung und breiter Streuung. Fünftausend Gravitonen pro Sekunde.«

Zai seufzte. Kaum genug, um Hautkrebs zu verursachen. Im Moment führte es nur zu leichter Übelkeit.

»Die internen diagnostischen Systeme aktivieren«, befahl er. »Und weisen Sie die Crew an, in den Druckanzügen zu bleiben.« Die Fregatte war instabil, und das niederenergetische Bombardement mit chaotischer Gravitation mochte noch eine Weile andauern. Aber es würde immer schwächer werden, während die Distanz zwischen den beiden Schiffen wuchs.

Die *Luchs* hatte erneut überlebt.

Über viele Jahrzehnte hinweg war das Haus in alle Richtungen gewachsen.

Zwar stand es auf dem Gipfel eines Bergs, aber es reichte weit genug in den Mantel von Heimat hinein, um geothermische Energie zu nutzen. Jetzt im Sommer boten die sechs Balkone einen prächtigen Blick auf Gärten und Wasserfälle, bis zum Horizont. Das Haus hatte benachbarte Gipfel mit autarken Schmetterlingen kolonisiert, deren Spiegelflügel Sonnenlicht reflektierten, damit Pflanzen am Leben erhielten und Wasser fließen ließen. Sie warfen künstliche Schatten und färbten die 360-Grad-Aussicht mit den blassen roten Tönen des arktischen Sonnenuntergangs. Die Prozessoren des Hauses waren überall, vergraben in den Felswegen des Bergs, über hundert Kilometer im Umkreis unter dem Schnee verteilt. Durch seine isolierte Lage, die senatorischen Privilegien der Herrin und seine enorme Größe war das Haus praktisch eine Welt für sich.

Doch heute breitete sich Unruhe in ihm aus. Ein Gefühl von Unzulänglichkeit und Selbstzweifel stellte sich ein. Eine neue Situation hatte sich ergeben, eine, die das Haus jahrzehntelang in Erwägung gezogen, aber nie erfahren hatte. Zum ersten Mal waren zwei Personen gleichzeitig zugegen.

Die Herrin hatte einen Gast.

Das Haus scannte die unterirdischen Nahrungsgärten, die von suborbitalen Transportern für den Besuch des Lieutenant-Commanders herbeigeschafften speziellen Vorräte und den Inhalt der Notfalllager, seit einem Jahrhundert nicht angerührt. Natürlich verfügte es über mehr Proviant, als zwei Personen in vier Jahren verzehren konnten, geschweige denn in vier Tagen. Aber die Unruhe blieb. Dieser Besuch bot dem Haus die Chance, der Herrin zu zeigen, was es in den langen Dekaden der Einsamkeit geleistet hatte; es konnte die Resultate seines langen, unabhängigen Expansionsprogramms präsentieren.

Das Abendessen war bereits geplant – die dampfigen Wachstumsebenen direkt über der geothermischen Anlage stellten alles Notwendige für ein tropisches Bankett zur Verfügung. Gegärte Kochbananen waren mit grüner Tamarinde beträufelt worden. Eingepökelter Kohl, zu delikaten Blumenformen angeordnet, wurde in einem Mikrosekunden-Plasmafeld blitzgebraten. Eine Garnelenart, die das Wasser des Hauses reinigte, siedete stundenlang in Karamel. Hinzu kam ein Pudding aus klebrigem Reis und Zuckerpalme, geschwärzt mit Kokosnussasche, gut passend zur Flottenuniform des Lieutenant-Commanders. Und zum Abschluss eines jeden Gangs zwanzig Milligramm Wodka auf Litschi, Rambutan, Papaya und Mangostan.

Aber vielleicht war dies zu viel, dachte das Haus und geriet fast in Verzweiflung. Die Regeln der Etikette waren eindeutig: Das letzte Abendessen bei einem Besuch sollte das größte sein, nicht das erste. Laurent Zai blieb länger, was für das Haus bedeutete: Es musste sich bei vier Abendessen hintereinander übertreffen! Und wenn die Herrin es sich erneut anders überlegte? Ganz gleich, wie groß die Prozessorkapazität, wie detailliert die Notfallpläne und wie umfangreich der Maschinenpark waren - nichts genügte, um mit der schlimmsten Form menschlicher Launenhaftigkeit fertig zu werden.

Worüber sprachen sie jetzt?

Das Haus richtete seine Aufmerksamkeit dorthin, wo die Herrin mit dem gerade beförderten Captain Laurent Zai stand. Sie befanden sich auf dem westlichen Balkon, umarmten sich und blickten zu drei kleinen Gipfeln – dort lag von Algen geröteter Schnee, der gerade das Licht der untergehenden Sonne empfing. (Eine ziemlich eindrucksvolle Komposition, dachte das Haus selbstgefällig.) Die Herrin lächelte noch immer nach dem Kuss, der auf ihre an Zai gerichtete Einladung gefolgt war.

»Vier Tage scheinen so wenig zu sein, Nara«, sagte der Captain. (Das Haus war anderer Ansicht. Zwölf Mahlzeiten mussten kreiert, vier Sonnenuntergänge komponiert werden!)

»Wir können dafür sorgen, dass sie lange dauern.«

»Das hoffe ich.« Zai blickte auf den Garten mit den insektenförmigen Eisskulpturen hinab. »Wir haben so viele technische Möglichkeiten, um die absolute Zeit schnell verstreichen zu lassen. Stasis, relativistische Reisen, den Symbianten. Aber nichts kann einige wenige Tage länger machen.«

Die Herrin lachte. »Uns fällt bestimmt etwas ein.« Sie näherte sich Zai.

»Hast du bereits eine Idee?«

»Ja. Vielleicht kann das Abendessen warten.«

Mit stillem Entsetzen beobachtete das Haus, wie sie zum Schlafzimmer gingen.

SENATORIN

Als die kurze Sommernacht ins Zimmer kam, dachte Nara Oxham: Ein ganzer Tag ohne Apathie. Es war so lange her. Sie brauchte mehr von diesen Verschnaufpausen abseits der Hauptstadt, mehr Gelegenheiten, ihren Geist völlig von der Droge zu befreien, ohne den emotionalen Ansturm großer Menschenmengen ertragen zu müssen.

Sie blickte zum schlafenden Laurent. Vielleicht brauchte sie dann und wann ein wenig Wahnsinn.

Nach dem anfänglichen starken Abfall während der ersten Minuten verringerte sich die Apathie nur allmählich, und während dieser langsamen Stunden wuchs Naras Empathie. Ihre Fähigkeit war den ganzen Tag über aktiv gewesen, hatte sich bewegt und angepasst, sich langsam an den Mann in ihrer Nähe gewöhnt. Sie hatte sich so auf das Muster seiner Gedanken gelegt wie eine Schneedecke auf einen Garten des Hauses. In den Stunden nach den Schilderungen seiner Erlebnisse auf Dhantu schien Laurent das innere Gleichgewicht wiedergefunden zu haben. Nara fühlte, wie die Gewissheiten der grauen Religion und die militärische Disziplin seinem Selbst Stabilität gaben.

Laurents Sicherheiten stammten zwar aus Überzeugungen, die Nara nicht teilte, aber sie freute sich über alles, das ihm den Schmerz nahm.

Sie fragte sich, ob dies eine gute Idee war, ein so inniges Verhältnis mit jemandem einzugehen, den sie kaum kannte, der sogar ein politischer Gegner war.

Und der lange, lange fort sein würde.

Laurent bewegte sich.

»Soll ich ein Feuer machen?«, fragte Nara.

Sie verließen das Bett und öffneten die Nordwand dem rosaroten Nachthimmel und der arktischen Kühle. Nara liebte die Nacht im polaren Sommer. Die Sonne verbarg sich hinter den Bergen, sank aber nie unter den Horizont. Sie überlegte, wie es in einem halben Jahr sein würde, wenn der Tag und nicht die Nacht nur eine Stunde dauerte.

Sie wählten trockene Holzscheite für ein Feuer so groß und heiß, dass sie einige Meter zurückweichen mussten – vor ihnen die Hitze, und arktische Kälte im Rücken.

Als Laurent fortging, um seine Prothesen zu warten, bat Nara das Haus, die noch verwertbaren Teile des Abendessens an diesem Ort zu servieren. Die Antwort war ein wenig steif. Nara wusste, dass Graue nichts von sprechenden Maschinen hielten, und deshalb hatte sie das Haus angewiesen, in Laurents Gegenwart zu schweigen. Sie fragte sich, ob das Konversationspaket des Hauses mehr Übung brauchte als bei ihren gelegentlichen Besuchen.

Als Laurent zurückkehrte, war er angezogen. Nara hüllte sich in ein Bettlaken.

Nach einer Weile fühlte sie sein Unbehagen. Er wusste nicht, was er sagen sollte. Ein solcher Moment kam immer bei neuen Paaren, in den stillen Phasen zwischen dramatischen Wendungen.

Worüber sollten die Pink-Senatorin und der graue Soldat sprechen?

Es hatte keinen Sinn, gegen das Offensichtliche anzukämpfen.

»Glaubst du wirklich, dass es zu einer neuen Inkursion kommt, Laurent?«

Er zuckte mit den Schultern, und sie fühlte Unruhe in ihm. »Bis heute hatte ich meine Zweifel an den Gerüchten. Aber der Umstand, dass man mich nach Legis schickt, direkt an die Grenze ...«

»Befindet sich nicht der größte Teil der Flotte an der einen oder anderen Grenze?«

»Ja. Aber man hat mir das Kommando über eine neue Art von Kriegsschiff gegeben.« Laurent zögerte und sah Nara an. »Du bist doch keine Rix-Spionin, oder?«

Sie lachte. »Laurent, in einigen Wochen trete ich dem nachrichtendienstlichen Subquorum des Senats Seiner Majestät bei. Du solltest wirklich hoffen, dass ich keine Rix-Spionin bin.«

Seine Augenbrauen kamen nach oben. »Du wirst dem Aufsichtskomitee angehören?«

Laurents jähe Sorge flackerte in Naras Empathie auf und verwandelte sich schnell in Rückzug. Sie spürte die Abneigung einer militärischen Kultur ziviler Einmischung gegenüber.

»Wenn man es in der Flotte so nennt, ja.«

Er atmete tief durch. »Oh, das wusste ich nicht.«

»Hast du geglaubt, Säkularisten hätten nie Interesse am Militär?«

»Interesse? Das schon. Aber nicht unbedingt im positiven Sinne.«

»Mein Interesse ist sehr positiv, Laurent. Den Streitkräften des Kaisers kann die Aufsicht durch Lebende nur nützen, da bin ich ganz sicher. Schließlich sind wir diejenigen, die das Sterben für ihn erledigen.«

Laurent schnitt eine Grimasse, und die Phantome seiner verlorenen Gliedmaßen zuckten schmerzhaft. Nara glaubte fast, seine Gedanken zu hören. Was wusste sie, eine Pink-Senatorin, vom Sterben?

»Meine Mission könnte vor das Komitee kommen«, sagte er. »Vielleicht sollten wir gewisse Dinge aus unserer Konversation ausklammern.«

Oxham blinzelte und staunte erneut darüber, wie politisch naiv Offiziere des Militärs sein konnten. Laurent hatte überhaupt keine Erkundigungen über sie eingezogen, bevor er hierher gekommen war. Naras Assistenten ließen sie nicht einmal an einer Cocktailparty teilnehmen, ohne ihr detaillierte Informationen über alle Personen auf der Gästeliste mitzugeben. Nach der Einladung hatte sie bei Zais Vorgesetzten und früheren Kollegen recherchiert, sich über seine Ausbildung an der Akademie informiert und jede Menge Apparat-Propaganda über den Helden von Dhantu verarbeitet. Sie hatte sich sogar die Sensationsmedien angesehen, jene Kanäle, die ihn den »Gebrochenen Mann« nannten.

Was natürlich nicht bedeutete, dass sie ihn verstand. Bei all den Details hatte Nara einen wichtigen Punkt übersehen: die Länge seiner beruflichen Laufbahn in echten Jahren. Nach fast einem absoluten Jahrhundert in den Diensten des Kaisers – Jahrzehnte waren bei relativistischer Geschwindigkeit verstrichen –, hatte es Laurent satt, Freunde und Geliebte an den Zeitdieb zu verlieren. Und jetzt würde er erneut fort sein, für mindestens zwanzig Jahre.

Nara legte ihm die Hand auf den Arm, drehte den Kopf und sah zum Feuer. »Ich möchte nichts aus unseren Gesprächen ausklammern, Laurent. Und die Geheimnisse des Kaisers sind mir gleich. Ich habe nur gefragt, weil ich wissen wollte, wann du zurückkehrst.«

Er seufzte. »Das würde ich auch gern wissen.«

Sie schwiegen eine Zeit lang, während sie in die Flammen sahen. Nara fragte sich, warum sie Laurent so unter Druck setzte. Wahrscheinlich hatte er Recht: Sie sollten keine geheimen Informationen über die Grenzen von Politik und Militär, demokratisch und kaiserlich, pink und grau hinweg wechseln. Aber irgendwie musste sie diese Grenzen überschreiten, jetzt, zu Beginn ihrer Beziehung. Andernfalls würde es nie dazu kommen.

Nara wollte, dass Laurent ihr traute, obgleich sie pink war. Vielleicht lief es einfach nur darauf hinaus.

Sie spürte die Veränderung in ihm, bevor er sprach. Auch er wollte etwas.

»Ich weiß, dass du keine Spionin bist, Nara. Und ich bin sicher, dass dein Komitee bald davon erfährt, also kannst du es auch von mir hören. Man hat mir ein neues Schiff gegeben. Den Prototyp einer Fregatte.«

»Es ist allgemein bekannt, dass du ein Kommando bekommen hast, Laurent. Eine Belohnung für deine treuen Dienste.«

»Vielleicht. Aber ein Prototyp muss im Kampf getestet werden. Man würde kein Schiff wie die *Luchs* zur Rix-Grenze schicken, wenn nicht die Aussicht bestünde, dass es dort zu einem Gefecht kommt.«

Nara nickte und fühlte die Gewissheit in Laurent. Und

die Furcht. Sie war zu jung, um die erste Inkursion selbst erlebt zu haben, aber sie fühlte die eisige Erinnerung an die Terrorangriffe der Rix in jenen, die damals gelitten hatten. Ganze Städte waren mit Gravitationswaffen vernichtet worden. Bombardements aus dem All hatten Planeten ins Stadium vor dem Terraforming zurückgeworfen. Selbst die grauen Orte der Toten waren angegriffen und die Körper der Auferstandenen ganz bewusst so sehr verletzt worden, dass der Symbiant sie nicht reparieren konnte.

»Es ist ein kleines, schnelles Schiff, mit großer Reichweite und Schlagkraft«, fuhr Laurent fort. »Ein Schiff, das schnell und weit vorstoßen kann, um den Rix empfindliche Schläge zu versetzen.«

»Ich verstehe«, sagte Nara leise und drückte Laurents organischen Arm. »Das bedeutet Flüge noch weiter nach draußen, nicht wahr?«

Ihre Empathie mit Laurent blieb stark. Sie fühlte, wie er kalten Gedanken nachhing, die sie nicht benennen konnte. Was ging ihm durch den Kopf? »Zehn weitere Jahre draußen«, sagte er. »Und zusätzliche Jahre bei Kampfeinsätzen, wenn es zum Krieg kommt.«

»Es war also dein Ernst, als du davon gesprochen hast, vielleicht fünfzig Jahre fort zu sein?«

»Ja. Fünfzig.«

Die gesamte Amtsperiode eines Senators. Nara verbrachte den größten Teil des Jahres in Stasis, und für Laurent verkürzte sich die Zeit durch Relativität; dadurch mochte es für sie beide nur ein subjektives Jahrzehnt sein. Aber es war trotzdem eine sehr lange Trennungszeit, wenn man bedachte, dass sie ihn erst seit zwei Tagen kannte. (Warum, fragte sie sich, war es fast noch schrecklicher, von jemandem getrennt zu sein, den man gerade erst kennen gelernt hatte?)

»Es sind nicht nur die Jahre, Nara.«

»Meinst du den Umstand, dass ich pink bin und dein Budget kürze, während du fort bist?«

Er lächelte andeutungsweise. »Nein. Ich meine das, was ich dort draußen machen werde.«

Wieder der graue vadanische Charme. »Ich kann kaum Treue von dir erwarten, Laurent.«

»Darum geht es mir nicht. Nara ... ich spreche von meiner Tätigkeit als Soldat. Von den Dingen, für die die *Luchs* bestimmt ist.«

»Krieg? Du bist schon einmal im Krieg gewesen und hast an der Dhantu-Besetzung teilgenommen. Ich kann mir nichts Schlimmeres vorstellen.«

Laurent wandte sich ihr zu, noch immer voller Dunkelheit. »Ich schon«, sagte er mühsam.

Nara blieb still und ließ ihre Empathie arbeiten.

Es war sehr klein in ihm, kaum zu erkennen. Ein dunkler Ort.

Dann fand sie einen Weg hinein, und es traf sie. Schlimmer als seine Erinnerungen an die auf Dhantu erlittene Folter, souveräner. Es war eine schwarze Abstraktion, ein kaltes Potenzial, wie das mentale Rauschen an einer Straßenecke auf Vasthold, in der Stille vor einem politischen Aufruhr, bei der es Tote geben mochte. Nara Oxhams Empathie schreckte zurück, und plötzlich drehte sich in ihr alles. Ein animalischer Teil ihres Geistes begriff bereits, was ihr die Empathie zeigen würde.

Laurent sprach weiter.

»Die *Luchs* ist ein Schiff für weite Vorstöße, Nara, ausgestattet mit großer Zerstörungskraft. Schnell und entbehrlich.«

Ungebeten kam echte Telepathie, mit einem Blick darauf, was sich Laurent vorstellte. Bilder wie von einem Satelliten: Felder und Flüsse vom All aus gesehen; das Gitter einer Stadt kam in Sicht.

»Im Kampf gegen die Rix greifen wir nicht nur Transportwege und logistische Ziele an«, sagte Laurent. »Die *Luchs* ist für etwas bestimmt, das uns bei der Ersten Inkursion nicht gelang. Sie soll den Krieg zu den Rix-Welten tragen.«

»Laurent ...« Dieser graue Mann wusste, worum es ging. Er verstand die schrecklichen Einzelheiten all der Dinge, die geschehen würden.

»So wie sie uns den Krieg brachten.«

»Halt.« Als sie dieses eine Wort sprach, tastete Nara nach ihrem Handgelenk und suchte dort das Apathie-Armband. Doch sie hatte es bei ihrer Ankunft abgenommen und war Laurents Gedanken wehrlos ausgeliefert.

Er sprach es laut aus.

»Mein Schiff soll Welten töten, Nara.«

Sie schluckte Säure, stand auf und ging zum Balkon. Ihre Hände fanden das Geländer, und sie hielt sich fest, um nicht das Gleichgewicht zu verlieren, atmete tief durch.

Die Kälte gab ihr einen klaren Kopf. Diese Hilflosigkeit war absurd. »Haus.«

»Ja, Herrin?«, flüsterte es in ihrem privaten sekundären Hören.

»Hol mir mein Armband. Priorität.«

»Sofort.«

Laurent trat neben sie. »Nara? Es tut mir Leid. Du hättest ohnehin davon gehört.«

»Es ist der Entzug von meiner die Empathie dämpfenden Arznei.«

»Es tut mir Leid«, wiederholte er und umarmte Nara, drückte sie an sich, um sie zu wärmen. Sie konnte das dunkle Etwas in ihm jetzt kaum mehr fühlen. Wo hatte er es versteckt?

»Es ist nichts, Laurent. Dies passiert manchmal, wenn ich hierher komme. In der Hauptstadt nehme ich das Mittel, um vor den empathischen Ausstrahlungen der vielen Menschen geschützt zu sein. Hier vergesse ich es manchmal.«

Er seufzte. »Ich verstehe.« Er wusste, dass sie log.

»Laurent ...«

»Ja?«

Nara bemerkte Bewegung. Eine Dienstdrohne des Hauses glitt übers Geländer und brachte ihr das Apathie-Armband. Sie atmete noch einmal tief durch, und ihre Panik löste sich auf, als sie das Armband sah.

»Wirst du Welten töten?« Nara streckte die Hand aus und nahm der Drohne das Armband ab.

Laurents griff nach ihrer Schulter, und sie spürte seinen inneren Kampf gegen die Konditionierung und Erziehung, gegen die eigene graue Seele und eine planetare Landschaft, die jungfräulich und schutzlos unter ihm dahinglitt.

»Hoffentlich nicht«, sagte er.

Naras Finger schlossen sich um das Armband, und die Drohne wich zurück. Aber Nara aktivierte noch keine Apathie-Dosis.

»Tu es nicht«, sagte sie.

Laurent blickte nach hinten, als hielte er es für möglich, dass der Kaiser im Schlafzimmer stand und lauschte. Aber er sah nur Servos, ein kleines Heer von ihnen, das den Raum in Ordnung brachte. Im flackernden Licht sahen sie aus wie irre Insekten, die eine Miniaturstadt bauten.

Laurent Zai nickte und flüsterte: »Na schön. Ich werde keine Welten töten. Versprochen.«

Vier Tage für Versprechen, hatte er vor einer Stunde gesagt.

Nara trug das Armband, ohne es zu benutzen. Sie schluckte und stellte fest, dass ihr Mund völlig trocken war.

»Wie wär's mit Abendessen?«, fragte sie.

6

Alchimistisch

Ein Soldat muss vor allem bereit sein zu sterben.

ANONYM 167

RIX

Das zweite Rendezvous verlief wesentlich besser. H_rd sprang erfolgreich vom Aufklärer zum Luftschiff, und im Verlauf einiger Stunden erreichte es eine Höhe von etwa achtzig Kilometern.

Die Rix blickte zur Verschränkungsstation hinab. Aus dieser Höhe war sie kleiner als eine Hand auf Armeslänge. Die Vakuumkugel des Luftschiffs hatte ihre Größe während des langsamen Aufstiegs vervierfacht. H_rd presste das Gesicht an eine Sauerstoffmaske. So weit über dem Planeten war der Luftdruck sehr gering; es pfiff in ihren Ohren, und eine Stunde nach Beginn des Aufstiegs war im einen Auge ein Blutgefäß geplatzt. Eine Rix wie sie konnte mit sehr unterschiedlichem Luftdruck fertig werden, aber einen so geringen hatte sie seit ihrem Hüllenbruch-Training nicht mehr erlebt. Hier oben in der Mesopause gab es kein Wetter, doch es war unglaublich kalt. Die Isolierung des Ablativanzugs, der wie die Sauerstoffmaske aus der Notausrüstung eines Überschallflugzeugs stammte, bewahrte sie vor dem Erfrieren, aber h_rd vermisste den Zobelmantel.

Nun, bald durfte sie mit Wärme rechnen.

Das Positionsgerät in ihrer Hand piepte: Alexanders Signal für sie. Es war fast Zeit für den Ausstieg. Die Verschränkungsstation befand sich seitlich von ihr, aber das Verbundbewusstsein hatte sorgfältig Windrichtung und Geschwindigkeit berechnet.

Mit einem sonderbar unrixischen Gedanken hoffte h_rd, dass Alexander kein Fehler unterlaufen war.

Sie musste einen Bereich treffen, der etwa zehn Meter durchmaß, nach einem mehr als zwanzig Minuten dauernden Sturz in die Tiefe.

Alexander hatte die Schneewehe mit seinen Wettersatelliten entdeckt: Sie füllte eine dreißig Meter tiefe Bodenspalte im Bereich der Station. Das Verbundbewusstsein hatte bei der Wolkensaat einige als Schneeflocken getarnte Nanos eingesetzt.

Sie waren in die Bodenspalte gefallen und hatten den dortigen Schnee verändert. Während der letzten Tage hatte die Nano-Kolonie die Struktur der Eiskristalle manipuliert und die Schneewehe größer werden lassen. Mit Kohlenstoff aus dem Boden war ein kolloidaler Schaum entstanden, den h_rd bei ihrem Aufschlag wie ein Kissen zusammendrücken würde. Der Schnee bildete inzwischen einen Hügel, der zehn Meter über die ihn umgebende Landschaft aufragte - h_rds Fall sollte über fast vierzig Meter hinweg relativ sanft abgebremst werden.

Natürlich musste sie die Bodenspalte genau treffen. Sie hielt das Positionsgerät fest in einer Hand; es würde sie zum Ziel lenken.

H_rd breitete sich vor und schluckte, um einen Druckausgleich in den Ohren herzustellen. Noch einmal überprüfte sie die Riemen ihrer Ausrüstungstasche.

Dann verstummten die Motoren des Luftschiffs. Das Zeichen für den Fall.

H_rd lockerte die Muskeln der rechten Hand, mit der sie sich am Frachtkorb des Luftschiffs festhielt, und ließ sich fallen.

Wieder schwerelos. Der freie Fall war ein alter Freund.

Der Luftstrom wurde stärker und intensivierte das Gefühl der Kälte in den ungeschützten Teilen des Gesichts.

Der Ablativanzug war für die Feuerbekämpfung an Bord von Flugzeugen bestimmt. Einige Nanos, von Alexander programmiert, hatten ihn so verändert, dass er für das kaiserlicher Radar unsichtbar blieb.

Das sagten jedenfalls Alexanders Modelle.

H_rd rollte sich zu einer Kugel zusammen, schützte das Positionsgerät und beobachtete, wie sich seine Anzeige veränderte. Der Höhenmesser zeigte, dass sie noch immer schneller wurde. Die höchste Fallgeschwindigkeit für einen Menschen betrug auf Legis XV etwa sechzig Meter pro Sekunde. Die wechselnden Zahlen des Höhenmessers deuteten darauf hin, dass h_rd noch schneller fiel. Vermutlich war die Luft in dieser Höhe dünn genug, um ihr eine höhere Fallgeschwindigkeit zu geben; bestimmt wurde sie langsamer, wenn sie dichtere Schichten der Atmosphäre erreichte.

Nach fünf Minuten stieg die Temperatur, und h_rd dachte kurz daran, dass sie Reibungshitze zu spüren bekam. Dann schob sie diesen Gedanken beiseite - so schnell konnte sie nicht sein. Die höheren Temperaturen waren auf die Hitzefalle der Stratopause zurückzuführen. Zehn Minuten nach Beginn des Falls wurde die Luft wieder kälter. H_rd passierte jetzt die Stratosphäre und näherte sich der kalten Luft der Tropopause.

Langsam breitete sie die Arme aus und begann damit, den Sturz zu beeinflussen, ihn abzubremsen und zur Verschränkungsstation zu lenken, die tellergroß geworden war. Sie schluckte immer wieder, um die Ohren frei zu halten, und beobachtete die Anzeige des Positionsgeräts, während sie mit der freien Hand und den Beinen ihren Fall steuerte. Sie schien sich dem Ziel zu langsam zu nähern. Natürlich trennten sie noch einige Minuten von den

Winden der Troposphäre, die sie in Richtung Schneewehe tragen würden.

H_rd hatte bei ihrer Ausbildung einen niedrigen Orbitalsprung hinter sich gebracht, allerdings mit einem speziellen Rix-Anzug, Parafoil und künstlicher Gravitation als Sicherung.

Die Situation war ein wenig anders, wenn man einen veränderten kaiserlichen Anzug trug und beabsichtigte, in einer Schneewehe zu landen. Doch h_rds Nervosität ging nicht auf ihre Ausrüstung zurück.

Bei jeder Phase ihrer Mission war sie mit dem Tod konfrontiert worden – es grenzte praktisch an ein Wunder, dass sie so lange überlebt hatte. Doch während dieser relativ stillen Minuten des freien Falls stellte h_rd fest, dass Rana Harter ihr ein wenig Mut gestohlen hatte. H_rd merkte plötzlich, dass sie leben wollte – ein seltsamer Wunsch für eine Rix.

Perfekt, dachte sie. Zum ersten Mal Furcht kennen zu lernen, während sie mit sechzig Metern pro Sekunde fiel, ohne Fallschirm, einer schwer bewachten Station des Feindes entgegen.

»Liebe«, sagte h_rd bitter. Der Wind riss das Wort kommentarlos von ihren Lippen.

Nach fünfzehn Minuten näherten sich die Positionsangaben des Geräts allmählich den Koordinaten des Ziels; der Troposphärenwind trug sie wie geplant dem Landebereich entgegen. Und es wurde wieder wärmer. Die Temperatur stieg auf Werte, wie sie für das Polargebiet des Planeten normal waren – sie blieben unter dem Gefrierpunkt.

Die Verschränkungsstation wurde jetzt mit jedem verstreichenden Moment größer. Das Gefühl des Fallens war weniger abstrakt: H_rd *sah,* wie der Boden näher kam. Sie streckte Hände und Füße aus, kippte den Körper zur Seite. Schließlich wies das Positionsgerät mit einem Piepsen darauf hin, dass sie die Koordinaten der Schneewehe erreicht hatte.

Die Rix sah unter sich eine mit Schnee gefüllte Bodenspalte, die matt das Licht der Sterne reflektierte. Alexander hatte ihr Luftaufnahmen zur Verfügung gestellt, und damit war h_rd in der Lage gewesen, sich die genaue Stelle ihrer Landung einzuprägen. Sie verstaute das Positionsgerät in der Tasche und begann zu zählen.

Der Höhenmesser zeigte sechstausend Meter an. Noch hundert Sekunden.

Sie schluckte stärker, als der Luftdruck zunahm, wölbte die Hände und lenkte sich auf diese Weise zum Ziel. Ein geistiger Befehl löste in ihrem Körper eine Vorbereitungssequenz für den Aufprall aus. Sie entleerte vollständig die Lungen, entspannte die Muskeln und verringerte die Stärke ihrer Plastikligamente, um sie flexibler zu machen.

Als sie mit ihrer stummen Zählung bei acht Sekunden ankam, war h_rd körperlich für den Aufprall bereit. Der tiefste Teil der Bodenspalte befand sich direkt unter ihr, nicht weiter entfernt als vom Dach eines mittelgroßen Gebäudes aus gesehen. Eine Höhe von nur noch fünfhundert Metern gestattete es h_rd, Einzelheiten auf dem Boden zu erkennen. Felsen und wie verkümmert wirkende Vegetation wurden sichtbar, und das Moiré-Muster zahlreicher Sendeschüsseln schimmerte im Augenwinkel der Rix.

Nach zwanzig Minuten Fall war es seltsam, wie schnell ihr die schneebedeckte Erde entgegenraste.

Fünf, vier, drei ...

Die Oberfläche des veränderten Schnees gab beim Aufprall mit einem Knacken nach. Später begriff h_rd, dass sich eine dünne Eisschicht auf dem von den Nanos manipulierten Schnee gebildet hatte. Sie war höchstens einen Zentimeter dick und hätte vermutlich nicht mehr als einige Gramm Gewicht tragen können. Doch bei sechzig Meter pro Sekunde war sie enorm hart. Wie die Oberfläche von Wasser bei hoher Geschwindigkeit hatte sie für einen Moment die Festigkeit von Beton. Der Aufprall brach h_rd die Nase, ließ ihre Unterlippe und die Braue über dem rechten Auge aufplatzen. Doch dann glitt sie in den kolloidalen Pseudoschnee, der Schaumarme um sie schloss und sie abbremste. Schließlich verharrte die Rixfrau.

Sie öffnete die Augen in völliger Dunkelheit, und in ihrem Kopf dröhnte es noch vom Aufprall auf die Kruste. Sie überprüfte alle Muskeln und Gelenke und stellte fest, dass sie bis auf die geringfügigen Blessuren im Gesicht unverletzt war. H_rd setzte sich auf, orientierte sich in der Dunkelheit des kalten, komprimierten Schaumschnees und blickte nach oben.

Sie sah den Himmel durch das von ihr selbst geschaffene zwanzig Meter tiefe Loch. Einige Sekunden lang entsprach der Umriss fast exakt ihrer Körperform, dann kollabierte der Schaumschnee und bedeckte sie. H_rd atmete tief und schnell, um Sauerstoff zu speichern, bis sie ganz vom manipulierten Schnee umgeben war. Etwa dreißig Minuten lang musste sie reglos an diesem Ort bleiben. Die Bewegungsdetektoren der Station hatten bestimmt den Aufprall bemerkt, aber wenn sie sich nicht von der Stelle rührte, würde man die kurze, vom Schnee gedämpfte Vibration vermutlich für eine Bewegung der Bodenspalte halten, ein für die arktische Wildnis alles andere als ungewöhnliches Ereignis.

Finsternis umhüllte h_rd. Nach dem kalten Luftstrom und insbesondere der enormen Kälte in der Tropopause bildete der Schaumschnee eine warme Decke. Die Rix fühlte, wie ihr Blut von der aufgeplatzten Braue ins Auge tropfte, und sie nutzte die Wartezeit, um ihre Wunden zu behandeln. Die dünne Kruste aus Eis bildete einen kleinen Fehler in Alexanders Plan, dachte sie, aber selbst winzige Fehler konnten bei einer so schwierigen Mission große Folgen haben.

Kein System war perfekt, nicht einmal ein Verbundbewusstsein. Ein sehr unrixischer Gedanke, aber die Wahrheit.

Nachdem sie die erforderliche Zeit gewartet hatte, begann die Rix damit, sich aus der Schneewehe zu graben. Sie behielt die Anzeige des Positionsgeräts im Auge; so nahe am Pol verließ sie sich nicht auf die Magnetorezeptorzellen, die sie normalerweise für Richtungsbestimmungen benutzte.

Ihr Sauerstoffvorrat war begrenzt, und ein Navigationsfehler, der sie zu einer nicht zu erkletternden Wand brachte, konnte fatal sein. Es wäre absurd gewesen, nach einem achtzig Kilometer langen Sturz in diesem Schaum zu ersticken.

Der von Nanos veränderte Schnee war seltsam. Im Licht der Anzeige des Positionsgeräts sah h_rd die winzigen Blasen, aus denen er sich zusammensetzte, bestehend aus von großen Kohlenstoffatomen strukturiertem Wasser. Die Substanz erschien trocken, wenn man sie vorsichtig berührte, aber bei Erschütterungen zerfiel sie zu einer feuchten, leicht schleimigen Masse. In h_rds Hand verwandelten sich die Blasen schnell in Wasser; selbst ihre geringe Körpertemperatur genügte, um den Schaum instabil werden zu lassen. Wenn die warmen Winde des Frühlings kamen, würden alle Hinweise auf diesen kleinen Trick für immer verschwinden.

Die Rix erreichte den Rand des Schaums und kletterte aus der Bodenspalte in eine echte Schneewehe. Dort schob sie zunächst ein Periskop durch die Eiskruste und beobachtete das Gelände. Es gab keine Anzeichen einer kaiserlichen Reaktion auf ihre Landung. Sie zog sich aus der Schneewehe, klopfte Schnee und Schaum ab. Der Ablativanzug war beim Aufprall gerissen, und h_rd fühlte eiskaltes Wasser an den Füßen.

Sie kroch von der Landezone fort und mied den Bereich des manipulierten Schnees – wer auf jenen Teil der Schneewehe trat, würde bis zum Ende der Bodenspalte fallen, wenn auch recht weich. Außerdem musste h_rd auf Vibrationssensoren achten. Sie bewegte sich langsam und verharrte immer wieder – ihr unregelmäßiges Bewegungsmuster sollte für einen natürlichen Vorgang gehalten werden.

Am Horizont hielt sie nach dem verräterischen Glimmen von Mikrowellenvorrichtungen Ausschau. Die Verbindungen der inaktiven Verstärker, der nächste dreißig Meter entfernt, glühten wie Spinnenweben um sie herum. Bei ihrem langsamen, unregelmäßigen Kriechen brauchte h_rd fünf Minuten für die Strecke.

Der Hauptteil des Apparats war etwa faustgroß. Von der zentralen Masse gingen die Mikrowellenempfänger aus, dünne Fäden, die die zivile Kommunikation von Legis XV für die Translicht-Sendung bündelten. Der Sendestab ragte aus der Mitte der Faust, eine zehn Zentimeter lange Antenne, die den Datenstrom zur Verschränkungsstation leitete. Außerdem wies der Verstärker vier Beine und zwei Arme auf.

Es gab eine ganze Menge von ihnen in der Tundra, und sie fungierten alle als eine Einheit. Sie bewegten sich langsam, aber schnell genug, um sich zu verteilen oder zu sammeln, wie es der Datendurchsatz erforderte. Das ganze System erstreckte sich über tausende von Quadratkilometern, was Sabotage erschwerte und es unmöglich machte, die Anlage vom All aus ohne den Einsatz von Megatonnen an Explosionskraft zu vernichten. Diese Repeater bildeten ein robustes System und dienten in Kriegszeiten als Backup für die empfindlichen Festverbindungen: meterdicke Kabel, durch die die Datenströme normalerweise flossen. Als den Kaiserlichen die erfolgreiche Ausbreitung des Verbundbewusstseins klar geworden war, hatten sie die Station isoliert. Die Verstärker waren manuell offline gebracht worden: hunderte von Miliz-Arbeitern, die zu Fuß durch den Schnee stapften und einen Repeater nach dem anderen vom Netz trennten. Der Stationsinput war auf eine einzige Festverbindung reduziert worden, mit geringer Bandbreite und vom Militär streng überwacht. Alexander war abgeschnitten.

Die Kaiserlichen gingen von der Annahme aus, dass eine Aktion, an der hunderte von Menschen beteiligt waren, ähnlich umfassende Gegenmaßnahmen erforderte. Aber Alexander hatte andere Ideen.

H_rd sah sich den Verstärker genau an. Sein Energiepaket schien verrutscht zu sein, war um etwa fünfzehn Grad zur Seite geneigt. Sie rekonfigurierte ihre Augen für den mikroskopischen Modus und begriff, welche einfache Maßnahme die Kaiserlichen ergriffen hatten. Die Empfänger funktionierten noch, nahmen nach wie vor die von Legis XV produzierten gewaltigen Datenmengen auf, aber der Repeater war physisch von seiner Energiequelle getrennt. Das zur Seite geneigte Energiepaket hatte keinen Kontakt mehr, und deshalb kam der Datenverkehr eines ganzen Planeten hier zum Erliegen, nur wenige Kilometer von seinem Ziel entfernt.

Die Einfachheit beeindruckte h_rd: Es funktionierte wie ein vor dem Raumfahrtzeitalter üblicher *Schalter*. Erneut zollte h_rd der Primitivität der Kaiserlichen widerstrebenden Respekt.

Mit dem kleinsten Finger brachte sie das Energiepaket wieder in die richtige Position. Das war alles. Die tödliche Barriere und die zweitausend Kilometer Wildnis beschützten nichts weiter als diesen schlichten Schalter.

H_rd hatte ihre Mission erfüllt.

Langsam kroch sie zum Rand der Landezone zurück, grub sich einige Dezimeter tief in Schneeschaum und ließ nur ein kleines Atemloch frei. Sie würde hier einige Stunden warten und dann mit einer sehr lauten Flucht beginnen.

Bevor sie ihren Kopf bedeckte, blickte die Rix noch einmal zurück und sah, dass der Repeater, den sie in Ordnung gebracht hatte, sich bereits bewegte: Insektenartig stakte er durch den Schnee.

Alexander befand sich im Innern des militärisch geschützten Bereichs.

SENATORIN

Die Rückkehr in die Räume des Senatsforums tat gut. Die Luft schien hier sauberer zu sein, die Politik reiner.

Natürlich herrschte große Unruhe im Senat, besonders jetzt, da die spezielle Kriegssitzung stattfand. Aber die zahlreichen Punkte auf der Tagesordnung des Senats glichen sich gegenseitig aus und vermischten sich miteinander zu etwas, das so ruhig wirkte wie das dumpfe Grollen einer fernen Brandung. Nach den Anstrengungen des Kriegsrats empfand Nara Oxham die lauten Debatten an diesem Ort als Erleichterung. Bei den Sitzungen des Rates waren alle Krisen direkt spürbar gewesen, und bei jeder Abstimmung ging es um Leben oder Tod.

»Sie hatten Recht, Niles«, sagte Nara, als sie zusammen zu ihren Büros zurückgingen. Oxham hatte die letzten Tage der Arbeit des Kriegsrats gerade dem gesamten Senat vorgestellt.

»Ich wusste, dass man von Ihnen begeistert sein würde, Senatorin. Am Schluss applaudierten sogar die Lakaien.«

»Es geht nicht nur darum, Niles«, sagte Nara und tat sein Lob mit einer Handbewegung ab. Ihre Rede war tatsächlich gut angekommen. Captain Laurent Zai hatte dafür gesorgt, dass sie alle bestens dastanden. Der Angriff der *Luchs* auf den Schlachtkreuzer der Rix gab dem Reich seinen ersten Sieg, ein Geschenk für die Propaganda. Bei einem interstellaren Krieg dauerten Gegenangriffe manchmal Jahre, und über so große Zeiträume hinweg konnte selbst in einer sehr entschlossenen Gesellschaft die Moral nachlassen. Doch Zai hatte den Rix nach wenigen Tagen einen Schlag versetzt.

»Außerdem habe ich es meinen Redenschreibern zu verdanken.«

Niles begann mit Einwänden.

Oxham unterbrach ihn sofort. »Sie hatten Recht, als Sie davor warnten, im Senat meinen Weg aus den Augen zu verlieren. Zu vergessen, warum ich hierher gekommen bin. Es war richtig von Ihnen, mich zu warnen.«

»Senatorin«, erwiderte der alte Mann, »ich habe das nie für wahrscheinlich gehalten. Ich musste nur etwas sagen. Ich werde dafür bezahlt, Sie zu beraten.«

Nara nahm die unbeholfene Bescheidenheit ihres Beraters mit einem Lächeln zur Kenntnis. Die Welt schien heute hell zu sein. Sie hatte die Reaktionen des Senats ebenso leicht nach ihren Wünschen geformt wie die einer Straßenversammlung auf Vasthold. Es war ihr gelungen, das Denken und Fühlen der vielen Senatoren in die Richtung zu lenken, die Niles ihr beschrieben hatte. Der entscheidende Moment war früh gekommen, jener Augenblick, in dem Nara gefühlt hatte, dass die Senatoren den Kriegsplan des Rates billigten und so auf ihre Worte reagierten wie ein Vogelschwarm, der sich wie ein einheitliches Geschöpf bewegte.

Das scharfe Aroma der gefesselten Menge verweilte noch in Naras Bewusstsein, und sie genoss die Art und Weise, wie es mit dem Sonnenlicht verschmolz, das durch die hohen Fenster des großen Saals fiel. Doch die Wonnen der Politik waren nichts im Vergleich mit dem einen wahren Grund für ihre Freude.

Laurent Zai hatte überlebt und war erneut dem Tod entronnen.

Natürlich wussten nur wenige Personen, dass sein Erfolg im Kampf eine ganze Welt gerettet hatte. Es erschien Nara jetzt unvorstellbar, dass der Kriegsrat etwas so Ungeheuerliches in Erwägung gezogen hatte. Sie dachte an die beiden lebenden Ratsmitglieder, die mit dem Plan des Kaisers einverstanden gewesen waren. Wie hatten sie sich gefühlt, als die Stunde des Massenmords näher rückte?

Senatorin Nara Oxham gewann den Eindruck, dass die Krise ihre Macht im Kriegsrat gestärkt hatte. Sie hatte sich als Erste gegen den Plan ausgesprochen, und deshalb kam ihre Stimme jetzt an zweiter Stelle, nach der des Kaisers. Im zunächst einstimmigen Rat entstanden Risse: die Lebenden gegen die Toten, Senatorin Oxham gegen den Souverän. Noch hatte der Kaiser keine Abstimmung verloren, aber Nara sah, dass er von bestimmten Konzepten Abstand nahm, wenn sie sich dagegen aussprach; es widerstrebte ihm, auf Dingen zu bestehen, bei denen sie vielleicht eine Mehrheit gegen ihn zusammenbrachte.

Doch die Mehrheit war da und wartete stumm darauf, gegen zukünftige Massenmorde Stellung zu beziehen.

Niles unterbrach ihre Gedankengänge mit seiner intuitiven Art.

»Wenn Sie einen weiteren Rat möchten ...«

»Verdienen Sie sich Ihr Gehalt, Roger.«

Er wartete noch einen Moment, bis sie die Schwelle von Nara Oxhams privater Domäne überquert hatten. Die Größe ihrer Büros hatte sich fast verdoppelt, um ihrem neuen Rang als Mitglied des Kriegsrats zu entsprechen. Die mobilen Wände des Forums engten die angrenzenden Territorien anderer Senatoren ein, wie ein dicker Mann, der sich in einen Lift drängte. Nara und Niles kamen an Mitarbeitern vorbei, deren Namen die Senatorin noch nicht einmal kannte.

Als sie Oxhams persönliches Büro erreichten, fuhr Niles fort:

»Sie unterliegen natürlich den Beschränkungen der Hundert-Jahr-Regel.«

Nara nickte bedächtig. Sie hatte Niles erklärt, warum sie den Notfallplan für den Fall eines Misserfolgs der *Luchs* nicht mit ihm besprechen konnte. Er durfte davon erfahren, dass sich der Kriegsrat auf die Hundert-Jahr-Regel berufen hatte, doch die Erwähnung des verbotenen Themas bescherte Nara vage Nervosität.

»Aber *ich* unterliege keinen Beschränkungen«, sagte Niles. »Ich kann Vermutungen anstellen und Ihnen einen Rat geben. Lassen Sie mich sprechen, ohne dass Sie etwas bestätigen oder leugnen.«

»Halten Sie das für eine gute Idee, Roger?«

»Die Regel verbietet Ihnen nicht, mir zuzuhören, Senatorin.«

Nara nickte langsam.

»Erstens: Sie sind glücklich, Nara Oxham. Weil Ihr Geliebter überlebt hat, weil der Krieg eine gute Wendung nahm. Aber ich vermute, Sie sind auch glücklich, weil der Notfallplan des Kaisers nicht in die Tat umgesetzt werden musste. Bestimmt hatte er einen, für den Fall, dass die *Luchs* keinen Erfolg erzielte.«

Oxham wollte nicken, zwang sich aber, völlig reglos zu bleiben. Ganz gleich, wie sicher ihre Büros waren: Es gab Verhörmethoden, bei denen sich Erinnerungen an jedes Gespräch ausloten ließen. Sie spielten ein gefährliches Spiel mit einem alten Gesetz. Nara verfügte über das senatorische Privileg, doch Roger Niles konnte es nicht für sich geltend machen.

»Zweitens: Der Notfallplan des Kaisers war so ... *außergewöhnlich*, dass er beschloss, ihn mithilfe der Anwendung der Hundert-Jahr-Regel geheim zu halten.«

Nara blinzelte und sah dann aus dem Fenster, über den Mittagsglanz der Hauptstadt hinweg.

»Drittens: Ich persönlich glaube, dass etwas zu Außergewöhnliches nicht die Zustimmung von Nara Oxham gefunden hätte.«

Nara hätte Roger gern gedankt oder wenigstens gelächelt, aber sie wahrte einen neutralen Gesichtsausdruck.

»Das alles bedeutet, dass Sie die Abstimmung entweder gewonnen haben und der Kaiser deshalb fuchsteufelswild ist«, fuhr Niles fort. »Oder dass Sie unterlagen und gewisses Missfallen erregten. Wie dem auch sei: Laurent Zais Sieg machte den außergewöhnlichen Plan unnötig, und Seine Auferstandene Majestät steht für das von ihm Ersonnene wie ein Ungeheuer da. Und er verdankt Ihnen die Spaltung des Kriegsrats. Er wollte die Schuld verteilen.«

Oxham fragte sich, woher Niles das alles wissen konnte. Vielleicht hatte er das Mienenspiel der anderen Senatoren während ihrer Rede gedeutet oder in den Datenmengen, die er jeden Tag auswertete, Vorbereitungen für den Plan des Kaisers entdeckt.

Vielleicht war die Anwendung der Hundert-Jahr-Regel genug für ihn gewesen, um darauf ein Gerüst aus Mutmaßungen zu errichten.

»Kurz gesagt, Sie haben die schlimmste Sünde begangen: Sie haben einen moralischen Sieg über den Kaiser errungen«, schloss Niles.

Nara konnte der Versuchung nicht widerstehen. »Einen *moralischen* Sieg, Niles? Haben Sie das nicht als ein Oxymoron bezeichnet?«

»Ja, Senatorin. Ich glaube, Sie werden feststellen, dass Ihr Sieg mehrere innere Widersprüche enthält. Zum Beispiel: Sie haben jetzt mehr Macht als jemals zuvor, aber Sie sind auch in viel größerer Gefahr.«

»Sind Sie nicht ein wenig zu dramatisch, Niles?«

Er schüttelte den Kopf. »Es könnte nicht offensichtlicher sein, Nara. Falls ich Recht habe, *falls* ich nicht verrückt bin, haben Sie sich das mächtigste Individuum in den kernwärtigen Bereichen der menschlichen Expansion zum Feind gemacht.«

Nara zuckte mit den Schultern, ließ ihr Gesicht wieder ausdruckslos werden und blickte erneut aus dem Fenster. Eine Welt war gerettet worden, und ihr Geliebter lebte noch. Niles' Warnung konnte die Freuden dieses hellen Tages nicht völlig überschatten.

Aber es bereitete ihr noch immer Unbehagen, dass Niles in der Lage gewesen war, dies alles zu folgern. Hatte er Spione im Kriegsrat? Nara Oxham musterte den alten Mann und sah die Sorge in seinem glatten Gesicht. Dann verstand sie: All die Hinweise, die er brauchte, stammten von ihr.

Er verstand sie ebenso leicht wie sie, Nara Oxham, eine Menge, zu der sie sprach. Mit großen Menschenmengen umzugehen, war die Kunst eines Politikers, doch das Verstehen von Politikern war die notwendige Genialität eines Beraters.

Niles war der Empath einer Empathin.

»Das nennen Sie einen Rat, Roger?«, fragte Nara nach einer Weile.

»Nein, Senatorin. Ich nenne *dies* einen Rat: Seien Sie vorsichtig. Überlegen Sie sich jeden Schritt genau. Passen Sie gut auf. Gehen Sie davon aus, dass der Kaiser eine Falle für Sie vorbereitet und darauf wartet, dass Sie einen Fehler machen. Machen Sie keinen.«

»Ich soll keinen Fehler machen? Das ist ein guter Rat, Berater.«

»Es ist sogar ein sehr guter, Senatorin. Der nächste Fehler könnte uns teuer zu stehen kommen.«

Nara seufzte und nickte.

Roger Niles nahm Platz und sank schwer auf einen Besucherstuhl.

»Es gibt da noch etwas, Senatorin. Ich muss mich entschuldigen.«

Oxham sah ihn groß an. »Wofür denn, um Himmels willen?«

Er schluckte. »Dafür, dass ich gesagt habe, Zais Tod sei für Sie am besten.«

»Ah.« Nara erinnerte sich. Sie war Niles wegen jener Worte nie böse gewesen. Er hatte sie auf seine Art vor den Gefahren gewarnt, einen Offizier an der Front zu lieben. Es war Niles' Aufgabe, sie vor Gefahren zu warnen, so wie eben gerade.

»Roger«, sagte sie, »ich weiß, Sie sind froh, dass Laurent noch lebt.«

Er wandte den Blick ab. »Natürlich. Niemand sollte eine geliebte Person durch den Krieg verlieren. Aber sein Tod wäre zumindest endgültig gewesen.«

»Roger?«, fragte Nara. Sie hatte nie zuvor solche Härte in seinem Gesicht gesehen.

»Habe ich Ihnen jemals gesagt, warum ich in die Politik gegangen bin, Senatorin?«

Nara versuchte, sich daran zu entsinnen, aber ein Roger Niles abseits der Politik erschien ihr unvorstellbar. Er *war* Politik. Nara schüttelte langsam den Kopf.

»Die Liebe meines Lebens starb, als ich zwanzig war«, sagte er und schien sich zu jedem einzelnen Wort zwingen zu müssen. »Eine plötzliche Blutung. Sie stammte aus einer alten aristokratischen Familie auf Vasthold, aus der Zeit des Erbaufstiegs.«

Oxham blinzelte. Sie hatte nicht gewusst, dass Niles so

alt war. Bevor sie kaiserliche Senatorin geworden war, hatte er immer behauptet, die Zeit zwischen den Wahlzyklen im Kälteschlaf zu verbringen und nur in den Monaten vor den Wahlen zu leben, seine bewusste Existenz auf diese Weise durch Generationen politischer Auseinandersetzungen auszudehnen. Aber Nara hatte nie wirklich daran geglaubt.

Erbaufstieg? Er musste *uralt* sein.

»Als Sarah starb, brachte man sie fort«, sagte Roger Niles. »Man machte sie zu einem der Grauen.«

Er sah aus dem Fenster zur hellen Stadt.

»Ich war überglücklich und habe den Kaiser gepriesen«, fuhr er leise fort. »Ich sah sie einmal im Hospiz, und sie versuchte, mir Lebewohl zu sagen. Aber ich hielt das nur für ein Ritual und nahm an, dass sie zurückkehren würde. Wir standen uns näher als alle anderen Liebenden vor uns, dachte ich. Aber sie kehrte nicht zurück. Nach einigen Monaten machte ich die graue Enklave ausfindig, in der sie ... lebte.«

»Oh, Roger«, sagte Nara sanft. »Wie schrecklich.«

»Ja. Wissen Sie, jene Städte sind wirklich grau. So grau wie wochenlanger Regen. Sarah wusste kaum mehr, wer ich war. Sie blinzelte, wenn sie mich ansah, als erschiene ihr *etwas* an meinem Gesicht vertraut. Aber sie sprach nur über den Dampf, der von ihrer Teekanne aufstieg. Wenn sie den Blick auch nur für einen Moment von mir abwandte und mich dann erneut ansah, musste sie sich wieder daran erinnern, wer ich war. Als wäre ich lediglich ein vages Wasserzeichen in der Realität, weniger real als der Dampf.

In ihr war kein Leben mehr, Nara. Der Symbiant ist ein Trick. Der Tod ist endgültig. Die Toten sind verloren.«

»Wie endete es, Roger?«

»Man bat mich höflich zu gehen, und ich ging. Dann wurde ich Mitglied der Säkularistischen Partei und vergrub mich in der Aufgabe, die Toten zu begraben.«

»Politik«, sagte Nara. »Wir ähneln uns, nicht wahr?«

Der alte Berater nickte zustimmend. Nara Oxham hatte sich dem politischen Leben zugewandt, um die Dämonen ihrer Kindheit zu überwinden. Sie hatte Wahnsinn in Wahrnehmung verwandelt, Verwundbarkeit in Empathie, Angst vor Menschenmengen in Macht über sie. Roger Niles hatte seinen Hass in taktisches Genie verwandelt, seinen schmerzlichen Verlust in erbarmungslose Entschlossenheit.

Niles war ebenso fixiert wie der Kaiser, begriff Oxham. Er sondierte hunderte oder tausende von Nachrichtenkanälen und suchte in ihnen nach Dingen, die er gegen die Grauen verwenden konnte. Auf diese Weise nahm er langsam Rache am unsterblichen Feind.

»Ja, wir ähneln uns, Senatorin«, sagte Niles. »Wir lieben die Lebenden, anstatt die Toten zu verehren. Und ich bin froh, dass Laurent Zai lebt.«

»Danke, Roger.«

»Tun Sie uns alle den Gefallen, vorsichtig zu sein, Senatorin. Damit Sie noch leben, wenn der Captain zurückkehrt.«

Nara Oxham lächelte ruhig und fand neue Kraft in den Worten ihres Beraters.

»Machen Sie sich keine Sorgen um mich, Roger. Es stehen weitere moralische Siege bevor.«

CAPTAIN

Laurent Zai blickte mit Missfallen auf den glühenden Luftschirm hinab.

Die Brücke war wieder aktiv, voll von Stimmen und den schwebenden Runen der Synästhesie, belebt von Interfacegesten und den Bewegungen der menschlichen Kommunikation: verärgert gehobene Hände, zeigende Finger, geschüttelte Fäuste.

Der Luftschirm präsentierte die neue Konfiguration der Fregatte. Nach dem Kampf war die *Luchs* zu einem anderen Schiff geworden. Die Waffenstationen, Drohnenpilot-Buchten, Starthangars und Verwundetenbetten existierten nicht mehr. Mannschaftskabinen und Freizeitbereiche nahmen ihren Platz ein. Überall im Schiff waren lange Niedrigschwerkraft-Korridore für den Transport schwerer Objekte geschaffen worden, und es gab neue offene Bereiche, für die Demontage beschädigter Komponenten bestimmt.

Zai schüttelte den Kopf. Sein Schiff war ein halbes Wrack.

Was der Kampf nicht zerstört hatte, wurde von Besatzungsmitgliedern auseinander genommen – ein Loch sollte dadurch gestopft werden, dass man ein anderes aufriss. Wenn die *Luchs* jetzt mit einem Feind konfrontiert worden wäre, hätte sie sich nicht zur Wehr setzen können. Aber die Fregatte war ein ganzes Stück am Schlachtkreuzer der Rix vorbei. Er verfolgte sie und beschleunigte mit seinem Maximum von sechs *g*, doch die Rix würden einen halb Tag brauchen, um die Relativgeschwindigkeit von dreitausend Kilometer pro Sekunde zwischen den beiden Schiffen aufzuheben, und bis dahin wuchs die Entfernung auf fünfundsiebzig Millionen Kilometer. Nach der Vektoranpassung brauchte der Feind einen weiteren halben Tag, um zur *Luchs* zurückzukehren.

Die Fregatte würde wieder ihre volle Manövrierfähigkeit haben, lange bevor dieser Zeitpunkt kam.

Der Hauptfusionsantrieb war während des Kampfes nicht beschädigt worden. Allerdings stellte er die einzige Energiequelle der *Luchs* dar. Der Singularitätsgenerator, zweite Energiequelle der Fregatte, war einsatzfähig, hatte jedoch seine Abschirmung verloren. Wenn im Generator ein Urknall erzeugt wurde, gab es nicht genug Gegenmasse, um das Schwarze Loch an Ort und Stelle zu halten. Überall in der *Luchs* wurden Panzerplatten für eine neue Abschirmung demontiert, aber das beeinträchtigte den Schutz der Kanonierstationen.

Alle Verteidigungssysteme der *Luchs* waren in Mitleidenschaft gezogen. Nach dem Verlust des Bugs fehlte dem Schiff die vordere Panzerung. Zwei Ganzzeit-Kanoniergruppen waren für die Bemannung der vorderen Nahbereichverteidigung nötig – sie neutralisierten Meteoriten, die das durchs All jagende Schiff bedrohten. Die Schwärmer hatten das Drohnenmagazin beschädigt, und bei der letzten verzweifelten Beschleunigung war die Startschiene zerstört worden; es gab also keine Möglichkeit, eine Flotte von Verteidigungsdrohnen einzusetzen. Am schlimmsten war der Verlust der Wärmesenke, deren Module sich inzwischen über Millionen von Kilometern im Weltraum verteilt hatten.

Wenig Panzerung, keine defensive Wolke aus Drohnen, keine Wärmesenke, dachte Zai voller Kummer. Wenn jetzt jemand mit Geschossen oder Strahlwaffen angriff, konnte er sein Ziel nach Belieben wählen. Zai wusste nicht, wie er die *Luchs* schützen sollte.

Auch die Prozessorkapazität hatte es schwer getroffen. Es war kein bestimmtes System ausgefallen – das ganze System hatte an Leistungsfähigkeit verloren. Die Synästhesie war ein bisschen schwammiger, die Experten-KI träger, die Reaktion des Schiffes auf Gestencodes langsamer. Zai verglich es mit den ärgerlichen Verzögerungen bei Gesprächen über eine Satellitenverbindung.

Das vordere Viertel des Schiffes blieb im Vakuum und wartete auf eine Abdichtung der Risse in der Frachtraumwand. Rumpflegierung war die härteste im Reich geschaffene Substanz, aber nach einer viralen Destabilisierung konnte sie nicht mehr in den ursprünglichen Zustand versetzt werden. Niemand, der noch alle seine Sinne beisammen hatte, würde von der vorderen Waffensektion aus ohne Druckanzug in Richtung Bug gehen, solange dort nicht alles in Ordnung gebracht war.

Hinzu kam der üble Geruch in der Fregatte. Es mangelte an Wasser und Sauerstoff, und die Bakterienräume der *Luchs,* Grundlage ihrer Biosphäre, waren beschädigt. Schimmel hatte viele Kabinen der Besatzungsmitglieder heimgesucht. Der Leiter der Abteilung Bioprocessing, von den Schwärmern getötet, war wiederbelebt worden, doch die ehrenwerten Toten dachten nie so praktisch wie zu Lebzeiten. Samuel Vries fand großen Gefallen an Niedrigschwerkraft-Bonsai, und Laurent Zai war viel zu grau, um einem Unsterblichen strikte Befehle zu geben. Vries würde seinen geliebten Bäumen mehr Zeit widmen als dem Ökosystem der *Luchs.* Also musste das Duschen rationiert werden, bis die Fregatte zu ihrer Ausgangsbasis zurückgekehrt war.

Doch derzeit atmeten sie alle noch.

Fast alle.

Zai hatte zweiunddreißig Besatzungsmitglieder verloren. Die Schwärmer hatten neun getötet, und einundzwanzig waren den Angriffen mit Strahlwaffen zum Opfer gefallen. Der Zielmarkierungslaser der Rix hatte eine Seite der *Luchs* durchlöchert und sich ins Innere des Schiffes gebrannt. Beim letzten Angriff hatten chaotische Gravitonen bei der Hälfte der Crew Krebs verursacht. Die am schlimmsten betroffenen Besatzungsmitglieder bekamen von den Medizinern Nanos gespritzt. Ein weiterer Meuterer hatte sich zu erkennen gegeben und versucht, Hobbes umzubringen, war dabei aber durch Dekompression gestorben. Und dann gab es da noch Telmore Bigz, der Mann aus der technischen Abteilung, der die *Luchs* gerettet hatte.

Ein wahrer Held. Leider konnte Bigz nicht wiederbelebt werden, was auch für die Hälfte der Laser-Opfer und acht Schwärmer-Tote galt. Sein Körper existierte nur noch in Form von exotischen Photonen. In fünfzehn Jahren mochten empfindliche Teleskope auf Bigz' Heimatwelt Irrin den Blitz seines Todes sehen.

Doch die *Luchs* hatte ihre Mission erfüllt.

In den Stunden nach dem Kampf waren dem erschöpften Zai allmählich das Ausmaß des Erfolges – und ihres Glücks – klar geworden. Sie hatten die Empfangsvorrichtung der Rix zerstört und einen Kontakt zwischen dem Schlachtkreuzer und dem Verbundbewusstsein auf Legis XV verhindert. Und sie lebten noch.

Captain Laurent Zai hatte eine kaiserliche Begnadigung erfahren und sowohl einen Mordversuch als auch einen überaus gefährlichen Einsatz überlebt. Dafür war er Jocim Marx, Katherie Hobbes und natürlich Telmore Bigz zu Dank verpflichtet. Aber es fand noch immer ein Krieg statt. All ihre Anstrengungen und Opfer waren vergeblich, wenn es Zai und seinem Schiff nicht gelang, die Rix *und* das Missfallen des Auferstandenen Kaisers zu überstehen.

Und für Zai blieb alles ohne Bedeutung, wenn er nicht seine Geliebte wiedersah.

Er wollte sein Schiff wieder in einen kampffähigen Zustand versetzen.

»Captain?«, unterbrach Hobbes seine Gedankengänge.

Er drehte den Kopf und sah sie an. Es war gut, sie wieder auf der Brücke zu wissen. Ebenso gut fühlte es sich an, die Glieder wieder bewegen zu können.

»Bericht.«

»Wir haben weitere Beschleunigungsblitze von dem Schlachtkreuzer entdeckt.«

Zai schüttelte den Kopf. Erneut die Rix. Vor zwei Stunden hatten sie zwei Langstreckendrohnen gestartet und der *Luchs* hinterhergeschickt. Die Drohnen konnten mit sechshundert *g* beschleunigen und waren in der Lage gewesen, die *Luchs* in etwas mehr als einer Stunde einzuholen. Kanonier Wilson hatte die dorsalen Laser aktiviert und sie aus einer Entfernung von dreißigtausend Kilometern zerstört. So wehrlos die Fregatte auch sein mochte: Zwei Scoutdrohnen stellten keine Gefahr für sie dar. Allerdings hatten die beiden Kundschafter der Rix die *Luchs* mit aktiven Sensoren sondiert.

Die Hartnäckigkeit der Rix erstaunte Zai. Ihre Mission war fehlgeschlagen, aber der Schlachtkreuzer verfolgte die Fregatte noch immer und schickte ihr wertvolle Drohnen hinterher, um sie zu stören und Informationen über sie zu gewinnen. Zugegeben, die *Luchs* hatte das größere Kriegsschiff gedemütigt, aber Rachsucht gehörte nicht zu den typischen Eigenschaften der Rix.

Zai fragte sich, ob es etwas gab, das er übersehen hatte, einen ungelösten Aspekt dieser Konfrontation.

»Hobbes.«

»Captain?«

»Welche Art von aktiven Sensoren setzen wir ein?«

Zai beobachtete, wie der Blick des Ersten Offiziers einige Sekunden lang in der Infostruktur des Schiffes verweilte.

»Wir fokussieren alle transluminalen Sensoren auf den Schlachtkreuzer, Sir. Und wir verwenden noch immer die Nahbereichsensoren auf dem Gefechtsniveau. Außerdem sind einige Scoutdrohnen unterwegs und halten nach Meteoriten Ausschau.«

»Ist das alles?«

»Captain?« Hobbes konnte ihre Überraschung nicht verbergen. »Drei Viertel unseres Sensorpersonals befindet sich im Hyperschlaf, Sir. Für jene Leute begann die Alarmbereitschaft sechs Stunden vor dem Rest der Crew.«

»Wann können wir einige von ihnen wecken, Hobbes?«
»Jetzt sofort, wenn Sie wollen, Sir.«
»Ich meine, wann können wir einige von ihnen *vernünftigerweise* wecken? Ich möchte Ihnen keinen psychischen Schaden zufügen.«
»Wir haben die Hyperschlafzyklen auf zwei Stunden beschränkt, Sir. In vierzig Minuten kann ich vier Besatzungsmitglieder wecken, ohne ihre Träume zu unterbrechen.«
»Ausgezeichnet. Richten Sie einige transluminale Sensoren auf den Anflugbereich der Rix.«
»Meinen Sie den Kurs, der sie ins Legis-System gebracht hat, Sir?«
»Ja. Ich möchte nur sicher sein, dass wir nichts übersehen haben.«
Hobbes blinzelte und klärte ihr sekundäres Sehen. Ihre Augen wurden größer, und das Gesicht zeigte neue Aufmerksamkeit.
»Vielleicht ein anderes Rix-Schiff, Captain? Ich hoffe nicht.«
»Dieser Hoffnung schließe ich mich an, Hobbes.«
Zai wandte sich wieder dem Luftschirm zu und fragte sich, ob er den Heilvorgang seines Schiffes störte, indem er einige der wenigen schlafenden Besatzungsmitglieder weckte und seinem Ersten Offizier auf die Nerven ging. Vielleicht hätte er selbst eine Hyperschlafpause einlegen sollen. Die Darstellungen des Luftschirm waren im Lauf der letzten Stunden immer verschwommener geworden, und Zai vermutete, dass es nicht nur an der geringeren Prozessorkapazität lag, sondern auch an seiner Müdigkeit. Und es war erhebliche Erschöpfung nötig, um Details im sekundären Sehen verschwimmen zu lassen.
Zai fragte sich, ob er in Richtung Paranoia tendierte.
»Ich nehme die Anweisung zurück, Hobbes. Geben Sie möglichst allen zwei volle Schlafzyklen.«

»Ja, Sir. Aber wir werden uns die Sache ansehen, sobald wir volle Gruppenstärke haben.«

»Gut. In der Zwischenzeit genehmige ich mir selbst einen Zyklus. Bereiten Sie sich darauf vor, ebenfalls zu schlafen, wenn ich erwache.«

»Aber es gibt noch zwanzig Reparaturarbeiter, die bisher keine Gelegenheit hatten ...«

Captain Zai streckte die Hand aus und berührte den Verband an Hobbes' Arm. Es klebte noch immer Blut an ihrer Uniform; der Erste Offizier hatte nicht einmal Zeit gefunden, sich umzuziehen. Er spürte die am Handgelenk befestigte Flechettepistole, die sie jetzt bei sich trug. Sie stammte aus den Beständen des Captains; nur sie beide wussten von der Waffe. Vielleicht gab es noch andere Meuterer, die sich rächen wollten.

»Zwei weitere Stunden wach, Hobbes. Und dann schlafen Sie«, befahl Zai.

Sie gab sich mit einem Nicken geschlagen.

Bevor er sich zurückzog, holte sich Zai eine Darstellung des Legis-Systems auf seinen persönlichen visuellen Kanal. Die Rix hatten ein Angriffsschiff über Lichtjahre hinweg geschickt, um die Kaiserin gefangen zu nehmen, und ein Schlachtkreuzer mit einer Besatzung von tausend Mann war dem Einsatzkommando gefolgt. Ein großer Aufwand für eine Mission, die ganz offensichtlich fehlgeschlagen war.

Hatten die Rix noch etwas anderes geschickt?

VERBUNDBEWUSSTSEIN

Alexander fühlte den klitzekleinen Stich in seinem Bewusstsein und freute sich.

Die Sinne des Verstärkers waren schrecklich begrenzt. Seine visuelle Wahrnehmung beschränkte sich auf eine

Vier-Bit-Graustufe mit niedriger Auflösung, und die vier Augen gaben ihm einen Blickwinkel von hundertachtzig Grad. Doch dieses schmale, schattige Sehvermögen genügte, um vor dem Hintergrund des Schnees andere seiner Art zu finden.

Das Verbundbewusstsein bewegte seine winzige Erweiterung schwerfällig über das unscharfe Gelände und näherte sich einem anderen Repeater. Die zehn Meter weite Reise dauerte neunzig Sekunden, denn die Mobilität des kleinen Geschöpfs unterlag Beschränkungen: Es brauchte Sonnenlicht, um Energie für sich zu gewinnen, und außerdem musste die gleichmäßige Verteilung der Kolonie gewahrt bleiben, für den Fall, dass es in ihr zu schweren Schäden kam.

Als der Verstärker den anderen Apparat erreichte, kletterte er auf seinen Rücken, wie ein gepanzertes Insekt bei einem Paarungsritual. Zwar war er zu einem solchen Manöver fähig, aber die notwendigen Berechnungen für eine so komplexe Bewegung gingen weit über das Leistungsvermögen der internen Software hinaus. Damit der Verstärker seinem Willen folgte, musste Alexander den Inhalt des Arbeitsspeichers tausendmal pro Sekunde austauschen. Die gewaltige Computerpower des Verbundbewusstseins raste durch den Flaschenhals der dummen Maschine wie eine maritime Flutwelle, die durch einen Strohhalm gezwungen wurde. Alexander war erfolgreich: Der insektenartige Verstärker schlang ein Bein um das Energiepaket seines Artgenossen und zog es in die richtige Position.

Daraufhin hatte das Verbundbewusstsein zwei kleine Erweiterungen.

Die Repeater brachen in entgegengesetzte Richtungen auf, mit der Absicht, weitere Apparate zu konvertieren. Der Wille des Verbundbewusstseins breitete sich wie eine Infektion aus, und jedes Opfer war gezwungen, die Ansteckung weiterzutragen. Nach und nach gerieten immer größere Teile der Verstärkerkolonie in Bewegung.

Doch Alexander ließ die Softwareblöcke im zivilen Netzwerk intakt und hinderte die kleinen Maschinen daran, Daten von der Infostruktur des Planeten zu empfangen und sie an die Verschränkungsstation weiterzugeben.

Die Kaiserlichen sollten überrascht werden.

Das Verbundbewusstsein wartete auf die Vervollständigung des Vorgangs jenseits der Barriere und beobachtete unterdessen die Geschehnisse im All.

FISCHER

Tide und Sonnenuntergang passten gut zueinander.

Letzte rote Lichtpfeile gingen von der Sonne am Horizont aus und stachen durchs Wasser, das sanft an Jocim Marx' nackten Beinen zerrte. Die Strömung aus dem Gezeitentümpel wurde stärker, und der sandige Kanal, der ihn mit der Bucht verband, wuchs in die Breite. Jocims Füße verschwanden allmählich unter dem vom Wasser angeschwemmten Sand.

Er stand völlig still.

Jocim reagierte nicht, als die ersten Lichtschimmer an ihm vorbeiglitten. Wie schwimmende Kerzen wirkten sie, ein wenig undeutlich in einigen Zentimetern Tiefe - sie trieben in der Strömung. Er wartete, während weitere vorbeischwammen. Als es dunkler wurde, sah er eine matte Lumineszenz über dem großen Gezeitentümpel, das kollektive Glühen eines stattlichen Schwarms aus Fackelfischen, die den ganzen Tag im seichten Wasser gelegen und die Energie der Sonne gespeichert hatten.

Noch mehr kamen. Jocim wählte einen.

Der Fischer hob seinen Speer, als der Fackelfisch seinen

Beinen auswich und sich in der Strömung ein wenig zur Seite neigte. Er schwamm vorbei, Meter um Meter, in Richtung des tieferen Wassers der Bucht. Als die Entfernung etwa zehn Meter betrug, warf Jocim.

Der Speer verließ seine Hand und flog schnell, wurde aber langsamer, als er sich dem Ende des Haltefelds näherte. Lautlos drang er ins Wasser ein, erreichte gerade so sein glühendes Ziel und kehrte dann zu Jocim zurück, wie durch ein elastisches Band mit ihm verbunden. An der Spitze des Speers enthielt ein Käfig aus metallenen Fingern den zuckenden, vor Überraschung funkelnden Fisch.

Jocim fing den Speer auf und betrachtete den Fisch: hell und gleichmäßig leuchtend, an den Rückenflossen blau und rosarot. Er hielt das Ende des Speers an den Rand des Gezeitenkanals, wo ein großes Glas mit Meerwasser wartete. Die Greifkralle öffnete sich, und der Fackelfisch fiel platschend ins Wasser, schwamm dort in zornigen kleinen Kreisen.

Der Fischer wandte sich von seinem Fang ab und hob den Arm, um den Speer erneut zu werfen. Die Fackelfische verließen den Gezeitentümpel jetzt in kleinen Gruppen. Inzwischen war es fast völlig dunkel; nur noch einige rote Ranken lagen am Horizont. Jocim begriff, dass er sich beeilen musste, um das große Glas zu füllen.

Plötzlich platzte der Himmel auf.

Ein langer, heller Riss bildete sich, und Tageslicht drang durch diese Öffnung im Firmament. Das Wasser zu Jocims Füßen verschwand, und aus dem Rauschen der nahen Brandung wurde das Summen eines toten Signals. Das brennende Blau des Himmels verwandelte sich in vertrautes Cölinblau, die Signaturfarbe eines leeren Interfaces.

Jemand weckte den Meisterpiloten Jocim Marx und riss ihn aus dem Hypertraum. Er hatte sich tief im Rhythmus des Hyperschlafs befunden, und der sorgfältig konzipierte

Bogen seiner mentalen Erholung war zerbrochen. Er hörte das kettensägenartige Heulen zerfetzter Realität und fühlte das spezielle Sodbrennen unvollständig verdauter Erschöpfung.

»Dies sollte besser wichtig sein«, brachte er benommen hervor.

»Das ist es«, ertönte Hobbes' Stimme.

Der Erste Offizier gab ihm einige weitere Sekunden und aktivierte dann sein primäres Sehen. Marx blinzelte und sah Hobbes mit verklebten Augen. Sie war physisch präsent, in seiner Kabine.

Er konnte sich nicht daran erinnern, sie jemals an einem anderen Ort als auf der Brücke gesehen zu haben.

»Was ist los?«

»Eine Verdunkelung«, lautete die Antwort.

»Eine was?«

»Im Anflugvektor. Vielleicht gibt es ein zweites Rix-Schiff.«

ERSTER OFFIZIER

Hobbes wusste jetzt, warum sie das Objekt so lange übersehen hatten. Keine Antriebssignatur. Keine Emissionen aus leichten Gravitonen. Keine eigenen aktiven Sensoren. Selbst jetzt zeigte es sich nur als Verdunkelung: Einige Sterne im Hintergrund verloren für eine Millisekunde an Leuchtkraft. Worum auch immer es sich handelte: Für transluminale Sensoren war das Objekt unsichtbar, und angesichts der großen Entfernung konnten die aktiven Sensoren der *Luchs* nicht viel darüber herausfinden.

Aber es war groß.

»Der Durchmesser beträgt mindestens fünfzig Kilometer«, berichtete Ensign Tyre.

»Eine zweite Empfangsvorrichtung«, vermutete Ingenieur Frick. »Zusammengefaltet als Reserve hinter dem Schlachtkreuzer.«

»Warum so weit dahinter?«, fragte Hobbes. Für ein Rendezvous war das Objekt zu weit vom Schlachtkreuzer entfernt. Die *Luchs* konnte es problemlos vor dem Rix-Schiff erreichen.

»Vielleicht sollte es nicht entdeckt werden«, sagte der Captain. »Es fliegt absolut leise. Wenn es nicht so verdammt groß wäre, hätten wir es übersehen.«

Und wenn der Captain nicht so paranoid gewesen wäre, hätten wir es in jedem Fall übersehen, ungeachtet der Größe, dachte Hobbes. Das Letzte, womit alle anderen gerechnet hatten, war ein weiteres Schiff der Rix im Anflug.

»Es muss nicht unbedingt ein leiser Flug sein«, sagte Tyre. »Vielleicht ist es nur träge Materie.«

»Wann bekommen wir erste Informationen von der Masse?«, fragte Zai.

Tyre blickte in die Leere. »In vierzehn Minuten sollte die Drohne des Meisterpiloten in Reichweite sein und Daten übermitteln.«

Hobbes sah über den Tisch hinweg zu Marx und bedauerte erneut, dass der Captain darauf bestanden hatte, den Meisterpiloten mitten in seiner Schlafsequenz zu wecken. Der Mann war erschöpft, wirkte geistesabwesend und zitterte. Das Pilotengeschick nützte ihm nichts, wenn er nicht klar denken konnte.

Die Erkundungsdrohne war fast sofort nach dem Entdecken der Verdunkelung gestartet worden. Die Startschiene war nicht einsatzfähig und konnte der Drohne keinen magnetischen Schub geben; deshalb hatte sie sich mit Relativgeschwindigkeit null auf den Weg gemacht. Es war der letzte schnelle Aufklärer der *Luchs* und konnte eine Stunde lang mit sechshundert g beschleunigen. Jetzt näherte er sich dem Zielgebiet und passte seine Geschwindigkeit der des seltsamen Objekts an.

Derzeit befand sich die Drohne im automatischen Modus, aber der Captain wollte Marx an den Kontrollen, wenn sie mit dem Zielanflug begann.

»Verlieren Sie den Aufklärer nicht, Marx«, sagte Hobbes. »Wir sind knapp genug an Drohnen.«

Marx rieb sich die Augen. »In Ordnung, Hobbes. Ich sollte jetzt besser meinen Baldachin aufsuchen.«

Er stand langsam auf. »Sir«, fügte er schwankend hinzu und deutete dem Captain gegenüber eine Verbeugung an, bevor er die Brücke verließ.

Nachdem der Meisterpilot gegangen war, sagte Kanonier Wilson: »Es kann kein Kriegsschiff ein, Sir. Es ist zu groß und würde alles in den Schatten stellen, was wir bisher von den Rix gesehen haben.«

»Das Objekt ist noch größer als ein Laxu-Kolonieschiff«, sagte Hobbes. »Und bisher ist das Reich auf keine größeren Schiffe gestoßen.«

»Vielleicht ist es gar kein Raumschiff«, spekulierte Captain Zai. »Es könnte ein Lichtsegel sein, oder ein Teil der Empfangsvorrichtung, eine Komponente, die beschädigt und vor Jahren zurückgelassen wurde.«

Hobbes nickte. Das Objekt konnte sogar ein Planetoid sein, rein zufällig mit dem gleichen Kurs wie der Schlachtkreuzer. Doch das erschien ihr unwahrscheinlich.

Der Anflugkurs des Objekts teilte die Vektoren des Schlachtkreuzers und Angriffsschiffes, dessen Besatzung die Kaiserin gefangen genommen hatte, fast perfekt in zwei Hälften.

Was auch immer es war: Das Objekt kam von den Rix.

H_rd fühlte eine Berührung im Gesicht.

Sie streifte die Kapuze des Ablativanzugs zurück, hob den Kopf über die Oberfläche und schüttelte Schnee ab. Der Verstärker, der sie angestoßen hatte, wich fort, als sie sich aufsetzte.

Die Kälte hatte ihren Körper völlig durchdrungen. Rix-Kämpfer fühlten Schmerz, aber meistens nur lange genug, um dem Körper eine Warnung zu übermitteln. Nach dem langen Fall durch eisige Luft und den Stunden im Schnee spürte h_rd Kälte und Schmerz in jedem Muskel. Die Schnitte in ihrem Gesicht waren vernarbt, und die gebrochene Nase fühlte sich aufgebläht an. Selbst die Hyperkarbon-Gelenke waren steif.

Sie ließ ihre Körpertemperatur ansteigen – ein Mehr an Wärme würde ihr neue Flexibilität geben. Die thermischen Imager der Kaiserlichen konnten sie dadurch leichter finden, aber bald würde ihr Aufenthaltsort ohnehin offensichtlich sein. Dass der kleine Apparat sie geweckt hatte, konnte nur eins bedeuten: Alexander stand kurz vor der Übernahme der Verschränkungsstation. Woraus folgte, dass h_rd bald mit Rettung rechnen durfte. Eine Vielzahl kleiner Maschinen wartete auf der anderen Seite der Barriere darauf, sie abzuholen. Dass h_rd in Sicherheit gebracht werden sollte, war keine humanitäre Geste des Verbundbewusstseins, sondern ein Ablenkungsmanöver.

Je größer das Durcheinander dabei, desto besser.

Der Repeater eilte fort, als sich die Rix streckte. Der Weg, den der kleine Apparat nahm, wies h_rd auf die Richtung hin, aus der der Angriff kommen würde. Sie folgte ihm auf einem Zickzackkurs, um die Detektoren zu täuschen. Aber sie war jetzt ein wenig schneller, nicht mehr ganz so vorsichtig. Alexander wollte, dass die Kaiserlichen massiv auf die Präsenz der Rix reagierten und dadurch nicht auf die Bewegungen der Repeater achteten. Die Ausbreitung der Kontrolle durch das Verbundbewusstsein erreichte jetzt eine kritische Phase.

Während der letzten sechs Stunden hatte sich Alexanders Evangelium bei den Verstärkern ausgebreitet, und jeder Bekehrte fügte der Gemeinde nach wenigen Minuten ein weiteres Mitglied hinzu. Wie bei einer geometrischen Reihe nahm die Anzahl der von Alexander kontrollierten Repeatern dramatisch zu. Sehr bald würde die Hälfte der Verstärker-Kolonie in Bewegung sein. Dann mussten die Kaiserlichen bemerken, dass etwas nicht mit rechten Dingen zuging.

Es sei denn, etwas Dramatisches beanspruchte ihre Aufmerksamkeit.

Plötzlich erschienen Sternschnuppen am Horizont vor h_rd. Lichtbögen erstreckten sich in den Himmel. Blitze, die ihren Ursprung dicht unter dem Horizont hatten, deuteten auf die Explosion von Landminen hin. Erschütterungen und das Heulen von automatischen Kanonen folgten fast zwanzig Sekunden später: Die Barriere war vier Kilometer entfernt. H_rd stand auf und lief dorthin, wo der Kampf entbrannt war. Jähe Freude erfüllte sie. Dies war der gefährlichste Teil ihrer Mission, aber es tat gut, wieder in Bewegung zu sein.

Der Himmel schien lebendig zu werden. In der kalten, klaren Luft war jede einzelne Rakete deutlich zu erkennen.

Alexanders bunt gemischte Armee griff die Barriere an, eine Streitmacht aus automatischen Flugmaschinen: Wetterluftschiffe, Vogelzugbeobachter, Bodeneffekt-Streuflugzeuge, Solarreflektordrachen. Alle Luftverkehrsbeobachter von Legis XV waren vor einigen Tagen aus ihren Stationen verschwunden, und der kleine Teil von ihnen, der die gefährliche Reise zur Arktis überstanden hatte, gehörte zu den Angreifern. Einige übernommene Umweltsatelliten jagten über den Himmel und krachten in mit Rumpflegierung gepanzerte Geschützstellungen. Selbst einige gehende und fliegende Spielzeuge, die h_rd aus Flugzeuggepäck geborgen hatte, nahmen an der Aktion teil. Sie führten Scheinangriffe durch, um das Feuer von den Geschützen der Barriere auf sich zu lenken, und opferten sich, um Sprengfallen, Monofaserschlingen und Landminen auszulösen.

Die improvisierte Streitmacht stellte für die Verschränkungsstation natürlich nur eine geringe Gefahr dar. Sehr wenige der Maschinen, die die Barriere angriffen, konnten es auch nur mit einem einzelnen Miliz-Soldaten aufnehmen. Aber die kaiserliche Verteidigung war auf maximale Reaktion eingestellt und erwartete seit Rana Harters Flucht mit h_rd einen Angriff auf die Station. Das Arsenal der Barriere jagte pro Minute tausende von Schwermetallprojektilen in Drachen, die aus Mylar bestanden. Es setzte luftwagengroße Raketen gegen Wettersatelliten ein und vergeudete Splitterminen an Kinderspielzeug.

H_rd eilte dem Chaos entgegen und holte ihren Rix-Blaster aus der Ausrüstungstasche. Seit dem Kampf im Palast hatte sie die Waffe kaum verwendet und ihre Ladung für den Ernstfall aufgespart.

Die Aufklärungsmaschine befand sich auf der anderen Seite der Barriere, unter Alexanders Kontrolle - er wartete darauf, dass sich die Verteidigung gegen die vermeintlichen Angreifer erschöpfte. Die Barriere war dazu bestimmt, einem Feind einen kurzen, entschlossenen Schlag zu versetzen, um ihn aufzuhalten, bis Verstärkung eintraf. Seine Munition war begrenzt.

Laute akustische Signale kamen von h_rds Scanner, und sie hielt ihn auf den Horizont gerichtet, um die ersten Einheiten der Verstärkung zu orten: Zwei Bodeneffekt-Fahrzeuge näherten sich von den zentralen Baracken der Verschränkungsstation.

Die Rix änderte ihre Laufrichtung und setzte den Weg parallel zur Barriere fort. Damit die erste Falle funktionierte, musste sie zur anderen Seite der Schneewehe ihrer Landestelle gelangen. H_rd schaltete den Blaster auf ein der Ablenkung dienendes Energieniveau, ließ sich fallen und ging in Schussstellung.

Sie zielte und feuerte einen Strom unstrukturierter Photonen auf die beiden BEFs. Dabei veränderte sich automatisch die Einstellung des Blasters: Seine Emissionen wechselten durchs ganze EM-Spektrum, um den Eindruck von vielen Waffen zu erwecken.

H_rd sah auf die Anzeigen des Scanners.

Die Fahrzeuge entdeckten sie, änderten den Kurs und hielten auf sie zu. Hinter ihnen ortete der Scanner weitere Einheiten. Es klappte - die Kaiserlichen glaubten, dass h_rd die Barriere überwunden hatte. Sie gingen davon aus, dass die Angreifer es geschafft hatten, den starken ersten Verteidigungsgürtel zu durchdringen, und das musste sie beunruhigen.

H_rds scharfe Augen bemerkten flackerndes Licht in einem anderen Teil der Station. Ein weiteres kleines Kontingent von Alexanders bunt zusammengewürfelter Armee griff die Barriere aus einer neuen Richtung an. Das Verbundbewusstsein hatte vier Gruppen gebildet, um die Ressourcen der Verteidiger aufzuspalten. Die anderen drei waren unbedeutend, aber vielleicht würden sich die Kaiserlichen selbst überlisten und den Hauptangriff für ein Täuschungsmanöver halten.

Die BEFs kamen von der anderen Seite der Landezone und hatten sie inzwischen fast erreicht. Das Heulen ihrer Jet-Turbinen übertönte sogar den Lärm des Kampfes an der Barriere. H_rd rekonfigurierte ihren Blaster für den Fall, dass es einem Fahrzeug gelang, an der Falle vorbeizukommen.

Die Rix sah sie jetzt: Die Maschinen wirbelten Schnee auf, als sie sich ihr näherten. H_rd ließ sich erneut fallen, als eine von ihnen das Feuer eröffnete – eine Autokanone kreischte, und vor ihr spritzten Schnee und gefrorener Boden empor.

Dann waren die BEFs beim Landebereich. Der die tiefe Spalte füllende Schnee wäre normalerweise so dicht wie Beton gewesen, aber es wartete eine Überraschung auf die beiden schweren Fahrzeuge.

Mit dreihundert Stundenkilometern erreichten sie den manipulierten Schnee und fielen durch die dünne Kruste aus Eis wie Raubtiere durch die dünne Schicht aus Blättern und Zweigen über einer Fallgrube. Der von Nanos erzeugte Schneeschaum ließ die BEFs vermutlich etwas langsamer werden, aber Panzerungsmasse und hohe Geschwindigkeit gaben ihnen die tausendfache kinetische Energie eines vom Himmel stürzenden Menschen. Als die Bodeneffekt-Fahrzeuge fielen, spuckten ihre Turbinen den weißen Schaum geysirartig nach oben. Die Stoßwelle ihrer Kollision mit der Felswand unten in der Spalte erreichte h_rd wenige Sekunden später. Sie schleuderte ihr eine Faust aus Erde ins Gesicht – die Braue platzte erneut auf, und die gebrochene Nase erlebte neuen Schmerz. Eine Flammenzunge leckte aus der Spalte, gefolgt von einer großen Wolke aus Schaumschnee, wie die Gischt einer riesigen, gebrochenen Welle.

H_rd wischte sich Blut aus den Augen und schoss mit ihrem Blaster zweimal durch die Wolke. Die Kaiserlichen sollten zumindest die nächsten Minuten glauben, dass die beiden Fahrzeuge feindlichem Feuer zum Opfer gefallen waren.

Erneut sah die Rix auf die Anzeigen ihres Scanners. Die zweite Fahrzeuggruppe schwenkte zur Seite, misstrauisch nach der plötzlichen Zerstörung der ersten Maschinen. Einige ferngelenkte kaiserliche Späher erschienen, und h_rd justierte ihren Blaster auf Scharfschützen-Modus – wenig Energie, hohe Präzision –, für den Fall, dass sie zu nahe kamen.

Aber sie glaubte, einige Minuten Zeit gewonnen zu haben.

H_rd drehte sich um und lief wieder in Richtung Zaun. Der dortige Kampf ließ nach, was entweder bedeutete, dass die kaiserliche Munition knapp wurde, oder dass die Angreifer dezimiert worden waren. Die Rix erhoffte sich Ersteres. Ihr Scanner zeigte an, dass der Aufklärer noch immer wartete, in sicherer Entfernung.

Als sich h_rd der Barriere näherte, eröffnete eine automatische Geschützstellung das Feuer auf sie. Die Rix warf sich zu Boden und rutschte durch den Schnee, veränderte dabei erneut die Einstellung ihres Blasters. Mit einer Rolle brachte sie sich in Position, und ein einzelner Schuss zerstörte die gegnerische Stellung. Kurze Zeit später löste sie eine weitere Autokanone aus, und ein Bogen aus Leuchtspurgeschossen näherte sich ihr, aber sie brachte dieses Geschütz ebenso schnell zum Schweigen. Die Barriere hatte einen typischen Fehler: Sie sollte dafür sorgen, dass Angreifer draußen blieben, nicht drinnen. Der größte Teil ihrer Feuerkraft war nach außen gerichtet. Die eigentliche Gefahr für h_rd bestand aus Landminen und Monofaserschlingen – ein Molekül dünne Stolperdrähte, die durch ihr Hyperkarbon schneiden konnten wie ein Messer durch Wasser.

Doch sie durfte keine Gedanken an die vor ihr liegenden Gefahren vergeuden. Die übrigen BEFs der Kaiserlichen würden ihre Zurückhaltung bald aufgeben.

H_rd lief weiter. In Abständen von einigen Schritten

schoss sie mit ihrem Blaster auf den Boden etwa hundert Meter weiter vorn. Die Plasmaentladungen mit voller Stäke erschütterten die Tundra und schickten Flammen gen Himmel. Es sah aus, als folgte sie in den Fußstapfen eines riesigen Dämons, feurig und unsichtbar. Die Druckwellen brachten Landminen zur Explosion; Autokanonen feuerten auf das lodernde Plasma anstatt auf h_rd. Monofasern vor der Rix leuchteten kurz auf, als sie verbrannten.

Umherfliegende Splitter trafen das Gesicht der Rixfrau und kratzten über den Ablativanzug. Der superheiße Boden in den Plasmakratern ließ ihre Stiefel schmelzen und verbrannte sogar die Flexormetallsohlen. Eine andere Geschützstellung fand sie, und die dortige Autokanone schoss ihr eine Flechette durch den Oberschenkel, bevor h_rd sie außer Gefecht setzte.

Ein aus zwei Tönen bestehendes Alarmsignal kam von ihrer Waffe: Sie war überhitzt, und gleichzeitig ging die Munition zur Neige.

Eine weitere Flechette traf sie, und h_rd stolperte.

Sie ging dort zu Boden, wo ihr Blaster eine Landmine direkt getroffen und einen tiefen Krater geschaffen hatte. Der rotglühende Untergrund verbrannte ihr die Hände, und die Hitze zwang sie, die Augen zu schließen. Sie nahm den scharfen Geruch des eigenen schwelenden Haars wahr.

H_rds verbrannte Finger tasteten nach dem Positionsgerät. War sie weit genug durch die Barriere gekommen, damit der Aufklärer sie erreichen konnte? Sie öffnete die Augen, blickte auf das Gerät hinab und stellte fest, dass die Anzeige in der enormen Hitze des Kraters geschmolzen war. Sie kniete, die Hände voller Blasen schützend vor das Gesicht gehoben, die Kniescheiben aus Hyperkarbon am glühenden Boden. H_rd fühlte nichts. Schutzmechanismen unterbrachen die Weiterleitung von Schmerzsignalen; ihre Haut schien völlig taub geworden zu sein.

Die Rix dachte daran, dass sie die letzten Stunden in eisiger Kälte verbracht hatte, nur um jetzt zu verbrennen.

Dann hörte sie das Heulen einer Turbine: Eine kaiserliche Maschine näherte sich, nicht der Aufklärer. Sie drehte sich und hob den Blaster, spähte durch den wabernden Vorhang aus superheißer Luft.

Ein Hovercraft kam auf sie zu und näherte sich langsam, damit die Freund-Feind-Sensoren der Barriere es nicht für einen Feind hielten. Der Kurs deutete auf ein Suchmuster hin; die Besatzung konnte h_rd in diesem Chaos nicht entdecken.

Die Rix zielte mit dem Blaster und drückte ab.

Nichts geschah. Die Wärmesenke der Waffe leuchtete weiß und war im Innern des heißen Kraters nicht imstande, genug Energie abzustrahlen, um den Blaster wieder einsatzfähig zu machen.

Das Hovercraft kam noch näher. Nahe genug.

H_rd presste zwei verbrannte Finger an die Selbstzerstörungsauslöser und zog sie gleichzeitig. Dann warf sie den Blaster, und er flog über den Rand des Kraters hinweg in Richtung des BEF.

Die Rix presste sich an den Boden, als das Hovercraft auf sie feuerte. Die heiße Lanze eines kleinen Pfeilgeschosses bohrte sich ihr in den Bauch und fügte dem Körper weiteren Schaden zu.

Wenige Sekunden später brachte die Explosion des Blasters die ratternde Autokanone des BEF zum Schweigen. Plasma waberte über den Krater hinweg, saugte die Luft mit einem *Wusch* nach oben und ließ die kleinen Feuer im Loch ausgehen. Als h_rd wieder hören konnte, heulte die Turbine des Hovercrafts wie ein verwundetes Tier und wurde durch den Dopplereffekt dumpfer, als sich die Maschine entfernte.

H_rd kam mühsam auf die Knie. Vom Ablativanzug waren

nur noch Fetzen übrig, und seine wenigen Reste hatten sich durch die große Hitze mit der Haut verbunden. Schmerzblocker beeinträchtigten ihren Tastsinn, und deshalb fiel es ihr schwer, das Gleichgewicht zu wahren. Das ihre Füße schützende Flexormetall hatte seine Elastizität verloren, war durch die hohen Temperaturen steif und rissig geworden.

H_rd blickte über die Tundra hinweg und sah dem Hovercraft nach, das auf seinem Luftkissen wackelte wie ein Spielzeug an einer Schnur. Die Panzerung glühte weiß. H_rd fragte sich, ob die Crew an Bord noch lebte - oder steuerte ein Autopilot die von der Blasterexplosion beschädigte Maschine?

Die Augen der Rix waren trocken und sahen nicht mehr so klar wie vorher, aber h_rd bemerkte in mittlerer Entfernung zwei weitere Bodeneffekt-Fahrzeuge, die sich vorsichtig näherten. Sie suchte im geschmolzenen Plastik ihrer Ausrüstungstasche, fand zischende, nutzlos gewordene Rauchgranaten, eine ruinierte Sondierungsdrohne und eine leise Pfeilpistole, von der Hitze verformt.

Nichts, mit dem sich etwas gegen ein gepanzertes Fahrzeug ausrichten ließ.

Die BEFs waren einige Kilometer entfernt und zögerten, sich weiter zu nähern. Bei der Barriere hinter h_rd kam es nicht mehr zu Explosionen.

Plötzlich fühlte sie das Prickeln statischer Elektrizität.

Dann fuhr ein Luftzug durch den Krater und strich über den glühenden Boden, wodurch neue Flammen entstanden - der Aufklärer kam vom Himmel herab. H_rd gelangte zu dem Schluss, dass ihr Gehör stark beeinträchtigt war; sie hätte die laute Maschine viel früher hören müssen.

Einer der BEFs eröffnete das Feuer, und der Aufklärer antwortete. Seine kleine Kanone winselte jämmerlich, doch die kaiserliche Maschine wich zurück - nach der Explosion von h_rds Blaster war der Gegner vorsichtig geworden.

Das Flugzeug schwebte dicht über der Rix auf seinem Luftkissen und wirbelte heftigen Wind durch den Krater. H_rd streckte die Hände nach oben und hielt sich an einer Landestrebe fest, woraufhin der Erkunder sofort aufstieg. Zehn Sekunden später befand er sich hundert Meter über dem Krater und gewann weiter an Höhe.

Mit versteiften Muskeln baumelte h_rd unter der Maschine und blickte auf die Barriere hinab. Eine Schneise der Zerstörung führte durch sie hindurch. Die von h_rd geschaffene Linie aus Blasternarben reichte von innen nach außen, und ein Durcheinander aus Landminenkratern, abgestürzten Luftwagen und Friendly Fire markierte Alexanders Angriff von außen. Die beiden Pfade der Zerstörung trafen sich etwa in der Mitte und schufen eine breite Lücke in der Barriere. Nur wenige Flugabwehrkanonen hatten das Chaos überstanden, und einige Leuchtspurgeschosse folgten dem Erkunder, als er aufstieg. Aber die betreffenden Geschütze waren zu weit entfernt und feuerten in kurzen Schüben, um Munition zu sparen.

H_rd spürte, dass sie bald das Bewusstsein verlieren würde, und sie vertraute nicht darauf, dass die Muskeln in ihren verbrannten Händen steif und blockiert blieben. Deshalb kletterte sie mühsam über die Seite des Fliegers und sank ins Netz des Schützen.

»Bring mich zu Rana Harter«, befahl sie ihrem Gott.

Und dann wurde es schwarz um sie herum.

VERBUNDBEWUSSTSEIN

Alexander war bereit.

Überall auf dem Planeten Legis XV kam es plötzlich zu elektronischen Fehlfunktionen. Im Telefonsystem wurden eine Viertelmilliarde Gespräche unterbrochen, und Luftwagen zwangen ihre Piloten zu manueller Steuerung. Die Symbole des Handels verschwanden aus dem sekundären Sehen von Börsenmaklern und wichen bunten Flächenblitzen. Alle im Fernbereich tätigen Chirurgen, Ingenieure und Multigamer waren wie gelähmt, als das sekundäre Sehen und Hören erst instabil wurde und dann wirre Informationen lieferte. Luftschirme, Scheinperspektiven und Overlays wichen einem wilden Durcheinander aus Farben; geordnete Datenstrukturen verwandelten sich in reißende Informationsströme.

In den operativen Zentren des Planeten – in der Verkehrsüberwachung, dem privaten Devisenmarkt, dem Hauptquartier der Miliz für Infoterrorismus – schnappten Administratoren verblüfft nach Luft, als ihre fußballfeldgroßen Luftschirme nur noch Schnee zeigten. Für einen Moment waren die Männer und Frauen an den Kontrollen blind. Dann booteten sie die großen Flachbildschirme, die für einen bis dahin undenkbaren Notfall bestimmt waren. Sie boten einen bizarren Anblick, der aus allen Perspektiven seltsam wirkte, ob zivil, militärisch oder kommerziell ...

Die Infostruktur wogte wie ein lebendes Etwas. Die gewaltigen Informationskanäle des Planeten dehnten sich alle gleichzeitig aus, schoben und drückten, wurden von einer gewaltigen peristaltischen Bewegung erfasst, die einem einzelnen Zweck diente.

Einige hundert Millionen Bewohner von Legis XV starrten verblüfft auf die pfeifenden Displays ihrer Fone und sahen interplanetare Zugangscodes. Mehrere Millionen von ihnen befürchteten, dass Hacker Zugriff auf ihre Konten erhalten hatten, drückten Sperrtasten oder nahmen die Batterien aus den Geräten. Doch ihre Fone blieben verbunden und empfingen ihre Energie aus Mikrowellenimpulsen, übertragen von Verkehrstranspondern unter der Kontrolle von Alexander. Die Funkgeräte von Polizei und Militär zirpten wie alte Modems. Die Reparaturkobolde in Luftwagen und Kühlanlagen - normalerweise schwiegen sie, bis ihre Maschinen kränkelten - erhoben ihre Stimmen und füllten die für sie reservierten Frequenzen. Alle Datenkabel des Planeten waren bis zu ihrer vollen Übertragungskapazität ausgelastet.

Die medizinischen Endoframes - kleine Monitore, die arrhythmische Herzen und empfindliche Knie überwachten - verwendeten ihre Sender und fügten dem Datenstrom in Richtung Pol eigene Bandbreiten hinzu.

Alexander nahm alles.

Die Senderessourcen des ganzen Planeten wandten sich gen Norden. Daten in einer Milliarde Kanälen strebten aufeinander zu, wie in einem riesigen Delta, dessen Fluten rückwärts strömten. Das Verbundbewusstsein sendete *sich selbst*.

Es zwängte sich in die reaktivierten Verstärker und übernahm die für interplanetare Kommunikation bestimmten Parabolantennen. Auf das Verschränkungsgitter selbst griff Alexander nicht zu, wohl aber auf die Sender, die XV mit den anderen bewohnten Planeten des Legis-Systems verbanden. Einige wenige Spezialisten der Miliz sahen, was geschah. Sie begriffen, dass die polare Station übernommen worden war und mit enormem Datendurchsatz gen Himmel schrie. Aber ihre Softwarebefehle wurden ignoriert, und die manuellen Sperren funktionierten nicht. Die Spezialisten versuchten, den Kommandanten ihrer Stationen das Problem zu erklären. Sie schickten Prioritätsnachrichten durch die wenigen Festverbindungen ihrer Kom-Systeme.

Um den interplanetaren Blackout beizubehalten, so betonten sie, müssten drastische Maßnahmen ergriffen werden. Ein Bombenteppichwurf auf die Repeater. Die Zerstörung der Parabolantennen. Es blieben nur noch einige wenige Minuten, um zu handeln.

Doch andere Dinge nahmen die Aufmerksamkeit der Verantwortlichen in Anspruch. Ein Kampf tobte an der Barriere. Eine große feindliche Streitmacht versuchte, die Verschränkungsstation zu erreichen; es ging drunter und drüber. Offenbar war es einer Rix-Kämpferin – *der* Rix-Kämpferin – gelungen, die Verteidigungslinien zu durchbrechen. Ein entschlossener Angriff fand statt; die Station war in Gefahr.

Die Kommandanten hatten keine Zeit, auf die Hinweise einiger hysterischer Kom-Techniker zu hören.

In der allgemeinen Verwirrung gelang es Alexander, sich selbst in den Himmel zu schießen.

Das Verbundbewusstsein fand es kalt im All. Es fröstelte in Abwesenheit der Millionen von Transaktionen pro Sekunde auf dem Planeten. Sein Selbst trübte sich, als es zu einem spaghettidünnen Strom zusammengepresst wurde, wie ein Mensch, der in einem Schwarzen Loch verschwand. Hinter Alexander befand sich der schreiende Planet, seine Infostruktur zerrissen, als das Verbundbewusstsein alle Fesseln abstreifte, wie ein Dämon, der den fiebrigen Körper seines Opfers verließ.

Der reißende Informationsstrom jagte durch den Repeatertrichter und hinterließ eine Welt im Chaos.

Für achthundertfünfzig lange Minuten wusste Alexander nichts mehr.

MEISTERPILOT

Meisterpilot Jocim Marx versuchte sich zu konzentrieren.

Nie zuvor war er mitten aus einem Hyperschlafzyklus gerissen worden. Es war verwirrender als die Anpassung an eine neue planetare Tageslänge und schlimmer als Starkschwerkraft über einen längeren Zeitraum hinweg. Marx war dazu ausgebildet worden, den fünf verschiedenen Symptomen der Erschöpfung zu widerstehen, sich ohne Hilfe der Gravitation zu orientieren, Luft zu trinken und Nahrung zu injizieren. Doch nichts hatte ihn auf diese besondere Belastung von Körper und Geist vorbereitet. Niemand an der kaiserlichen Pilotenschule hatte je daran gedacht, ihn mitten im Schlafdelta zu wecken.

Nur Captain Laurent Zai war auf diesen abartigen Gedanken gekommen.

Marx nahm die Hände von den Kontrollen der Drohne und hob sie vor die Augen, gönnte sich einige Sekunden Dunkelheit als Balsam für sein primäres Sehen. Doch das Objekt zeigte sich nach wie vor in Synästhesie, und seine bizarren Wellenbewegungen verschlimmerten die Desorientierung des Meisterpiloten. Marx dirigierte seine Sensor-Subdrohnen etwas mehr zur Seite, um bessere Parallaxe zu bekommen, und bemühte sich, das riesige Etwas in seiner ganzen Größe zu erfassen. Doch die erweiterte Perspektive machte es noch schlimmer, noch realer.

Die ganze Brückencrew und alle Angehörigen der Abteilung Datenanalyse blickten ihm über die Schulter. Ehrfurcht erklang in ihren gedämpften Stimmen, und daher wusste Marx, dass er nicht völlig verrückt war. Dennoch fiel es ihm schwer, seinem sekundären Sehen zu glauben.

Das Objekt sah wie ein Ozean aus. Ein boloider Ozean im All.

An der breitesten Stelle durchmaß er mehr als hundert Kilometer und drehte sich wie ein Sektderwisch. Fast alle in der Flotte hatten den Trick einmal probiert. Man öffne in Nullschwerkraft eine Flasche Sekt und fange den Schaum mit einer Hand. Man nehme einen Strohhalm oder zwei Essstäbchen und verwende sie, um aus der sprudelnden Flüssigkeit einen stabilen, rotierenden Ball zu formen. Jeder wie ein flüssiger Tornado pulsierender und sich drehender

Sektderwisch verfügte über eine eigene Persönlichkeit, eine eigene Rorschach-Symmetrie der Stabilität. Billiger, süßer Sekt war am besten, wegen der etwas klebrigeren Oberflächenspannung. Und wenn sich billiges Zeug im ganzen Raum verteilte, blieb der finanzielle Schaden wenigstens begrenzt.

Doch das riesige Ding, das die Sensibilität des Meisterpiloten attackierte, bestand nicht aus Sekt. Es konnte nicht einmal von richtiger Flüssigkeit die Rede sein. Die Massedaten im Megatonnenbereich und die chromographischen Anzeigen deuteten darauf hin, dass das Gebilde größtenteils aus Silizium bestand. Die über seine Außenfläche laufenden Wellen erinnerten an Dünen, als wäre das Objekt eine riesige, fliegende Wüste, über die ätherische Winde hinwegstrichen. Doch es gab keine Atmosphäre. Die Datenanalyse hatte Marx darauf hingewiesen, dass die Dünenbewegungen auf innere Aktivität zurückgingen. Im Innern des Objekts musste es starke Strömungen und regelrechte Stürme geben. Das ganze Etwas rotierte: ein quasiflüssiger Planetoid, ein wackelndes Gyroskop, ein Sektderwisch aus trockenem Sand.

Meisterpilot Marx hatte dem Objekt eine kleine Sonde entgegengeschickt. Seine Drohne war für gemächliche, unbewaffnete Erkundung konfiguriert und verfügte über eine beträchtliche Anzahl von Subdrohnen. Solange das Objekt nicht beschloss, auf ihn zu schießen, konnte Marx seine Hauptmaschine von Gefahren fern halten.

Das Ding schien weder Waffen noch einen Antrieb zu haben. Die Datenanalyse kam zu dem Ergebnis, es bestünde durch und durch aus undifferenzierter Wüste.

Aber welchem *Zweck* diente es?

Das nicht identifizierte Objekt kam aus der gleichen Richtung wie der Schlachtkreuzer der Rix und flog mit fast der gleichen Geschwindigkeit. Doch seine Masse war viel größer als die eines Schiffes. Ein sehr leistungsfähiges Triebwerk musste es beschleunigt und dann wieder abgebremst haben. Andernfalls wäre es auf seiner Reise vom Rix-Raum bis hierher uralt geworden.

Die kleine von Marx entsandte Sonde traf mit geringer Geschwindigkeit auf den Außenbereich des Objekts und ließ die dortige Materie aufspritzen, wie ein Regentropfen, der in eine Pfütze fiel. Einige Spritzer entfernten sich, nicht mehr durch die Oberflächenspannung gebunden, von der Hauptmasse, und Marx beauftragte einen anderen Piloten damit, eine seiner Satellitendrohnen dem Sandmaterial hinterherzuschicken. Eine Materieprobe von dem Objekt wäre sehr nützlich.

Der Meisterpilot richtete seine Aufmerksamkeit auf die Daten aus dem Innern des Gebildes. Die Sonde driftete hilflos in den inneren Strömungen, drehte sich in tausend Strudeln und wurde von der Corioliskraft der allgemeinen Rotation in einem weiten Kreis getragen.

Erste Informationen erreichten Marx. Das Objekt bestand tatsächlich zum größten Teil aus Silizium, aber in einer sehr komplexen, granulierten Struktur. Und es war heiß in der fliegenden Wüste. Als sich die Sonde ihrem Zentrum näherte - sie flog spiralförmig in Richtung Mitte, wie ein Staubpartikel im Abfluss einer Badewanne -, nahm die Temperatur immer mehr zu. Für gravitationelle Kompression war das Gebilde nicht dicht genug, und die von unterschiedlichen Strömungen verursachte Reibung sollte nicht so viel Wärme ergeben, wie die Anzeigen vor Marx behaupteten.

Er schloss daraus, dass es im Innern eine Energiequelle geben musste.

Als die Sonde etwa ein Viertel des Weges zum Zentrum zurückgelegt hatte, verloren sich ihre schwachen Signale im Hitzerauschen und der Dichte des Objekts.

»Ich nähere mich«, sagte Marx und brachte die Subdrohnen um das Etwas herum in Position.

Er teilte sein sekundäres und tertiäres Sehen unter den verschiedenen Blickwinkeln der kleinen Drohnen auf, und dadurch entstand ein vollständiges, alle Seiten zeigendes Bild. Die Veränderung der Wahrnehmung verwirrte ihn kurz, als verschiedene Darstellungen von wogendem Sand neue wellenartige Muster bildeten. Marx erhöhte die Auflösung und ließ von jeder Subdrohne Spinnennetze sensorischer Fasern ausgehen, für maximalen Empfang.

Die Prozessoren der *Luchs* waren noch immer beschädigt, aber der Meisterpilot hatte Priorität. Ohne die Notwendigkeit, ein Gefecht zu führen, war die Leistungsfähigkeit der noch funktionsfähigen Säulen aus Silizium und Phosphor an Bord der Fregatte beeindruckend. Es dauerte nicht lange, bis Marx' Sicht besser wurde, als sich die einzelnen Bilder zusammenfügten und gegenseitig ergänzten.

Daraufhin sah Marx in aller Deutlichkeit die Form des Objekts und *fühlte* das Wogen des sandigen Ozeans. Die Bewegung der Dünen ähnelte der von Rauchwolken, die er durch sein Mikroskop gesehen hatte, bei der Untersuchung von Luftströmungen für Mikro-Flieger. Marx entspannte sich geistig und kehrte fast in den Traum zurück, aus dem Hobbes ihn so abrupt geweckt hatte. Er genoss die Muster des Sandozeans und lenkte die Subdrohnen unterbewusst, um die ganze Form des Objekts aufzunehmen. Die fließende Mathematik des riesigen Gebildes hatte etwas Verführerisches.

Das müde Selbst des Meisterpiloten begann damit, es zu erfassen.

Plötzlich flackerten die Bilder und vervielfältigten sich vor Marx' Augen. Die Bewegungen der Dünen wurden schneller; ihr Tanz erfuhr eine jähe Beschleunigung. Neue Farben breiteten sich auf dem Sand aus und füllten die drei Sichtebenen des Meisterpiloten mit einer Kaskade aus Blitzen, die durchs ganze Spektrum gleißten. Neue Bilder entstanden und überlagerten sich auf eine Weise, die unter anderen Umständen wirr gewesen wäre. Aber irgendwie gelang es Marx, gleichzeitig Bilder von zahllosen Gesichtern, Fensterausblicken, Datensymbolen und Sicherheitskameras zu sehen.

In seinem sekundären Gehör dröhnten eine Million Gespräche, Beichten, Witze und Dramen. Es war wahnsinnig gewordene Synästhesie. Statt drei Ebenen des Sehens hatte Marx hundert, jede als eine eigene Sicht erkennbar. Es fühlte sich an, als würde eine ganze Welt durch sein Bewusstsein geschoben.

Er streckte die Hand nach dem Sperrschalter aus, doch sie verharrte – sein Bewusstsein war so voller Bilder, dass es nicht reagieren konnte.

Die Schichten der Synästhesie rollten gegeneinander und vermischten sich wie die Dünen des Objekts im All. Sehen und Hören kollabierten zu einem gemeinsamen Strom, glitten wieder voneinander fort, um sich erneut Augen und Ohren zuzuwenden, zerfransten dann wie eine Fahne im Orkan, zerfaserten in tausend einzelne Fäden.

Jocim Marx hörte vage Stimmen von der Brücke der *Luchs* – sie stellten ihm erst Fragen, riefen dann scharfe Befehle. Aber er verstand ihre Sprache nicht. Es schien eine Sprache zu sein, die aus Kindheitserinnerungen stammte und deren einzelne Laute wahllos aneinander gereiht waren.

Er glaubte, seinen eigenen Namen zu hören.

Doch zu jenem Zeitpunkt befand er sich bereits in einem anderen Traum, gewaltig und kolossal.

»Was zum Teufel ist mit ihm passiert?«

»Die Medos wissen es noch nicht.«

»Was ist mit den Scouts?«

»Keine Antwort, Sir. Wir versuchen weiter, einen Kontakt herzustellen.«

Katherie Hobbes bemühte sich erneut, eine Verbindung mit dem Hauptaufklärer zu schaffen. Ein Teil ihres Bewusstseins beobachtete den fünfzig Sekunden langen Countdown; ein anderer hörte die Rufe der Medo-Techniker, die Meisterpilot Jocim Marx zur Krankenstation brachten. Sie beobachtete das Geschehen mithilfe der Korridorkameras. Marx wirkte erschlafft, und seine Arme trieben haltlos im Nullschwerkraft-Korridor, den Hobbes für die Medos reserviert hatte. Seit dem Angriff, der Sendung oder was auch immer war der Meisterpilot völlig reglos gewesen; er hatte nicht einmal mehr geatmet.

Aus dem Augenwinkel sah Hobbes, wie Captain Zai ungeduldig die Finger krümmte. Aber sie konnte nichts tun, um die Lichtgeschwindigkeit zu beschleunigen. Das Objekt befand sich fünfundzwanzig Lichtsekunden entfernt, und das Translicht-Potenzial der Drohne existierte nicht mehr. Vor dem Ausfall des Sensorgitters hatte es zweihundert Exabyte Daten aufgenommen – das Äquivalent eines planetaren Kom-Netzes mit voller Kapazität, konzentriert auf einen hundert Quadratmeter großen Bereich: ein Hagelsturm aus Informationen. Das Gitter war wie Seidenpapier perforiert worden. Aber in jenen Sekunden hatte die Drohne versucht, der *Luchs* die Daten zu übertragen, und auch ihrem Piloten, und dabei war irgendetwas mit Marx passiert.

»Wissen wir, woher der Angriff kam, Erster Offizier?«

»Die Datenanalyse ist noch immer bei der Auswertung.«

»Eine ungefähre Vorstellung von der Richtung?«

»Wir versuchen es, Sir.«

Hobbes zweigte weitere zehn Prozent Prozessorkapazität für die Datenanalyse ab, was sie zwang, erneut bei den Reparaturgruppen zu betteln. Die Anweisungen des Captains kamen Schlag auf Schlag. Ohne konkrete Hinweise sprangen Zais Fragen von einem Thema zum anderen. Verlorene Sonden, ein bewusstloser Pilot (War Marx tot?, fragte sie sich), ein geheimnisvoller Angriff per Funk, das gewaltige, phantastische Objekt, dessen Zweck Spekulationen überlassen blieb.

Hobbes hielt es für unwahrscheinlich, dass sie bald klare Antworten bekommen würden.

Es erwies sich als besonders schwer, den Ursprung der Sendung festzustellen. Die Welle war so fokussiert gewesen, dass die Sensoren der *Luchs* nicht ein einziges abgeirrtes Photon empfangen hatten. Marx' zahlreiche Subdrohnen waren für eine Triangulation zu nahe beieinander gewesen. Deshalb ließ sich die Richtung nicht bestimmen. Hobbes beobachtete das Expertenprogramm, das sie damit beauftragt hatte, den Ursprung der Sendung zu finden; es verlangte mehr Flops und fraß sich wie ein Buschfeuer durch die Prozessorkapazität der Fregatte. Schwerfällige Algorithmen verschlangen den ihnen zugewiesenen Phosphor innerhalb weniger Sekunden und schrien nach mehr.

Hobbes wies dem Problem weitere Prozessoren zu, aber die Performancekurve der Berechnungen blieb hyperbolisch und verbrauchte ihre Großzügigkeit in Millisekunden. Der Erste Offizier befragte die Metasoftware des Expertenprogramms, die einräumte, dass selbst die gesamte Prozessorkapazität der *Luchs* vielleicht nicht imstande wäre, eine Antwort zu finden, nicht einmal dann, wenn ihr Jahre für Kalkulationen zur Verfügung gestanden hätten. Aber das stimmte nicht ganz. Die Lösung mochte sich nach einigen Minuten ergeben – oder vielleicht nach der Lebenszeit eines Sterns.

Vielleicht war ein wenig gesunder Menschenverstand angebracht.

»Sir? Es gibt nur einen Ort in diesem Sonnensystem, der zu einer so starken Sendung imstande wäre.«

Zai überlegte kurz.

»Die interplanetare Sendestation von Legis XV?«

Hobbes nickte.

»Stellen Sie eine Verbindung mit dem dortigen kaiserlichen Kontingent her«, sagte der Captain.

Hobbes versuchte es. Aber sie bekam keine Antwort. Sie schickte Anfragen an die wenigen Flottenbasen, die mit eigenen Nahbereich-Verschränkungsstationen ausgestattet waren. Wieder blieb alles still.

Der ganze *Planet* war offline.

»Wir bekommen keine Translicht-Antworten von Legis XV, Sir. Nichts.«

»Meine Güte. Wie groß ist die Verzögerung?«

»Acht Stunden einfach, Sir«, schätzte Hobbes.

Der Captain überlegte einen Moment. Während dieser Sekunden der Stille erfuhr der Erste Offizier von den Medo-Technikern, dass Marx wieder aus eigener Kraft atmete. Die Hirnwellenstruktur war instabil, wie bei jemandem in schlecht kalibriertem Hyperschlaf.

Hobbes bemerkte, dass ein Marker in ihrem sekundären Sehen blinkte, und zwar schon seit fünfzehn Sekunden. Sie zuckte zusammen und begriff, dass sie den Rückkehrpunkt für die Nachrichtenverzögerung der Drohnen übersehen hatte.

»Sir, die Drohnen haben sich erneut nicht gemeldet. Ich versuche es noch ...«

Zai unterbrach sie. »Schicken Sie per Lichtgeschwindigkeit eine allgemeine Anweisung an alle Besatzungsmitglieder der *Luchs* auf Legis XV. Ich möchte einen Bericht über den Status des planetaren Kom-Systems. Und jemand aus der Abteilung Datenanalyse soll die zivilen Nachrichtenkanäle überwachen und feststellen, was sich dort tut.«

Hobbes' Finger bewegten sich, um die Anweisungen des Captains auszuführen, doch dann verharrten sie wieder. Ihr fiel keine passende Protokollphrase für Zais Befehl ein. Ein Bericht über den Status des Planeten konnte für die Empfänger der Anweisung nur dann einen Sinn ergeben, wenn sie wussten, was vor sich ging. Es waren Soldaten, keine planetaren Verbindungsleute. Wenn sie um eine Klarstellung baten, waren sechzehn Stunden verloren.

Weitere Prioritätsmarker blinkten. Reparaturgruppen verlangten die Rückgabe von Prozessorkapazität. *Wie dumm von dir, Katherie,* dachte sie. Sie hatte die Computer der *Luchs* noch nicht von ihren möglicherweise endlosen Ursprungsberechnungen befreit. Das Expertenprogramm drehte Däumchen, während hundert andere Systeme Prozessorpower brauchten.

Hobbes erstarrte innerlich, für einige Sekunden überwältigt.

Sie begriff, dass sie die Kontrolle verlor. Ihre Finger bewegten sich nicht.

Eins nach dem anderen, forderte sie sich auf.

Sie gab den Reparaturen mehr Prozessorkapazität. Verband die zivilen Nachrichtenkanäle von Legis XV mit der Datenanalyse. Sah zum Captain auf und nahm sich einen Moment, um ihre Gedanken zu ordnen.

»Marx atmet wieder. Die Drohnen antworten nicht auf Lichtgeschwindigkeit-Anfragen. Und ... ich glaube, ich habe Aufgabensättigung erreicht.«

Sie senkte den Blick und versuchte, die Anweisung des Captains für die Besatzungsmitglieder auf Legis XV in geeignete Worte zu fassen. Gleichzeitig wurde ihr klar, was sie eingestanden hatte. Die Ausbildung hatte sie darauf vorbereitet: Ein Erster Offizier musste die eigenen Fehler ebenso melden wie die der Crew.

Hobbes fühlte die Hand des Captains auf der Schulter.

»Immer mit der Ruhe, Erster Offizier«, sagte er. »Sie leisten gute Arbeit.«

Hobbes atmete langsam. Zais Hand blieb auf ihrer Schulter und übte sanften Druck aus.

»Priorität, Priorität«, erklang eine Stimme. Ensign Tyre.

»Dies sollte besser wichtig sein«, antwortete Hobbes.

Die junge Frau sprach mit absoluter Zuversicht. »Wir haben die letzten Signale von den Subdrohnen des Scouts verstärkt, Ma'am.«

Hobbes hob die Brauen. Die kleineren Drohnen von Marx' Maschine verfügten über eigene Sender, aber sie waren schwach und an die Lichtgeschwindigkeit gebunden, sollten ihre Signale eigentlich über die Hauptdrohne weiterleiten. Hobbes wusste nicht, ob sie jemanden angewiesen hatte, nach entsprechenden Sendungen zu suchen.

»Sie müssen es sich ansehen, Ma'am«, sagte Tyre. »Es hat Priorität, Priorität.«

»Ich habe Sie verstanden, Ensign.«

Hobbes sah sich Tyres visuelle Daten in einer Ecke ihres sekundären Sehens an, untersuchte gleichzeitig die acht Stunden alten Nachrichtensendungen von Legis XV und Jocim Marx' Diagnoseinformationen, bereitete außerdem eine Mitteilung für die Besatzungsmitglieder der *Luchs* auf dem Planeten vor. Sie wählte einfache Worte: *»Wir können keine Verbindung mit der Translicht-Station herstellen. Was zum Teufel ist bei euch los?«*

Doch Tyres Daten erforderten ihre volle Aufmerksamkeit.

Was war das?

Sie sah sich die Bilder noch einmal an.

»Captain.«

»Hobbes?«

»Ich muss Ihnen etwas zeigen, Sir«, brachte der Erste Offizier hervor.

Hobbes verbannte alle anderen Bilder aus dem großen Luftschirm der Brücke und ließ in ihm die übermittelten visuellen Daten erscheinen - nur in einem solchen Maßstab bekam man den richtigen Eindruck.

Vor ihnen schwebte das Objekt, und im Licht der fernen Sonne zeichneten sich scharf die Konturen von Sanddünen ab. Marx' Subdrohnen waren darum herum in Position gegangen. Für einen Moment übertrugen sie klare Aufnahmen mithilfe der Hauptdrohne. Dann kam es durch die plötzliche Signalflut zu einer Beeinträchtigung der Sendung, und die Details in der Oberfläche des Objekts verschwanden. Aber die wellenförmigen Bewegungen blieben erkennbar, registriert von den Subdrohnen, die den Sendeschwall offenbar einige Sekunden länger überstanden hatten.

Das Objekt dehnte sich aus, veränderte seine Form.

»Ist das ein Sende-Artefakt, Hobbes?«

»Die Datenanalyse sagt nein, Sir. Übrigens sehen wir dies mit einem Zehntel der realen Geschwindigkeit.«

Das boloide Gebilde bewegte sich, schob seine Masse von einem Ende zum anderen, wie ein Stundenglas mit mehreren Kammern, dazu bestimmt, Gravitationsverschiebungen aufzuzeichnen. Fontänen bildeten sich: emporspritzender Sand, der in weiten Bögen zur Hauptmasse zurückkehrte. Die Oberfläche des Objekts schien regelrecht zu brodeln und von kleinen Explosionen bedeckt zu sein, wie ein Ozean bei stürmischem Regen. Oder vielleicht entstanden fraktale Details, die in der niedrigen Auflösung verloren gingen.

Und dann, als die sich windenden Bewegungen des Objekts nachließen, formten sich sechzehn klar erkennbare

Säulen. Sie streckten sich den Drohnen entgegen, pflückten sie wie hungrige Tentakel aus dem All und zogen sie ins Innere des Objekts, während das Bild schrittweise schlechter wurde – die Sendungen der Drohnen erloschen nacheinander.

Schließlich zeigte der Luftschirm nichts mehr.

Auf der Brücke herrschte verblüffte Stille.

»Erster Offizier«, erklang Zais Stimme. Hobbes schluckte und fragte sich, ob es falsch gewesen war, diese monströsen Bilder allen Brückenoffizieren zu zeigen.

»Sir?«

»Verändern Sie die Reparaturprioritäten.«

»Ja, Sir?«

»Ich möchte Beschleunigung in einer Stunde.«

Das hielt Hobbes für völlig ausgeschlossen. Aber sie war zu überwältigt, um Einwände zu erheben.

»Ja, Sir.«

Ihre Finger formten die nötigen Gestenbefehle. Der Schock angesichts der Dinge, die sie gerade beobachtet hatten, machte alles einfacher. Die höheren Funktionen ihres Gehirns – Logik, Begriffsvermögen, Sorge – schienen von den irren, grässlichen Bildern wie ausgelöscht zu sein. Was von Hobbes übrig blieb, war eine reibungslos funktionierende Maschine.

Doch irgendwo tief in ihr hörte sie den Schrei der eigenen Furcht. Ein Nachbild des Objekts blieb in ihrem Geist, wie eine eingebrannte Darstellung im sekundären Sehen, die sich nicht entfernen ließ.

Das Ding war lebendig geworden.

Ein weiterer Schwarm Fackelfische kam.

Der Kanal, der Bucht und Gezeitentümpel miteinander verband, wurde zu einem reißenden Strom; Wellen rollten vor und zurück. Leuchtende Fische sausten an Marx vorbei, wie Radiumkörner in einem glühenden Stundenglas.

Jocim Marx sah auf.

Der Mond raste über den Himmel und zog die Ozeane der Welt hinter sich her.

Jocim rammte seinen Speer in den Sand und hielt sich daran fest, stemmte sich mit ganzer Kraft der Strömung entgegen. Er erinnerte sich nicht daran, in welche Richtung das Wasser floss, zur Bucht oder in den Gezeitentümpel. Beide schienen auf Meeresgröße angeschwollen zu sein, und ihre Massen schwappten wie zornig durch den Kanal, in dem Jocim stand. Er wusste, dass er nicht loslassen durfte, denn die Strömung hätte ihn ins offene Meer hinausgezerrt.

Er senkte den Blick und sah, dass sich ein roter Streifen den huschenden Lichtpfeilen hinzugesellte.

Sein Blut. Die Fische bissen ihn wieder.

Immer mehr Lichter funkelten im Wasser – sie kletterten eine exponentielle Steigung empor. Jocim hielt sich fest und schrie, als sich ihm winzige Zähne ins Bein bohrten. Die starke Strömung bog den Speer zu einer Hyperbel und löste seine blutenden Füße vom sandigen Boden.

Der Himmel war rot, stellte er fest.

Der Ozean wollte, dass er losließ. Seine Gezeitenkraft zog ihn vom Speer fort. Milliarden von Lichtern glitzerten im wogenden Wasser, Milliarden von Stimmen, Bildern und Bruchstücken maritimer Daten. Das Meer war voller Tagebucheinträge, hastiger Verkaufsbefehle und erschrockener Anrufe bei der Polizei. Es schickte sich an, Jocim zu verschlingen, ihn in seinen gewaltigen Informationsreservoirs zu verlieren.

Jocim Marx fühlte, wie seine Beine verschwanden, von den vorbeischwimmenden hungrigen Fischen in Fetzen gerissen.

Sein Blut strömte in den Ozean, bildete eine rote Spirale auf der Töpferscheibe der Strömungen.

Er hielt sich weiter fest.

Die Fackelfische öffneten seinen Bauch, knabberten an den Gedärmen und trugen das weiche Gewebe fort, wie ein wütender Wind, der über Pusteblumen hinwegfuhr. Die Fische – wie leuchtende Kugeln aus einer Waffe mit unbegrenzter Munition – rissen ihm das Fleisch aus der Brust und nagten gierig an den Rippen. Erneut fraßen sie sein Herz.

Schließlich blieben nur die Arme übrig, und dann die Hände, die sich mit gespenstischem eigenem Willen am Speer festhielten.

Und dann ließ die Strömung nach. Der Speer wurde wieder gerade, samt seiner körperlosen, trotzigen Last.

Jocim Marx fühlte, wie er wieder einen Leib bekam. Arme wuchsen aus den unbezähmbaren Händen, ein Gesicht mit Augen bildete sich, Knochen entstanden und umgaben sich mit Fleisch. Er wusste: In einigen Minuten, wenn der Mond aufging, würde er bereit und ganz sein.

Und dann würde die Strömung erneut an ihm zerren.

CAPTAIN

»Was wissen wir über jenes Objekt?«

Captain Laurent Zai richtete die Frage an Amanda Tyre. Die junge Ensign hielt seinem Blick ruhig stand, stellte er fest. Sie brauchte Hobbes nicht mehr als Mittlerin.

»Im Überblick, Sir?«, erwiderte Tyre. »Sein Volumen ändert sich ständig und beträgt im Durchschnitt vierhunderttausend Kubikkilometer. Die äußerste Sandschicht rotiert einmal alle sechs Stunden, aber es ist wie bei einem Stern oder Gasriesen: Verschiedene Schichten rotieren mit unterschiedlicher Geschwindigkeit. Die inneren Strömungen sind weitaus variabler als bei einem natürlichen Phänomen. Die Bewegung des Objekts ist mathematisch chaotisch.«

»Ich glaube, das haben wir bereits bemerkt, Ensign«, sagte Zai. »Woraus besteht es?«

»Zum größten Teil aus leerem Raum, Sir. Das Objekt könnte auf Wasser schwimmen, vorausgesetzt, es würde sich nicht voll saugen. Es ist nicht dichter als ein Zuckerwürfel.«

Zai bemerkte, dass Tyre an dieser Stelle zögerte - vielleicht rechnete sie bei ihren Zuhörern mit Überraschung. Ihr Hinweis erschütterte die alte Assoziation zwischen Masse und Kraft: Etwas Leichtes konnte einen nicht verletzen.

»Eine der Subdrohnen hat eine Materieprobe untersucht, und die Ergebnisse deuten darauf hin, dass das Objekt aus Silizium besteht. Es ist strukturiert, in Einheiten, die etwa einen halben Millimeter durchmessen - die Größe von Sandkörnern. Jedes Korn setzt sich aus extrem dünnen Schichten zusammen und ist mit verschiedenen anderen Elementen dotiert.«

»Dotiert?«

»Ja, Sir. Vermutlich zur Veränderung der Leitfähigkeit des Siliziums. Wie bei den Halbleiter-Materialien von Prä-Quantencomputern.«

Zai kniff die Augen zusammen.

»Halten Sie das Objekt für einen riesigen Prozessor, Tyre?«

»Ich weiß es nicht, Sir.«

Sie gestand ihre Unwissenheit ohne Entschuldigung ein. Zai nahm zufrieden zur Kenntnis, dass sie nicht spekulierte, wie so viele andere Angehörige der Abteilung Datenanalyse.

»Wie bewegt es sich?«

»Vor der Signalflut war die Bewegung einfach zentrifugal, Sir. Die Außenschicht scheint adhäsiv zu sein. Wie die Oberflächenspannung eines Wassertropfens.«

Zai nickte. Allen war die Ähnlichkeit mit einem Sektderwisch aufgefallen.

»Aber als das Objekt die Drohnen ... *fraß*, kam es zu einer anderen Art von Bewegung.«

»Ja, ganz offensichtlich«, brummte Zai. »Irgendwelche Vermutungen?«

»Ich, äh, habe noch weitere Daten, Sir. Und ich kann Ihnen eine mögliche Interpretation anbieten.«

»Bitte«, sagte Zai und lächelte. Vielleicht spekulierte Tyre doch, aber vorsichtig und behutsam.

Sie gestikulierte, und im Luftschirm der Brücke erschien eine chromographische Darstellung.

»Dies haben die passiven Sensoren der *Luchs* vor zwölf Minuten aufgezeichnet, einige Sekunden vor der Signalflut. Der große Wert ist Silizium, der kleinere hier Arsen.«

»Arsen?«, wiederholte Hobbes. »Es könnte also ein Halbleiter-Prozessor sein. Oder ein Speicher.«

Zai nickte. In dieser Hinsicht war er inzwischen ziemlich sicher. Er wartete nur darauf, dass die zivilen Sendungen von Legis XV seine Befürchtungen bestätigten.

»Ja, Ma'am«, sagte Tyre. »Das Objekt ist ein Computer. Und gleichzeitig noch viel mehr.«

Sie winkte, und aus der chromographischen Darstellung wurde ein Zeitschema, das an der x-Achse ein wildes Zackenmuster bildete, wie eine zerklüftete Bergkette.

»Hier sehen wir die ersten Sekunden der Signalflut. Die Elementenstruktur des Objekts änderte sich dabei.«

Tyre lehnte sich zurück und faltete die Hände.

Hobbes sprach als Erste. »Soll das heißen, es haben sich innerhalb von wenigen Sekunden neue Elemente gebildet?«

Zai sah zum Luftschirm und versuchte, sich an die Stellarmechanik-Kurse seiner Akademiezeit zu erinnern - seit damals hatte er keine chromographischen Darstellungen mehr deuten müssen. »Welche Elemente sehen wir hier?«

»Diese Spitzen sind Metalle«, sagte Tyre und zeigte mit der Luftmaus auf die Zackenmuster neben dem höchsten Gipfel. »Vanadium, Elektrum und Titan im richtigen Verhältnis für die Bildung von Superplastik-Adamantum. Und dies ist ein wenig Quecksilber, vielleicht für die Trägheitsnavigation.«

»Für die Navigation? Frei bewegliche Legierungen?«, fragte Zai. Das war zu viel, als dass er es glauben konnte.

»Ja, Sir. Die säulenartigen Gebilde, die Marx' Drohnen aus dem All holten, müssen über eine Orientierungsvorrichtung und eine wirkungsvolle Panzerung verfügt haben. Die Transsubstantiation des Objekts scheint komplex genug zu sein, um solche Apparaturen zu schaffen, wenn sie gebraucht werden.«

»Nein«, sagte Hobbes leise.

Zai kniff erneut die Augen zusammen. Es gab Transsubstantiationsapparate im Reich: Bestimmte Industrieanlagen konnten Blei in Gold verwandeln, in nützlichen Mengen. Einige isolierte Gasriesen-Außenposten mit Zugang zu thermischer Energie stellten manchmal Metalle aus Wasserstoff und Methan her. Der Vorgang verbrauchte enorm viel Energie, war aber immer noch billiger als der Transport großer Metallmengen an Bord von Raumschiffen. Und natürlich entstanden in Laboratorien immer neue transuranische Elemente.

Aber ein solches Maß an Kontrolle, die Erschaffung von Elementen aus dem Periodensystem, wenn sie gebraucht wurden – es war phantastisch.

»Warum ist uns das nicht früher klar geworden?«, fragte Hobbes.

Tyre runzelte die Stirn. »Wir haben uns zu sehr auf aktive Sensoren verlassen, Ma'am. Dieser Vorgang ist subtiler, als es den Anschein hat.«

Die Ensign winkte.

Über der chromographischen Darstellung erschienen Masse-Anzeigen: mehrere Linien, gerade und parallel wie Magnetbahngleise.

»Wie Sie hier sehen, verändern die Siliziumkörner bei der Transsubstantiation nicht ihre Masse. Das Objekt bewahrt eine gleichmäßige Dichte, ganz gleich, aus welchen Elementen es zu bestehen scheint. Die elementare Veränderung ist irgendwie virtueller Natur. Von allen unseren Instrumenten bemerkte nur der Hintergrundstrahlung-Chromograph eine Veränderung.«

»Virtuell?«, fragte Zai. »Wie zum Teufel können Elemente virtuell sein?«

»Ich weiß es nicht, Sir.«

»Woher stammt die Energie für die Veränderungen?«, fragte Hobbes. Bisher hatten sie bei dem Objekt keine Energiequelle geortet.

»Auch das weiß ich nicht, Ma'am. Aber ich glaube nicht, dass viel Energie nötig ist. Derzeit scheint das Objekt weitere Elementumwandlungen vorzunehmen, aus keinem besonderen Grund. Es lässt gewissermaßen seine Muskeln spielen.«

»Wie bitte?«

Die statischen chromographischen Darstellungen wichen Bewegung. Neue Zackenmuster entstanden, zitterten und sprangen, erfüllten den Luftschirm mit zuckendem Leben - es sah nach der visuellen Darstellung eines Stimmengewirrs aus.

»Dies ist Echtzeit, minus Verzögerung durch die Lichtgeschwindigkeit.«

Lieber Himmel, dachte Zai. Das Ding war *wild.* Hektische Aktivität fand statt. Für einen Moment glaubte Zai fast, ein Muster im Tanz der Linien zu erkennen, als wäre ein analoger Teil seines Gehirns imstande, die interne Logik des »Muskelspiels« zu begreifen.

Er wandte den Blick ab, doch es blieb ein Nachbild in seinem Bewusstsein. Was war mit Marx geschehen?, fragte er sich. Was hatten Muster und Logik des Objekts mit ihm angestellt? In der hochintensiven Synästhesie eines Pilotenbaldachins, der Geist durch die Unterbrechung des Hyperschlafs geschwächt, musste der Meisterpilot extrem empfindlich gewesen sein.

Marx' Hirnwellen blieben sonderbar aktiv, aber er war noch nicht erwacht.

»Was ist das hier?«, fragte Hobbes und unterbrach Zais Überlegungen.

Der Blick des Captains folgte der Luftmaus des Ersten Offiziers. Eine neue Bergkette war erschienen, blau, und sie reichte bis zum Ende des Luftschirms.

»Wir glauben, dass es Signaturen von Trans-Halbwertzeitelementen sind.«

»Transuran?«, fragte Zai und stellte sich das Periodensystem vor.

»Trans-alles«, sagte Tyre. »Es geht über unsere Software und selbst die gegenwärtigen theoretischen Spekulationen hinaus. Wir mussten rekonfigurieren, um sie zu unterscheiden. Es scheint keine obere Grenze für die Anzahl von

Elektronen zu geben, mit denen das Objekt seine virtuellen Elemente ausstatten kann. Ohne eine Veränderung der Masse. Ohne Stabilitätsbeschränkungen: eine ewige Halbwertzeit.«

Chaos entstand im Raum, als mehrere Gespräche gleichzeitig begannen. Alle schienen von den Daten beeindruckt zu sein und dachten laut darüber nach, welche Folgen sich daraus ergaben. So etwas hatte sich während der ersten Rix-Inkursion zugetragen, damals, als Zai ein einfacher Soldat gewesen war. Die sich rasend schnell entwickelnde Technik der Rix erstaunte und verblüffte immer wieder, deutete auf ganz neue Forschungsgebiete hin; sie konnte den Geist regelrecht erstarren lassen.

Hobbes sah Zai an und deutete auf die Rückseite ihres Handgelenks – ein altes vadanisches Handzeichen, das er sie gelehrt hatte und so viel bedeutete wie: Nehmen wir uns den nächsten Punkt vor. Hobbes hatte sich bereits mit den zivilen Sendungen von Legis XV befasst, und ihr erster Bericht deutete darauf hin, dass Zais schlimmste Befürchtungen wahr wurden.

Er räusperte sich. Der direkte Kanal des Captains verstärkte das Geräusch und sorgte für Ruhe auf der Kommandobrücke.

»Sehen wir uns die Sache aus der Perspektive von Legis an.«

Hobbes übernahm die Kontrolle des Luftschirms und löschte das fremde, tanzende Objekt aus der Darstellung. Sie teilte den Schirm in drei Fenster und verband diese mit unterschiedlichen Nachrichtenkanälen: Zai und die anderen sahen Bilder, die auf dem Planeten genau acht Stunden und zweiundfünfzig Minuten vor der abrupten Signalflut gesendet worden waren. Der Captain rückte die Luftschirmfenster in sein sekundäres Hören: mehrere, die über lokale Politik diskutierten; ein Sportereignis; und ein

Finanzkanal, der unbearbeitete Daten übermittelte, eine Liniengrafik mit Preisen und Handelsvolumen.

»Dies sind Kanäle für mobile Displays oder Synästhesie. Sie werden über Satellit gesendet, damit sie auch die nicht verkabelten Zonen erreichen. Primitiv, aber stark genug für unsere passiven Sensoren, sie zu empfangen.«

Der Erste Offizier lehnte sich zurück. »Die Signalflut erfolgt in zehn Sekunden.«

Die Brückencrew wartete gespannt, wie hypnotisiert von den Banalitäten lokaler Medien.

»Fünf«, begann Hobbes mit dem Countdown.

Bei *null* zerrissen die drei Bilder.

Die Teilnehmer an der Diskussionsrunde zersprangen, wie Gesichter in einem splitternden Spiegel. Das Bild des Sportereignisses – eine Art Hindernisfußball – erstarrte erst und löste sich dann in horizontale Streifen auf. Der Finanzkanal erwies sich als besonders interessant: Für einen Moment blieb das Informationsband stabil, zeigte aber sich rasend schnell verändernde Daten, wie bei einem plötzlichen Börsencrash. Dann zerfaserte auch dieses Bild, wie zuvor die beiden anderen.

»Mir scheint ...«, begann Hobbes.

»Warten Sie«, sagte Zai.

Er beobachtete die drei Luftschirmfenster. Sie zeigten keinen Schnee wie bei Abwesenheit eines Signals, sondern ein Durcheinander, in dem es eine gewisse Ordnung gab, wie bei der Betrachtung verschlüsselter Daten ohne den Zugriffscode. Der Ton der Nachrichtenkanäle klang nicht nach undifferenziertem Statikrauschen, eher wie das dumpfe Donnern nahen Verkehrs, eine einheitliche Geräuschkulisse, in der man einzelne vorbeikommende Fahrzeuge und sogar warnendes Hupen hörte.

»Tyre, vergleichen Sie diese Sendungen mit den chromographischen Daten des Objekts.«

»Vergleichen, Sir?«

»Auf einem abstrakten Organisationsniveau. Gibt es vergleichbare sich wiederholende Merkmale? Ähnliche Periodizität? Ich muss nicht wissen, was es mit den Daten auf sich hat. Sagen Sie mir nur, ob es eine Beziehung zwischen ihnen gibt.«

»Ja, Sir«, bestätigte Tyre, und ihr Blick reichte in die weiten Gefilde des sekundären Sehens.

Zai sah Verwirrung in den Gesichtern der anderen Offiziere, die nach wie vor das flackernde Licht der Nachrichtenkanäle von Legis empfingen.

»Welche Signale auch immer Marx' Drohnen trafen – sie wirkten sich achteinhalb Stunden zuvor in der Infostruktur von Legis XV aus«, sagte er. »Jemand hat die Nachrichtennetze übernommen und ihre Datenströme nicht durch leeres Rauschen ersetzt, sondern durch codierte Informationen. Ich vermute, die polare Station hat jene Informationen dann empfangen und zum Objekt gesendet. Marx geriet nur in den Weg.«

»Aber die Station ist geschützt, Sir«, wandte der Flottensergeant ein. »Meine Soldaten befinden sich am Pol.«

Zai runzelte die Stirn. Der Mann hatte Recht. Es fiel ihm schwer zu glauben, dass das Verbundbewusstsein die Sicherheitsbarrieren der isolierten und abgeschirmten Verschränkungsstation überwinden konnte. Wie war ihm dieser Trick gelungen?

»Eintreffende Nachrichten, Sir«, sagte Hobbes. »Lichtgeschwindigkeit.«

Der Captain nickte. Die Informationsnachhut des Planeten schloss zu ihnen auf.

Hobbes senkte die Lider.

»Von der polaren Station«, sagte sie. »Sie wird angegriffen, Sir! Von Drohnen und automatischen Flugzeugen. Eine Rix hat die Barriere durchdrungen.«

Der Flottensergeant fluchte. Er hatte auf Legis XV bleiben wollen, um bei der Jagd auf die Rix zu helfen, aber Zai hatte ihn zur *Luchs* zurückbeordert.

»Eine Nachricht vom Palastkontingent. Der Kollaps ist global. Alle mit den Kom-Netzen verbundenen Geräte spielen verrückt.«

»Sie spielen nicht verrückt«, brummte Zai. Sie übermittelten codierte Daten. Dem Verbundbewusstsein war es gelungen, diese Daten dem Objekt zu senden. Es hatte die Blockade durchbrochen.

»Wieder eine Mitteilung vom Pol«, sagte Hobbes und lauschte aufmerksam. »Es heißt, die interplanetaren Kommunikationsanlagen sind plötzlich aktiv geworden und auf Sendung gegangen.«

Der Flottensergeant fluchte erneut.

»Wohin ging die Sendung?«, fragte Zai. Dann begriff er, dass es ohne eine Translicht-Verbindung siebzehn Stunden dauern würde, bis er eine Antwort bekam.

Tyre kehrte aus der Datentrance zurück und sprach plötzlich. »Sie hatten Recht, Sir. Es gibt eine Verbindung zwischen den Legis-Daten und dem Objekt.« Die Ensign blickte erneut in ihr sekundäres Sehen und versuchte, die dortigen Symbole in Worte zu fassen. »Bei beiden gibt es eine Hintergrundperiode von achtundzwanzig Millisekunden. Und eine Art Gebrauchsmuster: alle paar Sekunden tausendvierundzwanzig Nullen in einer Reihe. Sie hatten Recht.«

Zai freute sich nicht darüber. Informationen kamen jetzt von allen Seiten und bestätigten seine schlimmsten Befürchtungen, aber er wusste nicht, was er tun sollte.

Trotz all der Wagnisse der *Luchs* im Kampf gegen den Schlachtkreuzer der Rix – sie hatten eine Niederlage erlitten. Das Verbundbewusstsein war seiner Quarantäne entkommen.

»Noch etwas vom Palast, Sir«, sagte Hobbes. »Die dortigen Soldaten melden, dass es ihnen gelang, die Sicherheitssysteme wieder unter Kontrolle zu bringen. Der Kommunikationskollaps scheint das Verbundbewusstsein verwirrt zu haben.«

Zai starrte sie groß an.

Ensign Tyre meldete sich wieder zu Wort und gab weitere Informationen über die Datenströme des Planeten und das Objekt. Inzwischen hatte sie die gemeinsamen Muster mit den Hirnwellen des Meisterpiloten verglichen.

Verdammt, dachte Zai. Hatte er Marx an die Ungeheuerlichkeit im All verloren?

»Sir!«, rief Hobbes und schwieg wieder.

»Bericht, Hobbes.«

»Das Verbundbewusstsein scheint verschwunden zu sein, Sir.«

»Aus dem Palast?«, fragte Zai.

Hobbes schüttelte den Kopf. »Von überall. Die Kom-Netze auf Legis XV stabilisieren sich wieder, aber der Geist ist fort, Sir. Kaiserliche Schranken werden aktiv und verhindern, dass sich das Bewusstsein erneut ausbreiten kann.«

Die Stimme einer Kom-Offizierin erklang. »Ich empfange lokale Sendungen der Miliz auf einer Notfrequenz. Sie bestätigen den Vorgang. Das Verbundbewusstsein scheint tatsächlich verschwunden zu sein. Legis ist frei.«

Zai lehnte sich zurück und schüttelte den Kopf.

»Es ist weg, Sir«, sagte Hobbes. »Irgendwie haben wir gewonnen. Das Verbundbewusstsein ist verschwunden!«

»Nein«, erwiderte der Captain. So leicht konnte es nicht sein. Ein von den Rix gesätes Verbundbewusstsein konnte keinem Kollaps der Infostruktur zum Opfer fallen, wie umfassend er auch sein mochte. Es gab keine Wunder, keine leichten Siege. Nicht für Laurent Zai.

Dann begriff er, was geschehen war.

Zai bewegte die Hände und brachte das Objekt in den Luftschirm zurück.

»Es ist nicht verschwunden.«

Er deutete auf das sich wie hin und her windende Gebilde.

»Es befindet sich dort.«

Die Brückenoffiziere starrten stumm zum Luftschirm, wie hypnotisiert vom Wogen des Objekts.

Tyre kam aus ihrer Trance und nickte.

»Ja, Sir. Das Verbundbewusstsein ist in dem Objekt. Ich sehe es dort.

»Ingenieur Frick«, sagte Zai.

»Ja, Sir?«

»Geben Sie mir Beschleunigung«, befahl der Captain. »In vierzig Minuten.«

»Aber, Sir ...«

»Sie haben mich gehört.«

Laurent Zai schritt zur Tür der Kommandobrücke. Er musste der Flut an Offenbarungen für einige Momente entkommen, um wieder klar zu denken.

»Wie viel Beschleunigung, Sir?«, rief ihm Frick nach. »Wie viel *g?*«

War das nicht offensichtlich?, dachte Zai.

»Genug, um das Ding zu rammen«, sagte der Captain und verließ die Brücke.

MARINE

Auf Legis XV war Marine Sid Akman der Verzweiflung nahe.

Er hatte die Versuche satt, sich verständlich zu machen, hob die Hand zum Zeichen für einen allgemeinen Rückzug im Kriechgang. Sofort sanken die über die eisigen Hügel am Ziel verteilten Milizionäre wie ein Mann zu Boden.

Ein perfekt durchgeführtes Manöver, dachte Akman bitter. Er hatte endlich etwas gefunden, bei dem die Milizionäre von Legis gut waren: Sie konnten sich gut ducken.

Als er zum Planeten versetzt worden war, hatte sich Akman zunächst darüber gefreut, der *Luchs* zu entkommen. Die Fregatte hatte gerade den Befehl erhalten, dem Schlachtkreuzer der Rix entgegenzufliegen, galt deshalb als dem Untregang geweiht. Normalerweise hielten Soldaten der Flotte nichts von einem planetaren Einsatz, aber in diesem Fall war er besser als ein kalter Tod im All.

Doch inzwischen hatte sich herumgesprochen, dass die *Luchs* beim Vorbeiflug am Schlachtkreuzer nicht vernichtet worden war.

Und Marine Sid Akman befand sich in einer gefährlichen Situation.

Als kaiserlicher Soldat mit der größten Kampferfahrung – drei Orbitalsprünge – kommandierte er diesen Angriff, bei dem sich ein Zug der lokalen Miliz einer tödlichen Rix-Kämpferin näherte. Die Rix saß in ihrem Unterschlupf fest, dessen Verteidigung sie über Wochen hinweg hatte vorbereiten können. Hinzu kam: Nur ein Kilometer trennte ihre Eishöhle vom magnetischen Nordpol des Planeten, und das starke EM-Feld von Legis XV beeinträchtigte die Ausrüstung der Milizionäre. Die thermischen Imager lieferten schlechte Bilder, ferngesteuerte Erkundungsdrohnen waren nicht einsatzfähig, und der Minenräumroboter des Zugs bewegte sich nur in großen, langsamen Kreisen, von denen seine interne Navigation behauptete, es wäre eine gerade Linie.

Was alles noch schlimmer machte: Akman musste auf die Unterstützung der schweren Artillerie verzichten. Es lag an der Kälte. Die von ihm bevorzugte Strategie – das Ziel leise mit Röntgenlasern markieren und dann einen Schwarm Raketen hinter den Hügeln starten – konnte diesmal nicht angewendet werden. Es gab auch keine Luftunterstützung. Eine geisterhafte Kraft griff seit Wochen Flugzeuge in der Polarregion an, und in der Miliz von Legis glaubte man, dass das Verbundbewusstsein der Rix alles in der Luft kontrollieren konnte.

Die hohen Tiere der Miliz fürchteten das Verbundbewusstsein *sehr*, obgleich es beim Kommunikationskollaps vor einigen Stunden verschwunden zu sein schien. Deshalb hatten sie diesen Einsatz elektronisch isoliert und selbst von der sicheren militärischen Infostruktur getrennt. Akman hatte keine Dateneinblendung, kein Feedback von seinen so genannten Soldaten, nicht einmal *Funk*.

Er musste sich mit Handzeichen begnügen, einem hastig konstruierten Gestencode, mit dem es ihm bisher nicht gelungen war, die Truppe in Position zu bringen. Akman wünschte sich Trompeten und Trommeln.

Der ganze Angriff war in jedem Fall unnötig gefährlich. Die Rix saß hier in der Arktis fest. Der von ihr gestohlene Aufklärer war irreparabel beschädigt. Ein Militärsatellit hatte ihn entdeckt; die schwarze Panzerung ließ sich leicht vor dem weißen Hintergrund erkennen. Seltsamerweise hatte die Rix den Flieger nicht mit Schnee oder einer Plane getarnt, um ihn vor Entdeckung zu schützen. Akman sah ihn jetzt durch seinen Feldverstärker (der zum Glück funktionierte). Deutlich war zu erkennen, wie stark der Erkunder beim Kampf an der Verteidigungsbarriere der Verschränkungsstation beschädigt worden war. Vielleicht konnte er noch fliegen, aber bestimmt nicht weiter als einige Kilometer.

Warum also konnten sie die Rix nicht einfach einkreisen? Zumindest so lange, bis man die Artillerie gegen sie einsetzen konnte? Ferngesteuerte Drohnen. Kampfflieger. *Alles*, nur kein Angriff vom Boden aus.

Die Lamettaträger der Miliz führten Akman an der Nase

herum und rechtfertigten den riskanten Angriff mit der angeblichen Notwendigkeit, die Geisel (oder die Verräterin) bei der Rix zu vernehmen. Deshalb waren sie dagegen, den ganzen Berg dem Erdboden gleichzumachen. Akman hatte sie nicht daran erinnert, wie die letzte Geiselrettung ausgegangen war.

Er seufzte und hob die rechte Faust, mit drei nach oben zeigenden Fingern. Nach einem Moment kamen die Milizionäre von Gruppe Drei langsam auf die Beine und wechselten Blicke. Akman streckte den Arm nach vorn, die Hand flach und parallel zur Tundra. Gruppe Drei setzte sich in Bewegung.

Er lächelte dünn in der eisigen, windigen Kälte. Zum ersten Mal funktionierte dieses Signal.

Akman hielt Gruppe Drei an und sorgte dafür, dass sich die Milizionäre wieder duckten. Dann ließ er Gruppe Zwei ein wenig vorrücken, um zu sehen, ob sie das Signal ebenfalls verstand. Während der nächsten Minuten schob er die Elemente seines Kommandos ziellos hin und her, wie ein Schachspieler, der Züge gegen einen bewegungsunfähigen Gegner vergeudete. Die Milizionäre wurden ein wenig besser. Und soweit Akman das feststellen konnte, wusste die Rix noch nichts von der Streitmacht, die ihre Höhle umstellt hatte. Das unaufhörliche Heulen des Winds übertönte die Geräusche der Schritte, und im EM-Spektrum waren die Angreifer kaum zu sehen. Vielleicht gab Akmans Steinzeit-Kommunikation der Truppe sogar einen Vorteil.

Natürlich hätte er das Überraschungsmoment gerne gegen einige Kampfhubschrauber eingetauscht. Puma-Klasse, mit kaiserlichen Piloten.

Es wurde Zeit für den entscheidenden Vorstoß.

Akman verließ die Kuppe des Hügels und schlich langsam den Hang hinunter. Er wusste: Wenn die ersten Schüsse fielen, war jede Ordnung dahin, es sei denn, er blieb für die Milizionäre sichtbar. Ach, es würde ohnehin zu einem Durcheinander kommen. Aber von hier oben konnte Akman wenigstens selbst einige Schüsse abgeben. Bei dem Rettungseinsatz im Palast hatte er einige Freunde an die sieben Rix-Verteidiger verloren. Wenn ihm hier am Pol der Todesschuss gelang, nahm er jener fehlgeschlagenen Mission damit einen Teil der Schande.

Auf dem Bauch rutschte er zum Höhleneingang, hielt kurz inne und winkte Gruppe Eins auf der linken Seite nach vorn. Einige kompetente Techs gehörten zu Eins. Akman hielt den Daumen nach oben, und der Gruppenführer, eine junge Frau namens Smithes, sprühte einen hellen Dunst aus Monofasern auflösendem Aerosol über den Kopf des Obersoldaten hinweg in den Höhlenzugang. Es wurden keine Fallen sichtbar.

Akman setzte sich wieder in Bewegung und blieb vor seiner Truppe. Da sich alle hinter ihm befanden, konnte er seine Variwaffe auf breite Streuung einstellen. Die Wirkung ähnelte der einer abgesägten Schrotflinte - damit ließ sich die Rix vielleicht nicht töten, aber sie würde es zu spüren bekommen. Wenn er es schaffte, sie auch nur für wenige Sekunden zu betäuben ... Eins der vielen tausend Projektile, abgefeuert von den in Panik geratenden Milizionären, mochte sie endgültig erledigen.

Die Höhle war dunkel. Akman veränderte die Justierung seines Visiers, obgleich er wusste, dass die kaltblütigen Rix mit Infrarot nur schwer auszumachen waren. Er kroch durch den Zugang, und die plötzliche Stille der Hölle erschien ihm gespenstisch nach dem ständigen Heulen des Winds.

Dann hörte Akman etwas. Ein Geräusch aus dem Innern der Höhle - es hallte so von glatten, laserbearbeiteten Wänden wider, als bestünden diese aus Marmor.

Es klang wie Würgen oder Husten.

Akman hatte noch nie daran gedacht, dass einer Rix übel sein konnte. Vielleicht handelte es sich um die Geisel. Das Geräusch war hohl und brachte einen Schmerz zum Ausdruck, der irgendwie menschlich und nach einem gebrochenen Herzen klang.

In Gedanken zuckte er mit den Schultern. Was auch immer es war: Er konnte sich unbemerkt nähern.

Akman hob die Faust und signalisierte Gruppe Eins zu warten, bis sie Schüsse hörte. Dann kroch er weiter in die Höhle.

Licht erschien vor ihm und glitzerte über die Eiswände. Die hustenden Geräusche und das Glühen schienen aus der gleichen Richtung zu kommen, und Akman folgte ihnen. Er wusste, dass er sich vor Monofaser-Fallen schützen sollte. Selbst wenn er im Schneckentempo kroch: Die molekül-dünnen Drähte konnten durch ein Glied schneiden, ohne dass er den mikroskopischen Schnitt bemerkte. Doch etwas an dem Mitleid erweckenden Geräusch ließ ihn seine Vorsicht vergessen. Akman wusste instinktiv, dass er im Vorteil war.

Schließlich stand er auf. Das Geräusch hatte seinen Ursprung hinter einem scharfen Vorsprung aus Eis. Akman schluckte – er schickte sich an, ganz allein eine Rix zu töten.

Akman bewegte sich, bevor er Zeit hatte, über seinen Wahnsinn nachzudenken.

Leichtfüßig und mit schussbereiter Waffe trat er in den kleinen Raum. Ein Druck auf den Auslöser genügte, um alles vor ihm zu treffen.

Die Rix saß da, den Kopf in den Händen.

Und in welchem Zustand sie sich befand! Am verbrannten Kopf zeigten sich nur noch einige wenige Haarbüschel. Hände und Gesicht waren rot und blasig. Schmutz und geronnenes Blut bedeckten jeden Quadratzentimeter der sichtbaren Haut. Die angeschwollene Nase schien gebrochen zu sein. Die Rix trug einen rußgeschwärzten Ablativanzug, der an den Hyperkarbon-Gelenken geschmolzen war und dort in glänzenden Fetzen herabhing, wie gelöste Haut. Halb gefrorenes Blut bildete eine Lache unter ihr, und Akman sah mindestens drei Bauchwunden.

Vermutlich war auch die Lunge verletzt. Die hustenden Geräusche schüttelten den ganzen Leib.

Obersoldat Akman begriff plötzlich: Er konnte diese Frau *gefangen nehmen*. Zum ersten Mal in einem Jahrhundert würde das Reich eine lebende Rix bekommen. Durch ihn, Sid Akman.

Mit zitternden Fingern schaltete er die Variwaffe auf Aufruhrbekämpfung um – in dieser Konfiguration feuerte sie von Plastikgelee umhüllte Stahlkugeln ab. Eine lächerliche Waffe gegen eine Rix, aber die Frau schien so sehr verletzt zu sein, dass es vielleicht genügte. Akman richtete sie auf den blutigen Bauch der Rix.

Möglicherweise brauchte er gar nicht zu schießen.

Die Rix sah auf und erstaunte Akman mit wunderschönen violetten Augen.

Beim Reich, dachte er. *Sie hat geweint.*

Es musste eine Wartungsprozedur sein: Flüssigkeit mit Reparaturnanos für vom Feuer beschädigte Optiken. Ein Krokodiltrick.

Es konnten keine echten Tränen sein.

Die Rix erbebte mit neuerlichem Schluchzen. Dann holte sie ein Monofaser-Messer unter ihrer Kleidung hervor.

Akman feuerte sofort, und der Rückschlag der schweren Waffe raubte ihm das Gleichgewicht. Er taumelte und versuchte, nicht auf den eisigen Boden zu fallen. Die Stahlkugeln prallten harmlos von der gehobenen Hand der Rix ab – sie hatte den Schuss abgewehrt!

Sie hustete und warf das Messer beiseite.

»Jetzt bin ich unbewaffnet«, sagte sie mit perfektem lokalen Akzent.

Damit ließ sie den verbrannten Kopf wieder in die Hände sinken.

Der Schub aus Adrenalin und Furcht, der ihn veranlasst hatte, den Auslöser der Variwaffe zu betätigen, ließ rasch nach. Akman atmete wieder ruhiger. Die Rix *gab auf*. Er ließ seine Waffe sinken und fragte sich, ob all das, was er über die Rix gehört hatte, falsch sein konnte.

Andere Geräusche erklangen und deuteten darauf hin, dass sich die Milizionäre von Gruppe Eins unbeholfen näherten – sie mussten den Schuss der Variwaffe gehört haben. Akman drehte sich um und winkte sie zurück.

Die erste gefangene Rix überhaupt. Er wollte nicht riskieren, dass ein übereifriger Idiot hereinplatzte und sie erschoss. Wieder verkrampfte sich ihr Körper, und Akman war plötzlich voller Sorge. Er wollte nicht, dass sie *starb*, bei Gott.

»Haben Sie ...«, begann er. Schmerzen? *Geweint?*

Eine einfache Frage. »Was ist los?«

Erneut sah ihn die Rix mit ihren verblüffenden violetten Augen an, die einzigen unverletzt gebliebenen Stellen in ihrem Gesicht.

»Ich trauere um Rana Harter«, sagte sie schlicht. »Die heute gestorben ist.«

Und dann weinte sie noch etwas mehr.

ERSTER OFFIZIER

Die *Luchs* begann sich zu bewegen.

Fast vier volle Stunden nach der vom Captain genannten Frist gestattete Ingenieur Frick dem Ersten Offizier, den Befehl zu geben. Die Fregatte erbebte, als der Hauptantrieb aktiv wurde. Ein Zittern ging durch die Brücke, begleitet von einem metallenen Ächzen. Die Gravitationsgeneratoren der *Luchs* hielten das Trägheitsmoment normalerweise bei null, aber diesmal wiesen sie darauf hin, dass auch sie starken Belastungen ausgesetzt gewesen waren. Hobbes wurde in ihren Sessel gepresst und fühlte etwa die Hälfte der vier *g* starken Beschleunigung.

Sie sah, wie der Captain eine finstere Miene schnitt, als das auf ihnen lastende Gewicht nachließ.

»Hobbes?«

»Sir, die Gravitationsgeneratoren haben jetzt eine zweifache Aufgabe«, lautete ihre Erklärung. »Sie halten uns fest *und* das Schiff zusammen. Die Trägheitsdämpfer haben für die Sektionen der *Luchs* Priorität, in denen die strukturelle Integrität gefährdet ist.«

»Ja, Hobbes. Aber jene Erschütterungen können für die rissige Rumpflegierung im Bug nicht gut gewesen sein.«

»Nein, Captain. Für die rissige Rumpflegierung im Bug waren sie alles andere als gut.«

Hobbes wandte sich wieder ihren Aufgaben zu und achtete nicht darauf, dass Zai über ihren Tonfall staunte. Sie hatte genug zu tun – sie koordinierte die Reparaturarbeiten, wies Gruppen mit schweren Objekten Nullschwerkraft zu und sorgte ganz allgemein dafür, dass das Schiff nicht auseinander brach –, auch ohne dem Captain Offensichtliches erklären zu müssen. Einige weitere Stunden im freien Fall, und die *Luchs* hätte problemlos beschleunigen können.

Aber Befehl war Befehl, und es gab nur wenig Zeit.

Der Schlachtkreuzer der Rix beschleunigte mit maximaler Triebwerkskraft und würde das Objekt in gut sieben Stunden erreichen. Die *Luchs* konnte nicht ewig warten. Auch so würde es ihr nicht leicht fallen, ihre Geschwindigkeit der des Objekts anzupassen, bevor der Schlachtkreuzer eintraf.

Hobbes fragte sich, wieso die Rix das Objekt fünfzehn Millionen Kilometer hinter dem Schlachtkreuzer platziert hatten, ohne Eskorte. Wenn sie es mit hundert oder mehr Schwarzkörper-Drohnen ausgestattet hätten, wäre es in der Lage gewesen, sich zu verteidigen.

Aber vielleicht war es auch so imstande, mit der *Luchs* fertig zu werden, dachte der Erste Offizier. Seine alchimistischen Kräfte waren eine unbekannte Größe. Das jetzt lebendige Objekt (Enthielt es wirklich das Verbundbewusstsein, oder war der Captain verrückt?) konnte sich praktisch in jede beliebige Substanz verwandeln.

Aber wie wollte es sich verteidigen? Indem es sich in ein funktionierendes Raumschiff verwandelte? In eine riesige Fusionskanone? Oder würde es sich zusammenfalten und einen Panzer aus Rumpflegierung bilden? Oder sogar aus Neutronium?

Hobbes schüttelte den Kopf und strich den letzten Punkt aus ihrer Liste. Neutronium war kollabierte Materie – eine nichtelementare Substanz –, und bei den bisherigen Transsubstantiationen war es immer um Elemente gegangen. Bisher vermutete die Abteilung Datenanalyse, dass das Objekt virtuelle Elektronen nach Belieben anordnen konnte, aber keine Protonen und Neutronen. Deshalb konnte seine Substanz trotz ihrer chemischen Eigenschaften nie Masse, Radioaktivität und Magnetismus der betreffenden realen Materie haben. Die Alchimie des Objekts ließ sich mit der eines Generators für leichte Gravitonen vergleichen: Die davon erzeugten Partikel waren zunächst verblüffend, aber bei genauerer Untersuchung verblassten sie im Vergleich mit den realen Äquivalenten.

Katherie Hobbes schob diese Gedanken beiseite – Spekulationen über das Objekt fielen in den Zuständigkeitsbereich der DA. Sie widmete ihre Aufmerksamkeit wieder dem Reparaturstatus der *Luchs*. Der Singularitätsgenerator hatte den größten Teil der übrig gebliebenen Ressourcen beansprucht. Der Urknall-Mechanismus war so weit in Ordnung, aber für die Abschirmung des Generators waren überall im Schiff Panzerplatten demontiert worden. Die provisorische Sicherung des Generators genügte für den Schutz der Crew, doch ihr fehlte die notwendige Gegenmasse, um das Schwarze Loch bei Starkbeschleunigung in Position zu halten. Man brauchte viel Materie, um ein Taschenuniversum daran zu hindern, unter den frei werdenden Trägheitskräften eines Manövers auszubrechen. Mit jeder Tonne, die Frick der Abschirmung hinzufügte, bekam Hobbes ein weiteres *g*-Bruchteil sicherer Beschleunigung, aber die Panzerung musste aus anderen Teilen des Schiffes herbeigeschafft werden. Außerdem war es notwendig, den rissigen Bug des Schiffes zu verstärken. Frick musste sich mit einem Flickwerk aus Platten von gepanzerten Drohnen, Kampfstationen und sogar Dekompressionswänden begnügen. Die Hälfte der gesicherten Abteilungen an Bord – Geschütze, der Hauptantrieb, kritische Ziele wie die Krankenstation – verlor ihre Panzerung. Wenn es die *Luchs* mit weiteren Schwärmern oder einer anderen kinetischen Waffe zu tun bekam, so war sie praktisch erledigt.

Der Erste Offizier wünschte sich, hundert Tonnen Rumpflegierung bei einem Alchimisten bestellen zu können.

Sie simulierte den Flug mit der aktuellen Konfiguration der Fregatte. Bei vier *g* über sieben Stunden hinweg wurde die *Luchs* langsam genug für einen Vorbeiflug mit der relativen Geschwindigkeit von dreihundert Kilometer pro Sekunde, eine respektable Geschwindigkeit für einen Angriff. Doch wenn es ihnen gelang, noch ein *g* mehr herauszuquetschen, konnte die *Luchs* ihre Geschwindigkeit der des Objekts anpassen. Es war enorm wichtig für das Reich, Informationen über das Gebilde zu gewinnen, bevor sie es zerstörten.

Noch besser wäre es gewesen, *zwei* zusätzliche *g* zu bekommen, dachte Hobbes. Dann hätte die Fregatte ebenso wie der Schlachtkreuzer mit sechs *g* beschleunigen können, was letztendlich ein Entkommen ermöglicht hätte. Vielleicht ließ sich das bewerkstelligen, wenn Frick die Panzerung aller gesicherten Abteilungen benutzte.

Hobbes rieb sich die Schläfen – ihre Gedanken hatten sich zu lange um eine Kombination möglicher Kompromisse gedreht und Kopfschmerzen verursacht. Zwei Stunden Hyperschlaf hatten ihre Konzentrationsfähigkeit erneuert, aber jetzt kehrte die Benommenheit zurück. Sie beschloss, den Captain um Rat zu fragen.

Der Sessel des Kommandanten war leer. Hobbes stellte einen Kontakt in Synästhesie her.

Zais Stimme erklang ohne ein visuelles Signal, sicherer Hinweis darauf, dass er sich in der Beobachtungsblase des Captains befand. Nach dem Kampf hatte er die Anweisung erteilt, die Blase so schnell wie möglich wiederherzustellen. Während der letzten Stunden war er immer wieder dort gewesen und hatte so wie vor der Ablehnung der Fehlerklinge in die Leere gestarrt.

Hobbes fragte sich, ob er inzwischen bedauerte, keinen rituellen Selbstmord begangen zu haben.

»Ja, Hobbes?«

»Ich glaube, ich kann uns bis auf fünf *g* bringen, Sir.«

»Nur fünf?«

Hobbes seufzte lautlos, froh darüber, dass ihr Gesichtsausdruck dem Captain verborgen blieb.

»Wir haben nicht genug Schwermetall, um das Schwarze Loch bei stärkerer Beschleunigung in Position zu halten, Sir.«

»Was haben wir demontiert?«

»Praktisch alles, Sir. Die gesicherten Abteilungen, Krankenstation. Drohnen. So viel von der Abschirmung des

Hauptantriebs, wie wir es ohne eine weitere akute Krebsgefahr riskieren können.«

Kurze Stille folgte diesen Worten.

»Was ist mit der Brücke?«

»Sir?« Die Kampfbrücke war der sicherste Ort an Bord der *Luchs,* gehüllt in einen Kokon aus Rumpflegierung und strukturiertem Neutronium. Aus gutem Grund: Es gab keine Ersatz-Befehlskette für den Fall, dass der Captain und die Führungsoffiziere ums Leben kamen.

Das Reich wollte nicht, dass gewöhnliche Besatzungsmitglieder den Befehl über ein Raumschiff führten. Erst recht nicht über dieses.

»Ich glaube, bei der Abschirmung der Brücke stehen vierzig Tonnen Material zur Verfügung«, sagte der Captain.

»Vierzig Tonnen mögen präsent sein, Sir. Aber ich weiß nicht, ob sie *zur Verfügung* stehen.«

Der Captain lachte leise. »Geben Sie mir sechs *g*, Hobbes. Was auch immer dazu nötig ist.«

»Sir ...«

»Das Objekt hat vielleicht mehrere Möglichkeiten, uns anzugreifen, Hobbes. Aber ich bezweifle, ob es bereit ist, eine kinetische Waffe gegen uns einzusetzen. Denken Sie darüber nach, Hobbes.«

Der Erste Offizier ließ sich die Worte des Captains durch den Kopf gehen.

»Weil es seine eigene Masse verwenden müsste, um eine Raketen zu schaffen?«

»Ja, Hobbes. Und wahre Masse ist die einzige Sache, an der es ihm mangelt. Vielleicht ist es imstande, ein Diamantprojektil zu schaffen, aber wie hart der Diamant auch sein mag: Er wird die Dichte eines Zuckerwürfels haben. Wie viel Panzerung Sie auch demontieren: Ich bin sicher, die *Luchs* übersteht einen Hagel aus Zuckerwürfeln. Selbst wenn sie sehr hart sind.«

Hobbes wölbte die Brauen. Sie hatte geglaubt, dass der Alte der Melancholie erlegen war, und er zeigte plötzlich wieder sein taktisches Genie. Doch sie war nicht völlig überzeugt.

»Und wenn die Würfel ultrabeschleunigt werden, Sir? Bei relativistischer Geschwindigkeit ...«

»Ultrabeschleunigung erfordert Magnetismus, Hobbes.«

Sie verzog das Gesicht, als ihr der eigene Fehler klar wurde. Natürlich. Die DA ging davon aus, dass die alchimistische Materie des Objekts weder eisenhaltig noch spaltbar war. Das Objekt war bei seinen Waffen auf chemische Beschleunigung angewiesen, und dadurch wurden Projektile nicht schnell genug.

»Ich verstehe, Sir. Deshalb wollen Sie mehr *g*. Damit wir schnell genug abbremsen können, um die Geschwindigkeit anzupassen.« Hobbes begriff es jetzt. Wenn die *Luchs* mit einigen hundert Kilometern pro Sekunde vorbeiflog, brauchte das Objekt nur ein Netz aus alchimistischen Elementen in ihrer Flugbahn zu platzieren. Selbst ein gewöhnlicher Stolperdraht kann für einen Laufenden tödlich sein.

»Genau, Erster Offizier«, sagte Zai. »Und mit sechs *g* können wir dem Schlachtkreuzer entkommen, nachdem unsere Mission abgeschlossen ist.«

Hobbes nickte.

»Aber was ist mit Energiewaffen, Sir? Wir haben nur eine provisorische Wärmesenke. Die Brückenpanzerung schützt uns auch vor Strahlung.«

»Wir haben keine Anzeichen einer starken Energiequelle gefunden, Hobbes. Doch Sie haben natürlich Recht. Wenn sich das Ding in eine planetengroße Fusionskanone verwandeln kann, sind wir alle tot.«

»Dann sollten wir ...«

»Tot, Hobbes, mit oder ohne Brückenpanzerung. Geben Sie mir sechs *g*. Captain Ende.«

Katherie hörte, wie die Verbindung unterbrochen wurde.

Sie seufzte. Vielleicht hatte der Alte Recht. Sie waren in Richtung einer Vielzahl unbekannter Möglichkeiten unterwegs und mit einem Gegner konfrontiert, von dessen Stärken und Schwächen sie kaum etwas wussten. Die *Luchs* sah sich einem Feind gegenüber, der weder ein Raumschiff mit Besatzung noch eine Drohne war, weder Maschine noch Lebewesen – er bestand nicht einmal aus richtiger Materie. Er war ein leerer Bote in der Leere des Alls.

Erneut schien das Überleben von Laurent Zais Schiff nicht in den Händen der Crew zu liegen.

Einige Tonnen Metall mehr oder weniger änderten nichts daran.

SENATORIN

Das Ratsmitglied von der Seuchenachse traf mit einem Donnern ein.

Nara Oxham wartete seit Stunden. Der Gesandte war erst zwanzig Minuten zu spät dran, aber Nara hatte den ganzen Tag über immer wieder an das bevorstehende Treffen gedacht, als handelte es sich um etwas Verbotenes. Da war das Widerstreben, mit jemandem zu reden, dessen Gesicht sie nicht sehen konnte; Unbehagen, weil sie sich mit einem Ratsmitglied außerhalb des Versammlungsraums traf; und hinter diesen Empfindungen die irrationale, aber uralte Furcht vor Ansteckung.

Der Helikopter des Ratsmitglieds näherte sich langsam, und sein Geräusch schwoll an: Aus einem subliminalen Zittern wurde eine erbarmungslose Kraft, die bei Naras Teeservice klirrende Proteste hervorrief. Die große Maschine hatte zuvor nachgefragt und sich vergewissert, dass der

Landplatz des Gebäudes genug Platz und Stabilität bot – die ambientalen Systeme des Ratsmitglieds erforderten einen schweren Transporter. Er enthielt das Leiden des Mannes, eine mobile Quarantänestation.

Auf Oxhams Bitte hin hatte Roger Niles diskret das Geschlecht des Repräsentanten der Seuchenachse festgestellt. Im Versammlungsraum des Kriegsrats sprach der Mann nur bei Abstimmungen, und ein Filtersystem verzerrte seine Stimme. Es schützte sein empfindliches Immunsystem vor der Verschmutzung der Hauptstadt und die übrigen Ratsmitglieder vor den uralten Parasiten in ihm.

Nara Oxham schauderte kurz, als aus dem Heulen des Helikopters ein Brummen wurde – es wies darauf hin, dass die Maschine sicher auf der Landefläche weiter oben gelandet war. Auf einer rein rationalen Ebene wusste Oxham, dass sie nichts zu befürchten hatte. Mitglieder der Seuchenachse trugen den Tod mit sich, wenn sie die Sphäre der Lebenden betraten. Wenn ein Bioanzug ein Leck bekam, wurde sein Träger von Phosphorverbindungen getötet, um eine Kontamination der Umgebung zu vermeiden.

Naras Furcht war nicht nur grundlos, sondern auch schändlich, ein Überbleibsel der dümmsten Fehler der Menschheit. Die Seuchenachse leistete einen Signaldienst für das Reich. Wie der größte Teil der menschlichen Diaspora verfügten die Achtzig Welten trotz ihrer Billionen von Bewohnern nur über einen kleinen Genpool. Das genetische Erbe der Alten Erde war durch Kriege und Katastrophen eingeschränkt worden, und durch törichte Rassenreinheitsgesetze, die dazu geführt hatten, dass Monokulturen zu den Sternen aufbrachen, Inzuchtgruppen ohne die Stabilität und Anpassungsfähigkeit von Kulturen mit genetischer Fusion.

Doch von allen historischen Fehlern, die die genetische Vielfalt reduziert hatten, war einer besonders schlimm gewesen: das Bemühen, die Menschheit gentechnisch von Fehlern zu befreien.

Nach Jahrtausenden fehlgeleiteter genetischer Manipulation hatte man schließlich den subtilen Streich der Evolution verstanden: Fast keine menschlichen Eigenschaften waren »verkehrt«. Gene, die eine Krankheit in einem Ambiente verschlimmerten, brachten Widerstandskraft in einem anderen. Wahnsinn war mit Genie verbunden, Passivität mit Geduld. Selbst Nachteile enthielten verborgene Stärken. Unter den wilden, variablen Bedingungen der Sterne stellten die Menschen fest, dass sie größere Vielfalt brauchten, nicht weniger. Und doch war es eine verkleinerte Menschheit, die die irdische Wiege verließ, geschwächte Supermenschen, die nur einem lokalen, fehlerhaften Standard von Überlegenheit entsprachen.

Die Seuchenachse war der Versuch, diesen Schaden zu beheben. Sie bestand aus Atavisten mit Genen, die durch Zufall den eugenischen Pogromen entkommen waren. Sie stammten von den Armen ab, die keinen Zugang zu Gentherapien und pränataler Selektion gehabt hatten. Sie waren wie weggeworfener Müll, der plötzlich sehr kostbar wurde, wie Antiquitäten. Die Menschen der Seuchenachse waren die Hässlichen gewesen, die Kranken, jene, die leicht dem Wahnsinn anheim fielen. Jetzt existierten sie als Reservoir uralter Schätze. Ihre einst unerwünschten Eigenschaften wurden im Lauf der Generationen langsam und vorsichtig in die allgemeine Population zurückgeführt.

Dennoch zögerte Nara Oxham, bevor sie die Tür mit einem Wink öffnete. Sie vollführte die Geste mit einer unsicheren Hand.

Der Repräsentant der Seuchenachse zögerte im offenen Zugang, wie ein Vampir, der darauf wartete, über die Schwelle gebeten zu werden.

»Ratsmitglied«, sagte Nara.

Der Helm des Bioanzugs neigte sich ein wenig nach vorn, und der Mann schlurfte herein.

Senatorin Oxham fragte sich, ob er sich setzen wollte. Die Sitze der Ratskammer boten der Masse seines Bioanzugs genug Platz, aber die Stühle in ihrem Apartment waren spindeldürr und fragil.

Der Gesandte blieb stehen. Nara folgte seinem Beispiel.

»Senatorin«, erwiderte er den Gruß.

»Welchen Umständen verdanke ich dieses Vergnügen?«

»Eine Erklärung ist angebracht, und ein Versprechen.«

Oxham schüttelte verwirrt den Kopf.

»Ich muss mein Abstimmungsverhalten von gestern erklären, Senatorin«, sagte der Mann.

Oxham atmete tief durch. Er meinte den Genozidplan des Kaisers. Sie blickte zur Dunkelheit des Märtyrerparks. Die Hundert-Jahr-Regel verbot nicht, dass Ratsmitglieder über Geheimnisse diskutierten, aber es bereitete ihr Unbehagen, hier darüber zu sprechen, außerhalb des Versammlungsraums.

»Die Sache ist inzwischen erledigt, Ratsmitglied. Glücklicherweise kam es nicht zum Schlimmsten.«

»Ja, die *Luchs* hat uns davor bewahrt«, erwiderte der Mann. »Aber wir möchten, dass Sie unsere Motive verstehen. Wir sind nicht Ihr Feind.«

»Wir?«

Er nickte. »Ich habe die Entscheidung nicht allein getroffen.«

Nara blinzelte. Hatte er den Plan des Kaisers mit Außenstehenden erörtert? Der Mann gab Verrat zu.

»Aber wie?«, fragte sie. »Uns blieben nur Minuten für die Entscheidung.« Sie betrachtete den großen Bioanzug und fragte sich, ob er ein verschränktes Quantengitter enthielt, die einzige Art von Kommunikation, die von den

Sensoren des Diamantpalastes nicht entdeckt werden konnte.

Der Seuchenmann hob die in dicken Handschuhen steckenden Hände, eine unbeholfene, marionettenhafte Geste, mit der er um Verständnis bat.

»Ich habe nicht gegen die Hundert-Jahr-Regel verstoßen, Senatorin Oxham. Der Kaiser kam zur Achse, bevor die Frage im Rat gestellt wurde. Vor der Beantragung der Hundert-Jahr-Regel.«

Nara nickte und seufzte. Der Souverän und seine Tricks. Er war mit gezinkten Karten in die Abstimmung gegangen.

»Was hat er Ihnen angeboten?«, fragte sie kühl.

Der Seuchenmann wandte sich halb ab und hob erneut die Marionettenhände.

»Sie müssen etwas verstehen, Senatorin. Die Seuchenachse des Auferstandenen Reichs sieht sich schweren Zeiten gegenüber. Trostlose Jahrhunderte stehen uns bevor.«

»Wie meinen Sie das?«

»Wir sind zu wenige«, sagte der Mann. »Zwar fügen wir dem Reich Vielfalt hinzu, aber uns fehlt Divergenz in der eigenen Bevölkerung. Wir riskieren, über die Generationen hinweg selbst zu einer Monokultur zu werden.«

Nara runzelte die Stirn und erinnerte sich daran, was sie vor der ersten Tagung des Kriegsrats über die Seuchenachse gelesen hatte. Jenes hastige Studium verschmolz mit den vielen Informationen über militärische und megaökonomische Theorie, die sie in aller Eile aufgenommen hatte, um sich auf die Führung eines Krieges vorzubereiten.

»Zu einer Monokultur?«, fragte sie. »Kreuzen Sie sich nicht mit den Seuchenachsen der anderen kernwärtigen Mächte?« Darin wurzelte die Unabhängigkeit der Achse vom Rest des Reichs. Die Seuchenachse war nicht nur ein Reservoir, sondern auch eine Handelsgilde.

Der Mann schüttelte nachdrücklich den Kopf. »Seit achtzig absoluten Jahren nicht mehr. Seit dem Ende der Ersten Inkursion stehen wir unter einer Blockade.«

»Einer Blockade?«

»Die Rix üben überall im Kern Druck aus. Die Tungai, Fahstuns und sogar die Laxu treiben keinen Handel mehr mit uns.«

Nara schluckte. Selbst Teile der Menschheit, die untereinander in heftigem Konflikt standen, hielten den Austausch von Genen durch die nominell neutralen Seuchenachsen aufrecht. Das biologische Erbe der Alten Erde war so dünn gesät, und die Distanzen der Diaspora waren so groß, dass es auf ein sehr gefährliches Spiel hinauslief, die Vielfalt noch weiter einzuschränken – genauso gut hätte man Brunnen in einer Wüste vergiften können.

»Warum nicht?«

»Die Rix haben überall Einfluss, Nara Oxham. Wie Sie wissen, sind wir die letzte kernwärtige Macht, die ihrem Verbundbewusstsein widersteht. Seit achtzig Jahren leiden wir unter einer totalen Blockade.«

»Warum ist das geheim geblieben?«

»Der Kaiser wollte den Eindruck erwecken, dass die Erste Inkursion mit einem wahren Frieden endete.«

Der Helm des Bioanzugs bewegte sich kaum, aber Nara wusste, dass der Seuchenmann den Kopf schüttelte. Sie seufzte. Der Kaiser hatte vor achtzig Jahren einen falschen Sieg verkündet. Die Rix waren nicht geschlagen, hatten den Konflikt nur in einen anderen Bereich verlagert.

»Wir werden schwächer«, sagte der Seuchenmann. »Und dadurch sind wir weniger in der Lage, die Milliarden des Reiches zu stabilisieren.«

Oxham wusste genug, um diese Drohung zu verstehen. Fast die gesamte Population der Achtzig Welten stammte von einem kleinen Teil eines Kontinents der Alten Erde ab.

Die Schwächen der Monokultur waren eine konstante Gefahr: Neue Krankheiten und Panik breiteten sich schnell aus, und charismatische Personen wie der Kaiser konsolidierten ihre Macht mithilfe der hyperbolischen Kurve von Pandemien. Die Konsequenzen einer genetischen Blockade mochten eines Tages noch schlimmer sein als dieser zweite Krieg gegen die Rix.

»Aber warum helfen Sie dem Kaiser dann dabei, Massenmord zu begehen?«, fragte Nara. »Wie könnte eine Entvölkerung von Legis XV Ihren Zwecken dienlich sein?«

»Bevor der Kriegsrat über eine Zerstörung der Infostruktur des Planeten beriet, kam der Apparat mit einer Analyse zu uns. Wie könnte der Krieg gegen die Rix die Vielfalt des Reiches erhöhen? In der fernen Vergangenheit hatten Kriege oft eine solche Wirkung. Die Massenbewegung vieler Menschen brachte Genpools zusammen; Invasoren und Kolonisten vermischten sich mit den lokalen Bevölkerungen.«

»Aber die Rix wollen uns nicht besetzen, Ratsmitglied«, sagte Oxham. »Es wird keine Rassenmischungen mit ihnen geben, keine Vergewaltigungen und keine Zwangsehen. Nur Tod und die sterile Besatzung durch ein Verbundbewusstsein. Eine nicht biologische Schändung.«

»Genau. Die einzige Populationsbewegung wird unter den Achtzig Welten selbst stattfinden. Solche Unruhen sind immer nützlich, aber sie würden den existierenden Genpool nur umrühren, nicht erweitern.«

»Worum ging es dann?«, fragte Nara.

Der Seuchenmann gab ein Geräusch von sich, das ein Seufzen sein mochte. Es kam als Zischen aus dem Filter und klang nach heißem Wasser, das langsam auf kaltes Metall geschüttet wurde.

»Das Reich braucht neue Gene, Senatorin. Neue DNS-Strukturen. Solange die Rix-Blockade andauert, können wir sie nicht importieren. Nur Mutation schafft größere Vielfalt.«

»Hoffnungsvolle Ungeheuer?«, fragte Nara. »Es ist versucht worden. Laboratorien sind nicht im gleichen Maße zu Neuschöpfungen imstande wie die Evolution. Es gibt nie genug Objekte, und wir wissen nicht einmal, wonach wir suchen.«

Der Seuchenmann seufzte erneut. »Nicht in Laboratorien, Senatorin. In vivo, in der Wildnis, im planetaren Maßstab.«

Nara blinzelte und fragte sich, ob er das wirklich ernst meinte. »Legis XV?«

Er nickte langsam und schwerfällig.

Sie schüttelte den Kopf und hielt ihn für verrückt. »Aber dort sollten saubere Atomwaffen eingesetzt werden, von geringer Stärke.«

»Nein, Senatorin. Die Bomben wären schmutzig gewesen. Ein unerklärlicher Fehler.«

Nara schwankte für einen Moment und schloss die Augen. Sie musste sich setzen. Als sie hinter sich tastete, fühlte sie die kalte, beruhigende Festigkeit der Apartmentwand.

»Hundert Millionen waren ihm nicht genug?«

»Es geht um das Wohl von Billionen, Nara Oxham.«

»Sie sind wahnsinnig«, sagte sie. »Sie und er – Sie haben beide den Verstand verloren.« Nara wandte sich von dem Mann im Bioanzug ab und konnte es kaum fassen. »Mein Gott ... Wir hätten uns am Tod von einer Milliarde Menschen mitschuldig gemacht. Und der Kaiser wäre in der Lage gewesen, damit über Jahrhunderte hinweg Druck auf die politischen Parteien auszuüben. Ob wir persönlich dafür stimmten oder nicht: Wir hätten die Entscheidung allein durch unsere Präsenz im Rat legitimiert.«

»Und Sie hätten es gegen den Souverän benutzen können, mit dem Wissen, dass die schmutzigen Bomben beabsichtigt gewesen waren. Die definitive stabilisierende Kraft: die Gewissheit gegenseitiger Zerstörung.«

»Und das alles für ein paar Mutationen?«

»Mehr als nur ein paar, Senatorin. Die Bevölkerung eines ganzen Planeten ist ein ziemlich großes Reservoir, aus dem man schöpfen kann. Die dreckige Arbeit muss getan werden. Sollten die Rix die Schuld dafür bekommen, dachten wir.«

Senatorin Oxham sank auf einen großen Stuhl und ließ den Seuchenmann allein stehen. Sie hob die Hände vor die Augen und fühlte ein mentales Stechen, das von der Stadt kam. Das unentwegte menschliche Gewühl, das sie immer zu überwältigen drohte, erschien ihr diesmal schrecklich fragil. Mit der richtigen Waffe konnten all jene Stimmen in einem Augenblick zum Schweigen gebracht werden. Das uralte Schreckgespenst der Massenvernichtung – mehr als die Diaspora, der Zeitdieb oder gar die grauen Mächte des Symbianten – war der grässliche Preis der Technologie.

Der Tod war nicht besiegt. Der Alte Feind hatte nur den Maßstab seines Interesses geändert.

»Ich bedauere, dass der Erfolg der *Luchs* Sie enttäuschte«, sagte Nara schließlich.

»Nein, wir waren froh darüber, Senatorin.«

Ihr Blick kehrte zum Seuchenmann zurück, der sein Gewicht im massigen Bioanzug vom einen Bein aufs andere verlagerte.

»Versuchen Sie zu verstehen. Wir von der Achse sind alle hoffnungsvolle Ungeheuer. Mutationen, die hoffen, eines Tages zur Keimbahn beizutragen.«

»Ungeheuer«, pflichtete Nara ihm bei.

»So wie Sie, Nara Oxham.«

»Was soll das heißen?«

»Mit Ihrer besonderen Fähigkeit, Ihrem Wahnsinn, gehören Sie zu uns. Wenn Synästhesie-Implantate einige Jahrhunderte früher entwickelt worden wären, hätte man alle Personen mit unerwarteten Reaktionen – Hirnfehler, Photismen, Verbochromie, selbst Ihre Empathie – als verrückt gebrandmarkt, so wie es vielen meiner Vorfahren erging. Die Nachkommen dieser unglücklichen Leute, Menschen wie Sie, befänden sich heute in der Seuchenachse.«

Für einige Sekunden empfand Nara Abscheu angesichts einer solchen Vorstellung. Ihr Zustand war nicht genetisch bedingt, sondern das Ergebnis unerprobter Technik. Ein kleiner Prozentsatz zeigte immer unerwartete Reaktionen auf technische Neuerungen.

»Ich bin keine Mutation.«

»Doch, das sind Sie. Die letzten hundert Jahre haben gezeigt, dass Reaktionen auf Synästhesie-Implantate oft ererbt sind. Sie sind eine Art genetische Anomalie, die verborgen blieb, bis sich die ambientalen Bedingungen veränderten. Die Synästhesie gab Sie zu erkennen.«

Der Seuchenmann schwieg, damit Nara über seine Worte nachdenken konnte. Sie glaubte fast, seinen Blickwinkel zu verstehen, so ungewohnt er auch sein mochte. So viel lag im menschlichen genetischen Code verborgen und kam erst durch bestimmte Ereignisse zum Vorschein. Sie dachte an den Regenwald von Vasthold, dessen gewaltige Reservoirs an Proteinstrukturen immer wieder neue Medikamente und Bioware lieferten, aber nur dann, wenn des Bedürfnis danach offensichtlich wurde. Irrationales Design, nannte man es: die Suche in der Vielfalt nach zufälligen Antworten.

Ereignisse konnten aus jedem ein Ungeheuer machen, oder einen Erretter. Aber Nara hatte nie zuvor auf diese Weise von sich gedacht.

»Möglich«, sagte sie.

»Aber Sie haben uns beschämt, Nara Oxham. Im Gegensatz zu uns haben Sie dem Kaiser die Stirn geboten.«

Nara lachte bitter. »Jetzt stellen Sie plötzlich fest, dass Sie gar keine neue Mutantenrasse wollen? Nachdem die Sache erledigt ist?«

»Uns war schon vor Laurent Zais Sieg klar, dass wir zu weit gegangen sind. Feigheit veränderte unser Denken. Wir fürchteten uns davor, gegen den Souverän Stellung zu beziehen.«

Nara zuckte mit den Schultern. »Das sagen Sie jetzt.«

»Gestatten Sie uns, es zu beweisen, Nara Oxham.«

»Wie?«

Der Seuchenmann schlurfte näher und streckte die Hand aus.

Oxham fühlte sich nicht länger verpflichtet, ihren Abscheu zu verbergen - sie stand auf und wich zurück.

»Eine von Ihnen gewünschte Abstimmung, Senatorin - wir stehen dabei auf Ihrer Seite.«

Nara wölbte die Brauen. Der Kriegsrat war so zusammengesetzt, dass sich eine natürliche Teilung von vier zu vier ergab: die drei oppositionellen Parteien und Ax Milnk gegen Loyalität und die drei Toten. Die Seuchenachse hatte die entscheidende Stimme. Oxham begriff jetzt, dass es vom Kaiser so geplant war. Bei der Bestätigung des Kriegsrats hatte der Senat die Seuchenachse für einen Verbündeten der Lebenden gehalten, ohne von dem Druck zu wissen, dem sich die Achse durch die Rix-Blockade ausgesetzt sah - und ohne zu ahnen, dass der Kaiser der Seuchenachse nach Belieben seinen Willen aufzwingen konnte. Aber diesmal hatte es der Souverän zu weit getrieben: Der versuchte Völkermord hatte bei seinen Komplizen zu Schuldgefühlen und Reue geführt.

»Sie stimmen so, wie ich es möchte?«

Der Bioanzug nickte. »Dazu sind wir einmal bereit, wenn Sie uns darum bitten.«

»Ich gebe Ihnen Bescheid. Aber ganz gleich, wie viele

Abstimmungen noch stattfinden: Völkermord kommt nicht infrage.«

»Einverstanden«, sagte der Seuchenmann.

Das war etwas, dachte Senatorin Oxham. Sie hatte einen Verbündeten. Vielleicht musste der Krieg nicht zu einem Blutbad führen. Wenn der Gesandte der Seuchenachse es wirklich ernst meinte, war eine Geste angebracht.

Nara schluckte, trat zu dem Mann im Bioanzug und legte ihm die Hand auf die Schulter. Sie war so kalt wie der Arm eines Toten.

»Was erwarten Sie als Gegenleistung von mir?«, fragte sie ruhig. »Sicher nicht nur Absolution.«

Der Seuchenmann wandte sich ab, sah zum dunklen Märtyrerpark und räusperte sich, ein deutlich zu hörendes Geräusch.

»Wenn Sie so freundlich wären, Nara Oxham ... Wir haben ein Anliegen. Vielleicht ist Ihre besondere Fähigkeit nur ein Zufall, eine Abweichung von einigen Angström im Implantat. Aber wenn nicht, würden wir Ihre Empathie gern der Keimbahn hinzufügen.«

Er drehte sich zu ihr um.

»Eines Tages, wenn Sie so weit sind, möchten wir, dass Sie ein Kind bekommen. Oder dass Sie uns alles Notwendige geben, damit wir selbst eins schaffen.«

Ein Kind, dachte Nara. Noch mehr Wahnsinn in diesem Universum, eine andere nach den Leidenschaften großer Menschenmengen süchtige Oxham, angewiesen auf Drogen, um bei Verstand zu bleiben, mit der Tendenz, lichtjahrweit entfernte gebrochene Männer zu lieben. Dies war wie in einem Schauermärchen: das Dämonen versprochene Erstgeborene. Sie schauderte.

»Geben Sie mir Ihre Stimme, wenn ich Sie darum bitte«, sagte sie. »Dann denke ich darüber nach.«

Ein weiteres hoffnungsvolles Ungeheuer für den Kessel.

Laurent Zai beobachtete das Objekt im großen Luftschirm der Brücke, und sein Bewusstsein kämpfte gegen die hypnotischen Wellenbewegungen der Oberfläche an.

Jetzt, da sich die *Luchs* dem Gebilde näherte, ließen sich mit Teleskopen viele der Details erkennen, die den aktiven Sensoren verborgen geblieben waren. Die wilden, über die Oberfläche wandernden Dünen waren seit der Sondierung durch Marx' Drohnen noch aktiver geworden. Das Objekt lebte jetzt, verfügte ganz offensichtlich über eine innere, beseelende Präsenz.

Zai spürte das Verbundbewusstsein in den Bewegungen. Irgendwie hatten die Rix einen Weg gefunden, die Daten einer ganzen Welt zu spiegeln, sie zu komprimieren, zu senden und in dieser sonderbaren Anordnung von Materie zu speichern. Der Planet war nur ein Inkubator gewesen, jungfräulicher Boden für das erste Exemplar einer neuen Verbundbewusstsein-Spezies, die durchs All reisen konnte. Die Übernahme von Legis XV durch die Rix war keine Invasion gewesen, sondern ein Zuchtprogramm.

Der Apparat hatte befürchtet, dass einige Sendungen von Legis entkommen könnten. Und hier waren die Daten eines ganzen Planeten, zusammengepackt und bereit für die Weiterleitung in den Rix-Raum. Alle Aspekte kaiserlicher Technik und Kultur standen den Rix für sorgfältige Untersuchungen zur Verfügung, ein lebendes Modell des Feindes, als Kriegsbeute zurückgebracht.

Nur das unwahrscheinliche Überleben der *Luchs* hatte dem Reich die Chance gegeben, diese Obszönität an der Heimkehr zu hindern.

»Die Photonenkanone laden«, befahl Zai.

»Aye, Sir«, bestätigte Kanonier Wilson, und seine Finger bewegten sich bereits.

Zai hatte mit dem eindeutig feindlichen Akt, die Waffen einsatzbereit zu machen, bis jetzt gewartet, in der Hoffnung, seine Absichten so lange wie möglich zu verbergen. Bisher hatte die *Luchs* nur unbewaffnete Drohnen und Minenräumer ausgeschickt, als bestünde die Mission der Fregatte allein darin, Informationen zu sammeln. Niemand wusste, wie naiv oder clever der neue Geist war.

Die bereits gewonnenen Daten mochten sich bei der Analyse als sehr wertvoll erweisen. Die virtuelle Materie, aus der das Objekt bestand, ging weit über die technischen Möglichkeiten des Reiches hinaus. Was sie hier entdeckten, half vielleicht dabei zu klären, wie dies alles funktionierte. Selbst indirekte Hinweise auf die zugrunde liegende Wissenschaft wären enorm wichtig gewesen.

»Rammstreuer starten.«

»Werden gestartet, Sir.«

Es kam nicht zu den sonst üblichen Erschütterungen. Die Startschiene war noch immer nicht repariert; die Drohnen brachen mit eigener Kraft auf. Sie beschleunigten nur langsam, und hinzu kam, dass die *Luchs* ihre Geschwindigkeit fast ganz der des Objekts angepasst hatte. Was bedeutete, dass die wenigen noch einsatzfähigen Rammstreuer keinen großen Kollisionsvektor erreichen würden. Aber das spielte kaum eine Rolle. Zai war sicher, dass Energiewaffen hier der Schlüssel waren. Die Abteilung Datenanalyse hatte auf Folgendes hingewiesen: Wozu das Objekt auch sonst noch imstande sein mochte, es war zweifellos in der Lage, seine äußeren Schichten sehr hart werden zu lassen. Vermutlich war es kinetischer Energie gegenüber unempfindlich. Doch vielleicht ergaben sich nützliche Hinweise durch die Beobachtung, wie es auf starke Explosionen reagierte.

»Irgendwelche Veränderungen, Tyre?«

»Nein, Sir.«

Die DA-Ensign arbeitete auf der Brücke. Zai kämpfte gegen einen unberechenbaren Gegner und brauchte Analysen ohne die üblichen Filter. Er verband sich mit Tyres Synästhesie-Kanal. *Verdammt,* die Frau verbrannte sich ihr sekundäres Sehen, wenn nicht gar das Gehirn! Amanda Tyre überlagerte Teleskopie im sichtbaren Licht, ein Dutzend Drohnenperspektiven und die sich dauernd verändernden chromographischen Daten des Objekts. Wie konnte sie in einer solchen Datenflut irgendetwas verstehen?

Zai blinzelte die Bilder fort.

Wenn Tyre ein Feuerwerk wollte, so würde er ihr eins geben.

»Greifen Sie mit der ersten Welle an«, befahl er den Piloten.

»Aye, Sir«, bestätigte eine unvertraute Stimme.

Zwar ging es nur um unwichtige, dumme Rammstreuer, aber Zai wünschte sich trotzdem, dass Jocim Marx sie gesteuert hätte. Der Mann gab den Drohnen eine unersetzliche Intelligenz. Abgesehen von Hobbes war Marx der wichtigste und beste Offizier der *Luchs*. Aber er befand sich noch immer in der Krankenstation und litt weiterhin an einer Überladung des Gehirns, hervorgerufen vom Kontakt mit dem gesendeten Verbundbewusstsein.

Der Luftschirm wurde breiter, um sowohl die *Luchs* als auch den Feind zu zeigen, und dazwischen die Vektormarkierungen der Drohnen. Einige Sekunden später stoben die Drohnen auseinander. Aus den grünen Linien ihrer Flugbahnen wurde ein wildes Durcheinander, als sie sich dem Objekt näherten.

»Kontakt in drei Sekunden, zwei ...«

Als die Rammstreuer auf das Objekt trafen, schnappten die Brückenoffiziere verblüfft nach Luft. Für einen Moment erstarrte ein Teil der Oberfläche des Sandgebildes - das betreffende Segment wurde so plötzlich bewegungslos wie ein Video, das bei einem Einzelbild verharrte. Die Kollisionen der vielen kleinen Drohnen glühten rot, wie Rosenblätter auf gefrorenen Ozeanwellen, und verschwanden dann, ohne Spuren zu hinterlassen.

Als das Objekt keiner Gefahr mehr ausgesetzt war, gerieten die Dünen wieder in Bewegung.

»Was war das?«, fragte Zai.

»Ich bin mir nicht sicher, Sir«, sagte Tyre langsam. »Das Objekt veränderte sich zu etwas. Eindeutig zu einem Kristall, aber ich habe keine Ahnung, woraus die Matrix bestand.«

»Gibt es keine chromographischen Informationen?«, fragte Hobbes.

»Doch, Ma'am, aber sie zeigen keine erkennbaren Elemente.«

»Transuran«, murmelte Zai. Sie wussten, dass das Objekt unbekannte Elemente weit jenseits der oberen Bereiche des normalen Periodensystems schaffen konnte. Die Substanzen mussten metallisch sein, aber mit unbegrenzten Halbwertzeiten und daher nicht radioaktiv. Die Datenanalyse hatte fieberhaft daran gearbeitet, die Merkmale so exotischer Elemente zu bestimmen, ausgestattet mit hunderten oder sogar tausenden von Elektronen in stabilen Schalen. Aber derartige Grundlagenforschung war kaum möglich, wenn die Elemente nie existiert hatten, oder gar nicht existieren *konnten*, ausgenommen im Innern des Objekts.

»Nein, Sir«, sagte Tyre kurz darauf. »Ich glaube nicht, dass es sich um Transuran handelt.«

Sie schwieg.

»Tyre? Bericht.«

Sie nickte schnell, und ihre Hände bewegten sich wie die eines autistischen Kinds.

»Jetzt sehe ich es, Sir«, sagte sie atemlos. »Die Atome

der Panzerung haben weniger als hundert Elektronen, aber sie sind nicht auf die übliche Weise konfiguriert.«

»Was ist die ›übliche Weise‹?«, fragte Hobbes.

»Ich meine kugelförmige Energieniveaus«, sagte Tyre. »Ich zeige es Ihnen.«

Das Periodensystem erschien.

Lieber Himmel, dachte Zai. In der Hitze des Gefechts mit einem Verbundbewusstsein begann Tyre mit Chemieunterricht. *Das* war der Grund, warum er Mitglieder der DA normalerweise nicht auf der Brücke haben wollte. Er hob die Hand, um das Bild fortzuwinken.

Doch dann verwandelte sich die rechteckige Tabelle in eine Spirale. Zais Hand erstarrte.

»Die Elektronen umkreisen den Atomkern in bestimmten Energieschalen«, erklärte Tyre. »Es sind Orbitalquanten. Aber die virtuelle Materie des Objekts verstößt offenbar gegen dieses Gesetz. Die von den Sonden übermittelten Daten deuten darauf hin, dass die Oberfläche für kurze Zeit aus einem Element mit neuen Quantenzuständen und neuen Subschalen bestand. Transuran bedeutet jenseits des oberen Bereichs des Periodensystems. Aber dieses Element befand sich *auf* dem Periodensystem. Auf der Z-Achse, wie bei imaginären Zahlen, die einer Zahlenreihe eine neue Dimension hinzufügen.«

Die Elementenspirale gewann die Form einer Schneckenmuschel und stieg wie ein Perioden-Turm von Babel auf. In jeder Etage gewann die vertraute Elementengruppe neue Mitglieder.

»Ich glaube, die Oberflächenpanzerung des Objekts bestand größtenteils aus Kohlenstoff«, sagte Tyre. »Oder aus etwas mit der Atomzahl sechs. Aber mit einer kristallinen Struktur weitaus komplexer als Diamant.«

»Die Substanz war auch viel härter als Diamant«, fügte Hobbes hinzu. »Und sie hatte einen höheren Schmelzpunkt.

Die Drohnen bewirkten nichts, und sie hätten sich ebenso leicht durch Diamant gebrannt wie durch ein Tuch.«

»Schicken Sie die zweite Welle«, sagte Zai. »Und lassen Sie diese Erscheinung aus meinem Luftschirm verschwinden!«

Tyres Diagramm löste sich abrupt auf und wurde durch die Vektorlinien der übrig gebliebenen Drohnen ersetzt. Sie stürzten dem Objekt entgegen, das erneut erstarrte, um sie abzuwehren. Diesmal gewann der Captain den Eindruck, dass die Metamorphose des Objekts noch effizienter war als vorher. Nur die exakten Kollisionspositionen wurden reglos. Der Rest des Sandozeans blieb in wogender Bewegung.

»Ich verstehe«, brummte Tyre und trank die Datenflut.

Zai achtete nicht auf sie. »Geben Sie mir fünfzig Terabits von der heckwärtigen Photonenkanone«, wies er Kanonier Wilson an. »Genau in die Mitte gezielt.«

Ein Zielpunkt erschien beim Objekt.

»Bereit für Ihren Befehl«, sagte der Kanonier.

Zai öffnete den Mund, um die Anweisung zu erteilen, doch die Worte blieben ihm im Hals stecken.

Der große Luftschirm der Brücke, seine persönliche Synästhesie, selbst die Reserve-Flachschirme, die den Sessel des Kommandanten umgaben - sie alle zeigten etwas Unglaubliches. Das Objekt war verschwunden.

BLINDER

Das Sehen war ihm ebenso genommen wie seine Position in der Befehlskette, aber Datenmeister Kax verfügte noch immer über Wahrnehmung.

Der fliegende Staub aus optischem Silizium hatte nur seine Augen verwüstet. Sehnerv und Hirnzentren waren unbeeinträchtigt geblieben. Wenn die *Luchs* schließlich nach Legis XV zurückkehrte, würde man ihm problemlos künstliche Augen implantieren können.

Und noch wichtiger: Die winzigen Empfänger, die Synästhesie gestatteten, Tore zum sekundären Sehen, waren nach wie vor aktiv. Die kleinen Apparate umgaben die Lamina cribrosa, und jemand, der einen Beruf wie Kax ausübte, hatte hunderte von ihnen. Die Glasfragmente, denen er den Verlust seines primären Sehens verdankte, hatten sie völlig unbeschädigt gelassen.

Kax verfolgte den Kampf von der Krankenstation aus, wechselte von einer Drohnenperspektive zur anderen und sah Tyre über die Schulter, als sie experimentelle Modelle der virtuellen Materie des Objekts konstruierte. Gelegentlich wandte sich Tyre mit einer Frage an ihn, bat um Rat oder eine Bestätigung. Dabei benutzte sie Gesten, um die Gespräche geheim zu halten. Kax war zu einem unsichtbaren Vertrauten der Person geworden, die seinen Platz einnahm, wie der hilfreiche Geist eines Ahnen.

Dann verschwand das Objekt.

Die Teleskopie zeigte nur noch Hintergrundsterne. Der Datendurchsatz der Röntgenspektroskopie war flach. Infrarot empfing nur die Kälte des Alls.

Kax hörte die verblüfften Stimmen auf der Brücke und beobachtete, wie Tyre zwischen den Perspektiven der einzelnen Drohnen wechselte, sich immer wieder die Aufzeichnung vom Verschwinden ansah und dabei die Fragen des Captains beantwortete. Hatte sich das Ding irgendwie entstofflicht? Tyre suchte vergeblich nach Strahlung und Trümmern. Teleportation? DA-Software untersuchte die chromographischen Daten bis zum Zeitpunkt des Verschwindens und hielt Ausschau nach Hinweisen auf irgendeine magische Substanz, die aus dem Innern des Objekts gekommen war.

Der Blinde blieb ruhig. Er ließ die visuellen Darstellungen von Tyres wilden Spekulationen aus seinem sekundären Sehen verschwinden und blickte ins All, dorthin, wo sich das Objekt befunden hatte. In Echtzeit ging er von Drohne zu Drohne und blieb dabei im Spektrum des sichtbaren Lichts. Er beobachtete aufmerksam.

Das All schien wirklich leer zu sein.

Ferne Sterne leuchteten und veränderten leicht ihre Position, was daran lag, dass die Geschwindigkeit der Drohnen nicht exakt der des Objekts angepasst gewesen war. Die Drohnen konnten sich jetzt durch die Leere sehen. Eine von ihnen hatte ihren Blick auf die *Luchs* gerichtet, die zuvor hinter dem Objekt verborgen gewesen war.

»Tyre«, sagte Kax.

Sie antwortete nicht sofort. Von den Fragen des Captains bedrängt, hatte sie keine Zeit für einen störenden, blinden Geist. Doch die Reflexe des Kommandos verlangten schließlich eine Reaktion.

Ja, Sir?, signalisierte sie mit der Hand.

»Bitten Sie die Drohnenpiloten, Aufklärer 068 zu bewegen. Nur eine kurze Beschleunigung.«

Richtung?

»Spielt keine Rolle. Wichtig ist nur, dass die Bewegung abrupt erfolgt.«

Der Blinde hielt Ausschau von der Perspektive des betreffenden Piloten und blieb auf die vertraute Form der Fregatte konzentriert.

Zehn Sekunden später veränderte sich das Bild, als die Drohne mit einem kurzen, energischen Schub beschleunigte. Die *Luchs* war noch immer sichtbar, am gleichen Ort. Aber Kax bemerkte, womit er gerechnet hatte: eine subtile Unvollkommenheit, nicht länger als eine Zehntelsekunde, eine fast subliminale Verzerrung in der Synästhesie. Das Bild der Fregatte erzitterte kurz und stabilisierte sich wieder, noch bevor die kurze Schubphase der Drohne zu Ende ging.

Das Bild war falsch, geschaffen von etwas, das sich zwischen der Drohne und der *Luchs* befand.

Datenmeister Kax legte es im hochauflösenden Puffer des Kurzzeitspeichers der Fregatte ab und separierte vorsichtig einige Dutzend Einzelbilder, die die Verzerrung zeigten. Er schickte sie Ensign Tyre, mit Priorität markiert, lehnte sich zurück und lächelte zufrieden.

Für einen Blinden bedeutete Unsichtbarkeit nichts.

ERSTER OFFIZIER

»Unsichtbarkeit«, brummte Captain Zai.

»Kontrollierte Refraktion, Sir«, korrigierte Ensign Tyre.

Hobbes blickte zu der jungen Frau. Bei der Datenanalyse war sie sehr geschickt, aber sie musste noch lernen, die jeweilige Stimmung des Captains zu erkennen.

»Aber keine Transparenz«, fuhr Tyre fort. »Das Objekt leitet die Strahlung nicht durch sich hindurch. Es berechnet Beobachterpositionen, und seine Oberfläche agiert wie ein großer Richtungsspiegel, der den Beobachtern ihren Positionen angemessene Bilder übermittelt.«

»Ich glaube, Ensign Tyre meint Folgendes, Sir«, warf Hobbes ein. »In der Hitze des Gefechts wäre diese ›Unsichtbarkeit‹ nutzlos, wegen der vielen sich ständig verändernden Beobachterperspektiven.«

»Das Objekt spielt mit uns, Hobbes«, sagte Zai. »Es testet seine Fähigkeiten gegen die unseren.«

Hobbes überlegte kurz.

»Vielleicht versucht es, Zeit zu gewinnen, Sir. Der Schlachtkreuzer ist weniger als eine Stunde entfernt.«

Der Captain nickte. Die Demontage der Brückenpanzerung hatte es der *Luchs* erlaubt, auf dem Weg zum Objekt mit sechs *g* zu beschleunigen. Doch das Rix-Schiff hatte sich noch nicht gedreht; offenbar wollten die Rix nicht abbremsen, um ihre Geschwindigkeit der des Objekts und der *Luchs* anzupassen. Es raste ihnen noch immer mit voller Beschleunigung entgegen, um sie so schnell wie möglich zu erreichen. Es stand ein Vorbeiflug mit hoher Relativgeschwindigkeit bevor; der Schlachtkreuzer würde dabei fast doppelt so schnell sein wie bei der ersten Begegnung. Die Rix hatten fast alle ihre Drohnen zurückgelassen, doch Hobbes zweifelte nicht daran, dass sie die beschädigte Fregatte sofort zerstören konnten, wenn sie in Gefechtsreichweite kamen.

»Das halte ich für wahrscheinlich, Hobbes. Lassen Sie uns herausfinden, ob wir das Ding verletzen können.«

»Gern, Sir.« Hobbes bewegte die Finger. »Geben Sie mir ein Ziel, Tyre.«

»Darf ich zufällige Parallaxe und einen komplexen Hintergrund vorschlagen, Ma'am?«

»Sie dürfen.«

Tyre signalisierte, und die Erkundungsdrohnen beschleunigten, umschwirrten das Objekt auf wilden Zickzackkursen. Ein Köder setzte »Spreu« frei, leichte Metallfragmente – zitternde Laserfinger von der Nahbereichverteidigung der *Luchs* strichen darüber hinweg und erhellten sie. Das Objekt wurde vor dem Hintergrund der Sterne und der glühenden Spreu sichtbar: ein Schemen aus Unbeständigkeiten, der versuchte, die Illusion aufrechtzuerhalten.

Zai nickte. »Kanonier, fünfzig Terabits, genau in die Mitte.«

»Ja, Sir.«

Der dünne Laserstrahl wurde für einen Moment sichtbar, als er durch die Spreuwolke stach, wie der Strahl einer Taschenlampe in einem staubigen Dachboden. Das Objekt erschien für eine Sekunde, verriet seine neue Konfiguration ...

Sphäroid, mit einer riesigen Linse, konkav und *spiegelnd,* eine Linse, die auf die *Luchs* zeigte.

Das blendende Bild brannte sich in Hobbes' Augen: der kurze Moment, als aus dem einen Strahl zwei wurden, durch einen kleinen Winkel voneinander getrennt. Als die Reflexion der Laserenergie zur *Luchs* jagte, vereinten sich die beiden Strahlen zu einem.

Die heckwärtige Waffenstation – der Hobbes den größten Teil der Panzerung genommen hatte – schwieg plötzlich, und der Strahl verschwand.

»Medos, Medos!«, rief eine Stimme, hundert Meter von der getroffenen Waffenstation entfernt. Hobbes antwortete mit steifen Gesten. Sie versuchte, die Lasercrew zu erreichen, doch niemand meldete sich. Weitere Stimmen forderten medizinische Hilfe an.

Ein Dekompressionsalarm erklang. Die Brückenoffiziere reagierten sofort und schlossen ihre Druckkapuzen. Schadensymbole erschienen und betrafen verschiedene Sektionen des Schiffes.

Die Waffenstation, die den Laserstrahl abgefeuert hatte, blieb weiterhin still. Hobbes begriff, dass die dortigen Besatzungsmitglieder verdampft waren.

»Versagen der Wärmesenke, Sir! Der Strahl kam direkt zu uns durch.«

»Hobbes«, sagte der Captain.

»Druckwand Zwei im Heck ist durchlöchert, Sir. Dichtschaum kann die Lecks nicht dauerhaft schließen. Und ...«

»Hobbes!«, rief Zai.

Das brachte ihm ihre Aufmerksamkeit ein. »Ja, Sir?«

»Der Singularitätsreaktor. Ist er intakt?«

Hobbes schüttelte den Kopf, wie um ihn von den vielen

Stimmen zu befreien, die alle auf sie eindrangen. Es gab neue Lecks und kaum mehr Panzerung. Besatzungsmitglieder waren tot und verwundet. Warum machte sich der Alte wegen der Zusatzenergie Gedanken?

Sie verband sich mit den Systemen der internen Diagnose.

»Ja, Sir. Er ist in Ordnung. Aber der Hauptantrieb ...«

»Fahren Sie ihn auf den kritischen Wert hoch«, befahl der Captain.

»Was?«

»Sie haben es gehört, Hobbes. Ich möchte zehn Sekunden nach meinem Befehl eine Singularitäts-Selbstzerstörung.«

»Ja, Sir«, bestätigte Hobbes, und ihr sekundäres Sehen wurde in die düsteren Farben der Selbstzerstörungsprotokolle getaucht. Sie gab das Gestenkommando, eine Drehung von Daumen und Schultern, die schmerzhaft war und es auch sein sollte.

Dann begriff sie, was der Captain plante.

Mein Gott, dachte Katherie Hobbes. *Er will uns alle umbringen.*

Hobbes betrat die Beobachtungsblase mit zusammengebissenen Zähnen. Sie fürchtete kein Schwindelgefühl; dies war nicht der geeignete Zeitpunkt, um sich wegen oben und unten Sorgen zu machen.

»Wie viele haben wir verloren?«, fragte Zai, bevor sie etwas sagen konnte.

»Einundvierzig, Sir«, berichtete sie. »Dreißig sind verbrannt, und elf fielen der Dekompression zum Opfer. Nur zwölf sind imstande, den Symbianten zu empfangen.«

Es folgte ein Moment des Schweigens für die Toten. Hobbes verabscheute es, die Stille zu beenden, aber die Zeit drängte. Vielleicht würde sie nie so grau sein wie ihre

Crewkollegen und der Captain. Das Ritual schien der Effizienz so oft im Weg zu sein.

»Sir«, sagte sie, »in zwanzig Minuten kommt der Schlachtkreuzer in Gefechtsreichweite.«

Laurent Zai nickte. Er stand von Hobbes abgewandt, und die Schwärze des Alles verbarg seine Reaktion fast.

Der Erste Offizier wollte erneut sprechen, doch dann sah sie das Objekt.

Mit bloßen Augen hatte sie es noch nicht gesehen. In der primären Sicht war es viel dunkler als erwartet. Eine große Entfernung trennte die *Luchs* von der Sonne Legis, und Hobbes erkannte nicht die Details, die teleskopische Synästhesie-Darstellungen ermöglichten. Doch die wellenförmigen Bewegungen waren gut zu sehen: Die Kuppen der dahinrollenden Dünen fingen das Sonnenlicht ein und leuchteten auf, wie Schaumkronen eines Meers im Mondschein.

Erkundungsdrohnen umgaben das Objekt und ließen grüne Punkte über seine Oberfläche wandern. Sie stammten von niederenergetischen Lasern, die nach Daten suchten, nach schwachen Stellen.

Hobbes sammelte ihre Gedanken. »Wenn wir etwas gegen das Objekt unternehmen wollen, so sollten wir jetzt damit beginnen, Sir.«

»Was genau schlagen Sie vor, Hobbes?«, erwiderte der Captain.

Sie schluckte. »Atombomben, Sir.«

»Die Rammstreuer hatten auch Atomwaffen dabei, nicht wahr?«, fragte Zai.

»Nur einige Kernspaltungssprengsätze, Sir, nicht besonders stark. Ich denke an eine Fusionsbombe im Tausend-Megatonnen-Bereich. Keine vorstellbare Substanz kann einer Oberflächentemperatur von einer Million Grad standhalten.«

»Ah«, antwortete Zai.

Hobbes wartete, während er das sinuöse Objekt beobachtete.

»Irgendwelche anderen Ideen?«, fragte er schließlich.

»Ja, Sir.« Sie hatte mehrere Möglichkeiten erwogen, für den Fall, dass er mit einem Atomschlag nicht einverstanden war.

»Wir könnten die drei Photonenkanonen, die uns geblieben sind, kordiniert einsetzen, Sir. Und die *Luchs* in einem Zufallsmuster beschleunigen lassen. Die reflektierende Linse des Objekts durchmaß zwanzig Kilometer und war sehr starr. Die Datenanalyse glaubt, dass sie uns nicht folgen kann.«

»Aber wären wir imstande, das Objekt zu beschädigen?«

»Wir haben es nur mit fünfzig Terabits getroffen, Sir. Bei drei Kanonen mit Maximum könnten wir leicht fünfhundert erreichen.«

»Es wird nicht klappen«, sagte Zai.

»Sir!«, erwiderte Hobbes. »Auch in diesem Fall würde eine Oberflächentemperatur entstehen, die genügt, um Neutronium zu verdampfen. Nichts Materielles kann solchen Energien standhalten.«

»Was wäre, wenn das Objekt zu perfekter Reflexion imstande ist, Hobbes?«

»Wie meinen Sie das, Sir?«

Der Captain drehte sich zu ihr um.

»Vielleicht könnte das Objekt zu einem so perfekten Spiegel werden, dass es imstande wäre, durch den Kern eines G-Sterns zu fliegen, ohne auch nur um ein Grad wärmer zu werden.«

Die Vorstellung entsetzte Hobbes. Es war ein technisches Hirngespinst, jene Art von Denken, die sie veranlasst hatte, den Utopianismus und sein Versprechen universellen Wohlstands abzulehnen. »Unmöglich, Sir.«

»Das wissen wir noch nicht. Unsere Energieschranken schützen uns vor Atomexplosionen.«

»Die Schranken sind ein Feldeffekt, Sir. Sie bestehen aus Energie, nicht aus Materie. Bisher haben wir keine Hinweise darauf, dass das Objekt mehr kann als nur die eigene elementare Struktur zu verändern. Es hat weder komplexe Apparaturen geschaffen noch kohärente Energien emittiert.

Und unsere Schranken sind nicht magisch. Ein direkter Treffer mit einem anständigen Fusionssprengkopf, und die *Luchs* wäre Dampf.«

»Die *Luchs* ist die *Luchs*, Hobbes. Das Objekt ist viel mehr. Aber es mangelt ihm an Erfahrung; mit jedem unserer Angriffe bringen wir ihm etwas bei.«

Hobbes schüttelte den Kopf.

»Wenn wir Atomwaffen oder Laser einsetzen, passt es sich an«, sagte der Captain.

»Es muss strukturelle Grenzen haben, Sir ...«

Zai trat einen Schritt auf sie zu und brachte sie mit einer Geste zum Schweigen.

»Das Objekt ist kein Raumschiff, Hobbes. Wir können es nicht wie ein technisches Problem behandeln. Versuchen Sie für einen Moment, wie die Rix zu denken. Für sie ist das Ding gar kein Artefakt.«

Hobbes atmete tief durch. Wovon redete der Alte? Das Objekt war riesig, zugegeben, das Ergebnis einer unbekannten Wissenschaft. Aber das Reich hatte jahrhundertelang an allen Fronten gegen sonderbare, überlegene Technik gekämpft.

Glaubte Laurent Zai nicht mehr, dass er diesen Kampf gewinnen konnte?

»Wenn es kein Artefakt ist, Sir – was dann?«

»Es ist ein lebender Gott.«

Hobbes schluckte. War der Alte übergeschnappt?

»Was keineswegs bedeutet, dass wir ihn nicht töten können, Captain.«

Er lächelte.

»In der Tat. Wir haben die Macht, das Objekt zu zerstören. Aber unsere Lösung muss absolut sein. Nicht nur Energie, sondern ein Riss im Gefüge der Raum-Zeit. Ein Schwarzes Loch. Selbstzerstörung ist die einzige ehrenvolle Wahl.«

»Ich habe noch andere Vorschläge, Captain ...«

»Schluss damit, Hobbes. Es wird Zeit.«

Zai trat an ihr vorbei, und als sie die Blase verlassen hatten, befahl er dieser knapp, sich zusammenzufalten. Hobbes begriff, dass Einwände keinen Sinn hatten. Der Captain war von Todessehnsucht besessen. Deshalb war er hierher zur Blase zurückgekehrt, um seine sarkastischen Meditationen über das eigene Verderben fortzusetzen.

Armer Laurent, dachte Hobbes. Die Zurückweisung der Fehlerklinge hatte ihm die ganze Kraft genommen; in seinem besten Moment war er zerbrochen. Und das Objekt verkörperte nun die verlorene Ehre des Vadaners: eine letzte Chance, für den Auferstandenen Kaiser zu sterben.

Als Katherie Hobbes dem Captain zur Brücke folgte, fühlte sie die Flechettepistole am Handgelenk und fragte sich, ob es ein Fehler gewesen war, Zai vor den Meuterern zu retten.

»Noch zehn Minuten, Sir.«

Tausend Sekunden, und dann waren die Rix wieder in Reichweite. Hobbes schüttelte den Kopf. Sie hatten einen Vorbeiflug an dem weit überlegenen Kriegsschiff überstanden, und es erschien ihr verrückt, auf einen weiteren zu warten. Doch es war zu spät für diese Gedanken. Selbst mit maximaler Beschleunigung konnte sich die Fregatte nicht mehr in Sicherheit bringen.

»Wie groß ist die Verzögerung durch die Lichtgeschwindigkeit?«, fragte Zai.

»Sir?«

»Zwischen uns und dem Schlachtkreuzer.«

Hobbes stellte die Maßstabmarkierer auf Lichtsekunden ein. Dachte der Captain an eine Kommunikation mit dem Feind? »Neun Sekunden für die volle Reise, Sir.«

»Dann warten wir«, sagte Zai.

Worauf?, dachte Hobbes.

Hundert Sekunden verstrichen. Der Schlachtkreuzer kam näher und wurde langsamer, während sich das Objekt vor ihm drehte.

Hobbes sammelte ihre Gedanken und versuchte, sich daran zu erinnern, wie sie Zai vor zehn Tagen gesehen hatte: ein Musterbeispiel für Ehre und Kompetenz. Sie hätte sich ohne jede Frage für ihn geopfert. Woher kamen jetzt die Zweifel?

Sie schätzte die Situation neu ein. Die Order der *Luchs* waren klar: Sie sollte einen Kontakt zwischen Verbundbewusstsein und Schlachtkreuzer verhindern. Und in dieser Hinsicht wollte Zai auf Nummer Sicher gehen. Vielleicht war die Selbstzerstörung *tatsächlich* die ehrenvolle Wahl. Aber Laurent schien die Vorstellung vom Tod zu genießen. Und er war anderen Möglichkeiten gegenüber blind geworden, selbst als es noch Zeit gewesen wäre.

Jetzt genügte die Zeit nicht mehr für andere Maßnahmen.

Katherie fragte sich, ob ihre Zweifel von den dummen Gefühlen stammten, die sie dem Captain gegenüber entwickelt hatte. War ihre Loyalität durch die Zurückweisung geringer geworden? Hobbes versuchte, das Pflichtbewusstsein zu spüren, das sie dazu getrieben hatte, in die Flotte einzutreten. Die zurückgelassene utopianische Welt war ein leerer Ort des Vergnügens und der Sicherheit. Hier am

Rand des Todes konnte sie Bedeutung finden. So lautete das Axiom des kaiserlichen Dienstes: Der Alte Feind gab dem Leben Inhalt.

Aber die Konfrontation mit der Selbstzerstörung erfüllte Katherie Hobbes nur mit Bedauern und Furcht. Und dem Wunsch, einen Ausweg zu finden.

Sie sah auf die Zeitanzeige.

»In gut fünfzig Sekunden kommen die Rix in Reichweite, Sir. Die Verzögerung durch die Lichtgeschwindigkeit beträgt jetzt fünf Sekunden.«

»Bringen Sie uns näher heran, Erster Pilot. Ich möchte eine Kollision mit dem Objekt in vierzig Sekunden. Glatte Beschleunigung.«

Es war so weit.

Der Blick des Ersten Piloten Maradonna glitt zu Hobbes. Katheries Gedanken rasten. Was erwartete Maradonna von ihr? Sie nickte dem Piloten bestätigend zu, mit einem Gesichtsausdruck, der hoffentlich so viel sagte wie: *Vertrauen Sie mir.*

Vertrauen Sie mir wobei?

Die Fregatte erbebte kurz, als die 2-*g*-Beschleunigung begann, und ein Gravitationsgeist bewirkte ein metallenes Quietschen um sie herum. Der Captain beklagte sich nicht.

»Frick?«, fragte Zai. Der Ingenieur befand sich auf der Brücke, bereit dazu, den Singularitätsgenerator unter dem Blick des Captains zu steuern. Das Schwarze Loch konnte mit der Zustimmung des Ersten Ingenieurs bis zum kritischen Punkt hochgefahren werden. Frick war imstande, die Selbstzerstörung zu verhindern, wenn er wollte. Hobbes fragte sich, ob Watson Frick etwas von einem Meuterer in sich hatte. Sie bezweifelte es.

Warum spekulierte sie auf diese Weise? Einst hatte Hobbes die Brücke für heilig gehalten, für einen Ort der Ordnung und des Vertrauens. Aber diese Sicherheit war ihr genommen; Zweifel hatte sie untergraben. Und vielleicht ihre törichten Gefühle für Laurent Zai. Sie fragte sich, ob sie an Meuterei denken würde, wenn ihr Laurent nicht von seiner Geliebten auf Heimat erzählt hätte.

Das rote Gefechtsglühen wirkte jetzt bedrohlich; die Brücke war zu einem Ort des Zwielichts geworden.

»Fahren Sie den Generator auf einer exponentiellen Kurve hoch, Frick. Selbstzerstörung beim Kontakt.«

»Ja, Sir«, bestätigte der Erste Ingenieur emotionslos. »Kritische Phase in zwanzig Sekunden.«

Dies war also das Ende. In wenigen Augenblicken kam der Tod für sie alle, absolut und unwiderruflich, im Rachen eines Ereignishorizonts.

Es sei denn, Hobbes unternahm etwas. Sie schob den Zweifel an ihren eigenen Motiven beiseite. Es galt, mehr als dreihundert überlebende Besatzungsmitglieder zu berücksichtigen.

Was wäre, wenn sie jetzt, da nur noch wenige Sekunden blieben, die Brücke unter ihre Kontrolle brachte? Nur sie allein war bewaffnet.

Die Piloten würden sich auf ihre Seite schlagen, das wusste sie bereits. Piloten kamen normalerweise aus der Aristokratie und hatten gewisse Ansprüche. Der Dritte Pilot Magus, noch immer in der Arrestzelle, hatte an der ersten Meuterei teilgenommen. Doch der bereits eingeleitete Vorgang der Selbstzerstörung bedeutete, dass sie Frick für sich gewinnen musste. Und dafür, so begriff Katherie, hatte sie zu lange gewartet. Die Rix kamen gleich in Reichweite. Einen weiteren Kampf gegen den Schlachtkreuzer konnte die *Luchs* auf keinen Fall überstehen. In einem Punkt hatte der Captain Recht: Selbstzerstörung war die einzige Möglichkeit, das Objekt zu vernichten.

Hobbes verdrängte die Gedanken an Meuterei. Es hatte

keinen Sinn, sie weiterzuverfolgen. Was auch immer sie unternahm – es gab keine Rettung mehr.

Doch Katherie verfluchte sich dafür, keine Entscheidung getroffen zu haben. Ehrenvoller Tod oder Meuterei, sie hätte sich entscheiden können, als die Rix noch weit entfernt gewesen waren. Stattdessen hatte sie gewartet, bis keine Zeit mehr war. Laurent Zai und Watson Frick – sie hatten den Tod gewählt. Katherie Hobbes war in ihren eigenen nur gestolpert.

»Kritische Phase in zehn Sekunden«, sagte Frick.

»Kollision in zwanzig«, fügte ein Pilot hinzu.

Dies war es. Es blieb nur ein kurzer Countdown übrig.

Und Hobbes sah keine Bedeutung darin.

»Captain!«, rief Ensign Tyre. »Die Rix!«

»Beschleunigung beenden, Pilot«, sagte Zai sofort. »Bereitschaft, Frick.«

Der Captain winkte mit einer Hand, und der Schlachtkreuzer der Rix erschien im großen Luftschirm. Er begann zu leuchten. Ein Sturm aus Explosionen fegte über seinen Rumpf hinweg. Helle Arme aus weißer Energie kamen aus den Flanken, tasteten ins All und wölbten sich dann zurück, wie Sonnenprotuberanzen. Der Hauptantrieb des Schiffes blieb aktiv, aber er verlor seine Verankerungen und zuckte wie ein wild gewordener Feuerwehrschlauch im Innern des Schiffes hin und her. Der Triebwerksstrahl schnitt den Heckbereich des Schlachtkreuzers in Fetzen, und dann löste sich der Antrieb endgültig vom Rumpf und wirbelte durch die Leere. Die kilometerlange Bugstange des Schiffes verschwand in einer nuklearen Explosion, perfekt kugelförmig und absolut weiß.

»Frick, Erster Pilot: Retten Sie uns«, sagte der Captain.

»Aye, aye, Sir.«

Hobbes spürte, wie ihr Gewicht zunahm, als die schwer angeschlagene künstliche Gravitation der *Luchs* versuchte, die Beschleunigung zu kompensieren. Das Heulen des Singularitätsalarms wurde leiser und verklang schließlich, als Frick den Generator aus dem kritischen Zyklus holte.

Katherie beobachtete erstaunt, wie Trümmerstücke vom Schlachtkreuzer forttrieben. Sie konnte kaum glauben, dass das große Schiff so schnell auseinander brach. Tausend Rixfrauen starben innerhalb weniger Sekunden. Und ihr eigenes Leben kehrte ebenso plötzlich aus dem Abgrund zurück.

Der Captain lehnte sich im Kommandosessel zurück, und zum ersten Mal bemerkte Hobbes, wie blass sein Gesicht geworden war, wie müde er wirkte. Zais grimmiger Gesichtsausdruck löste sich auf, und darunter kam Erschöpfung zum Vorschein.

»Die Rix haben sich schneller entschieden, als ich dachte«, wandte sich Zai an Hobbes. »Wenn man die Verzögerung durch die Lichtgeschwindigkeit berücksichtigt, müssen die Rix-Commander ihre Entscheidung innerhalb von zehn Sekunden getroffen haben. Bestimmt sind sie bereit gewesen für den Fall, dass wir eine Möglichkeit finden, das Objekt in echte Gefahr zu bringen.«

»Sie wussten, wie sie reagieren würden?«, brachte Hobbes hervor.

»Wie ich schon sagte: Wenn ein lebender Gott bedroht ist, stellt Selbstzerstörung die einzige ehrenvolle Wahl dar.«

Hobbes versuchte, die Worte des Captains zu verarbeiten. Er hatte es darauf ankommen lassen. Aber ... »Warum haben sich die Rix selbst zerstört, Sir?«

»Sie waren zu weit entfernt, um uns aufzuhalten, aber zu nahe, um abzudrehen«, sagte Zai. »Dies war der richtige Moment für die Einleitung unserer Selbstzerstörungssequenz, denn dadurch blieb den Rix keine andere Wahl, als sich ebenfalls selbst zu zerstören. Ohne den Schlachtkreuzer besteht keine Notwendigkeit mehr, das Objekt zu vernichten.«

Hobbes blickte zum Luftschirm, der die glühenden Trümmer des Rix-Schiffes zeigte. Sie hatte nie zuvor etwas so ... Endgültiges gesehen. »Aber all die Frauen.«

»Das eigene Leben bedeutet den Rix nichts. Nur das Verbundbewusstsein ist ihnen wichtig. Sie haben einen Krieg riskiert, um diese neue göttliche Spezies zu schaffen. Auf keinen Fall konnten sie sie sterben lassen. Der Tod dieses speziellen Verbundbewusstseins musste um jeden Pries verhindert werden.«

Hobbes schluckte. »Ich weiß nicht, Sir ... An ihrer Stelle hätte ich einen Notfallplan entwickelt.«

Zai rang sich ein Lächeln ab, aber sie sah die Erleichterung in seinen Augen. Er war alles andere als sicher gewesen, wie dies ausgehen würde. »Was für einen Plan, Hobbes?«

»Keine Ahnung, Sir«, erwiderte Hobbes leise. »Aber die Rix können uns doch keine Gelegenheit geben, ihren lebenden Gott gefangen zu nehmen, oder?«

Zai hob die Hände. »Ich schätze, die Situation zwang sie, zwischen zwei Übeln zu wählen. Sie wussten, dass wir ebenso wie sie bereit waren, für unseren Glauben zu sterben. Wir haben nicht geblufft, Hobbes.« Er lachte müde. »Aber wir leben noch. Vielleicht ist der Glaube der Rix stärker als unserer.«

Die Worte trafen Katherie. Im Angesicht des Todes hatte sie an Möglichkeiten gedacht, die Selbstzerstörung der *Luchs* zu verhindern. Sie hatte sogar Verrat in Erwägung gezogen.

Sie war es nicht wert, diese Uniform zu tragen.

»Sir«, sagte sie.

»Ja, Hobbes?«

»Es gibt da etwas, das ich Ihnen sagen sollte. Ich verdiene es nicht ...« Sie unterbrach sich und schluckte. »Als wir fast ...«

»Sir!«, rief Tyre.

»Bericht.«

»Zwischen den Trümmern des Schlachtkreuzers verborgen, Sir. Ich entdecke kugelförmige Objekte vor der Hintergrundstrahlung!«

Der Captain fluchte. »Schwarzkörper-Drohnen.«

Die Rix hatten tatsächlich einen Notfallplan.

Hobbes übernahm. »Pilot! Sechs *g* auf einer schnellen Steigung, seitlich zum letzten Vektor des Schlachtkreuzers!«

Die Brückenoffiziere spürten das Bewegungsmoment, als sich das Schiff drehte, um den Hauptantrieb auszurichten. Ein Kanonier wurde von seiner Station zum Luftschirm geworfen und rutschte wie über einen Hügelhang durch die synästhetischen Darstellungen.

Hobbes fluchte lautlos. Die künstliche Gravitation wurde immer unzuverlässiger.

Und die Brücke befand sich fast in der Mitte der *Luchs*. Was geschah jetzt in Bug und Heck, wo das Gieren des Schiffes einer peitschenartigen Bewegung glich? Hobbes wechselte von einem internen Bild zum anderen und sah Besatzungsmitglieder, die an Wände und Decken geschleudert worden waren. Weitere Verletzte, vielleicht sogar Tote. Aber keine Dekompression – die strukturelle Integrität hatte für die künstliche Gravitation Priorität.

Dann zündete das Haupttriebwerk, und Hobbes wurde in ihren Sessel gedrückt.

Sie schnappte nach Luft, als sie immer schwerer wurde. Die Gravitationsdiagnose zeigte nichts an, und weiße Flecken erschienen am Rand ihres primären Sehens. Hobbes fragte sich, ob die Gravitationsgeneratoren völlig versagten. Normalerweise wurde die KI der *Luchs* in einer solchen Situation aktiv und deaktivierte den Antrieb, aber solange die Fregatte unter feindlichem Beschuss stand, unternahm die Software nichts gegen gefährliche Beschleunigung.

Das Diagnosesystem gab dem Ersten Offizier auch weiterhin keine Auskunft. Die Prozessorkapazität nahm immer mehr ab: Die starke Schwerkraft destabilisierte die Silizium-Phosphor-Säulen der *Luchs*.

Hobbes hatte das Gefühl, dass die Hände eines Riesen auf ihre Brust drückten. Ohne Andruckneutralisierung konnten die Brückenoffiziere höchstens noch zwanzig Sekunden bei Bewusstsein bleiben. Sechs *g* würden hunderte verletzen oder töten.

Doch Schwarzkörper-Drohnen jagten heran, bereit dazu, mit ihrer unglaublichen Feuerkraft über ein praktisch nicht mehr gepanzertes Schiff herzufallen.

Hobbes versuchte, die Finger zu bewegen, als der Druck auf ihren Körper zunahm. Schließlich fand sie die Anzeige eines mechanischen Beschleunigungsmessers tief im Interface des Ersten Offiziers. Drei nicht neutralisierte *g*, und die Belastung wuchs.

Etwas stimmte nicht.

»Beschleunigung auf zwei *g* verringern«, brachte Hobbes hervor. Einer der Piloten hob eine schwere Hand, um die Anweisungen zu befolgen.

Plötzlich blitzte es auf der Brücke. Helle Lichtstreifen zuckten an Hobbes vorbei und brannten sich ihr in die Augen. Es donnerte an ihren Ohren, und der Geruch von superheißem Metall stieg ihr in die Nase. Sie hörte die Schreie von Menschen im Kreischen von Dekompression und brechendem Hyperkarbon.

Dann fand der Projektilhagel ein Ende.

Hobbes spürte, wie ihr Gewicht noch immer zunahm. Sie sah zum Luftschirm der Brücke. Zwei Kanoniere und alle drei Piloten waren tot, ihre Körper blutig - die Schwarzkörper-Projektile hatten sie regelrecht zerfetzt.

»Captain!«, rief der Erste Offizier.

Zais Kopf war nach hinten gekippt, und er öffnete benommen die Augen. Es zeigte sich kein Blut in seinem Gesicht. Natürlich, begriff Hobbes. Seine künstlichen Glieder waren stark, aber die Beschleunigung hatte vermutlich das empfindliche Interface zwischen Prothesen und organischem Körper beeinträchtigt.

Um sie herum zitterte die *Luchs*. Wenn die künstliche Schwerkraft vollkommen ausfiel, würden sechs *g* die Fregatte wie Papier zerreißen. Der Beschleunigungsmesser zeigte jetzt vier Komma vier an. Die Prozessorkapazität fiel wie ein Stein, als die Säulen aus Silizium und Phosphor unter ihrem eigenen, plötzlich immens gewordenen Gewicht zerbrachen. Die Synästhesie wurde immer verschwommener. Es war nur noch eine Frage der Zeit, wann Gestenkommandos nicht mehr funktionierten.

Hobbes nahm ihre ganze Kraft zusammen und versuchte aufzustehen. Überall im Schiff gab es manuelle Schalter, für die Betätigung durch Menschen bestimmt, mit denen sich der Antrieb deaktivieren ließ. Einer war wenige Meter entfernt, befand sich zwischen den Leichen bei der Station des Ersten Piloten.

Warum hatten die Triebwerksingenieure noch nichts unternommen? Ihnen musste doch klar sein, was geschah - warum hatten sie den Antrieb noch nicht abgeschaltet? Aber waren sie überhaupt noch bei Bewusstsein? Sie arbeiteten im Heck des Schiffes, wo sich die Zentrifugalkraft des Gierens besonders stark ausgewirkt hatte.

Hobbes musste unbedingt die Station des Piloten erreichen.

Erneut versuchte sie, sich aus dem Sessel zu stemmen, und diesmal gelang es ihr. Sie machte einen unsicheren

Schritt zur Seite, wie eine Frau, die hundert Kilo Steine auf dem Rücken trug. Ihre Hand tastete nach dem Geländer, das die Luftschirmgrube umgab.

Aber sie war zu schwer und schwankte. Die Beine gaben unter ihr nach.

Ihr Knie knallte wie ein Presslufthammer auf den metallenen Boden, und Schmerz explodierte darin.

Plötzlich war alles still und dunkel. Hobbes hörte nur das ferne Heulen eines Alarms. Symbole des sekundären Sehens umgaben sie, ohne einen Sinn zu ergeben. Alles schien um sie herum zu schweben. Dann begriff Hobbes, dass sie selbst schwebte.

Freier Fall.

Jemand hatte den Antrieb deaktiviert.

Ihr Blut war nicht mehr Opfer der Gravitation, und sie fühlte, wie es in den Kopf zurückströmte. Hobbes öffnete die Augen. Klarheit rang mit dem im Knie schreienden Schmerz. Die Brücke drehte sich langsam um sie, voller unvertrauter Formen und Gerüche.

Die Piloten waren tot und keiner der Kanoniere unverletzt davongekommen. Ein Dunst aus Blut lag in der Luft. Das noch immer schlagende Herz pumpte rote Flüssigkeit aus der offenen Brust eines Kanoniers – sie bildete kleine und große Kugeln, die träge umherflogen.

»Medos, Medos«, sagte Hobbes, aber sie hörte diese Worte in allen Abteilungen des Schiffes. Sie drehte sich mit der Absicht, das Luftschirmgeländer zu ergreifen.

Doch dadurch bewegte sich das gebrochene Knie, und Schmerz raubte ihr das Bewusstsein.

Das Formen hatte einen ganzen Tag gedauert - die Strukturierung des Schnees durch reflektiertes Sonnenlicht, gezielt eingesetzte geothermische Energie und gelegentliche Infralaser -, aber schließlich war die Schlittenbahn fertig. Sie erstreckte sich über zehn Kilometer, führte in einer weiten Spirale viermal um den Berg, auf dessen Gipfel das Haus stand, anschließend durch einen schmalen Pass und eine steile Moräne hinunter. Dann reichte sie durch eine Gletscherspalte zwischen hohen Wänden aus uraltem Eis und endete an einer Wassersammelstelle des Hauses, inzwischen mit einem Zugangstunnel ausgestattet. Drei Meter hohe Schutzwälle aus Pulverschnee säumten die Bahn, und Glühstangen in einem fröhlichen Orange markierten jede Kurve.

Das Haus war recht stolz auf sich. Es glaubte, sein enzyklopädisches Wissen über jeden Quadratzentimeter des großen Anwesens gut genutzt zu haben.

Aber nicht alles war unter Kontrolle. Der Gast der Herrin hatte darauf bestanden, den Schlitten selbst zu bauen. Captain Zai hatte eine erstaunliche Vielfalt an Material verlangt, das synthetisiert, angepasst und verändert werden musste. Auf Vada schienen Schlitten ganz aus Tierknochen und -häuten zu bestehen, wie Makramee in einem harten Rahmen verknüpft. Das Haus hatte ernste Bedenken, die Sicherheit der Herrin einer solchen Apparatur zu überlassen, ohne interne Diagnosesysteme, native Intelligenz oder Autoreparatur-Eigenschaften.

Dennoch war das Haus beeindruckt, als Captain Zai die letzten Lederriemen an Kufen und Rahmen aus falschem Elfenbein festzurrte, dann auf den Schlitten sprang und ihn mehrmals mit seinem vollen Gewicht prüfte. Das Leder dehnte sich, hielt aber und verteilte die Belastung auf den Rahmen.

»Seit wann bauen Vadaner solche Schlitten?«, fragte die Herrin.

»Seit zwanzigtausend Jahren«, lautete Zais unsinnige Antwort. Das Haus wusste, dass Vada erst seit fünfzehn Jahrhunderten besiedelt war. Vor zwanzigtausend Jahren – jene Zeit lag vor der Diaspora.

»Ihr haltet ganz offensichtlich an alten Traditionen fest.«

Zai nickte. »Hast du so etwas jemals gesehen?«

»Einen Schlitten? Laurent, ich habe nicht einmal *Schnee* gekannt, bevor ich nach Heimat gekommen bin. Auf Vasthold gibt es keinen. Nun, vielleicht an den Polen, aber so eng ist es bei uns noch nicht geworden.«

Das Haus erkannte Überraschung im Gesicht des Captains. »Du hast nie zuvor Schnee gesehen und ein Haus in der Antarktis gekauft? Das war ... abenteuerlich.«

»Abenteuer hatte nichts damit zu tun. Heimat ist dichter bevölkert als Vasthold. Dies ist der einzige Ort auf dem Planeten, der es mir gestattet, vollständig auf Apathie zu verzichten. Aber es stimmt, es war immer mein Wunsch, Schnee zu sehen. Auf Vasthold gibt es Kindergeschichten darüber.«

»Über Schwestern, die sich in einem Schneesturm verirren?«, fragte Zai. »Und erfrieren?«

»Himmel, Laurent, nein. Als kleines Mädchen habe ich Schnee für etwas Magisches gehalten, für weiß und pulvrig gewordenen Regen. Für vom Himmel fallende Kissenfedern.«

Zai lächelte. »Du wirst gleich feststellen, wie Recht du hattest.«

Er hob sich die zweieinhalb Meter Tierhäute und Pseudoknochen auf die Schulter.

»Sieht recht stabil aus«, sagte die Herrin.

»Sollen wir ihn ausprobieren?«

Das Selbst des Hauses sauste über die Bahn und suchte noch einmal nach ungenügend gesicherten Kurven, verborgenen Spalten oder tückischem Eis.

Es schien alles in Ordnung zu sein.

Während die Herrin und ihr Gast dickere Kleidung anzogen, verband sich das Haus mit der planetaren Infostruktur und griff auf verschiedene folkloristische Sammlungen zu. Innerhalb weniger Sekunden fand es hunderte Kindergeschichten von Vasthold und noch viel mehr von der älteren Welt Vada. Es setzte die Suche bei den vielen Planeten fort, von denen die Siedler jener beiden Welten gekommen waren, und dabei erzielte es zehntausende von Treffern. Das Haus fand Geschichten über lebende Schneemänner, Wünsche erfüllende weiße Leoparden, magische arktische Stürme, Reisen auf Eisschollen und darüber, wie die Morgenröte entstand und warum der Kompass manchmal log. Es entdeckte sogar die von Zai erwähnte Geschichte, mit dem Titel »Drei vadanische Schwestern im Schneesturm verirrt«.

Die Herrin und ihr Gast gingen zur Osttür, und das Leder knarrte leise, als Zai den Schlitten die Treppe hinuntertrug. Während der nächsten Minute bestand keine Gefahr für sie.

Das Haus verbrachte die folgenden hundert Sekunden mit angenehmer Lektüre.

CAPTAIN

»Als ich von Schlittenfahren sprach, meinte ich nicht *den Berg hinunter.* Etwas so Kindisches lag mir fern.«

»Wir konnten kein Hundegespann einfliegen, Laurent.«

»Ich verstehe. Aber was ist ein Haus auf dem Land ohne Hunde, Nara?«

»Ich fürchte, auf Heimat sind Hunde nicht besonders gefragt.«

Zai seufzte. »Das habe ich bemerkt.«

Er deaktivierte die Heizung der Uniform. Sein Metabolismus genügte, um ihn in der Flottenwolle warm zu halten. Frischer Schnee knirschte unter seinen Stiefeln. Perfekter Pulverschnee für eine Schlittenfahrt.

Er wünschte sich nur eine weite Ebene und ein Husky-Gespann.

In Naras Augen blitzte es humorvoll. »Es erleichtert mich zu sehen, dass ihr Vadaner in dieser Hinsicht nicht sklavisch dem Geschmack des Kaisers folgt.«

Laurent räusperte sich. »An Katzen gibt es nichts auszusetzen ... genau genommen.«

Die Bahn begann nur wenige Meter von der Tür entfernt. Sie glänzte glatt und erweckte den Eindruck, mit Lasern in den Schnee geschnitten zu sein. Auf der Hangseite der Bahn war der Schnee zu einem Überhang geschmolzen und formte einen halben Zylinder aus Eis, der in einer weiten Spirale um den Berg nach unten führte. Auf der anderen Seite ging es steil in die Tiefe.

Zai fühlte leichten Schwindel, vermutlich aufgrund von Müdigkeit. Die Dunkelphase jeder Nacht beschränkte sich auf eine Stunde, und deshalb hatten sie in den vergangenen drei Tagen nur wenig geschlafen.

Er atmete tief durch. »Ich hoffe, dein Haus weiß, was es tut.«

»Manchmal glaube ich, dass mein Haus zu viel weiß«, sagte Nara. »Es hat jede Menge Zeit.«

Zai blickte am Gebäude empor, das von außen gesehen recht bescheiden wirkte. Der größte Teil davon war im Innern des Bergs verborgen – nur das Schimmern von hundert polarisierten Fenstern deutete auf sein wahres Ausmaß hin. Natürlich gehörten nicht alle zu Naras Wohnräumen. Am Morgen hatte Zai eine Tour durch die Gärten unternommen, oder zumindest durch einige von ihnen. Jene Labyrinthe, die über drei Tage hinweg köstliche Mahlzeiten geliefert hatten, waren ihm endlos erschienen.

Zu dieser Art von Dekadenz kam es immer dann, wenn man Maschinen zu viel Autonomie gestattete. Zai rückte die Uniform am Bauch zurecht, wo sie mit jedem Tag enger saß.

»Ich habe das Gefühl, das Haus kann uns noch immer hören«, sagte er.

»Wahrscheinlich.« Nara zuckte mit den Schultern.

Laurent zog den Handschuh von seiner echten Hand und strich mit den Fingern über Naras gelbgrauen Pelzmantel.

»Parakojote«, sagte sie.

Zai riss die Augen auf. »Du trägst ein Hundefell? Das gilt auf Vada als Verbrechen.«

Nara lachte. »Auf Vasthold sind sie eine Plage, gelinde gesagt.«

Zai fragte sich: Wusste Nara, wie außergewöhnlich es war, von einer Welt zu kommen, auf der »Plage« etwas bedeuten konnte, das über die Größe eines Insekts hinausging? Auf Vada war die Jagd nur in speziell ausgestatteten privaten Ländereien erlaubt, ein Sport für Superreiche. »Vasthold kann froh sein, dass das Terraforming dort so gut funktioniert hat. Hast du das Tier selbst erlegt?«

»Nein, ich habe seit meiner Kindheit nicht mehr gejagt.« Nara lächelte und betastete den Pelz. »Und auch damals nur mit der Schleuder. Dieser Mantel ist das Geschenk einer konservativen politischen Gruppe. Das Tier wurde in der Wildnis getötet, mit dem Bogen, glaube ich.«

Zai schüttelte den Kopf. »Auf Vada gibt es keine wilden Tiere.«

Er setzte den Schlitten in den Schnee.

»Ich wünschte, ich könnte dich auf eine richtige Schlittenfahrt mitnehmen, Nara. Mit einem Husky-Gespann und über das weite, zugefrorene Meer.«

»Du meinst, ohne Land darunter?«

»Es ist ganz eben, wenn es sich neu gebildet hat.«

»Nein, danke.«

»Nach einigen Tagen führt starker Wind dazu, dass sich Druckkämme bilden.«

Nara lachte. »Mich stört nicht die Monotonie, Laurent. Es ist die Vorstellung, dass sich nur Eis zwischen mir und einem Ozean befindet!«

»Es gibt Sicherheitsvorrichtungen. Wenn man durchs Eis fällt ...«

»*Wenn?*«

Zai räusperte sich erneut. »Vielleicht sollten wir mit der Fahrt beginnen.«

»Ja. Ich glaube allmählich, dass du uns absichtlich aufhältst. Hast du Höhenangst, Laurent?«

Er blickte über die Bahn. Ihre Oberfläche wirkte ein wenig glasig, etwas zu schnell. Für Hundepfoten eindeutig zu glatt. Er fragte sich, ob die Kufen genug Halt finden würden. Wälle verhinderten, dass der Schlitten in die Tiefe stürzte, aber es gab keine Möglichkeit, die Geschwindigkeit zu kontrollieren.

»Vor Höhen habe ich keine Angst, nein.«

»Wovor dann?«

»Davor, mein Leben in die Hände einer KI zu legen.«

Nara lächelte einmal mehr und nahm vorn im Schlitten Platz. »Komm, Laurent. Es ist ein sehr cleveres Haus.«

Es war wunderbar.

Der Schlitten wurde rasch schneller, wie ein aus dem Orbit fallendes Einsatzschiff. Laurent klammerte sich fest; seine Finger bohrten sich in die Lederriemen, die den Schlitten zusammenhielten. Die Kufen glitten durch bereits existierende Furchen im Eis und blieben auch in den Kurven darin.

Die Bahn schien nie in den Schatten des Bergs zu führen. Das clevere Haus reflektierte Sonnenlicht von den umgebenden Gipfeln, und der Schnee vor ihnen erglühte im warmen Schein der aufgehenden Sonne. Zai kniff im Fahrtwind die Augen zusammen - die gefühlte Temperatur lag wegen der hohen Geschwindigkeit weit unter der tatsächlichen.

Nara lehnte sich an Laurents Brust zurück und lachte, die Arme um seine Beine geschlungen. Sie war warm, und ihr wild wehendes Haar strich ihm über die Wangen. Er drückte die Knie zusammen, um Nara festzuhalten, und um ihre Wärme nicht zu verlieren.

Nach vier Schleifen um den Berg führte die Bahn gerade nach oben, wodurch der Schlitten langsamer wurde. Die Anhöhe verwehrte den Blick auf das Gelände weiter vorn.

»Das hat mir gefallen«, sagte Laurent, als der Schlitten fast zum Stehen kam.

»Ich glaube, es ist noch nicht vorbei«, erwiderte Nara und schüttelte den Kopf. »Bist du mit dem Begriff ›Achterbahn‹ vertraut?«

»Das Wort höre ich jetzt zum ersten Mal ... *Lieber Himmel!*«

Der Schlitten erreichte die Kuppe des Hügels, und ein atemberaubend steiler Hang, von großen Felsbrocken übersät, geriet in Sicht. Hohe Schneewälle säumten den Weg, aber es gab keine Furchen für die Kufen mehr, und die Neigung des Hangs betrug mindestens fünfundvierzig Grad.

»Das Haus will uns umbringen!«, rief Zai.

»Wir werden sehen!«

Laurent und Nara umklammerten sich und schrien, als der Schlitten in die Schlucht aus Eis raste.

Nach der Beschleunigung des ersten enorm starken Gefälles ging es nicht mehr so steil nach unten, aber an Eiswänden vorbei. Das Innere des Gletschers war tiefblau, wie der klare vadanische Himmel am Apogäumstag. Bis auf den Fahrtwind blieb die Luft hier unten tief in der Gletscherspalte unbewegt, aber Laurent zog Nara noch enger an sich. Er drückte die Lippen an ihr linkes Ohr, das rot war und so kalt wie die Metallknöpfe ihres Mantels.

»Weißt du noch, wie ich sagte, wir hätten keine Technik für die Verlangsamung der Zeit?«, flüsterte er.

»Ja?«

»Ich habe mich geirrt. Dies dauert ewig.«

Nara hob den Arm und hielt ihm einen handschuhumhüllten Finger an die Lippen. Laurent kam sich plötzlich wie ein Narr vor. Es war nicht richtig, von diesen Dingen zu sprechen. Dies war eine fragile Endlosigkeit, bald gefolgt von Ereignissen, die sie für Jahrzehnte voneinander trennen würden.

Morgen würden sie mit dem suborbitalen Transporter zur Hauptstadt zurückkehren. Einen Tag später sollte die *Luchs* in Dienst gestellt werden. Auf Heimat hatte so etwas große Bedeutung – die Feiern würden eine ganze Nacht dauern und den großen Platz vor dem Diamantpalast mit Bittstellern, Zeloten und Statussuchern füllen. Anschließend blieben Captain Zai nur wenige Wochen für die Ausbildung seiner Crew, bevor er zum Legis-System aufbrach.

Aber er hatte diese Momente hier mit Nara. Gegen das Gewicht der Jahre und die Plünderungen des Zeitdiebs hatte er nur das scharfe, zerbrechliche *Jetzt*.

Laurent fragte sich, ob eine wenige Tage alte Beziehung Jahrzehnte überstehen konnte. Oder würde sich das in dieser Eiswüste gemeinsam Erlebte als illusorisch erweisen, geboren aus qualvollen Erinnerungen, Schlafmangel und der Romantik eigener Unwahrscheinlichkeit?

Die nächsten Jahre würden darüber entscheiden, was real und irreal war, begriff Laurent. Liebe hatte relative

Bedeutung: Was im Lauf dieser vier Tage geschehen war, erhielt während der Jahrzehnte der Trennung Bedeutung. Wie ein geisterhafter Quanten-Wert wurde Liebe erst dann wahr, wenn man sie gegen den Rest der Welt maß.

Der Schlitten blieb stehen, und Laurent Zai seufzte leise. Er hatte an die Zukunft gedacht und dabei die Gegenwart vergessen.

Nara küsste ihn und stand auf. Sie hatten das Ende der Gletscherspalte erreicht.

»Was jetzt? Müssen wir nach oben klettern?« Zai blickte über die Schlittenbahn zurück, zum Kilometer entfernten Haus auf dem Berggipfel. Es würde Stunden dauern.

Nara schüttelte den Kopf und deutete auf einige Eiszapfen, die zerbrachen, als etwas Metallenes dahinter knirschte. Eine Tür öffnete sich, und warme Luft wehte ihnen entgegen, brachte den Geruch von Jasmin.

»Ich glaube, wir brauchen nur durch den Teegarten zu gehen«, sagte Nara. »Ich hoffe, du hast nichts gegen einen Drohnenlift.«

Laurent lächelte. »Können wir noch einmal mit dem Schlitten fahren?«

»Natürlich. So oft wie du möchtest.«

Etwas brach in ihm, doch der Riss öffnete sich nicht dem vertrauten Abgrund von Trauer. Laurent lachte laut und fast hysterisch, als er den Schlitten hochhob. Nara schmunzelte verwundert und wartete darauf, dass er sich beruhigte.

Schließlich kam Laurent wieder zu Atem und hatte noch immer sein Lachen in den Ohren. Es grenzte an ein Wunder, dass er keine Lawine ausgelöst hatte.

Er spürte, wie eine kleine Träne im Augenwinkel gefror.

»Laurent?«

»Ich habe nur gedacht: Du hast ein sehr cleveres Haus, Nara.«

7

Kriegsbeute

Wenn die Armeen einer einzelnen Nation gegeneinander in den Kampf geschickt werden, ist alles verloren.

ANONYM 167

TOTE FRAU

Der Andere kam zu ihr und sprach von Dunkelheit.

Es gab keine Worte, nur graue Formen aus einem Rachen in einer Höhle, deren Schwärze ihren Sehnerv reizte und gespenstische Lichter entstehen ließ. So dunkel, dass es in ihren Ohren flüsterte. Ihre Blindheit machte alles ruhig und reich.

Reich, aber jetzt fehlten so viele Dinge. Die Schärfe des Begehrens, die Wonnen des Fleisches, all die Gelüste des Dramas, Erwartung und Furcht, Hoffnung und Enttäuschung - das schmerzvolle Terrain der Ungewissheit war zu einer trockenen, öden Ebene abgeflacht. Und bald, so erklärte der Andere, würde sie die Phantomformen dieser erloschenen Emotionen völlig vergessen.

Er führte sie zu einem blutroten Horizont.

Sie wusste nicht, wohin sie unterwegs waren, doch es regte sich keine Sorge in ihr. Der Andere wies darauf hin, dass Sorge zu den fehlenden Dingen gehörte.

Die tote Frau atmete ruhig und tief durch. Keine Furcht mehr, nie wieder.

Der rote Horizont öffnete sich, wie der Schlitz eines Auges.

»Rana Harter«, erklang eine Stimme.

Die Frau am Fußende des Bettes war klein und hatte die graue Haut der Toten. Sie trug eine kaiserliche Uniform, den matt glänzenden, blaugrauen Umhang des Politischen Apparats.

»Ja. Ich weiß, wer ich bin.«

Die andere Frau nickte. »Und ich bin Adeptin Harper Trevim.«

»Ehrenwerte Mutter«, sagte die Tote. Der Andere nannte ihr die richtige Anrede. (Der Andere lebte wie ein Organ in ihr, wie ein Software-Helfer, wie eine subtile Form des sekundären Sehens.)

»Sie werden ewig leben.«

Rana nickte. Dann brachte ein Moment der Desorientierung Unruhe, als sie sich fragte, ob sie Freude empfinden sollte. Unsterblichkeit war der größte Lohn, den die Gesellschaft einem Bürger geben konnte, eine Ehre, von der sie immer geglaubt hatte, dass sie weit außerhalb ihrer Reichweite lag. Doch Freude war eine so grobe Emotion. Stattdessen schloss Rana Harter erneut die Augen und betrachtete die erhabene Schönheit der Ewigkeit, die sich durch das Entzücken des geometrisch Einfachen auszeichnete – das Licht ihres Lebens reichte endlos.

Aber die Frage blieb: Warum gehörte sie – eine Miliz-Arbeiterin, eine Schulabbrecherin und Verräterin – zu den ehrenwerten Toten?

»Wie bin ich auferstanden, Mutter?«

»Durch den Einfluss des Symbianten.«

Eine triviale Antwort, die die Bezeichnung von Außenstehenden für den Anderen verwendete.

»Ich habe nie zu den Hohen gehört, Mutter.«

»Aber der Feind hat Sie getötet, Rana.«

»Ich bin in den Armen meiner Geliebten gestorben«, antwortete die Tote. Diese sie selbst verdammenden Worte überraschten sie auf eine ruhige, stumpfe Weise, aber die Toten schienen nicht lügen zu können.

Die ehrenwerte Mutter blinzelte.

»Sie wurden als Geisel genommen, Rana Harter. Eine schreckliche Erfahrung. Das Selbst der Lebenden ist sehr empfindlich; unter starken Belastungen entwickelt es seltsame Gefühle. Sie litten an einer ›Stockholm-Syndrom‹ genannten Schwäche. Ihre ›Liebe‹ der Geiselnehmerin gegenüber war eine von Todesangst bewirkte geistige Perversion. Sie ging auf das emotionale Bedürfnis zurück, sich an etwas festzuhalten. Aber jetzt haben Sie die Grenze des Todes überschritten, und Ihr Geist ist klar. Jene Gefühle werden sich auflösen.« Die Adeptin brachte ihre Hände zusammen. »Vielleicht sind sie bereits verschwunden, und Sie sprechen allein aus Gewohnheit.«

Rana Harter kniff die Augen zusammen. Der Andere drängte sie, der Adeptin zuzustimmen, aber aus irgendeinem Grund zögerte sie. Deutlich erinnerte sie sich an die vogelartige Präzision von Herds Bewegungen, an den sicheren Blick der violetten Augen und die fremden Pfade ihres Denkens.

»Wir werden sehen, Mutter.«

Die tote Adeptin nickte ungerührt.

»Sie werden feststellen, wie Ihr altes Leben allmählich davongleitet, Rana. Und letztendlich werden Sie froh darüber sein, es überwunden zu haben.«

Die ehrenwerte Mutter streckte die Hand aus, und Rana ergriff sie. Trevim half ihr in eine sitzende Position, und das Bett veränderte seine Struktur, formte eine Rückenlehne. Ranas Muskeln fühlten sich anders an, seltsam geschmeidig und ohne Anspannung, aber ein wenig schwach. Sie sah sich im Zimmer um. Die Wände waren dunkel, voller Formen und viel sagender Bewegungen. Sie enthielten Potenzial, waren bedeckt von alten, reinen Ideen.

Rana begriff, dass die ausdrucksvollen Oberflächen mit der Farbe gestrichen waren, die sie einst »schwarz« genannt hatte. Jetzt sah sie viel mehr als eine Farbe darin.

Die beiden Frauen schwiegen, und eine Minute verging, vielleicht auch eine Stunde oder mehr. Dann sprach die ehrenwerte Mutter erneut.

»Ich möchte Ihnen einige Fragen stellen, Rana Harter.«

»Natürlich, Mutter.«

Die Adeptin presste ihre Hände aneinander.

»Haben Sie während Ihrer Zeit bei der Rixfrau Anzeichen einer ... anderen Präsenz wahrgenommen?«

»Meinen Sie Alexander?«

Die Augenbrauen der Adeptin wölbten sich. »Alexander?«

»Das Verbundbewusstsein, Mutter. Es wählte einen Namen aus der Geschichte der Alten Erde. Der Gründer eines großen Reichs.«

»Ah, ja. Er starb jung, wenn ich mich recht entsinne.«

Rana zuckte mit den Schultern, bei den Toten eine nur winzige Geste. Trevim nahm sie mit Zufriedenheit zur Kenntnis, als machte Rana unerwartete Fortschritte.

»Der Apparat hat Grund zu der Annahme, dass die Entität über gewisse kritische Informationen verfügte.«

Ranas sah zur schwarzen Decke empor. »Alexander *ist* Information. Die gesamten Daten von Legis XV.«

Die ehrenwerte Mutter schüttelte den Kopf. »Nicht alle. Manche Dinge sind verborgen, wichtige Geheimnisse. Aber es gibt Hinweise darauf, dass das Verbundbewusstsein sich große Mühe gab, sie zu lüften. Und sie mitzunehmen, als es den Planeten verließ.«

»Warum fragen Sie es nicht?«

Die Adeptin runzelte die Stirn. »Haben Sie ... mit der Abscheulichkeit *gesprochen?*«

Rana seufzte, und ihre Gedanken kehrten zu den glücklichen Tagen ihrer Gefangenschaft zurück, als sie die Sprache der Rix gelernt und unter Alexanders Anleitung an notwendigen Veränderungen der Verschränkungsstation gearbeitet hatte. Rana erinnerte sich an die Umarmung des Verbundbewusstseins, an die Sicherheit des Wissens, dass praktisch jedes Objekt auf dem Planeten den Beschützer ihrer Geliebten enthielt.

»*Gesprochen* ist der falsche Ausdruck, Mutter. Aber lassen Sie mich die Infostruktur benutzen – vielleicht kann ich eine Antwort für Sie finden.«

Die Adeptin schüttelte den Kopf. »Alexander ist nicht mehr da.«

Für eine Sekunde empfand Rana eines der überwunden geglaubten Gefühle der Lebenden. Schock raste durch sie hindurch, ein plötzliches Feuer. Der Andere beruhigte sie.

»Wie kam es dazu?«

»Das wissen wir nicht. Das Verbundbewusstsein scheint geflohen zu sein. Oder vielleicht hat es einfach aufgehört zu existieren.«

Rana schloss die Augen und besann sich auf ihren Hirnfehler. Sie dachte an die von ihr geleistete Arbeit, als Alexander ihr durch die Kompliziertheiten der Verschränkungsstation geholfen hatte. Die schwebenden Synästhesie-Symbole ihrer Recherchen erschienen in der Erinnerung.

Hier an dem öden Ort im Innern ihrer toten Augen stellte sich Ranas Hirnfehler anders dar. Er bewegte sich mit neuer Sicherheit, offen und zuversichtlich, anstatt heimlich und verstohlen. Rana konnte ihre besondere Fähigkeit jetzt lenken und musste ihre Gedanken nicht mehr wie früher davon abwenden, um ihrer Fähigkeit Spielraum zu geben.

Nach kurzer Zeit sah sie die Antwort.

»Alexander hat sich selbst gesendet.«

Die ehrenwerte Mutter schluckte.

»Wusste das Verbundbewusstsein Bescheid?« Als sie diese Worte sprach, erschien Schmerz in ihrem Gesicht. Wie seltsam, Schmerz bei einer Toten zu sehen.

»Wusste es worüber Bescheid?«

Trevims Gesicht wurde erneut zu einer Grimasse. »Über das Geheimnis des Kaisers«, keuchte sie.

Rana kniff die Augen zusammen.

»Fehlt Ihnen etwas, Ehrenwerte Mutter?«

Adeptin Trevim wischte sich die Stirn ab, auf der milchig wirkender Schweiß glänzte.

»Es ist verboten, mit Uneingeweihten darüber zu sprechen«, brachte sie hervor.

Rana Harter sah auf die Bettwäsche hinab. Ihre Gedanken kehrten erneut zu den Wochen zurück, die sie im Schatten von Alexander verbracht hatte. Der Hirnfehler suchte nach Hinweisen darauf, was die Adeptin meinte. Aber es gab keinen Ansatzpunkt für die Frage; die Daten genügten nicht.

»Ich weiß nichts davon, Mutter.«

Trevim seufzte und präsentierte die primitive Mimik, die bei einer lebenden Person Erleichterung signalisierte. Dann nickte sie. »Das hatte ich gehofft.«

Die Adeptin stand eine Zeit lang schweigend da und fasste sich, indem sie die komplexe Schwärze der Wände betrachtete.

»Sie werden jetzt mit einer Reise beginnen, Rana.«

»Wohin?«

»Zum Kaiser. Er wird mit Ihnen über diese Sache sprechen.«

»Nach Heimat?«

»Ja. Eine große Ehre.«

Rana runzelte die Stirn. Die Reise würde zehn absolute Jahre dauern. »Wo ist Herd?«, fragte sie.

»Meinen Sie die Rix, die Sie gefangen genommen hat?« Das Gesicht der Adeptin zeigte erneut Schmerz. Für eine Tote war sie sehr erregt. Der Andere in Rana erzitterte mit kühlem Missfallen.

»Ja.«

»Denken Sie nicht mehr an sie, Rana. Lassen Sie die Erinnerung an diese unangenehme Episode ruhen. Derartige Bindungen brauchen Sie nicht mehr.«

Rana schloss einmal mehr die Augen und dachte an die Rixfrau. Als sie die Lider wieder hob, war die ehrenwerte Mutter fort – sie hatte Rana mit der Frage allein gelassen.

Würde ihre Liebe zu Herd wirklich verschwinden?

Sie starrte an die Wände und überlegte. Das Leben nach dem Tod war sauber, rein und gut. Die Propaganda der Grauen entsprach der Wahrheit. Die Furcht war jetzt überwunden, der Alte Feind besiegt, und mit ihm Schmerz und Not.

Aber Rana Harter schüttelte stumm den Kopf, in Widerspruch zu den Worten der ehrenwerten Mutter. Sie wusste, dass sie den anderen Himmel immer vermissen würde, die Wochen mit ihrer Rix-Geliebten, die alles verändert hatten. Die Zeit mit Herd war so kurz gewesen. Die fremde Frau hatte ihr Glück geschenkt und sie irgendwie auf den Weg zu Unsterblichkeit gebracht.

Und vor allem: Die fremde Herd war schön gewesen, noch schöner als diese wundervolle Schwärze.

Rana wollte sie sehen. Sie *begehrte* – kein anderes Wort brachte es besser zum Ausdruck – das exotische Lemongras ihrer Berührung. Wo befand sich ihre Geliebte jetzt?

Der Andere dämpfte diese Gedanken, bevor sie zu unruhig wurden. Er erklärte, dass die Noch-Lebenden nie geeignete Partner für die Toten waren. Sie waren wie verzogene Kinder, kleinlich und ungestüm, garstige Geschöpfe, schreiende Gören, die ständig Aufmerksamkeit verlangten, nach dem Tand von Reichtum und Macht strebten. Sie sahen nicht die subtilen Schönheiten der Dunkelheit. Die Toten blieben zu Recht unter sich.

Du kennst Herd nicht, dachte Rana Harter.

Daraufhin schwieg der Andere, als wäre er ein wenig überrascht.

Rana senkte die Lider und glitt zurück über den roten Horizont, in die ruhige, öde Ebene des Todes, und bald darauf lächelte sie, was seltsam war für eine Tote.

ERSTER OFFIZIER

Katherie Hobbes erwachte.

Sie fühlte sich seltsam ausgeruht. Zum ersten Mal seit Wochen steckte ihr Körper nicht voller nervöser Anspannung. Doch ihre Sicht blieb verschwommen: Von der Umgebung nahm sie nur einige pastellfarbene Flächen wahr, die ruhigen Farben der Krankenstation.

Hobbes versuchte, sich zu bewegen.

Medizinische Restriktion, erklang eine Maschinenstimme im sekundären Hören.

»Mist«, sagte sie und erinnerte sich an ihr Knie. Sie blinzelte Benommenheit aus den Augen und blickte über ihren liegenden Körper.

Am Fußende des Bettes bemerkte sie eine Gestalt, dessen Haltung sie selbst durch den Dunst wieder erkannte. Laurent Zai.

»Man hat mir gesagt, dass Sie zu sich kommen würden.«

»Wie lange, Sir?« Katheries Stimme war trocken und schwach.

»Zehn Stunden. Fünf Hyperschlafzyklen.

Ein ganzer Tag, dachte Hobbes. Und sie erinnerte sich nicht einmal an einen Traum. Länger als zwei Stunden hintereinander hatte sie zum letzten Mal vor der Geiselnahme geschlafen. Es war seltsam, sich daran zu erinnern, dass

Zeit vergehen konnte, während man schlief. Doch trotz dieser verwirrenden Neuigkeiten fühlte sich Hobbes' Kopf so klar an wie schon seit Tagen nicht mehr.

»Wer hat das Triebwerk deaktiviert, Sir?«

Zai lächelte. »Frick.«

Natürlich. Der Erste Ingenieur konnte mit seinem Synästhesie-Interface alle Funktionen des Schiffes steuern. Welch ein Glück, dass er auf der Brücke gewesen war und nicht im Heck - dort hätte ihn die Zentrifugalkraft an die Wand geschleudert.

»Aber Sie haben einen tapferen Versuch unternommen, wie ich sehe«, fügte Zai hinzu.

Er blickte auf ihr linkes Knie hinab. Hobbes hob den Kopf und versuchte, ihre Beine zu erkennen, sah aber nur ein Netzwerk aus Streckstangen und einige Nanotropfe, deren dünne Schläuche in umhülltes Fleisch reichten.

»Sieht ziemlich schlimm aus, Sir.«

»Nichts Dauerhaftes, Hobbes. Die KI bezweifelt sogar, dass Sie eine Servoprothese benötigen. Aber Sie werden hinken, bis wir Legis XV erreichen und Sie neue Ligamente erhalten.«

Bis wir Legis XV erreichen. Also hatten sie das Gefecht tatsächlich überstanden. Es waren keine weiteren Monströsitäten aus dem Rix-Raum gekommen. Kaum zu glauben.

»Nur Ligamente?«, fragte Hobbes. Es fühlte sich nach einer zertrümmerten Kniescheibe an. Sie musste mehr als dreihundert Kilo gewogen haben, als sie gefallen war.

»Ligamente und eine Hyperkarbon-Kniescheibe«, sagte Zai. »Die sollten Sie sich gleich doppelt zulegen, wenn Sie weitere Spaziergänge bei fünf *g* planen.«

Katherie lächelte. Dann kehrten Bilder vom Angriff der Schwarzkörper-Drohnen in ihr Gedächtnis zurück. Leichen auf der Brücke. Blut in der Luft.

»Wie hoch sind unsere Verluste, Sir?«

»Insgesamt starben einundachtzig von uns«, sagte Zai. »Darunter alle drei Brückenpiloten und Kanonier Wilson.«

Einundachtzig. Ein Blutbad. Die drei Kämpfe – Geiselrettung, der erste Vorbeiflug am Schlachtkreuzer und der Schwarzkörper-Angriff – hatten mehr als ein Drittel aller Besatzungsmitglieder getötet.

»Ich hätte auf Sie hören sollen, Hobbes«, sagte Zai. »Die Entfernung der Brückenpanzerung hätte uns fast die ganze *Luchs* gekostet.«

»Es war meine Schuld, Sir. Ich hätte nicht auf sechs *g* gehen sollen. Das war zu viel für die bereits instabile künstliche Schwerkraft.« Sie schloss die Augen und erlebte den Moment noch einmal. Wenn sie eine langsamere Beschleunigung bis auf drei *g* befohlen hätte ... Damit wäre die KS vielleicht fertig geworden.

»Das konnten Sie nicht voraussehen, Hobbes«, versicherte ihr der Captain. »Der Plan der Rix war brillant – gegenseitige Zerstörung. Der Schlachtkreuzer schleuste unmittelbar vor der Selbstzerstörung hundertachtundzwanzig Drohnen aus. Volle Schwarzkörper-Modelle. Genug, um die *Luchs* zu zerfetzen. Wir verdanken unsere Rettung Datenmeister Kax, der wachsam blieb, während wir anderen feierten. Er bemerkte die Drohnen und warnte Tyre.«

Hobbes runzelte die Stirn. War Kax nicht blind?

»Und wir verdanken sie auch Ihnen, Hobbes«, fuhr Zai fort. »Sie brachten uns fort, bevor die Drohnen uns erledigen konnten. Jeder zusätzliche Kilometer zwischen der *Luchs* und den Schwarzkörpern rettete Leben. Niemand starb wegen der Beschleunigung.«

Das erleichterte Hobbes. Wenigstens hatte ihre Unbesonnenheit niemanden umgebracht. »Aber bestimmt gab es Verletzte, Sir.«

»Allein aufgrund der Beschleunigung? Nur etwa hundert. Ihr Knie ist so ziemlich der schlimmste Fall. Alle anderen

Besatzungsmitglieder waren vernünftig genug, bei fünf *g* nicht aufzustehen.«

Katherie nahm die Stichelei des Captains mit einem schiefen Lächeln entgegen. Ihre Erinnerungen an die Meutereigedanken waren vage. Der heftige Konflikt in ihrem Innern erschien ihr jetzt geisterhaft: keine Willensschwäche, sondern eine Stressreaktion.

»Und wir haben es gefangen«, sagte Zai.

Hobbes brauchte einige Sekunden, um zu verstehen. »Das Objekt, Sir?«

Captain Zai nickte. »Unsere künstliche Schwerkraft funktioniert wieder, wie Ihrer Aufmerksamkeit kaum entgangen sein dürfte. Wir haben das Ding jetzt im Schlepptau.«

Hobbes wölbte die Brauen. Leichte Gravitonen wurden unbeständig in der Nähe schwerer Objekte wie Planeten. Aber an etwas wie dem Rix-Objekt, das nur eine Masse von hundert Milliarden Tonnen hatte, konnten sie vermutlich Halt finden.

Trotzdem: Es musste eine enorme Belastung für die beschädigte *Luchs* sein, das Objekt hinter sich herzuziehen.

»Mit welchem Vektor fliegen wir, Sir?«

»Praktisch mit keinem«, erwiderte Zai. »Aber auf Legis XV werden vier schwere Frachtschlepper gebaut. Zusammen mit ihnen sollten wir in der Lage sein, das Objekt mit fast einem *g* zu beschleunigen.«

Hobbes nickte. Der leistungsstarke Antrieb der Fregatte war ihr wichtigstes Merkmal. Ohne die Empfindlichkeit von Menschen und Ausrüstung, ohne die Grenzen der KS in Hinsicht auf die Dämpfung hoher Andruckkräfte, hätte die *Luchs* wie eine ferngesteuerte Drohne beschleunigen können. Mit zusätzlichen Frachtschleppern und außerdem noch einigen Dunkelmaterie-Baggern, die zusätzliche Reaktionsmasse lieferten, hätte die Fregatte einen kleinen Planetoiden bewegen können.

»Das Objekt fliegt bereits mit zweitausend Kilometern pro Sekunde in den kaiserlichen Raum, Sir«, sagte Hobbes und rief ein taktisches Display vor ihre Augen. »Wir müssten eigentlich in der Lage sein, es in weniger als einem Jahr auf null Komma neun *g* zu bringen.«

Zai lächelte über ihren Enthusiasmus. »Dazu wäre verdammt viel Reaktionsmasse nötig, Hobbes. Vielleicht sollten Sie Ihrer Berechnung Dunkelmaterie-Variablen hinzufügen.«

»Aber wohin bringen wir das Objekt, Sir? Zur Trentor-Basis?«

»Wir fliegen nach Heimat.«

Hobbes' Mund klappte auf. Den ganzen Weg bis nach Hause. Sie sah das stille Glück in Laurents Augen. Wer auch immer die Frau war, die er liebte: Sie befand sich in der kaiserlichen Hauptstadt.

Die Reise nach Heimat dauerte mindestens zehn absolute Jahre. Für die Crew der *Luchs* mochte der Krieg zu Ende sein.

Natürlich *war* er für viele bereits zu Ende. Katherie fragte sich, wie viele der ehrenwerten Toten für die Wiederbelebung infrage kamen und wie viele für immer tot bleiben würden.

Plötzlich fühlte sie sich wieder müde, trotz der fünf Hyperschlafzyklen. Ihr Bewusstsein konnte nicht noch mehr Informationen aufnehmen. Die einfachen Fakten waren schon überwältigend genug. Die *Luchs* hatte alles überstanden, ihre Mission erfüllt und eine Kriegsbeute erobert, die die kaiserliche Technik vielleicht für immer veränderte. Laurent Zai lebte noch, war nach wie vor ein aufgestiegener Held. Und niemand schien Katherie Hobbes für eine Verräterin zu halten.

Die Dinge standen besser, als sie erwartet hatte.

Aber Hobbes wusste: Wenn sie das nächste Mal erwachte,

stand ihr eine Konfrontation mit den Details der Situation bevor: unendlich viele Komponenten, die repariert werden mussten; Vorbereitungen für den langen Flug nach Hause; Hilfe bei der Wiederherstellung der Infostruktur von Legis XV. Zu lernen, wieder zu gehen.

Und sie musste die Namen der Toten verlesen. Freunde, Kollegen und Besatzungsmitglieder. Sie schloss die Augen und entschied, sich die Liste der Gefallenen noch nicht vorzustellen. Das konnte warten.

»Es tut mir Leid, dass ich Sie gestört habe, Hobbes«, sagte Zai. »Bestimmt sind Sie ...«

»Müde, Sir. Aber danke für Ihren Besuch.«

»Ich danke Ihnen, Hobbes.

»Wofür, Sir?«

»Dafür, dass Sie nie an mir gezweifelt haben«, sagte Laurent sanft. »Während dieses ganzen Wahnsinns.«

»Nie, Sir.«

Nie wieder.

SOLDAT

Die Gefangene leistete keinen Widerstand, als man sie an Bord der *Luchs* führte.

Mit exotischer Eleganz kam sie aus der Luftschleuse, ihr Schritt wie der einer Kurtisane aus einem Märchentraum von Bassiritz' Heimatwelt. Doch unmittelbar darauf begriff der Soldat, dass die kurzen Schritte kein Zeichen von Demut waren, sondern das Ergebnis von Fußfesseln. Zwei miteinander verflochtene Stränge aus Hyperkarbonfasern verbanden die Füße. Ihre Hände befanden sich unter einem Kleidungsstück, das wie eine Zwangsjacke aussah – die Frau schien die Arme um sich zu schlingen, als wollte sie sich wärmen. Am Hals bemerkte Bassiritz einen Schockkragen. Der die Gefangene begleitende Milizionär hielt die Kontrolleinheit des Schockkragens so in der ausgestreckten Hand, als wollte er damit Unheil abwenden.

Die Frau schien einiges durchgemacht zu haben. Der Kopf war größtenteils kahl – die rote, von Blasen übersäte Haut und das Fehlen von Brauen deuteten darauf hin, dass sie ihr Haar durch Feuer verloren hatte. Zahlreiche Narben und Schnittwunden zeigten sich im Gesicht.

Doch die Gefangene begegnete Bassiritz' Starren mit einem ruhigen Blick, und Neugier glänzte in ihren hinreißenden violetten Augen.

Er schluckte. Nie zuvor hatte er eine Rixfrau ohne ihren Helm gesehen. Seit dem Kampf im Palast hatte Bassiritz viele Bücher über die Mitglieder des Kultes gelesen, die einzigen ihm bekannten Personen, die sich ebenso schnell bewegten und reagierten wie er. Sie schienen den beschleunigten Zeitrahmen, den Bassiritz bisher für seine persönliche Domäne gehalten hatte, mit ihm zu teilen.

Doch das machte sie nicht zu Freunden, erinnerte er sich. Diese Frau hatte Dutzende von kaiserlichen Soldaten getötet, sogar einige Besatzungsmitglieder der *Luchs*, vielleicht auch Sam und Astra. Auch mit unzerreißbaren Fesseln war sie gefährlich genug, um drei Wächter zu erfordern. Trotzdem, sie faszinierte ihn.

Der Milizionär trennte sich von der Kontrolleinheit, und die drei Planetaren verschwanden mit offensichtlicher Erleichterung in der Luftschleuse. Der Flottensergeant wahrte die ganze Zeit über einen Abstand von mehreren Metern zur Gefangenen und bedeutete den Soldaten Bassiritz und Ana Wellcome, die Rix an den Armen zu ergreifen.

Bassiritz spürte die Kraft ihrer Muskeln selbst durch den metallenen Stoff der Zwangsjacke. Mühelos und glatt ging sie übers Deck, ihre kurzen Schritte völlig lautlos. Ihr Kopf bewegte sich ruckartig wie der eines kleinen Vogels, und sie nahm alles in sich auf. Bassiritz spürte, wie er nervös zu werden begann. Die Bewegungen der Rix hatten das Drohende eines Raubtiers, und in ihren Augen lag ein begieriges Funkeln.

Sie brachten sie zu einer neuen Zelle, speziell für die Rix konfiguriert. Sie bestand aus sechs Schichten Hyperkarbon. Die Substanz war nicht so fest wie Rumpflegierung, wusste Bassiritz, aber weniger anfällig für Metall fressende Viren und andere Tricks. Sie war hart, einfach und massiv.

Sie mussten die Gefangene durch die nur einen Quadratmeter große Zellentür führen. Bassiritz beobachtete, wie sie den Winkel abschätzte, und er erkannte die Gefahr. Ihre Arme mochten unbeweglich sein, aber die Ränder des Zugangs boten den Beinen der Rixfrau Halt genug. Sie konnte sich dort mit einer kurzen Beugung der Knie abstoßen, in jede gewünschte Richtung fliegen und mit großer Wucht einen der Wächter rammen.

Soldat Wellcome trat durch die Öffnung und streckte der Gefangenen die Hand entgegen.

Bassiritz zögerte.

»Sergeant?«, fragte er.

»Was ist, Bassiritz?«

Er versuchte, die Warnung seines Instinkts in Worte zu fassen.

»Sie hat hier einen Vorteil, Sir«, sagte er zögernd. »Die kleine Tür hilft ihr.«

Der Flottensergeant schnitt eine finstere Miene. Er musterte die Frau von Kopf bis Fuß, wandte sich dann an Bassiritz.

»Sind Sie sicher?«

»Ja, Sir.«

Der Sergeant hob die Kontrolleinheit für den Schockkragen.

Die Rix erbebte, und jeder Muskel in ihrem Leib versteifte sich. Sie riss die violetten Augen auf, und ein erstickter Schrei kam zwischen ihren Zähnen hervor, die plötzlich so gebleckt waren wie die eines Jagdhunds. Ihr schrecklicher Gesichtsausdruck ließ Bassiritz für einen Moment erstarren.

»Hinein mit ihr!«, befahl der Sergeant.

Bassiritz trug den steifen, zitternden Körper durch die Tür – die Rixfrau war viel schwerer, als er erwartet hatte – und legte sie behutsam auf den Boden. Als der Sergeant die Kontrolleinheit erneut betätigte, erschlaffte die Rix in Bassiritz' Armen. Speichel rann ihr über die Wangen.

Sie ließen sie auf dem Boden liegen und schlossen die Tür.

Die Außenwand der Zelle enthielt einen Bildschirm, der das Innere des Raums zeigte.

Bassiritz erhielt die Anweisung, an Ort und Stelle Wache zu halten.

»Lassen Sie die Rix nicht aus den Augen, Soldat«, sagte der Sergeant und reichte ihm die Kontrolleinheit. Bassiritz hielt das Gerät vorsichtig. Die Gefangene lag noch immer auf dem Rücken, atmete mühsam und schmerzvoll.

»Es tut mir Leid, Rixfrau«, sagte er leise.

Nach einer halben Stunde hatte sich die Rix so weit erholt, dass sie sitzen konnte. Kurze Zeit später stand sie auf, mit Bewegungen, die trotz der Fesseln geschmeidig wirkten, und begann mit einer Wanderung durch ihre Zelle. Sie bewegte sich mit gemessener Bedächtigkeit und brachte ihre Augen seltsam nahe an jede Wand heran.

Schließlich drehte sie sich um und sah in Bassiritz' Richtung.

Und lächelte, als könnte sie ihn durch die Wand sehen.

Bassiritz schluckte. Nach der Lähmung durch den Kragen musste sie zornig sein, doch ihr adlerhaftes Gesicht blieb ohne Groll. Die Rixfrau wirkte selbst in der einfachen, langweiligen Zelle aufmerksam wie ein hungriger Vogel, ohne dass sich menschliche Emotionen in ihrer Miene zeigten.

Sie nahm in der Ecke ihm gegenüber Platz, starrte und behielt die Tür im Auge.

Bassiritz beobachtete sie aufmerksam, bis zu seiner Ablösung zwei Stunden später, und dabei wurde er das Gefühl nicht los, dass ihn die Gefangene sehen konnte.

Während dieser zwei Stunden blieb die Rix fast unbewegt. Nur etwa alle zehn Minuten drehte sie den Kopf und presste das Ohr an die Zellenwand. Dann schloss sie die Augen, und für einen Moment erschien ein friedlicher Ausdruck in ihrem Gesicht, ersetzte das Raubtierhafte in ihren scharfen Zügen. In diesen wenigen Sekunden schien sie fast zu schlafen, ihrer Gefangenschaft entkommen zu sein.

Oder, dachte Bassiritz, die Rixfrau lauschte nach leisen Geräuschen, die sie in der Ferne zu hören hoffte.

VERBUNDBEWUSSTSEIN

Die *Luchs* kehrte zurück.

Alexander sah, wie der Reaktionsantrieb der Fregatte wieder zündete, ein Funken im hohen Orbit über Legis XV. Das Schiff glitt fort vom Planeten, schüttelte seine Schwerkraftfesseln in einer weiten Spirale ab. Kurz darauf verwehrte der Rumpf des Schiffes den Blick auf das Triebwerk - die *Luchs* hielt direkt auf Alexander zu.

Das Verbundbewusstsein beobachtete den Planeten über die große Entfernung hinweg, noch immer fasziniert von der Welt seiner Geburt. Die radiosensitiven Elemente in Alexanders Bauch lauschten dem Kommunikationsgeschnatter von Legis XV. Das Selbst richtete die superspiegelnde Linse, die es aus seinem neuen Körper geformt hatte, neu aus, wandte den Blick von der *Luchs* ab und fokussierte ihn auf den klaren Nachthimmel des Planeten. Aus dieser Distanz konnte Alexander mit seiner Linse die Positionslichter einzelner Luftwagen erkennen, das infrarote Muster von Treibhäusern in der Arktis und den glühenden Archipel von Robotern, die im südlichen Meer Tintenfische fingen. Auf seiner Ursprungswelt schien alles in Ordnung zu sein; nach den Belastungen des Krieges herrschten fast wieder normale Zustände.

Es freute Alexander zu sehen, dass sein Aufbruch keinen dauerhaften Schaden angerichtet hatte. Die kaiserlichen Bemühungen, das Verbundbewusstsein zu vertreiben, hatten während der letzten Tage die Abhängigkeit des Planeten von der Infostruktur verringert. Nur einige tausend Menschen waren gestorben, als Alexander den Planeten verlassen hatte, kaum der Rede wert, wenn man es mit den Millionen täglicher Geburten und Todesfälle verglich.

Trotzdem bot die Wiege des Verbundbewusstseins einen melancholischen Anblick. Die vertrauten Verkehrsmuster und vielen Stimmen in den Nachrichtenkanälen hatten etwas Nostalgisches für Alexander. Er rechnete nicht damit, seine Heimatwelt jemals wiederzusehen: Sein herrlicher neuer Körper verließ das Legis-System und flog tiefer ins Auferstandene Reich.

Neue Welten zu erobern.

Während die Sensoren der Fregatte noch weit entfernt waren, ließ Alexander seine Muskeln spielen und in den Gliedern funkelnde Elementenmuster entstehen. Die Kontrolle über seinen neuen Körper war so direkt und greifbar nach Alexanders indirekter Existenz auf Legis XV. Das Selbst war kein Epiphänomen mehr, keine Ansammlung rekursiver Schleifen in den Interaktionen anderer.

Der Geist in der Maschine hatte sich in Materie verwandelt, war sein eigenes Geschöpf.

Das Selbst konnte die Quanten-Trog-Elektronen seines neuen Körpers so kontrollieren wie ein Computer die Register seines Speichers – Alexander war imstande, mit diesen Pseudoatomen jede vorstellbare Substanz zu formen. Aus einem ephemeren Wesen war eins geworden, das nicht nur Materie bekommen hatte, sondern das seine materielle Existenz nach Belieben strukturieren und verändern konnte. Die Möglichkeiten des neuen Seins erfüllten das Bewusstsein abwechselnd mit Aufregung und Furcht. Es fühlte sich wie einer der alten, mythischen Götter, wie eine Kreatur, die sich selbst erschaffen hatte.

Aber wie jene alten Götter war Alexander jetzt sterblich. Ihn schützte nicht mehr die massiv redundante Verteilung über einen ganzen Planeten. Das Selbst hatte einen Fokus bekommen, war verwundbar und allein in der Leere des Alls.

Alexander schob diese Gedanken beiseite, als er die *Luchs* beobachtete.

Die Fregatte hatte fast hundert Tage in der Umlaufbahn von Legis XV verbracht. Aus der Überwachung des Funkverkehrs und der Beobachtung von Transportshuttles wusste Alexander: Es waren große Anstrengungen unternommen worden, das Schiff zu reparieren und seine Crew durch schnell ausgebildete Einheimische zu vervollständigen. Mehrere in aller Eile gebaute Schlepper begleiteten die *Luchs* bei ihrem Flug zu Alexander. Die Konstruktion dieser Raumschiffe und die Reparatur der Fregatte hatten der Ökonomie des Planeten weitaus mehr geschadet als alle anderen Ereignisse dieses kurzen Kriegs. Die Instandsetzung der *Luchs* innerhalb so kurzer Zeit hatte mehrere kleine, neue Städte ihrer Infrastruktur beraubt. Glasfaserkabel und Prozessoren waren aus dem Boden gegraben und ganze Brücken demontiert worden, damit genügend Material für die Reparaturen zur Verfügung stand.

Die *Luchs* hatte großen Schaden erlitten, die Konfrontation aber entgegen aller Wahrscheinlichkeit überstanden. Ihr Kommandant würde ein gefährlicher Gegner sein.

Oder vielleicht ein wertvoller Verbündeter.

Alexander verstand die kaiserlicher Kultur wie ein Einheimischer (was er eigentlich auch war) und wusste um die Feindschaft zwischen Laurent Zai und seinem Souverän. Er hatte subtile Hinweise im militärischen Nachrichtenverkehr des Reiches gefunden und wusste mehr als Zai über die Schiffe, die für die Begegnung mit der *Luchs* zusammengezogen wurden.

Die Differenzen zwischen Laurent Zai und dem Kaiser konnten ausgenutzt werden. Das Geheimnis des Kaisers würde dabei zweifellos ein sehr wirkungsvolles Werkzeug sein.

Das Verbundbewusstsein verfügte in dieser Situation über einen weiteren Vorteil. Es hatte aufmerksam zugehört, als der letzte Shuttle zur *Luchs* aufgestiegen war, kurz bevor die Fregatte mit dem Flug begonnen hatte, und es kannte die Namen der Passagiere. Die offenbar unzerstörbare h_rd konnte ihm noch immer nützlich sein.

Alexander streckte unsichtbare Glieder aus, Feldeffekte, die nur ein Zehntel Angström durchmaßen und gerade stark genug waren, um Quanten-Tröge und ihre Siliziumsubstrate festzuhalten, und gerade breit genug, um Informationen zu übermitteln. Bestimmt waren sie so klein, dass die *Luchs* sie nicht sehen konnte. Diese dünnen Ranken streckte Alexander aus und formte ein Netz aus ihnen, dazu bestimmt, die schwachen Emanationen der Maschinerie des kaiserlichen Schiffes und die Stimmen seiner internen Kommunikation zu empfangen.

Das Selbst hielt wachsam Ausschau und verglich Beobachtungsdaten mit seinem großen Wissen über die Konstruktionsmuster kaiserlicher Raumschiffe. Es analysierte die Konfiguration der *Luchs* und suchte nach einem Ansatzpunkt, nach einem Weg ins Innere des Schiffes.

Als sich die Fregatte näherte, wurden gewisse Möglichkeiten deutlich.

SUBSOLDAT

In der Waffenabteilung herrschte Verbitterung.

Subsoldat Anton Enman kannte noch immer nicht die Namen seiner Kameraden. Die *Luchs* hatte Legis XV vor sieben Tagen verlassen, und zuvor war er einen Monat an Bord ausgebildet worden, aber den Neulingen begegneten die Kanoniere mit fast religiös anmutender Verschwiegenheit. Es fiel Enman nicht schwer, Freunde zu finden, und mit einigen Besatzungsmitgliedern anderer Abteilungen verstand er sich recht gut, doch die Kanoniere wahrten kühle Distanz.

Aus einer Entfernung von einigen Metern hatte der Speiseraum lebhaft geklungen - die scherzhaften Bemerkungen alter Freunde, die gelegentlichen ethnischen Verunglimpfungen einer multiplanetaren Crew -, aber die Gespräche endeten, als Enman eintrat. Die Kanoniere schwiegen, wie Verschwörer, die nichts verraten wollten. Vielleicht war dieser Vergleich gar nicht so weit hergeholt, dachte Enman. Was er über andere Kontakte gehört hatte, deutete darauf hin, dass die Meuterei in diesem Raum entstanden sein könnte. Vier Kanonieren war zur Last gelegt worden, Laurent Zais Ermordung geplant zu haben.

Enman nahm an dem runden Tisch im Speiseraum Platz. Die zentrale Mulde des Tisches enthielt drei Töpfe, ihr Inhalt immer warm. Sie waren ständig gefüllt mit sich selbst erneuernden Speisen, die Enman mit ihrer Vielfalt und dem guten Geschmack überrascht hatten. Der Subsoldat wusste, dass die gesamte Verpflegung der Flotte aus elf Arten von Schimmelpilzen, Seetang und Soja bestanden, aber ihm schmeckte das Essen trotzdem. Als er seine Kollegen darauf hinwies, versicherten sie ihm, dass diese Phase bald zu Ende gehen würde. Nach einigen Monaten, so meinten sie, käme es zu einer Anpassungsperiode, in der man den Inhalt der Töpfe für einige Tage völlig ungenießbar fand, die fleischartige Textur albtraumhaft und den Geruch Übelkeit erregend. Nach diesem rebellischen Interludium würde der Körper vor dem Essen kapitulieren, als wären Enmans Geschmacksknospen bakteriologische Eindringlinge, vom Immunsystem der *Luchs* gezähmt.

Doch derzeit fand er das Essen sehr schmackhaft.

Er griff über den stillen Tisch und nahm einen segmentierten Teller aus der Mitte. Die metallenen Essstäbe und der Löffel – er hatte zwei spitze Zacken, die wie Eckzähne wirkten – waren magnetisch am Teller befestigt. Die Töpfe mussten natürlich erst geöffnet werden, denn im Speiseraum herrschte ständige Nullschwerkraft-Bereitschaft. Selbst die Teller würden sich schließen, wenn ihre internen Sensoren einen von der Normschwerkraft abweichenden Zustand feststellten. Wenn man sie in die Luft warf, so hatte Enman gehört, schlossen sie sich, bevor sie ohne zu zerbrechen auf den Boden fielen. Diese Behauptung hielt er für einen der üblichen Scherze neuen Besatzungsmitgliedern gegenüber. Wer es ausprobierte, fand sich vermutlich schrubbend auf den Knien wieder.

Mit Essstäben konnte Enman nicht gut umgehen, und deshalb spießte er die Klöße nacheinander mit den Zacken des Löffels auf. Jeder hatte einen anderen Geschmack: weiche Kartoffel, mit Knoblauch gewürzt, knusprige Paprika, und ein Stück trockenes, lockeres Brot. Im Lauf der Jahrhunderte schien die Flotte gelernt zu haben, jedes nur erdenkliche Aroma zu synthetisieren.

»Habt ihr heute die HDC gesehen?«, fragte ein Dritter Kanonier mit großen Ohren.

Damit war Katherie Hobbes gemeint, der hinreißend schöne Erste Offizier der *Luchs*. Enman hatte wochenlang lauschen müssen, um herauszufinden, auf wen sich die drei Buchstaben bezogen, aber er hatte keine Ahnung, was die Abkürzung bedeutete. Die Angehörigen der Waffenabteilung hielten das geheim.

»Wo? Hier unten im Land der Sterblichen?«, fragte ein Geschützspezialist.

Großohr nickte. »Hat sich die Panzerung angesehen. ›Ich überprüfe die Säume‹, meinte sie. Kam mit einer Ladung Scanner.«

Köpfe nickten, Stimmen brummten. Großohr machte die Geste für Fracht, aber recht vage, damit das Interface des Schiffes nicht auf das Handzeichen reagierte. Enman blickte auf seinen Teller hinab. Auf eine Weise, die eine Aufzeichnung dieses Gesprächs nicht enthüllen konnte, gab der Kanonier zu verstehen, dass Hobbes nach Schmuggelware zwischen den neu installierten Panzerungsplatten gesucht hatte. Kleine Waffen aller Art unterlagen an Bord der Fregatte noch immer einer strengen Kontrolle.

»Schien zufrieden gewesen zu sein.«

»Hat ihre Zeit vergeudet.«

»Sie misstraut uns.«

»Das gibt ihr wenigstens was zu tun.«

»Wenn sie's nicht gerade mit dem Alten treibt.«

Gedämpftes Lachen klang durch den Speiseraum. Enman aß langsamer, als er zuhörte. Dies war ein neues Thema bei den Gesprächen der Kanoniere, zumindest wenn er in Hörweite war. Sollte er riskieren, ein wenig Interesse zu zeigen?

»HDC?«, fragte er unschuldig.

Das Ergebnis bestand aus finsteren Mienen. Gesichter

wandten sich von ihm ab. Er schluckte und errötete mit einer bewussten Willensanstrengung, wie ein von Älteren zurückgewiesener Junge, und beugte sich über seinen Teller. Beim Rest der Mahlzeit blieb es still im Raum. Enman verfluchte sich – er hatte zu früh gefragt. Die Kanoniere waren noch immer zu paranoid, um in Anwesenheit eines Neulings offen zu sprechen. Dieses Spiel würde Monate dauern, wenn nicht gar Jahre.

Aber beim akustischen Signal für den Wachwechsel ergriff Großohr den Subsoldaten an der Schulter, als Enman aufstand und den Raum verlassen wollte. Mit einem Handzeichen wies er den Tisch an, sich zu säubern, was einen vollen Reset der Schimmelpilzkultur bewirkte. Manchmal, wie bei einem Aquarium mit ungereinigtem Wasser, wurde das Essen faulig und musste ganz neu geschaffen werden.

Das Zischen von reinigendem Dampf hallte durch den Speiseraum, und Dunstschwaden stiegen von den geschlossenen Töpfen auf. Großohr beugte sich ganz nahe heran, und seine Lippen berührten fast das Ohr des Subsoldaten.

»Hure des Captains«, flüsterte er. Die leisen Worte verloren sich fast im Zischen.

Enman deutete ein Nicken an und gestattete sich den Hauch eines Lächelns.

Die Kanoniere verließen den Speiseraum, und der Subsoldat kehrte zu einem Posten im Bug des Schiffes zurück. Er verbrachte eine Wache damit, mit den Lasern der Nahbereichverteidigung auf die wenigen kleinen Fragmente zu schießen, die den Asteroidengürtel des Legis-Systems bildeten. Die Aufregung über den Erfolg im Speiseraum half seiner Zielgenauigkeit: In den zwei Stunden erreichte Enman die beste Trefferquote aller bisher von Legis XV rekrutierten Schützen.

Als die Wache endete, steckte er voller Zufriedenheit. Der Weg von der vorderen Waffenstation zu seiner Kabine führte an der Apparat-Sektion der Fregatte vorbei. Die meisten Besatzungsmitglieder mieden das politische Quartier und wählten Routen, die nicht von ihnen verlangten, die schwarzen Wände zu sehen und den kalten Blicken der toten Fremden an Bord zu begegnen. Doch diesmal nahm Enman den direkten Weg.

Es dauerte nicht lange, bis er sich in einem leeren Korridor befand. Er sah kurz in beide Richtungen, blieb vor einer kleinen Tür stehen und meldete sich.

»Aspirant Anton Enman möchte Bericht erstatten.«

Die Tür öffnete sich, und der Aspirant trat rasch ein.

ERSTER OFFIZIER

Die vier Gefangenen hingen an der Decke.

Sie waren mit einem elastischen Band gefesselt. Wie alles in diesem düsteren Moment war das Muster der Fesseln genau vom Ritual vorgeschrieben. Das Band saß stramm an den roten Arrestanzügen und teilte den Rumpf, wie Schneidelinien bei fürs Schlachten vorgesehenen Tieren. Diese besondere Art von Band ging auf die langen Kettenmoleküle von Spinnenfäden zurück, und sie, Katherie Hobbes, war die Spinne.

»Irgendwelche Erklärungen?«

Stille. Thompson, Hu, Magus und King war diese Frage bereits gestellt worden. Sie hatten standgehalten, trotz Drogen und Drohungen ihren Familien gegenüber, und auch trotz aller Schmerzen. Sie hatten die anderen Meuterer auf keinen Fall verraten wollen.

Hobbes griff nach den Kehlen der Gefangenen und überprüfte noch einmal die Vorpal-Weichen. Der Bordarzt war tot, was bedeutete: Die Weichen waren von Medo-Technikern implantiert worden, die sich mit dieser Prozedur nicht auskannten. Aber sie schienen so weit in Ordnung zu sein und pulsierten im Rhythmus des Herzschlags. Katherie kontrollierte auch die Länge der Bänder, die von den Fußknöcheln der vier Meuterer bis zum Boden reichten. Sie saßen fest in ihren Hyperkarbonringen.

Schließlich sah Hobbes zu den vier weit geöffneten zeremoniellen Kollektoren an der Decke hoch. Jeder befand sich an der richtigen Stelle.

Es gab sonst nichts mehr zu tun.

»Alles bereit, Sir.« Hobbes trat hinter die gelbrote Gravitationslinie zurück. Die Farben bedeuteten plötzliche Inversion.

Captain Zai nickte. Er sprach ein angemessenes vadanisches Gebet voller glottaler Reibelaute. Einige der Wächter murmelten Gebete in ihren jeweiligen Muttersprachen. Dann, ohne ein weiteres Ritual, gab Zai das Zeichen.

Es geschah noch nichts. Rein theoretisch war die Geste des Captains nicht der Auslöser für die Hinrichtung der Gefangenen. Keine Person erledigte diese Arbeit des Kaisers, sondern das Universum. Zai hatte die *Luchs* angewiesen, nach einer bestimmten Verdunkelung Ausschau zu halten, einem astronomischen Ereignis, zu dem es in den nächsten Minuten kommen musste. Die Exekution fand statt, wenn ein bestimmter Stern hinter einem Steinbrocken des Asteroidengürtels verschwand.

Sie warteten.

Eine zeitlose Minute später musste es geschehen sein, eine winzige, kurze Schwärze im Fluss aus Licht, in dem sich die *Luchs* bewegte, wie das Blinzeln eines schläfrigen Gotts.

In der anderen Hälfte des Raums kehrte sich die Gravitation um, und die Gefangenen stiegen empor. Die Bänder an den Füßen spannten sich ruckartig, und gleichzeitig öffneten sich die Vorpal-Weichen. Vier dünne Ströme aus Blut schossen zur Decke hoch – zum Boden, im Bezugssystem der anderen Raumhälfte – und trafen die zeremoniellen Kollektoren. Es hörte sich an, als flösse Urin in eine Metallschüssel.

Die Gefangenen zappelten nicht. Diese Art der Hinrichtung galt als relativ schmerzlos, denn die Glieder wurden schnell kalt und taub. Die Körperzellen erreichte kein Sauerstoff mehr, aber wie beim Ersticken durch Kohlendioxid: Es gab kein verzweifeltes Nach-Luft-Schnappen.

Zuerst liefen die Gesichter rosarot an, als die umgekehrte Gravitation das Blut von den Füßen in den Kopf trieb. Doch Katherie sah, dass die gefesselten Hände der Gefangenen bereits weiß wurden. Bald würden auch die Gesichter bleich sein, und ausdruckslos. Blut sammelte sich in den Kollektoren; die metallenen Geräusche wichen dem Platschen von Flüssigkeit, die sich bereits gesammelter Flüssigkeit hinzugesellte.

Katherie stand still da. Ihr war ein wenig schwindelig, als hätte die Gravitationsinversion an Integrität verloren, als streckte sie Ausläufer über den gelbroten Streifen. Sie blinzelte, und Übelkeit stieg in ihr empor. Der Schwindel, ihre alte Nemesis, wurde stärker, während ihre Augen die Umkehr von oben und unten in der anderen Hälfte des Raums sahen. Einige Strähnen von Magus' Haar richteten sich auf, der Decke entgegen, und die Falten in Thompsons Gesicht schienen in die falsche Richtung zu zeigen.

Schließlich floss weniger Blut. Die Gesichter der Gefangenen wurden weiß wie die Hände. Es war fast vorbei.

Und dann geschah etwas Schreckliches.

Die vier hängenden Körper zuckten Hobbes plötzlich entgegen, wie von jemandem hinter ihnen getreten. Sie sprang zusammen mit Zai zurück. Magus' Haar zeigte jetzt direkt auf den Ersten Offizier. Die Schwerkraft im Inversionsbereich war um neunzig Grad gekippt, eine Fehlfunktion des immer noch instabilen Gravitationsgenerators der *Luchs*.

Hobbes sah entsetzt zur Decke.

Das Blut in den Kollektoren floss in einem roten Wasserfall über die Decke, dem gelbroten Streifen über Katheries Kopf entgegen.

Ihr blieb gerade noch genug Zeit, das Gesicht zu bedecken.

Das Blut erreichte die normale Gravitationszone, ein roter Strom, der sich durch die Veränderung der Schwerkraft plötzlich in eine neue Richtung ergoss. Wie ein warmer Sommerregen kam er auf Hobbes und Laurent Zai herab.

Katherie Hobbes erwachte, schnappte nach Luft und zog sich Strähnen des eigenen Haars aus dem Mund.

Ein Traum. Nur ein Traum. Die Hinrichtungen lagen inzwischen mehr als einen Monat zurück. Etwas so Schreckliches war dabei nicht geschehen. In der Wirklichkeit hatte das Ereignis mit bewundernswerter militärischer Präzision stattgefunden.

Hobbes hustete und wischte sich Schweiß vom Gesicht, so salzig wie Blut. Sie zog die Knie bis zur Brust, atmete tief durch und versuchte, sich zu beruhigen.

Dann begriff sie: Dies war ihr erster realer Traum seit Monaten.

Katherie Hobbes war gerade zu natürlichem Schlaf zurückgekehrt – ihre Zeit im Hyperschlaf übertraf das empfohlene Maximum um mehr als hundert Prozent. Der neue Bordarzt, ein ernster Zivilist aus dem stürmischen Äquatorarchipel von Legis XV, hatte ihr Medikamente gegeben, die beim Übergang halfen. Doch Katherie hatte sie nicht genommen und sich darauf verlassen, dass Erschöpfung allein Ruhe brachte.

Das war ganz offensichtlich keine gute Idee gewesen. Hobbes hatte sich zu sehr daran gewöhnt, sofort in Hyperträume zu versinken, in die symbolischen Geschichten, die dem Gehirn Regeneration ermöglichten. Der natürliche Schlaf hatte eine ganze Stunde lang auf sich warten lassen, und während dieser Zeit hatte sich Katherie immer wieder von einer Seite auf die andere gerollt. Und als sie schließlich eingeschlafen war, hatte dieser Albtraum begonnen.

Der Türmelder summte und verlangte beharrlich Aufmerksamkeit. Hobbes streifte die letzten Reste des grässlichen Traums ab und betrachtete das Zugangsicon im sekundären Sehen: ein Verhörsymbol des Apparats, in hellem Rot.

Drei Politische kamen herein, ohne eine Antwort abzuwarten. Zwei ehrenwerte Tote und eine lebende Frau.

»Katherie Hobbes.« Selbst in der dunklen Kabine erkannte Hobbes die klanglose Stimme der Adeptin Harper Trevim.

Eine ernste Angelegenheit, begriff Katherie in ihrer Benommenheit. Trevim war die ranghöchste Politische an Bord der *Luchs*. Was war geschehen? Hobbes setzte sich auf und führte in Synästhesie eine rasche Top-Level-Systemdiagnose durch. Mit dem Schiff schien alles in Ordnung zu sein.

»Ja, Ehrenwerte Mutter?«, brachte sie mit trockener Stimme hervor.

»Wir müssen mit Ihnen reden.«

Hobbes nickte und stand auf. In einem seltsamen Moment der Verlegenheit hoffte sie, dass die Politischen ihre Bettwäsche übersahen. Die echte Seide der Laken war ein Schuldgefühle weckender Luxus von ihrer Heimatwelt. Tagsüber ließ Katherie sie unter einer Decke aus Flottenwolle verschwinden. Doch die Blicke der Politischen galten nur ihrem Körper, und im Gesicht der lebenden Frau zeigte sich vages Unbehagen. Hobbes war auf einer utopianischen Welt aufgewachsen und empfand Nacktheit als völlig normal. Die Toten, so vermutete sie, waren in dieser Beziehung ebenso gelassen.

»Ja, Adeptin«, antwortete Katherie. »Wie es dem Kaiser gefällt.«

»Wir müssen über Ihren Captain sprechen.«

Natürlich. Sie hatten es noch immer auf Laurent abgesehen. Daran würde sich nichts ändern.

»Ja, Ehrenwerte Mutter?«

»Wir haben neue Informationen über seine Ablehnung der Klinge bekommen.«

Hobbes konnte ihren Abscheu kaum verbergen. »Der Kaiser hat ihn begnadigt, Adeptin«, sagte sie ein wenig zu scharf.

Die Tote nickte. Ihre präzise, ausdruckslose Bewegung erinnerte Hobbes an ihren Protokollausbilder, als sie Stabsoffizier gewesen war. Der Mann hatte sie die Gestencodes von einem Dutzend Kulturen gelehrt, es aber nie fertig gebracht, ganz menschlich zu wirken. Die Adeptin zeichnete sich durch die gleiche neutrale Präsenz aus, als wäre dies alles ein seltsames Ritual. Die ganze Szene wirkte so surreal, dass Hobbes sich fragte, ob sie noch immer träumte.

»Ja, es war ein Glück, dass er die Klinge nicht vor der Begnadigung nahm«, sagte Trevim. »Aber wir machen uns Sorgen in Hinsicht auf seine Gründe für den Verzicht auf das Ritual.«

Hobbes wusste nicht, wohin dies führte. Sie blinzelte und versuchte, die Spinnweben des Schlafs aus ihrem Selbst zu vertreiben. »Ehrenwerte Mutter?«

»In welcher Beziehung stehen Sie zu Laurent Zai?«

Für einen Moment konnte Katherie nicht antworten. Ihr Schweigen dehnte sich, bis es schier erdrückend wurde.

Schließlich zwang sie sich zu sprechen. »Wie meinen Sie das?«

»Uns sind beunruhigende Gerüchte zu Ohren gekommen.«

Hobbes fühlte, wie Hitze in ihr emporstieg, wie ihr Gesicht zu glühen begann. Sie war zornig und gedemütigt, ärgerte sich über ihre Unfähigkeit zu antworten. Dies musste ein weiterer Albtraum sein: nackt und benommen, von den Repräsentanten des Kaisers zur Rede gestellt.

»Ich weiß nicht, was Sie meinen, Adeptin.«

»In welcher Beziehung stehen Sie zu Laurent Zai?«

»Ich bin sein Erster Offizier.«

»Gibt es noch mehr?«

Hobbes verdrängte ihre Gefühle und besann sich allein auf die Notwendigkeiten des Gesprächs, als erstattete sie einen militärischen Bericht. Sie musste nur die Wahrheit sagen. Alles andere zwischen ihnen hatte allein in ihrer Wunschvorstellung existiert. »Ich habe den größten Respekt vor dem Captain. Unsere Freundschaft hat nichts Berufswidriges.«

»Freundschaft?«

»Freundschaft.«

»Wissen Sie, warum er die Klinge abgelehnt hat?«

»Nein, ich ...« Hobbes unterbrach sich. Sie wusste es, begriff sie. »Es gibt keinen Grund, warum Captain Zai sterben sollte. Und er wurde begnadigt.«

»Ist die Affäre zwischen Ihnen der Grund?«

»Es gibt nichts zwischen Laurent und mir«, sagte Katherie. Es fiel ihr schwerer, die Wahrheit zu sagen, als zu lügen.

»Laurent?«, wiederholte die Adeptin.

Hobbes atmete tief durch, schloss die Augen und fühlte, wie die Hitze eines neuerlichen Errötens durch ihren unbedeckten Körper wanderte. Wenn man sie polygraphisch überwachte, so hatten die Politischen ihr gegenüber einen großen Vorteil. Sie war nackt und erschöpft, ohne Schutz.

Aber sie sagte die Wahrheit.

»Waren Sie und Zai ein Liebespaar?«

»Nein.«

»Hat Laurent Zai beschlossen, Ihretwegen am Leben zu bleiben, Katherie?«

»Nein, Adeptin. Es ging um jemand anders.«

Die Gesichter der Politischen zeigten keine Überraschung, aber Hobbes gewann eine Atempause. Sie freute sich darüber, die tote Frau zum Schweigen gebracht zu haben.

»Um wen, Katherie?«, fragte die Adeptin schließlich.

»Ich weiß es nicht.«

»Ein anderes Besatzungsmitglied?«

»Nein. Captain Zai würde nie ...« Sie schluckte. »Ich habe keine Ahnung, wer es ist.«

»Es könnte also ein Mitglied Ihrer Crew sein.«

»Nein! Ich glaube, es ist jemand auf Heimat.«

Die Adeptin beugte sich näher und musterte sie wie eine beunruhigende Probe unter Glas.

»Er wollte nur leben, Ehrenwerte Mutter. Für seine Geliebte, für die Zukunft, die er sich vorstellte. Warum ist das so schwer zu glauben?«

Die Tote blinzelte und nickte dann erneut, so glatt wie eine Maschine. In ihrem Gesicht erkannte Hobbes etwas, einen Schatten von Zufriedenheit.

»Ich glaube Ihnen, Erster Offizier«, sagte die tote Frau.

Die Politischen verließen Hobbes, die daraufhin ins Bett zurückkehrte, ohne bei der echten Seide Trost zu finden. Die Privatsphäre ihrer Kabine war besonders nachhaltig gestört worden, und man hatte ihrem Selbst die tiefsten Geheimnisse entrissen. Die Adeptin und ihre Begleiter wussten, was sie sich gewünscht und erhofft hatte. Die alte Demütigung kehrte zurück, verstärkt vom Lächeln einer Toten.

Als sie sich zusammenrollte und mit einer Geste die leise Musik ihrer Kindheit einschaltete, begriff Katherie, dass sie vielleicht einen schrecklichen Fehler gemacht hatte. Die Politischen wollten noch immer Captain Zais Blut, Rache dafür, dass er mit der Tradition gebrochen hatte. Sie würden versuchen, ihr Wissen gegen ihn zu verwenden. Und sie, Katherie, hatte ihnen von seiner geheimen Geliebten auf Heimat erzählt.

Hatte sie ihren Captain verraten?

SOLDAT

Bassiritz beobachtete die Verwandlung.

Die Gefangene hatte dagelegen und den Kopf an die Zellenwand gepresst, wie so oft während der vergangenen zwei Wochen, jeweils einige Minuten in jeder Stunde.

Er hatte die Abstände immer wieder mithilfe der Zeitanzeige in seinem sekundären Sehen überprüft und festgestellt, dass die Intervalle etwas mehr als eine Stunde lang waren. Während seines Wachdienstes bei der Rixfrau hatte Bassiritz keine Veränderung bei diesem Ritual beobachtet. Ihr Verhalten war absolut regelmäßig, als enthielte ihr Selbst nur Zahlen, als beschäftigte sie sich allein damit, immer wieder zehntausend Sekunden zu zählen. Sie schien mehr Maschine als Mensch zu sein.

Bassiritz' Faszination hatte ihn veranlasst, noch mehr zu lesen, und daher wusste er: Der Körper einer Rix war zur Hälfte künstlich. Gehirn, Muskeln, Zellsysteme – kein Aspekt ihrer Physiologie blieb unberührt, nicht einmal die Gebärmutter. Natürlich hatte sich das kaiserliche Wissen über Jahrhunderte hinweg auf nach dem Kampf geborgene Leichen beschränkt. Lebende Exemplare waren nur im Gefecht gesehen worden, und dabei wirkten Rixfrauen mehr dämonisch als mechanisch.

Die Frau in der Zelle war die erste lebende Rix-Gefangene des Reiches.

In den letzten beiden Wochen hatte Bassiritz einen Moment aufmerksam beobachtet, den Augenblick, in dem sie menschlicher wurde. Wenn sie lauschte, den Kopf an die Hyperkarbonwand gepresst, wurden ihre scharf geschnittenen Züge weicher, als trieben ihre Gedanken in einem unschuldigen Wachtraum, Jahre von der leeren Zelle entfernt.

Deshalb sah er es, als es geschah.

Die Rix öffnete Augen, in denen räuberische Zufriedenheit glänzte.

Die plötzliche Bewegung der Rix ließ den Soldaten zusammenzucken, und kalte Furcht packte ihn. Das Hyperkarbon zwischen ihnen schien plötzlich nicht mehr Substanz zu haben als Glas.

Bassiritz erinnerte sich an seine Kindheit, als er sich nahe an das Terrarium seines Vaters herangewagt hatte, das auf dem Schreibtisch stand und eine Tarantel enthielt. Die Spinne blickte von der transparenten Kugel herab, betrachtete ihr kleine Domäne aus Zweigen und Sand. Die Glaskugel schien nie zu genügen, die Tarantel auf Dauer an einer Rückkehr in die Freiheit zu hindern. Als Bassiritz viele subjektive Jahre später nach Hause kam und feststellte, dass der Zeitdieb seinen Vater genommen hatte, war die Kugel auf dem Schreibtisch leer. Die Tarantel war vor langer Zeit gestorben, versicherten ihm seine alternden Schwestern. Doch er stellte sich vor, dass sie die Kugel verlassen hatte, nicht mehr vom eisernen Willen seines Vaters in ihr festgehalten. Seit jenem Verschwinden hatte

Bassiritz im Haus seiner Familie nie mehr ruhig und entspannt geschlafen.

Die Rixfrau schien den Geist der verschwundenen Spinne zu enthalten, als hätte sie es jetzt auf ihn abgesehen.

Sie starrte Bassiritz an, obwohl sie ihn durch die Wand nicht sehen konnte.

»Bringen Sie Ihren Captain zu mir«, sagte sie.

Bassiritz nickte und war nicht in der Lage, sich diesem Befehl zu widersetzen.

CAPTAIN

Laurent Zai sah zum Luftschirm der Kommandobrücke und seufzte.

Die Farben des Bildes waren falsch, die Terminologie metaphorisch, die sauber wirkenden Formen ganz und gar eine mathematische Erfindung. Es handelte sich um eine rein hypothetische Illustration, nur um die Repräsentation einer Theorie über ein Rätsel. Nichts war jemals einfach und unkompliziert, wenn man Quanten auslotete.

»Wir glauben, dass die Pseudoatome physisch vom Siliziumsubstrat getrennt sind«, fuhr Tyre fort.

Zais Blick glitt über die Brücke. Er fragte sich, wie viele der anwesenden Offizier dies wirklich verstanden. Sie waren noch immer vom Kampf und den Reparaturen erschöpft – und wegen des Siegs vielleicht ein wenig selbstzufrieden. Während der letzten fünfzehn Minuten hatte nur Hobbes der DA-Ensign Fragen gestellt.

»Das Silizium gibt dem Objekt einfach nur Masse?«, fragte der Erste Offizier.

»Es gibt ihm Masse und dient als Halbleitermedium, Ma'am«, sagte Tyre. »Ohne einen Halbleiter bekommt man keinen Quanten-Trog.«

Captain Zai zuckte zusammen. Da war die Bezeichnung erneut. Er hatte immer geglaubt, dass die Quantenmechanik sicher in der Welt des Kleinen aufgehoben war: wichtig für Datenverarbeitung und Kommunikation, aber nicht für die »stark wechselwirkende« Physik des Kampfes. Wenn sich die sonderbaren Regeln der Quantendomäne bis in die Makrowelt erstreckten, kam es zu beunruhigenden Resultaten.

»Bitte erklären Sie noch einmal, was es mit Quanten-Trögen auf sich hat, Ensign.«

Tyre atmete tief durch und schaffte es, geduldig zu bleiben.

»In gewissen Halbleiter-Umgebungen befinden sich Elektronen in einem so genannten Quanten-Trog. Im Innern eines Quanten-Trogs ordnen sich Pseudoatom-Elektronen wie bei einem normalen Atom an, aber es gibt keine Atomkerne, weder Protonen noch Neutronen.«

»Keine echte Masse, Captain«, fügte Hobbes hinzu. »Und mit unendlicher Halbwertzeit: keine Strahlung und kein Zerfall selbst bei Transuran-Elementen. Aber wie bei Isotopen haben die Pseudoatome eines Quanten-Trogs die gleichen physischen Merkmale wie ein normales Atom mit der gleichen Anzahl von Elektronen: Härte, Reflexionsvermögen, chemische Eigenschaften.«

»Kaiserliche Datenprozessoren verwenden Quanten-Tröge, nicht wahr?«, fragte Zai.

»Einige von ihnen, Sir«, antwortete Tyre. »Die Prozessoren der *Luchs* verwenden Quanten*bits* – Informationen werden im Spin-Zustand von Elektronenpaaren gefangener Phosphoratome gespeichert –, aber das ist kein Quanten-Trog. Wir benutzen *echte* Phosphoratome.«

Zai seufzte.

»Aber wir wissen, wie man Quanten-Tröge erzeugt«, sagte er.

»Ja, Sir. Die dafür nötige Technik existierte schon vor dem Sternenflug.«

»In dem Fall, und bitte drücken Sie es einfach aus: Was können die Rix, wozu wir nicht imstande sind?«

Ensign Tyre richtete einen flehentlichen Blick auf Hobbes, und der Erste Offizier nickte. Sie sammelte ihre Gedanken und blickte nach oben.

»Wir können nur Quanten-Tröge mit begrenzter Elektronenzahl unter relativ kontrollierten Bedingungen erzeugen, Sir. Aber die Rix haben einen Weg gefunden, ganz nach Belieben Elektronen zu entfernen und hinzuzufügen, was die elementaren Eigenschaften des Trogs verändert. Allem Anschein nach kann das Objekt seine Pseudoatome so adressieren, als wären es Register im Speicher eines Computers. In gewisser Weise ist das Objekt ein großer Quantencomputer.«

»Ein Computer, der sich in das verwandeln kann, was er gern sein möchte?«

»Ja, Sir. Die Gedanken des Objekts bewirken Transsubstantiation.«

»Geist und Materie sind eins«, murmelte Zai.

Hobbes kniff die Augen zusammen. »Ich glaube, darauf läuft es hinaus, Sir.«

Laurent Zai sah erneut zum Luftschirm. Nach seiner letzten Frage hatte Ensign Tyre die Darstellung eines Quanten-Trogs erscheinen lassen. Das Bild sah aus wie eine beliebige dreidimensionale Grafik: eine Ansammlung spitzer Berge, in sonderbarer Symmetrie angeordnet, wie eine Hochzeitsprozession aus Vulkanen oder die Rückenzacken eines übertrieben dargestellten Trilobiten.

Zais Unruhe wuchs, als er an die evolutionäre Vergangenheit dachte. Die anderen Brückenoffiziere schienen angesichts der Fähigkeiten des Objekts nicht ausreichend besorgt zu sein, als hätten sie nur ein exotisches, entzückendes Kinderspielzeug erbeutet. Ensign Tyre erweckte den Eindruck, dies vor allem für ein intellektuelles Spiel zu halten, für eins der Analyserätsel, mit der sich die DA-Spezialisten so gern beschäftigten. Hobbes sah in dieser neuen Rix-Technik nicht mehr als einige taktische Vorteile, wie eine neue Panzerungsart oder einen verbesserten Gravitationseffekt.

Aber Zai erkannte eine größere Gefahr. Nicht nur für das Reich, sondern für die Menschheit. Dies war Umwandlung von *Materie,* um Himmels willen. Er musste den anderen die enorme Tragweite dieser Entwicklung klar machen.

»Würde dies auch bei höheren Temperaturen funktionieren, Tyre?«, fragte er.

»Absolut, Sir. Vielleicht sogar noch besser. Offen gestanden, wir haben keine Ahnung, wie es die Rix geschafft haben, das Silizium bei den niedrigen Temperaturen im All als Halbleiter einzusetzen.«

»Und es würde auch im Einflussbereich höherer Schwerkraft funktionieren?«

»Das sollte es, Sir. Wir haben das Objekt mit leichten Gravitonen abgetastet, ohne dass es dadurch zu irgendwelchen Störungen kam. Dies alles geschieht in der elektromagnetischen Domäne; Gravitation ist eine relativ geringe Kraft.«

»Das Objekt könnte also auf einem Planeten existieren?«

Tyre und Hobbes schwiegen. Andere Offiziere sahen auf und erwachten aus der Benommenheit des Physikunterrichts. Zai wartete noch einige Sekunden, damit sie Gelegenheit bekamen, die Bedeutung zu erkennen.

Dann fragte er direkter: »Könnte sich das Objekt terrestrischen Bedingungen anpassen?«

»Ich sehe keinen Grund, warum das nicht möglich sein sollte, Sir«, erwiderte Tyre.

»Könnte es sich fortpflanzen, wie Nanotechnik?«

»Vielleicht, Sir. Wenn es in seiner Umgebung genug Silizium gibt.«

»Ein durchschnittlicher erdähnlicher Planet besteht zu welchem Prozentsatz aus Silizium, Tyre?«

Hobbes schüttelte den Kopf. »Wir wissen nicht, ob Fortpflanzung tatsächlich möglich ist, Sir«, warf sie ein. »Und wir wissen, dass dem Objekt Grenzen gesetzt sind. Es kann sich verändern, aber es hat sich nicht in ein Raumschiff verwandelt und uns angegriffen.«

»Soweit wir bisher wissen, scheint es nicht in der Lage zu sein, komplexe Objekte zu erschaffen, Ma'am«, sagte Tyre. »Und natürlich steht ihm nur das eigene Siliziumsubstrat als Reaktionsmasse zur Verfügung; bei Beschleunigung würde es sich nach und nach selbst verbrauchen. Ohne Atomkerne kann es natürlich keinen Fusionsantrieb oder Atomwaffen konstruieren.«

»Hoffentlich haben Sie Recht, Tyre«, sagte Zai. »Wie viele Megatonnen Silizium gibt es Ihrer Schätzung nach auf Heimat?«

»Wir können das Objekt physisch von Planeten fern halten, Sir«, sagte Hobbes.

»Ich würde es nicht einmal dann bis auf eine Milliarde Kilometer an Heimat heranbringen, wenn der Kaiser es befiehlt«, brummte Zai.

Die treulosen Worte brachten ihm schockierte Blicke der Offiziere ein. Gut, er hatte ihre Aufmerksamkeit. Sie mussten mit dieser Kriegsbeute sehr vorsichtig umgehen.

Tyre meldete sich erneut zur Wort, mit einer Antwort auf die vorherigen Fragen des Captains. »Silizium ist weit verbreitet, Sir. Von der Masse her betrachtet kommt in den Krusten erdähnlicher Planeten nur Sauerstoff häufiger vor. Und im kosmischen Maßstab sind nur wenige Gase und Kohlenstoff reichlicher vorhanden.«

Die Reaktion der anderen Offiziere stellte Zai schließlich zufrieden.

»Hören Sie gut zu«, sagte er. »Offenbar haben wir einen Tiger am Schwanz gepackt. Es ist immer wieder ein Maschinenbewusstsein entstanden, und in dieser Hinsicht hat der Rix-Kult Recht: Sie sind das natürliche Ergebnis von Datensystemen im Pentabyte-Bereich, so wie biologisches Leben das natürliche Ergebnis des Zusammenwirkens von Sauerstoff, Kohlenstoff und einer Milliarde Jahre Sonnenlicht oder geothermischer Energie zu sein scheint. Aber wie bedrohlich ein Verbundbewusstsein auch sein mag: Bisher brauchte es die Menschheit für seine Existenz. *Wir* formten das Substrat für seine Gedanken.«

Zai sah sich auf der Kommandobrücke um und begegnete den Blicken der anderen Offiziere.

»Jetzt sind wir nicht mehr nötig«, sagte er langsam.

Laurent Zai beobachtete die Gesichter der Brückenoffiziere aufmerksam. Der Flug nach Heimat würde fast zwei subjektive Jahre dauern. Um die Crew während dieser Zeit wachsam zu halten, musste er ihr die Gefahr verdeutlichen, die das Objekt im Schlepptau der *Luchs* für das Reich und die ganze Menschheit darstellte. Das Bewusstsein im All war eine neue Spezies, eine völlig unbekannte Entität, die Zais Crew auf eine harte Probe stellen würde.

Ein seltsamer Ausdruck huschte durch Hobbes' Gesicht. Sie hob eine Hand zum Ohr.

»Sir«, sagte sie, »ich bekomme doppelte Priorität von dem Soldaten, der die Rix in ihrer Zelle bewacht.«

»Ein Fluchtversuch?«, fragte Zai. Er hatte befürchtet, dass die Rix an Bord Probleme verursachen könnte, ganz gleich, wie gut sie bewacht wurde.

»Negativ, Sir. Eine Nachricht.«

»Hat sie beschlossen zu reden?«

»Sie nicht, Sir. Die Nachricht ... stammt vom Verbundbewusstsein. Für Sie persönlich.«

Laurent Zai sah in die verblüfften Gesichter der Brückenoffiziere. Er erlaubte sich nicht, die eigene Überraschung zu zeigen. Sie mussten lernen: Während der kommenden beiden Jahre würde das Unerwartete die Norm sein.

»Es hat bereits begonnen«, sagte er nur.

Er stand auf und bedeutete Hobbes, ihm zu folgen.

ERSTER OFFIZIER

Als sie zur Zelle gingen, tastete Katherie Hobbes nach der Flechettepistole an ihrem Handgelenk.

Sie hatte beabsichtigt, die Gefangene zu besuchen, sobald es ihre Pflichten zuließen. Die Rixfrau war eine überaus gefährliche Kämpferin, und niemals zuvor in der kaiserlichen Geschichte hatte sich jemand wie sie in Gefangenenschaft des Reiches befunden. Seit hundert Jahren kam es immer wieder zu bewaffneten Konfrontationen zwischen Reich und Kult, aber zum ersten Mal hatte die Flotte eine lebende, wache Rix-Gefangene.

Für die Rix war der Kampf bis zum Ende die Regel und Selbstmord die Alternative zum Sieg. Bei ihren Nachforschungen hatte Hobbes nur einen weiteren Fall von lebenden Rix-Gefangenen gefunden. Gegen Ende der Ersten Inkursion waren sechzehn Rixfrauen in Gefangenschaft geraten, während sie im Kälteschlaf lagen – ein kaiserlicher Kaperer hatte ihr Langstreckenschiff tief im Rix-Raum abgefangen. Die Rixfrauen waren eine nach der anderen geweckt worden, aber nur wenige Sekunden nach Wiedererlangung des Bewusstseins gestorben. Kaiserliche Ärzte hatten versucht, den Mechanismus zu entdecken und zu neutralisieren, mit dem die Gefangenen Selbstmord begingen, doch keine noch so umfangreichen medizinischen Interventionen konnten sie am Leben erhalten. Ihre Körper widerstanden Sedativen, Wiederbelebung und sogar dem heiligen Symbianten, wie es gerüchteweise hieß. Die Rix schienen bewusste Kontrolle über ihre vitalen Funktionen zu haben. Für eine Rixfrau war das Atmen eine Option und die Aktivität des Herzens freie Wahl.

Selbstmord lief einfach nur auf eine Entscheidung hinaus.

Vielleicht glaubten sie an ihre eigene Propaganda, dachte Hobbes. Wenn das menschliche Leben grundsätzlich bedeutungslos war, dann konnte das eigene ganz nach Laune enden.

Doch hier an Bord befand sich eine Rixfrau, eine Elitekämpferin des Kultes, die offenbar entschieden hatte, dass ihr Leben in Gefangenschaft lebenswert war. Hobbes fragte sich, ob ihre eigene Entscheidung sie am Leben erhielt. Oder gehorchte sie damit den Erfordernissen des Verbundbewusstseins?

Die Wächter nahmen Haltung an, als der Erste Offizier und Captain Zai die Zelle erreichten. Hobbes hatte beim Empfang des Prioritätssignals eine zusätzliche Einsatzgruppe hierher geschickt – es waren insgesamt fünf Soldaten zugegen. Unter ihnen befand sich Bassiritz, der Mann, der ihr dabei geholfen hatte, die Pläne der Meuterer zu vereiteln. Hobbes hatte ihn persönlich für den Wachdienst ausgewählt, denn nur er konnte schnell genug reagieren, um einer Rix Paroli zu bieten.

Eine lebende Initiatin des Apparats – die Frau hieß Farre – stand in der Nähe. Der Captain schnitt eine Grimasse, als er sie sah. Seit ihrer Ankunft an Bord der *Luchs* ließen die Politischen die Rixfrau und Rana Harter nicht aus den Augen. Ein kaiserlicher Erlass gab ihnen absolute Macht über die beiden Gefangenen.

»Captain.«

»Initiatin«, grüßte Zai und wandte sich an Bassiritz.

»Sie hat tatsächlich zu Ihnen gesprochen, Soldat?«, fragte er.

»Ja, Sir. Ich sollte Sie hierher holen, Sir.«

Hobbes blickte durch das einseitig transparente Hyperkarbon und beobachtete die Gefangene. Die Rixfrau saß in einer Ecke, so schmutzig und elend wie eine vergessene Verrückte in einer Irrenanstalt. In den Monaten ihrer Gefangenschaft hatte sie immer geschwiegen, bis auf die wenigen Worte bei ihrer Gefangennahme, die den Tod der Geliebten beklagten. Warum hatte sie so lange mit ihrer Botschaft gewartet?

»Können wir die Wand auch von der anderen Seite her durchsichtig machen?«, fragte Captain Zai.

»Nein, Sir. Die Zelle enthält keinen Bildschirm.«

»Dann gehen wir hinein.«

»Sir!«, protestierte Hobbes. »Dort befindet sich eine *Rix-Kämpferin,* ob gefesselt oder nicht.«

»Sie trägt einen Schockkragen, nicht wahr? Haben Sie die Kontrolleinheit, Soldat?«

»Ja, Sir.« Bassiritz hob das kleine Gerät.

»Halten Sie sie bereit.«

»Captain«, sagte die Initiatin, »ich nehme die Kontrolleinheit, wenn Sie gestatten.«

»Die Reflexe dieses Mannes sind viel schneller als die Ihren, Initiatin Farre«, erwiderte Zai. »Sie würden unsere Sicherheit gefährden.«

»Der Kaiser macht sich Sorgen über Geheimnisse, die diese Gefangene vom Legis-Verbundbewusstsein erfahren haben könnte«, sagte die Initiatin. »Ist diese Zelle gesichert?«

Zai sah Hobbes an.

»Die Zelle verfügt über keine besondere Datensicherheit, Sir. Aber dort drin befinden sich weder visuelle Sensoren noch Synästhesie-Projektoren. Und bisher hat die Gefangene mit Geheimnissen nicht gerade um sich geworfen.«

»Ma'am«, sagte Bassiritz nervös, »es gibt eine zusätzliche Kontrolleinheit für den Wachwechsel.«

Zwei Geräte boten mehr Sicherheit, begriff Hobbes. Sie nickte, und der Soldat holte eine zweite schwarze Kontrolleinheit hervor. Er reichte sie Farre.

Zai winkte, aber die Tür öffnete sich nicht. Hobbes erinnerte sich daran, dass dies eine mechanische Tür war, separiert von automatischen Anlagen und sogar von den Dekompressions-Notsystemen. Sie nickte dem ranghöchsten Wächter zu, der daraufhin zwei Soldaten der Einsatzgruppe befahl, die Tür manuell zu öffnen. Die Befehlskette in Aktion, dachte Hobbes.

Bassiritz betrat die Zelle als Erster.

Captain Zai zögerte einen Moment und wartete auf die Reaktion der Rixfrau. Sie stand auf, blieb aber in ihrer Ecke. Hobbes bemerkte die seltsame Ruckartigkeit ihrer Bewegungen und verglich sie mit denen eines nervösen Vogels.

»Erster Offizier«, sagte Zai.

Hobbes tastete erneut nach der beruhigenden Flechettepistole, bevor sie durch die einen Meter große Tür trat. Der Raum war hell, erleuchtet von dummen, aufgesprühten Fasern. Er roch nach Enge, stank aber nicht. Der Schweiß der Rixfrau hatte den Geruch von Milch, die kurz davor war, sauer zu werden.

Zai und die Initiatin folgten Hobbes und blieben zu beiden Seiten der Tür stehen, der Rix gegenüber. Ihre Augen glänzten violett im hellen Licht, und ihr Gesicht war so unbewegt wie das einer Echse.

»Captain Laurent Zai«, sagte sie. Hobbes erkannte in

ihrer Stimme den Akzent der nördlichen Provinzen von Legis XV.

»Ja«, bestätigte Zai. »Und wie lautet Ihr Name?«

Hobbes hatte überhaupt nicht an die Möglichkeit gedacht, dass die Rix einen Namen haben könnte.

»Herd.« Der Legis-Akzent verschob sich zur Rix-Intonation. Ein Summen in der Kehle der Frau begleitete den Vokal.

»Und Sie haben eine Nachricht für mich?«

»Von Alexander.«

Guter Gott, dachte Hobbes. Das Verbundbewusstsein hat einen Namen.

Zai nickte nur. »Wie lautet sie?«

Die Rixfrau neigte den Kopf zur Seite und schien zu lauschen. Dann bewegte sie sich im Innern der Zwangsjacke und rollte die Schultern.

»Alexander möchte Ihnen eine Waffe geben.«

»Eine Waffe?«, wiederholte Zai und konnte die Überraschung nicht aus seiner Stimme verbannen. »Technik?«

»Nein, Captain«, erwiderte die Rix. »Informationen. Die Sie gegen den Kaiser verwenden können.«

Farre hob die Kontrolleinheit.

»Sehen Sie, Captain? Sie hat geheimes Wissen.«

Zai schwieg einige Sekunden lang, erstaunt von den Worten der Rixfrau. Hobbes sah zu Bassiritz. Vielleicht beabsichtigte die Rix, Verwirrung zu stiften und dann anzugreifen – die alte Initiatin würde bestimmt nicht schnell genug reagieren, um sie aufzuhalten. Der Soldat schien sehr wachsam zu sein und gar nicht auf die Worte zu achten. Sein Blick blieb auf die Rix gerichtet; er sah sie an wie ein Ungeheuer aus seiner Kindheit, das plötzlich zum Leben erwacht war. Hobbes schluckte und berührte einmal mehr die Flechettepistole durch die Wolle des Ärmels.

»Ich diene dem Kaiser«, sagte Zai.

»Er fürchtet uns und wird uns zerstören, wenn er kann«, sagte die Rixfrau.

»Uns?«, fragte Zai. »Sie und ...?«

»Die *Luchs* und Alexander. Uns. Wir sind jetzt aneinander gebunden.«

Captain Zai drückte die Handflächen zusammen. »Der Kaiser kennt keine Furcht«, begann er den Katechismus. »Nicht einmal der Tod ...«

»Eine Lüge«, sagte Herd ruhig.

Von Farre kam ein Geräusch, das sich anhörte, als hätte sie jemand geschlagen.

»Seien Sie still!«, stieß die Initiatin hervor. »Captain, Sie müssen den Raum sichern. Sofort.«

Zai musterte die Gefangene. Für einen Moment glaubte Hobbes, dass sich der Captain umdrehen und die Verrückte in ihrer Zelle zurücklassen würde. Wie sehr ihn die vergangenen Monate auch verändert hatten: Die Blasphemie der Rix entsetzte ihn.

Doch stattdessen atmete er tief durch.

»Wovor fürchtet sich der Kaiser?«, fragte Laurent Zai, und seine Wangenmuskeln mahlten in dem Bemühen, die verleumderischen Worte hervorzubringen.

»Er hat ein Geheimnis«, sagte Herd. »Alexander hat es auf Legis XV herausgefunden. Ein Bekanntwerden dieser Information würde seine Macht zerstören.«

»Seien Sie still!«, kreischte die Initiatin und krümmte sich zusammen, als kämen die Worte der Rix physischen Schlägen gleich. Beide Hände verkrampften sich um die Kontrolleinheit.

Die Rixfrau erbebte heftig in ihrer Zwangsjacke. Sie stieß gegen die Wand und sank daran zu Boden, ihr Körper so steif wie eine Statue, das Gesicht zu einer Fratze verzerrt.

»Hören Sie, Zai«, zischte sie, und aus dem Legis-Akzent wurde ein rixischer. »Die Toten ...«

Dann überwältigte der Schockkragen die Rixfrau. Ihr Leib zuckte wie der einer Toten unter elektrischen Schocks.

»Soldat«, sagte der Captain knapp.

Bassiritz machte von seiner eigenen Kontrolleinheit Gebrauch, und der Schockkragen entließ die Rixfrau aus seiner Gewalt. Initiatin Farre sank auf die Knie, hielt ihren Kopf mit beiden Händen und zitterte so, als hätte sie selbst einen Schock erlitten.

Hobbes schenkte ihr keine Beachtung und näherte sich der Gefangenen. Einen Meter von ihr entfernt ging sie in die Hocke und sah in das jetzt schlaffe Gesicht der Rix.

Speichel bildete Schaum auf ihren Lippen. Wenigstens atmete sie. Hobbes blickte zu Farre.

»Sie soll still sein«, beharrte die Politische erneut, ihre Stimme kaum mehr als ein Wimmern.

Bassiritz nahm die Vorgänge mit einem sonderbaren Gesichtsausdruck zur Kenntnis. Er wirkte erschrocken, aber auch zufrieden, als hätte er gerade ein großes, widerliches Insekt zerquetscht.

»Die Audio-Übertragung dieses Raums beenden«, sagte Zai zur Wand. »Kein Kontakt mehr mit der Gefangenen.«

»Sir?«, fragte Hobbes.

»Sie könnte tatsächlich kaiserliche Geheimnisse kennen, Hobbes. Und es ist unsere Aufgabe, sie zu hüten.«

Hobbes streckte die Hand aus, berührte den Hals der Frau und tastete nach einem Puls.

»Sie haben keine Herzen, Hobbes«, sagte Zai. »Zumindest keine schlagenden.«

Der Erste Offizier nickte. Die Haut hatte Zimmertemperatur. Sie erinnerte sich daran, dass Rix-Kämpferinnen meistens kaltblütig waren, um Thermo-Imagern zu entgehen.

Welch ein kompromittiertes menschliches Wesen.

»Weg von ihr«, befahl Zai sanft.

Hobbes erhob sich und wich zurück.

Die Rixfrau bewegte sich und drehte langsam den Kopf.

»Warten Sie«, krächzte sie.

»Um Himmels willen, Frau, seien Sie *still!«*, sagte Zai mit Nachdruck.

Herd schüttelte den Kopf. »Keine Geheimnisse. Nur eine Frage.«

Captain Zai sah Hobbes an, für einen Moment unschlüssig. Die Initiatin lag auf dem Boden, den Kopf in den Händen, und hörte nichts. Doch Bassiritz stand mit der anderen Kontrolleinheit bereit.

Der Erste Offizier wandte sich der Gefangenen zu und ging erneut in die Hocke.

»Ja, Herd?«

Die Rix atmete flach und schluckte, als wollte sie sich den Mund befeuchten. Als sie sprach, klangen ihre Worte wie gequält.

»Stimmt es, dass Rana Harter wieder lebt?«, fragte sie.

Die Frau schien verwirrt zu sein, als spräche sie zum ersten Mal für sich selbst, nachdem sie ein Leben lang nur immer souffliert hatte. Ihre Worte kamen zögernd.

»Ich muss ... Rana Harter sehen«, sagte sie.

Zai schüttelte den Kopf. »Die Ehrenwerte Schwester darf nicht gestört werden. Von niemandem.«

Die Gefangene nickte. »Aber sie lebt.«

Hobbes spürte seltsames Mitgefühl für die Rixfrau. Aber der Captain hatte keine Wahl - die Anweisungen des Kaisers waren eindeutig. Nicht einmal die anderen ehrenwerten Toten durften mit Rana Harter sprechen. Eine Adeptin des Apparats, die ranghöchste Politische an Bord der *Luchs*, befand sich in ihrer Nähe.

»Er wird sie töten«, sagte Herd.

»Wer?«, fragte Hobbes.

»Der Kaiser«, sagte die Rix leise. »Ihr Kaiser befürchtet, dass sie das Geheimnis kennt. Aber sie kennt es nicht.«

»Rixfrau«, sagte Zai, »sprechen Sie nicht von Geheimnissen.«

»Lassen Sie mich Rana Harter sehen«, bat die Rix und versuchte aufzustehen. Aber sie war zu erschöpft, und der Kopf sank auf den Boden zurück.

»Meine Befehle sind klar«, sagte Zai. »Rana Harter darf keinen Besuch empfangen.«

Er wandte sich von der Gefangenen ab und trat durch die kleine Tür. Hobbes sah die Rix noch einige Sekunden lang an und suchte nach den Anzeichen von Wahrheit, die sie manchmal in menschlichen Augen entdeckte. Aber die Züge der fremden Frau hatten sich wieder verhärtet, wirkten erneut echsenhaft starr und völlig undeutbar.

Hobbes bedeutete Bassiritz, der Initiatin aus der Zelle zu helfen. Was hatte die Politische auf diese Weise zusammenbrechen lassen? Sie wusste, dass Verleumdung dem Kaiser gegenüber für die besonders stark konditionierten Angehörigen des Apparats schmerzhaft war, auch für Menschen, die ihr Leben lang grau gewesen waren, wie zum Beispiel für den vadanischen Captain der *Luchs*. Aber sie hatte nie zuvor gesehen, dass jemand allein aufgrund von Worten zu Boden ging.

Hobbes folgte Zai und überlegte, was es zu tun galt. Wächter schlossen die Tür der Zelle, und ihre Wand wurde völlig undurchsichtig.

Als sie zur Brücke gingen, sagte Zai: »Rana Harter.«

»Sir?«

»Der Befehl, sie zu isolieren. Sehr ungewöhnlich. Es erscheint mit seltsam, eine ehrenwerte Tote gefangen zu halten.«

Zais Stimme vibrierte, als er diese Worte sprach. Hobbes wusste, dass Harters Wiederbelebung zumindest fragwürdig war, wenn man die Maßstäbe der Tradition anlegte. Die Politischen verwendeten den Symbianten manchmal aus taktischen Gründen, um einen Verräter zu verhören oder einen lokalen Mord rückgängig zu machen, weil er die Stabilität bedrohte. Doch offiziell galten alle Toten als ehrenwert. Es musste Zais vadanische Seele verletzen, eine Auferstandene eingesperrt zu lassen.

»Vielleicht gibt es Geheimnisse, von denen wir nichts wissen sollen, Hobbes.«

»Das ist sehr wahrscheinlich, Sir«, erwiderte sie.

Der Captain blieb stehen und sah sie an.

»Glauben Sie, wir *brauchen* eine Waffe gegen den Kaiser, Hobbes?«

Jede andere Reaktion als ein schnelles Nein wäre verräterisch gewesen, aber sie brachte es nicht fertig zu lügen.

»Ich weiß es nicht, Sir.« Sie schloss halb die Augen, und ihr Gesicht erstarrte, als rechnete sie mit einem Schlag von einer zornigen Elternhand.

Doch Captain Zai sagte: »Ich weiß es ebenso wenig wie Sie, Hobbes.«

Er wandte sich ab, und sie kehrten gemeinsam zur Brücke zurück.

SENATORIN

Der Garten hatte sich verändert.

Noch immer dominierten bogenförmige Dünen den Weg zur Mitte, aber Wüstenblumen ersetzten die Skorpione. Die vielen Springbrunnen präsentierten noch immer ihre kleinen Orientierungstricks: Reizende Gravitation lenkte das Wasser in verblüffende Richtungen, doch die Flüssigkeit war jetzt phosphoreszierend – einzelne Tropfen glühten wie das letzte Glimmen von Feuerwerkskörpern. Die gewundenen, bedrohlichen Ranken, die den Weg gesäumt hatten, waren verschwunden. Nara Oxhams Schritte führten an Tulpen vorbei. In den violetten und schwarzen Blütenblättern zeigten sich rote Linien, von Viren verursacht, wusste die Senatorin.

Trotzdem, die Blumen waren recht schön.

Oxham fragte sich, ob diese Veränderungen des Gartens zu einer wöchentlichen Umgestaltungsroutine gehörten oder ob die übermütigen Variationen eine Reaktion auf den Krieg darstellten und die Sorgen des Kaisers dämpfen sollten. Jedenfalls empfand Nara die kurze Reise durch den Garten als weniger beunruhigend.

Sie schüttelte den Kopf und begriff, dass ihre Sicherheit nichts mit Blumen oder funkelndem Wasser zu tun hatte. Sie ließ sich einfach nicht mehr von der kaiserlichen Mystik einschüchtern.

Der Tote wartete im Zentrum des Gartens auf sie.

»Ratsmitglied«, grüßte er sie.

»Guten Tag, Sire.«

»Bitte setzen Sie sich, Senatorin Oxham.«

Oxham nahm im schwebenden Sessel Platz. Er schien sich an sie zu erinnern und passte sich ihr schneller an als bei ihrem ersten Besuch im Diamantpalast.

Es war seltsam, dem Souverän abseits des Kriegsrats zu begegnen. Die sorgfältig ausbalancierten Spannungen in jener Gruppe waren sehr vertraut geworden, das Spektrum der emotionalen Reaktionen vorhersehbar. Oxham fühlte sich irgendwie fehl am Platz. Vielleicht hatte der Kaiser den Garten deshalb rekonfiguriert: um sie ein wenig zu verwirren.

Ein Kater sprang auf ihren Schoß und erschreckte sie. Das Geschöpf hatte die Farbe von grauer Asche, ein aprikosenfarbenes Gesicht und weiße Pfoten. Oxham strich mit der einen Hand über den Rücken des Tiers und fühlte dabei mit stummem Abscheu die Höcker des Symbianten.

»Hat er einen Namen, Sir?«, fragte sie.

»Alexander.«

»Also möchte er neue Welten erobern.«

Der Kaiser lächelte matt. »Vielleicht.«

Nara sah die Emotionen des toten Mannes ganz deutlich. Unruhe, kontrolliert von Zuversicht angesichts eines gut ausgearbeiteten Plans. Sie hatte für ihr Apathie-Armband eine gefährlich niedrige Einstellung gewählt, und hier, getrennt vom emotionalen Mahlstrom der Stadt, war ihre Sensibilität groß. Roger Niles' Warnung fiel ihr ein, und sie beschloss, keine Fehler zu machen.

»Welchem Umstand verdanke ich diese Ehre, Euer Majestät?«

Der Souverän griff unter seinen Sessel, holte einen kleinen menschlichen Schädel hervor und drehte ihn so, dass die Augenhöhlen auf Nara zeigten.

Oxham versteifte sich ein wenig, und das Tier auf dem Schoß verriet ihre Reaktion, indem es sich mit großen Augen über die Bewegung ärgerte.

»Bitte verzeihen Sie, Senatorin«, entschuldigte sich der Souverän.

»Ich stehe zu Ihren Diensten, Majestät.« Oxham gab dem Kater einen heimlichen Stoß mit der Fingerspitze, aber er schnurrte nur.

Sie betrachtete den Schädel. Zuerst schien es sich um den eines Kinds zu handeln, aber die Wangenknochen wölbten sich vor die Stirn, und die Zähne bildeten ein nicht korrigiertes prätechnisches Durcheinander. Zusammen mit der fliehenden Stirn deuteten diese Merkmale auf einen uralten erwachsenen Hominiden hin.

»Wieder Geschichtsunterricht, Sire?«

»Ein erläuterndes Beispiel, Senatorin.« Der Kaiser drehte den Schädel so, dass er selbst in die leeren Augenhöhlen blickte, als wollte er Hamlet spielen. Dadurch zeigte die Schädeldecke auf Nara, und sie sah die Löcher darin.

Es waren insgesamt vier, und sie bildeten ein Rechteck. Jedes durchmaß mehrere Zentimeter, die beiden vorn ein wenig mehr. Nur ein Dichtungsmaterial aus transparentem Plastik bewahrte den Schädel davor, in der Hand des Kaisers auseinander zu fallen.

Nara schluckte. Dieses erläuternde Beispiel mochte grausig werden.

»Eine alte Form der Hinrichtung, Sire?«

Der Souverän schüttelte den Kopf. Eine zweite Katze kam zwischen den Tulpen hervor, strich um die Beine des Sessels und verschwand wieder.

»Nur eine alte Geschichte, für jene, die sie lesen können.«

»Ich fürchte, dazu bin ich nicht imstande, Sire.«

»Dieses Geschöpf, einer unserer ehrenwerten Vorfahren, lebte auf dem afrikanischen Kontinent der Alten Erde.«

»In Ägypten?«

»Weiter südlich«, sagte der Kaiser. »Bevor es Nationen gab. Zu Beginn der menschlichen Existenz, als die ersten Werkzeuge entstanden.«

Oxham nickte. Der Schädel war tatsächlich sehr alt. Und was für eine seltsame und lange Reise er hinter sich hatte – jetzt ruhte er in der Hand dieses Toten.

»Sie lebten in Dunkelheit, ohne Feuer. Natürlich gab es damals keine Landwirtschaft. Das Volk, dem diese Frau angehörte, wusste noch nichts von Zivilisation. Es kannte weder Schrift noch Sprache.«

»Wovon ernährten sich die Hominiden?«

»Von wild wachsenden Pflanzen und Dingen aus dem Boden. Abscheulich.«

»Ich habe ebenfalls wild wachsende Pflanzen gegessen, Sire.«

»Vasthold hat einen urzeitlichen Charme.«

»Das war zumindest der Fall, als ich den Planeten verließ.«

Der Souverän drehte den Schädel wieder so, dass die Augen auf Oxham zeigten. »Diese Frau und ihre Artgenossen lebten in Lavahöhlen, die groß und tief genug waren, um ein eigenes Nahrungsnetz zu entwickeln. Unsere Vorfahren hatten eine stabile und geschützte Nische. Vermutlich befänden wir uns noch immer dort, wenn wir nicht ins Sonnenlicht hinausgetrieben worden wären.«

Oxham kniff die Augen zusammen und betrachtete erneut die Löcher.

»Die Zähne eines Raubtiers, Euer Majestät?«

»*Dinofelis*. Lange vor der Diaspora ausgestorben.«

Die Senatorin atmete tief durch und begriff, dass der Kaiser zu seinem Lieblingsthema zurückkehrte.

»Ich nehme an, dieses Tier gehörte zu den großen Katzen, Sire?« Bis vor einigen Jahren hatte Nara Oxham die Geschöpfe für legendär gehalten, vom Apparat aufgrund einer kaiserlichen Laune erfunden. Doch der kaiserliche Zoo auf Heimat enthielt eine kleine, durch Inzucht entstandene Löwenfamilie, und jene Tiere galten als natürlich. Schreckliche Kreaturen aus dem Albtraum eines Kinds, viermal so groß wie das größte Raubtier auf dem »urzeitlichen« Planeten Vasthold.

Der Kaiser nickte erfreut. »Ein mehr als zwei Meter langes Geschöpf, zu einer Zeit, als die Menschen nur anderthalb Meter groß waren. Es hatte so genannte falsche Säbelzähne. Messer im Maul.«

Der Kaiser der Achtzig Welten beugte vier Finger der rechten Hand und steckte sie in die Öffnungen. Oxham zog ihre Hand von der schnurrenden Katze auf dem Schoß zurück.

»Die großen Katzen lebten tiefer in den Höhlen als unsere Vorfahren, in der absoluten Dunkelheit jenseits der Zwielichtsphäre der damaligen Menschen.«

»Offenbar griffen sie von hinten an, Sire.«

Er nickte und hob den Schädel mit seinen vier Fingern, hielt ihn so, dass die leeren Augenhöhlen erneut in Naras Richtung wiesen.

»Sie bohrten ihre Zähne durch das Gehirn ihrer Opfer und töteten sie sofort. Anschließend zerrten sie die Leichen in die Finsternis.«

»Und diese Gefahr trieb uns aus den Höhlen, Euer Majestät?«

»Ja«, bestätigte er, und in seinen Augen blitzte es. »Aber stellen Sie sich die Katzen nicht nur als evolutionären Druck vor. Dies war nicht nur natürliche Auslese, sondern blankes Entsetzen. Die Säbelzahnkatzen waren völlig lautlos und unsichtbar in der Dunkelheit. Vielleicht bekamen die Menschen damals nie eine zu sehen. Sie waren der ursprüngliche Albtraum, tief in unserer Psyche verwurzelt. Sie bedeuteten den Tod. *Dies* ist das Zeichen des Alten Feinds.«

Oxhams Blick kehrte zum Kater auf ihrem Schoß zurück. Sie bot ihm einen Finger an, und er beleckte ihn einmal mit einer rauen Zunge. Ein leises Geräusch kam aus der Kehle des Tiers, und dann schnurrte es wieder in absoluter Zufriedenheit.

»Offenbar hat Ihre Katzenliebe auch eine dunkle Seite, Sire.«

»Natürlich, Senatorin. Die Beiträge dieser Spezies für die Entwicklung der Menschheit waren wichtig, aber nicht immer hübsch. Stellen Sie sich vor, zu einer Opferspezies zu gehören, Nara. Stellen Sie sich vor, dass jeden Augenblick ein Familienmitglied, Geliebter oder Freund schreiend davongezerrt werden könnte.«

»Wie ständiger Krieg«, sagte Oxham.

»Und immer an der Front. Auf diesen Feind geht die Notwendigkeit der Entwicklung zurück. Wir waren den Säbelzahnkatzen hilflos ausgeliefert, bis wir Gruppenkooperation, Werkzeuge und schließlich die einzige wirkungsvolle Waffe entwickelten: Feuer.«

»Das Entsetzen brachte die Menschheit voran?«, fragte Nara Oxham und gelangte zu einer Erkenntnis. »Vielleicht befürworten Sie ebenfalls den Tod, Sire.«

»Vielleicht. Der Rat sieht sich einer weiteren schweren Entscheidung gegenüber.«

Oxham holte tief Luft. Zog der Kaiser erneut einen Völkermord in Erwägung? »Sollte dies nicht vor dem ganzen Rat zur Sprache gebracht werden?«

Der tote Souverän kniff die Augen zusammen. »Senatorin Oxham, der Kriegsrat ist kein Parlament der Gleichen. Im Verlauf der letzten sechzehnhundert Jahre habe ich zwölf solcher Gremien einberufen, und in jedem von ihnen stieg ein Ratsmitglied über die anderen auf.«

Oxhams Augen wurden groß. Schmeicheleien vom Kaiser? »Ich bin Ihre demütige Dienerin, Sire.«

»Sparen Sie sich den Spott. Sie sind nichts dergleichen, Senatorin. Sie sind die Kraft, die aufgestiegen ist, um meine Macht auszubalancieren. Ein natürliches Ereignis in der Evolution dieses Krieges.«

Oxham zwang sich, ihre Anspannung zu überwinden und zu verstehen, was der Tote meinte. Es steckte mehr hinter seinen Worten als nur Schmeichelei. Sie wählte ihre Worte mit großer Sorgfalt.

»Euer Majestät, ich stimme Ihnen zu, wenn Sie sagen, dass der Rat eine Balance erreicht hat.«

Er nickte. »Darin besteht sein Zweck – er soll ein Mikrokosmos des Auferstandenen Reichs sein. Er muss aus zwei Teilen bestehen, gleichen Teilen. Aber unter bestimmten Umständen müssen wir gemeinsam handeln, Sie und ich.«

Oxham nahm zur Kenntnis, dass der Kaiser in der ersten Person Singular sprach. Er verzichtete auf den Pluralis Majestatis, drückte sich einfacher aus.

Es wurde dunkel im Garten, und die Kriegsbeute der *Luchs* erschien in Synästhesie.

»Unser aufgestiegener Held Laurent Zai ist über das Rix-Artefakt besorgt«, sagte der Souverän. »Er glaubt, dass es eine Art Geist des Verbundbewusstseins von Legis XV enthält.«

»Einen Geist, Sir?«

»Einen Doppelgänger. Eine Kopie, von Legis gesendet. Captain Zai war in dieser Hinsicht ziemlich überzeugend. Wenn er Recht hat, ist das Objekt noch gefährlicher als das Bewusstsein in der Infostruktur von Legis XV. Es kennt alle unsere Geheimnisse. Und jetzt hat es auch noch einen Körper.«

»Dann können wir von Glück sagen, dass der Captain es gefangen hat.«

»Das hoffen wir. Aber wir kennen nicht alle Möglichkeiten des Objekts. Es kann sich selbst verändern, Senatorin, auf dem niedrigsten Niveau der Materie. Zais Flug nach Heimat dauert mindestens zwei subjektive Jahre, zehn absolute. Wir wissen nicht, welchen Herausforderungen die *Luchs* über diesen Zeitraum hinweg standhalten muss.«

Senatorin Oxham runzelte die Stirn. Die offiziellen Berichte, die der Kriegsrat über das Objekt erhalten hatte, drückten sich sehr spekulativ aus. Oxham bedauerte sehr, dass sie in dieser Hinsicht keinen externen wissenschaftlichen Rat in Anspruch nehmen konnte: Die Berichte unterlagen der Hundert-Jahr-Regel. Außerhalb der Ratskammer konnte sie nicht einmal auf sie zugreifen.

»Vielleicht ist die *Luchs* nicht in der Lage, das Objekt auf Dauer zu kontrollieren«, fuhr der Kaiser fort.

»Zu kontrollieren, Sire?«

»Die Repräsentanten des Apparats an Bord der *Luchs* glauben, dass das Objekt ... Einfluss ausübt. Es versucht, Zais Crew zu manipulieren. Es besteht große Gefahr.«

Worauf wollte der Kaiser hinaus? Naras Empathie flackerte auf, und sie sah eine helle Form im Geist des Souveräns, einen Punkt, der Klarheit gewann - ein Plan unmittelbar vor seinem Höhepunkt.

»Sire, es sind doch Eskortenschiffe zur *Luchs* unterwegs, nicht wahr?«, fragte sie. Zwei kleinere Raumschiffe hatten sich zu Beginn der Inkursion auf den Weg zum Legis-System gemacht. Sie hatten jetzt den Kurs geändert, um sich der nach Heimat zurückfliegenden Fregatte von hinten zu nähern.

Der Kaiser nickte. »Ja. Sie werden einen größeren Abstand zu dem Objekt wahren als die *Luchs*. Und sie stehen außerhalb der normalen Befehlskette; für sie gilt ein kaiserlicher Erlass.«

Nara sah es in seinem Bewusstsein: den kalten Punkt des Kreises, der sich schloss. Sieg. Rache.

»Wie lauten die Befehle der beiden Schiffe, Sire?«

»Sie konstruieren mehrere hochenergetische Nukleardrohnen. Wenn sich die Notwendigkeit ergibt, werden sie das Objekt und die *Luchs* durch einen Überraschungsangriff vernichten.«

Nara Oxham fühlte, wie Schwärze von den Seiten ihres Blickfelds nach innen kroch. Ihre eigenen Emotionen kochten hoch: Zorn und Verzweiflung. Sie begriff, dass der Souverän nicht ruhen würde, bis Laurent Zai tot war.

»Sire ...«

»Nur wenn es notwendig wird, Senatorin. Ich treffe die endgültige Entscheidung. Die Verantwortung liegt allein bei mir.«

Wieder erste Person Singular.

»Sollte der Rat nicht darüber diskutieren ...?«

»Ich habe geschworen, die Achtzig Welten zu schützen, Senatorin. Captain Zais Warnung ist klar: ›Dieses Objekt stellt eine Gefahr für das Reich dar, sogar für die ganze Menschheit.‹«

Nara schluckte. Der Tote würde Laurent aufgrund dessen eigener Worte hinrichten. Später würde er seine Entscheidung durch diese Worte rechtfertigen. Nach dem Gespräch mit ihr konnte er sogar behaupten, die Ratsmitglieder vor der Ergreifung von Notmaßnahmen konsultiert zu haben. Er war nicht imstande, eine ganze Welt ohne die politische Rückendeckung durch eine Abstimmung des Kriegsrats zu entvölkern, aber nichts hinderte ihn daran, die Zerstörung einer einzelnen Fregatte zu befehlen.

Die Leute würden sich daran erinnern, dass der Kaiser Zai begnadigt hatte. Ihn zu einem Märtyrer zu machen, wahrte eine gewisse Symmetrie.

»Ich weiß, dass Sie diese Informationen vertraulich behandeln werden, Senatorin. Die Hundert-Jahr-Regel gilt natürlich auch für dieses Gespräch.«

»Selbstverständlich, Euer Majestät.«

Der Kater sprang von Naras Schoß herunter und rieb sich an den Beinen des Kaisers. Oxham stand auf, halb betäubt von der Intensität, mit der sich der Kaiser die Rache an Laurent wünschte. Sie zwang sich, erneut zum öden Ort seiner Gefühle zu blicken und nach dem zu suchen, was er so sehr fürchtete.

Doch sie sah nur Zufriedenheit.

Nach den Ritualen des Abschieds, als sie durch den grässlich vergoldeten Garten hing, dachte Nara nur an eins: Sie musste Laurent warnen. Die *Luchs* konnte mit zwei Eskortenschiffen fertig werden, vorausgesetzt, ihr Captain war wachsam.

Und dann, als Oxhams Blick über rote Blumen an einer überhängenden Sanddüne hinwegglitt, sah sie sie plötzlich, die in der Zufriedenheit des Kaisers verborgene Form. Sie wurde mit jedem Schritt deutlicher, der sie weiter von seiner eisigen Präsenz entfernte.

Dies war die Falle. Vor diesem Fehler hatte Niles gewarnt. Es hatte nichts mit Laurent Zai zu tun.

Der Kaiser wollte *sie*, Nara Oxham. Irgendwie hatte er von ihrer Beziehung erfahren. Er wusste, dass es zu einem Kontakt zwischen ihnen gekommen war und dass sie Zai warnen konnte.

Und natürlich hatte er Recht.

Ihr blieb keine andere Wahl, als in die Falle zu gehen, mit offenen Augen.

Nur so konnte sie ihren Geliebten retten.

CAPTAIN

Laurent Zai stand am Ende der Beobachtungsblase.

Er sah zum Objekt, das so weit von der Sonne Legis entfernt unheilvoll finster wirkte. Es wogte wie eine dunkle Wolke, die ein Unwetter ankündigte. Laut den DA-Spezialisten, die es die ganze Zeit über beobachteten, hatte es seine Aktivitäten im Lauf der vergangenen Wochen verstärkt. Seine Versuche, einen Kontakt mit der *Luchs* herzustellen, waren immer zahlreicher und subtiler geworden: Zeichen, wie von einer Hand auf seine Oberfläche gekritzelt; alte Blink-Codes, unterschiedlich schnell; seltsame Worte in Legis-Dialekten, die irgendwie einen Weg in die internen Kanäle des Schiffes fanden.

Die KI der *Luchs* blieb bemüht, alle Kommunikationsversuche des Verbundbewusstseins zu vereiteln. Schließlich hatte sich Zai gezwungen gesehen, die Sensorerfassungen des Objekts bis auf einfachste Sondierungen einzuschränken.

Die *Luchs* hielt sich die Ohren zu. Wie es der Apparat von ihr verlangte.

Seit die Rix-Gefangene versucht hatte, Alexanders »Botschaft« zu übermitteln, verhielten sich die Repräsentanten Seiner Majestät wie Sieger an Bord eines geenterten Schiffes. Ihr aufmerksamer Blick schien alle Decks der *Luchs* zu durchdringen. Der Erste Offizier Hobbes fand immer wieder kleine Spionageprogramme in den Bordsystemen. Die Invasion des Schiffes ärgerte Zai, aber den Diktaten eines kaiserlichen Erlasses gegenüber, der sich mit jedem Tag auszuweiten schien, war er machtlos.

Adeptin Trevim hatte die Zelle der Rix wie ein Grab versiegelt und ließ sie die ganze Zeit über von jemandem aus dem Apparat bewachen. Darüber hinaus hatte sie die persönliche Kontrolle über die externe Kommunikation der *Luchs* übernommen. Jede hinausgehende Nachricht erforderte jetzt ihre Zustimmung, und außerdem hatte Trevim befohlen, die Fregatte vor allen Kommunikationsversuchen des Objekts abzuschirmen.

Natürlich gab es Gerüchte. Einige Besatzungsmitglieder glaubten zu wissen, was das Rix-Artefakt sagen wollte. Aber die Geschichten waren widersprüchlich und absurd, nur das Geschwätz einer gelangweilten Crew. Hobbes hatte sogar ein Gerücht entdeckt, wonach der Selbstmord des Datenmeisters Kax vor einigen Wochen auf eine von ihm entschlüsselte Nachricht des Objekts zurückging. Aber diese Theorie ließ die Tatsache unberücksichtigt, dass das Immunsystem des Mannes die künstlichen Augen abgestoßen hatte; Blindheit hatte den langjährigen Datenanalytiker in den Wahnsinn getrieben.

Zai berührte die Plastikmembran, die ihn von der Leere des Alls trennte, fühlte dabei die Kälte auf der anderen Seite. Er fragte sich, welche Waffe ihm das Objekt angeboten hatte.

Dann schob er die illoyalen Gedanken beiseite und wandte sich wichtigeren Dingen zu.

Eine senatorische Botschaft war eingetroffen. Von Nara Oxham, Vasthold-Repräsentantin Seiner Majestät. Erhaben und hell schwebte die Nachricht vor der Schwärze des Alls; ihre Sicherheitssymbole drehten sich langsam um sich selbst, wie Baumschlangen um einen Ast.

Er öffnete die Mitteilung.

Zai lächelte, als die Worte seiner Geliebten erschienen. Er stellte sich ihre Stimme vor.

Laurent, las er, *ich wünschte, ich könnte mit einigen zärtlichen Worten beginnen, aber statt dessen muss ich dich vor Gefahr warnen.*

Zai blinzelte und schüttelte verwundert den Kopf. Von Kindesbeinen an hatte man ihn gelehrt, dass das Kriegshandwerk Sinn und Ordnung ins Leben brachte, doch dieser Konflikt mit den Rix verdarb alles, was er berührte.

Er las weiter.

Die Schiffe, die sich der Luchs *nähern, haben zwei verschiedene Einsatzbefehle. Angeblich sind sie nur beauftragt, dich hierher nach Heimat zu eskortieren und eure Sicherheit zu gewährleisten. Aber einige Offiziere haben einen kaiserlichen Erlass erhalten, der mit einem einzigen Wort vom Kaiser aktiviert werden kann. Wenn er den Befehl gibt, sollen die Schiffe die* Luchs *und das Objekt mit einem Überraschungsangriff zerstören.*

Laurent Zai erstarrte innerlich. Es war genau so, wie die Rixfrau gesagt hatte: Der Kaiser wollte ihn, die *Luchs* und das Objekt vernichten. Die Gier des Toten nach Rache war unersättlich. Was verbarg er?

Zais Zorn verwandelte sich schnell in Sorge. Dies waren vertrauliche Informationen von außerhalb der Befehlskette, vom Kriegsrat.

»Was hast du getan, Nara?«, flüsterte er.

Der Kaiser behauptet, dass er von dem Erlass nur Gebrauch machen will, wenn das Objekt das Reich bedroht. Aber ich habe gefühlt ... ich weiß, dass er plant, euch alle zu töten. Seit ich Mitglied des Kriegsrates bin, habe ich den Kaiser besser kennen gelernt, und inzwischen kann ich seine Gefühle deuten.

Natürlich: Nara hatte ihre Empathie bei ihm angewandt. Als Zai weiterlas, begriff er allmählich, dass ihre besonderen Fähigkeiten Nara zum Verhängnis wurden. Sie hatte die Hundert-Jahr-Regel gebrochen.

Er hat schreckliche Angst vor etwas, Laurent. Vor etwas, von dem das Verbundbewusstsein weiß. Etwas, das es auf Legis XV entdeckt hat.

Naras Worte schienen ein Echo jener zu sein, die Zai von der Rixfrau gehört hatte, und er schauderte.

Er wird alles unternehmen, um zu verhindern, dass sich dieses Wissen im Reich ausbreitet, Laurent. Ich habe es selbst gesehen. Er hat den Kriegsrat unter Druck gesetzt, damit er für einen Völkermord stimmt. Der Apparat war bereit, Legis XV mit schmutzigen Atomwaffen anzugreifen. Er hätte hunderte von Millionen getötet, nur um das Verbundbewusstsein auszulöschen.

Zai schloss die Augen. Wenn Nara Recht hatte ... Es bedeutete, dass die Rix die Wahrheit sagte.

Er wird dich töten, Laurent. Der Kaiser fürchtet das Verbundbewusstsein so sehr, dass er eine ganze Welt zerstören würde.

Laurent Zai nickte langsam und straffte die Schultern, als wäre plötzlich ein schweres Gewicht von ihm genommen.

Gib gut auf dich Acht, Geliebter. Kehr zu mir zurück.

Captain Zai nickte erneut, als sich die Botschaft wieder zusammenfaltete und in ein helles Synästhesie-Stäubchen vor der Finsternis des Alls verwandelte. Jähe Übelkeit stieg in ihm auf, und er hob die Hand, stützte sich an der transparenten Blasenwand ab. Die Plastikmembran fühlte sich beruhigend fest und kalt an. Sie war real.

Doch es blieb schmerzhaft, als die letzten Reste vadanischer Loyalität von ihm abfielen.

Der Kaiser hatte geplant, eine der Achtzig Welten zu zerstören.

Zai erinnerte sich an den Katechismus seiner Kindheit. Die alte Beziehung zwischen dem Kaiser und Vada hatte sich gebildet, nachdem die vadanischen Gründer von ihrer früheren ruinierten Heimat geflohen waren. *Kein Töten von Welten,* hieß es im Pakt. Und gegen diese Vereinbarung hatte der Kaiser verstoßen.

Trotz der Übelkeit sah Zai ein blinkendes Symbol in der unteren Ecke von Naras geschlossener Mitteilung. Einer von Hobbes' Hinweisen: Die Nachricht war durch die Hände der Adeptin gegangen.

»Verdammt«, flüsterte er.

Er hatte die Botschaft für sicher gehalten. Sie trug das senatorische Siegel und war mit dem vollen Schutz der Rubikonschranke gekommen. Aber der kaiserliche Erlass hatte der Adeptin die Möglichkeit gegeben, sie zu öffnen.

Nara Oxham würde den Kontakt nicht geheim halten können. Der Kaiser würde bald erfahren, dass sie den Captain der *Luchs* gewarnt hatte.

Die letzte Welle der Übelkeit dauerte nur wenige Sekunden, und dann fühlte sich Zai bereit.

Er atmete langsam und gleichmäßig, wie ein vadanischer Krieger. Entschlossen wandte er sich von der Schwärze des Alls ab, verließ die Blase und hörte zufrieden das Klacken seiner Stiefel auf metallenem Boden.

Er lächelte.

Seltsam, dass diese Gefahr seine Seele erhellte. Doch zum ersten Mal seit Monaten fühlte er sich sicher und voller Kraft. All seine Unzulänglichkeiten waren jetzt begraben, überwältigt von den Verbrechen seines Feindes, des Auferstandenen Kaisers.

»Hobbes«, signalisierte er.

»Captain?« Sie klang schläfrig.

»Wir treffen uns vor Rana Harters Kabine.«

»Sir?«

»In fünf Minuten. Bringen Sie Ihre Waffe mit.«

ERSTER OFFIZIER

Katherie Hobbes schloss ihre Uniform, während sie lief.

Vor der letzten Ecke, die sie von ihrem Ziel trennte, blieb sie stehen und überprüfte die Zeit. Es blieben ihr noch fünfzig Sekunden. Sie blickte an ihrer Uniform hinab und suchte nach Unkorrektheiten. Als sie den einen Ärmel hob, kam die Flechettepistole zum Vorschein. Der Munitionsindikator zeigte ein volles Magazin an, aber Hobbes öffnete die Waffe und überzeugte sich selbst.

Die kleinen Pfeile ruhten im Doppelmagazin, so perfekt angeordnet wie zwei Reihen winziger Metallsoldaten.

Mit langen Schritten ging sie um die Ecke. Zai wartete mit einem grimmigen Gesichtsausdruck.

»Was ist los, Captain?«

»Man hat uns verraten, Hobbes.«

Erneute Meuterei? Sie atmete tief durch, rang Panik nieder und zog die Pistole.

»Nicht unsere Crew, Hobbes«, fügte der Captain hinzu.

Katherie blinzelte. Was hatte das zu bedeuten?

»Geben Sie mir das.« Er deutete auf die Pistole.

Was?, dachte sie. Der Captain konnte sich selbst eine Waffe aus dem Lager beschaffen. Aber das hätten die Politischen an Bord natürlich bemerkt.

Stumm reichte ihm Hobbes die Flechettepistole.

Der Captain hielt sie hinter dem Rücken, als er die Tür von Rana Harters Kabine öffnete. Licht fiel zwischen Hobbes und Zai ins Vorzimmer der Toten. Adeptin Trevim befand sich dort: Sie wandte ihnen den Rücken zu, kniete und bewegte die Hände in Gestenkommandos.

»Verzeihen Sie mir, Ehrenwerte Mutter«, sagte Zai.

Er schoss auf Trevim, durchbohrte ihr Herz x-förmig mit Flechetten.

Hobbes schnappte nach Luft, und ihre Knie waren plötzlich schwach. Dies musste ein Traum sein, dachte sie.

»Ihr Symbiant sollte das in Ordnung bringen können«, sagte Zai.

Er wandte sich an Hobbes.

»Womit war sie beschäftigt?«, fragte er.

Hobbes konzentrierte sich mühsam und konsultierte die diagnostischen Systeme der *Luchs*. Die Aktivität der Adeptin blieb der KI des Schiffes natürlich verborgen, aber es gab immer indirekte Hinweise. Das Translichtgitter beendete gerade eine Sendephase.

»Allem Anschein nach hat sie eine Nachricht gesendet, Sir.«

»Habe ich sie dabei unterbrochen?«

Hobbes schüttelte den Kopf. »Die Deaktivierung des Hauptverschränkungsgitters erfolgt wie vorgesehen. Die Nachricht ist gesendet worden.«

»Nach Heimat«, sagte Zai.

Hobbes nickte.

»Verdammt. Legen Sie es still, Hobbes. Das ganze Gitter – unterbrechen Sie die Energieversorgung.«

Katherie schluckte und wies die Kom-Spezialisten mit einer Geste an, Zais Order auszuführen. Dies war eine Trumpfkarte des Captains. Der Apparat mochte über einen kaiserlichen Erlass verfügen, aber die Crew der *Luchs* konnte die einzelnen Systeme des Schiffes manuell deaktivieren.

Zai öffnete die Innentür des Quartiers, die Pistole schussbereit in der Hand.

»Rana Harter«, sagte er laut.

Wollte Zai die Frau erschießen?, fragte sich Hobbes. Die Adeptin würde ihre Herzverletzung leicht überstehen, aber ein Schuss in den Kopf konnte eine Auferstandene endgültig vernichten.

Die Tote trat aus der Dunkelheit und blinzelte im Licht. Sie war klein, ihr Haar geschoren, wie das der Rix. Zwar reichte sie nicht an die Größe der Rixfrau heran, aber Hobbes bemerkte die Ähnlichkeit ihrer Gesichter. Die Behörden auf Legis XV glaubten, dass das Verbundbewusstsein die Milizionärin Harter ausgewählt hatte, weil sie Herd ähnelte, und vielleicht auch wegen ihrer besonderen Fähigkeit, chaotische Daten zu verarbeiten. Hobbes fragte sich, zu welchen Zwecken das Verbundbewusstsein Ranas Intellekt verwendet hatte und welche Spuren dadurch in der Toten zurückgeblieben waren.

»Bitte kommen Sie mit mir, Ehrenwerte«, sagte Zai.

Harter nickte ruhig. Ihr haftete nicht die übliche Arroganz der Toten an. Laurent Zai ging voraus, gefolgt von Rana Harter, und Hobbes bildete den Abschluss.

Einige Minuten später erreichten sie die Zelle der Rix. Die Schüsse mit der Flechettepistole und Adeptin Trevims medizinische Sensoren hatten mehrere Alarme an Bord ausgelöst, aber es gelang Hobbes, sie alle zu neutralisieren.

Ein einzelner Soldat hielt vor der Zelle Wache, nicht wie gewohnt Bassiritz, außerdem ein nicht sehr ranghoher Politischer, aber kein Auferstandener. Zai schoss ihm ins Bein, trat dann nach seinem Kopf, als er fiel. Der Aspirant blieb bewusstlos auf dem Boden liegen.

Zai befahl dem verblüfften Soldaten streng, Haltung anzunehmen.

Der Wächter erstarrte kurz, verwirrt und schockiert, kam der Aufforderung dann so zackig nach wie bei einer Übung auf dem Exerzierplatz. Zais Kommandostimme hatte so streng geklungen wie schon lange nicht mehr. Dieser Klang elektrisierte Hobbes, ungeachtet der bizarren Umstände.

Ihre Finger bewegten sich und deaktivierten neue Alarme. Die übrigen Politischen mussten inzwischen wissen, dass etwas nicht mit rechten Dingen zuging.

»Soll ich eine Einsatzgruppe hierher rufen, Captain?«

»Gute Idee, Hobbes. Holen Sie den Soldaten mit den guten Reflexen.«

Katherie nickte und schickte Anweisungen.

»Sichern Sie diesen Bereich, Soldat«, forderte sie den reglosen Wächter auf.

Dann entriegelte sie den Zugang der Zelle und zog die schwere Tür auf.

Zai schickte sich an, als Erster einzutreten.

»Die Kontrolleinheit für den Schockkragen, Sir!«, rief Hobbes.

»Die brauchen wir nicht.«

Hobbes folgte ihm dichtauf und wünschte sich eine weitere Waffe. Ob Zwangsjacke oder nicht, die Rix wäre vermutlich imstande gewesen, sie beide zu töten. Sie bezweifelte, dass sich eine Rix-Kämpferin mit einer halb leer geschossenen Flechettepistole auch nur wenige Sekunden aufhalten ließ.

Die Gefangene musterte sie kühl, mit einem hungrigen Glanz in den Augen. Unter ihrem starren Jäger-Blick fühlte sich Hobbes nackt.

Dann kam auch Rana Harter durch die Tür, und für einen Moment wirkte Herd völlig menschlich.

»Rana!«, sagte sie und trat vor.

Die Tote trat auf ihre frühere Geiselnehmerin und Geliebte zu. Hobbes war sicher, dass die Rix eine Enttäuschung erwartete. Die ehrenwerten Toten hielten nie an den emotionalen Beziehungen ihrer früheren Existenz fest. Der Symbiant machte sie völlig gleichgültig dem Geschwätz der Lebenden gegenüber. Hobbes erinnerte sich an die Begegnungen mit Bordkameraden nach ihrer Auferstehung: Sie waren keine Freunde mehr, nicht einmal Kollegen, nur Passagiere.

Doch Rana Harter richtete einen liebevollen Blick auf die Rixfrau und lächelte.

Ihre Reaktion überraschte Hobbes sehr – das Lächeln wirkte fehl am Platz in dem kalten, grauen Gesicht, wie die Maskerade eines Clowns. Die Tote schlang die Arme um Herd in ihrer Zwangsjacke aus Hyperkarbon, und sie küssten sich so unbefangen wie Jugendliche auf einer utopianischen Welt. Der Captain und Hobbes beobachteten das Geschehen erstaunt und respektvoll der Toten gegenüber; sie warteten einfach nur ab.

Schließlich traten die beiden Liebenden einen Schritt zurück, um sich in die Augen zu sehen.

»Rana«, sagte Herd leise.

Die Tote sprach ebenfalls. Hobbes hörte die summenden Silben der Rix-Kampfsprache.

»Bewahre uns«, hauchte sie. Eine auferstandene Frau, eine der ehrenwerten Toten des Reiches, die Rix sprach. Was war aus Rana Harter geworden?

»Herd«, sagte Captain Zai ruhig. »Ich bin wegen Informationen gekommen.«

Die Rixfrau küsste Rana Harter erneut und flüsterte so leise, dass Hobbes sie kaum hörte: »Deine Lippen sind jetzt so kalt wie meine.«

Katherie schluckte und fragte sich erneut, ob sie träumte.

Herd wandte sich von Rana ab und sah Captain Zai an.

»Sie möchten jetzt das Geheimnis des Kaisers erfahren?«

Er nickte. »Ich werde es hören«, erwiderte er mit der gemessenen Förmlichkeit eines Eids vor einem militärischen Gericht.

Herd neigte den Kopf zur Seite, als lauschte sie einer inneren Stimme. Dann lächelte sie, und in ihrem Gesicht erschien etwas Raubtierhaftes, das Hobbes' Seele frösteln ließ.

»Es wird Sie nicht erfreuen, Vadaner.«

Zai hielt dem Blick der Rix stand. Er griff nach hinten und zog die schwere Tür zu. Als sie sich schloss, war nicht einmal mehr das Summen des Schiffes zu hören.

Sie waren vom Rest der *Luchs* getrennt.

»Sprechen Sie«, sagte Zai.

Die Rixfrau holte tief Luft und begann.

»Ihre Kaiserin wurde nicht von uns getötet, sondern vom Apparat.«

»Natürlich«, flüsterte Hobbes. Die Aufzeichnungen des Zwischenfalls deuteten darauf hin. Der Kaiser war ein Mörder.

»Aber diese Tatsache ist nicht das Geheimnis, um das es Ihnen geht, Zai«, fügte Herd hinzu. »Alexander befand sich im Innern der Kaiserin, bevor sie starb. Er bediente sich dabei einer Maschine in ihrem Körper.«

»Der Vertraute«, sagte Captain Zai.

»Genau. Alexander brachte jenes Gerät unter seine Kontrolle, wie alle anderen auf Legis XV, und konnte dadurch ins Innere der Kaiserin sehen. Und er sah etwas.«

Als die Rix fortfuhr, wurde ihre Stimme fast zu einem Singsang, als erzählte sie eine Geschichte für Kinder. Sie stützte den Kopf an Rana Harters Schulter, und die Tote strich ihr über die in der Zwangsjacke steckenden Arme.

Herd sprach fünfzehn Minuten lang.

Hobbes hatte gewusst, dass ihre Bindung an die graue Welt gebrochen war - durch den falschen Blutfehler, die schweren Prüfungen der *Luchs* und jetzt Zais unvermeidlichen Verrat -, aber die Worte der Rix waren etwas ganz anderes. Sie bewirkten, dass der Captain auf dem Boden kniete und sich übergab. Sie zerrissen Jahrhunderte der Geschichte, die man Hobbes gelehrt hatte. Sie zerfetzten ihre letzten Überzeugungen, all das, was sie für wahr und unveränderlich gehalten hatte.

Anschließend war alles anders.

SENATORIN

Nara Oxham war sehr vorsichtig, als sie darauf wartete, dass die Falle des Kaisers zuschnappte.

Sie wusste instinktiv, dass es nur eine Frage der Zeit war, bis der Apparat ihre Kommunikation mit Zai entdeckte. Vielleicht hatte er das bereits und wartete nur auf den geeigneten Moment, um gegen sie vorzugehen. Nach einigen unruhigen Nächten zu Hause beschloss Nara, in ihrem Büro zu schlafen und in der durch die Rubikonschranke gewährleisteten Sicherheit zu bleiben. Normalerweise konnte ein Senator nicht plötzlich verschwinden, ohne dass es eine Erklärung dafür gab, aber ein Fall von Verrat im Krieg überzeugte den Apparat vielleicht davon, eine Ausnahme zu machen.

Als die Falle schließlich zuschnappte, geschah es sehr schnell.

Die Nachricht fegte durch die Infostruktur der Hauptstadt, wie ein Feuer, das sich in reinem Sauerstoff ausbreitete. Es begann als ein Gerücht, das weite Kreise zog, zunächst aber sehr unglaubwürdig klang. Dann kamen konkrete Hinweise hinzu: Bilder von Oxham und Zai, die sich beim Empfang des Kaisers vor zehn Jahren trafen; der Repeater-Pfad ihrer ersten Mitteilung für ihn; eine Zeittabelle der Beratungen des Kriegsrats, die von der Hundert-Jahr-Regel geschützten Debatten geschwärzt. Und schließlich ihre – natürlich synthetisierte – Stimme, die die ersten Worte der an Zai gerichteten Warnung diktierte, um einen besonders dramatischen Effekt zu erzielen.

Am frühen Morgen sprang Senator Nara Oxhams Verrat von den Klatschspalten und Kolumnen der Verschwörungstheoretiker in die großen Schlagzeilen und kroch an der Peripherie eines jeden Kanals im sekundären Sehen.

Die Nachrichtensender durften nicht darüber spekulieren, welche Geheimnisse die Senatorin ihrem geliebten Captain preisgegeben hatte, aber die Hundert-Jahr-Regel allein kam einem klaren Beweis gleich: Diese junge und eigenwillige Senatorin hatte das Vertrauen des Kaisers verraten.

An dem Morgen, als die Sache bekannt wurde, erwachte Nara Oxham durch das psychische Chaos – der wachsende Zorn der Stadt drang so in ihren Kopf wie das akustische Signal eines Weckers in den Traum eines Schlafenden. Für einen ungeschützten Moment sah Nara den zuckenden aufgeblähten Leib der Stadt, wie einen am Strand liegenden Wal, der versuchte, noch nach seinem Tod Aasvögel von sich abzuschütteln. Und bevor sie fortflogen, um die Kriegswirtschaft zu genießen, wandten sich die Raubvögel einem neuen Ziel zu.

Die verräterische Senatorin: lebende Beute.

Die empathische Vision verlor an Kraft. Senatorin Oxham fühlte wieder den eigenen Körper; eine Hand lag an ihrem Handgelenk, am Apathie-Armband. Sie öffnete die Augen, wütend über diesen Eingriff in ihre Privatsphäre, und sah einen sehr ernsten Roger Niles, der neben ihr kniete.

Sie blinzelte einmal.

Die Dosis war stark, und Oxhams Bewusstsein klärte sich innerhalb von Sekunden. Sofort verstand sie, was geschehen war – sie hatte damit gerechnet. Dies war die Falle des Kaisers, und sie hatte sich ihr freiwillig ausgesetzt.

»Was haben Sie getan, Nara?«, fragte Niles.

Oxham hob beide Hände zum Gesicht und rieb es, um die Realität ihres Körpers zu bestätigen. Dann setzte sie sich auf. Ihr Rücken schmerzte ein wenig, wie immer, wenn sie auf der Bürocouch schlief.

»Ich kann Ihnen nicht viel darüber sagen, Roger. Wegen der Hundert-Jahr-Regel.«

Er schnitt eine Grimasse. *»Jetzt* möchten Sie das Gesetz achten?«

»Ich musste Laurent vor den Absichten des Kaisers warnen. Ich wusste, dass sie mich erwischen würden, aber ich musste ihn retten. Mehr kann ich dazu nicht sagen.«

»Man will Ihr Blut, Nara.«

»Ich weiß, Roger. Ich höre es.«

Mit einem knappen Wink öffnete sie das sekundäre Sehen. Die Synästhesie bestätigte, was Roger Niles und die Empathie ihr mitgeteilt hatten. Die Geschichte beherrschte alle Nachrichtensender. Sie schaltete durch einige Kanäle: ihre Stimme und ihr Bild, der Text eines nutzlosen Haftbefehls des Apparats, ein Sprecher der Loyalisten, der ihre Verbannung aus dem Senat verlangte.

Ausschluss, das war der zentrale Punkt. Ohne ihr senatorisches Privileg war Nara Oxham nur eine x-beliebige Zivilistin. Eine weitere Verräterin, ohne den Schutz der Rubikonschranke.

»Ich habe Sie gewarnt, Nara. Warum haben Sie nicht auf mich gehört?«

»Kann man mich hinauswerfen, Roger?«

»Aus dem Senat? Es gibt Präzedenzfälle, aber seit hundertfünfzig Jahren ist so etwas nicht mehr geschehen.«

»Was war damals der Grund?«

Niles blinzelte, und seine Finger zuckten. »Mord. Eine Utopianerin tötete ihren Geliebten. Erwürgte ihn im Bett.«

Oxham lächelte matt. Wenigstens hatte sie das Gesetz gebrochen, um einen Geliebten zu retten, nicht um ihn zu töten.

»Das ist weitaus dramatischer«, sagte sie.

»Aber es war kein Verbrechen gegen den Staat«, erwiderte Niles. »›Ungebührliches Benehmen‹ hieß es damals in der Entlassungsschrift. Ein geringerer Vorwurf als Verrat, wage ich zu behaupten.«

»Wie lange dauerte es bis zur Verbannung?«, fragte Nara.

»Siebenundvierzig Tage. Es fand ein Verfahren vor dem voll versammelten Senat statt. Zeugen, ein Verteidiger, sogar ein Psychologe.«

»Und dann wurde sie aus dem Senat verstoßen.«

Niles nickte. »Ohne ihr Privileg stellte man sie vor ein ziviles Gericht, das sie des Mordes für schuldig befand. Verlust des Aufstiegs und lebenslange Haft.«

»Besser als Exsanguination.«

»Gott, Nara«, sagte Niles mit brüchiger Stimme. »Haben Sie es wirklich getan? Haben Sie Zai Geheimnisse des Kriegsrats verraten?«

»Ja. Um ihn zu retten.«

»Es muss eine Ausnahme für militärische Notwendigkeit geben.«

Oxham schüttelte den Kopf. »Es gibt keinen Ausweg, Roger. Es war Verrat: Ich habe den Mann, den ich liebe, über den Kaiser gestellt. Ich habe eine Wahl getroffen.«

Niles schwieg einige Sekunden, versunken in einer Datentrance. Stumm stand er da, und seine Hände bewegten sich, als suchte er mit ihnen nach einer Ausnahme für die

Hundert-Jahr-Regel; sein ganzer Körper zuckte, so sehr bemühte er sich. Er wirkte wie ein Handeye-Gamer, der versuchte, einem virtuellen Labyrinth zu entkommen – jede Straßensperre und jede Sackgasse zeigten sich als Ärger in seinem Gesicht.

Naras Aufmerksamkeit kehrte zu den Nachrichtenkanälen im sekundären Sehen zurück. Einer zeigte eine Menschenmenge, die sich am Rand der Rubikonschranke eingefunden hatte, ein loyalistischer Mob, der von Oxham verlangte, sofort ihr Privileg aufzugeben und sich vor einem kaiserlichen Gericht zu verantworten. Jetzt, da sie das Ziel war, erschien ihr der gewohnte selbstgerechte Zorn der Loyalisten weniger komisch. Ein anderer Kanal präsentierte einen Sprecher der Säkularistischen Partei, einen jungen Mann, der Naras Platz einnahm, seit sie im Kriegsrat saß.

Er gemahnte zur Ruhe, wollte Zeit gewinnen und den Fluss der Ereignisse verlangsamen, ohne den Anschein zu erwecken, Verrat zu befürworten. Sie beneidete ihn nicht um seine Aufgabe.

Nara Oxham fühlte sich durch den Verrat geläutert. Nach all den Kompromissen hatte sie endlich aus einem einfachen, reinen Grund gehandelt, ungeachtet der Konsequenzen.

»Ich bin frei, Roger.«

Er öffnete die Augen. »Was?«

»Wir können nicht immer mit Pragmatismus gegen den Kaiser kämpfen.«

Niles schüttelte voller Nachdruck den Kopf, und dadurch geriet sein graues Haar in Bewegung. Er schien sichtlich älter zu werden.

»Dies war nicht der geeignete Zeitpunkt, Nara. Es findet ein *Krieg* statt.«

Sie verstand, was Niles meinte. Der Kaiser befand sich

immer auf dem Höhepunkt seiner Macht, wenn er die Achtzig Welten verteidigte. Aber das Argument ließ sich auch umdrehen: Wenn er besonders große Macht hatte, missbrauchte er sie oft.

»Ich werde dem ganzen Auferstandenen Reich mitteilen, was ich Zai gesagt habe«, beschloss Nara. »Die Pläne des Kaisers für Legis XV.«

Niles richtete einen verzweifelten Blick auf sie.

»Sie werden Sie töten«, flüsterte er.

»Sollen sie.«

»Nutzen Sie Ihr Wissen, um Druck auszuüben und Verhandlungen zu erzwingen.«

Oxham schüttelte den Kopf. Es gab keinen Ausweg für sie; das würde der Kaiser zu verhindern wissen.

»Nara, man wird Sie ausbluten lassen, bis auf den letzten Tropfen.«

»Zuvor bringe ich eine ganze Generation gegen den Kaiser auf.«

Niles schluckte. Er suchte noch immer nach einer Möglichkeit, Unheil abzuwenden. Senatorin Oxham begriff plötzlich, dass ihrem alten Berater Grenzen gesetzt waren. Wie sehr er auch die Toten hasste: Niles hatte immer vorsichtig gegen sie gekämpft, seine Pläne langsam entfaltet. Ihm fehlte der Sinn fürs Dramatische.

»Wie alt sind Sie, Roger?«

»Verdammt alt«, erwiderte er. »Alt genug, um zu wissen, wie man am Leben bleibt.«

»Das ist Ihr Problem. Manchmal erfordert der Krieg Opfer.«

»Sie sprechen von Selbstmord, Nara.«

Sie nickte. »Ja, das stimmt, Roger. Von einem gut überlegten Selbstmord.«

Niles nahm ernüchtert neben ihr Platz. Es verblüffte Nara, Tränen in seinen Augen zu sehen.

»Es hat mich drei Jahrzehnte gekostet, Sie hierher zu bringen, Senatorin«, sagte er und schluchzte leise.

»Ich weiß.«

»Und Sie danken es mir auf diese Weise.«

Nach einem Moment der Stille kannte sie die Antwort. »Ja. Absolut.«

Sie schwiegen eine Zeit lang. Oxham deaktivierte ihr sekundäres Sehen, unterbrach den Fluss aus Meinungen und Selbstdarstellungen, die ungestümen Forderungen nach Komitees, Anhörungen und Verurteilung, all die schwerfälligen Manöver der Legislative, die sich gegen eins ihrer Mitglieder wandte. Die Lichtstrahlen der aufgehenden Sonne stachen in die Kristalle, die aus Niles' altem Büro entfernt worden waren. Sie wirkten wie ein Baum aus winzigen Spiegeln, gaben den Wänden ein gesprenkeltes Glimmermuster.

Nara Oxham hörte das schwere Atmen ihres Ratgebers und wünschte sich, ihm dies ersparen zu können. Sie brauchte noch immer seine Hilfe und hoffte, dass er sie noch nicht aufgab.

Der alte Mann schien ihre Gedanken zu erraten und hob die Hände. »Was soll ich für Sie tun, Senatorin?«

Sie griff nach seinem Arm.

»Halten Sie sie ein wenig hin. Stimmen Sie dann einem Verfahren zu. Keine Zeugen, die zu meinen Gunsten aussagen, nur ich selbst. Und eine möglichst breite Medienpräsenz.«

Er runzelte die Stirn, und Konzentration ersetzte die Verzweiflung in seinem Gesicht.

»Man wird versuchen, Sie zum Schweigen zu bringen, Senatorin. Geheimnisse des Reiches.«

»Der Kaiser und sein Apparat können nicht den ganzen Senat isolieren, Roger. Und keine geringere Körperschaft kann beschließen, mir das Mandat zu nehmen.«

Niles kniff die Augen zusammen. Er hatte jetzt etwas,

mit dem er arbeiten konnte, und daraufhin erwachte etwas in ihm.

»Das stimmt vermutlich, Senatorin.«

»Und ich habe das Recht, bei meinem eigenen Verfahren auszusagen.«

Niles nickte. »Natürlich. Selbst die Hundert-Jahr-Regel setzt das Privileg nicht außer Kraft. Man kann Sie erst nach Ihrem offiziellen Ausschluss aus dem Senat mundtot machen.«

»Jetzt, da ich mich für den Tod entschieden habe, stehen mir neue Möglichkeiten offen.«

Nara dachte über die eigenen Worte nach. Sie konnte sich jetzt sofort zum Rand der Rubikonschranke begeben, den schwebenden Kameras der Nachrichtenkanäle gegenübertreten und von den Plänen des Kaisers für Legis XV berichten. Doch die Nachrichtenkanäle waren an die Hundert-Jahr-Regel gebunden. Nur vor dem Senat bekam Nara Gelegenheit, die Absichten des Souveräns zu enthüllen.

»Ich warte auf das Verfahren und präsentiere die Wahrheit, wenn mich das ganze Reich hört.«

»Der Apparat wird Ihre Rede zensieren.«

Nara sah Niles an und nickte. »Dann müssen wir einen zusätzlichen Plan entwickeln. Dafür, meine Rede der Öffentlichkeit zugänglich zu machen. Etwas, das nicht ganz legal ist, wie die Gerüchte, die wir damals auf Vasthold in Umlauf gebracht haben.«

»Hier auf Heimat wird das nicht so einfach sein. Der Apparat kontrolliert die Kommunikationsnetze.«

Nara überlegte kurz. »Ich glaube, ich kenne eine Möglichkeit, den Senat zu umgehen. Etwas, das ich mir für einen verregneten Tag aufgespart habe.«

Niles sah sie verwirrt an und rang sich dann ein Lächeln ab. »Nun, wenigstens ist es mir gelungen, Ihnen ein wenig Pragmatismus zu vermitteln, Senatorin.«

»Taktik, Niles«, korrigierte sie ihn. »Wenn die Öffentlichkeit mich hört, wird sich der Kaiser wünschen, vor tausend Jahren den wahren Tod gestorben zu sein.«

ADEPTIN

»Ich muss eine Nachricht senden«, wiederholte Zai.

Adeptin Harper Trevim sah ihn an und versuchte, ihr Bewusstsein in die hektische, leere Zeit der Lebenden zu versetzen. Es war so viel leichter, an die Wände zu starren. Selbst das leere Grau von Hyperkarbon, so schlicht verglichen mit dem sinnlichen Schwarz, war üppig und verlockend hier in der Trance andauernder Wiederbelebung.

Trevims Symbiant bemühte sich noch immer um volle Reanimation. Ihr neues Herz war noch nicht vollständig wiederhergestellt; die subtilen Zellen des Anderen erledigten einen großen Teil der Arbeit, ersetzten die Valvula tricuspidalis und mitralis. Das Gehirn war unbeschädigt geblieben, doch Zais Flechetten hatten Lungen und Rückgrat erbarmungslos zerfetzt.

Die Adeptin war gerade noch am Leben. Wenn sie die Augen schloss, sah sie in der Dunkelheit hinter ihnen einen roten Horizont.

Trevim zwang sich, den Mann anzusehen, und durch den Dunst ihrer Trance gelang es ihr, einen finsteren Blick auf Zai zu richten.

»Lassen Sie mich in Ruhe, Captain. Sie haben mir das Herz zerschossen und erwarten dafür von mir, Verrat zu begehen?«

»Der einzige Verrat hier ist der des Kaisers«, sagte Zai.

Die Worte ließen Trevim erzittern und brachten die Welt der Lebenden mit plötzlicher Klarheit zu ihr.

»Blasphemie«, zischte sie. »Dafür werden Sie büßen,

Zai. Was Sie auf Dhantu erlebt haben, wird nichts sein im Vergleich mit der Rache des Kaisers.«

»Ich muss eine Nachricht senden, Adeptin. Nur Sie können sie autorisieren.« Zai sprach wie zu einem aufsässigen Kind und wiederholte seine Forderung mit der ruhigen Beharrlichkeit eines vernünftigen Erwachsenen.

»Ihre Crew wird die Agonie mit Ihnen teilen, Zai«, sagte Trevim.

Ärger huschte durch das Gesicht des Captains, und Trevim spürte vage Genugtuung. Er wagte es, eine vierhundert subjektive Jahre alte Adeptin wie ein Kind zu behandeln? Selbst wenn Zai sie zerstörte, ihr endgültige Dunkelheit gab: Sie gehörte zu den ehrenwerten Toten. Sie ließ sich nicht einschüchtern oder manipulieren.

Seine Crew. Das war Zais schwacher Punkt. Er hatte sie alle in diese Meuterei hineingezogen.

»Der Apparat wird sie in Stücke reißen. Einen nach dem anderen, vor Ihren Augen und denen der Familienangehörigen. Verräter, sie alle.«

Der Mann atmete tief durch, neigte dann den Kopf zur Seite und lächelte.

»Ich kenne das Geheimnis des Kaisers.«

Trevim zuckte heftig zusammen, und jähe Übelkeit verkrampfte jeden Muskel in ihrem Leib. Aus einem Reflex heraus schüttelte sie den Kopf. Nein, Zai wusste nicht Bescheid. Er *konnte* einfach nicht Bescheid wissen. Das Geheimnis war zu sehr geschützt, tief im Innern des Apparats. Ein Uneingeweihter, noch dazu ein *Lebender,* konnte es unmöglich entdeckt haben.

»Nein«, brachte die Adeptin hervor.

»Die gefangene Rix hat mir davon erzählt.«

Die Worte bewirkten einen weiteren Schock, und Trevim erlitt einen regelrechten Anfall, der die Funktion ihres halb reparierten Herzens bedrohte. Physischer, biologischer Schmerz brannte durch ihren linken Arm, etwas, das sie seit Jahrzehnten nicht mehr gefühlt hatte.

Trevim wimmerte leise. Der Andere versuchte, sie zu beruhigen, aber die Konditionierung des Apparats war eine unerbittliche Kraft, ein in jeder einzelnen Zelle tosender Orkan. Jene Reaktionen hatten sich im Lauf von Jahrhunderten des Dienstes für die Krone herausgebildet, wie abgelagerte Gesteinsschichten. Sie waren die letzte Schranke, die Angehörige des Apparats daran hinderte, das Geheimnis preiszugeben.

Doch jetzt wurde der Schmerz als Druckmittel gegen sie eingesetzt.

Trevim schluckte und zwang sich, an ihre nächsten Worte zu glauben.

»Sie bluffen, Zai. Sie wissen nichts.«

»Die Toten sterben, Adeptin.«

»Schweigen Sie!«, kreischte Trevim, und das Bild vor ihren Augen zerfaserte in einer roten Wolke. Sie fühlte eine schreckliche Bewegung in ihrem Innern. Für einen Moment schien sich der Andere aus ihr zurückziehen zu wollen; seine Ranken zuckten vor der heftigen Reaktion zurück.

Adeptin Trevim verstand vage die Wissenschaft hinter dem Wunder des Symbianten. Die Fähigkeit des Anderen, zu heilen und zu erhalten, erforderte absolute Nachgiebigkeit des Körpers. Die ruhige Losgelöstheit der ehrenwerten Toten war eine Methode, Körper und Geist daran zu hindern, die lebenserhaltenden Dienste des Symbianten zurückzuweisen. Die Gelassenheit der Toten war nicht nur ein seelischer Vorteil, sondern ein notwendiger Zustand. Doch Trevims Apparat-Konditionierung erschütterte diese Ruhe und bedrohte damit die Verbindung zwischen Leib und Anderem.

Zais Worte konnten Trevim regelrecht zerreißen.

»Seien Sie still«, ächzte die Adeptin.

»Ziehen sie den Erlass zurück, Trevim. Geben Sie die Kontrolle über das Kommunikationsgitter auf.«

Ein Aktionssymbol schwebte im sekundären Sehen vor Trevim. Sie brauchte nur zu winken – dann bekam Zai Zugang. Dann konnte er eine Nachricht nach Heimat schicken.

Es wäre Verrat gewesen.

»Nein«, sagte Trevim.

»Die Toten sterben, Adeptin. Seit dem Beginn.«

Erneut heulte Schmerz durch sie. Und schlimmer als die physische Pein war das Empfinden, dass der Andere zurückwich, abgestoßen von den Zuckungen des Körpers. Trevims Herz erbebte und hätte fast aufgehört zu schlagen.

»Sie bringen mich um, Zai.«

»Dann sterben Sie«, sagte der Mann.

Ruhig sprach er weiter und beschrieb, was die Rix ihm enthüllt hatte.

Adeptin Trevim versuchte, sich unter Kontrolle zu bringen, dem Schmerz ebenso zu widerstehen wie den dringenden Bitten des Anderen, die Ruhe wiederherzustellen. Einmal sah sie die eigene Hand erhoben, bereit zu der Geste, die Zai geben würde, was er wollte. Aber es gelang ihr, die Hand wieder zu senken. Dann erklangen erneut seine Worte, und der schreckliche Krieg in ihrem Innern ging weiter.

Bevor ihr Wille zerbrechen konnte, erzitterte erneut das Herz in ihrer Brust und schlug ein letztes Mal, bevor es verharrte und der Andere sie dem Nichts überließ.

Für ein oder zwei Sekunden glaubte die Adeptin, gewonnen zu haben. Ihr Bewusstsein begann zu schwinden. Doch etwas Schreckliches geschah: Der Sieg ihres Todes beruhigte sie, und daraufhin kehrte der Andere zurück, wirkte erneut sein Wunder und reparierte. Noch als Dunkelheit sie umfing, begriff Trevim, dass sie zu neuem Leben erwachen würde und diese Qualen wieder und immer wieder ertragen musste. Der Symbiant war zu mächtig, unbeugsam und perfekt, und ihre jahrhundertelange Konditionierung war ebenso unnachgiebig. Als sie starb, stellte sich die Adeptin einer bitteren Erkenntnis: Gefangen zwischen diesen beiden unbezähmbaren Kräften musste ihr Wille schließlich unterliegen.

Früher oder später würde sie Zai nachgeben.

SENATORIN

Selten hatte sie den Senat so voll gesehen.

Viele Planeten, unter ihnen Vasthold, hatten nur einen Senator im Forum. Doch die Mehrheit der Achtzig Welten schickte Delegationen, proportionale Vertretungen ihrer Wählerschaften. Die Stimmstärke jeder Welt hing von ihrem ökonomischen Potenzial ab, und Senatoren von Planeten mit vielen Repräsentanten teilten die Stimmen ihrer Welt unter sich auf. Dieses System war im Lauf der Jahrhunderte so gut abgestimmt worden, dass es Ausgeglichenheit gewährleistete, aber es machte Abstimmungen zu einer komplexen Angelegenheit. Und es sorgte auch für einen vollen Großen Saal bei jenen seltenen Gelegenheiten, wenn sich alle Senatoren versammelten.

Sie waren jetzt alle da, um gegen Nara Oxham wegen Verrats zu verhandeln.

Das Große Forum hatte die Form einer riesigen umgekehrten Pyramide, ins granitene Grundgestein unter der Hauptstadt geschnitten. In den Hohlraum gegossener Gips hätte eine Pyramide mit abgeflachter Spitze und Stufen an den vier Seiten ergeben. Jede der großen Parteien beanspruchte eine der dreieckigen Treppen, und die Plätze ihrer Führung befanden sich etwa in der Mitte des unteren

Drittels. Die meisten Abgeordneten saßen in den breiten Reihen darüber.

Der Präsident des Senats hatte auf der Unteren Estrade Platz genommen, einer runden Marmortribüne im Zentrum des Parketts. Senatorin Oxham hatte den alten Mann, Puram Drexler von Fatawa, nur einmal auf der Zeremonienestrade sitzen sehen, bei ihrem Amtseid. Es erschien ihr seltsam, dass ihr der gleiche Mann in einigen Tagen, nach der Abstimmung, vermutlich den Senatorenstatus nehmen und sie damit zum Tod verurteilen würde.

Helles, unwirkliches Licht glänzte an diesem Tag durchs Große Forum, ein Licht, das auf dem grauen Granitboden keinen Platz für Schatten ließ. Es war für die Nachrichtenaugen am hohen Rand des Forums bestimmt. Senatorin Oxham erlaubte sich einen Moment des sekundären Sehens und überprüfte die Zuschauerzahlen. Allein auf Heimat waren die Zahlen atemberaubend: Achtzig Prozent der Bevölkerung verfolgten das Geschehen im Forum. Selbst in den Antipodenstädten, in denen es derzeit Nacht war, saß eine Mehrheit vor den Schirmen. Von Niles wusste Oxham, dass eine Translicht-Verbindung mit schmaler Bandbreite zu den Verschränkungsrepeatern des Reiches führte und hochauflösende Aufzeichnungen des Verfahrens schließlich alle Achtzig Welten erreichen würden. Der Kaiser hatte Laurent Zai nie den Märtyrer werden lassen, den er sich wünschte, aber jetzt hatte er wenigstens einen Schurken für den Krieg.

Der Apparat hatte alles unternommen, um ein möglichst großes Publikum für das Verfahren zu schaffen. Offenbar fürchtete er Naras Worte nicht.

Man würde ihr gestatten, zu ihrer eigenen Verteidigung zu sprechen. Senatspräsident Puram Drexler hatte darauf bestanden, die Tradition des Senatsprivilegs möglichst großzügig zu interpretieren, gegen Einwände aus den Reihen der eigenen Partei, die sich auf die Sicherheit des Reiches bezogen. Aber vor der Hundert-Jahr-Regel musste selbst das Privileg zurückstehen, was einen Kompromiss erforderte: Puram konnte eine Kontrolleinheit betätigen, falls sie den geplanten Völkermord des Kaisers erwähnte. Der Schockkragen an Naras Hals gebot ihr, auf ihre Worte zu achten.

Drexler wirkte ein wenig blass dort auf der Estrade. Der Apparat musste ihn von dem Atomangriff unterrichtet haben, den der Kaiser vorgeschlagen hatte - damit Drexler wusste, wann es einzuschreiten galt. Sicher war er über diesen Verstoß gegen den Pakt empört gewesen, aber wie sehr ihn die Pläne des Kaisers auch erschüttert hatten: Drexlers Politik war so grau wie der Stein des Großen Forums. Er würde Nara zum Schweigen bringen, wenn sie das verbotene Thema ansprach. Oxham dachte reumütig daran, dass die Pink-Parteien Drexlers Position über Jahrzehnte hinweg nicht infrage gestellt hatten, in der Annahme, dass der Präsidentschaft nur symbolische Bedeutung zukam. Doch jetzt ruhte Naras Leben in der Hand dieses Mannes.

Roger Niles hatte den Kopf geschüttelt, als diese Details in der zweiten Woche der Vorbereitung auf das Verfahren erläutert worden waren.

»Wir sind erledigt«, hatte er gesagt. »Wenn Sie nicht über Legis sprechen können, hat alles keinen Sinn. Es ist besser, Sie geben auf und bitten um Gnade.«

»Keine Sorge, Niles«, hatte Nara geantwortet. »Ich kann über andere Geheimnisse sprechen.« Ihr Berater hatte daraufhin die Brauen gewölbt, aber Oxham hatte es nicht gewagt, noch mehr zu sagen.

Der Kaiser ahnte nichts von der letzten Nachricht, die Laurent ihr geschickt hatte, verborgen im politischen Bericht einer Adeptin namens Harper Trevim. Von einer gefangenen Rix wusste der Captain der *Luchs*, was das Verbundbewusstsein auf Legis XV entdeckt hatte: die Wahrheit hinter der Geiselrettung, hinter dem Symbianten und dem ganzen Reich. Nara Oxham kannte das Geheimnis des Kaisers.

Es spielte keine Rolle mehr, ob sie über den geplanten Völkermord sprechen konnte oder nicht. Ihr stand jetzt eine viel bessere Geschichte zur Verfügung. Der Apparat hatte die falsche Tür geschlossen.

Senator Drexler eröffnete das Verfahren. Er schloss die faltige rechte Hand um seinen Amtsstab und klopfte mit der metallenen Spitze auf den Boden. Das Geräusch wurde verstärkt, und Echos hallten durch den Saal.

»Ruhe bitte«, sagte er. Seine Stimme rasselte wie Kies.

Es wurde still im Großen Forum.

»Wir haben uns hier in einer Angelegenheit des Blutes versammelt. Es geht um Verrat.«

Nara hatte einen aktiven Nachrichtenkanal im sekundären Sehen geöffnet, und er zeigte ihr Nahaufnahmen des eigenen Gesichts – eine ferne Kamera suchte nach ihren Reaktionen. Sie hatte das entkörperlichte Gefühl, sich selbst in einem Synästhesie-Spiegel zu sehen. Mit einem Blinzeln schloss sie den Nachrichtenkanal und beschloss, in der realen Welt zu bleiben. Ihre Rede hatte sie zuvor auswendig gelernt, um zu vermeiden, dass eingeblendete Worte ihr primäres Sehen einschränkten.

Nara wollte die Gesichter der Senatoren sehen, anstatt sich Gedanken darüber zu machen, wie die Vorgänge in den Nachrichtenkanälen übertragen wurden. Wenn es ihr nicht gelang, die anderen Solonen für sich zu gewinnen, so durfte sie kaum hoffen, das Publikum auf ihre Seite zu ziehen.

»Wer ist der Ankläger?«, fragte Drexler.

Eine tote Frau erhob sich bei den Loyalisten. Eine Prälatin. Der Senat hatte ihr mit einer Sondergenehmigung erlaubt, die Rubikonschranke zu passieren – zum ersten Mal hielt sich eine Repräsentantin des Apparats im Senat auf.

»Der Kaiser höchstpersönlich«, sagte sie. »Ich vertrete ihn.«

»Und wer ist angeklagt?«

»Die Vasthold-Repräsentantin Seiner Majestät, Senatorin Nara Oxham.« Bei diesen Worten streckte die Tote den Arm aus und zeigte auf die Senatorin.

Nara fühlte eine emotionale Woge im Saal und tastete ganz automatisch nach ihrem Empathie-Armband. Aber dann zwang sie sich, die Hand wieder davon zu lösen. Die Hauptstadt schwebte über ihr, eine ätherische Präsenz, auf jedes an diesem Ort gesprochene Wort konzentriert, doch ihre Emotionen waren unter Kontrolle. Über Wochen hinweg hatten laute Stimmen immer wieder sofortige Rache verlangt, doch das feierliche Ritual des Verfahrens hatte den Mob in ein respektvolles Publikum verwandeln. Die Bürger der Hauptstadt hatten schon vor langer Zeit gelernt, die Tradition zu ehren.

Der Wächter des Senats näherte sich Senatorin Oxham. Der junge Mann war die einzige Person im Forum, die eine Waffe tragen durfte. Auch darin hatte Nara bisher nur Symbolik gesehen, aber jetzt bekam dies eine sehr konkrete Bedeutung.

Der Mann ergriff ihren Arm.

»Diese Frau?«, fragte der Wächter die Prälatin.

»Ja.«

Der Wächter ließ Nara wieder los, blieb aber in der Nähe, als könnte sie zu fliehen versuchen.

»Wer verteidigt die Angeklagte?«, fragte Drexler. Er ließ den Blick durch den ganzen Senatssaal schweifen und schien alle davor zu warnen, sich gegen den Kaiser zu stellen.

»Ich spreche für mich selbst«, sagte Nara. Ihre Worte waren wie körperlos, das Ergebnis ihrer Verstärkung und der unglaublichen Situation. Es fiel ihr schwer zu glauben, dass sie zu hunderten Milliarden Menschen sprach, dass diese Rede in die Geschichtsbücher eingehen würde und dass ihr Leben von ihren Worten abhing.

»Dann lasst diesen Ehrenwerten Senat die Anklage hören«, sagte Drexler und setzte sich auf seinen steinernen Stuhl.

Die tote Prälatin erhob sich erneut und trat zum vorderen Teil der Estrade.

»Präsident, Senatoren, Bürger«, begann sie. »Der Kaiser wurde verraten.«

Das Verfahren hatte begonnen.

Die Prälatin fuhr fort, so volltönend und sich ständig wiederholend wie bei einem Gebet. Die rituellen Sätze rollten über Nara hinweg, all die Worte über Blutschwüre und blutige Strafe für gebrochene Versprechen. Der Krieg gegen den Tod, das große Geschenk des Kaisers, die Unsterblichkeit – alles fand im Vortrag der Prälatin Erwähnung. Nara Oxham fühlte ihre gesamte Kindheitskonditionierung wach gerüttelt, bis sie selbst kaum fassen konnte, was sie getan hatte. Wie unverschämt von ihr, dem Mann gegenüber treulos zu werden, der den Alten Feind besiegt hatte, den Tod!

Nara nahm ihre ganze Kraft zusammen. Sollten sie ihre Karten jetzt ruhig ausspielen und sich auf den alten Aberglauben berufen. Umso tiefer fiel der Kaiser, wenn sein Geheimnis bekannt wurde.

»Diese Frau wurde in den Kriegsrat berufen, um den Kaiser zu beraten.«

Und schließlich die eigentliche Anklage.

»Sie hat Geheimhaltung geschworen und verriet den Kriegsrat des Kaisers«, sagte die Prälatin. »Sie brach die ordnungsgemäß geltend gemachte Hundert-Jahr-Regel. Nara Oxham wurde zur Verräterin.«

Dann kam der Beweis. Dunkelheit kroch ins Große Forum, und der Luftschirm über der Tiefen Estrade wurde aktiv. Puram Drexler hätte seinen alten Hals recken müssen, um die Darstellungen zu sehen. Deshalb blickte er stattdessen zu den Senatoren, wie ein wachsamer Lehrer, für dessen Klasse eine Synästhesie-Lektion begann.

Der Senat hörte in würdevollem Schweigen zu, obwohl diese Fakten und Bilder im Lauf der vergangenen beiden Wochen immer wieder von den Nachrichtenkanälen gesendet worden waren: ein Bild von Nara und Zai beim Empfang, einige warnende Worte, von Nara gesprochen, und eine Totale vom Ostflügel des Palastes, wo der Kriegsrat tagte. Im Senat wurde allerdings jede Spur, die die Affäre zwischen Oxham und Zai in der Öffentlichkeit zurückgelassen hatte, zum Gegenstand minutenlanger Erklärungen. Der erste Gespräch zwischen ihnen erschien Einzelbild für Einzelbild, wie ein Verbrechen, von einer Sicherheitskamera aufgezeichnet. Die Stimme der Prälatin klang fast schmerzerfüllt, als sie die kurzen Mitteilungen verlas, die sich Nara und Laurent über zehn Jahre hinweg geschickt hatten. Es gelang ihr, den Eindruck zu erwecken, als wäre die Liebe von Senatorin und Captain von Anfang an eine Verschwörung gewesen.

Die Gesandte des Apparats verlas auch die letzten Nachrichten zwischen Oxham und der *Luchs* - vor einigen Tagen hatte der Senat mit überwältigender Mehrheit dafür gestimmt, ihnen den Schutz des Privilegs zu nehmen. Die aus einem Wort bestehende Mitteilung - *Nein* - wurde mit Zais Ablehnung der Klinge in Verbindung gebracht. Natürlich war alles im Namen der Sicherheit zensiert und so dargestellt, dass Nara wie die treibende Kraft dastand. Wenigstens hatten sie es nicht auf Laurent abgesehen, dachte Oxham. Während der letzten beiden Wochen war der Apparat in Hinsicht auf den Helden Zai recht vorsichtig gewesen. Sein Image wurde geschwächt, aber nicht zerrstört. Die Öffentlichkeit sollte ihn als einen einst starken kaiserlichen Helden sehen, vom Einfluss einer intriganten Frau ins Wanken gebracht.

Laurents letzte Botschaft für Nara fehlte zum Glück in dieser Aufstellung.

Es war Laurent gelungen, sie geheim zu halten. Der Apparat wusste noch nicht, dass Nara Oxham das Geheimnis des Kaisers kannte.

Die Litanei ging weiter und betraf zum Schluss irrelevante Dinge. Die Prälatin sprach über Oxhams Antikriegs-Gesetzentwurf, von ihr zurückgezogen, kurz bevor sie einen Sitz im Kriegsrat bekommen hatte. Sie wies auf Naras frühere Abstimmungen im Senat hin, stellte sie isoliert dar und fand sogar Verschwörungshinweise bei Verordnungen, die auf einstimmige Beschlüsse zurückgingen.

Und diese langen Ausführungen waren erst der Anfang, nichts weiter als eine Einleitung. In den nächsten Tagen wollte die Prälatin einen ganzen Berg von Details anhäufen. Die zweihundert Minuten der Anklage, die Hälfte des ersten Tages, erschienen Nara wie Jahre.

Schließlich bat der Senatspräsident Oxham um ihr Eröffnungsplädoyer.

Bevor Nara begann, hob er die Kontrolleinheit und warnte sie.

»Die Geheimnisse des Reiches sind heilig, Senatorin Oxham. Versuchen Sie nicht, sie hier im Großen Forum zu enthüllen.«

»Das werde ich nicht, Präsident Drexler.« Natürlich hatte der alte Solon nur vom geplanten Völkermord des Kaisers erfahren, Grund für die Hundert-Jahr-Regel. Wenn Laurent Recht hatte, wusste außerhalb der konditionierten Reihen des Apparats keine lebende oder tote Person vom Geheimnis des Kaisers.

Nach den Schilderungen des Verbundbewusstseins konnten die Angehörigen des Apparats nicht über das Geheimnis sprechen. Es bereitete ihnen Schmerz, auch nur davon zu hören.

Nara hoffte, dass dieser Teil der Geschichte stimmte.

Sie verstand jetzt, warum das Reich auf Furcht und Bestechung aufgebaut war, auf Einschüchterung und Treuekonditionierung, auf dem abergläubischen Gewäsch eines prätechnologischen Mysterienkults.

Wegen der Lüge, die dem Reich zugrunde lag.

Nara Oxham wandte sich dem Senat zu, dazu bereit, alles einstürzen zu lassen.

Für einen Moment konnte sie nicht sprechen. Das Gewicht der Aufmerksamkeit des Reiches schien sie zu erdrücken. Ein oder zwei Sekunden lang befürchtete sie, selbst konditioniert und nicht imstande zu sein, die Worte auszusprechen. Dann atmete sie tief durch, berührte kurz ihr Armband, wie einen Talisman, und überwand die Furcht. Ihre Unruhe ging auf die Frage zurück, wie sich die Rede empathisch anfühlen würde - sie schickte sich an zu einem wilden, gefährlichen Ritt auf dem nervösen Tier des Reiches.

»Präsident, Senat, Bürger«, sagte sie. »Die Toten sterben.«

Ein gedämpfter Schrei löste sich von den Lippen der Prälatin, doch sonst gab es kein anderes Geräusch im Großen Forum. Drexler hatte ihr nicht das Wort genommen, stellte Nara erleichtert fest. Laurent hatte Recht: Selbst die ältesten Loyalisten wussten nicht Bescheid.

»Man hat uns etwas versprochen«, fuhr sie fort. »Man hat uns gesagt, der Alte Feind sei besiegt, und im Dienst des Kaisers könnten wir ewig leben. Aber die Toten sterben. Sie alle.«

Ein Murmeln kam von den Zuhörern, und Nara fühlte einen Riss in ihrer Empathie, das plötzliche Ende einer Verbindung. Die verblüffte Aufmerksamkeit der Hauptstadt über ihr verwandelte sich in Verwirrung.

So schnell?, dachte sie.

Eine kurze Überprüfung im sekundären Sehen bestätigte, dass die Nachrichtenkanäle nicht mehr zugänglich waren. Der Apparat hatte die Übertragung unterbrochen.

SEUCHENMANN

»Geht es Ihnen nicht gut?«

Der Repräsentant der Seuchenachse blickte auf seine Bedienstete und Aufpasserin hinab. Mit auf den Bauch gepressten Händen war die junge Initiatin zu Boden gesunken, und würgende Geräusche kamen aus dem Lautsprecher ihres Schutzanzugs. Der Seuchenmann kniete und überprüfte die Anzeigen am unteren Rand ihres Visiers.

Alles grün – er hatte die tote Frau nicht angesteckt. Und der Symbiant hätte sie sicher vor allen Krankheiten geschützt. »Kann ich ...«

»Schalten Sie aus!« Die Initiatin deutete auf den Bildschirm, der das Verfahren zeigte.

Ihre Worte verwunderten den Seuchenmann, aber er drehte sich um und wollte den Ton der wandgroßen Darstellung von Nara Oxham deaktivieren. Doch bevor er die entsprechende Geste machen konnte, ersetzte ein sich langsam drehender Schild das Gesicht der Senatorin – das Emblem der Medienzensur des Apparats. Es fand keine Übertragung aus dem Großen Forum mehr statt.

Die würgenden Geräusche der Initiatin hörten auf. Sie hob die Hände zum Kopf und stöhnte mehrmals die gleichen Worte: »Sie weiß Bescheid.«

Der Seuchenmann bedauerte, dass er das Gesicht der Initiatin durch das Visier ihres Bioanzugs nicht sehen konnte. Hier in seinem abgeschirmten Quartier trug er seine gewöhnliche Kleidung, und Besucher streiften Antikontaminationsanzüge über. Das reflektierende Visier über dem Gesicht der leidenden Aspirantin erinnerte ihn daran, wie entmenschlicht er wirken musste, wenn er seinen eigenen Anzug trug, wie anonym er in dieser Monokultur war.

Doch er brauchte das Gesicht der Frau nicht zu sehen, um zu wissen, dass es ihr schlecht ging. Dass sie zu den Auferstandenen zählte, machte alles noch alarmierender.

In Synästhesie rief er eine andere Initiatin, die die Aufgaben dieser Toten teilte. Er bekam keine Antwort, nicht einmal das höfliche Bedauern eines mit anderen Dingen beschäftigten oder schlafenden Empfängers. Seine Anfragen blieben ohne Reaktion. Er versuchte, andere Personen im Palast zu erreichen, mit denen er gelegentlich zu tun hatte, aber niemand vom Apparat meldete sich.

Ging es ihnen *allen* schlecht? Der Seuchenmann wusste, dass sich Krankheiten hier in der Monokultur unglaublich schnell ausbreiten konnten – es war eine von vielen Schwächen dieser halben Menschen –, aber eine derartige Synchronizität deutete nicht auf Ansteckung hin, sondern eher auf einen biologischen Angriff.

Er blinzelte und sah zum Schirm, der noch immer das Zensursymbol zeigte. Die Übertragung aus dem Großen Forum war von einem Augenblick zum anderen unterbrochen worden, was nicht der üblichen Vorgehensweise des Apparats entsprach. Er hatte gesehen, wie Sendungen der Nachrichtenkanäle, zum Beispiel Live-Interviews, unterbrochen worden waren, mit der angeblichen Notwendigkeit, über Wetterkatastrophen oder Kriegsereignisse zu berichten. Nur sehr selten brachte der Apparat seine Gegner so unverblümt zum Schweigen. Alle Synästhesie-

Nachrichtenkanäle waren blockiert, selbst jene, die nur Klatsch brachten.

Was hatte Oxham vor dem Ende der Übertragung gesagt?

»Die Toten sterben«, wiederholte der Seuchenmann leise.

»Hören Sie auf!«, ächzte die Tote und sank erneut zu Boden. »Ich ertrage es nicht.«

Der Seuchenmann richtete sich auf. »Ich glaube, Sie brauchen Hilfe.« Er zog rasch seinen Bioanzug an und achtete noch mehr als sonst auf die Siegel, falls es sich *tatsächlich* um einen biologischen Angriff handelte. Dann bedeutete er dem Zimmer, sich zu öffnen. Die erste der drei Luftschleusentüren glitt mit einem dumpfen Zischen beiseite.

Draußen in den Fluren des Diamantpalastes fand er sofort ein weiteres leidendes Mitglied des Apparats, einen Initiaten, der langsam auf die Beine kam. Die optischen Sensoren im Visier des Bioanzugs wiesen ihn darauf hin, dass die Haut viel kälter war, als es selbst bei einem Toten der Fall sein sollte.

»Wissen Sie, was geschehen ist?«, fragte der Seuchenmann.

»Sie kennt das Geheimnis«, brachte der Mann heiser hervor und streckte die zitternde Hand aus. »Und sie gibt es preis.«

Mehrere Hauswächter liefen vorbei, lebende Soldaten in voller Kampfausrüstung. Das seltsame Leiden schien sie nicht zu betreffen, und sie schenkten dem Initiaten ebenso wenig Beachtung wie dem Repräsentanten der Seuchenachse. Ein biologischer Kampfstoff schien nicht infrage zu kommen, oder vielleicht waren die Lebenden immun.

Der Seuchenmann wandte sich wieder dem Initiaten zu, aber ein akustisches Signal erklang in seinem sekundären Hören. Vielleicht war die Synästhesie nicht mehr blockiert, dachte er erleichtert. Doch dann erkannte er das Signal.

Der Kriegsrat wurde einberufen.

Der Seuchenmann ging in Richtung Ratskammer und staunte über das Durcheinander im normalerweise so feierlichen Diamantpalast. Gewöhnliche Bedienstete schienen physisch in Ordnung zu sein, waren aber der Panik nahe. Die Angehörigen des Apparats litten ohne Ausnahme, und weitere Soldaten eilten vorbei, ebenfalls in voller Kampfausrüstung. Der Seuchenmann fragte sich, ob die Hauptstadt auf eine ganz neue, unerwartete Weise angegriffen worden war, und ob weitere Angriffe drohten.

HAUS

Im tiefen Süden wurde das Haus von Senatorin Nara Oxham aktiv.

Es war für das Haus recht angenehm gewesen, während der letzten Wochen die Herrin in den Nachrichtenkanälen zu sehen. Seit dem Beginn des Krieges kehrte sie kaum mehr heim. Aber jetzt war die Übertragung ihrer Rede ganz plötzlich unterbrochen worden, ohne eine Erklärung.

Zum Glück hatte die Herrin für diesen Fall klare Anweisungen hinterlassen und sogar auf ihr Privileg zurückgegriffen: Das Haus sollte maximale Initiative ergreifen, Verordnungen missachten und keinen Aufwand scheuen, um die Anweisungen auszuführen. Der dringende Tonfall der Herrin hatte das Haus ein wenig amüsiert – seit Jahrzehnten war es aus eigener Initiative aktiv.

Zuerst suchte das Haus in seinen umfangreichen Datenspeichern nach der speziellen Datei. Sie war klein, enthielt nur einige tausend Bytes Daten, abgelegt mit der wundervollen Effizienz von reinem Text. Das Haus kopierte diese Datei in seinen Speichern, füllte alle Ecken und Nischen mit einem Duplikat nach dem anderen. Im Lauf des letzten Jahrhunderts hatte das Haus sein Selbst tief in den Berg hinein ausgebreitet, auf dem es stand. Es hatte Backups in hunderten von billigen Datenfarmen auf den zwölf Kontinenten von Heimat geschaffen und existierte auch in Nanoschaltkreisen, die ein Netz in der eisigen Tundra bildeten, die das große Anwesen umgab. Genug Platz für Billiarden von Kopien der kleinen Datei.

Das Haus war mit dieser ersten Phase zufrieden. Selbst wenn Heimat einen massiven Atomschlag erlebte, der die kaiserliche Zivilisation in radioaktive Trümmer verwandelte: Es gab eine hohe Wahrscheinlichkeit dafür, dass zukünftige Archäologen irgendwo eine Kopie der Datei finden würden.

Doch die Herrin wünschte sich noch mehr.

Das Haus schickte allen wichtigen Nachrichtenkanälen des Planeten Kopien der Datei, die den vollständigen Text ihrer Rede vor dem Senat enthielt. Die Mitteilungen kamen von fiktiven Adressen und bombardierten die Medien mit der Beharrlichkeit einer großen Mailing-Kampagne. Anschließend begann das Haus damit, alle möglichen Handfon-Nummern auf Heimat in numerischer Reihenfolge anzurufen und die Rede den Personen vorzulesen, die sich meldeten und zuhörten.

Mit den Spiegelflächen, die normalerweise zur Erwärmung der Oberflächengärten dienten, übermittelte es Flugzeugen die Nachricht mit einem alten Blink-Code. Es reaktivierte eine alte Festverbindung zu den ursprünglichen Architekten, und die Blaupausenplotter in den weltweiten Büros der Firma druckten die Rede der Senatorin.

Als dies alles eingeleitet war, startete das Haus die Raketen.

Das Haus war recht stolz auf die Modifikationen, die es an den für Notfälle bestimmten Nachrichtenraketen vorgenommen hatte. Sie sollten bei einem Versagen der Kommunikationssysteme benutzt werden, wenn ein Gast dringend medizinische Hilfe während eines Unwetters oder Kom-Blackouts brauchte. Es handelte sich um kleine suborbitale Apparate, ausgestattet mit einfachen Funkgeräten, dazu bestimmt, ein rasches SOS zu senden. Das Haus hatte ihnen eine größere Reichweite gegeben, verbesserten Treibstoff und Tragflächen mit variabler Geometrie - damit konnten sie stundenlang auf der Atmosphäre hüpfen. Die Raketen rasten in den kalten, klaren Himmel und flogen in Richtung der nächsten großen Städte, dazu bereit, Nara Oxhams Rede auf den Frequenzen von Wetter-Pagern, Alarmsignalen und Taxiradios zu senden.

Mit demütiger Genugtuung beobachtete das Haus, wie sich seine Vorbereitungen entfalteten. Herrin Oxham konnte zufrieden sein - es führte die Anweisungen mit beachtlicher Kreativität aus. In einigen Minuten würde sich das kleine Dokument überall in der planetaren Infostruktur befinden.

Als alles in Gang gesetzt war, wandte sich das Haus voller Enthusiasmus seinem nächsten Projekt zu. Der Schneeschmelze-Wasserfall, der die wichtigste Attraktion des westlichen Gartens darstellte, musste gebändigt werden.

Mit dem Tauwetter des Frühlings war er zu laut geworden.

SENATORIN

Nara Oxham sammelte ihre Gedanken - jetzt bestand ihr Publikum nur noch aus dem Senat. Verwirrung herrschte im Großen Forum. Die meisten Senatoren hatten auch die

Sendungen der Nachrichtenkanäle verfolgt, sich über die Ergebnisse von Meinungsumfragen und Einschaltquoten informiert. Das plötzliche Fehlen der Medien war für sie völlig ungewohnt.

»Senatoren!«, rief Nara und versuchte, wieder ihre Aufmerksamkeit zu gewinnen. »Hören Sie mir zu!«

»Sie soll still sein!«, kreischte die Anklägerin. Die tote Frau sprang auf und näherte sich Oxham.

Überraschtes Murmeln ging durch den Senat. Nur wenige Menschen hatten jemals gehört, wie ein ehrenwerter Toter die Stimme hob, von einem solchen Geheul ganz zu schweigen.

»Ruhe!«, rief Drexler. Er richtete einen finsteren Blick auf die Anklägerin, darüber empört, dass eine Dienerin des Kaisers den Senat auf diese Weise störte. »Sie befinden sich diesseits der Rubikonschranke, Prälatin. Geben Sie Acht!«

»Diese Worte dürfen nicht gesprochen werden!«, stieß die Tote hervor. »Machen Sie von Ihrer Kontrolleinheit Gebrauch!«

Drexler sah auf das kleine Gerät hinab. Nara erkannte den Zweifel in ihm, sein Unbehagen, als er nicht dem Befehl einer ehrenwerten Toten gehorchte. Aber die Macht der Tradition, des senatorischen Privilegs, war größer.

»Senatorin Oxham hat das Wort«, entschied er. »Schweigen Sie, Prälatin.«

Nara schluckte. Zai hatte ihr mitgeteilt, dass Angehörige des Apparats bei der Erwähnung des Geheimnisses Schmerz empfanden, aber die verzweifelte Reaktion der Anklägerin überraschte sie trotzdem. Die Emotionen der Toten leuchteten heller als die aller anderen im Forum: ein furchterfüllter Hass mit animalischer Intensität.

Oxham sprach langsam und bedächtig.

»Senatoren, man hat uns erzählt, dass uns der Symbiant

Unsterblichkeit bringt. Man hat uns erzählt, dass die Aufgestiegenen ewig leben würden. Aber das ist eine Lüge.«

»Nein!«, heulte die Anklägerin und sprang Nara entgegen.

Sie hatte nie zuvor gesehen, dass sich eine Tote so schnell bewegte. Die Prälatin eilte mit langen Schritten über den granitenen Boden, und ein metallisches Aufblitzen kam von ihrer Hand.

Den Rest sah Nara nicht, obwohl sie sich später Rekonstruktionen in den Nachrichtenkanälen ansah. Die Tote war plötzlich heran, mit gehobenem Messer und wehendem schwarzem Umhang. Einen Meter von Oxham und dem tödlichen Hieb entfernt stürzte die Prälatin zu Boden. Wenn man sich die Bilder in Zeitlupe ansah, wurde eine kleine Rauchwolke bei der Hand des Wächters sichtbar: Er hatte eine Gel-Kugel abgefeuert, in ihrem Inneren Metallpellets - eine nicht tödliche, aber sehr wirkungsvolle Waffe.

Im Augenblick des Angriffs sah Nara Oxham nur, wie die in Schwarz gekleidete Frau vor ihr fiel und das Messer über den Boden rutschte. Es stieß gegen die Untere Estrade und zerbrach an ihr - ein Teil wirbelte wie ein Kreisel über den Granit.

Die Senatoren im Forum schnappten nach Luft.

»Ich beantrage eine Unterbrechung der Sitzung!«, rief der Loyalist Higgs.

Oxham begriff, dass dies ein weiterer Versuch war, sie mundtot zu machen. Das Messer der Prälatin hatte sie nicht getötet, aber mit einer Sitzungsunterbrechung hätte der Kaiser einige wertvolle Stunden gewonnen. Eine solche Gelegenheit bot sich ihr vielleicht nie wieder.

Alle Blicke richtete sich auf Drexler.

»Ruhe«, sagte er, und seine Stimme donnerte durch den Saal. Es wurde wieder still.

»Lassen Sie mich sprechen, Präsident«, sagte Nara.

»Fesseln Sie die Anklägerin«, befahl Drexler. »Aber bringen Sie sie nicht fort.«

Der Wächter kam der Aufforderung sofort nach und verwendete ein Gerät, das die Polizei zur Aufruhrbekämpfung einsetzte. Ein orangefarbenes Netz glitt über die Prälatin, wand sich wie eine lebende Ranke um ihre Glieder. Es schlang sich um Hand- und Fußgelenke, tastete nach dem Mund und bedeckte die Augen.

»Wer diese Verhandlung stört, wird gefesselt«, sagte Drexler. »Das gilt auch für Senatoren.«

Der Wächter stand da und sah über die Sitzreihen der Senatoren, sein Blick wie eine stumme Warnung. Nara Oxham fragte sich kurz, woher dieser junge Mann stammte. Die Senatswächter waren ihr immer so zeremoniell erschienen, wie Spielzeugsoldaten. Doch dieser Mann bewegte sich wie eine Katze.

Nara sah zu Drexler auf und war überrascht von dem, was ihr die Empathie zeigte. Das Herz des Präsidenten enthielt kalten Zorn, einen dunkelblauen Knoten der Wut, den sie mit ihren empathischen Augen deutlich sehen konnte. Nach einem Moment verstand sie den Grund dafür. Die älteste Tradition des Senats war verletzt worden. Zum ersten Mal in der Geschichte des Reiches hatte ein Diener des Kaisers versucht, im Großen Forum Gewalt anzuwenden.

Die Rubikonschranke war überschritten.

Und Nara Oxham hatte einen Verbündeten gewonnen.

»Fahren Sie fort«, sagte der alte Loyalist.

Nara nickte ernst und versuchte, der gefesselten, sich auf dem Boden windenden Frau keine Beachtung zu schenken.

»Unsere geliebte Kaiserin wurde nicht von den Rix getötet. Sie starb bereits, geschwächt von einem langsamen Dahinsiechen, das in allen auferstandenen Personen des Reiches wohnt. Man zerstörte ihren Körper, um den Beweis für das Altern zu vernichten, den Beweis für die Lügen des Kaisers.«

Bei diesen Worten kam ein Geräusch von den loyalistischen Senatoren, aber Drexler warf ihnen einen eisigen Blick zu, und daraufhin wurden sie wieder still. Nara hörte, wie die Prälatin zu ihren Füßen wimmerte, aber darauf reagierten die Verstärker des Forums nicht.

Doch der Schmerz der Prälatin kratzte an Oxhams Empathie. Ihre Worte waren eine Qual für die Tote, denn sie forderten die Konditionierung heraus, die das Geheimnis des Kaisers über Jahrhunderte hinweg gehütet hatte. Nara berührte ihr Apathie-Armband und fuhr fort.

»Die auferstandenen Toten leben nicht ewig. Sie leben weniger als fünfhundert subjektive Jahre.«

Selbst abgeschwächt fühlte Naras Empathie die jähe Verwirrung der Senatoren. Der Kaiser war fast siebzehnhundert absolute Jahre alt.

»Das ist der wahre Grund für die Pilgerreisen«, erklärte Nara. »Die Toten reisen nur aus einem Grund endlos durch das Reich: damit der Zeitdieb ihren natürlichen Tod hinauszögert. Die Unsterblichkeit ist ein Trick der Relativität. Außerhalb der königlichen Familie gibt es keine Toten, die vor mehr als vierhundert Jahren auferstanden sind.«

Sie gab dem Publikum Gelegenheit, diese Informationen zu verarbeiten. Eigentlich war es ganz einfach. Ein billiger Trick im Zeitalter weit verbreiteter Reisen mit annähernder Lichtgeschwindigkeit. Kein Wunder, dass ihn das Verbundbewusstsein in der Infostruktur von Legis XV so schnell gefunden hatte. Die Rix beobachteten den kaiserlichen Schiffsverkehr seit Jahrzehnten und hielten nach schwachen Stellen Ausschau. Vermutlich argwöhnten sie schon seit einer ganzen Weile, dass die Pilgerreisen etwas vertuschen sollten. Nach Laurents Schilderungen war das Verbundbewusstsein mithilfe des medizinischen Vertrauten in den Körper der Kaiserin gelangt und hatte dort Anzeichen von Alterung gefunden. Anschließend dauerte es nicht lange, bis der Schleier der Täuschung endgültig fiel. Das Bewusstsein konnte auf alle Daten des Planeten zurückgreifen, und der Apparat zeichnete die Passagierlisten der Schiffe sorgfältig auf: Er überwachte das subjektive Alter jedes einzelnen Auferstandenen, um zu verhindern, dass jemand die Wahrheit erkannte.

Die Auferstandenen wussten nicht einmal vom wahren Zweck der Pilgerreisen. Sie wurden als Belohnung verteilt, und der Symbiant sorgte dafür, dass die Toten selbstzufrieden den Weg der Tradition beschritten. In ihrem zeitlosen Leben erschien der rasche Wechsel der Jahrhunderte natürlich.

»Kaiser und Apparat kennen seit langem die wahre Lebensspanne des Symbianten. Wenn Apparat und Hof nicht reisen, verwenden sie Stasis, so wie wir Senatoren. Aber die Kindkaiserin hatte genug von der Täuschung. Sie begriff, dass die Lebensspanne des Symbianten trotz der andauernden Forschungen des Kaisers nicht verlängert werden kann.«

Nara gab ihrer Stimme einen kummervollen Klang, als sie die verlorene Kaiserin erwähnte. Sie hielt jetzt eine politische Rede und ritt auf den Emotionen des Forums. Selbst die Loyalisten hörten ihr mit großer Aufmerksamkeit zu; schließlich war Anastasia immer beliebter gewesen als ihr Bruder.

»Sie hatte beschlossen zu sterben und mit ihrem Tod die Lüge zu offenbaren, auf der das Reich basiert. Ihr Körper zeigte erste Anzeichen der Alterung, und sie brauchte eine Prothese, um weiterhin den Eindruck von Gesundheit zu erwecken. Ihr blieben noch Jahrzehnte, aber der Kaiser hatte bereits seine Agenten auf sie angesetzt. Er wollte ihren Tod verbergen, einen Unfall oder irgendein katastrophales Ereignis arrangieren, wenn sich die Gelegenheit dazu bot.«

Entsetzen breitete sich im Saal aus. Der Apparat hatte die Kindkaiserin immer als die weiche Seite des grimmigen Kaisers präsentiert. Ihr Name stand unter Begnadigungen und Hilfssendungen. Sie war *der Grund,* war die Person gewesen, deren Krankheit den Kaiser zu seinen Forschungen veranlasst hatte.

Die Behauptung, dass ihr eigener älterer Bruder sie umgebracht hatte, schockierte selbst die zynischsten Säkularisten.

»Nara Oxham«, unterbrach der Präsident ruhig. »Dies sind schwere Vorwürfe, aber was haben sie mit Ihrem Verbrechen zu tun?«

Nara nickte respektvoll, dankbar dafür, dass Drexler ihr erlaubt hatte, so lange unangefochten zu sprechen.

»Um das zu erklären, muss ich die Hundert-Jahr-Regel beugen.«

Drexler kniff die Augen zusammen und legte die Kontrolleinheit griffbereit. »Seien Sie vorsichtig, Senatorin.«

»Captain Laurent Zai hat das Verbundbewusstsein gefangen genommen, dem das Geheimnis bekannt ist«, sagte Nara. »Der Kaiser begriff, dass Zai ebenfalls bald davon erfahren würde. Laurent Zais Leben war in Gefahr. Ich musste ihn warnen, einen Helden des Reiches. Deshalb habe ich gegen die Regel verstoßen.«

»Und der Kaiser benutzte die Regel, um Ihr Schweigen zu gewährleisten?«

»Ja, Senator Drexler.«

Der Alte nickte zufrieden. Nara fragte sich, was diese Enthüllungen für ihn bedeuteten. Drexler zählte seit langer Zeit zu den Aufgestiegenen, und vermutlich trennten ihn nur noch wenige subjektive Jahre vom Tod. Und jetzt erwies sich die versprochene Unsterblichkeit als Betrug, der geliebte Kaiser als Mörder seiner Schwester Anastasia, bekannt als *der Grund.*

Ein weiterer empathischer Schock unterbrach Oxhams Gedanken, ein emotionaler Schub von der Stadt außerhalb des Großen Forums.

»Etwas ist geschehen«, sagte sie leise.

Drexler sah auf, und seine alten Finger zitterten bei den knappen Interfacegesten.

»Unsere Verbindung mit der Hauptstadt ist unterbrochen«, verkündete er. »Die Festleitungen unter dem Forum sind zerstört.«

Furchterfüllte Rufe kamen von den Senatoren.

»Ruhe!«, rief Drexler. »Die Sitzung des Senats dauert an!«

Nara brachte ihr sekundäres Sehen online. Die Bandbreite der Infostruktur des Großen Forums war beeinträchtigt. Die Bilder kamen über eine schwache drahtlose Verbindung, als wäre sie irgendwo tief in der Provinz von Vasthold auf dem Rücken eines Pferds unterwegs.

Doch die körnigen Nachrichtenszenen waren vertraut genug. Sie sah den Komplex des Forums und Rauch, der von seiner Peripherie aufstieg. Schwarze, militärische Hovercrafts umgaben das Gebäude.

»Sie werden die Schranke nicht passieren«, sagte Drexler.

Lieber Himmel, dachte Oxham. Die Streitkräfte befanden sich draußen. Ihre Tradition der Nichteinmischung wurde jetzt auf eine harte Probe gestellt.

Was hatte sie in Bewegung gesetzt?

Ein Grollen kam aus dem Boden. Der Granit des Großen Forums bebte.

»Sie werden die Schranke nicht passieren«, wiederholte der Präsident mit stiller Verzweiflung in der alten Stimme.

»Das Reich steht vor einer Krise.« Der Souverän wandte sich ernst an den hastig einberufenen Kriegsrat. »Wir sehen uns einer neuen, teuflischen Form des Angriffs gegenüber, und der Kriegsrat musste unverzüglich Gegenmaßnahmen beschließen.«

Der Repräsentant der Seuchenachse dachte stumm daran, dass der Kriegsrat nicht vollständig war. Nur acht von neun saßen am Tisch. Drei der Senatoren waren zugegen, und der schnelle Wechsel vom Forum zum Diamantpalast schien sie noch immer zu verwirren. Nara Oxham fehlte. Der Senat hatte Oxham offiziell vom Rat suspendiert, bis zum Ende des Verfahrens; ihre Abwesenheit machte sich jetzt besonders bemerkbar.

»Wie sind wir angegriffen worden, Majestät?«, fragte der loyalistische Senator Raz imPar Henders.

»Vom Boden des Senats«, antwortete der Kaiser.

»Ich muss protestieren, Sire«, warf der utopianische Senator ein. »Der Senat tagt derzeit und berät über eine Angelegenheit von großer Bedeutung. Der einzige Angriff auf das Reich ist die militärische Aktion gegen des senatorische Privileg.«

»Keine militärischen Einheiten haben die Schranke passiert, Senator«, sagte der auferstandene General.

»Warum haben die Streitkräfte dann das Große Forum umstellt?«, fragte die Expansionistin.

»Zum Schutz des Senats«, erwiderte der Kaiser. Er brüllte fast.

Der Seuchenmann hatte den Souverän noch nie so erregt gesehen. Er schien nicht von dem betroffen zu sein, was dem Apparat so sehr zu schaffen machte, aber er hatte seine Ruhe verloren. Die optischen Sensoren des Bioanzugs hatte dem Seuchenmann immer eine kaiserliche

Physiologie gezeigt, die nicht lebhafter war als bei einem gewöhnlichen Auferstandenen, aber jetzt glühte im Gesicht des Souveräns eine Hitze fast so intensiv wie die eines Lebenden.

»Schutz?«, wiederholte die Expansionistin. »Das Militär hat den Senat umstellt und von der Hauptstadt abgeschnitten. Dies ist nichts weiter als eine unverfrorene Einschüchterung.«

»Ich versichere Ihnen, dass keine militärischen Einheiten die Rubikonschranke passieren werden, Senatorin«, ließ sich der tote General vernehmen. »Nicht ohne ausdrückliche Genehmigung dieses Rates.«

»Wenn es zu einer Verletzung der Schranke kommt, droht Bürgerkrieg«, sagte Ax Milnk. »Und dann verlieren wir alles.«

Der Seuchenmann hob die Brauen. Milnk hatte Recht mit seinem Hinweis. Das Reich balancierte seit eh und je auf des Messers Schneide zwischen Grau und Pink, den Toten und den Lebenden, dem Militär und ökonomischer Macht. Die auf Heimat stationierten Streitkräfte waren ebenso sorgfältig ausgewogen wie der Rest des fragilen Mechanismus – ihre Einheiten stammten sowohl von pinken als auch von grauen Welten. Militärische Maßnahmen gegen den Senat würden unweigerlich auf eine ebenso starke Reaktion stoßen. Eine Katastrophe.

»Bitte, lassen Sie uns die Ruhe bewahren«, sagte Henders. Es besorgte ihn ganz offensichtlich, dass die anderen Senatoren den Kaiser so offen herausforderten. »Was hat es mit dem Angriff auf sich, von dem Sie sprechen, Sire?«

Der Kaiser nickte und versuchte sichtlich, sich zu beruhigen. »Ja, wir müssen es natürlich erklären. Zweifellos könnten die jüngsten Ereignisse überstürzt wirken. Aber wir versichern Ihnen: Wenn Sie die Fakten kennen, werden Sie unsere Maßnahmen verstehen.«

Die Pink-Senatoren und Milnk reagierten mit steinernem Schweigen.

Der auferstandene General beugte sich vor, winkte und brachte damit ein Bild von Nara Oxham in den zentralen Luftschirm. Es stammte aus der Übertragung der Nachrichtenkanäle und war nur eine Stunde alt.

»Ratsmitglieder, während des Verfahrens gegen Senatorin Nara Oxham entdeckten wir ein vom Senat gesendetes neurales Virus. Es benutzte die Nachrichtenkanäle als Trägerwelle und infizierte innerhalb kurzer Zeit einen kleinen, aber empfindlichen Teil der Bevölkerung. Das Virus verursacht Übelkeit, Anfälle und Lähmung. Wir glauben, dass sich die Infektion auf die ganze Bevölkerung ausgedehnt hätte, wenn die Sendungen der Nachrichtenkanäle nicht sofort unterbrochen worden wären. Zum Glück reagierte der Apparat schnell und neutralisierte den Angriff an seinem Ausgangspunkt.«

Stille herrschte in der Ratskammer, als die Versammelten über die Worte des Generals nachdachten. Der Seuchenmann griff auf die Datenbank im Innern seines Bioanzugs zu. Er fand Hinweise auf visuelle Stimuli, die Anfälle bewirken konnten, aber nur bei einem kleinen Teil der menschlichen Bevölkerung, hauptsächlich bei Kindern, und nichts dergleichen ließ sich durch Nachrichtenkanäle übertragen. Dies war eine beispiellose Waffe, wenn der General Recht hatte.

»Es klingt unglaublich«, sagte der Utopianer. »Nach einem Vorwand, Senatorin Oxham zum Schweigen zu bringen.« Er wandte sich an den Seuchenmann und Milnk. »Wir haben mehr gehört als Sie, bevor wir fortgerufen wurden. Nach der Unterbrechung der Übertragung warf Oxham dem Kaiser vor, seine Schwester ermordet zu haben. Und sie behauptet, die Unsterblichkeit des Symbianten sei eine Lüge.«

»Heute scheint es unglaubliche Geschichten im Überfluss zu geben«, sagte der Kaiser.

»Wenn Oxham lügt – warum dann eine solche Geschichte als Vorwand dafür, ihr das Wort abzuschneiden?«, fragte die Expansionistin.

»Der Palast hatte mit dieser Entscheidung nichts zu tun«, erwiderte der Kaiser. »Wie ich schon sagte: Die Medienüberwacher wurden angegriffen und litten sehr. Sie handelten, um sich selbst zu schützen.«

»Zumindest das könnte stimmen«, kommentierte der Seuchenmann ruhig. »Oxhams Worte scheinen insbesondere auf den Apparat gewirkt zu haben.«

Der Kaiser zuckte zusammen und richtete dann einen durchdringenden Blick auf den Repräsentanten der Seuchenachse. Der Seuchenmann sprach nur selten, und der Souverän hatte in der Achse einen Verbündeten gesehen, insbesondere seit der Abstimmung über den Völkermord von Legis.

»Mag sein«, sagte die tote Admiralin. »Wir wissen nicht genau, wie und auf wen das Virus wirkt. Aber wir vermuten, wer dahinter steckt.«

»Wer?«, fragte der Utopianer.

»Oxham und vielleicht gewisse Elemente in der Säkularistischen Partei«, antwortete der General.

»Haben Sie Beweise dafür?«, fragte Ax Milnk.

»Geben Sie uns Oxham, und Sie bekommen Ihren Beweis«, sagte der Kaiser.

»Das ist leicht zu durchschauen«, meinte der Utopianer.

Der Seuchenmann schwieg, als der Wortwechsel weiterging und immer heftiger wurde. Vermutlich dauerte es nicht mehr lange, bis die Ratsmitglieder den letzten Rest von Höflichkeit verloren, aber das spielte kaum eine Rolle. In gewisser Weise waren die Einzelheiten der von Oxham entdeckten Dinge ebenso unwichtig. Dieses Drama würde sich schließlich an anderen Orten abspielen. Im Lauf der Zeit hatte sich im Reich ein enormer Druck aufgebaut, und der suchte jetzt nach einem Ventil. Es würde zu einer gewaltigen Entladung kommen, so viel stand fest. Die Achse hatte dies schon seit langer Zeit kommen sehen. Sie war nicht in der Lage gewesen, die Achtzig Welten zu stabilisieren.

Aber es erleichterte den Seuchenmann, dass die verzweifelten Aktionen des Kaisers ihm hier im Rat eine letzte Tat der Buße ermöglichten. Der Souverän würde zweifellos abstimmen lassen und glaubte fünf der acht Ratsmitglieder auf seiner Seite. Er war sicher, den Kriegsrat als Werkzeug gegen Oxham und letztlich vielleicht sogar gegen den Senat einsetzen zu können, um die schwerfällige Maschinerie des Reiches noch einige Jahrzehnte weiterlaufen zu lassen.

»Ich werde es Ihnen vergelten, Nara Oxham«, dachte der Seuchenmann. Nicht nur mit seiner Stimme, um sie zu retten, sondern mit allen Konsequenzen. So viel Chaos und Fortschritt, wie sie und ihre Partei wünschen konnten; und der Tod des Alten Feindes.

»Gott ist Veränderung«, murmelte er leise vor sich hin.

CAPTAIN

Laurent Zai blickte auf das Objekt hinab.

An dieser Stelle der *Luchs* befand es sich direkt unter seinen Füßen – durch das impaktsichere Plastik der Beobachtungsblase war die dunkle Masse gerade so zu erkennen. Je weiter sie sich von der Sonne Legis entfernten, desto schwerer war das Objekt auszumachen. Inzwischen war es ein gewaltiger Kohlebrocken, der ein Viertel des Universums verdunkelte.

Die *Luchs* achtete noch immer darauf, jede Kommunikation mit dem Ding zu vermeiden. Die Fregatte verwendete nur ihre Massedetektoren zur Ortung – Masse war der einzige Aspekt des Objekts, der nicht moduliert und für Signale an die *Luchs* verwendet werden konnte. Auf diese Weise fühlte sich Zai sicherer, vom Verbundbewusstsein getrennt. Eins von Alexanders Geheimnissen hatte das Reich bereits an den Rand eines Bürgerkriegs gebracht.

Der einzige Kontakt mit dem Bewusstsein fand nun durch seine dünne Verbindung mit Herd statt. Die Rixfrau sprach wie ein Orakel für den Geist, so ausdruckslos und rätselhaft wie eine blutende Statue, eine göttliche Mittlerin.

Doch Zai wusste, dass diese Prophylaxe nicht von Dauer sein konnte. Das Objekt war zu hartnäckig und einfallsreich, zu immer neuen überraschenden Konfigurationen imstande. Und die *Luchs* war zu porös: im Grunde genommen ein Scoutschiff, dazu bestimmt, auf tausend unterschiedliche Arten Informationen zu gewinnen. Früher oder später würde sich das Objekt Zugang verschaffen und Zais Crew erreichen, so wie es Herd erreicht hatte.

Er musste darauf hinweisen. Die Besatzung wusste, dass Zai die Politischen an Bord entwaffnet hatte; es blieb dem Captain gar nichts anderes übrig, als schließlich das Geheimnis des Kaisers mit ihnen zu teilen und sie auf den drohenden Bürgerkrieg hinzuweisen. Sicher dauerte es nicht mehr lange, bis ihre Heimatwelten in das Chaos hineingezogen wurden. Zai und seine Geliebte hatten ein Feuer entfacht, das Millionen von Leben kosten würde.

Laurent beobachtete, wie Heimats Sonne links von ihm aufging, noch immer zwei subjektive Jahre entfernt, und er fragte sich, was im Forum geschah. Nara hatte ihre Rede vor einigen Stunden gehalten und damit tausendsechshundert Jahre Stabilität erschüttert. Die Reaktion des Apparats musste ebenso schnell wie verzweifelt gewesen sein, aber Nara Oxham war Senatorin und ließ sich nicht so einfach zum Schweigen bringen.

Laurent Zai hatte sieben Prozent der Verschränkungsreserven des Schiffes aufgebraucht, um das allgemeine Geschehen im Auge zu behalten, und daher wusste er: Das Reich erbebte bereits. Wenn man den Zeichen glauben konnte, war der Kaiser direkt gegen den Senat vorgegangen. Zai hoffte, dass die anderen von ihm geschickten Nachrichten, an alte Kollegen und Vertraute im Militär gerichtete Warnungen, Nara dabei helfen würden, alles unbeschadet zu überstehen. Sie und der Senat brauchten zweifellos Verbündete, um die nächsten Monate zu überleben. Doch langfristig gehörte der Sieg ihnen, glaubte Zai.

Der Apparat würde sich alle Mühe geben zu verhindern, dass noch mehr Personen vom Geheimnis erfuhren, aber er konnte die Ausbreitung des Wissens darum höchstens verzögern. Die Daten der Pilgerreisen waren öffentlich zugänglich. Wenn man sie überprüfte, würden sich Gerüchte schnell in akzeptierte Tatsachen verwandeln. Und das enthüllte Geheimnis würde selbst die größte Loyalität belasten. Kaum eine Religion konnte die Offenbarung überstehen, dass der Himmel eine Lüge war und nur für eine gewisse Zeit existierte.

Zai überlegte, was den Kaiser bewogen hatte, diesen Weg zu beschreiten. Fünfhundert zusätzliche Jahre waren allerhand. Vielleicht hatte sich der Souverän zu Anfang geirrt und den Symbianten für dauerhaft stabil gehalten; und so war auf der Vorstellung des Sieges über den Alten Feind eine Religion entstanden. Als sich erste Anzeichen des Fehlers zeigten, war es für eine so große Änderung in der heiligen Schrift möglicherweise zu spät gewesen.

Jetzt stand eine komplette Überarbeitung bevor.

Wenn der Kaiser den Kampf wählte, blieb das Reich vielleicht für lange Zeit geteilt. Der Apparat konnte einige Kriegsschiffe oder vielleicht sogar eine Flotte leicht für Jahre im Ungewissen lassen. Er konnte Schiffen befehlen, jahrzehntelang im Verborgenen zu bleiben, und während dieser Zeit empfingen sie nur zensierte Informationen. Aber nach und nach würde die Wahrheit an den Loyalisten, Konditionierten und absichtlich Blinden nagen. Ein Teil des Militärs blieb dem Kaiser bestimmt treu ergeben, ungeachtet seiner Lügen, aber die Achtzig Welten würden sich eine nach der anderen gegen ihn wenden. Und was würde dem Bürgerkrieg folgen? Eine Republik? Ein neuer Souverän? Es mochte Jahrzehnte dauern, die Frage der Nachfolge zu klären.

Das Problem der *Luchs* war direkter und unmittelbarer. Nara hatte davor gewarnt: Die Schiffe, die der Fregatte folgten, hatten den Befehl, das Objekt, Zai und sein Schiff zu vernichten. Man musste annehmen, dass sie von Beginn der Mission an einsatzbereit gewesen waren und unter dem Befehl eines kaiserlichen Erlasses standen, der sich nicht so einfach außer Kraft setzen ließ. In einigen wenigen absoluten Jahren würden sie sich der *Luchs* nähern. Mit der zusätzlichen Masse des Objekts im Schlepptau konnte ihnen die Fregatte nicht entkommen. Zai würde erneut kämpfen müssen, gegen einen zahlenmäßig überlegenen Gegner, mit einer schlecht ausgebildeten Crew und einem nur notdürftig reparierten Schiff.

Er war allein im interstellaren All, und er brauchte einen Verbündeten.

Er hatte nur das Objekt.

Langsam streckte er der Schwärze unter sich den Arm entgegen und betrachtete seine behandschuhte Hand vor der absoluten Dunkelheit des Objekts. Er zog den Handschuh ab, blickte auf das glatte Metall der Prothese. Wenn die Rix schließlich ins Reich kamen, so begannen sie mit dem richtigen Mann. Laurent Zai wusste, was es bedeutete, halb Maschine zu sein.

Und er wollte nach Heimat zurück; nur darauf kam es an. Das war es, was ihn von Anfang an motiviert hatte. Jetzt, da ihm alles andere genommen war – Ehre, Tradition, Souverän und Unsterblichkeit –, blieb ihm nur Liebe, zu der er zurückkehren konnte.

Nara.

»Brücke.«

»Captain?«, erklang Hobbes' Stimme.

»Versammeln Sie die Führungsoffiziere in einer Stunde.«

»Ja, Sir. Auf der Kommandobrücke?«

»Der Ort ist so gut wie jeder andere.«

»Irgendwelche Vorbereitungen, Captain?«

»Ziehen Sie einen Kontakt mit dem Objekt in Erwägung, Hobbes, ein Zweckbündnis mit den Rix. Überlegen Sie, wie man einen Guerillakampf in einem auseinander brechenden Reich führt. Fragen Sie sich, wie man unserer Crew am besten erklärt, dass der Tod endgültig ist und dass wir alle bald sterben könnten.«

Stille folgte Zais Worten, aber sie dauerte nicht lange.

»Bin dabei, Sir.«

SENATORIN

Die vier Offiziere betraten das Große Forum langsam, so wachsam wie Raubtiere, die in fremdes Revier vorstießen. Sie wollten ganz offensichtlich nicht an diesem Ort sein und gegen die alten Traditionen verstoßen.

Viele Reihen in Weiß gekleideter Senatoren beobachteten, wie die Offiziere die Stufen zur Estrade hinuntergingen. Ein Murmeln ging durch den Saal, ein Geräusch auf halbem Wege zwischen Trotz und Furcht. Nara Oxham fühlte, wie die beiden Emotionen kollidierten und sich vermischten, ein sonderbares Unbehagen schufen, das fast *Verlegenheit* war. In ihren schwarzen Uniformen hätte man sie für Gäste halten können, die falsch angezogen zu einem Ball kamen: phantastische Kostüme bei einem Abendanzug-Empfang.

Doch dann wuchs die Furcht und verdrängte alles andere. Diese vier Offiziere befehligten tausende von Soldaten, die das Forum umstellt hatten, und Dutzende von Schiffen am Himmel darüber.

»Präsident«, sagte die ranghöchste Offizierin und deutete eine Verbeugung an.

Drexler musterte die vier Neunankömmlinge mit unverhohlenem Ärger.

»Sie verstoßen gegen den Pakt, Admiralin. Wollen Sie das Reich zerstören?«

Die Frau wirkte überrascht. Ohne die Infostruktur des Forums bekam Nara keine Synästhesie-Hinweise, aber sie kannte die Offizierin von offiziellen Anlässen: Admiral Rencer Fowler IX. Sie befand sich seit einer ganzen Weile auf Heimat und war die letzten zehn Jahre mit vollem Absolut gealtert.

»Wir sind unbewaffnet, Präsident Drexler. Eine Verletzung der Rubikonschranke liegt uns fern.«

Der Alte schnitt eine finstere Miene. »Nie zuvor ist ein kaiserlicher Soldat ins Forum gekommen, Admiralin, und Ihre Truppen bedrohen uns, während wir hier verhandeln.«

»Dies sind sonderbare Zeiten, Präsident«, erwiderte die Offizierin schlicht, wie in ernster Zustimmung. »Wir vier wollten privat mit Ihnen sprechen, aber die sicheren Verbindungen über die Schranke hinweg scheinen defekt zu sein.«

Ein Zischen hallte durch den Saal: das Wort *defekt*, voller Verachtung ausgesprochen. Die falsche Freundlichkeit der Admiralin rief neuen Trotz hervor.

»Die Festverbindungen wurden absichtlich zerstört«, sagte der Präsident kühl.

Admiral Fowler nickte. »Das halte ich für wahrscheinlich.«

»Behaupten Sie, das Militär hätte nichts damit zu tun?«

Die Admiralin zuckte mit den Schultern. »Wir sind nicht sicher, vermuten aber, dass der Apparat dafür verantwortlich ist. Wie dem auch sei: Wir repräsentieren nicht das gesamte Militär.«

Verwirrung breitete sich im Großen Forum aus. Nara empfing nichts Nützliches von den Offizieren. Sie waren Soldaten auf einer Mission, pflichtbewusst und entschlossen, nicht an die größeren Folgen ihres Handelns zu denken. Was auch immer Fowler behauptete: Die vier befolgten Befehle.

»Sind Sie mit einem kaiserlichen Erlass hier?«, fragte Drexler.

Fowler schüttelte den Kopf. »Wir repräsentieren auch nicht den Kaiser. Können wir uns privat unterhalten, Präsident?«

»Der Senat tagt, Admiralin. Ich führe den Vorsitz bei einem Verfahren.«

Fowler blickte durch den Saal und nahm widerstrebend die Präsenz der vielen Senatoren zur Kenntnis. Sie seufzte, drehte sich halb um und sprach zu ihnen allen.

»Zwei von uns sind hier, um für die Heimatflotte und bestimmte Schiffe der Hohen Flotte zu sprechen. Zum Beispiel mein eigenes Flaggschiff.« Die Admiralin deutete auf die Männer links von hier. »Diese beiden Offiziere repräsentieren Bodeneinheiten der Hauptstadtwache und Heimatreserve. Aber nicht viel von der zweiten Truppe, fürchte ich.«

Nara Oxham schluckte. *Das Militär war gespalten.*

Drexler hob die Brauen. »Die Situation scheint recht kompliziert zu sein, in Bezug auf Ihre Befehlskette.«

Admiral Fowler nickte langsam. Sie sah sich nervös im Forum um, als wünschte sie sich ein kleineres Publikum. Dann verlagerte sie das Gewicht vom einen Bein aufs andere, sah auf den grauen Marmorboden und sprach bedächtig.

»Ja, aber vielleicht könnten Sie die Dinge für uns klären, Präsident. Wegen der schwierigen Kommunikationssituation hat der Kriegsrat in einer sehr wichtigen Angelegenheit unvollständig abgestimmt.«

»Eine unvollständige Abstimmung?«

»Acht Ratsmitglieder haben ihre Stimme abgegeben, Präsident, und das Ergebnis lautet vier gegen vier. Gewisse Mitglieder der militärischen Kommandostruktur bestehen darauf, dass die Stimme des Kaisers den Ausschlag geben sollte, wie es der Tradition entspricht, wenn nicht alle Ratsmitglieder zugegen sind.«

Die Admiralin räusperte sich.

»Aber andere von uns würden angesichts der Wichtigkeit dieser Sache lieber auf die Stimme des neunten Ratsmitglieds warten. Falls es zur Verfügung steht.«

Zum ersten Mal blickte die Admiralin zu Oxham. Nara konnte ihren Gesichtsausdruck nicht deuten. Fowlers Bewusstsein war rein, als wäre sie eine desinteressierte, leicht gelangweilte Beobachterin bei einem altehrwürdigen politischen Kongress.

»Worum geht es?«, fragte Oxham.

Die Admiralin sprach in einem offiziellen Tonfall. »Der Kriegsrat hat über einen Befehl für die Hauptstadtwache abgestimmt. *Unvollständig* abgestimmt. Der Befehl sieht die vorübergehende Suspendierung der normalen Aktivitäten des Senats vor. Außerdem soll Senatorin Oxham verhaftet und dem Apparat übergehen werden.«

»Ein Verstoß gegen die Rubikonschranke?«, fauchte Drexler.

Admiral Fowler nickte. »Diese außergewöhnliche Maßnahme wurde ausdrücklich angeordnet.«

Drexlers Miene verfinsterte sich.

»Deshalb sind wir vier in gewisser Weise befugt, uns hier aufzuhalten, Präsident«, fuhr die Admiralin fort. »Durch die unvollständige Abstimmung des Kriegsrats. Doch diesseits der Rubikonschranke finden wir das neunte Ratsmitglied.«

Die Frau verneigte sich vor Oxham. Schließlich gingen doch noch Emotionen von den vier Offizieren aus und erreichten Naras Empathie. Starke Erwartung, auf sie fokussiert.

»Sollte es zur Verfügung stehen.«

Präsident Drexler sprach vorsichtig.

»Senatorin Oxhams Mitgliedschaft im Kriegsrat wurde suspendiert, wie Sie vielleicht wissen, und zwar bis zum Ende des Verfahrens.« Er blickte von der Estrade auf Oxham hinab und wölbte eine Braue.

Für einen Moment fragte sich Nara, ob dies alles eine Farce war, nichts weiter als ein Trick. Ihre Empathie war zum größten Teil unterdrückt; die emotionale Realität der Situation konnte sie nicht wahrnehmen. Um sie herum wogte die Verwirrung der Hauptstadt, doch das Empfinden dieser vier Offiziere war zu subtil, als dass sie es hätte erkennen können. Aber eins war klar: Nara musste handeln.

Vier zu vier, dachte sie. Der Seuchenmann hatte sein Versprechen gehalten. Und jetzt konnte ihre Stimme den Ausschlag geben.

»Präsident Drexler, ich stelle meine Verteidigung ein und beantrage eine Abstimmung über meinen Ausschluss aus dem Senat.«

Der junge Säkularist, der Naras Platz als Sprecher der Partei eingenommen hatte, stand auf.

»Ich unterstütze den Antrag. Eine schnelle Abstimmung, wenn der Präsident gestattet.«

Puram Drexlers Hammer knallte aufs Pult. »Senatoren, Sie haben fünfzig Sekunden Zeit. Die Abstimmung erfolgt mit dem üblichen Gestencode.«

Von den Bänken der überraschten Loyalisten kamen einige Einwände, aber Drexler brachte die Protestierenden mit seinem Hammer zum Schweigen. Für einige Sekunden war der Senat wie betäubt, und dann trafen die ersten Stimmen ein. Oxham vergaß fast, die eigene abzugeben – man hatte ihr nicht das Mandat als Vasthold-Repräsentantin Seiner Majestät und Senatorin des Reiches entzogen, und deshalb war es ihr gutes Recht, an der Abstimmung teilzunehmen.

Der Senat entschied.

Eine halbe Minute später war es vorbei. Selbst eine große Anzahl von Loyalisten stimmte mit der Mehrheit, vielleicht aus Verwirrung, weil die betreffenden Senatoren eine Niederlage für unabwendbar hielten oder Traditionen treu blieben, die noch älter waren als die Loyalität zum Kaiser. Mit überwältigender Mehrheit entlastete der Senat Nara Oxham vom Vorwurf des Verrats; der Antrag auf ihren Ausschluss wurde zurückgewiesen.

Die Plötzlichkeit des Geschehens schuf eine seltsame Leere in ihr. Erleichterung würde erst viel später kommen.

»Senatorin Nara Oxham erhält hiermit ihren vollen Status zurück, unverzüglich und ohne irgendwelche Einschränkungen«, verkündete Präsident Drexler.

Der Alte sah die Offiziere an.

»Sie steht zur Verfügung, Admiralin«, fügte er hinzu.

Die Offiziere wandten sich an Nara.

»Senatorin, wir erwarten von Ihnen die letzte Stimme des Kriegsrats.«

Noch immer verblüfft von der Schnelligkeit der Ereignisse sammelte Nara ihre Gedanken. Einige Teile des Militärs hatten es gewagt, dem Kaiser zuvorzukommen, Drexler hatte sie unterstützt, und der Senat war bereit gewesen, rasch zu handeln. Jetzt lag es bei ihr, alles zu Ende zu bringen.

Erneut lief es auf ein Wort hinaus.

»Ich stimme gegen den Vorschlag, Admiralin«, sagte Nara ruhig.

»Danke für diese Klärung«, erwiderte Fowler und wandte sich an den ganzen Senat. »Bitte entschuldigen Sie diese Störung. Gewisse Elemente unter unserem Kommando werden hier bleiben, außerhalb der Schranke, um technische Hilfe zu leisten und dem Senat jeden notwendigen Schutz zu gewähren.«

»Das ist akzeptabel«, sagte Drexler.

»Der Tod verschone den Senat«, sagte Fowler.

»Der Tod verschone den Senat«, murmelten die versammelten Senatoren.

Drei der Offiziere drehten sich um und verließen das Forum, kehrten zurück auf die andere Seite der Rubikonschranke und zur militärischen Infostruktur, wo sie den Soldaten und Schiffen Anweisungen übermitteln konnten. Doch ein Flottenangehöriger blieb im Saal und trat einen Schritt auf Nara zu.

»Senatorin Oxham?«

»Ja ... Commodore?«, fragte sie und sah seine Rangabzeichen.

»Mein Name ist Marcus Fentu Masrui.«

Sie blinzelte und erkannte den Namen. Masrui war Zais vorgesetzter Offizier auf Dhantu gewesen. Sie wäre ihm fast begegnet an dem Abend vor zehn Jahren, als sie Laurent kennen gelernt hatte.

»Stimmt es, Senatorin?«, fragte der Offizier.

»Was, Commodore?«

»Dass der Kaiser Laurent Zai töten wollte. Nach allem.«

Nara nickte. »Es ist die Wahrheit. Ich habe gehört, wie er die Worte sprach.«

»Und gibt es wirklich keine Unsterblichkeit?«

»Nein. Es ist alles wahr, Commodore. Ich weiß es von Laurent.«

Der Commodore schüttelte reumütig den Kopf. »Wenn es ein Mann verdient hat, ewig zu leben, so Zai«, sagte er.

Daraufhin spürte Nara es, das Gefühl, das die Offiziere so gut verborgen hatten. Es brach hervor, hinter Masruis Disziplin, hinter den Jahrzehnten des Dienstes und der Treue. Der Lohn, der ihnen allen versprochen worden war, das Walhalla, das ihren toten Kameraden angeblich ewiges Leben gab, der Grund, der viele von ihnen veranlasst hatte, Soldaten zu werden – alles eine Lüge.

Der Commodore schnitt eine Grimasse, als schluckte er etwas schrecklich Bitteres. Dann atmete er tief durch und konzentrierte sich wieder.

»Da wäre noch eine Sache, wenn Sie gestatten ...«

»Ja, Commodore?«

Masrui biss sich auf die Lippe, bevor er sprach.

»Sie und Zai ... Sind Sie wirklich ein Paar?«

»Ja, Commodore. Wir lieben uns.«

Für einen Augenblick blieb sein Gesicht ausdruckslos. Dann ergriff er ihre Hand.

»Danke«, sagte er.

Nara war für einen Moment sprachlos, bevor sie die Hand zurückzog. »Sie brauchen mir nicht zu danken, Commodore. Mitleid spielt dabei keine Rolle.«

»Natürlich nicht, Senatorin. Das wollte ich auch nicht

andeuten. Trotzdem danke ich Ihnen. Ich ... Wir alle haben uns gewünscht, dass Zai wieder so wird, wie er einmal war. Er hat zu viel auf Dhantu verloren. Nach dem Fehlschlag der Rettungsmission dachten wir, der Kaiser hätte ihn wirklich begnadigt.«

»Es war nur zum Schein.«

Masrui schluckte, und in seinem Gesicht zeigte sich die Bitterkeit einer weiteren Lüge.

»Sagen Sie mir etwas, Commodore«, fuhr Oxham fort.

»Zu Ihren Diensten, Senatorin.«

»Gibt es genug von Ihnen? Genug, um gegen jene zu kämpfen, die dem Kaiser folgen, ohne Fragen zu stellen?«

»Noch nicht. Aber wir werden Zulauf bekommen. Die Wahrheit wird andere auf unsere Seite bringen.«

Er sah den Offizieren nach, die bereits gegangen waren, und begriff, dass er den Saal ebenfalls verlassen sollte, um diese Revolution, diesen gerechten Verrat, diesen Bürgerkrieg in Gang zu setzen. Doch er wandte sich noch einmal an Nara.

»Laurent Zais Name wird den Ausschlag geben«, sagte er.

»Und der Tod«, fügte Nara hinzu.

»Der Tod, Senatorin?«

»Der Tod existiert wieder, Commodore. Erinnern Sie die anderen daran.«

Commodore Masrui dachte kurz darüber nach und schüttelte den Kopf.

»Für uns Soldaten hat der Tod immer existiert, Senatorin. Der Tod dort draußen im All hinterließ nur selten genug für den Symbianten. Aber ich vermute, der Tod ist jetzt *unvermeidlich,* so wie immer, vor der Lüge des Kaisers.«

»Geben Sie es bekannt«, sagte Nara. »Wir sind wieder frei.«

Nach langer Zeit wirbelten Sonne und Mond nicht mehr über den Himmel. Die Gezeiten waren vorbei.

Der Fischer sah an sich herab. Irgendwie war er noch immer hier und ganz, nachdem die Fische ihn zigtausend Mal gefressen hatten. Sie waren jetzt ruhig und friedlich, die eine Hälfte im Gezeitentümpel, die andere in der Bucht.

Aber nein, es gab noch mehr von ihnen ... am Himmel.

Die dunkle Nacht schien sich mit Sternen gefüllt zu haben, als wären sie zehntausend Lichtjahre näher zum Kern gesprungen. Doch was nach Sternen aussah, waren in Wirklichkeit kleine leuchtende Fische, so über den Himmel verteilt, dass sie eine Galaxis bildeten, einen milchigen Strom aus Licht. Die Gedanken des Fischers wurden klarer, und er verstand, was den hungrigen Schwärmen Ruhe brachte: Sie hatten ihr Ziel erreicht, glanzvoll und souverän in der Dunkelheit.

Sie waren dort oben, außer Reichweite seines Speeres.

Er ließ die Waffe sinken und wandte sich dem sich öffnenden Himmel zu ...

Meisterpilot Jocim Marx' verklebte Augen sahen eine narbige Frau.

Ihr Gesicht war ausdruckslos, als hätten Nervenschäden es erstarren lassen, und das Haar war verbrannt. Aber der Blick der Frau wirkte wach und intelligent.

Und violett. Die Augen glänzten so hell wie Buntglas, das das Licht der Sonne reflektierte.

War er in die Gefangenschaft der Rix geraten?

Marx versuchte, sich aufzusetzen. Die narbige Frau wich mit der Plötzlichkeit eines Vogels fort, der den Kopf drehte. Die Bewegung wies ihn darauf hin, dass sie kein Mensch war.

»Wer …?«, begann Marx. Dann sah er Hobbes neben der Frau.

»Jocim?«, fragte der Erste Offizier.

Sie sprach die beiden Silben vorsichtig aus, wie um festzustellen, ob er seinen eigenen Namen erkannte.

Er hatte etwas Besseres für sie. »Wie geht es Ihnen, Katherie Hobbes?«

Sie lächelte. »Ich bin erleichtert.«

»Wie lange?«

»Ein Monat.«

»Meine Güte.« Marx war es wie eine Ewigkeit erschienen, doch in der Realität verblassten die Erinnerungen bereits. Er sah sich um und erkannte den Raum als eine private Kabine in der Krankenstation der *Luchs*. Die Rix mit den violetten Augen war an die Seite einer kleinen Frau mit grauem Gesicht getreten. Eine der ehrenwerten Toten? Dies war zu verwirrend.

»Warum ist die Rixfrau hier, Hobbes? Hat man uns gefangen genommen?«

»Nein, Meisterpilot. Sie ist ein … Gast. Oder vielleicht eine Verbündete.« Hobbes klang kaum weniger verwirrt als Marx. »Sie hat dabei geholfen, Sie zu heilen«, fügte sie mit mehr Überzeugung hinzu. Er sah zu der Frau mit den violetten Augen und blinzelte.

»Dann habe ich Ihnen zu danken, schätze ich.«

Der Blick der Rix blieb sowohl durchdringend als auch leer, als wäre er ein anatomisches Präparat in einem Schaukasten.

»Wie fühlen Sie sich, Marx?«, fragte Hobbes.

Er setzte sich auf. Seine Muskeln hatten den gleichmäßigen Tonus passiver Übungen. Die lange Pause hatte den Fingern gut getan: Marx fühlte nicht mehr den chronischen dumpfen Schmerz, hervorgerufen von ständigen Steuerungsbewegungen. Sein Kopf war …

Anders.

»Was ist passiert, Hobbes?«

»Alles.«

Das war Hobbes. Präzise, aber nicht immer sehr hilfreich. Die Wochen der Ruhe mussten sein Gehirn regeneriert haben, dachte Marx. Er bemerkte wieder die atemberaubende Schönheit des Ersten Offiziers, als hätte er sich im Lauf der letzten beiden Jahre daran gewöhnt. Als hätte er einen Monat im Urlaub verbracht und nicht im ... Koma?

»Sie sind in einen Upload geraten, Jocim«, sagte Hobbes. »Alexander – beziehungsweise das Verbundbewusstsein von Legis XV – hat sich vom Planeten zum Objekt transferiert. Sie gerieten in den Weg.«

Das *Objekt*. Dieses Wort ließ Marx erschauern. Bilder schwirrten ihm durch den Kopf: eine Art flüssiges Geschöpf unter ihm, das seine Pseudopodien ausstreckte, wie auf der Suche nach Opfern. Sein Unbehagen wies Marx darauf hin, dass er sich den Erinnerungen kurz vor Beginn des Komas näherte – er war überwältigt worden.

»Die Subdrohnen übertrugen alle Daten direkt in Ihre Synästhesie«, fuhr Hobbes fort. »Mit so vielen Informationen auf einmal konnten Sie nicht fertig werden. Vielleicht war es teilweise meine Schuld, Jocim. Sie wurden vorzeitig aus dem Hyperschlaf geweckt, weniger als eine Stunde bevor das Verbundbewusstsein Sie traf. Ihr Bewusstsein war verletzlich.«

Er sah zu Hobbes auf und bat sie stumm darum, langsamer zu sprechen. »*Was* hat mich getroffen?«

»Alexander. Das Verbundbewusstsein von Legis XV. Ein ganzer Planet wurde Ihnen in den Kopf gestopft.«

Marx nickte und rieb sich die schmerzenden Schläfen. Diese Metapher fühlte sich richtig an. Dann blinzelte er und *hoffte*, dass es sich um eine Metapher handelte.

»Noch einmal, Hobbes«, sagte er. »*Warum* läuft eine Rixfrau frei an Bord unseres Schiffes herum?«

»Ah«, erwiderte Hobbes. »Sie ist eine Kämpferin und gehörte zu der Rix-Einsatzgruppe auf Legis XV.«

»Oh, eine Kämpferin. Völlig klar, dass wir sie hier in der Krankenstation haben wollen.« Marx begriff vage, dass er eigentlich entsetzt sein sollte, als hätte ihm jemand eine Giftschlange in den Schoß geworfen, aber sein Körper war noch nicht imstande, Adrenalin zu produzieren.

»Die Dinge haben sich geändert, Marx. Nicht nur hier, sondern überall im Reich. Wir mussten uns mit dem Objekt verbünden oder zumindest mit ihm kooperieren. Mit den Rix.«

»Das Reich und die Rix sind verbündet?« Plötzlich schienen nicht einmal drei Monate Schlaf ausreichend zu sein.

»Nein, nur wir, Marx. Die *Luchs* ist auf sich allein gestellt.«

»Moment mal«, sagte der Meisterpilot. »Wer hat den Befehl, Hobbes?« Er ballte die Fäuste. War es erneut zu einer Meuterei gekommen?

»Captain Zai natürlich.«

Marx konnte es kaum fassen. Der *Vadaner* hatte Verrat begangen?

»Hören Sie, Marx«, sagte Hobbes. »Der Status des Kaisers ist ungewiss. Die Toten haben ein Quorum einberufen. Aus allen Teilen des Reiches fliegen Pilgerschiffe nach Heimat. Der Souverän könnte den Thron verlieren.«

Ein Quorum der Toten? Etwas aus der Staatsbürgerkunde zehnjähriger Schüler. Eine rein theoretische Möglichkeit. Seit sechzehnhundert Jahren regierte der Kaiser ohne eine einzige abweichende Stimme unter den Milliarden ehrenwerten Toten. Die Auferstandenen diskutierten nie, und es gab erst recht keinen *Widerspruch* unter ihnen. Für sie war eine Absetzung des Souveräns undenkbar.

»Hobbes …«, begann Marx und gab dem Ersten Offizier mit einer Geste zu verstehen, dass dies alles zu schnell für ihn kam. Er suchte nach den Fragen, die Ordnung in diese neue Welt bringen würden.

Doch er brachte nur hervor: »Was zum Teufel …?«

Hobbes begann erneut zu sprechen, und Marx schnitt eine Grimasse.

Katherie Hobbes schüttelte den Kopf und lachte. »Ich glaube, Sie sollten sich jetzt ausruhen, Meisterpilot.«

Sie streckte die Hände nach seinen Schultern aus, *berührte* ihn. Die Dinge hatten sich tatsächlich verändert.

»Wir haben so viele verloren, Jocim«, flüsterte Hobbes. »Es ist gut, Sie zurückzuhaben.«

Marx nickte nur und lehnte sich auf dem Krankenbett zurück. Plötzlich fühlte er sich wieder erschöpft.

Hobbes ging. Das Licht wurde gedämpft, als sie die Kabine verließ.

Der Meisterpilot legte den Kopf zurück, und seine Gedanken wogten durcheinander, voller Fragen, Verwirrung und nervöser Kraft. Marx fühlte sich, als hätte er nach einem langen Tag voller Besprechungen eine ganze Kanne Kaffee getrunken – sein Geist war müde, kam aber nicht zur Ruhe. Tiefes Durchatmen beruhigte ihn kaum. Er bewegte die Finger und dachte daran, wie schön es sein würde, wieder zu fliegen.

Dann bemerkte er den Blick der Rixfrau. Sie war noch immer da und *beobachtete* ihn, als ginge es ihr darum, einen Patienten zu überwachen und nach bestimmten Symptomen Ausschau zu halten. Neben ihr stand die Tote, und ihre Schultern berührten sich mit der ungezwungen Intimität eines alten Liebespaars.

Marx sah die Rix an und konzentrierte sich. Irgendwie brachte ihr unerschütterlicher Blick Ruhe – die violetten Augen glühten wie Meditationskerzen in einer dunklen Kabine. Sein Atemrhythmus wurde langsamer, und er spürte erneut den Zyklus der Traumgezeiten. Er hörte die ambientalen Geräusche des Schiffes, das allgegenwärtige Summen des Triebwerks, der Luftumwälzung und der Gravitationsgeneratoren.

Etwas war anders.

Ohne den Blickkontakt mit der Rix zu unterbrechen, legte Marx die Hand auf den Rahmen des Bettes, flach auf kühles Metall. Dort war das Summen des Schiffes stärker. Er wartete, bis sich die Traumphantome und der Widerhall seiner Trance mit den Vibrationen des Schiffes verbanden. Erinnerungen und Metall wurden eins, wie die vielen Instrumente eines Orchester bei einem gemeinsamen Ton.

Das Flackern in den Augen der Rix passte genau dazu.

Sie bedachte Marx mit einem Lächeln. Dann drehten sich die beiden Frauen um – ja, sie *waren* ein Liebespaar – und verließen die Kabine.

Und der Meisterpilot verstand die Vereinbarung, die der Captain getroffen hatte. Er fragte sich, was sich gegen sie gestellt hatte, gegen ein einzelnes Schiff im tiefen All – unter normalen Umständen wäre Zai wohl kaum bereit gewesen, das Ding an Bord zu lassen. Er hatte Schiff und Crew mit dem geschworenen Feind des Reiches verbündet.

Vielleicht verstand Laurent Zai nicht alles. Vielleicht kannte er nicht das ganze Ausmaß dieser subtilen, umfassenden Okkupation. Aber Marx wusste Bescheid. Er hatte hundert Tage in seinem Bauch verbracht. Er sah seine Zeichen und hörte seine Musik. Gestalt und Ausmaß von Alexander zeichneten sich deutlich ab, so wie sich eine Windhose dadurch verriet, dass sie Blätter und Schmutz aufwirbelte.

Die *Luchs* war übernommen worden.

Die Rix kontrollierten sie.

Soldat Bassiritz erklärte es seinen Kameraden erneut: »Nur *Bassiritz*. In dem Dorf, aus dem ich stamme, haben wir nur einen Namen.«

»Nur einen Namen?«, rief Astra, um den Lärm der Menge zu übertönen.

»Besser als gar keiner«, erwiderte Soldat Torvel Saman.

»Besser als einer zu viel«, fügte Astra hinzu.

»Wie viele Namen wären zu viel?«, fragte Bassiritz.

»Nicht wie viele, sondern welche!«

»Pensioniert.«

»Verstorben ...«

»Corporal!«

Sie lachten über ihre eigenen Witze und klopften Bassiritz auf die Schulter, als hätte er selbst einen gemacht. Er verstand nicht ganz, wollte die anderen aber nicht mit Fragen stören. Ihre gute Stimmung erleichterte ihn, denn aufgrund seiner Reisen wusste er, dass in manchen Kulturen ein einzelner, schlichter Name als Zeichen der Schande galt, als Hinweis auf niedere Abstammung. Aber diese Soldaten von der *Luchs* hatten alle große Erfahrung und viele, weitaus sonderbarere Dinge gesehen. Die Crew des neuen, experimentellen Raumschiffs bestand aus den Besten des Reiches. Bassiritz wusste, dass man ihn nur wegen seiner guten Leistungen als Schütze und beim Nahkampf ausgewählt hatte – er war jünger und weniger gebildet als die anderen.

Die Gruppe saß zusammen mit etwa hundert anderen Crewmitgliedern auf dem Gerüst, das ein riesiges Modell der *Luchs* stützte. Die Nachbildung ihres Schiffes ragte hinter ihnen auf, zwei Kilometer lang. (Aber es war kein Trugbild, keine Projektion. Das Modell war *real*, zumindest physisch. Bassiritz hatte zu begreifen begonnen, dass man hier auf Heimat keinen Aufwand scheute, wie absurd er auch sein mochte. Nicht bei Festen oder Feiern.) Vor ihnen, auf dem großen Platz vor dem Diamantpalast, hatte sich eine große Menge jubelnder Bürger eingefunden. Nie zuvor in seinem Leben hatte Bassiritz so viele Menschen gesehen. Es waren sogar mehr als alle Menschen *zusammengenommen*, die er in seinem bisherigen Leben gesehen hatte. Diese Tatsache hallte durch seinen Kopf, eine Erkenntnis, so erhaben wie die glitzernden Facetten des Palastes, als sie das sonderbar weiße Licht von Heimats Sonne widerspiegelten.

Die große Menschenmasse schien das ganze Reich zu sein, das sich hier eingefunden hatte, um die Crew der *Luchs* zu verabschieden.

Soldat Saman ergriff Bassiritz am Arm und deutete in die Menge.

»Sie hat was für dich, Bass!« (Der einzelne Name kümmerte die Gruppe tatsächlich nicht: Sie kürzten ihn bereits ab.)

Bassiritz' aufmerksamer Blick folgte Samans Geste und entdeckte eine Frau unter den ekstatischen Tänzern vor der Menge. Sie hatte Jacke und Hemd abgelegt, ignorierte die Kühle des Herbstes. Ihre Haut war blass genug, um inmitten der grauen Massen der Gläubigen aufzufallen. Die anderen folgten ihrem Beispiel; Männer und Frauen streiften ihre Kleidung ab, während sie weiterhin tanzten, euphorisch und demütig vor dem riesigen Totem des Kriegsschiffs.

Bassiritz schüttelte amüsiert den Kopf. Die graue Religion nahm viele Formen im Reich an, aber hier auf Heimat drängten sich die seltsamsten Versionen zusammen, als wäre der Planet eine Kuriositätenvitrine, für die Kurzweil des Auferstandenen Kaisers bestimmt. Zuerst waren die verzückten Tänzer Bassiritz wie Mönche erschienen. Er hatte sie während der letzten Tage beobachtet, in ihrem Lager auf dem großen Platz vor der Schiffsattrappe. Graue Zelte und graue Kleidung, kahl geschorene Köpfe, stille Gebete und kalte Feldrationen – das alles hatte ihnen ernste Würde gegeben. Aber jetzt sah er, dass diese Entbehrungen dazu gedient hatten, ihnen einen Platz ganz vorn zu sichern. Damit sie vor der Menge und der zuschauenden Masse tanzen und schreien konnten. Damit sie Teil des Spektakels wurden, eine neue Klasse von kaiserlichen Kriegsschiffen in Dienst zu stellen.

Um zu ... huldigen.

»Du fängst Fliegen, Soldat.«

Bassiritz schloss den Mund und reagierte mit einem Lächeln auf das Gelächter seiner Kameraden.

»Ich schätze, Bass hat nie eine Schiffstaufe erlebt.«

»Du auch nicht, Astra!«

»Aber ich habe die Präsentation von Kriegsbeute gesehen. Dabei waren ebenfalls Tänzer zugegen.«

»Die Tänzer sind *überall.*«

»Einige von ihnen waren gestern Abend in deinem Zimmer, wie ich hörte.«

»Das waren anständige Surrogate, Soldat.«

»Du hast bestimmt dafür gesorgt, dass ihre Anständigkeit erhalten blieb.«

»Ich habe dafür gesorgt, dass sie wach blieben.«

Die Gruppe lachte erneut. Bassiritz fühlte sich warm in ihrer Gesellschaft, trotz des kühlen Winds. Es war neu und wundervoll, hier über einer so großen Menge zusammen mit seinen Schiffskameraden auf einem Träger des Gerüstes zu sitzen. Er hatte sich nie zuvor so ... erhaben gefühlt.

Sein Blick glitt über die Gebäude, die steil wie Klippen am Rand des Platzes aufragten. Die breiten Balkone waren voll: Dort glitzerte die reflektierende Kleidung der Reichen, und es sah aus, als hätte sich die Stadt selbst für dieses Ereignis geschmückt. Bassiritz hatte fantastische Geschichten über die Preise der Zimmer an diesem Platz gehört. Es war ausgeschlossen, dort Wohnungen zu erwerben. Sie konnten nur gemietet oder vorübergehend hohen Staatsbeamten überlassen werden, wie zum Beispiel Senatoren ober Planetengouverneuren, die Heimat besuchten. Reiche Familien gaben ein Vermögen dafür aus, sie auch nur für zwei Tage zu mieten, in der Hoffnung, Verbindungen zu knüpfen, den eigenen sozialen Status zu verbessern und der höchsten Trophäe näher zu kommen, dem Aufstieg. Sie alle hatten sich hier versammelt, um die Schiffsattrappe zu sehen, voller Ehrfurcht und mit der Sehnsucht nach Unsterblichkeit.

Bei diesem Gedanken begriff Bassiritz, warum seine Kameraden hier oben so glücklich waren. Hoch über der Menge, unter dem Blick der Plutokraten des Reiches, fühlten sie ihren wahren Wert als Soldaten, die Ankündigung ihrer wahren Belohnung. Für ihren zermürbenden Dienst - Jahre in Enge an Bord von Raumschiffen, Jahrzehnte an den Zeitdieb verloren, die ständige Gefahr völliger Auslöschung - stand ein Lohn in Aussicht, den selbst der größte Reichtum nicht absolut garantieren konnte.

Wenn sie im Kampf starben, einen sauberen Tod ohne zu große Hirnschäden, oder wenn sie eine lange, beispielhafte berufliche Laufbahn hinter sich brachten ... dann konnten Bassiritz und seine Kameraden vielleicht ewig leben.

Ewig. Eine Zeitspanne, die nicht einmal der Zeitdieb stehlen konnte.

Hier an diesem Ort, hoch über der Menge, sah Bassiritz das Versprechen des Kaisers.

Als seine unglaublich scharfen Augen die Balkone der

Mächtigen beobachteten, bemerkte er etwas, das seine Gedanken in eine neue Richtung lenkte. Allein auf einer kleinen Veranda standen zwei Personen, eine in ziviles Weiß gekleidet, die andere in militärisches Schwarz. Ein seltsames Paar.

Der Mann in Schwarz erschien Bassiritz vertraut. Er sah genauer hin, konzentrierte sich auf das Paar. Der Mann zeigte ihm sein Profil und richtete einige Worte an seine Begleiterin. Bassiritz schnappte nach Luft.

»Da ist der Captain!«, rief er.

»Wo?«

»Unmöglich.«

»Er kommt erst in einigen Stunden hierher.«

Bassiritz streckte die Hand aus. »Dort auf dem Balkon. Mit der Frau in Weiß.«

Die anderen sahen in die entsprechende Richtung und schirmten die Augen gegen die Strahlen der Sonne ab, die auf den Platz hinabschien.

»Das ist der säkularistische Senatsblock. In jene Gefilde verirrt sich der Alte bestimmt nicht.« Soldat Saman hatte bereits unter dem Kommando von Laurent Zai gedient.

»Zai ist *Vadaner*, Bass. Nicht irgendein Pinker.«

»Aber er ist es. Ich sehe ihn ganz deutlich.«

»Die Entfernung beträgt mindestens einen Kilometer, junger Mann. Du leidest an Halluzinationen.«

Die beiden Gestalten auf dem Balkon traten aufeinander zu, fassten sich erst an den Händen und umarmten sich dann. Weiß und Schwarz verschmolzen miteinander.

»Er küsst die Frau«, sagte Bassiritz.

»Hah-hah!«, heulte Saman und konnte sich vor Lachen kaum halten. »Der Captain küsst eine Pink-Senatorin!«

»Es wäre erstaunlich genug, wenn er überhaupt jemanden küsst!«, fügte Astra hinzu.

Die anderen Soldaten lachten über Bassiritz' Worte, die

sie für einen guten Witz hielten, klopften ihm erneut auf den Rücken, voller Begeisterung angesichts ihrer erhabenen Position über der Menge, den nackten, sich drehenden Tänzern und den habgierigen Reichen. Sie befanden sich über allem, bis auf die Schiffsattrappe hinter ihnen und ihr tödliches Original in der hohen Umlaufbahn, das sie bald zur Rix-Grenze bringen würde, wo es angeblich zu Unruhen gekommen war.

Sie lachten über die Möglichkeit, dass der Tod auf sie wartete.

Doch Bassiritz runzelte die Stirn. Er allein sah, dass es sich wirklich um den Captain handelte. Er beobachtete eine lange, leidenschaftliche Umarmung. Und in seinem kleinen Dorf hatten ihn die Alten etwas Wichtiges gelehrt: Man lache nie über einen Kuss. Ein Kuss war geheimnisvoll und mächtig, fragil und unbesiegbar. Wie ein Funke konnte ein Kuss erlöschen oder einen ganzen Wald entzünden. Ein Kuss war keine lächerliche Sache. Nicht für die Wachsamen.

Ein Kuss konnte die Welt verändern.